RENA ROSENTHAL, aufgewachsen in einem kleinen Örtchen in der Nähe von Oldenburg, hat mit ihrer Trilogie *Die Hofgärtnerin* die Bestsellerliste erklommen. Zu ihrer neuen Saga wurde sie durch eine Eislaufszene in der *Hofgärtnerin* inspiriert, durch die sie zufällig über die faszinierende Geschichte der ersten eiskunstlaufenden Frauen gestolpert ist. Als sie etwas über die Eiskunstläuferin Madge gelesen hat, wusste sie, dass die junge Frau ihre eigene Geschichte verdient hat. *Die Kür ihres Lebens* ist der zweite Band innerhalb der *Eispalast*-Reihe.

Rena Rosenthals Bücher in der Presse:

»Wärmt das Herz!«
tv Hören und Sehen über *Der Eispalast* Band 1

»Es lohnt sich, dieses Buch zu lesen.«
meine-news.de über *Der Eispalast* Band 1

»Ihr Roman stellt eine emanzipierte Frau in den Mittelpunkt – und ist vor allem ein sehr sinnliches Lesevergnügen.«
freundin über *Die Hofgärtnerin. Frühlingsträume*

Außerdem von Rena Rosenthal lieferbar:

Die Hofgärtnerin. Frühlingsträume
Die Hofgärtnerin. Sommerleuchten
Die Hofgärtnerin. Blütenzauber

www.penguin-verlag.de

Rena Rosenthal

DER EISPALAST

Die Kür ihres Lebens

Roman

PENGUIN VERLAG

MIX
Papier | Fördert gute Waldnutzung
FSC® C014496

Penguin Random House Verlagsgruppe FSC® N001967

1. Auflage

in der Penguin Random House Verlagsgruppe GmbH,
Neumarkter Straße 28, 81673 München
Redaktion: Verena Zankl
Umschlaggestaltung: © Favoritbüro
Umschlagmotive: © Shutterstock/alb2018, Kichigin, Claudio Divizia, Mr Twister, ArtEvent ET, LedyX, Arvind Balaraman, Zsolt Biczo, Rushikanth, tashao102; © Getty Images/shomos uddin; © mauritius images/FL Historical K/Alamy/Alamy Stock Photos, TopFoto; © Trevillion Images/Ildiko Neer; © Richard Jenkins (Frauenkopf)
Satz: Greiner & Reichel, Köln
Druck und Bindung: GGP Media GmbH, Pößneck
Printed in Germany
ISBN 978-3-328-11130-6
www.penguin-verlag.de

Kapitel 1

Madge

London,
frühes 20. Jahrhundert

Das Verliebtsein, diese absolute Gewissheit, dass er der Richtige ist, kam nicht mit einem Paukenschlag. Ich habe ihn nicht an einem Ballabend gesehen, seine weich fallenden Locken und sein so sanft aufblühendes Lächeln wahrgenommen und von einem Moment auf den anderen tausend Geigen spielen hören. Nein. Da war auch kein plötzliches Feuerwerk in meinem Herzen, wie es gerne in Romanen und Schmonzetten beschrieben wird.

Bei mir kam das Verlieben ganz allmählich.

Zuerst war da nur ein Sandkorn, als ich Benedict Aspley zum ersten Mal im *Prince's Skating Rink* begegnet bin. Benedict. Allein wenn ich diesen Namen in Gedanken ausspreche, bekommt meine Stimme einen verträumten, geradezu sehnsuchtsvollen Klang.

Dabei bemerkt er mich nicht einmal.

Unser erstes Kennenlernen ist nun zwei Jahre her. Damals ist er zum Vormittagstraining der Männer neu hinzugekommen. Ich selbst übe schon von klein auf das Eislaufen und helfe momentan meinen Geschwistern Henry und Helen beim Training für das Paarlaufen bei der nächsten Weltmeisterschaft in Sankt Petersburg. Wir teilen uns an den Vormittagen die Halle mit den Männern, die ebenfalls für die großen Wettbewerbe trainieren. Als Benedict damals zum ersten Mal dabei war, fiel mir gewiss sein gutes Aussehen auf, das – wie wir im Ballett sagen würden – sozusagen *en pointe* ist, da er solch ebenmäßige Züge hat. Er trägt seine leicht gewellten Haare zudem halblang und seine Augen haben ein undurchdringliches Taubengrau. Aber ich bin kein naives Mädchen, das den feinen Herren aufgrund der vornehmen Gesichtszüge sofort zu Boden liegt. Es waren eher seine noble Art und seine klugen Kommentare, die dafür gesorgt haben, dass das Sandkorn Woche für Woche, Monat für Monat von einer hauchdünnen Schicht Perlmutt umhüllt wurde, sodass mittlerweile eine prächtige kostbare Perle daraus geworden ist.

Und die ist mein bestgehütetes Geheimnis.

»Warum lächelst du ihn nicht einmal an, Madge?« Helen, meine Schwester, ist schwungvoll neben mir zum Stehen gekommen, ihre Kufen haben die oberste Eisschicht abgeschabt und meine Schuhe mit weißen Schneesprenkeln überzogen. Mit ihren kohlgeschwärzten Augen plinkert sie mich an.

Nun gut.

Ganz so gut ist mein Geheimnis offenbar doch nicht verborgen. Oder hat Helen heimlich in meinem Tagebuch gelesen? Allerdings nehme ich es überallhin mit, sodass es nie unbeaufsichtigt ist. Hat sie dennoch eine Gelegenheit gefunden? Skeptisch mustere ich sie, doch sie atmet betont ein und dreht die Augen zur hohen Decke des Skating Rinks.

»Seit Ewigkeiten schmachtest du ihn aus der Ferne an.« Theatralisch legt sie eine Hand auf ihr Herz und ich will sie am liebsten sofort wegreißen. Nicht, dass jemand merkt, wovon wir sprechen. Helen ist nie sparsam, was die Gesten betrifft. Und auch sonst eigentlich nicht, fast alles an ihr ist ein *über*.

»Seit wir beim letzten Ball gesehen haben, dass er sich bei diesem Hungerhaken Ada Thompson auf der Tanzkarte eingetragen hat, isst du nur noch wie ein Spatz und hast tagelang deine Haare mit Kamillentinktur gewaschen, um sie aufzuhellen. Außerdem bin ich deine Schwester«, erklärt sie und stellt sich neben mich an die Bande. Gemeinsam betrachten wir die Gruppe der Männer am anderen Ende der Eishalle aus der Ferne. Am Vormittag sind zum Glück nur die Menschen hier, die ernsthaft trainieren, natürlich streng bewacht von Mister Babington, dem Aufseher. Er ist die rechte Hand des Eishallenbesitzers und damit ungemein wichtig – zumindest in seinen Augen. Mit einer blauen Kappe auf dem Kopf sitzt er über einen Haufen Papiere gebeugt auf seinem Podest im abgegrenzten Bereich neben der Eisfläche. Wenn er das nicht macht, poliert er die Kufen, die man an der Theke hinter dem eleganten Sitzbereich der Halle ausleihen kann, oder kontrolliert die vier Thermometer an der Eisfläche und die beiden in der Halle und auf dem Außengelände. Er lebt in ständiger Sorge um das kostbare Kunsteis. Noch größer ist allerdings seine Sorge, dass wir uns nicht an die zahlreichen Regeln halten und dass auf der Eisfläche etwas Unziemliches geschieht. Er beobachtet uns mit Argusaugen, obwohl wir alle nur trainieren wollen und Helen und ich die einzigen Frauen sind. Wir kennen die Regeln zudem besser als die

Bibelsprüche. Trotzdem sieht er in regelmäßigen Abständen von seinen Notizen hoch, so skeptisch, als wären wir im Begriff, einen Diebstahl zu begehen.

Mich behält er stets ganz besonders gut im Auge. Vater hat dafür gesorgt. Deswegen setze ich mich nun langsam wieder in Bewegung. Wenn man zu lange stillsteht, wird einem ohnehin kalt.

Kurze Zeit später holt Mister Babington seine goldene Jägeruhr heraus, klappt sie mit einem knappen Nicken wieder zu und erhebt sich. Er wird nun in den angrenzenden Salon verschwinden, wohin er sich alle zwei Stunden zurückzieht, um seine Pfeife zu stopfen und ganz genüsslich für sich zu rauchen.

Kaum ist er weg, streift ein kalter Windzug meine Ohren und ich sehe Edgar in voller Geschwindigkeit auf die Männergruppe zusausen. Er umrundet sie mehrmals, bevor er Benedict den Hut vom Kopf klaut und rasend schnell davonläuft. Natürlich nimmt Benedict umgehend die Verfolgung auf, wirkt dabei jedoch leicht verärgert. Ich kann das verstehen. Edgar ist immerhin der Trainer der Männer und einige Jahre älter als wir und dennoch so kindisch! Anfang dreißig ist er, und trotz seines braunroten Van-Dyck-Barts kann man sich bestens vorstellen, was für ein Satansbraten er als Kind gewesen sein muss. Sein Grinsen wirkt noch immer so verschmitzt wie das eines Jungen, der etwas ausgefressen hat. Wir sind alle zum Üben für die Weltmeisterschaft hier und nicht zum Herumflachsen, das sollte doch gerade er als Trainer wissen.

Nun rast er direkt auf mich zu, stelle ich entsetzt fest. Bevor ich etwas dagegen unternehmen kann, setzt er mir Benedicts Hut auf und nimmt keinerlei Rücksicht auf meine

Pompadour-Frisur, für die ich immer extra früh aufstehe. Er zieht mich weiter in die Mitte und wirbelt mich an seinen Händen in die Runde. Mit dem schwarzen Hut auf meinem mit Sicherheit leuchtend roten Kopf muss ich wie ein Roulettespiel wirken, bei dem durch das schnelle Drehen die Farben ineinanderfließen. Urplötzlich ist er wieder weg, und ich versuche beduselt, das Gleichgewicht zu halten.

Ich hasse dieses erwachsene Enfant terrible.

Benedict hingegen ist all das, was Edgar nicht ist. Er ist ernsthaft, während Edgar nichts ernst nehmen kann. Er ist kultiviert, wo Edgar derbe Witze reißt. Er ist aufrichtig, während Edgar hinterlistig ist. Wegen eines dummen Faux pas darf ich mir nichts, aber rein gar nichts mehr zuschulden kommen lassen, deswegen nehme ich mich jeden Tag zusammen und kämpfe jeglichen Übermut, der mich früher gelenkt hat, zurück. Edgar weiß das genau und trotzdem macht er so etwas mit mir! Noch bevor ich meinen Gleichgewichtssinn wiedererlangt habe, steht Benedict vor mir, und nun, wo er mir so nah gegenübersteht, bin ich doch gefesselt von seiner Stattlichkeit. Warum muss er mich ausgerechnet jetzt, wo ich mit meinem hochroten Kopf und der zerstörten Frisur vermutlich so elegant wie ein Truthahn auf Kufen wirke, so deutlich mustern?

Erwähnte ich, dass ich Edgar hasse?

Mit einem sanften Lächeln streckt Benedict die Hand aus. »Darf ich?«

Noch immer ganz durch den Wind, weiß ich zunächst nicht, was er will. Für einen winzig kleinen absurden Moment frage ich mich, ob er mit mir tanzen will. Aber wie soll das hier auf dem Eis gehen?

»Ähm …«, stammle ich und bemerke dann, wie sein Blick zu meinem Haaransatz wandert. Ach ja, der Hut.

Natürlich!

Meine Begriffsstutzigkeit ist mir so peinlich, dass ich mich nicht wundern würde, wenn das Eis um mich herum schlagartig wegschmelzen würde. Ich reiße den Hut so ruckartig von meinem Kopf, als würde ich mich ekeln, und deswegen gleitet er mir im nächsten Moment aus der Hand. Du liebe Güte, was muss Benedict nur von mir denken! Sollte ich schnell etwas Berichtigendes sagen? *›Ihr Hut war sehr wohlriechend?‹* oder *›Das hatte nichts mit Ihrem Hut zu tun!‹*? Allesamt törichte Antworten, erkenne ich und beschließe zu schweigen. Und zu lächeln. Hoffentlich nicht ganz so einfältig, wie ich mich fühle. Ich muss einfach hoffen, dass er aus meinem Verhalten keine falschen Schlüsse zieht. Wenn man jemanden näher kennenlernen möchte, ist man schließlich auf subtile Hinweise angewiesen, nichts in diese Richtung kann offen kommuniziert werden. Selbst wenn man einen Brief schreiben würde, bräuchte man hierzu zunächst einen guten Grund und könnte dann allemal zwischen den Zeilen etwas andeuten.

Mein momentanes Verhalten ist leider keineswegs zwischen den Zeilen im Subtext verborgen. Ich starre. Ich weiß, dass ich das nicht tun sollte, aber ich kann nicht anders. Er bückt sich, um den Hut aufzuheben, was mir als Dame sogar in diesem eher informellen Rahmen des Eislauftrainings nicht gestattet ist, und klopft das Eis vom schwarzen Stoff, bevor er ihn wieder aufsetzt. Er sieht aus, als würde er noch etwas sagen wollen, aber bevor er den Mund aufmacht, werden wir unterbrochen.

»He, Benny«, ruft Wallace in seinem breiten amerikanischen

Akzent zu uns herüber. Einige der großen Eisläufer aus den anderen Ländern trainieren hier bei uns. Wallace tritt für Amerika an, dann ist da noch Mick aus Holland und Vikram aus Indien. »Wenn du die Weltmeisterschaft gewinnen willst, bevor du auf deine Grand Tour gehst, sollten wir jetzt dringend weiter üben.«

»Benedict«, korrigiert er seinen Kameraden gediegen, während meine Gedanken wie Risse im Eis auseinanderstreben. Habe ich das richtig verstanden? Benedict deutet eine Verbeugung an, und ich kann mich gelähmt vor Schock gerade noch davon abhalten zu knicksen, was hier in der Halle übertrieben wäre. Er fährt mit kräftigen Bewegungen davon, während Mister Babington wieder in die Halle kommt und sich misstrauisch umsieht. Ich tausche einen alarmierten Blick mit Helen, die zumindest die Geistesgegenwart besitzt, nicht beide Hände an die Wangen zu legen und den Mund weit zu öffnen. Sogar mein Bruder Henry, Helens Zwilling, mit dem sie das Paarlaufen trainiert, sieht mich mitleidig an.

Benedict wird eine *Grand Tour* machen, eine Bildungsreise durch ganz Europa.

Ich schlucke.

Das bedeutet, er wird im besten Fall Monate, in der Regel aber sogar Jahre unterwegs sein, um Kunst, Kultur und Geschichte bedeutender Länder wie Frankreich, Deutschland und Italien kennenzulernen, sich fortbilden und seine Sprachkünste verfestigen. Langsam gleite ich wieder auf die Bande zu, ich brauche jetzt stabilen Halt, auch wenn ich eine geübte Eisläuferin bin.

»Wollen wir dann auch weitermachen?«, frage ich meine Geschwister nach einer Weile. Ich habe mich keineswegs gefangen, kann kaum klar denken, aber Mister Babington würde misstrauisch werden, wenn wir weiterhin untätig herumstehen. Ich bin sehr bemüht, so zu tun, als sei nichts gewesen, höre aber selbst das Beben in meiner Stimme. Zweimal die Woche haben meine Zwillingsgeschwister Stunden bei einem Trainer für die Weltmeisterschaft. Da meine Familie zwar wohlhabend, aber nicht reich ist, habe ich an den anderen Tagen diese Position übernommen. Als ältere Schwester habe ich schließlich zwei Jahre mehr Erfahrung. Deswegen muss ich mich zusammenreißen, wir müssen üben, denn ein Sieg wäre ein wichtiger Schritt für unseren gesellschaftlichen Aufstieg. Dennoch muss ich immer wieder zu Benedict hinübersehen, während Henry und Helen ihre Figuren fahren. Ich sehe ihn vor mir, wie er Woche um Woche am gesellschaftlichen Leben der schönsten Städte Europas teilnehmen wird. Bälle, Empfänge, Theaterbesuche und Konzerte. Schließlich geht es darum, das kulturelle Leben dort kennenzulernen.

Allein das Wissen, dass er in wenigen Monaten fort sein wird, verknotet mir den Magen. Und das ist noch nicht alles. Leider kenne ich eines der häufigsten Nebenprodukte einer solchen Reise. Er würde in jeder Woche, vielleicht sogar an jedem Tag interessante, vielleicht schillernde Persönlichkeiten und ganz sicher zahlreiche Schönheiten ähnlicher sozialer Schichten kennenlernen. Ganz gleich, was sein Herz begehrt, die Wahrscheinlichkeit ist ziemlich hoch, dass er es auf dieser Reise finden wird.

Eine Angetraute aus dem Ausland bietet für gehobene Familien schließlich die Möglichkeit, Allianzen zu bilden und Ländereien sowie Vermögen zu sichern. All das, was wir nicht haben. Wir haben zwar ein Stadthaus und ein Dienstmädchen, ich bin allerdings keine höhere Tochter mit adeligen Wurzeln.

Wie um die Gedanken fortzuschlagen, klatsche ich in die Hände. »Machen wir mit den Pflichtfiguren weiter, die kann man nie genug üben.«

Henry und Helen werden zwar auch gemeinsam eine Kür laufen, am meisten Wert würden die Preisrichter aber auf die Pflichtfiguren legen, bei denen präzise geometrische Muster auf dem Eis mit den Kufen sozusagen nachgezeichnet werden müssen. Im Anschluss würden die Spuren ihrer Kufen genau überprüft werden, um die technische Präzision auf dem Eis zu bewerten, hat Nolan, unser Trainer, gesagt. Und das alles müssen sie auch noch synchron machen. Der Einfache Dreier und die Serpentine gelingen bereits recht gut, nur der Doppeldreier ist noch immer Helens Schwachpunkt.

»Zeig du noch mal«, jammert sie, nachdem sie ihre Spuren begutachtet hat. Ich wünschte, ich könnte es besser erklären, doch ich bin keine gelernte Trainerin und kann manchmal nicht in Worte fassen, wie ich es mache. Vielleicht geschieht es einfach aus dem Gefühl heraus? Ich versuche, ganz genau in meinen Körper zu horchen, und fahre den Doppeldreier so langsam wie möglich. »Und dann so«, ende ich, drehe mich um und bin schon ein wenig stolz auf die makellose Linie. Es ist gelungen, obwohl durch meinen Kopf weiterhin nur Benedict schlittert. Mal vor dem Eiffelturm, dann vor Schloss Neuschwanstein und schließlich vor dem Kolosseum, während begehrenswerte Frauen, eine schöner als die andere, ihn anlächeln und »Bonjour«, »Guten Tag« oder »Buongiorno« säuseln.

Helen seufzt und legt mit einer ihrer großen Gesten den Handrücken auf die Stirn. »*Du* solltest mit Henry antreten.«

Ich lache auf. Wie oft wollen wir noch darüber sprechen? Außerdem mögen mir zwar die Pflichtfiguren ganz gut gelingen, die Synchronität, die sie mit Henry schafft, würde ich jedoch nie erreichen. Die beiden wirken stets wie durch ein unsichtbares Band verbunden und genau so sollte es sein. »Du weißt, dass das nicht geht.«

»Wollen wir es gut sein lassen für heute?«, fragt Henry hoffnungsvoll. Er ist ein solider Läufer, führt präzise das aus, was von ihm verlangt wird, aber seine eigentliche Leidenschaft gilt der Mathematik. Er geht darin auf, stundenlang am Schreibtisch zu sitzen und irgendwelche Gleichungen zu lösen. Dennoch ist es Vaters ausdrücklicher Wunsch, dass die beiden an der Weltmeisterschaft teilnehmen. Da es mit mir, wie der ursprüngliche Plan war, nicht mehr geht, liegt es nun an den beiden, diese prestigeträchtige Auszeichnung für unsere Familie einzuholen. Und damit einen weiteren Schritt in Richtung Oberschicht zu tun.

Nicht nur deswegen widerspreche ich mit einem vehementen »Nein!«. So langsam geht mir auf, dass ich die kostbare Zeit, die mir mit Benedict bleibt, genießen muss. Die Weltmeisterschaft ist im Februar und wir haben bereits November. Das bedeutet, mir bleiben nur noch vier Monate, in denen ich mit ihm unter einem Dach sein kann.

Eine leise Stimme in mir widerspricht. *›Das reicht nicht!‹*, flüstert sie. *›Du musst ihn auf dich aufmerksam machen.‹* Aber was soll ich tun? Ich kann schlecht zu ihm hinübergehen und fragen, ob wir auf dem nächsten Ball zusammen tanzen wollen.

»Wir üben noch einmal die dritte und die siebte Figur, die haben besonders schwierige Wendungen, und wenn ihr dort überzeugt, seid ihr dem Sieg ein großes Stück näher«, sage ich stattdessen.

Sie nicken und begeben sich auf ihre Positionen. Ich lasse mich zurückgleiten, um es mit Abstand begutachten zu können. Dabei kommt Benedict wieder in mein Sichtfeld, ich gleite direkt auf ihn zu. Unwillkürlich wandern auch meine Gedanken zu ihm. Wenn ich will, dass er mich auf seiner Grand Tour nicht vergisst, muss ich etwas finden, das mich aus der Masse herausstechen lässt. Bestenfalls müsste ich dafür sorgen, dass er sich noch vor seiner Reise in mich verliebt.

Nur wäre das viel zu riskant.

Ich kann es nicht tun.

Das wird mir sofort klar, als ich den Gedanken prüfe. Die Liste der Gegenargumente würde bis zum Boden reichen, wenn man sie notieren würde. Insbesondere mit dem, was einst war. Es ist zu heikel, zudem habe ich es Vater versprochen: Ich würde mir nichts mehr zuschulden kommen lassen, darf sein schwaches Herz nicht noch stärker belasten. Und wenn ich beim Zeigen meiner Gefühle auch nur einen Hauch zu offensiv wäre, würde dies einen Skandal nach sich ziehen. Einen Skandal erster Güte, der nicht nur mich, sondern meine gesamte Familie mitsamt meiner vierzehn Geschwister ins Unglück reißen würde, und der soziale Aufstieg wäre dann nicht mehr möglich.

Das kann ich nicht verantworten.

Kurz sehe ich zu Helen und Henry, nicke ihnen zu, da sie sehr präzise Linien auf dem Eis hinterlassen. Doch gleich danach wird mein Blick wieder wie magnetisch zu Benedict gezogen und ich beobachte verstohlen, wie er durch die Halle gleitet. Die Wangen leicht gerötet, seine Hände hat er locker hinter dem Rücken verschränkt, und er bewegt sich mit einer spielenden Leichtigkeit über das Eis, von der nur Gleichgesinnte wissen, wie viel Kraft sie erfordert. Kein Wunder, dass er weltweit als absoluter Favorit gehandelt wird. Er macht eine gekonnte Rückwärtsdrehung, und ich zucke stellvertretend zusammen, als Edgar brenzlig nah an ihn herankommt. Was für ein Trampeltier! Zum Glück fährt Benedict unbeeindruckt weiter, setzt zu einer Umrundung der gesamten Halle an, und ich muss meinen Blick fortreißen, da es viel zu auffällig wäre, wenn mein Kopf weiterhin seinen Bewegungen folgt.

Ich darf meine Gefühle nicht zeigen. Er müsste auf mich zukommen.

Eine Schwere breitet sich in mir aus, aber dennoch, einfach alles spricht dagegen, offensiver zu handeln. Selbst wenn es vielleicht helfen würde. Unter Umständen nimmt er mich nur nicht wahr, da ich ihm ebenfalls keinerlei Beachtung schenke. Weil es so sein muss. Ich kann für mein persönliches Glück nicht das Wohl von vierzehn Familien aufs Spiel setzen, denn schließlich muss ich die vorhandenen und potenziellen Familien meiner Geschwister mitzählen. Auch sie hätten darunter zu leiden, wenn man mir im besten Fall einen Mangel an Anstand und undamenhaftes Verhalten vorwerfen würde. Schlimmstenfalls würde man mir allerdings Koketterie oder frivoles Verhalten vorwerfen, und das wäre ein Skandal erster Güte. Schweren Herzens kehre ich Benedict den Rücken zu und gleite zu meinen Geschwistern, um ihnen zu helfen, ihre Haltung zu korrigieren.

Es geht schlichtweg nicht. Zu viel spricht dagegen. Für ein wagemutigeres Vorgehen spricht nur eine einzige Tatsache: Ich weiß, dass wir füreinander geschaffen sind.

Kapitel 2

Julianna

Hinter einem Baum verborgen, bleibe ich stehen und versuche zu lauschen, doch mein eigener Atem ist viel zu laut. ›*Ganz ruhig!*‹, mahne ich mich und schlage den Kragen meines viel zu grob gewebten Mantels noch höher. Alles an mir ist schwarz, nur das helle Gesicht könnte mich verraten.

Ein Schatten, gepaart mit einem Rascheln, lässt mich zusammenzucken. Doch als der Schatten ebenfalls hinter einem Baum verschwindet, wage ich es, zu flüstern. »Dorothy?«

Der Schatten löst sich vom Baum. »Nein, hier ist Mabel.«

»Wo sind die anderen?«

»Vielleicht sind sie schon weiter vorne?«, antwortet sie und ihre Stimme klingt irgendwie anders. Belegt. So etwas Großes wie heute haben wir uns aber auch noch nie vorgenommen. Und nun läuft es direkt am Anfang, der der leichteste Teil sein sollte, bereits schief. »Der Round Pond war offenbar nicht der beste Treffpunkt.«

Ich fluche leise, aber wir arbeiten uns dennoch weiter vor. Laufen geduckt weiter durch den Park.

»Da seid ihr ja!«, trompetet es viel zu laut von Tabitha mit ihrer energischen Stimme und ihre Schwester Lavinia mahnt sie mit einem lang gezogenen »Sch!« zum Leisesein.

Ich beiße mir auf die Zunge, um die Wahl des Treffpunkts nicht zu bemängeln, denn wir haben nicht viel Zeit. Um zwei Uhr muss ich spätestens mit der Arbeit anfangen. Nachts. Und wenn ich den Weg abrechne, müssen wir unser Vorhaben in einer Stunde fertigkriegen.

»Habt ihr alles dabei?«, fragt Mabel flüsternd, und aus dem Hintergrund tritt Nelly vor und hält einen Sack in die Höhe, klopft darauf, sodass es dumpf klirrt.

»Gut. Wir sind nun vollzählig, dann können wir gehen.« Dorothy, unsere Anführerin, geht voran und winkt uns zum Mitkommen. Sie hat eine hochgewachsene Gestalt und hält sich immer kerzengerade, wie meine Freundin Nikolett aus meiner Heimatstadt Wien. Nikolett ist eine echte Comtesse und ich habe sie vor zwei Jahren beim Eislaufen in Wien kennengelernt. Gemeinsam haben wir beim großartigsten Eisläufer aller Zeiten, Jackson Haines, trainiert. Jackson hat uns für einen Wettkampf einen ganz neuen Eislaufstil beigebracht, den er selbst erfunden hat. Und weil Nikolett und ich uns darüber angefreundet haben, hat sie versucht, mir zu helfen, Leopold, meinen späteren Verlobten, wiederzufinden. Schweren Herzens habe ich ihn und meine lieben Freundinnen in Wien zurückgelassen, um hier in London meine Mutter zu suchen. Und dabei habe ich Dorothy kennengelernt, die mich ein wenig an Nikolett erinnert. Allerdings muss Dorothy sich mittlerweile so wie ich als Arbeiterin durchkämpfen. Mit dem Unterschied, dass ich es nie anders kennengelernt habe, ich bin im Waisenhaus aufgewachsen und das Arbeiten gewohnt. Dorothy hat sich von ihrem Mann scheiden lassen und lebt nun in bescheidensten Verhältnissen und ohne ihre beiden Söhne, da sie nicht nachweisen konnte, dass ihr Gatte sich anderweitig vergnügt hatte. Immerhin ist es ihr gelungen, aus der Not eine Tugend zu machen, und sie schlägt sich seither als Haarkünstlerin durch. Sie kann ihre guten Kontakte in die gehobene Gesellschaft nutzen und wird, glaube ich, recht gut bezahlt. Ihre eigenen kunstvollen Frisuren, die durch die rote Haarfarbe noch mehr Aufmerksamkeit auf sich ziehen, sind dabei die beste Visitenkarte.

Gerecht ist es trotzdem nicht.

Wir laufen auf leisen Sohlen direkt an der Mauer entlang. Dorothy holt immer wieder eine Taschenuhr hervor, wochenlang hat sie die Zeiten der Wachen studiert. Schließlich bleibt sie an einer Stelle stehen, wo die Mauer zur Hälfte bewachsen ist.

»Sobald es halb drei ist, haben wir circa zwanzig Minuten Zeit, so lange dauert der Wachwechsel. Zumindest glaube ich das. Hier lässt sich die Mauer am besten überwinden. Danach kommt, wie gesagt, der Park und dann sind wir direkt an der hinteren Außenmauer. Jede weiß, was sie zu tun hat?«

Wir nicken, einige sagen leise: »Ja.«

Dorothy atmet tief ein. Wir haben schon viel gewagt. Sind mit Farbeimern durch die Stadt gezogen, haben unsere Botschaften direkt auf Schaufenster geschrieben oder auf die Fronten öffentlicher Gebäude. Im Sommer haben wir Pflanzen ausgerissen, um auf die Zerstörung unserer Rechte hinzuweisen. Und wir haben unsere Forderungen in Statuen und Denkmäler geritzt oder geschrieben. Das alles mit einem Ziel:

Gehört werden.

Man soll uns endlich ernst nehmen und unsere Forderungen wahrnehmen.

Doch das meiste blieb ohne Erfolg. Daher planen wir jetzt

unseren größten Coup, der mit Sicherheit Aufsehen erregen wird. Dann können sie uns nicht länger ignorieren.

»Ihr seid sicher, dass wir diesen Weg gehen wollen?«, fragt Dorothy mit feierlich gesenkter Stimme, bevor wir die Mauer erklimmen.

Und wir nicken wieder – bis auf Lavinia. »Also, wenn du so fragst …« Sie hat den Kopf zur Seite geneigt und legt jetzt einen Finger an die Lippe. »… vielleicht sollten wir doch noch einen Monat warten und dann unsere Botschaft in den Schnee pinkeln.«

»Lavinia!«, schimpft Tabitha. »Nicht der richtige Moment für Scherze!«

Sie hat recht, aber ich muss dennoch grinsen und ich freue mich, dass Lavinia uns mit ihrem Humor, wie so oft, ein wenig von der Spannung nimmt.

»Es ist halb drei, es geht los«, sagt Dorothy dann aber und sofort werden alle vollkommen ernst. Wie abgesprochen erklimmt Lavinia als Erste die Mauer, da sie klettern kann wie eine Katze. Sie lässt sich von Dorothy den Beutel reichen und wir alle zucken zusammen, als er mit einem viel zu lauten Geräusch auf der anderen Seite zu Boden fällt. Einen Moment lang sind wir alle erstarrt.

Doch es bleibt still.

Wir helfen uns gegenseitig über die Mauer. Meist geht es recht schnell, nur Mabel, die Älteste von uns, die bereits fünf Kinder geboren hat, braucht etwas länger. Keuchend kommt sie neben mir zum Stehen, und wir beeilen uns, die anderen einzuholen. Als wir durch den herrschaftlichen Garten zum Palast laufen, muss ich fast ausgelassen kichern. Doch mit einem eiskalten Schaudern erinnere ich mich, dass wir diesmal in der Falle sitzen, wenn uns jemand erwischt. Das ist vereinzelt zuvor auch passiert, aber Londons Gewirr aus Straßen bietet immer eine Möglichkeit zu entkommen, wenn man flink ist.

»Oh, sieh nur, das muss die Orangerie sein!«, sagt Mabel mit Blick auf ein längliches Gebäude mit vielen Fenstern. »Königin Anne hat sie errichten lassen. Da drin soll es die exotischsten Pflanzen und so prachtvolle Schnitzereien geben, dass einem der Mund vor Staunen offen stehen bleibt.« Mabel hat einen Sinn für das Schöne und Feine. Eigentlich gefällt es ihr gar nicht, dass wir in unserem Kampf sorgsam bepflanzte Beete und prächtige Statuen verunglimpfen. Aber sie versteht, dass das Ziel dahinter die Dinge entschuldigt. Irgendwie müssen wir schließlich auf uns aufmerksam machen.

Mabel wird so langsam, dass sie beinahe stehen bleibt, und ich ziehe sie am Ärmel weiter. »Wir haben keine Zeit zu verlieren«, erinnere ich sie in meinem mittlerweile ganz passablen Englisch. Seit fast einem Jahr lebe ich nun hier, nachdem ich in Wien aufgewachsen bin. Der begnadete Eisläufer Jackson Haines hat mir nicht nur eine gänzlich neue Art eiszulaufen, sondern auch ein wenig Englisch beigebracht. In der Anfangszeit war es recht schwer, mich durchzuschlagen, doch mittlerweile komme ich gut zurecht. Insbesondere nachdem ich auf einem meiner Botengänge Dorothy kennengelernt und von ihrer Gruppe erfahren habe. *Suffragistinnen* nennen sie sich, weil sie vor allem für das Frauenwahlrecht kämpfen. Wer hätte gedacht, dass es hier in London noch viel mehr Frauen gibt, die genauso denken wie ich? Oder vielleicht gibt es sie in Wien auch, aber die Vernetzung fehlt? So oder so, hier habe ich sie gefunden und unterstütze sie nur zu gerne auf ihrem Weg. Auch wenn es gefährlich ist. Das hier heute kann uns Kopf und Kragen kosten.

Wir passieren akkurat gestutzte Teppichbeete, die in der Dunkelheit alle grau oder schwarz wirken, aber die geometrischen Muster, die aus den kleinen Büschen gestaltet wurden, lassen sich trotzdem erkennen. Der Kies knirscht mit jedem Schritt, ganz gleich, wie sehr wir uns bemühen, und ich sehe, dass auch die anderen regelmäßig in alle Richtungen blicken, um nachzuschauen, ob auch wirklich keine Wachen überraschend auftauchen. Endlich haben wir die Außenmauer erreicht. Lavinia hält den Sack offen und jede holt sich einen der breiten Pinsel und eine der Farb- oder Teerdosen heraus. Ich muss lächeln, wie geübt wir darin mittlerweile schon sind.

Wie die Reiter der Spanischen Hofreitschule schwärmen wir aus und jede beginnt ihren Teil der Mauer zu bemalen. Ich tunke meinen Pinsel tief in den Teer, der stechende, erdige Geruch steigt mir in den Kopf, und renne mit dem Pinsel an der Wand los. Es ist egal, wie es aussieht. Hauptsache sie bemerken, dass wir hier waren. Und dass wir nicht aufgeben werden, bis wir bekommen, was uns zusteht.

Ich erreiche Tabitha, die eine Schablone aus Pappe dabeihat. Geschwind wie ein Wiesel tupft sie immer wieder unsere wichtigste Botschaft: *»Votes for Women«*. Ihre Schwester Lavinia hat auch eine Schablone und stempelt in rasender Geschwindigkeit: *»No Votes, No Taxes«*. Es ist der reinste Hohn, dass wir Steuern zahlen müssen, aber überhaupt keine Stimme haben. Inzwischen habe ich Tabitha weit hinter mir gelassen, erreiche mit meiner Schmierlinie Dorothy, die vom anderen Ende der Mauer auf mich zugerannt kommt. Hektisch kontrolliert sie die Uhrzeit. »Das sollte reichen für heute«, sagt sie, während sie die Taschenuhr wieder in die Rocktasche schiebt. Ich weiß, dass sie am liebsten ebenfalls Hosen tragen würde, wie Tabitha und Lavinia, aber in ihrem Beruf als Haarkünstlerin ist sie auf ein traditionelles Aussehen angewiesen.

»Rückzug«, hisse ich Tabitha entgegen und sie gibt die Botschaft Stille-Post-artig weiter. Kurze Zeit später stehen wir wieder auf dem Kiesweg, blicken noch einmal zurück auf unser Werk. Der Kensington Palace, das Geburtshaus von Königin Victoria, übersät mit Linien, Punkten und Parolen, als hätte er Windpocken. Oder die Krätze. Für den Palast tut es mir fast leid, aber wir und andere Frauenvereine haben lang genug mit friedlichen Demonstrationen und Petitionen versucht, die Gesellschaft zu ändern. Nichts hat sich getan. Daher ist es nun an der Zeit für Taten! Taten, die sich nicht länger ignorieren lassen.

»Ich wünschte, ich könnte ein Foto für das *Feminist Forum* machen«, sagt Nelly seufzend. »Die würden staunen.« Im kommenden Monat würden sämtliche Frauenrechtlerinnen der Stadt auf einem großen Treffen im Crystal Palace zusammenkommen und mit den Gegnerinnen diskutieren, und wir wollen das Treffen nutzen, um zu überzeugen, dass radikalere Strategien uns schneller voranbringen.

»Wir kriegen unser Foto schon noch. So wie der aussieht, ist er morgen auf der Titelseite sämtlicher Zeitungen.« Mabel nickt grinsend zum beschmierten Palast. »Macht sich aber gut so.«

Ich stimme ihr zu. »Habe mir schon gedacht, dass der uralte Kasten mit ein bisschen Farbe wie neu wirkt.«

Die anderen schmunzeln und unser eigentlicher Gruppenclown Lavinia nimmt den Faden sofort auf. »Michelangelo würde vor Neid erblassen. Vermutlich engagieren sie uns bald, um die Deckenfresken zu bemalen.«

Wir lachen leise – bis das Aufblitzen einer Laterne uns abrupt verstummen lässt.

»Da sind Eindringlinge!«, ruft eine raue Männerstimme und eine zweite kommt prompt hinterher. »Stehen bleiben! Bleiben Sie auf der Stelle stehen!«

Natürlich pesen wir auf der Stelle los, angetrieben vom Klang der schnellen Schritte hinter uns, die immer näher zu kommen scheinen.

»Das schaffe ich nicht«, japst Mabel schon von Weitem mit Blick auf die Mauer. Sie ist etwas kräftiger gebaut und hat schon beim Hinweg mehrere Versuche benötigt. Lavinia hingegen ist bereits oben, liegt mit dem Bauch auf der breiten Mauer und streckt die Hand aus. Tabitha ergreift sie sofort und ist drüber. »Oh nein«, keucht Dorothy und presst eine Hand gegen ihre Niere.

Anstatt Mabel mit Worten Mut zuzusprechen, renne ich zur Mauer und kauere mich davor zusammen, sodass die anderen mich als Leiter benutzen können. Wir hören die Rufe der Männer, sie müssen jeden Moment hier sein, und so bleibt den anderen keine Zeit für Protest. Ich mag klein und zierlich sein, aber ich bin durch mein tägliches Eislauftraining einiges gewohnt.

Im nächsten Moment spüre ich Gewicht auf meiner Hüfte, nur eine Sekunde und Dorothy ist ebenfalls drüber, dicht gefolgt von Nelly. Jetzt kommt Mabel. Doch ihr Gewicht ist nicht nach einem Wimpernschlag verschwunden. Ich höre sie ächzen. »Ich … schaffe es nicht«, sagt sie und die Anstrengung verzerrt ihre Stimme. Verdammt, sie erreicht Lavinias Hand nicht.

»Komm, es fehlt nur ein kleines Stück!« Die deutliche Furcht in Lavinias Stimme lässt Übelkeit in mir aufsteigen. Wenn sie uns hier erwischen, ist alles vorbei, wird mir klar. Dann kann ich die Suche nach meiner Mutter vergessen. Und – der Gedanke schnürt mir die Kehle zu – ich würde Leopold nie wiedersehen. Meinen geliebten Leo, der in Wien auf mich wartet und mit dem ich jede Woche Briefe austausche. Natürlich hätte mir all das schon früher klar sein sollen, aber bisher habe ich immer problemlos entkommen können, ich bin flink, man erwischt mich nicht so leicht. Mein Herz schlägt so schnell wie nie zuvor in meiner Brust.

Nicht weit von mir höre ich den Kies rhythmisch knirschen. Ein Hund bellt ohrenbetäubend laut. Wo kommt der denn plötzlich her? Haben sie Verstärkung holen lassen? Hoffentlich nicht.

Mabel wimmert, das Gewicht wird mal schwerer und dann wieder leichter. Schließlich höre ich die barsche Stimme der Wachmänner. »Da sind sie!«

»Julianna, geh du!«, sagt Mabel und will von meinem Rücken klettern.

»Niemals«, antworte ich entschieden. Hier wird niemand zurückgelassen. Die fast greifbare Bedrohung gibt mir die Kraft für etwas Unmögliches. Ich stemme mich aus der Hockposition auf, schiebe Mabel Zentimeter um Zentimeter nach oben.

»Ich hab dich!«, ruft Lavinia schließlich und im nächsten Moment verschwindet das Gewicht von meinem Rücken. Ich muss warten, bis Mabel auch ihre Beine auf die Mauer geschoben hat.

Und genau in diesem Moment schälen sich die Wachmänner aus der Dunkelheit. Es sind drei. »Was habt ihr hier zu suchen?«, ruft der größte von ihnen, der mich um zwei Köpfe überragt.

›*Das wird euch sicherlich noch auffallen*‹, schießt es sarkastisch in meinen Kopf, doch nun ist die Mauer frei. Ich erklimme sie mit einem katzenartigen Sprung und finde im nächsten Moment Lavinias Hand, die meine packt. Ich schiebe meinen Bauch auf die Mauerkante, und eine Sekunde später könnte ich auf der anderen Seite unten sein – wenn nicht ein plötzliches Gewicht an meinem Knöchel jegliche Bewegung verhindern würde. Ich spähe über die Schulter. Einer der Wachmänner hat meinen Fuß gepackt und grinst mich an. ›*Damit hast du wohl nicht gerechnet*‹, sagt sein Blick.

Ich hole aus. Mit aller Macht meiner Muskeln trete ich gegen seine Brust und er taumelt nach hinten. Kaum bin ich frei, schiebe ich schwer atmend meinen restlichen Körper auf die Mauer. Der Wachmann hat sich inzwischen gefangen, sieht mich verdattert an.

›*Damit hast du wohl nicht gerechnet*‹, sagt mein Blick. Wie hätte er ahnen können, dass meine schmalen Beine durch tägliches Sprungtraining mehr Kraft haben, als man auf den ersten Blick vermuten würde?

»Komm!«, ruft Lavinia und zeitgleich springen wir von der Mauer.

»Gott sei Dank«, höre ich Dorothy murmeln.

Wir rennen durch den Park, bis meine Lunge brennt und ich nur noch japsend atmen kann. Hinter einer Baumgruppe bleiben wir stehen. Jede von uns hält sich den Bauch oder stützt sich auf die Oberschenkel bei dem Versuch, zu Atem zu kommen. Der Schweiß rinnt mir über den Rücken.

»Das war knapp«, sage ich, als ich wieder sprechen kann.

»Dem hast du es ordentlich gegeben«, entgegnet Lavinia feierlich und strahlt mich an.

Ich nicke – aber ein ungutes Gefühl bleibt doch in meinem Magen zurück. Bin ich zu weit gegangen? Ich habe nur dieses Jahr, um meine Mutter zu finden. Das sollte ich besser nicht im Zuchthaus verbringen.

Andererseits würde sich in der Gesellschaft nie etwas ändern, wenn alle Menschen sich von ihrer Angst lähmen lassen.

Kapitel 3

Madge

Nach dem Training pauken Helen und ich zwei Stunden lang Latein, da Vater sehr viel Wert auf eine klassische Bildung legt. Noch mögen wir nicht ganz zur gehobenen Klasse gehören, aber für höhere Töchter gehört dies dazu, um kulturelle Werte zu erfassen, und dem sollten wir um nichts nachstehen. Nur merkwürdigerweise schmunzelt Helen dezent, während sie im Wörterbuch liest. Sie blättert auch nicht darin, sondern scheint es direkt zu verschlingen. Ich stehe auf, gehe zur Wasserkaraffe auf der Kommode und sehe dabei unauffällig über meine Schulter.

»Das glaube ich ja nicht!«, rufe ich im nächsten Moment, stürme zu Helen hinüber und fische das dünne Buch aus dem dicken Wörterbuch.

»Wir sollen lernen und nicht lesen! Das haben wir Vater versprochen«, belehre ich sie, während sie quietschend versucht, es wiederzuerlangen.

»Du vielleicht. Ich finde, nach dem harten Training sollte etwas Müßiggang erlaubt sein«, protestiert Helen hochspringend.

Doch als sich die Tür öffnet, verberge ich das Büchlein sofort hinter dem Rücken.

»Was ist hier los?«, fragt Vater und sieht mich misstrauisch an.

»Nichts, wir wollten gerade aufbrechen. Zum Verein«, erkläre ich, und das ist zum Glück keine Lüge.

»Und dabei bin ich ganz fürchterlich gestolpert«, ergänzt Helen, die lügen kann, ohne rot zu werden. »Fast hätte ich mir den Fuß gebrochen.«

Am liebsten hätte ich ihr gegen den Fuß getreten. Sie konnte uns doch nicht mit der einen Ausrede in eine neue Bredouille bringen. Vaters sämtliche Hoffnungen liegen auf der Eislauf-Weltmeisterschaft und ein gebrochener Fuß wäre noch schlimmer als Müßiggang.

»Certe, pater. Studere linguam Latinam mihi non solum utilitatem sed etiam gaudium afferet«, sage ich rasch und das scheint ihn zu besänftigen.

»Was hast du ihm eigentlich gesagt?«, erkundigt Helen sich, als wir wenig später zur St.-Mary-Abbots-Kirche gehen, wo zweimal in der Woche unsere *Union for Opposing Woman Suffrage,* eine Verbindung der Antisuffragetten, tagt.

»Das weißt du noch immer nicht?«, frage ich zurück und sie verdreht die Augen.

»Ist ja nicht jeder solch eine Musterschülerin wie du.«

Ich schlucke. Weiß, dass sie es nicht böse meint, dennoch erinnert es mich daran, dass es nicht immer so war, daher nehme ich die Studienzeiten auch so ernst. Genauso wie unseren Skating Rink. Ich muss Vater beweisen, dass er sich nicht in mir geirrt hat und stolz auf mich sein kann. Deswegen haben wir uns für heute freiwillig gemeldet.

Heute ist nämlich kein reguläres Treffen der Antisuffragetten, aber letzten Monat haben wir beschlossen, mehr Werbung für unser Anliegen zu machen. Die *Suffragetten*, wie wir sie nennen, greifen mit ihren absurden Vorstellungen immer stärker um sich. Als zweite Vorsitzende bin ich natürlich ganz vorne mit dabei, wenn es darum geht, Handzettel zu verteilen, wo wir auf unsere Treffen aufmerksam machen. Helen kommt ebenfalls mit, genauso wie Beatrice Babington, die Tochter unseres Aufsehers im Prince's Skating Rink, die die erste Vorsitzende ist.

Ich öffne den Karton mit den Handzetteln, die ich von den Spendengeldern habe drucken lassen, und händige jeder einen dicken Batzen aus.

»Müssen es solche Unmengen sein?«, jammert Helen und tut so, als würde sie unter der Last zusammenbrechen. »Dann stehe ich ja in drei Jahrzehnten noch da.«

»Willst du unser Anliegen nun verbreiten oder nicht?«, frage ich sie, wohl wissend, dass sie es schon möchte, aber am liebsten, ohne dafür einen Finger zu krümmen. Aber Vater würde stolz sein. Erst neulich haben die Suffragetten eine Häuserreihe, deren Bauherr er war, beschmiert, was den Verkauf erheblich erschwerte. Und das, obwohl er es ohnehin nicht leicht hat. Wegen seines schwachen Herzens ist er immer wieder über Wochen im Krankenhaus. Deswegen macht es mich glücklich, ihn glücklich zu sehen, und es macht mir nichts aus, diese Extraarbeit zu leisten, wenn es um einen guten Zweck geht.

»Schenk den Menschen einfach dein ganz spezielles Lächeln, dann werden dir die Zettel ohnehin aus der Hand gerissen«, schlägt Beatrice Helen vor.

Ich unterdrücke den Einwurf, dass wir aber nur Frauen anwerben wollen und keine Männer, bei denen Helens Lächeln vor allem wirkt, und kehre zum eigentlichen Thema zurück. »Wir arbeiten uns langsam die Kensington High Street hinunter. Wenn danach noch Zeit übrig ist, gehen wir in den Holland Park.«

Wenig später schlendern wir die geschäftige Hauptstraße unseres Viertels entlang und halten allen behandschuhten Damen mit feinen Hüten unseren Handzettel entgegen, der in seiner bunten Mischung aus unterschiedlichen Schriftarten, -größen und -stilen Reklame für unseren Verein macht. Die meisten nehmen ihn höflich an, aber ich weiß, dass er in nicht seltenen Fällen in den nächsten Abfalleimer wandern wird, selbst wenn wir politisch auf einer Linie sind. Aber Engagement ist immer mit Aufwand verbunden.

Wir passieren eine Apotheke und ich bleibe stehen, um die Reklametafel genauer zu lesen. *»Aus der Pechmarie wird im Handumdrehen die Goldmarie«,* steht dort geschrieben und die Bilder veranschaulichen, wie man aus schwarzen Haaren goldblonde machen kann. Für einen Moment blitzt das Bild von Benedict in mir auf, wie er auf dem letzten Ball die goldblonde Ada angelächelt hat.

»Was ist?«, fragt Beatrice. »Du willst doch nicht etwa deine wunderschönen schwarzen Haare färben?«

»Oh, da habe ich ganz grauenvolle Schauermärchen gehört«, wirft Helen umgehend in dramatischer Flüsterstimme ein. »Einer jungen Frau sollen nicht nur sämtliche Haare, sondern auch die Kopfhaut abhandengekommen sein.« Sie blickt nach links und nach rechts und sieht uns dann aus weit aufgerissenen Augen an. »Die Leute im Dorf sollen schreiend vor ihr davongelaufen sein, da sie glaubten, dem Leibhaftigen gegenüberzustehen!«

»Helen«, mahne ich, da ich ihr schon oft gesagt habe, dass sie nicht immer dermaßen übertreiben soll.

»Ja, was? Genau so hat es sich zugetragen. Einen Ehegatten konnte sie so natürlich nicht mehr ergattern.« Und das wäre in Helens Augen das Schlimmste, was einem passieren könnte. Deswegen ist sie stets auf der Suche, um das Beste vom Markt zu bekommen, was sie kriegen kann.

Fast schon mechanisch halte ich der nächsten Passantin meinen Handzettel hin. Im letzten Moment ziehe ich ihn aber wieder zurück. Noch gerade rechtzeitig habe ich erkannt, dass die Frau Hosen trägt. Sie würde unsere Sache gewiss nicht unterstützen.

Dennoch bleibt sie stehen und zieht eine Augenbraue in die Höhe. Mir fällt auf, dass sie unter dem rechten Auge ein großes Muttermal hat, das fast wie unsere Insel geformt ist.

»Wie?« Sie stemmt ihre Hände in die Hüften. »Jetzt darf ich es doch nicht sehen?«

»Ich denke, es wird bei Ihnen nicht auf Interesse stoßen«, sage ich und will weitergehen.

»Das würde ich gerne selbst entscheiden.« Blitzschnell reißt sie mir den Zettel aus der Hand und wirft im nächsten Moment ihre Spirallocken in den Nacken. »Rettet unsere Familien?«, fragt sie und ihre Augenbrauen wandern noch höher.

»Wenn die gesamte Gesellschaft sich ändert, ist nicht gesichert, wie es sich auf das soziale Gefüge auswirkt und was mit den Familien geschieht«, erkläre ich. »Die Einführung des Frauenwahlrechts könnte schlimmstenfalls sogar zu Unruhen führen.«

Bedauernd sieht sie mich an. »Hat dein Daddy dir das gesagt?«

»Ts! Ich bin zweite Vorsitzende unserer Union for Opposing Woman Suffrage und gut in der Lage, eigene Schlussfolgerungen zu ziehen.« Dann trete ich einen Schritt auf sie zu, denn wenn die Zeit mit Edgar mich eines gelehrt hat, dann ist es, Kontra zu geben. »Und was ist bitte schön mit deinen Hosen? Hast du die *deinem* Daddy geklaut? Denkst du, es bringt euch voran, wenn ihr die Männer imitiert?«

Sie verschränkt die Arme. »Die von der Gesellschaft für angemessen erachteten Frauenkleider sind doch alle veraltet!«

»Man könnte auch sagen, sie sind bewährt.«

»Sie sind allemal darin bewährt, uns zu behindern. Eine Freundin von mir will Gärtnerin werden, kann sich aber dank des Korsetts kaum bücken und mit dem Rock bleibt sie ständig überall hängen!«

»Aber das Korsett ist unsere eigene Wahl, um gut auszusehen. Niemand zwingt uns, es zu tragen«, erinnere ich die inzwischen reichlich echauffierte Frau.

»Ach nein? Dann geh doch mal auf den nächsten Ball ohne Korsett. Wir werden ja sehen, was das auslöst.«

Allein der Gedanke lässt mich erschaudern. Natürlich wäre das ein Skandal. Ohne Korsett … das geht nun wirklich nicht. Aber sie vergisst etwas Entscheidendes. »Das gilt doch für die Männer genauso. Würde da jemand ohne Frack oder Fliege kommen, würde die Gerüchteküche ebenso brodeln.«

»Aber da sind es eben nur Gerüchte. Zudem ist eine Fliege nicht so gesundheitsschädlich wie ein Korsett«, die Frau hebt den Zeigefinger, als müsste sie mich belehren, »und die Männerkleidung behindert einen nicht in dem, was man tut.«

»Dann soll deine Freundin eben Arbeitskleidung tragen, dafür müssen wir aber noch lange nicht die gesamte Gesellschaft umkrempeln. Denn das wird ihr Chef ebenso erkennen, wenn er nicht völlig auf den Kopf gefallen ist.« Helen und Beatrice nicken heftig und ich sehe sie triumphierend an.

Die Frau streicht aber nur ihre Locken aus dem Gesicht, wendet sich ab und murmelt: »… frage mich, wer hier auf den Kopf gefallen ist …«

Schon lange liege ich in meinem Bett, doch der Schlaf will nicht kommen. Der Kommentar der dreisten Frau heute Nachmittag hat mich zwar verärgert, aber was mich nicht loslässt, ist der Gedanke an Benedict. Zeit ist wie ein Duft, sie ist da, aber nicht greifbar. Man kann sie nicht aufhalten oder auch nur lenken. Nicht einmal mehr vier Monate und Benedict ist bis auf unbekannte Zeit verschwunden.

Mit dem unguten Gefühl im Magen werfe ich mich auf die linke Seite, ziehe die Decke noch etwas höher, es ist wirklich eisig heute Nacht, und denke nach. Entwirre meine Gedanken und breite sie fein säuberlich vor mir aus.

Benedict ist nur noch kurze Zeit in der Stadt und ich möchte ihn unter keinen Umständen verlieren. Gleichzeitig darf ich als Frau meine Gefühle nicht offenbaren, zumal ich meinem Vater hoch und heilig versprechen musste, mich zu benehmen. Für ihn als sehr moralischen Menschen war mein Vergehen von damals noch einmal schlimmer, als es ohnehin gewesen wäre. Und wegen seines schwachen Herzens darf ich seine Nerven nicht strapazieren.

Es ist die reinste Zwickmühle!

Dennoch muss ich irgendwie einen Schlachtplan entwickeln. So wie beim Training. Da haben wir uns auch angeschaut, welche Übungen wir brauchen, wie viel Zeit uns noch bleibt, und die Trainingseinheiten entsprechend geplant, sodass man stetig vorankommt und sich nicht verzettelt.

Ruckartig setze ich mich auf. Das ist es!

Ich würde planen, welche Schritte ich in die Wege leiten kann, um Benedicts Aufmerksamkeit auf mich zu ziehen – ohne dabei zu offensichtlich zu handeln. Wie auf Samtpfoten würde ich vorgehen und dabei gleichzeitig mein Gefieder spreizen und zeigen, was ich zu bieten habe. Wie ein Pfau. Ich wäre ein weiblicher männlicher Pfau auf Samtpfoten. Und dann würde ich gelassen warten, bis er auf mich zukommt. Ansonsten hätte ich ihn längst fünfmal hintereinander zum Tanzen aufgefordert, aber wenn überhaupt, gab es ohnehin nur bei moderneren Bällen höchstens einmal am Abend die Damenwahl, und das wäre viel zu forsch. Ich muss geschickter vorgehen. Leise schlage ich die Bettdecke zurück, um Helen und Danielle nicht zu wecken, die mit mir das Zimmer teilen, tapse zum Sekretär und greife mir ein Notizbuch mit Bleistift. Ich husche zurück ins Bett, lehne mich an das Kopfteil und überlege. *»Plan B«,* schreibe ich in großen Lettern auf den oberen Rand.

Wie mache ich Benedict unauffällig auf mich aufmerksam? Als Erstes kommt mir das Aussehen in den Sinn, es ist nun mal der Ausgangspunkt eines jeden Kennenlernens. Solange ihm mein Aussehen nicht zusagt, wird er sich nie in mich verlieben. Leider habe ich tatsächlich den Verdacht, dass ihm vor allem Frauen mit blonden Haaren gefallen. Wann immer er öfter als einmal mit einer Frau tanzt, ist es meist mit einer blonden Frau, und ich habe ihn zudem mit der blond gelockten Camille van Hagen einmal im Theater gesehen. Leider habe ich kohlrabenschwarze Haare, die höchstens in der prallen Sonne braun schimmern. Und die Kamillenbäder haben nichts gebracht, außer dass die Haare tagelang nach Kamille rochen, was mir Kopfschmerzen bereitet hat. Das Haarfärbemittel aus der Apotheke kommt mir wieder in den Sinn. Bisher war es auch mir etwas suspekt, aber nun, da mir die Zeit davonläuft, muss ich handeln.

»Haare«, notiere ich als ersten Punkt. Zudem muss ich meine Diät offenbar noch verstärken, denn ganz so schmal wie Ada bin ich noch lange nicht. Das Training und die Zeit auf dem Eis machen mich oft so unglaublich hungrig.

Des Weiteren muss ich so viel Zeit wie möglich mit ihm verbringen, überlege ich und notiere auch das. Wir sehen uns zwar täglich auf dem Eis, aber dort gibt es wegen des Aufsehers selten Gelegenheit, sich zu unterhalten. Ich muss zu jedem Ball, den er aufsucht, in jede Theatervorstellung, auf jedes Konzert und zu jedem Salon!

Kurz stutze ich.

Das klingt irgendwie … ungesund. Und wenn ein junger Mann um eine Frau wirbt, taucht er ebenfalls überall auf, wo sie ist – vielleicht wäre es also zu offensichtlich und ich sollte möglicherweise nur jeden zweiten Ball nehmen. Auf welchem Ball war er zuletzt? Ich taste nach meiner Handtasche, um in meinem Tagebuch nachzusehen – und erstarre.

Sie ist nicht an ihrem Platz.

Ich runzle die Stirn, ziehe die Schubladen meines Nachtkästchens auf, obwohl sie viel zu klein für meine Tasche sind, schaue unters Bett und falle dabei fast heraus, aber auch hier ist sie nicht. Zügig werfe ich mir meinen dicken Morgenmantel über und schleiche nach unten. Auch an der Garderobe hängt sie nicht. Oh nein. Oh nein, oh nein, oh nein. Ich habe sie im Prince's Skating Rink liegen lassen. Mir steht es jetzt ganz klar vor Augen, ich habe mit Henry und Helen den Klub verlassen und nicht mehr an die Tasche gedacht. Ausnahmsweise. In meinem Kopf war nur Benedict und das herannahende Desaster.

Nun könnte allerdings ein ganz anderes Desaster herannahen, ich kann es mir genau vorstellen. Einer der jungen Herren, die meist etwas früher beim Training sind, entdeckt die Tasche, wirft einen Blick hinein – und natürlich, wenn man darin ein kleines Büchlein entdeckt, würde man es zumindest kurz durchblättern.

Und dann bedürfte es nicht mehr viel, um über den verräterischen Namen zu stolpern. Herrje, warum habe ich darin so viel von ihm geschwärmt? Und dabei keinen Decknamen verwendet? Dicht dabei stehen zudem Worte, die mir so peinlich sind, dass ich unwillkürlich auf den Boden sinke und das Gesicht in meinen Händen vergrabe. *»Sehnsucht«,* würden sie lesen. *»Herzschmerz«. »Die Liebe meines Lebens«.* Und andere kitschige Dinge, die nie für die Augen anderer bestimmt waren, dennoch meine Gedanken verlassen mussten, wenn ich nicht platzen wollte.

Das darf alles nicht wahr sein! Das ist der einzige Gedanke, der nun in meinem Kopf seine einsamen Bahnen zieht. Bis mir die Lösung klar vor Augen steht: Ich muss meine Handtasche wiederhaben.

Eigentlich darf ich das Haus alleine nicht verlassen, nachts schon gar nicht, aber wenn ich die Wahl habe zwischen einem Donnerwetter meines Vaters – das im besten Fall sogar ausbleibt, weil er es nicht bemerkt – und dem Spott und Hohn der anderen, inklusive Benedict, dann entscheide ich mich für Ersteres.

Kurze Zeit später habe ich mich angezogen und bin draußen, der Novemberwind ist nun so eisig, dass er mir ins Gesicht zu beißen scheint. Ich war noch nie nachts alleine auf der Straße, wird mir klar. Generell war ich noch nie alleine unterwegs, mindestens eine meiner Schwestern ist immer dabei. Davon unbeirrt schreite ich mit schnellen Schritten voran. Normalerweise fahren wir zehn Minuten mit der Kutsche, ich weiß nicht, wie lange ich zu Fuß benötige, gehe aber von etwa einer halben Stunde aus. Ich habe keine Ahnung, wie ich in das Gebäude kommen soll. Die Türen würden sie sicherlich abschließen. Ob es eine Art Hausmeister gibt? Vielleicht kann ich ein Fenster aufdrücken oder die Tür mit einer Haarnadel öffnen, wie sie es in Büchern stets tun?

Während des gesamten Weges zerbreche ich mir den Kopf, wie es gelingen könnte. Ich hätte mit allem gerechnet – nur nicht mit dem Bild, das sich mir dann bot. Als ich Prince's erreiche, liegt der Skating Rink erleuchtet vor mir.

Ich trete ans Fenster – und mir bleibt der Atem weg.

Kapitel 4

Julianna

Wie immer verfehlt das Tanzen auf dem Eis seine Wirkung auf mich nicht. Eigentlich werde ich dafür bezahlt, im Prince's Skating Rink das Eis zu glätten, aber natürlich lasse ich es mir nicht nehmen, vorher ein paar Runden eiszulaufen. Es darf nur keiner bemerken. Doch wer ist um diese Uhrzeit schon noch wach? Und nach dem riskanten Unterfangen heute brauche ich das Training umso mehr. Zuerst bin ich noch ganz zittrig, spüre immer wieder den festen Griff des Wachmanns um meinen Knöchel. Doch mit jedem Gleitschritt über das Eis kehrt die Ruhe in mich zurück.

Ich werde wieder ich.

Vielleicht auch, weil mich das Eislaufen unumstößlich an Leo erinnert. Schließlich haben wir uns in Wien beim Eislaufen kennengelernt. Wie es ihm wohl gerade geht? Sein Großvater war nicht begeistert, dass wir uns verlobt haben. Schließlich bin ich nur eine Arbeiterin und Leo wird die Fabrik der Familie erben – auch wenn er das gar nicht will.

Im letzten Winter hat er auf dem Fabrikgelände eine Natureisfläche errichtet und momentan versucht er sich an einer eigenen Eishalle mit Kunsteis, so wie sie bei Prince's ist. Die Kunsteisfläche hier in einer überdachten Halle ist eine Sensation und Leo wollte in seinem Brief alles ganz genau wissen. Welches Kühlsystem verwendet wird, welche Inhaltsstoffe dem Wasser zugesetzt wurden, wie hoch der Energieverbrauch ist … Leider konnte ich die meisten seiner Fragen nicht beantworten. Nur was die Wartung betrifft, kenne ich mich ein wenig aus, das ist immerhin Teil meiner Aufgabe. Ich prüfe die Dicke des Eises, kontrolliere die Temperatur, und vor allem sorge ich dafür, dass es wieder spiegelglatt wird. Aber natürlich erst, nachdem ich gefahren bin.

Ich laufe einen Dreier und gleich danach eine Schleife. Eigentlich läuft man jede Figur gesondert, ich vereine sie aber gerne zu einer ganzen Kür, da ich die Geschwindigkeit so mag. Nur dann fühle ich mich richtig lebendig. Ich bin gerade mitten im Rocker – als heftiges Pochen gegen das Fenster mich zusammenzucken lässt. Dadurch komme ich schräg auf der Kufe auf, gerate ins Straucheln und mache mehrere Stolperschritte, kann mich aber noch abfangen.

Was war das? Ein Vogel, der gegen die Scheibe gedonnert ist? Um diese Uhrzeit müsste es allerdings eher eine Fledermaus sein, überlege ich, als es erneut klopft. Mit gezielten Schritten laufe ich auf das Fenster zu, betrete mit meinen Schlittschuhen den Boden, obwohl das nicht gut für die Kufen ist, um näher heranzugehen. Zu meiner Überraschung entdecke ich in der Dunkelheit eine junge Frau. Ihr helles Gesicht lächelt mir unter einer immensen Tolle aus schwarzem Haar entgegen, und sie bedeutet mir, das Fenster zu öffnen.

Mist! Wenn sie dem Besitzer der Halle erzählt, dass ich hier nachts eislaufe, bevor ich die Eisfläche wieder glatt ziehe, wird er mich gewiss rauswerfen. Aber ich darf nach all der harten Arbeit mein Training nicht vernachlässigen. Was soll ich nur tun? Da ich ihr schlecht den Rücken zuwenden und meiner Arbeit nachgehen kann, löse ich zögerlich den Haken und öffne das Fenster.

»Gott sei Dank, dass du hier bist«, platzt es aus ihr heraus, bevor ich etwas sagen kann. Sie hat eine überraschend tiefe und sehr markante Stimme. »Ich habe meine Handtasche vergessen und müsste sie dringend abholen.«

Ich mustere sie skeptisch. Vor dem eleganten Wollmantel baumelt ein riesiger Fellmuff. Sie hat glänzende Haare und zarte Hände, die mit Sicherheit noch nie den Boden gescheuert haben. Vielleicht keine höhere Tochter aus dem Hochadel, aber gewiss aus einem sehr guten Hause mit dazugehörigen Benimmregeln im Inventar. Es wundert mich, dass sie zu nachtschlafender Zeit alleine unterwegs sein darf. Nervös blickt sie über die Schulter nach hinten. Aha! Vermutlich darf sie genau das nicht.

»Darf ich reinkommen?«, fragt sie zaghaft und ich muss freudlos lachen, da es so klingt, als würde der Prince's Skating Rink mir gehören und sie käme zum Kaffeekränzchen vorbei.

Ich beiße mir auf die Unterlippe. Eigentlich nutze ich eine Notsituation nicht aus, aber ich habe zu viel zu verlieren. »Wenn … wenn du niemandem verrätst, dass ich … dass ich eisgelaufen bin …«

Sie hätte wütend werden können, dass ich Bedingungen stelle, stattdessen bekommt ihre Miene etwas Verschwörerisches. »Solange du niemandem verrätst, dass ich mitten in der Nacht hier war …«

Lächelnd mache ich einen großen Schritt nach hinten und gestikuliere in den Innenraum. Gemeinsam gehen wir an dem von hölzernen Schmucksäulen geschützten Sitzbereich für die Zuschauer entlang, wobei ich so schnell wie möglich wieder auf die Eisfläche zurückkehre, um meine Kufen zu schonen.

»Ich geh dann mal …« Sie deutet mit dem Kinn in Richtung der Umkleideräume, wo sie offenbar die Tasche hat liegen lassen, und ich drehe ein paar letzte Runden auf dem Eis, bevor ich mich an die Arbeit mache.

Erst als ich meine kleine Kür nach einer tiefen Pirouette – die Spezialität meines Lehrers Jackson Haines – beende, merke ich, dass die junge Frau mich anstarrt. In etwa so müssen Nikolett und ich ausgesehen haben, als wir Jackson damals beim Wiener Eislauf-Klub zum ersten Mal gesehen haben.

Sie schüttelt sich leicht und schnappt nach Luft. »Du liebe Güte! Das war … das war … faszinierend.«

Ich lächle und bekomme ein warmes Gefühl im Bauch.

»Wo hast du gelernt, so zu laufen?«

»In Wien«, erkläre ich ihr. »Wir hatten einen sehr begabten Lehrer aus Amerika. Er hat den Balletttanz mit dem Eislauf kombiniert. Man nennt es mittlerweile die Wiener Schule.«

»D… d… das … das musst du mir zeigen.« Ohne meine Antwort abzuwarten, steuert sie die Theke mit den Kufen zum Ausleihen an, schwingt sich samt ihrem mehrlagigen Rock darüber und kommt mit einem Paar Kufen in der Hand zum Rand der Eisfläche und schnallt sie um.

»Das wäre allerdings das erste Problem.« Ich deute auf meine Schlittschuhe. »Mit Kufen geht es leider nicht so gut. Man hat viel mehr Standfestigkeit, wenn man die Kufen mit den Schuhen fest verschraubt. Außerdem muss ich jetzt eigentlich anfangen, das Eis zu glätten, sonst reicht die Zeit nicht mehr.«

»Bitte! Ich muss das unbedingt lernen. Ich … ich kann auch

schon Ballett, habe mit sechs Jahren damit angefangen. Wenn ich das meinen Geschwistern zeige ... Ich bin sicher, dass sie die Weltmeisterschaft gewinnen würden. Ach was sage ich denn, du solltest antreten! Hast du einen Partner?«

Ich senke den Blick. Ihre Begeisterung gefällt mir, und ich möchte jetzt nicht darauf hinweisen, dass ich mir ja nicht einmal ein Fahrticket in den Süden von London leisten kann.

»Nun gut, wenn es dir so wichtig ist ...« Ich zeige ihr zunächst die veränderte Grundhaltung, die in der Wiener Schule sehr viel lockerer und nachgiebiger ist als im eher steifen englischen Stil. Sie ahmt sie nach und ich sehe sofort, dass sie nicht nur eine geübte Balletttänzerin ist, sondern auch seit den jüngsten Jahren auf dem Eis steht. Zudem lernt sie unglaublich schnell, fast bin ich ein wenig neidisch.

»Unglaublich, das macht ja so viel mehr Spaß«, ruft sie mir eine Viertelstunde später ausgelassen zu, nachdem sie vorsichtig eine erste Wendung versucht hat.

Da kann ich nur zustimmen.

»Ich wünschte, wir könnten Stunden bei dir nehmen«, überlegt sie laut. »Wir haben zwar einen Trainer, aber man merkt ihm richtig an, dass er eigentlich keine Lust hat, und er gibt nur notdürftige Tipps. Aber wenn meine Geschwister diesen neuen Stil lernen könnten, dann ... dann wäre ihnen der Sieg sicher.«

Ich beobachte sie genau und kann kaum glauben, wie schnell sie sich in den neuen Stil eingefunden hat. »Wieso treten nur deine Geschwister bei der Weltmeisterschaft an? Du solltest unbedingt ebenfalls antreten«, entgegne ich, denn die Art, wie sie sich auf dem Eis bewegt, habe ich bisher nur bei einem gesehen: Jackson Haines.

Als hätte ich einen Fluch ausgesprochen, stolpert sie mit dem nächsten Wimpernschlag und liegt bereits auf dem Eis. Rasch rappelt sie sich wieder hoch und ich sehe sie fragend an. »Ich?« Sie lacht fast schon hysterisch auf. »Das geht leider nicht. Unter gar keinen Umständen.«

»Aber wenn deine Geschwister angemeldet sind …« Sie kommt aus gutem Hause, Geld sollte keine Schwierigkeiten bereiten und an Talent mangelt es ihr gewiss nicht.

Mit einer Handbewegung wischt sie meine Einwände fort. »Lange Geschichte … So. Was macht man nun, um das Eis wieder glatt zu bekommen? Ich werde dir helfen, nachdem ich so viel deiner Zeit beansprucht habe.«

Ich will sie fragen, ob sie nicht dringend zurückmuss, wenn keiner wissen darf, dass sie nachts unterwegs ist, aber sie wirkt fest entschlossen, und so zeige ich ihr, wie man den Glätter in heißes Wasser taucht und dann so über das Eis zieht, dass eine spiegelglatte Fläche entsteht. Merkwürdigerweise funktioniert es mit heißem Wasser besser als mit kaltem, es gefriert zügiger auf dem Eis.

Man braucht etwas Übung, um das Wasser gleichmäßig zu verteilen, aber für das erste Mal stellt sie sich nicht so schlecht an. Florence Madeline Cave heißt sie, aber ich soll sie einfach Madge nennen. Sie erzählt mir, dass es ganz früher hier in London Eislaufhallen gegeben hat, wo man auf einem dicken Gemisch aus Schweineschmalz gelaufen ist, und dass das fürchterlich gestunken haben muss, und ich verziehe bei der Vorstellung das Gesicht. Sosehr ich das Eislaufen auch liebe, auf toten Schweinen würde ich es ungern machen wollen.

Madge fragt mit großem Interesse nach Wien, und ich erzähle ihr, warum ich hier bin. Wenn wir gemeinsam zum breiten Trog mit dem heißen Wasser zurückkehren, erinnert es mich an die Zeit, als ich mit meinen Freunden damals für das große Winterfest geübt habe. Auch wenn ich verdammt hart arbeiten musste, vermisse ich meine Freunde und die gemeinsamen Stunden, die wir auf dem Eis verbracht haben. Ich muss mir eingestehen, dass es sehr guttut, wieder über die gemeinsame Leidenschaft reden zu können und die Arbeit nicht alleine zu verrichten. Unter den Suffragistinnen habe ich zwar auch Freundinnen gefunden, aber es ist immer etwas anderes, wenn man ein gemeinsames Hobby hat. Wenn dasselbe Feuer in einem lodert. Wenn man das Eislaufen so sehr liebt, dass man sogar eine eher stupide Arbeit mit Freuden erledigt, weil es bedeutet, dass man immerhin auf dem Eis ist.

Madge beschwert sich kein einziges Mal über die Arbeit, schaut fasziniert zu, wie sich die feinen Risse mit Wasser füllen und kurz darauf eine neue Eisschicht entsteht. Sie scheint keine dieser hochnäsigen, verwöhnten gehobenen Töchter zu sein und das gefällt mir. Im vergangenen Jahr habe ich gelernt, dass ich möglicherweise etwas zu sehr meinen Vorurteilen verhaftet war, wenn ich behauptete, dass alle Töchter aus gutem Hause ein einfaches und luxuriöses Leben führen, dennoch begegnet man noch oft genug Menschen aus der herrschenden Schicht, die uns Arbeiterinnen und Arbeiter wie Fußabtreter behandeln.

Aber Madge wirkt wirklich nett, und ich spüre einen Stich in meinem Herzen, da mir bewusst wird, wie sehr ich meine Eislauffreunde vermisse. Vielleicht könnte ich ihr ja tatsächlich noch etwas mehr von dem zeigen, was Jackson mir beigebracht hat.

»Sieht toll aus«, sagt sie, als wir fertig sind und stolz unser Werk bewundern. Wie vollkommen unberührt liegt die Eisfläche vor uns, wie auf einer Torte glatt gestrichene Sahne.

»Man ist jedes Mal fast versucht …« Ich deute an, die Fläche befahren zu wollen, denn tatsächlich fällt es mir jede Nacht aufs Neue schwer, mich davon abzuhalten. Es ist einfach zu verlockend.

»Untersteh dich!« Mahnend hebt Madge den Zeigefinger. »Weißt du, was das für eine Arbeit war?«, fragt sie lachend. »Ich verspreche hoch und heilig, fortan jeden Morgen deiner zu gedenken, bevor ich die glatte Fläche betrete.« Sie knickst so tief vor mir, als sei ich die Königin, und ich greife lachend nach meinem Mantel aus grober Wolle, dem man leider auf den ersten Blick ansieht, dass ich ihn auf dem Markt sozusagen *für'n Appel und'n Ei* erstanden habe, und schlüpfe hinein.

Ihr Lachen erstirbt.

Was hat sie nur? Ihr muss doch bewusst gewesen sein, dass ich eine Arbeiterin bin. Selbst wenn das Glätten heute ihr Freude bereitet hat, ist es nicht unbedingt eine Vergnügung der Oberschicht.

»Du … du bist eine von denen?«

Jetzt sehe ich, wohin sie blickt. Die Anstecknadel, die Dorothy mir geschenkt hat. Mit den Streifen aus Violett, Weiß und Grün, den Farben der Suffragistinnen.

»J… ja«, stottere ich verdattert, da sie so geschockt wirkt. Ich weiß, dass es viele Frauen gibt, die sich mit ihrer Rolle abgefunden haben und nicht für die Gleichberechtigung kämpfen. Einige sind sogar streng gegen jegliche Änderungen und wollen nichts davon hören. Aber bisher habe ich niemanden in meinem Freundeskreis, der es nicht zumindest ebenfalls unfair findet, dass Frauen so wenig Rechte haben. Und Madge hat bisher wie eine sehr aufgeweckte Person gewirkt. »Natürlich sollten auch Frauen das Recht haben zu wählen, wir sind doch ebenso Bürgerinnen dieses Landes und leisten unseren Beitrag. Außerdem …«

Sie schüttelt heftig den Kopf, unterbricht dadurch meinen Redeschwall. »So ein Humbug! Frauen und Männer sind nun mal unterschiedlich, daran gibt es nichts abzustreiten, und das ist auch gut so. Wir sind die Familienmenschen und kümmern uns um diese Belange. Die Politik können wir den Männern überlassen.«

Ich schnaube. Das ist das häufigste Argument, aber oft wird dabei vergessen, dass wir nicht allein für das Wahlrecht kämpfen, auch wenn das ein zentraler Schritt ist. »Wenn dem so ist, wie erklärst du dir dann, dass nach einer Trennung das alleinige Sorgerecht für die Kinder beim Vater bleibt? Auch dagegen setzen wir uns ein.«

Mit Genugtuung erkenne ich, dass ihr das den Wind aus den Segeln nimmt. Sie gerät ins Schlingern wie ein Anfänger auf dem Eis. »Nun gut. Das wäre unter Umständen vielleicht tatsächlich sinnvoll, wenn es geändert würde. Aber das mit dem Wählen …« Langsam schüttelt sie den Kopf und denkt dabei angestrengt nach. »Politik ist so … unweiblich. Das ist doch nichts für unsere gefühlvollen Gemüter.«

»Wusstest du, dass es Frauen früher nicht erlaubt war eiszulaufen? Das wurde auch als unweiblich erachtet.« Das hat mir Nikolett in Wien erzählt. Ich kenne niemanden, der so viel liest wie sie.

»Wirklich?«, fragt Madge ungläubig und spornt mich dadurch zum Weitermachen an.

»In der Tat. Wir mussten uns den Platz auf dem Eis erst erkämpfen. Und mit der Politik ist es meines Erachtens genauso.«

Madge verschränkt die Arme. »Ich weiß nicht. Mit dem Eislaufen haben sie sich vertan, das ist klar. Warum sollten wir das nicht können? Aber Politik ist etwas anderes. Allein schon wegen des Denkens. Wir Frauen können doch gar nicht anders, als unsere Gefühle miteinzubinden. Wir sind nicht so rational wie die Männer …«

Oh mein Gott, wie oft habe ich das schon gehört? Immer wieder kommen diese Argumente mit den Gefühlen. Ich möchte es sachlich mit ihr diskutieren, sie bestenfalls auf unsere Seite ziehen, gleichzeitig spüre ich den Zorn in mir aufsteigen. »Weißt du was? Ich für meinen Teil bin sehr rational. Vielleicht liegt es also gar nicht am Geschlecht, ob man ein rationaler Mensch ist oder nicht? Aber selbst wenn nicht, vielleicht würde den Gesetzesmachern ein wenig Gefühl gar nicht schaden? Warum zum Teufel wehrt ihr euch alle gegen die kleinste Veränderung, wenn doch klar auf der Hand liegt, dass es einfach nicht gerecht ist?«

Weiter komme ich nicht, denn sie schneidet mir das Wort ab. »Entschuldige«, sie macht eine abwehrende Handbewegung und sieht von mir weg. »Aber wenn du wirklich so denkst, möchte ich nichts mehr mit dir zu tun haben.«

Sie schnappt sich ihre Handtasche und eilt in großen Schritten in Richtung des Fensters davon, durch das sie gekommen ist, und ich starre ihr hinterher.

Ich kann es nicht fassen. Die freundliche und blitzgescheite Florence Madeline Cave ist eine Antisuffragistin.

Kapitel 5

Madge

»Was?« Mit einer heftigen Bewegung fahre ich hoch und blicke mich orientierungslos in meinem Zimmer um. Die Haare kleben an meinen Schläfen und es fühlt sich an, als läge ein Haufen Backsteine auf mir.

»Ich habe dich gefragt, ob du heute gar nicht mehr aufstehen willst.« Helen sieht mich belustigt an, während sie ihre langen Haare flicht, und Danielles zerwühltes, aber leeres Bett zeigt, dass unsere kleine Schwester bereits unten ist. »Was ist denn mit dir los?«, fragt sie verblüfft.

Und ich kann es ihr nicht verdenken. Um meinem Vater zu beweisen, dass er keinen Fehler begangen hat, stehe ich normalerweise unglaublich früh auf, plätte meine Kleider frisch und perfektioniere meine Haare.

»Du weißt, dass Vater es nicht mag, wenn wir nicht rechtzeitig zum Frühstück unten sind, wo wir uns ohnehin so selten sehen.«

Aber heute? Mein ganzer Kopf surrt und ich presse eine Hand dagegen.

»Man könnte meinen, du wärst gestern auf einer rauschenden Ballnacht gewesen …«, neckt Helen mich und ich lache gequält.

Genauso fühle ich mich im Grunde auch. Die *Grandfather Clock* hat zehn Minuten nach vier Uhr gezeigt, als ich lautlos und zum Glück unbemerkt in den Flur gehuscht bin. Nur drei Stunden Schlaf also – und im Traum habe ich Endlosdiskussionen mit Julianna über das Frauenwahlrecht geführt, in denen wir uns immer wieder im Kreis drehten. Ich war weiterhin überzeugt, dass Politik nicht zum Wesen der Frauen passt, und sie hat vehement dafür argumentiert, dass alle Menschen vor dem Gesetz gleich sein sollten.

»Vielleicht ist eine Erkältung im Anzug«, bringe ich als Erklärung hervor und schlage mühevoll die Bettdecke zurück.

»Oh nein!« Helen fällt vor mir auf die Knie und mustert mich besorgt. »Willst du das Training lieber ausfallen lassen?«

Ich stoppe mitten in der Bewegung, denn ihr Vorschlag bringt das andere Desaster in meine Gedankenwelt zurück. Benedict wird in wenigen Wochen fort sein. Ich erinnere mich an meinen angefangenen Plan vom Vorabend, auch wenn er noch nicht sehr weit ausgereift ist. Im Grunde genommen besagt er lediglich, dass ich blendend aussehen muss und so viel Zeit mit ihm verbringen sollte, wie es nur irgendwie möglich ist.

»Auf gar keinen Fall«, antworte ich daher meiner Schwester. »Könntest du mir heute noch einmal diese Flechtfrisur machen, wie zum Ball im Savoy, von der du meintest, dass sie mir so gut steht?« Ich schaffe es nicht, die Worte auszusprechen, ohne eine Nuance dunkler zu werden, und ich spüre das Prickeln der Hitze an meinen Haarwurzeln.

Entweder merkt Helen es nicht oder sie ist taktvoll genug, es nicht anzusprechen, und eine halbe Stunde später schreite ich mit der Flechtfrisur, die ich mit zwei einwandfrei sitzenden Schildpattspangen finalisiert habe, die Treppe hinunter.

Danielle und Henry sitzen bereits am Tisch. Vater nickt mir wohlwollend zu, Mutter blickt kaum von der Zeitung auf, lächelt aber, als ich ihr einen Kuss auf die Wange hauche.

»So spät heute?« Vater sieht mich fragend an. »Nicht, dass ihr euer Training vernachlässigt.«

Eilig greife ich nach dem Brötchen und entschuldige mich wortreich. »Wir bleiben dafür heute eine halbe Stunde länger«, kündige ich an, damit er weiß, dass man sich weiterhin auf mich verlassen kann. »Apropos. Ich habe von einem vollkommen neuartigen Eislaufstil gelesen, den man wohl in Amerika und neuerdings auch auf dem Kontinent fährt. Möglicherweise könnte er uns noch höhere Chancen bei der Weltmeisterschaft einbringen?«

»Hmmm.« Vater lässt in der Bewegung sein Buttermesser sinken. »Jetzt noch alles ändern? Ich denke, das wäre zu heikel. Setzen wir besser auf das Altbewährte.«

Mutter schlägt die Zeitung um und in der nächsten Sekunde geht ein empörter Aufschrei durch den Salon. »Ach du lieber Himmel, das gibt es doch nicht!«

»Was?«, rufen alle Anwesenden im Raum, selbst das Dienstmädchen, alarmiert. Henry ist, so wie ich, aufgesprungen, und wir versuchen, einen Blick über Mutters Schulter zu erhaschen.

»Diese …« Angewidert wirft sie die Zeitung auf den Teller. »Diese hysterischen … aufmüpfigen Biester! Die Kampfweiber! Jetzt sind sie wirklich zu weit gegangen. Es reicht.«

»Was haben sie denn getan?«, fragen Henry und Helen gleichzeitig.

Vater hat die Zeitung vom Teller genommen und schlägt sie auf. Da ist ein Foto, auf dem ich den Kensington Palace erkenne. »Das gibt es doch nicht! Sie haben den Kensington Palace beschmiert? Den Palast! Nun haben sie eindeutig den Verstand verloren.«

Auf einem zweiten Foto entdecke ich jetzt auch schwarze Linien und die Parole *»Votes for Women«*, die auf den Stein gestempelt worden sein muss. Unwillkürlich frage ich mich, ob Julianna bei der Aktion dabei war. Allerdings weiß ich nur zu gut, dass sie nachts eisgelaufen ist. Aber vielleicht davor? Mir wird übel und ich muss mich an Vaters Stuhllehne festhalten. Wenn meine Eltern wüssten, dass ich mit so einer Person auch nur ein Wort gewechselt habe, würden sie mich vor die Tür setzen.

»Unglaublich!«, sage ich mit klopfendem Herzen. Ich finde, das geht wirklich nicht. Sie können ja eine andere Meinung haben, aber Dinge mutwillig zerstören, nur um ihren Willen durchzusetzen? Das darf man nicht tolerieren. Ich sollte unbedingt ein weiteres Treffen der Union for Opposing Woman Suffrage einberufen.

»Wir werden bei unserer Vereinsversammlung heute Nachmittag besprechen, wie wir dagegen vorgehen können«, kündige ich an. »So darf es nicht weitergehen.«

Eine halbe Stunde später als üblich betreten wir den Skating Rink, und als ich die glatte Fläche sehe, die nun bereits von zahlreichen Linien zerfahren ist, bekomme ich einen kleinen Stich. Julianna hat so nett gewirkt und es war aufregend, jemanden kennenzulernen, der schon so viel erlebt hat. Wenn sie allerdings mit Menschen, die mutwillig den Kensington Palace verschandeln, gemeinsame Sache macht, will ich nichts mit ihr zu tun haben. Das geht einfach zu weit.

Jetzt richte ich meine Aufmerksamkeit aber erst einmal auf die Eisläufer. Wie wird Benedict auf meine schicke Frisur reagieren?

Meine Augen finden ihn sofort, leider sieht er jedoch nicht in meine Richtung. Dafür ist Edgar da, kaum dass ich auf dem Eis stehe. Haarscharf kommt er vor mir zum Stehen, das ist seine liebste Übung.

»Madge. So blass heute? Willst du der Eisfläche Konkurrenz machen?«

Eines Tages werde ich ihm den Hals umdrehen, das schwöre ich mir in diesem Moment. Ich habe mich extra für Benedict herausgeputzt, und er schafft es im Handumdrehen, den Fokus auf meinen heutigen Makel zu lenken? Mir ist bewusst, dass ich damenhaft darüber hinweggehen sollte, aber er geht darin auf, mich zu beschämen, und das lasse ich mir nicht bieten.

»Wenn man jeden Morgen dich als Erstes sieht, kann einem nun mal schon ganz anders werden«, zische ich und fahre los, sein kaltes Lachen in meinen Ohren.

Ich weiß, dass meine Worte ihm nichts anhaben können. Er ist selbstbewusster als ein Königspudel, denn er ist nicht umsonst Trainer und vielleicht der begabteste Läufer des ganzen Rinks. Leider. Zum Glück wird er in der Einzeldisziplin starten, also kann er Helen und Henry nichts anhaben.

Pflichtbewusst übe ich mit den beiden die Figuren. In der

Wartezeit kann ich manchmal nicht widerstehen, sehe in den unnachgiebigen Spiegel, der viel zu klar die Wirklichkeit zurückwirft. Sind auch keine neuen Pickel gekommen? Die Ringe unter den Augen nicht zu tief? Genügt mein Äußeres? Muss es das überhaupt oder sollte ich doch lieber auf einen Mann setzen, der vor allem meine inneren Werte zu schätzen weiß? Aber vor allem gibt der Spiegel mir die Möglichkeit, Benedict zu beobachten, ohne dass der Aufseher es mitbekommt. Sieht er in meine Richtung?

Jetzt steht er da mit den anderen und sie reden aufgeregt miteinander. Entschieden klappe ich den Spiegel zu und gleite hinüber. Scheinbar hoch konzentriert auf meine Bewegungen fokussiert, nehmen sie mich kaum wahr. Ich höre »Salon«, es scheint ein richtig großes Ereignis zu sein, und ein Datum, den Tag vor Weihnachten.

Benedict möchte zu einem Salon gehen?

Das könnte eine gute Gelegenheit sein, mit ihm ins Gespräch zu kommen, ich sollte versuchen, mehr darüber zu erfahren. Vielleicht könnte ich mich irgendwie in das Gespräch einbringen?

Ich fahre ein klein wenig in dem Stil, den Julianna mir gezeigt hat, aber so, dass die anderen es nicht merken. Was Benedict betrifft, könnte ich ohnehin genauso gut ein Teil der Bande sein oder ein Stuhl oder eine Lampe. Irgendetwas, das zum Inventar gehört, an das man sich so gewöhnt hat, dass man ihm nicht weiter Beachtung schenkt.

Ganz gleich, was ich mache, er reagiert nicht. Mehrere Male bin ich nah an ihm vorbeigefahren. Ich habe so laut gelacht, dass ich mir selbst lächerlich vorgekommen bin. Ich habe mich, scheinbar ermüdet, alleine auf die Stühle gesetzt, um ihm die Gelegenheit zu geben, mich im vertraulichen Rahmen anzusprechen. Nichts.

Jetzt lehne ich an der Bande, beobachte unverhohlen das Training der Männer, solange Helen und Henry ihre Sandwiches zu Mittag verspeisen, das ich lieber ausfallen lasse. Vielleicht interessiert er sich ja dafür, wer ihm zuschaut? Sie fahren jetzt alle im Kreis, der Vorderste zeigt jeweils eine Übung und Edgar gibt Tipps zur Verbesserung.

Immer wieder nicke ich anerkennend, wenn eine Figur besonders gut gelingt. Außer bei Edgar. Aber ich kann ja nicht nur Benedicts Übungen wohlwollend gegenüberstehen, das wäre zu auffällig. Leider kann ich trotz meines echten Interesses ein regelmäßiges Gähnen nicht verhindern. Das Adrenalin, das mich in den frühen Stunden wach gehalten hat, nimmt langsam ab.

»Man könnte fast meinen, du wärst die gesamte letzte Nacht auf den Beinen gewesen, so viel wie du gähnst«, sagt Edgar, der plötzlich neben mir steht. »Aber Madge!« Er sieht mich an, als habe ihn ein plötzlicher Geistesblitz getroffen. »Das warst doch nicht etwa du mit dem Kensington Palace?«

Habe ich mir eben noch die Aufmerksamkeit von Benedict gewünscht, würde ich sie nun am liebsten wegschicken wie einen ungezogenen Hund. *›Pfui! Aus! Weg!‹*

Aber es ist zu spät.

Wie alle anderen Männer schaut er zu mir herüber. Und lacht.

»Ach, weißt du«, ich stoße mich ab und lasse mich langsam über das Eis gleiten. »Eigentlich bin ich mit der momentanen Gesellschaftsordnung zufrieden und ich würde nichts ändern wollen. Nur wenn ich mir dann ansehe, dass du wählen darfst und ich nicht …« Ich mache eine abrupte Wendung auf der Kufe und bleibe stehen. Sehe Edgar direkt in die Augen. »Ich weiß nicht … Aber ich kann mich dann einfach des Eindrucks nicht erwehren, dass es vielleicht doch besser wäre, den hysterischen Weibern das Wahlrecht zu überlassen.«

Normalerweise mag ich meine tiefe und kräftige Stimme nicht besonders, sie ist viel zu unweiblich. Heute hilft sie mir, denn jeder hat mich gehört und die Lacher habe ich auf meiner Seite, wie ich an den Mienen der anderen bemerke. Trotzdem blinzle ich vorsichtig in Benedicts Richtung. Auch wenn es offensichtlich war, dass ich gescherzt habe, er darf keinesfalls denken, dass ich eine Suffragette bin.

Doch plötzlich ist da etwas, womit ich nie gerechnet hätte: Er lächelt mich an.

Kapitel 6

Madge

Drei Tage später bin ich so weit, dass ich es nicht mehr aushalte. Ich habe meine Eltern, meine Geschwister und auch beim Treffen der Antisuffragetten herumgefragt, ob sie von einem Salon am Tag vor Weihnachten gehört haben, aber keiner konnte mir weiterhelfen. Alle haben sich lediglich über das ungewöhnliche Datum gewundert.

Ich komme hier also nicht weiter. Immerhin ein weiteres Mal hat Benedict mir seine Aufmerksamkeit geschenkt, wieder, als es um das Frauenwahlrecht ging. Langsam frage ich mich, ob er ein Unterstützer der Suffragetten ist. Bisher habe ich ihn eigentlich eher konservativ eingeschätzt. Davon abgesehen geht es jedoch bei Benedict nicht voran. Ich muss zu drastischeren Mitteln greifen, habe ich letzte Nacht beschlossen, als ich wieder nicht einschlafen konnte.

Deswegen bin ich nun auch heute mitten in der Nacht wach.

Ich werde es tun.

Ich werde meine Haare blond färben, ganz gleich, welche Risiken damit verbunden sind. Sogar auf dem hölzernen Kästchen mit den beiden gläsernen Fläschchen, die ich heute nach dem Training in der Apotheke erstanden habe, steht, dass sie mit Vorsicht zu behandeln seien. Oder bezieht sich das nur auf das Glas? Behutsam hebe ich das erste Fläschchen heraus. AMMONIAKLÖSUNG prangt in dunkelblauer Tinte handgeschrieben darauf. Etwas kleiner darunter: *»Zum Bleichen«*. Auf dem zweiten steht in der gleichen Handschrift WASSERSTOFFPEROXID.

»Vermeiden Sie Kontakt mit Haut und Augen.« Mir wird mulmig zumute. Das alles erinnert mich an den Chemiebaukasten, den mein Bruder John vor vielen Jahren zu Weihnachten bekommen hat. Wenige Wochen später hat er uns eine Explosion in seinem Zimmer beschert.

Was, wenn es schiefgeht? Andererseits ist das hier nur Haarfärbemittel. Wenn es eine Explosion verursachen könnte, würde man es gewiss nicht in der Apotheke verkaufen. Außerdem habe ich als Frau kaum eine andere Möglichkeit, als mein Aussehen zu verbessern, und ich kann nicht länger untätig herumsitzen. Auf einer handgeschriebenen Anleitung sind genau die einzelnen Schritte aufgelistet:

1. *Tinktur auf den beiliegenden Schwamm träufeln, bis dieser triefend nass ist.*
2. *Großzügig auf den Haaren verteilen.*
3. *Haare mit einem Hornkamm durchkämmen.*
4. *Eine halbe Stunde warten.*
5. *Durch häufiges Übergießen mit Wasser restlos aus den Haaren waschen.*

Mit fahrigen Händen durchsuche ich die Kommode nach einem Hornkamm. Und nur die Vorstellung von mir mit strahlend blonden Haaren und Benedicts nicht weniger strahlendes Lächeln, wenn er mich so sieht, treibt mich an weiterzumachen.

Ich halte mich genau an die Anleitung. Was diese jedoch nicht erwähnt, ist das fürchterliche Brennen und Kribbeln, das mich nach zehn Minuten quält. Ich will meine Finger tief in meine dicken Haare vergraben und in kreisenden Bewegungen über die Kopfhaut fahren. Aber meine Haut darf das Mittel ja nicht berühren. Weitere zehn Minuten, die so langsam wie die Jahreszeiten herankriechen, stehe ich durch. Versuche zu lesen, aber das Jucken raubt mir jegliche Konzentration. Noch einmal fünf Minuten stehe ich durch, indem ich im Badezimmer immer wieder im Kreis laufe. Ich will es unbedingt loswerden, aber ich darf das Zeug nicht zu früh herauswaschen, sonst ist es nicht richtig blond, allemal ein verwaschenes Aschblond. Das ist nicht genug, um Benedicts Aufmerksamkeit zu erregen.

Endlich ist es so weit.

Ich darf mich vor die Badewanne knien und alles wieder auswaschen. Es tut so gut zu spüren, wie das kalte Wasser über meine Kopfhaut läuft, das Jucken vertreibt wie eine wohltuende Salbe. Mit geschlossenen Augen genieße ich den Wasserstrahl – und erschrecke, als ich sie wieder öffne.

»Nein!«, entfährt es mir, und wenn ich mich nicht darauf stützen würde, da ich noch immer hocke, würde ich wohl die Hand vor den Mund schlagen.

Im Abfluss hat sich ein kleiner Berg Haare gesammelt. Graubraune Haare. Doch das ist momentan mein geringstes Problem. Als ich mit den Fingern hindurchfahre, verfangen sich dicke Schlangen aus Haaren dazwischen. Sie müssen allesamt ausgefallen sein.

»Nein, bitte …« Ich darf meine Haare nicht verlieren! Mein Aussehen ist alles, was ich habe, und lange, kräftige Haare sind ein Muss. Vielleicht wäre mir mit einer Glatze Benedicts Aufmerksamkeit gewiss, seine Ablehnung allerdings auch. Mit einem brennenden Klumpen im Hals wringe ich das Wasser aus meinen Haaren, nicht ohne weitere Büschel aus der einst so dicken Mähne widerstandslos herauszuziehen. Immerhin sind nach wie vor zahlreiche Haare fest am Kopf verwurzelt.

Ich kämpfe mich nach oben, wage einen Blick in den Spiegel. Diesmal schlage ich wirklich die Hand vor den Mund. Ich spüre meinen Herzschlag bis in die Ohren und kann nicht verhindern, dass mir ein kleiner Schrei entfährt. Ein Japsen, weil ich leise sein muss. Ansonsten hätte ich wohl das gesamte Haus, wenn nicht sogar ganz London zusammengeschrien.

Aus dem Spiegel blickt mir zwar mein eigenes Gesicht entgegen, aber ich kann es kaum als solches erkennen. Nicht unter diesen merkwürdigen Haaren, die zwar am Ansatz teilweise das gewünschte Weißblond haben – das allerdings von leuchtend orangen Flecken übersät ist. Es erinnert mich an das Fell einer Hyäne, die ich im vergangenen Jahr im Zoologischen Garten im Regent's Park gesehen habe.

Ich kann nicht mehr. Mit brennenden Tränen in den Augen sinke ich kraftlos zu Boden.

So kann ich niemandem unter die Augen treten.

Ich bin doch ohnehin schon in Verruf geraten. Wenn ich mich nun so in der Gesellschaft sehen lasse, ist mein Ruf endgültig zerstört und ich kann eine Heirat vergessen. Mit einem Mann wie Benedict, der durch sein tadelloses Benehmen und sein gutes Aussehen ohnehin frei wählen kann, sowieso. Aber selbst eine weniger gute Partie, ja sogar eine schlechte Partie wäre überaus schwierig. Ich werde als alte Jungfer im Haus meiner Eltern bleiben.

Was habe ich nur getan?

Kapitel 7

Julianna

Nach den Schlagzeilen zu unserer Aktion am Kensington Palace fühle ich mich federleicht und meine Schritte wippen beim Gehen. Unwillkürlich muss ich an Nikoletts Unterricht für das Betragen einer höheren Tochter denken, den sie mir im vergangenen Jahr gegeben hat. Als höhere Tochter wäre ein derartiges Verhalten mit Sicherheit verboten – viel zu viel Gefühl zeigt es –, aber zum Glück muss ich auf so etwas keine Rücksicht mehr nehmen und kann meiner guten Laune freien Lauf lassen.

Endlich geht es voran! Unsere Forderung wird nun wahrgenommen, dafür haben wir gesorgt, wir lassen uns nicht mehr milde belächeln. Dorothy wird auf dem großen Feminist Forum, das im Dezember im Crystal Palace stattfindet, darüber berichten und vielleicht werden dann noch mehr unserem Beispiel folgen.

Meine gute Laune verschwindet jedoch jäh, als ich am nächsten Zeitungskiosk unser heutiges Datum sehe, und ich bleibe stehen.

Der 10. November.

Obwohl die Schlagzeile darunter hundertmal so groß ist, sehe ich nur das Datum. Wie kann die Zeit so schnell verflogen sein? Der 10. November ist der Termin, den ich mir vor vier Monaten gesetzt habe. Dann muss ich es jetzt also tun. Ich suche nach der kleinen, abgebrochenen Bronzefigur in meiner Tasche und drücke sie, bis es schmerzt. Sie wurde damals mit mir im Waisenhaus abgegeben und ist alles, was ich von meiner Mutter habe.

Ganz gleich, wie unwohl mir dabei ist, schließlich birgt die ganze Angelegenheit ein ziemliches Risiko. Aber ich bin gekommen, um endlich herauszufinden, wer meine Mutter ist und warum sie mich im Heim zurückgelassen hat. Und ich muss mir offen eingestehen, dass ich mit meiner Suche kaum weiter bin als zu Beginn. Ich kann mittlerweile höchstens allerlei Sachen ausschließen.

In London gibt es drei große Kunsteishallen oder Skating Rinks, wie man hier dazu sagt: das Glaciarium, die Niagara Hall in der Victoria Street und Prince's Skating Rink, wo ich die Anstellung ergattern konnte. Der Besitzer ist sehr streng, eigentlich wollte er mich nicht. »Eine Frau doch nicht, für solch eine Aufgabe …« Zum Glück hatte ich Leo zu Hause in Wien einige Mal mit seiner Natureisfläche geholfen, daher wusste ich, wie es geht. Und als ich gehört habe, dass hier im Prince's Skating Rink jemand für die Wartung der Fläche gesucht wurde, hat Leo mir ein Empfehlungsschreiben entworfen, das mir beinahe die Schamesröte ins Gesicht trieb, so viele Schnörkel hatte sein Lob. Gleichzeitig hat er steif und fest behauptet, dass es nichts als die Wahrheit sei und die Tatsache, dass wir heiraten wollen, nichts damit zu tun habe.

Neben dem Prince's Skating Rink habe ich auch jede andere Eislaufhalle aufgesucht und mich nach *Angelina, dem fliegenden Eisengel* erkundigt. So hat meine Mutter sich offenbar genannt.

Jackson, der mich überhaupt erst auf die Idee gebracht hat, in London nach ihr zu suchen, hat es mir erzählt. Tatsächlich scheint hier jeder schon einmal von Angelina – dem Eisengel mit den tollkühnen Schauelementen, die sie aussehen lassen, als könne sie fliegen – gehört zu haben. Die Augen leuchten auf, wenn sie in der Erinnerung schwelgen. Sie sprechen von einem Ausnahmetalent, einer ausgesprochenen Koryphäe, deren Leistungen so schnell keiner nachmache. Und jeder hat mir eine große Ähnlichkeit zwischen ihr und mir bestätigt.

Nur hat sie in den vergangenen fünf Jahren niemand mehr gesehen.

Aber vielleicht gibt es heute gute Nachrichten. Eine Chance habe ich noch, bevor ich den riskanten Schritt wage. Leichtfertig bis gefährlich, wäre vielleicht der bessere Ausdruck.

Noch besteht eine kleine Hoffnung. Ich habe nämlich in Erfahrung gebracht, dass meine Mutter früher in Pimlico gewohnt hat. Es ist der einzige Stadtteil in der Nähe von Prince's Skating Rink, der auch für Arbeiter erschwinglich ist, daher habe ich dort nach meiner Ankunft in London ein verhältnismäßig günstiges Lodging House für Frauen bezogen. Und in Pimlico habe ich am Schwarzen Brett der Kirche einen Aushang gemacht. Irgendjemand muss sie doch kennen, wenn sie jahrelang hier gelebt hat.

»Julianna!« Das faltige Gesicht des Priesters verzieht sich zu einem Lächeln, als ich ihn nach dem Gottesdienst anspreche – obwohl ich der Messe nicht beigewohnt habe. Ächzend macht er den Rücken gerade und legt das Eisenhütchen weg, mit dem er die Kerzen ausgelöscht hat.

»Gibt es Neuigkeiten?«, platzt es unumwunden aus mir heraus.

Mit zusammengepressten Lippen schüttelt er den Kopf. »Leider wieder nicht.«

Ein großer Teil meines Tatendrangs verschwindet mit seinen Worten, aber ich zwinge mich zu einem Lächeln. »Vielleicht ja nächste Woche.«

Langsam trotte ich den Gehweg entlang. Ich muss es also tun. Diesen Pakt habe ich nach langem Ringen mit mir selbst geschlossen, nachdem ich sämtliche Gemeindearchive und die öffentlichen Bibliotheken abgeklappert hatte. Ich bin dadurch nicht weitergekommen. Sehr viel ergiebiger wären die Archive der Zeitungen, die *Times*, der *Guardian*, oder für meine Zwecke am vielversprechendsten wäre sicherlich die *Illustrated London News*, da sie auch über kleinere Ereignisse berichtet.

Dummerweise sind diese Archive kostenpflichtig.

Gezwungenermaßen muss man dort die Dienste des Archivars in Anspruch nehmen – selbst wenn man ganz sorgfältig alles an den vorherigen Platz zurückstellt, wie ich versprochen habe, doch diesen Vorschlag fanden sie lediglich belustigend. Und so kostet ein Tag im Archiv ein Pfund! Leider verdiene ich durch meine sämtlichen Anstellungen gerade mal so viel, dass es für das Lodging House und etwas Essen reicht. Selbst für die Seife ist es im vergangenen Monat knapp geworden, da ich weniger Botengänge bekommen habe.

Etwas Geld habe ich aber dennoch. Eine Anweisung über zehn Pfund – ein Vermögen, für das ich ewig sparen müsste, da ich selten etwas beiseitelegen kann. Es gibt nur ein Problem: Nikolett hat es mir für die Rückfahrt geschickt.

Das mulmige Gefühl hält an, selbst als ich nachts wieder das Eis glätte und der vertraute Geruch des Kunsteises mich umgibt. Ich habe heute ein Pfund ausgegeben! Ein ganzes Pfund! Das sind zwanzig Shilling oder zweihundertvierzig Pence. Pro Botengang bekomme ich gerade mal drei Pence, wenn ich Glück habe. Selbst wenn ich an zwei Morgen die Woche als Tagelöhnerin auf dem Fischmarkt aushelfe, habe ich erst nach einem Monat ein Pfund verdient.

Ein Pfund einfach so für etwas nicht absolut Überlebensnotwendiges auszugeben, grenzt an Wahnsinn. Man kann davon zusammengenommen ein Dutzend Eier, einen Luxusartikel wie ein Pfund Kaffee, ein Stück Seife, eine Flasche Lampenöl, ein Pfund Reis, ein Pfund Zucker und sogar eine Flasche billigen Gin kaufen. Selbst dann hätte man genug übrig für ein Paar Lederstiefel und ein Hemd aus einfachem Stoff. Wenn man gut verhandelt, sogar noch für einen Hut.

Und ich habe es für einen Tag im Archiv ausgegeben – und weiß nicht einmal, wie viele weitere ich noch benötigen werde, denn der heutige Tag hat keine neuen Erkenntnisse gebracht, obwohl der energische Archivar Ordner um Ordner auf meinem Tisch gestapelt hatte.

Ich mache mit dem Glätter kehrt und das ungute Gefühl nagt weiter. Habe ich einen riesigen Fehler begangen? Es wird verdammt schwierig werden, das Geld für die Rückfahrkarte wieder zusammenzubekommen.

Immerhin bleiben mir noch drei Monate, das muss doch gehen, versuche ich mich zu beruhigen. Und wenn ich sie gefunden habe, kann ich noch mehr Botengänge machen oder vielleicht sogar tagsüber eine Weile in einer Fabrik arbeiten.

Es würde gehen. Das sage ich mir immer wieder, um die innere Unruhe zu besänftigen.

Denn ich muss nach Hause zurück.

Eigentlich besser heute als morgen. Wegen Leo, ich vermisse ihn so sehr, obwohl ich es gewohnt bin, ohne ihn zu leben. Diese unglaublich große Sehnsucht kann nur jemand nachvollziehen, der ebenfalls schon einmal sein Gegenstück gefunden hat. Eigentlich hasse ich jegliche Art von Kitsch, aber wenn es um Leo geht, würde ich sogar solch übertriebene Worte wie Seelenverwandter in den Mund nehmen. Weil die Gewissheit, dass wir zusammengehören, so immens ist. Und vom ersten Augenblick an da war.

Doch die Entfernung und vor allem die Zeit sind mächtige Gegner. Man sagt zwar, dass die Zeit alle Wunden heilt, aber wenn man diese trostspendenden Worte genauer betrachtet, sieht man auch die Kehrseite der Medaille. Denn es geht um das Vergessen. Die Zeit heilt die Wunden, weil man vergisst, wie groß der Anfangsschmerz war. Und vor allem, weil man vergisst, wie groß die Liebe war. Weil man die Erinnerung, was die Person in einem ausgelöst hat, nicht mehr in sich spürt. Zumindest nicht mehr mit der gleichen Kraft wie vorher. Und deswegen wird die Trauer irgendwann leichter.

Leo und ich, die nur über einen gewissen Zeitraum getrennt sind, wollen aber gar nicht vergessen.

Dennoch kann man sich nicht dagegen wehren.

Natürlich weiß ich noch sehr gut, wie er aussieht. Es sind eher die Feinheiten. Wie tief ging noch mal das linke Grübchen? Und in welchem Dunkelbraun war der kleine Leberfleck auf seiner Schläfe? War es Nussbraun oder doch eher Kastanie?

Immer wieder hole ich die kleine Schwarz-Weiß-Fotografie hervor, die ihn zeigt und doch sein schalkhaftes Wesen nicht einfängt, und versuche, gegen das Vergessen anzukämpfen. Ich weiß, dass ich verliere, selbst wenn ich nicht genau weiß, wo die Erinnerungen wegbröckeln.

Nikolett, die Einzige, der ich all das anvertraut habe, erinnert mich eifrig, dass ich mir keine Sorgen machen soll. Er hat mich einst drei Jahre nicht vergessen können und jetzt war ich erst seit einem Dreivierteljahr fort.

Und dennoch.

Da ist dieses Gefühl.

Sehr diffus, wie eine Melodie in der Ferne, für die man sich dreht und wendet und doch nicht ausmachen kann, woher sie kommt. Oder ob man sie sich eingebildet hat. Aber seit einiger Zeit wirken Leos Briefe verändert. Nur ganz leicht, aber trotzdem spürbar. Nach wie vor hält er mich über die Fortschritte mit seiner Eisbahn auf dem Laufenden. Er kennt bereits Dorothy, Mabel und die anderen, sogar von Madge habe ich in meinem letzten Brief berichtet, und er verpasst es nie, nach dem Erfolg meines jüngsten Vorhabens in Sachen Muttersuche zu fragen. Trotzdem. Die Abstände zwischen den Briefen sind kaum merklich größer geworden. Und die Zeilen an sich ein wenig kürzer. Der Überschwang der Sehnsuchtsbekundungen hat nicht abgenommen, wirkt aber wie ein heruntergerasseltes Gedicht.

Oder bilde ich mir das nur ein?

Seit einiger Zeit bringen seine Briefe zwar eine kuschelige Freude, aber gleichzeitig auch den Schmerz. Schmerz, weil mein Bauch mir sagt, dass vielleicht etwas nicht stimmt.

Dennoch kann ich noch nicht zurückgehen. Dann würde

ich nie erfahren, wer meine Mutter ist, und das würde mich ebenso innerlich zermürben. Momentan ist es fast so, als würden die Sorgen sich wie Flammen von zwei Seiten vorarbeiten, und ich frage mich, wie lange ich ihnen noch standhalten kann.

Ich schrecke zusammen, als es heftig an das Fenster pocht, und lasse mich darauf zugleiten. Das ist ja wie vor drei Tagen. Madge würde doch nicht …

Aber als ich das Fenster erreiche, ist es tatsächlich wieder ihr helles Gesicht, das mir aus der Dunkelheit entgegenlächelt – oder so etwas in der Art.

Ich öffne den Haken, verschränke aber gleich darauf die Arme. So wie sie über uns Suffragistinnen geschimpft hat, hätte ich nicht damit gerechnet, sie noch einmal wiederzusehen. Zumindest nicht beabsichtigt. »Was willst du?«

»Ich …« Umständlich klettert sie in die Halle und schließt das Fenster hinter sich. Hilflos sieht sie mich an, irgendetwas scheint nicht zu stimmen, und ich lasse die Arme sinken, lockere meine Abwehrhaltung.

»Ich wusste einfach nicht, an wen ich mich sonst wenden soll.« Ihre Stimme klingt zerbrechlich, bei Weitem nicht mehr so markant wie beim letzten Mal. Als jetzt noch Tränen in ihre Augen treten, wird endgültig etwas in mir weich. Ich kann es nicht ertragen, andere weinen zu sehen, und deute auf die leeren Plätze im Sitzbereich neben der Eisfläche. Kraftlos sinkt sie auf den erstbesten Stuhl nieder und sackt in sich zusammen.

»Was ist denn los?« Ich kauere mich vor ihre Knie, um einen Blick in ihre Augen zu erhaschen. Statt einer Antwort nimmt sie den breitkrempigen Hut ab – und ich sauge scharf die Luft ein, als ich ihre Haare sehe. Das Desaster wird noch offensichtlicher, als Madge das Haarband löst. Zwar umfließen sie seidig weiche Haare bis zur Taille, doch in ihrer Farbe – nein, ich müsste sagen, in ihren Farben – erinnern sie mich an Max, das heruntergekommene Straßenhündchen, das Nikolett einst aufgelesen hat. Dessen Fell zeigte ebenfalls alle Farben, die es auf der Erde gab. Schwarz, Braun, Weiß und immer wieder diese orangefarbenen Flecken.

Da Madge nicht bis ans Ende ihrer Tage freudig bellend herumspringen kann, um diesen Makel wieder auszugleichen, muss uns etwas einfallen. Und das besser schnell. Bewusst verzichte ich auf jegliche Nachfragen, was und wieso sie es getan hat, die Antworten sind ohnehin offensichtlich und die Fragen würden sie bestimmt nerven.

»Du … du kommst doch viel herum. Und bist mit vielen Menschen bekannt. Kennst du jemanden, der mir helfen kann?«

Langsam erhebe ich mich. Die Lösung liegt sofort auf der Hand: Dorothy. Langsam beginne ich zu nicken.

»Ja?« Ein Teil ihrer Lebenskraft kehrt zurück und sie springt auf. »Können wir hinfahren? Sofort?«

Und hier liegt das Problem. Ich weiß, dass ihr meine Antwort nicht gefallen wird, aber ich habe gerade schon sämtliche Möglichkeiten in meinem Kopf hin und her gewälzt. »Es wird vor morgen Nachmittag nichts werden. Meine Bekannte wohnt zu weit draußen und ich muss gleich noch weiter die Eisbahn glatt ziehen und morgens meine Botengänge erledigen.« Die Anstellung im Skating Rink darf ich nicht verlieren, denn neben der guten Bezahlung habe ich als Angestellte noch am ehesten Zutritt zu den Räumlichkeiten, wenn hier eine Eisrevue stattfindet. Und wo könnte ich meine Mutter, die berühmte Eistänzerin, eher treffen?

»Ich muss also das morgige Training mit diesen Haaren überstehen?« Sie greift eine Strähne heraus und lässt sie wie ein Lumpentuch wieder fallen.

Mir bleibt nichts übrig, als mit den Schultern zu zucken. »Es geht leider nicht anders. Aber du musst nur durch diesen einen Tag kommen, das wird doch sicherlich irgendwie gehen?«

Kapitel 8

Madge

Für heute habe ich beschlossen, dass ich mich krank stelle. Nur dann kann ich mit meiner Schlafhaube, die meine Lockenwickler an Ort und Stelle hält und gleichzeitig das Farbdesaster verbirgt, hier in meinem Zimmer verweilen, bis Julianna Zeit für mich hat. Für die Ausrede muss ich nicht einmal lügen, nach dem Schock und dem nächtlichen Besuch bei Julianna fühle ich mich wie durch die Wäschemangel gedreht.

Statt Henry und Helen zum Eislauftraining zu begleiten, sitze ich daher mit der kleinen Danielle in meinem Bett und wir betrachten mein Sammelalbum. Sie bekommt nie genug von all den Bildern.

Auf dem schlichten Ledereinband steht in goldenen Lettern *Memorabilia*, und obwohl ich es wirklich in Ehren halte, sind die Ecken ein wenig abgestoßen. Das dicke Album ist schon fast voll, ich sollte mich zurückhalten, immerhin ist mein Leben mindestens noch halb leer. Aber wie immer ist da der Übermut, der sich so schwer im Zaum halten lässt. Neben den kleinen Zeichnungen und Familienfotos (Mutter und Vater mit ernster Miene bei ihrer Hochzeit und je ein Foto meiner Geschwister) habe ich natürlich ein Sammelbild von

Königin Victoria. Daneben habe ich den Zeitungsausschnitt von ihrem Diamantjubiläum eingeheftet. Damit hat damals alles angefangen. So schöne Erinnerungen, die sich gleichzeitig in das Fleisch schneiden. Bittersüß.

Ich blättere weiter und Danielle ruft aufgeregt: »Und das ist Ulrich Salchow.«

»Genau«, sage ich schmunzelnd. Tatsächlich kommt hier immer wieder Ulrich Salchow. Sobald ich die Gelegenheit habe, tausche ich die Bilder von ihm ein. Selbst wenn ich sie bereits besitze. Einmal habe ich sogar die Königin für seine Sammelkarte herausgegeben. Sein Autogramm fehlt noch, ansonsten habe ich ihn in zahlreichen Posen, mal nah und mal fern, nur sein Lächeln ist immer dasselbe. Offen und nett. Dabei könnte er wirklich arrogant sein, mehrfacher Eislaufweltmeister, der er ist. Sogar ein Sprung, den ich regelmäßig übe, wurde nach ihm benannt. »Und wer ist das?«

»Der beste Eisläufer der ganzen Welt«, antwortet Danielle mit pflichtbewusstem Stolz, so wie ich es ihr beigebracht habe. Sie grinst mich an und ich streiche ihr über die Haare.

Ulrich Salchow ist fantastisch. Und wenn ich … wenn ich zur Weltmeisterschaft fahren würde, würde ich ihn leibhaftig sehen. Ich könnte ihn um ein Autogramm bitten.

Und ich wäre so lange wie möglich an Benedicts Seite.

Aber Vater würde nie und nimmer zustimmen. In diesem Moment geht die Tür nach einem sanften Klopfen auf, und es ist tatsächlich Vater, der den Kopf in mein Zimmer steckt. Ein seltener Anblick und ich schlage rasch das Album zu.

»Dir geht es nicht gut?«, fragt er mit besorgter Miene und wirkt dabei selber ganz zerbrechlich, obwohl er wie immer einen adretten Anzug trägt. Sein schwaches Herz und die zahlreichen Krankenhausaufenthalte rauben ihm die Kraft.

Unmittelbar fühle ich mich schlecht. Ich mime die Kranke, um einen törichten Fehler zu überspielen, während es ihm offensichtlich nicht gut geht und er dennoch zur Arbeit erscheint. Jetzt schickt er auch noch Danielle aus dem Zimmer und setzt sich auf die Bettkante. Ich zucke zusammen, als er über meine Haare und damit über meine Haube streichen will. Nicht, dass er sie aus Versehen verrückt und die orangen Flecken am Ansatz entdeckt. »Ich bin sicher, dass es mir bald wieder besser geht. Mach dir um mich keine Sorgen«, beeile ich mich zu sagen.

»Dann ist es also gar nicht *so* schlimm?«

»Doch.« Die Daunendecke ist mir plötzlich viel zu warm. Wie mache ich deutlich, dass es so schlimm ist, dass ich auf keinen Fall das Bett verlassen kann, ohne ihn gleichzeitig in Sorge verfallen zu lassen? »Es geht mir wirklich nicht gut. Aber ich bin guter Hoffnung, dass es bald wieder bergauf geht«, weiche ich aus.

Er mustert mich jetzt, und ich hätte am liebsten die Bettdecke zurückgeschlagen, um frische Luft an meine Beine kommen zu lassen, und meinen Fächer aus der Handtasche geholt.

»So krank siehst du gar nicht aus.«

Ich schlucke. Es ist nicht schön, ihm ins Gesicht zu lügen, aber die Vorstellung, wie ich mit fleckigen Haaren bei den jungen Männern für Erheiterung sorge, wenn ich jetzt klein beigebe, gibt mir die Kraft dazu. »Es ist eher innerlich. Mein gesamter Kopf brummt. Und mein Magen, dem geht es auch nicht gut. Vielleicht habe ich was Falsches gegessen?«

»Du hast gestern Abend kaum etwas angerührt.«

Du lieber Himmel, das hat er bemerkt? Gestern hat es Rosenkohl gegeben, der meinen Bauch immer fürchterlich aufbläht und daher das Tragen des Korsetts und somit auch das Eislaufen erschwert.

»Ich habe soeben leider eine schlechte Nachricht erhalten«, fährt er fort. »Nolan hat einen Boten geschickt, er kann heute nicht kommen, um die Zwillinge zu unterrichten, und Helen hat gebeichtet, dass die Pflichtfiguren noch immer nicht sitzen?«

Oh nein, Luis Nolan kann unmöglich schon wieder abgesagt haben. Nicht heute! *›Wofür zahlen wir ihn überhaupt‹*, hätte ich am liebsten laut gerufen, aber natürlich zahlt allein Vater ihn.

»Das stimmt«, sage ich mit wackeliger Stimme, denn so langsam sorge ich mich, ob mein Plan aufgehen wird. »Vielleicht können die Zwillinge heute alleine trainieren und sich gegenseitig Tipps geben?«

Er starrt meinen gestreiften Bettvorleger an.

»Ausnahmsweise?«, frage ich voller Hoffnung. Der gekräuselte Rand meiner Schlafhaube beginnt zu jucken, da sich der Schweiß dort sammelt, aber ich wage nicht, mich zu kratzen.

Er antwortet noch immer nicht.

»Bitte«, schieße ich hinterher und lege das quälende Jucken in meine Stimme.

Endlich löst er den Blick von meinem offenbar unglaublich faszinierenden Bettvorleger und sieht mich an, drückt kurz meinen Arm. »Das würde ich sehr gerne erlauben«, sagt er und löst damit ein wenig meine Spannung. »Allerdings müssen wir auch Vorsorge treffen«, fährt er fort und ich sehe ihn verwirrt an. Wovon spricht er?

»Sollte diese Geschichte von dir damals doch noch ans Licht kommen, werden wir in Verruf geraten. Es ist daher von essenzieller Bedeutung, dass wir dann Dinge haben, die für uns sprechen. Für unseren guten Ruf. Und so ein Weltmeistertitel gehört definitiv dazu, und Helen und Henry können es schaffen, ich habe sie gesehen. Allerdings gelingt es nur, wenn sie jeden Tag mit dir trainieren und ihre Technik so gut wird wie deine.« Er wendet den Blick ab und sieht kurz zum Fenster hinaus. »Aber wenn du denkst, dass es nicht geht …«

Er lässt den Satz ins Leere laufen, aber ich weiß auch so, was er meint. Ich habe uns die Sorge um unseren guten Ruf eingebrockt und muss nun quasi Abbitte leisten. Krankheit hin oder her.

Während der gesamten Fahrt schwanken Helen und Henry zwischen Dankbarkeitsbekundungen darüber, dass ich nun doch dabei bin, und Aufforderungen, wieder umzukehren und mich auszuruhen. Ich versichere ihnen, dass sie sich keine Sorgen machen müssen, plane aber gleichzeitig, dass meine vermeintliche Krankheit mir helfen könnte, um mich später davonzustehlen. Ein kleiner Spaziergang an der frischen Luft ist eine der wenigen Gelegenheiten, zu denen ich mich alleine draußen bewegen darf. Und um Familienmitglieder zu besuchen. Vielleicht könnte ich beides kombinieren, immerhin ist über die Hälfte meiner vierzehn Geschwister bereits ausgezogen. Und Isabelle hat vor Kurzem ein Kind bekommen, das ist eine perfekte Ausrede. Sie wohnt so weit draußen, dass bei schlechtem Wetter auch eine Übernachtung gerechtfertigt wäre.

Wir passieren das schmiedeeiserne Tor mit dem Monogramm des Prince's Skating Rinks und die gesprochenen Wörter meiner Geschwister werden zum Hintergrundrauschen, da ich fahrig nach der Hutnadel taste und sie noch tiefer in die Haare schiebe. In regelmäßigen Abständen lockert sie sich wieder, dabei darf ich den Hut heute unter gar keinen Umständen verlieren. Am liebsten hätte ich ihn von der anderen Seite mit einer zweiten Nadel befestigt, konnte in der Eile jedoch keine weitere finden.

»Puh, wonach riecht es hier eigentlich?«, fragt Henry mit gerümpfter Nase und sieht sich um.

Ich ziehe meinen Hut tiefer, denn ich weiß, was er meint. Es ist die schwarze Pomade, die ich bei meiner Mutter stibitzt habe. Sie nutzt sie, um ihre grauen Haare abzudecken. Und um den nicht sehr angenehmen Fettgeruch zu übertönen, haben die Händler allerlei Kräuter beigemischt. Durch mein Schwitzen wabert der Geruch durch die gesamte Kutschkabine, sodass es riecht wie in einer Apotheke.

»Weiß auch nicht«, murmle ich und taste abermals nach der Nadel. Heute besser keine heftigen Bewegungen, keine Pirouetten – und insbesondere bitte kein Clown namens Edgar, der Hüte stiehlt.

Gefühlt mache ich heute alles im Schneckentempo, Helen und Henry sind bereits auf dem Eis, während ich noch meine Kufen festzurre. Mein Kopf fühlt sich ungewohnt schwer an, da ich weiterhin den Hut aufhabe.

»Willst du den Hut nicht abnehmen?«, fragt Helen belustigt, als ich auf sie zugleite. Beim Training wird es meistens so warm, dass ich eigentlich darauf verzichte, ihn auf dem Eis zu tragen. »Mir ist ja immer noch so kalt«, sage ich mit gequälter Stimme, da ich schon wieder lügen muss, und rubble mit gekreuzten Händen über meine Arme.

Plötzlich ist Edgar neben mir. »Oh, so formal heute, das Fräulein Cave?« Er verbeugt sich tief und fährt lachend einige Schritte rückwärts. Im nächsten Moment ist er aber wieder direkt vor mir, und ich weiß, dass er mir meinen Hut klauen will.

Meine Furcht ist so stark, dass mein Atem rasselt. So viel habe ich unternommen, um Benedict zu gefallen. Wenn er mich nun dermaßen fleckig mit diesem Hyänenfell sieht, wird er mich nie wieder ernst nehmen. Eine Frau hat sich stets im Griff zu haben. Wenn man der Schönheit nachhilft, dann dezent und unauffällig. Ich hingegen habe mit einem heftigen Fußtritt nachgeholfen. Und bin dann noch in den Matsch gefallen.

Es wäre die reinste Ironie des Schicksals, wenn ich mich nun durch meine Bemühungen ins Aus manövrieren würde. Also muss ich Edgar zurückhalten, komme, was wolle. Ich könnte wie immer zurücksticheln, ihn hart in seine Schranken weisen, doch heute fehlt mir dazu die Kraft.

Schon ist seine Hand an der Hutkrempe, er ist mir so nah, dass ich seine Wärme auf meinen Wangen spüre. Rasch umschließen meine Finger sein Handgelenk. Unsere Blicke treffen sich, verharren einen Moment, eiskalt wie das Eis, auf dem wir stehen. Ich deute ein Kopfschütteln an. Mehr schaffe ich nicht. Doch zu meiner Überraschung lässt er von mir ab und fährt unvollendeter Dinge davon.

Danach komme ich halbwegs unbeschadet durch den Tag,

wenn man davon absieht, dass mein Kopf bestimmt eine Druckstelle aufweist an der Stelle, wo ich wieder und wieder die Hutnadel tiefer geschoben habe. Aber ich habe relativ ruhig mit den Zwillingen trainiert, mich selbst zurückgehalten, bin nur ein klein wenig im Stil der Wiener Schule gefahren. Nun bleibt nur noch eine Stunde, die ich überstehen muss, und dann kann Juliannas Bekannte hoffentlich endlich etwas gegen mein Hyänenfell unternehmen.

Ich bin so in Gedanken, dass ich fast gegen Benedict geprallt wäre. Anstatt charmant zu lächeln, sehe ich ihn mit weit aufgerissenen Augen an, während ich gedanklich meinen Hut beschwöre, jetzt ja nicht herunterzufallen. Er sitzt schon wieder ziemlich locker und ich bin unendlich dankbar, dass hier in der Halle kein Lüftchen weht.

»Miss Cave«, sagt er mit einer leichten Verbeugung und mir wird klar, dass er nicht rein zufällig im gleichen Abschnitt trainiert wie ich. Ausgerechnet heute. Mir gefällt, dass er mich formvollendet anspricht und nicht so lapidar mit Vornamen, wie Edgar es in diesem modernen Umfeld, wo es keine festen Regeln zum sozialen Verhalten gibt, stets tut – wenn er mich nicht gerade aus Hohn *Fräulein* nennt. »Mit Verlaub, wenn ich Sie um einen kleinen Gefallen bitten dürfte?«

Endlich habe ich die Gelegenheit, ihn genauestens aus der Nähe zu studieren. Seine Mundwinkel sind nach oben gerichtet, obwohl sein Gesicht in Ruheposition ist und er nicht lächelt. Unter seinem rechten Auge ist ein kleiner Leberfleck, der die gleiche Farbe wie seine halblangen Locken hat. Und er riecht herrlich nach Lavendel und Leder, scheint eines dieser teuren Eau de Colognes zu verwenden. Du liebe Güte, er wird doch nicht meine Pomade riechen? Das darf alles nicht wahr sein. Endlich sind wir uns nahe und ich rieche nicht viel besser als die Rheumasalbe meiner Großmutter.

Der erwartungsvolle Ausdruck in seinen Augen macht mir bewusst, dass ich längst hätte antworten sollen.

»Aber gewiss doch, womit kann ich dienen?«

»Mir ist nicht entgangen, mit welch einer Perfektion Sie den Low Spin beherrschen. Ich hingegen wandere bei der Drehung sozusagen über das Eis, anstatt sie – wie es sich gehört – pointiert auf einem Punkt auszuführen. Haben Sie vielleicht einen Tipp, wie es mir gelingen könnte, bei der tiefen Pirouette zentriert zu bleiben?«

Ein warmes Gefühl streicht samtweich durch meinen Körper und ich fühle mich federleicht. Er hat mich also doch bemerkt! Durch das Ziehen in meinen Wangen wird mir bewusst, dass ich vermutlich gerade so übertrieben lächle wie die Grinsekatze aus *Alice im Wunderland*. Schnell bemühe ich mich um einen neutralen Ausdruck. Erst jetzt komme ich zum Nachdenken und fast wären mir meine Gesichtszüge wieder entglitten – allerdings in die andere Richtung, nach unten. Wenn er Tipps für die tiefe Pirouette will, müsste ich sie jetzt zunächst ausführen und dabei ganz genau beobachten, was ich mache. Ad hoc weiß ich es selbst nicht, die Bewegungen sind mir nach all den Jahren in Fleisch und Blut übergegangen. Und das Problem ist, dass ich den Low Spin jetzt nicht machen kann, ohne Gefahr zu laufen, meinen Hut zu verlieren. Und dann wäre die Blamage groß. Florence Madeline Cave mit Hyänenhaar. Und Pavianhinterngesicht aller Wahrscheinlichkeit nach.

Das kann ich nicht riskieren.

Fieberhaft überlege ich, wie ich es auch so erklären kann.

»Also … äh … es ist wichtig, auf einer Stelle zu bleiben«, stammle ich und er lächelt ganz zauberhaft.

»Ich weiß. Genau hier liegt meine Schwierigkeit.«

Richtig. Das sagte er ja. »Du musst … äh … Sie müssen …« Großartig. Das hochrote Pavianhinterngesicht ist jetzt schon da. Ich grabe und grabe in meinem Gehirn, aber ohne Bewegung weiß ich einfach nicht, wie ich es mache. Ganz langsam versuche ich, es nachzuahmen. »Die Schultern müssen direkt über Ihrer Hüfte sein. Und … äh … spannen Sie die Rumpfmuskulatur an, um eine gewisse Stabilität zu erreichen.«

Er tut es mir gleich und überlegt laut: »Das mache ich eigentlich. Was ist außerdem wichtig?«

»Gleichmäßige Atemzüge.« Ich schließe die Augen und versuche, meine Bewegungen bewusst wahrzunehmen, die ich ganz langsam ausführe. »Und schon der Einstieg in die Drehung ist wichtig. Wenn Sie bereits zu Beginn etwas wackelig sind, wird die gesamte Pirouette wackelig.« Wie von selbst beginne ich mich langsam zu drehen, merke, dass ich gezielt mein Gewicht auf den drehenden Fuß verlagere und mir einen festen Punkt für meinen Blick suche, und gebe auch dies an Benedict weiter. »Das Schwierige ist, dass der drehende Fuß fest auf dem Eis verankert sein muss, aber nicht so stark, dass er die Drehung behindert. Man muss immer wieder ausprobieren, was die richtige Mischung ist.«

Ich merke, dass meine Drehung zu schnell wird, und strecke rasch die Hände aus, um die Drehgeschwindigkeit abzubremsen. Leider muss ich dabei eine falsche Bewegung mit den Füßen gemacht haben, denn bevor ich weiß, wie mir geschieht, spüre ich das kalte Eis unter meinen Fingern – und einen frischen Luftzug an meinem Kopf. Ein Schrei entfährt mir, ich muss den Hut verloren haben. Panisch sehe ich mich um und entdecke ihn in zwei Meter Entfernung, krabble ganz und gar nicht damenhaft, sondern wie ein Zottiger Bienenkäfer hinüber und pfeffere ihn förmlich auf meinen Kopf. Hat er meine Haare bemerkt?

Zaghaft linse ich zu Benedict. Er sieht verwirrt aus. Und es ist ungewöhnlich still, wird mir jetzt bewusst. Zaghaft sehe ich mich weiter um. Jeder starrt mich an, hervorragend. Ich kann nur hoffen, dass die Pomade das helle Blond und die Flecken noch verdeckt hat.

So damenhaft wie möglich stehe ich auf und klopfe den Eisschnee von mir ab.

»Wenn Sie mich jetzt bitte entschuldigen?«, sage ich zu Benedict. »Ich habe noch einen Termin.«

In großen Zügen und mit tausend Blicken im Nacken gleite ich davon.

Kapitel 9

Julianna

Ich entdecke Madge schon von Weitem, obwohl ihre übergroße Haartolle wieder unter dem Hut verborgen ist, als ich viel zu spät auf unseren Treffpunkt zuhetze. Unruhig läuft sie auf und ab, lässt ihren Blick immer wieder über die Fußgänger ziehen. Ich hebe die Hand, damit sie mich entdeckt, und sie bleibt stehen und stemmt ihre Hände in die Hüften.

»Da bist du ja endlich«, schimpft sie los, sobald ich in Hörweite bin. »Du hättest schon vor einer halben Stunde hier sein sollen. Denkst du, es macht mir Spaß, hier ganz alleine in der Kälte herumzustehen?«

»Tut mir leid, ich habe meinem Butler und dem Botenjungen heute freigegeben, deswegen konnte ich dir leider keine Nachricht zukommen lassen«, schieße ich zurück. Was denkt sie sich eigentlich? Ich opfere meine Zeit, um ihr zu helfen, und sie blafft mich zur Begrüßung an.

Ihre Schultern fallen nach vorne. »Bitte entschuldige.« Mit der linken Hand fährt sie sich durch das Gesicht. »Es ist nur … ich hatte einen fürchterlichen Tag. Obendrein bin ich unglaublich nervös und mache mir Sorgen, dass womöglich nichts mehr zu retten ist. Das wäre eine Katastrophe.«

»Dann lass uns lieber dafür sorgen, dass es nicht so weit kommt.« Ich ziehe sie die Treppen der Knightsbridge U-Bahn-Station herunter, vor der wir uns getroffen haben. Die Subway gehört zu den Sachen, die ich an London liebe. In Wien werden die Tramways ja noch von Pferden gezogen, aber hier schießen die Bahnen pfeilschnell unterirdisch durch die Erde. Ich erinnere mich noch an die Faszination meiner ersten Fahrt, den Windzug, den ich gespürt habe, noch bevor die Bahn einfuhr, den Geruch nach Öl und Metall, das Quietschen der Bremsen … Ich wünschte, die gesamte Stadt wäre von diesen Bahnen durchzogen, aber bisher gibt es nur ein paar Linien. Ich halte inne, da Madge mich stoppt, sich kaum mitziehen lässt.

»W… was hast du vor?«, fragt sie.

»Na was wohl? Wir nehmen die U-Bahn, das geht am schnellsten.«

»Die U-Bahn?« Ihre Stimme quietscht fast so laut wie die Bremsen. »Ich bin noch nie U-Bahn gefahren.«

Sie ist hier aufgewachsen und hat nie die Subway genutzt? Das ist ja kaum zu glauben. »Dann wird es höchste Zeit.« Unnachgiebig ziehe ich sie tiefer hinunter, da das leise Grummeln im schwarzen Schlund des Tunnels bereits eine Bahn ankündigt.

Unten am Bahnsteig angekommen, muss ich fast lachen, da Madge sich über die Schulter nach links und nach rechts umschaut, den wallenden Rock hat sie leicht gerafft, damit der Saum nicht über den speckigen Boden schabt. Sie passt tatsächlich nicht in dieses Bild. Doch als es nun mehrmals läutet und kurz darauf die hell erleuchtete Bahn an uns vorbeisaust, werden ihre Wangen rosiger, auch wenn sie hastig mit der linken Hand ihren Hut festhält, als der Windzug der einfahrenden U-Bahn an Kleidern und Haaren zerrt.

»Du hast nicht zufällig Geld dabei?«, frage ich sie und nicke in Richtung des kleinen Ticketschalters am Ende des Bahnsteigs.

Ihr zerknirschter Blick sagt mir alles, aber ich muss wirklich jeden Penny für meine Rückfahrt nach Wien sparen.

»Na dann …«, sage ich schulterzuckend und will in die nun geöffneten Türen der dritten Klasse springen, aber Madge sieht mich schon wieder erschrocken an.

»Wir können doch nicht …«, wispert sie furchtergriffen, und ich kann mir vorstellen, was in ihrem Kopf vorgeht. Ohne Ticket erwischt zu werden, ist mehr als unangenehm, aber in ihrer Schicht käme noch der gesellschaftliche Skandal hinzu. Immerhin ein Vorteil, den man als Arbeiterin hat, es gibt nicht mehr viel zu verlieren.

»Willst du deine Haare retten oder nicht?« Die Menschen an der Tür sehen uns abwartend an, sie wollen endlich die Tür zuschieben.

Madge knetet ihre Hände, vermutlich ist der Hahnenkampf in ihrem Kopf nur schwer auszuhalten.

Der Pfiff des Lokführers ertönt. Wir müssen uns entscheiden.

»Na gut.«

Madge und ich machen einen großen Schritt in den gut gefüllten Waggon, ein Mann in grauem Anzug schließt direkt hinter uns die Türen. Unbeholfen sieht Madge sich um, schwankt, als wir uns in Bewegung setzen, fängt sich aber rasch. Und wie es so ist mit diesem Zauber der höheren Töchter, den ich in Wien auch schon einmal erleben durfte, erhebt sich sogleich ein junger Mann und überlässt uns mit einem Griff an seinen *Docker Hat* den Sitzplatz. Ich gleite neben Madge auf die einfache Holzbank.

»Wohin fahren wir eigentlich?«, fragt sie, nachdem die schnell an uns vorbeirauschende Wand offenbar bereits ihre Faszination verloren hat.

»Whitechapel«, kläre ich sie auf, denn hier hat Dorothy nach der Scheidung eine kleine Wohnung bezogen.

Im nächsten Moment zucke ich schmerzerfüllt zusammen, Madge hat sich so fest an meinen Arm gekrallt, dass ihre Fingernägel sich in mein Fleisch bohren. Ihre weit geöffneten Augen flackern und ihr Atem geht heftig.

Herrje, die stellt sich vielleicht an! »Es ist nur ein Stadtteil«, zische ich entnervt. »Ein armer und ziemlich heruntergekommener Stadtteil und du bist es gewiss nicht gewohnt, aber es gibt keinen Grund, so zu tun, als würde uns dort ein mittelalterlicher Hexenprozess erwarten.«

Sie lacht tonlos auf. »Whitechapel!«, zischt sie zurück, als wäre das Antwort genug.

»Ganz richtig, wie ich bereits gesagt habe. Whitechapel.«

Jetzt beugt sie sich näher zu mir und das Pulsieren ihrer Ader am Hals bereitet mir doch etwas Sorge. »Das Whitechapel, in dem Jack the Ripper 1888 sein Unwesen getrieben hat?«

Ich habe leider keine Ahnung, wovon sie spricht. Von einem Jack the Ripper habe ich noch nie gehört. Ich weiß aber, dass *to rip* so viel wie aufschlitzen oder zerfleischen bedeutet, und das klingt zugegebenermaßen wenig vertrauenerweckend. »Was genau meinst du mit *Unwesen*?«

Sie schluckt heftig, und erst glaube ich, dass sie nicht antwortet, doch dann beugt sie sich dicht an mein Ohr. »Er hat mindestens fünf … äh … *Mädchen der Nacht* brutal erstochen. Und nicht nur das, er hat sie zudem verstümmelt.«

Ich kann nur annehmen, dass Madge mit *Mädchen der Nacht* Prostituierte meint, und jetzt muss auch ich schlucken. »Aber es ist über zehn Jahre her«, versuche ich sie zu beschwichtigen und Madge nickt.

»Allerdings wurde er bisher nicht gefasst.«

Fast bin ich froh, dass wir nun Aldgate erreichen und umsteigen müssen. Das lenkt die Gedanken in andere Richtungen.

»Willst du trotzdem hinfahren?«, frage ich Madge zaghaft, während wir auf dem schäbigen Bahnsteig auf den nächsten Zug warten.

Nach einer Weile nickt sie. »Du hast sie schon oft besucht, oder?«

Ich zucke die Schultern. »Ein paar Mal.«

»Dann werde ich es auch überstehen«, sagt sie zuversichtlich und hält mit einer Hand auf dem Hut ihre Nase in den Wind des einfahrenden Zuges.

Während wir wenig später durch die Whitechapel High Street ziehen, sieht Madge sich trotzdem immer wieder um. Ich bin schon einige Male hier gewesen, kenne den lebhaften Stadtteil mit den überfüllten Läden und den verstopften Straßen voller Tramways, Omnibussen und Pferdewagen, insbesondere an den Markttagen, wenn auf wackelig hoch beladenen Wagen Heu und Stroh vom Land in die Stadt gebracht wird.

Und mittags strömen aus allen Gassen und Höfen die Menschen zum Saal der Heilsarmee, wo es ein Mittagessen für nur einen Penny gibt. Aber nun nehme ich das Viertel ganz neu wahr, als ich versuche, es mit Madges Augen zu sehen. Die bröckelnden Häuserwände und eingeschlagenen Fenster. Die tiefen Pfützen, in denen eine gelbbräunliche Lache liegt, obwohl es seit Tagen nicht geregnet hat. Sie riecht auch nicht nach Regen.

Am beunruhigendsten müssen aber die Menschen für sie sein, die uns im Vorbeigehen mustern, so wie wir sie. Die Konturen der Gesichter sind hier schärfer und die Stimmen lauter. Vielleicht, um die zahlreichen Straßenhändler zu übertönen, die Wundermittel, mysteriöses Essen oder billiges Spielzeug verkaufen. Es gibt zwar vereinzelte Herren mit Zylinder und Spazierstock, die meisten aber tragen so zerlumpte Kleider, dass mein einfacher Rock daneben wie eine opulente Abendrobe wirkt. Und nicht wenige sind schmutzig. Zumindest das haben wir im Waisenhaus von Frau Brunner gelernt. Man konnte arm sein, aber es gab keinen Grund dafür, nicht sauber zu sein. Doch wer weiß, wie übel das Leben den Menschen hier mitgespielt hat? Wenn man kein Dach über dem Kopf hat, ist es nicht einfach, sich zu waschen.

Dann gibt es noch die Versehrten. Vielleicht nehme ich es falsch wahr, aber mir scheint, als gäbe es in London noch mehr Menschen mit fehlenden oder nicht mehr funktionierenden Körperteilen. Vielleicht liegt es an den mächtigen Maschinen, die es hier in nahezu jeder Fabrik gibt, oder an den Kolonialkriegen, denn das britische Königreich soll wohl noch größer werden. Was es auch ist, sofern man keine Familie hat oder sich bei den Besatzungen besonders hervorgetan hat, landet man irgendwann hier, wenn man nicht mehr kriegstauglich ist. Das hat Mabel mir erzählt.

Ich höre Madge nach Luft schnappen und gehe fest davon aus, dass sie zum ersten Mal jemanden mit Augenklappe oder vielleicht fehlenden Händen gesehen hat, doch ihr Blick flattert zu einer jungen Frau mit Zauselhaaren, die gerade mit dem Ärmel ihre Nase abwischt.

»Der Rock!«, flüstert Madge kaum hörbar und läuft hochrot an. Sie hakt sich fest bei mir unter und beschleunigt ihre Schritte. Rasch blicke ich noch einmal über die Schulter und erkenne, dass der Rock über den Knöcheln endet. Für die gehobene Gesellschaftsschicht ein Skandal erster Güte. Die dürfen ja nicht einmal ihre Röcke so hochraffen, dass man die Knöchel sieht. Kein Wunder, dass die junge Frau mit den Zauselhaaren Madge dermaßen aus dem Konzept bringt.

»Sieht so aus, als wären deine *Mädchen der Nacht* auch tagsüber unterwegs.«

Abrupt bleibt sie stehen. »Du meinst doch nicht etwa …«

»Doch. Sie ist eine Prostituierte.«

Ganz vorsichtig linst Madge noch einmal zu ihr hinüber, die junge Frau mit der Schniefnase ist nun im Gespräch mit einem Herrn mit Zylinder und Koteletten, die tief in sein Gesicht ragen.

Langsam gehen wir weiter.

»Die habe ich mir ganz anders vorgestellt. Diese Frau … sie hatte ja völlig normale Kleider an – von dem viel zu kurzen Rock mal abgesehen. Und sie sah auch vollkommen normal aus.«

Ich muss schmunzeln, andererseits muss es mich nicht wundern. Ich weiß nicht zuletzt dank Nikolett, wie behütet

Mädchen gehobener Schichten aufwachsen. Selbst ein Besuch auf dem Wochenmarkt war für meine liebe Freundin damals ein Abenteuer. Dieser Ausflug muss Madge einiges abverlangen.

»Was dachtest du denn? Dass sie stark geschminkt sind, ein Dekolleté haben, das so tief wie die Themse ist, und allen Vorübergehenden zuzwinkern oder zweideutige Angebote zurufen?«

Madge hebt die Schultern und lacht verlegen. »Ein wenig schon. Oder zumindest, dass man es irgendwie erkennt. Und ich hätte tatsächlich nie vermutet, sie auch tagsüber anzutreffen.«

»Nun ja, das Geschäft richtet sich ganz nach der Nachfrage. Und nur die wenigsten können sich extravagante Kleider in leuchtenden Farben leisten. Aber in gewissen teuren Etablissements trifft man gewiss die Prostituierten, wie du sie dir vorstellst.«

Jetzt erreichen wir das Haus, in dem Dorothy in der zweiten Etage eine Wohnung hat. Es muss schwer für sie sein, in einem der ärmsten Stadtteile Londons zu wohnen, nachdem sie wohlhabend aufgewachsen ist. Aber sie spart, was sie kann, um irgendwann das Sorgerecht für ihre Kinder erstreiten zu können, und hat sich noch nie über Whitechapel beschwert.

Dorothy wirkt verdutzt, als sie uns öffnet, beginnt dann aber gleich zu lächeln.

»July, das ist aber eine Überraschung«, sagt sie freudig. »Du kommst wie gerufen, ich habe gerade meine Rede für das Feminist Forum fertig geschrieben. Ich werde dort von unserer Aktion am Kensington Palace berichten, und wir können diskutieren, welche Mittel angemessen sind, um unser Recht zu erreichen.« Sie lacht leise. »Kann ich euch die Rede vortragen? Ich habe zwar schon viele Vorträge gehalten, aber bei so einem riesigen Publikum will ich lieber keinen Fehler machen.«

Beunruhigt sehe ich zu Madge. Wie wird sie reagieren, wenn sie merkt, wie tief wir im Kampf der Suffragistinnen verwurzelt sind? Aber sie scheint es gelassen zu nehmen. Letztlich fehlt uns ohnehin die Zeit. »Das können wir gerne machen. Vielleicht kannst du dabei deine Magie wirken lassen? Es geht um einen Notfall«, sage ich, nehme Madge den Hut ab und stelle sie vor. Obwohl man das komplette Desaster noch gar nicht sieht, verzieht Dorothy schmerzvoll das Gesicht.

Sie winkt uns in die Wohnung, wo sie Madge auf einen Stuhl dirigiert und sie mehrfach mit gerunzelter Stirn umrundet. »Herrje, das ist in zehn Minuten aber nicht getan. Im Gegenteil, es wird sehr aufwendig. Ich fürchte, das schaffe ich heute leider nicht. Ich habe Mrs. Featherstone, einer meiner treuesten Kundinnen, versprochen, auf ihre Tochter aufzupassen, da das Kindermädchen ihre kranke Mutter besucht und sie zu einem wichtigen Salon eingeladen ist.«

Ich spüre, wie Madge in sich zusammensackt. »Kannst du das nicht absagen? Oder zumindest nach hinten verschieben? Irgendjemand in ihrem Hauspersonal wird doch gewiss …«

Dorothy schüttelt vehement den Kopf. »Ich bin bereits der Notnagel, sonst hätte sie gewiss nicht ihre Haarkünstlerin um Hilfe gebeten. Und dieser Salon ist ihr wirklich wichtig. Sie möchte dort wahnsinnig wichtige Kontakte knüpfen … Zudem muss sie sich ja noch fertig machen, dabei soll die kleine Arabella nicht stören, sie kann wohl ein ziemlicher Satansbraten sein.«

Fieberhaft überlege ich. Ich habe Madge versprochen, ihr zu helfen. Ihre Lippen sind so fest zusammengepresst, dass kein Blatt Papier dazwischenpasst, und sie wirkt blasser als ein Schneemann. Das Herkommen ist ihr wahrlich nicht leichtgefallen, das sollte nun nicht umsonst gewesen sein. »Na schön. Dann werde eben ich auf die Kleine aufpassen.«

»Du?« Dorothy mustert mich wie ein seltenes Museumsobjekt. Und irgendwie auch so, als wäre das vollkommen abwegig. »Kannst du das denn?«, fragt sie.

»Natürlich, was gehört schon groß dazu? Nur die Probe für das Feminist Forum müssten wir dann verschieben.«

Dorothy wirkt immer noch skeptisch.

»He, ich bin immerhin in einem Waisenhaus aufgewachsen«, setze ich hinzu. »Wenn ich mich mit einer Sache auskenne, dann mit Kindern.«

»Ich weiß nicht …«, sagt sie nachdenklich, sieht aber auch noch einmal mit sorgenvoller Miene über Madges fleckige Haare, die sie zur Inspektion freigelegt hat.

»Du weißt, dass wir ohne dich verloren sind. Und das Wichtigste ist doch, dass die Kleine nicht zu Schaden kommt. Das werde ich ja wohl schaffen, oder?«

*

Zwei Stunden später verfluche ich mich selbst für mein großzügiges Angebot. Wieso zum Teufel bin ich auf die Idee gekommen, Madge helfen zu wollen? *›Weil sie ganz offensichtlich am Ende war. Und du selbst schon einmal verrückte Dinge getan hast, der Liebe wegen‹*, erinnert mich meine innere Stimme.

Das ist wahr.

Das hier nun habe ich aber trotzdem nicht verdient.

Aber es ist zu spät.

Dorothy hat mir einen Brief mitgegeben, in dem sie von einer fürchterlichen Krankheit berichtet und mich in den wärmsten Tönen als Ersatz empfiehlt. Mrs. Featherstone war mehr als skeptisch. Erst als ich anbot, dass ich die Kleine mit zum Eislaufen nehmen könnte, war ihr Argwohn verflogen. Zum Glück macht der Prince's Skating Rink am Samstag schon um sechs zu, wenn er keine eigene Veranstaltung auf dem Eis bietet, sodass wir die Eisfläche ganz für uns haben würden.

»Können Sie meiner Principessa denn auch zeigen, wie man Pirouetten dreht?«

»Das kommt ganz darauf an …«, setzte ich an, denn ich wusste ja nicht, welches Vorwissen die kleine Prinzessin hatte. Wenn sie zum ersten Mal auf den Kufen stand, dürfte es mit den Pirouetten schwierig werden.

Wenig später stand Arabella vor mir. Ich schätzte sie auf sieben Jahre, sie musste in letzter Zeit einen ordentlichen Wachstumsschub gemacht haben, denn das rosafarbene Kleid saß sehr eng. Dazu hatte sie eine Hornbrille auf der Nase, was mir sofort sympathisch war. Es erinnerte mich an meine älteste Freundin Mimi, die ebenfalls eine Brille trug. Und vielleicht ist die Kleine genauso eine Leseratte wie Nikolett.

Doch sobald wir nebeneinander in der Kutsche saßen, ging es los. Ich hatte mich gerade in das waldgrüne Lederpolster gekuschelt und mich gefreut, dass Mrs. Featherstone die standesgemäße Fahrt mit der Kutsche zahlte und ich ausnahmsweise nicht laufen oder schwarzfahren musste, als die erste Frage kam.

»Warum hast du so komische Augen?«

Nun gut. Sie mag in London aufwachsen – so wie die Oberschicht aber stets zusammengluckt, ist sie gewiss noch nicht mit vielen Menschen unterschiedlicher Herkunft in Kontakt gekommen, erinnerte ich mich und zuckte mit den Schultern. »Die Augen der Menschen können eben unterschiedlich geformt sein. Meine Mutter oder mein Vater stammen vermutlich aus Japan, also aus Asien, dort ist die Form der Augen etwas anders als hier.« Ich weiß zwar, dass es auch innerhalb des asiatischen Kontinents viele verschiedene Formen der Augen und Gesichtszüge gibt, will die Kleine aber nicht überfordern mit meinen Erklärungen. Sie ist schließlich erst acht. Ohnehin hat sie bereits eine neue Frage.

»Wo ist dein Ehemann?«

»Ich bin nicht verheiratet. Aber ich habe einen Verlobten, er lebt auf dem Kontinent.«

»Warum wohnt ihr nicht zusammen?«

»Puh. Das ist eine ziemlich lange Geschichte.«

»Dein Kleid ist hässlich.«

»Mag sein.«

»Wann sind wir da?«

Ich weiß es selbst nicht genau, tippe aber darauf, dass die Principessa ohnehin noch kein Zeitgefühl hat. »In zehn Minuten.«

»Ich hab Hunger.«

Mit einem unterdrückten Seufzer durchsuche ich die Tasche, die Mrs. Featherstone uns eingepackt hat. Da ist eine Puppe, ein Ball, ein Büchlein und allerlei anderer Krimskrams, und schließlich entdecke ich ein in Papier eingewickeltes Brot und halte es ihr entgegen.

»Mag ich nicht.«

Ohne unterdrückten Seufzer ziehe ich einen Apfel aus meiner Tasche. Mein Abendessen für heute. Immerhin reißt sie ihn mir förmlich aus der Hand. Doch nach zweimal abbeißen ruft sie: »I bah, schmeckt widerlich.« Das wäre ja schon schlimm genug, denn ich weiß, dass wir uns im Heim um einen solchen Apfel geprügelt hätten. Doch obendrein schleudert sie die Frucht an die gegenüberliegende Wand der Kutsche, sodass sie auf das Polster der anderen Sitzbank kullert und von dort auf den schmutzigen Boden.

Ich habe es immer gehasst, wenn Frau Brunner oder der Hausmeister uns angeschrien haben, aber nun bin ich um Haaresbreite davon entfernt, es ebenso zu tun. Das war mein Abendessen! Rasch angle ich den Apfel vom Boden und befreie ihn vom gröbsten Staub, zum Glück verfügt der Prince's Skating Rink über so etwas Luxuriöses wie fließendes Wasser.

Ich atme tief durch, erinnere mich, dass sie nicht weiß, was sie tut, keine Ahnung hat, wie kostbar Essen für einige Menschen ist. Ihre Mutter mag sozial abgestiegen sein, richtigen Notstand musste Arabella aber offenbar noch nie erleiden.

»Mit Essen muss man vorsichtig sein«, erkläre ich und bin ein bisschen stolz auf meine Engelsgeduld, die ich an den Tag lege.

Sie verschränkt die Arme und schiebt die Unterlippe vor. »Ich muss gar nichts.«

Zum Glück biegt der Kutscher nun auf die Einfahrt des Klubgebäudes. Wenn wir erst die Kufen unter den Füßen haben und sie beschäftigt ist, wird es bestimmt einfacher. Schon als ich die kühle Luft mit ihrem Hauch von Holz und Leder rieche, als wir die Eisbahn betreten, fühle ich mich leichter.

Mit Genugtuung stelle ich fest, dass sie beeindruckt ist. Es ist aber auch schwer, von dem Prunk der vergoldeten Säulen, der Wandvertäfelung mit der kunstvollen Ornamentleiste und dem prächtigen Kronleuchter unbeeindruckt zu bleiben.

»Bist du schon einmal gelaufen?«, frage ich und sie schüttelt heftig den Kopf, sodass die Zöpfe fliegen. Ich fahre einige Runden, vorwärts und rückwärts, genieße das Gefühl der Freiheit und der abfallenden Anspannung. Zum Schluss drehe ich zwei Pirouetten, wage danach sogar einen kleinen Sprung.

Ihre Augen leuchten wie Eiskristalle im Sonnenlicht, als ich zu ihr zurückkomme.

»Ja, das will ich auch«, jubiliert sie und gemeinsam suchen wir Kufen für sie aus und ich helfe ihr beim Anziehen.

Die Freude hält ganze achteinhalb Minuten. Danach ist sie zum zweiten Mal fast hingefallen. »Eislaufen ist dumm!«, brüllt sie mich wutentbrannt an. »Ich hab keine Lust mehr.«

»So schnell lernt man es nicht, willst du nicht erst einmal …«

»Nein!«

»Aber du …«

»Nein!« Diesmal zieht sie die Vokale lang auseinander und brüllt so laut, dass der Kronleuchter förmlich zu wackeln beginnt.

Großartig. Jetzt darf ich mit ihr nach Hause zurückkehren und den restlichen Abend High Teas mit Puppen nachspielen und danach wieder hierherkommen und das Eis glätten. Die einzige halbwegs frühe Nacht in der Woche für diese Göre verspielt.

Arabella hat die Kufen wieder abgeschnallt und sie achtlos auf den Boden geworfen. Stattdessen klettert sie über die samtbezogenen Stühle im Sitzbereich – und amüsiert sich köstlich.

In zaghaften Konturen kommt mir eine Idee.

»Arabella, sag mal, macht dir das Spaß? Möchtest du noch ein bisschen herumklettern?«

Sie antwortet nicht mal, klettert glucksend und mich nicht beachtend auf die nächste Reihe. Na dann … Alles, was ich jetzt schon glätten könnte, würde meine Schlafzeit verlängern. Vielleicht schaffe ich ja sogar die ganze Fläche, überlege ich und mache mich sofort an die Arbeit.

»Ich muss mal.«

Ihre Worte reißen mich aus der Konzentration. »Natürlich. Siehst du den schweren Brokatvorhang dort hinten? Dort auf der rechten Seite sind die Toiletten.«

Vorsichtshalber zeige ich ihr die Richtung mit der Hand, da ich nicht weiß, ob sie links und rechts schon unterscheiden kann, und verteile dann eine neue Ladung Wasser auf der Eisfläche. Auch nach all den Wochen fasziniert der Prozess mich, und ich beobachte gebannt, wie die Ritzen volllaufen und wie von Geisterhand verschwinden, wenn ich den Glätter darüberfahren lasse. Wenn die Zeiten nicht wären, wäre es die beste Anstellung, die ich je hatte. Irgendwie hat es für mich etwas ungemein Beruhigendes, das Eis in seinen unberührten Zustand, in seinen Dornröschenschlaf, zurückzuversetzen.

Ich lasse den Schaber über das Eis gleiten, und obwohl ich schon gar nicht mehr zählen kann, wie oft ich das gemacht habe, kommt mir wie jedes Mal die Frage in den Sinn: Ist *sie* hier auch einst über das Eis gefahren? Sind da tief verborgen noch ihre Spuren auf dem Eis, fossile Hinterlassenschaften der Kufen meiner Mutter, verborgen unter dicken Schichten neuen Eises?

Ich halte inne. Hätte Arabella nicht schon zurück sein müssen?

Es ist so ruhig.

Zu ruhig?

Urplötzlich spüre ich die Kälte nicht mehr, mir ist heiß. Arabella, ja, sie hätte längst zurück sein sollen! Wie lange war sie eigentlich schon weg, die Eisfläche ist fast fertig, aber ich weiß nicht mehr genau, wie weit ich war, als sie gegangen ist.

»Arabella?«, rufe ich, so laut ich kann.

Keine Antwort.

Der Eisglätter knallt mit dem Stiel der Länge nach polternd hin. Ich hetze zur nächsten Lücke in der Bande auf den Ausgang zu, obwohl ich dadurch ein Stück des Eises wieder kaputt mache. »Arabella, wo bist du?« Meine Stimme ist so atemlos, als würde mich ein Raubtier verfolgen. Ich haste zum Sitzbereich, der erste samtbezogene Stuhl poltert unsanft zu Boden, als ich mich bücke, um durch die Reihen bis nach hinten zu schauen. Nichts.

»Arabella!«

Ich stürze zum Bereich hinter dem Brokatvorhang, wo die Umkleideräume und Toiletten sind, die in diesen Kreisen diskret als Damen- und Herrenzimmer umschrieben werden. Ich reiße die Tür der Damentoilette auf. Leer. Die Herrentoilette ebenso. Willkürlich ziehe ich die nächste Tür auf, das Ankleidezimmer für die feinen Damen, die vor dem Eislauf in eine leichtere Garderobe wechseln wollen. Ich pralle zurück. Eine Wand aus Unverständnis.

Und Schock.

Da ist Arabella. Und so viel anderes, ich erkenne den Raum kaum wieder. Die schweren goldenen Vorhänge hat sie geschlossen, beide Belvederesessel der Sitzecke liegen auf dem Bauch. Die frischen Blumen sind wie Konfetti über dem Boden verteilt. Und zertrampelt. Natürlich ist das Bonbonglas, das der Skating Rink mit köstlichen Butterscotch-Bonbons gefüllt hat und wo ich mich jedes Mal zurückhalten muss, eines zu nehmen, nun leer. Der gute Earl-Grey-Tee quillt aus der Dose lose über den Perserteppich, der Kandis zur Hälfte ebenfalls. Die Schubladen des leeren Schmuckkästchens sind herausgezogen und haben offenbar den Kleiderständer als Rutschbahn verwendet, denn er lehnt schräg gegen die Schminkablage.

Der goldgerahmte Spiegel zeigt nun das Chaos und keine Gemütlichkeit, und ich kann darin meine Gedanken kaum wiederfinden. »Was … was hast du getan?«, stammle ich fassungslos.

Arabella strahlt mich von der Wand neben dem Eingang an und geht nicht auf meine Frage ein. »Guck mal, was ich schon kann!« Sie deutet auf die ebenfalls güldene Wandbespannung aus Stoff. Darauf prangt nun in jeder erdenklichen Größe *ARABELLA*. Kreuz und quer steht es über dem Stoff in krakeligen Kinderbuchstaben geschrieben, am Rand fasert die Tinte aus, aber es ist dennoch lesbar. Und nicht nur das. Von der Wand grinst mir aus jedem einzelnen Stuckrahmen ein riesiges Mondgesicht entgegen.

Stolz hält Arabella einen metallenen Federhalter samt Tintenfässchen hoch. »Das hat Papa mir geschenkt.« Sie geht einen Schritt rückwärts, stolpert, und im nächsten Moment ergießt sich die Tinte über den Perserteppich.

Ich sinke zusammen.

Sicherlich bekommt man die Tinte nicht ohne Weiteres aus dem kostbaren Teppich, von den Wänden und dem teuren Stoff an der Wand. Das ist mein Ende. Ich werde meine Stellung verlieren und bis ans Ende meiner Tage meine Schulden abzahlen.

Kapitel 10
Madge

Mit einem mulmigen Gefühl steige ich am nächsten Morgen aus der Kutsche. Dorothy hat ihr Bestmögliches versucht.

Zunächst hat sie leise vor sich hin murmelnd meine Haare genauestens mit ihren ausdrucksstarken grünen Augen untersucht und im Anschluss Apothekergläschen mit Korkpfropfen, braune Fläschchen, Steingutbehälter und Lederbeutel, aus denen die Spitzen von Kräutern lugten, auf einem Tisch neben mir platziert. Als Nächstes hat sie Lavendel- und Rizinusöl in meine Haare massiert. Und ich habe in meiner naiven Hoffnung gebetet, dass bereits danach meine Naturhaarfarbe zurückkommen würde.

Stattdessen kam eine erste Hiobsbotschaft.

»Wir müssen deine Haare ein gutes Stück abschneiden«, sagte sie und berührte dabei leicht die Stelle zwischen meinen Schulterblättern.

»Wirklich?«, fragte ich japsend nach, denn meine Haare reichten bis zur Hüfte.

»Leider ja. Langfristig muss die Haarfarbe wieder herauswachsen und das würde bei der jetzigen Länge Jahre dauern. So wie ich das sehe, können wir froh sein, wenn wir eine halbwegs gleichmäßige Haarfarbe hinbekommen. Momentan reicht sie ja von Weizenblond bis Schwarz mit allen Schattierungen, die dazwischenliegen.«

»Kein Problem. Mach sie einfach alle wieder schwarz.«

Um ihren Mund entstand ein merkwürdiger Zug und ich begriff, dass sie wohl die Backenzähne zusammenbiss. »Ich fürchte, ich muss dich enttäuschen, das wird nicht gehen. Ich werde mich um ein sehr dunkles Braun bemühen. Es müsste funktionieren, wenn ich dem Henna etwas Indigo beimische. Vorher machen wir einen Sud aus Walnussschalen, das sollte die Haare ebenfalls abdunkeln. Für Schwarz ist mir jedoch kein seriöses Mittel bekannt.«

Ich hatte die schwarzen Haare nicht mehr gewollt, aber nun, da sie verloren waren, hätte ich viel darum gegeben, sie zurückzubekommen. Nicht zuletzt, da ich ja endlich Benedicts Aufmerksamkeit erlangt hatte. Er schien sich also doch nicht an den Haaren zu stören und ich hatte sie völlig verhunzt.

Dorothy erklärte mir, dass sie meine Haare zunächst waschen würde, um mögliche Chemikalienreste loszuwerden. Und natürlich die dicke Schicht Pomade. Erst danach würde die Prozedur losgehen.

»Woher kennst du eigentlich Julianna?«, fragte sie, während sie mit einem Becher Wasser über meine Haare goss. »Bist du auch eine von uns, eine Suffragistin?«

Ich konnte ein Auflachen nicht verhindern. Ich eine von den Suffragetten. Ich bin zwar das genaue Gegenteil, dennoch finde ich Dorothy und Julianna nett und wollte sie nicht verletzen.

»Äh nein … Ehrlich gesagt kann ich den Forderungen der Suffragetten … oh entschuldige, der Suffragistinnen … nicht viel abgewinnen. Und um vollkommen ehrlich zu sein, bin ich sogar Mitglied einer Vereinigung gegen das Frauenwahlrecht. Wenn du unter diesen Umständen also nicht weitermachen willst …«

»Keine Sorge«, sagte Dorothy mit einer rauchigen Stimme, während sie sanft das Lavendelshampoo in meine Haare rieb. »Viele meiner Kundinnen unterstützen die Forderungen der Suffragistinnen nicht. Aber wenn du mir die Frage gestattest: Was hast du gegen das Frauenwahlrecht?«

»Nun ja …«, hilflos gestikulierte ich nach links und rechts, während mein Kopf weit im Nacken in ihrer Waschschüssel lag, wo sie das Shampoo wieder ausspülte. »Es funktioniert doch, oder? Die Gesellschaft, meine ich.«

»Ich weiß nicht. Eine Gesellschaft, in der Frauen nach einer Scheidung die eigenen Kinder vorenthalten werden … Für mich kann da etwas nicht stimmen.« Sie legte vorsichtig ein Handtuch um meine Haare und tupfte sie trocken. Dann begann sie mit dem Haarschnitt und ich beobachtete eine Weile stumm, wie Locke um Locke zu Boden rieselte und dort einen kleinen Haufen bildete.

»Aber das mit den Kindern ist nicht immer so«, warf ich schließlich ein, als der erste Schock über den Anblick abgeebbt war.

»Von Gesetzes wegen schon. In nicht seltenen Fällen fehlt den Vätern nur die Zeit oder die Lust, sich um ihre Sprösslinge zu kümmern. In dem Fall, wenn sie auf ihr Recht verzichten, dürfen die Kinder wieder zu ihrer Mutter. Aber nur dann. Bei mir war es anders, meine Söhne leben bei ihrem Vater, obwohl sie zu mir möchten und ich sie jeden Tag vermisse. Aber er lässt es nicht zu. Vor allem, um sich an mir zu rächen, da ihn die Scheidung so wütend gemacht hat. Du kannst mir doch nicht sagen, dass das gerecht ist?« Dorothy war dazu übergegangen, zwei Pasten in einer Schüssel zu vermengen, vermutlich das Henna und Indigo, von dem sie gesprochen hatte, und rührte mit den Worten immer heftiger, obwohl ihre Stimme ruhig und gesittet blieb.

»Nun gut. In dem Punkt magst du recht haben. Aber ich meine generell … Was verstehen Frauen schon von Politik?«

Sie nahm einen grob gezinkten Hornkamm auf und fuhr damit vorsichtig durch meine Haare. »Das liegt doch vor allem daran, dass den Frauen dieses Thema von Anfang an vorenthalten wurde. Wenn man die Hintergründe nicht kennt und sich nicht damit beschäftigt, ist so gut wie jedes Thema uninteressant. Wir können die Welt aber nur mitgestalten, wenn wir eine Stimme haben.«

»Letztlich haben wir die doch«, entgegnete ich, während ich im Spiegel beobachtete, wie sie die Paste zuerst auf die besonders hellen Stellen auftrug. »Wenn ich verheiratet bin, werde ich gewiss mit meinem Ehemann besprechen, wen wir wählen. Dass er dann loszieht und die Stimme abgibt, ist für mich reine Formsache.« Genau so würden wir es machen und meiner Meinung nach sollte es in jeder Familie so laufen, das wäre eine gute und einfache Lösung. Es gibt keinen Grund, so laut zu werden und zu so drastischen Mitteln zu greifen.

Gedankenverloren rührte Dorothy in der Schüssel, vermutlich ließ sie die erste Farbschicht zunächst etwas einwirken, und mir fiel noch einmal auf, wie ausgesprochen attraktiv sie mit ihren roten Locken war. Ob ihr einstiger Mann auch deswegen so zornig über die Scheidung war? »Findest du?«, fragte sie schließlich langsam. »Ich kann da nicht unbedingt zustimmen, denn auch innerhalb von Familien kann man unterschiedliche politische Ziele haben. Aber lassen wir das zunächst außen vor. Ich frage dich erst einmal, liebe Madge, was ist bis dahin? Noch bist du ja nicht verheiratet. Wer vertritt deine Interessen jetzt?« Fest fixierte sie mein Spiegelbild und ich zuckte mit den Schultern.

»Mein Vater, nehme ich an. Und ich bin froh darüber, denn auch ich interessiere mich nicht so sehr für Politik, das kann ich ganz offen zugeben.«

»Dein Vater, soso.« Sie setzte sich neben mich und begann nun hoch konzentriert die Farbe mit langen Pinselstrichen auf die gesamten Haarlängen aufzutragen. »Und das mit der Politik glaube ich dir nicht, man merkt oft nur nicht, dass Politik so gut wie alle Lebensbereiche betrifft. Schauen wir mal … Wofür interessierst du dich denn?«

»Oh, für sehr viel. Ich lese gerne, gehe auf Bälle, ich tanze Ballett, im Sommer gehe ich reiten, vor allem aber liebe ich das Eislaufen. Ich helfe meinen Geschwistern, für die Weltmeisterschaft in Sankt Petersburg zu trainieren.«

Dorothy machte den Rücken gerade, nachdem sie sich längere Zeit über meinen Kopf gebeugt hatte, und suchte wieder meinen Blick im Spiegel. »Die Weltmeisterschaft also, aha. Eines meiner Lieblingsthemen. Wer darf denn dort antreten?« Ihr schalkhaftes Lachen verriet, dass sie die Antwort bereits wusste, aber ich tat ihr den Gefallen dennoch.

»Na ja, die Männer natürlich. Und in den Paardisziplinen die Männer und Frauen gemeinsam«, fügte ich mit einem Anflug von Triumph hinzu.

»Aber es gibt keine Disziplin für Frauen?«

»Nein.«

»Und das findest du kein bisschen ungerecht?«

»Ich weiß nicht. Ich habe, ehrlich gesagt, noch nie darüber nachgedacht. So ist es eben. Es war immer so, ich kenne es nicht anders und finde es nicht schlimm.«

»Aber du bist doch eine gute Eisläuferin, oder? Warum solltest du nicht ebenso in einer Einzeldisziplin antreten können wie die Männer?«

Ich zuckte mit den Schultern. »Immerhin könnte ich ja in der Paardisziplin antreten.« Kann ich nicht, aber das habe ich allein mir zuzuschreiben und das Thema wollte ich bei Dorothy nicht eröffnen.

»Aber auch dann bist du ja wieder auf die Männer angewiesen. Wir Frauen müssen doch auch eigenständig handeln können.«

»Auf andere angewiesen zu sein, muss doch keine Schwäche sein. So funktioniert die Gesellschaft eben, jeder hat seine Rolle und wir sind nun mal das schwache Geschlecht. Dafür haben wir mit unserem sanftmütigen Wesen andere Stärken. Und wenn ich darauf hinweisen darf, ist es eine Aufteilung, die sich seit Generationen bewährt hat.«

Dorothy lachte leise und blickte dann auf die einfache Tischuhr, schien eine gedankliche Notiz zu machen und entschuldigte sich für eine Dreiviertelstunde, während die Farbe einwirkte.

Als sie zurückkehrte und die Farbe ausgewaschen war, nahm sie den Faden unserer Unterhaltung wieder auf. »Es ist immer so gewesen und soll so bleiben, sagst du im Grunde genommen. Genau das ist das große Problem, meiner Meinung nach. Viele hinterfragen den Status quo nicht genug! Und wenn du mich fragst, ist es nicht gerecht. Frauen sollten die gleichen Rechte wie Männer haben und das betrifft auch die Teilnahme an der Weltmeisterschaft. Und das wäre etwas, das man durch politische Einflussnahme erreichen könnte. Also, was sagst du?«

»I… ich weiß nicht … Das sind so viele neue Gedanken auf einmal …«

»Nein, ich meine zu den Haaren«, sagte sie lächelnd und erst jetzt wagte ich wieder einen Blick in den Spiegel.

Nun ja, immerhin war es dunkler. Und die Haarfarbe war gleichmäßig, das war eine immense Verbesserung zu vorher. Vermutlich konnte ich meiner Familie weismachen, dass ich diese Veränderung durch einen Kamillensud erreicht hatte. Und ich musste zugeben, dass sich mein Kopf ohne die Haarmassen nun deutlich leichter anfühlte. Dorothy konnte nichts dafür, dass der braune Ton, der auch stark ins Gräuliche ging, deutlich was von einem Fischotter hatte. Es war alles andere als hübsch, aber immerhin besser als Hyäne. Und ich wäre so nicht dazu verdonnert, Tag und Nacht einen Hut zu tragen.

Das war aber auch das einzig Gute.

Nun taste ich vor dem Training noch einmal ab, ob meine Schildpattspangen auch gut sitzen. Zum Glück würden die Männer aus Höflichkeit nichts sagen, überlege ich noch, während ich den Skating Rink betrete – nur leider habe ich nicht bedacht, dass Edgar ja kein richtiger Mann ist, sondern eher der menschgewordene Zynismus.

»Oh, Madge, so viel Wagemut hätte ich dir gar nicht zugetraut«, sagt er, eine halbe Sekunde nachdem ich bange meinen Hut gelüftet habe, und gleitet auf mich zu. »Eine Wandlung vom wunderschönen Schwan zum hässlichen Entlein – welch interessante Neuinterpretation des Märchens. Gefällt mir!« Er nickt anerkennend, als sei es wirklich so.

Ich mustere ihn kühl mit hochgezogenen Brauen. Er hat mir gar nichts über das Aussehen zu erzählen. Benedict mit seiner ausgewählten Garderobe in dezenten Farben, die auf seine Augenfarbe abgestimmt ist, durchaus. Vielleicht auch Vikram. Er stammt aus Indien und trainiert hier bei uns für die Weltmeisterschaft und trägt stets besonders gut sitzende Maßanzüge. Edgar hingegen übertreibt es mit seiner Garderobe, lässt seine Anzüge bei einem Damenschneider mit ebenso vielen Stickereien verzieren, wie man sie sonst nur auf Abendkleidern findet. Und dazu trägt er draußen einen wadenlangen Kutschermantel! Wenn er spazieren geht, schauen ihm sicherlich die Menschen hinterher, das müsste ihm eigentlich unangenehm sein, doch dafür fehlt ihm gänzlich das Gespür.

Als Nächstes fährt er ganz nah an mich heran. »Unter uns gesagt: Wenn man sich die Haare färbt, muss man auch das Kleingedruckte lesen. Vielleicht bittest du mich nächstes Mal um Hilfe, bevor du Alleingänge startest.«

»Ts. Du bist doch nur neidisch, dass ich selbst mit meinen Fischotterhaaren mehr Blicke auf mich ziehe als du mit deinen bunt bestickten Fracks. Übrigens«, ich deute auf seine Ärmel, »hier vorne ist noch ein Zentimeter, den du nicht verziert hast, das solltest du schleunigst nachholen.«

»So was fällt dir auf, und dennoch schaffst du es nicht, die Beipackzettel von chemischen Produkten zu lesen?«

Dass er genau ins Schwarze – beziehungsweise ins Fischotterbraune – trifft, macht mich nur noch zorniger.

Es wird nicht besser, als er weiterspricht. »Ich weiß zwar, dass man von einem gut aussehenden jungen Hecht wie mir nur schwerlich die Augen lassen kann, aber du solltest dringend mal deine Prioritäten überdenken.« Grinsend fährt er davon und gibt mir keine Gelegenheit für eine flapsige Antwort, die mir schon auf den Lippen liegt.

Mit einem unterdrückten Schnauben schnalle ich meine Kufen um und gleite auf die Zwillinge zu. Wieder einmal üben wir die Pflichtfiguren, die für den Wettbewerb so ungemein wichtig sind, obwohl die Kür uns allen viel mehr Freude bereitet. Immer wieder fahren Henry und Helen die Achten und Schlingen, und ich gebe Tipps, wo ich kann. Es gibt so viel, was sie gleichzeitig beachten müssen: die Kantenführung, die Blickrichtung, die Atmung, ihre Körperhaltung und vor allem die Dreh- und Wendepunkte.

Nach einer Stunde taucht zur Abwechslung mal Nolan, unser Trainer, samt seiner obligatorischen Alkoholfahne auf, und ich kann mir eine kleine Pause gönnen und drehe selbst ein paar Runden auf dem Eis, um wieder warm zu werden. Dabei kann ich nicht widerstehen und versuche noch einmal die Bewegungen, die Julianna mir gezeigt hat. Es fühlt sich gut an. Was hat sie gesagt? Dieser Jackson Haines hat den Balletttanz mit dem Eislaufen kombiniert?

Das möchte ich nun auch versuchen. Die Füße kann ich nicht wie im Ballett stellen, es würde die Bewegung stoppen, aber einige Figuren sollten möglich sein. Ich versuche ein *Effacé devant* und strecke das vordere Bein vorsichtig vom Körper weg und hebe dazu den Arm über meinen Körper. Die Freude über das Gelingen vertreibt sogar die Gedanken an meine Haare.

»He, Madge, tanzt du jetzt etwa Ballett auf dem Eis?«, ruft der kleine Mick aus Holland belustigt zu mir herüber, aber ich beachte ihn nicht, will nicht aus meinem Schwung gerissen werden.

Lieber versuche ich ein *Grand Battement à la Seconde,* bei dem ich mein Bein seitlich in die Luft strecke. Vielleicht bin ich durch das erneute Gelingen etwas übermütig geworden, aber ich will nun einen *Sissone* wagen. Der einfache Sprung bereitet mir auf dem Boden keinerlei Probleme – doch ich komme falsch auf. Ich versuche mich auszubalancieren, spüre jedoch, dass ein Sturz unvermeidlich sein wird. Schnell entspanne ich meinen Körper und lenke den Sturz auf die Seite, lasse mich abrollen. Nolan hat uns beigebracht, so zu fallen, und es macht einen Sturz tatsächlich weniger schmerzhaft.

Sofort sind Henry und Helen an meiner Seite. Henry reicht mir die Hand. »Geht es dir gut?«

»Ja, es ist nichts passiert.« Ich prüfe meine Knochen und Glieder, zum Glück scheint alles heil geblieben zu sein, allerdings hat mein Korsett sich verschoben und lässt sich nicht mehr an den richtigen Ort ziehen, sodass es wirklich stört.

»Ich geh mal eben …« Mit dem Kopf deute ich zum Brokatvorhang, hinter dem sich die Damen- und Herrenzimmer sowie die Ankleideräume verbergen. Im Ankleidezimmer beginne ich sofort, meine Bluse aufzuknöpfen, werde dabei aber immer langsamer. Ich war schon oft hier, aber heute ist einiges anders. Es gibt keine frischen Blumen, selbst von der Vase fehlt jede Spur. Und das Glas mit den köstlichen Butterscotch-Bonbons, die mich stets an lange Nachmittage mit heißer Milch und ebenjenen Bonbons bei meiner Oma erinnern, ist leer. Nun entdecke ich einen dunklen Fleck auf dem Perserteppich. Und Mondgesichter aus dünnen Federstrichen in den Stuckrahmen an der Wand, du liebe Güte! Ich trete näher an den goldenen Wandbehang und sehe in allen erdenklichen Schriftgrößen und krakeligen Buchstaben den Namen ARABELLA.

Was in Dreiherrgottsnamen ist hier passiert?

Ich stutze. Arabella, das sagt mir etwas. Ganz allmählich ahne ich Fürchterliches! Arabella heißt doch das Kind, auf das Julianna gestern aufpassen sollte. Hat Julianna es mit zur Eislaufhalle genommen? Hat die Kleine all das hier angerichtet? Dorothy hat gesagt, dass sie ein ziemlicher Satansbraten sein kann, aber wäre sie zu so viel Zerstörung fähig? … Herrje, es würde sehr teuer werden, die Wände neu zu streichen, den kostbaren Goldstoff zu ersetzen, und allein der Perserteppich hat sicherlich ein Vermögen gekostet.

Und all das ist allein meine Schuld!

Eigentlich muss ich dafür aufkommen, schließlich hat Julianna es mir zuliebe getan. Nur habe ich leider kaum Geld. Vielleicht kann mir jemand etwas borgen? Meine Gedanken werden zu Windspielen, klingen mal hier an, mal da, ergeben aber doch keine vollständige Melodie, während ich mein Korsett richte. Ein entschlossenes Pochen reißt mich aus den kopflosen Plänen.

»Verzeihung, ist hier jemand drin?«, fragt die Schnellsprecherstimme von Mister Tyndall, ich erkenne sie sofort. Roderick Tyndall, der Eisbahnbesitzer, ist immer in Eile. Er hat Läden, Theater und Wirtshäuser wie ein Gierschlund zusammengerafft, als könne man gewinnen, je mehr man besitzt. Deswegen hat er nie Zeit und spart sie ein, wo er nur kann. Er beschränkt seine Sätze auf das Nötigste und spricht dabei so laut, als müsse er andere übertönen, selbst wenn niemand da ist. »Ich bringe die frischen Blumen«, kündigt er nun an und ich wundere mich, das macht doch sonst das Mädchen aus dem Blumenladen. Aber vielleicht ist sie krank und in seinem Perfektionismus kann Mister Tyndall nicht darauf verzichten, schließlich ist eine gute Repräsentation alles und erlaubt ihm Höchstpreise für den Prince's Skating Rink.

»Einen Moment, ich ziehe mich gerade um«, rufe ich, bemüht um eine unaufgeregte Stimme, trotz des Vulkanausbruchs in mir. Wie kann ich ihn nur dazu bringen, den Raum nicht zu betreten?

»In Ordnung, dann komme ich gleich noch einmal zurück.«

Hektisch laufe ich auf und ab, gehe unzählige Lösungen für die Misere in meinem Kopf durch, doch keine will passen. Wenn Mister Tyndall sieht, was in diesem Raum geschehen ist, wird er Julianna ohne Zweifel rausschmeißen. Und das nur meinetwegen. Viel zu schnell pocht es erneut. »Sind Sie fertig, Miss Cave?«

Er hat mich also ebenfalls an der Stimme erkannt, wobei Helen und ich ohnehin die einzigen Frauen auf der Eisbahn sind, die auch professionell trainieren und daher bereits am Vormittag hier sind.

»Einen Moment noch, bitte!«, rufe ich und befehle der Lösung, jetzt aufzutauchen.

Sie kommt nicht.

»Miss Cave, mit Verlaub, wie lange brauchen Sie noch? Ich habe gleich einen Termin«, sagt er nach einer Weile mit deutlicherer Ungeduld in der Stimme als bei meiner fünfjährigen Schwester.

»Nur ganz kurz!« Ich erreiche den kritischen Punkt wie

beim Fallen, weiß, dass es geschehen wird und durch nichts in der Welt zu verhindern ist. Ich muss ihn jetzt hereinlassen, es gibt keinen anderen Weg. Also eile ich zur Tür und strecke nur meinen Kopf heraus. »Ah, da sind sie ja, die Blumen. Prachtvolle Gewächse.« Ich greife danach und will sie ihm aus der Hand nehmen. »Warum lassen Sie mich das nicht machen, wenn Sie so in Eile sind?« Vorsichtig ziehe ich am Strauß, doch er gibt ihn nicht frei.

»Ich bitte Sie, Miss Cave, Sie sind doch keine Bedienstete.« Und schon schiebt er sich an mir vorbei in den Umkleideraum.

»Wo ist denn …« Sein Satz erstirbt und er sieht sich nach allen Seiten um, schließlich nach unten und vorsichtshalber nach oben. »Was in drei Teufels Namen …« Jegliche Freundlichkeit ist aus seiner Stimme verschwunden. Sein Blick fällt auf den dicken Tintenklecks auf dem Orientteppich, das leere Bonbonglas und vielleicht auf die fehlende Vase, zu den Mondgesichtern auf den Wänden und schließlich zur krakeligen Kinderhandschrift auf dem Goldstoff.

Und natürlich fällt mir jetzt die Lösung ein. Ich hätte den Stoff von der Wand reißen sollen und vorgeben, dass ich mich darauf übergeben hätte. Ziemlich unangenehm, allerdings hätte ihn das ganz gewiss davon abgehalten, das Ankleidezimmer zu betreten.

Wütend schlägt er die Blumen auf die Ablage vor dem goldenen Spiegel, stößt dabei die offenbar leere Teedose um.

»Das war mit Sicherheit dieses Flittchen, das die Wartung übernommen hat. Der werde ich was erzählen!« Schon ist er wieder an mir vorbei und steuert mit raumgreifenden Schritten auf den Brokatvorhang zu.

»Halt, warten Sie!«, rufe ich ihm hinterher und folge ihm in den Flur. »Sie … sie war es nicht!«, ergänze ich, als er nicht stehen bleibt.

Nun stoppt er doch, kehrt zu mir zurück und verschränkt die Arme. »Wer war es dann?«

U-Bahn-schnell rasen die Möglichkeiten an mir vorbei. Beim Training gibt es, wie gesagt, nur Helen und mich. Sollte ich es einer Frau von den nachmittäglichen Besuchen in die Schuhe schieben? Allerdings haben hier nur Mitglieder Zutritt. Die Möglichkeit, eine große unbekannte Zerstörerin ins Spiel zu bringen, fällt also weg. Die meisten der Damen kenne ich zudem, wenn auch nur entfernt, und ich will keine von ihnen zu Unrecht beschuldigen.

»Ich war's«, sage ich notgedrungen kleinlaut.

In diesem Moment öffnet sich die Tür zu meiner Linken und Benedict kommt mit einem höflichen Lächeln um die Lippen aus dem Herrenzimmer. *›Geh weiter!‹,* beschwöre ich ihn und Mister Tyndall gleichzeitig, jetzt nicht weiterzusprechen.

»Sie haben das gesamte Glas Butterscotch-Bonbons vertilgt?«

Ich meide es, in Benedicts Richtung zu schauen, und antworte betreten, dass ich sehr hungrig war.

»Was ist mit der Vase und den Blumen geschehen?«

»Die sind mir leider runtergefallen.«

»Und wo sind sie?«

»Ich habe sie bereits weggeräumt.«

»Was machen die Mondgesichter an der Wand?«

»Ich … dachte, das sei eine nette Belustigung.«

Fassungslos starrt er mich an und ich will am liebsten meinen Schal vors Gesicht ziehen. »Nun gut. Aber warum in alles in der Welt steht immer wieder ARABELLA auf dem goldenen Stoff?«

Dazu sage ich erst mal gar nichts.

»Haben Sie überhaupt eine Vorstellung davon, wie viel derartige Dinge kosten?«

Die hatte ich natürlich, aber ich lächle und versuche, unschuldig zu gucken.

»Also«, fährt er fort. »Aus welchem Grund sollten Sie immer wieder ARABELLA auf den Wandbehang schreiben?«

»Es … ist ein Akronym.«

»Ein Akronym?«

»Ja, eine Abkürzung, die aus den Anfangsbuchstaben einzelner Wörter gebildet wird, die dann als ein neues Wort …«

»Himmel noch mal! Ich weiß, was ein Akronym ist. Ich wollte wissen, wie um alles in der Welt man auf die Idee kommen kann, den hochwertigen Stoff in einem Ankleidezimmer zu beschmieren!«

»I… ich …«

Endlich schiebt Benedict sich mit einem überhöflichen Butlerlächeln an uns vorbei, während ich vor Scham zerfließe. Wenn er nur wüsste! Letztlich habe ich mich nur, um ihm zu gefallen, in diesen ganzen Schlamassel geritten. Und nun sehe ich aus wie ein Fischotter und obendrein muss er denken, dass ich langsam den Verstand verliere, sollte er ernstlich glauben, dass ich all das im Ankleidezimmer angerichtet habe. Aber er hat es mit seinen eigenen Ohren gehört, es gibt keinen Grund, es anzuzweifeln.

»Bitte, versuchen Sie nicht, mich zum Narren zu halten, ich weiß, dass Sie Florence Madeline heißen und ganz einfach Madge genannt werden.«

»Sie müssen verzeihen«, setze ich neu an. »Es ist nur wegen der Weltmeisterschaft, wir sind alle so fürchterlich nervös, nahezu hysterisch, müssen Sie wissen. Deswegen üben und proben wir zu jeder Gelegenheit. Und ARABELLA steht für die Anfangsbuchstaben der einzelnen Elemente unserer Kür: ***A**rabesque, **R**oyal, **A**ttitude, **B**allotté, **E**ffacé devant* … und so weiter«, sage ich rasch, da mir keine Ballettfiguren mit L einfallen wollen. Gibt es die überhaupt?

»Das sind keine Eislauffiguren. Klingt eher nach Ballett.«

»Gewiss, aber das ist jetzt der neueste Schrei. Ein ganz neuer Stil, man verbindet das Eislaufen mit dem Ballett. Drüben auf dem Kontinent, in Wien zum Beispiel, wird nur noch so getanzt, habe ich gehört. So oder so, ich dachte, ich kann es mir leichter merken, wenn ich die Abfolge tagtäglich beim Umziehen sehe. Deswegen habe ich es auf den Wandbehang geschrieben. Mehrmals, das soll ja ebenfalls das Memorieren unterstützen.«

Es raschelt, als Mister Tyndall sich über den Bart fährt.

»Aber ein Akronym ist doch bereits eine Eselsbrücke, damit man sich die Reihenfolge besser merken kann.« Er hält inne und mustert mich mit gerunzelter Stirn. »Sie benötigen eine Eselsbrücke, um sich eine Eselsbrücke zu merken?«

»Tja«, ich kehre die Handflächen nach außen. »Sie wissen ja, wir Frauen haben's da oben nicht so.« Lachend deute ich auf meinen Kopf und mag mich selbst nicht mehr. Ich finde zwar, wir sollten die Politik den Männern überlassen, aber dass gerne behauptet wird, dass wir Frauen nicht so helle seien, missfällt mir, seit ich es zum ersten Mal gehört habe.

»Das kann unmöglich so bleiben!«, wirft er ein.

»Natürlich nicht. Aber … können wir es noch bis zur Weltmeisterschaft stehen lassen? So lange brauche ich ja, um die Abfolge zu verinnerlichen.« Mit meinen rotierenden Gedanken kann ich kaum hören, was er sagt. Irgendwie muss es mir gelingen, das Geld bis zum Februar aufzutreiben. Aber was kann ich denn schon? Vielleicht hat Dorothy recht. Wenn ich in einer Einzeldisziplin gewinnen würde, hätte ich das Geld beisammen. Vielleicht ist es tatsächlich ungerecht.

»Aber natürlich kann es so bleiben …«, sagt er mit honigweicher Stimme, und mir wird sofort um einiges leichter, da er mir diese Gnadenfrist gewährt. »… damit alle sagen: *›Kommen Sie zu Prince's – dort ist es genauso heruntergekommen, schmutzig und verwahrlost wie in einem Rattenloch‹*«, keift er dann aber und kommt mir so nah, dass mich zwei Speicheltropfen auf der Wange treffen. »Genau mein Ziel, um das richtige Publikum anzulocken. Was denken Sie sich eigentlich? Natürlich kann es nicht so bleiben. Nächste Woche habe ich das Geld auf dem Tisch, sonst übergebe ich Sie der Polizei!«

Kapitel 11

Julianna

Ich kann nicht aufstehen. Normalerweise zwinge ich mich früh aus dem Bett, trotz meiner Nachtschichten. Aber heute bin ich todmüde – obwohl ich gestern verhältnismäßig früh ins Bett gekommen bin. Ich habe im Prince's das Durcheinander beseitigt und gerettet, was noch zu retten war, dann Arabella an das Dienstmädchen übergeben, das zwischenzeitlich zurückgekehrt war. Im Lodging House in Pimlico angekommen, habe ich mich sofort ins Bett gelegt, war jedoch bis zum Morgengrauen wach. Die Atemzüge der anderen Frauen im Schlafsaal erschienen mir zu laut, die Luft zu stickig, als habe man eine alte Wolldecke über den gesamten Raum ausgebreitet. Doch vor allem waren es die Sorgen, die innerlich an meinem Fleisch nagten.

Ein paar Stunden muss ich dennoch in den Schlaf gesunken sein. Aber jetzt direkt nach dem Aufwachen nagen die Sorgen weiter. Es ist nur noch eine Frage der Zeit, bis ich im hohen Bogen rausgeworfen werde. Gerade deswegen sollte ich da draußen sein, erfüllt von der Energie der tickenden Uhr. Versuchen, die verbliebene Zeit bestmöglich zu nutzen, selbst wenn das nur daraus besteht, willkürlich Menschen auf der Straße nach einer japanischen Eistänzerin zu befragen.

Jeder Halm des Heuhaufens, den ich beiseiteschaffen kann, würde meine Suche erleichtern.

Aber es gelingt mir einfach nicht.

Ich bin wie erschlagen von dieser gigantischen Aufgabe. Dabei bin ich endlich auf einem guten Weg. Zugegeben, ob der Weg wirklich gut ist, weiß ich nicht, aber nach Monaten der ergebnislosen Suche ist es ein Fortschritt, dass ich überhaupt eine neue Spur gefunden habe. Gestern Vormittag im Archiv habe ich erfahren, dass meine Mutter im Sommer als Tänzerin gearbeitet hat, und einen Anhaltspunkt für einen Auftrittsort gefunden, das ist immerhin ein Anfang. Aber wenn ich von nun an in einer Fabrik arbeiten muss, um meinen Aufenthalt zu finanzieren, kann ich genauso gut wieder abreisen. Und genau dafür fehlt nun das Geld, denn den Hinweis habe ich erst nach sieben Tagen gefunden. Sieben Pfund für eine Spur in Größe eines Mäusekötels.

Mit schweren Gliedern schäle ich mich aus dem Bett. Wenn ich noch einen Botengang ergattern will, muss ich mich auf den Weg machen. Nachmittags gibt es eher selten etwas zu tun. Ohnehin ist es kein gut bezahlter Job – ich frage am Cornershop an der Ecke, beim Kerzenhändler, im Tabakladen und beim Schuster regelmäßig an, und manchmal vergeben sie Botengänge an mich. Mittwoch- und freitagmorgens gehe ich außerdem zum Fischmarkt und helfe als eine Art Tagelöhnerin. Frisch gelieferten Fisch in die Lagerhalle bringen, Fische entschuppen und ausnehmen. Und wenn ich ganz viel Glück habe, darf ich am Verkaufsstand mithelfen und den Fisch abwiegen und kassieren. Ich kann inzwischen nicht nur einen Kabeljau von einem Hering unterscheiden, ich weiß sogar, aus welcher Region der frischeste kommt und wie man besonders guten Fisch erkennt. Außerdem kann ich Ratschläge zur Zubereitung von Potted Shrimps, Kedgeree und der traditionellen London Particular geben, obwohl ich die Fischsuppe und die anderen Gerichte noch nie gekocht habe. Aber ich weiß, welche Gewürze theoretisch am besten passen würden. Vielleicht kann ich eines Tages die Gerichte mit Leo nachkochen?

Schade, dass heute kein Markttag ist. Der Trubel dort lenkt mich immer von meinen Sorgen ab. Heute bleiben nur meine Stammkunden. Die beiden Ladenbesitzer, die am häufigsten meine Dienste in Anspruch nehmen, sind leider Gottes gleichzeitig diejenigen, die ich am wenigsten mag – das Ehepaar mit dem kleinen Buchladen in der Clarendon Street. Dabei ist der Laden zauberhaft und alles hat gut angefangen. Das Ehepaar Devereux hatte bei meiner Vorstellung sogar eine gepflegte Tasse Tee für mich.

Nach unserem Kennenlernen hatte ich fast ein schlechtes Gewissen, sie hielten mich für eine wahre Leseratte, da ich ihnen von *Zwanzigtausend Meilen unter dem Meer* vorgeschwärmt habe, dabei kenne ich das Buch nur durch Zufall. Generell würde ich gerne mehr lesen. *Frankenstein* von Mary Shelley hat Nikolett in den höchsten Tönen gelobt. Das kürzlich erschienene *Dracula* von Bram Stoker klingt unglaublich spannend und auch *Das Bildnis des Dorian Gray* von Oscar Wilde würde mich interessieren. Aber wann soll ich all das lesen? Nach dem Eisglätten falle ich todmüde ins Bett, stehe früh wieder auf, um durch die Botengänge noch etwas zu verdienen, und die Nachmittage gehören der Suche nach meiner Mutter. Zudem sind Bücher viel zu teuer. Das Ehepaar hat zwar angeboten, dass ich je ein Buch für zehn kostenfreie Botengänge leihen kann, aber ich nehme lieber das Geld. Wenn ich wieder in Wien bin, wird Nikolett mir so viele Bücher leihen, wie ich lesen kann, das hat sie bereits angekündigt.

Meine Schritte werden langsamer, auch wenn das Schild, das auf ihren Laden verweist, bereits lesbar ist. Generell wird das Ehepaar von Besuch zu Besuch immer noch unerträglicher. Sie nennen mich gern *Skivvy*, was eine Bezeichnung für eine sehr niedrige Dienstmagd ist, und auch wenn sie es mit einem Augenzwinkern tun, kann ich nicht wirklich darüber lachen. Sie lassen mich gerne unnötig lang warten und behandeln mich wie Luft, wenn Kunden da sind. Einmal hat Mister Devereux meinen deutschen Dialekt nachgemacht und dachte vermutlich, ich würde es nicht merken. Hätte ich vielleicht auch nicht, aber seine Frau hat sich verstohlen abgewandt, um ihr Lachen zu verbergen, sodass ich endlich verstand, warum seine Aussprache anders geklungen hat als sonst.

Die Glocke über der Tür klingelt zu fröhlich, als ich eintrete, und der schöne Geruch aus Leder und Papier umfängt mich. Mister Devereux, der hinter der Theke steht, sieht auf und nimmt die Lesebrille ab, als er mich erkennt.

»Julianna, ich habe bereits auf dich gewartet«, sagt er und wirkt ernsthaft erfreut. Julianna? Kein *Skivvy* heute?

»Dann gibt es viel zu tun?«, frage ich viel zu schnell und viel zu hoffnungsvoll.

»Nur drei Lieferungen.« Er nickt zu zwei Büchern, die er in Packpapier eingeschlagen hat, und obenauf liegt noch ein schlichter Briefumschlag. »Ich fürchte aber, die Ziele sind über ganz London verteilt«, fährt er fort, öffnet die Kasse und hält mir zwölf Pence für meine letzten Auslieferungen entgegen.

»Danke.«

Er muss meine Niedergeschlagenheit bemerkt haben, denn plötzlich taxiert er mich genau.

»Ich geb dir das Dreifache, wenn du mit mir nach hinten kommst.«

Überrascht sehe ich ihn an. Wo ist eigentlich seine Frau? Als ich erkenne, dass sie nicht da ist, und ich tröpfchenweise begreife, kriecht der Ekel in jede Nische meiner Gedanken. Wortlos klaube ich Bücher und Briefumschlag zusammen und verlasse die Buchhandlung.

Am liebsten würde ich niemals wiederkommen, ich hasse es, dass ich auf das Geld angewiesen bin.

Und dann liegen die Zieladressen auch noch so ungünstig, wie es nur möglich ist. Ich muss erst in den Norden nach Islington, dann wieder südlich und sogar die Themse überqueren, nach Battersea und schließlich ganz raus nach Brentford. Dort sind zwar auch die wunderschönen Kew Gardens, aber im Winter gibt es natürlich nicht viel zu sehen.

Völlig abgekämpft komme ich drei Stunden später in Brentford an. Gefühlt gibt es heute kein Fortbewegungsmittel, das ich nicht genutzt habe, und ich bin dankbar, als ich wenig später vor der dunkelgrünen Tür eines noblen Stadthauses stehe.

»Ich mach das selbst, Martha«, höre ich von drinnen eine resolute, herrische Stimme, die so laut ist, dass ich sie durch die schwere Tür hören kann. Unwillkürlich fühle ich mich an meinen ehemaligen Brotherrn erinnert und ich balle die Hände zu Fäusten. Mit einer ruckartigen Bewegung öffnet sich die Tür vor mir und ich blicke in das von feinen Linien durchzogene Gesicht einer Frau mit hochgesteckten silbergrauen

Haaren. Sie hat diese Augen, bei denen man sofort weiß, dass sie schon viel gesehen haben, vielleicht zu viel, und ihr Mund verzieht keine Miene. Ihre gänzlich schwarze Kleidung lässt darauf schließen, dass sie in Trauer ist.

»Ja bitte?« Die Irritation in ihrer Stimme zeigt, dass sie mich nicht recht einzuordnen weiß, vielleicht weil die meisten Boten männlich sind. Zumindest die, die ich kenne.

Lächelnd halte ich ihr den Briefumschlag entgegen, die Bücher bin ich ja bereits losgeworden. »Ich soll das hier bei Ihnen abgeben.«

Sie mustert das cremefarbene Büttenpapier und die kalligrafische Handschrift, sofort wandert eine Hand zu ihrem Herzen und ihre Augen weiten sich. Ich werde neugierig. Kurz habe ich unterwegs darüber nachgedacht, den Brief zu öffnen, muss ich gestehen, wegen seiner Hochwertigkeit, aber mein Ehrgefühl hat gesiegt. Und das rote Wachssiegel auf der Rückseite hat vielleicht auch etwas geholfen. Ehrfürchtig nimmt die Lady den Brief aus meinen Händen und dreht ihn um. Als sie das Siegel sieht, entfährt ihr ein jappsender Laut und sie muss sich mit der freien Hand Luft zufächeln.

Ob es ein Liebesbrief ist?

Dann geht alles ganz schnell. Mit zitternden Händen bricht sie das Siegel, reißt den Brief noch vor meinen Augen heraus, der gute Umschlag segelt zu Boden und, noch immer bei mir im Windfang, fliegen ihre Augen über die Zeilen. Ein Schrei, kein ängstlicher, sondern pure Freude, auch wenn da Tränen hochsteigen. Gleich danach presst sie ihre Hand auf den Mund und legt das Papier an ihr Herz. Dann rennt sie davon. »Martha, ich habe es geschafft! Stell dir vor, ich habe es geschafft!«, höre ich aus dem Inneren der Villa. Dazu schnelles Fußgetrappel und Papierrascheln. Nun zwei Freudenschreie im Chor und doppeltes Fußgetrappel. In meiner Vorstellung tanzt die reservierte Frau nun im Kreis, auch wenn das nicht zu meinem ersten Eindruck von ihr passt.

Außer Atem und freudestrahlend kehrt sie zu mir zurück. »Entschuldigen Sie bitte.« Sie bemüht sich um Förmlichkeit, aber sie glüht dermaßen vor Freude, dass ich automatisch trotz dieses fürchterlichen Tages mitlächeln muss.

»Haben Sie einen Preis gewonnen?« Ja, das war viel zu neugierig. Aber ich habe nun keinen Herrn und keine Herrin mehr, die mich für so etwas rügen würden.

»Sozusagen«, sagt sie mit einem geheimnisvollen Lächeln. »Ich wurde zu einem Salon geladen.«

»Oh.« Ich weiß nicht recht, was ich sagen soll. In meiner Vorstellung ist es etwas viel Größeres gewesen. Nach Jahrzehnten wiedervereinte Liebende. Das Ende einer fiesen Familienfehde. Der Nobelpreis. Oder zumindest ein großes Erbe oder ein später Sieg bei einer Pferdewette nach einer überraschenden Disqualifizierung.

Ihr Lächeln wird breiter. »Nicht irgendein Salon. Der Salon von Constance Chevalier, der wohl bedeutendste feministische Salon von ganz London, wenn nicht von ganz Großbritannien. Seit Jahren arbeite ich darauf hin, müssen Sie wissen.«

Jetzt werde ich hellhörig. »Ein feministischer Salon? Ich bin ebenfalls in einer Gruppe von Suffragistinnen engagiert, können wir vielleicht auch kommen?«

Sie lacht kehlig. »Das ist sehr lobenswert, aber ich fürchte, zum Weihnachtssalon wird das nichts. Er findet stets einen

Tag vor Heiligabend statt und es werden nur herausragende Persönlichkeiten geladen. Wie gesagt, ich arbeite bereits seit mehreren Jahren darauf hin, habe mir die Finger mit zahlreichen Essays wundgeschrieben, bis ich die Aufmerksamkeit von Constance Chevalier erringen konnte.«

»Wer ist denn diese Constance Chevalier?«

»Die kennen Sie nicht?«

Ich zucke mit den Schultern. »Ich bin noch recht neu in der Stadt.«

»Nun. Constance Chevalier ist die bedeutendste Salonnière der ganzen Stadt, wenn es um das Frauenrechtlertum geht. So viel intellektuelle Raffinesse habe ich noch nie bei einem Menschen beobachtet. Vielleicht hat sie deswegen solch hervorragende Kontakte. Die von ihr veranstalteten Salons sind legendär, allen voran der besagte Weihnachtssalon. Sie versteht es, die interessantesten Köpfe an einen Tisch zu holen, und kann so überaus erquickliche Diskussionen herbeiführen. Deswegen wollen viele ihre Aufmerksamkeit. Frau Chevalier vergibt ihre Einladungen allerdings mit Bedacht. Nur wer etwas Besonderes für die Bewegung beigetragen hat und ihr ins Auge gefallen ist, ergattert eine der heiß begehrten Einladungen.«

»Wir …« Kann ich das so offen zugeben? Aber das scheint eine wichtige Sache zu sein, deswegen beschließe ich, mutig zu sein. »Wir waren das mit dem Kensington Palace«, raune ich ihr zu. »Meine Gruppe.«

Sie zieht die Augenbrauen hoch und begutachtet mich genauer. »Respekt. Eine außergewöhnliche Aktion. Gewiss werden wir auch diskutieren, in welcher Form wir die Aufmerksamkeit für unsere Forderungen erzeugen sollten. Dennoch fürchte ich, dass es für den Weihnachtssalon bereits zu spät ist, die Einladungen sind ja bereits rausgegangen«, sie wedelt mit dem Papier, »und Madame Chevalier lädt stets nur sorgfältig ausgewählte Personen ein, die sie persönlich kennt.«

»Verstehe. Dann muss ich wohl darauf hoffen, dass ich ihr eines Tages über den Weg laufe«, scherze ich, doch die silberhaarige Frau nickt, als wäre dies gar nicht so abwegig. »Sie führt ein sehr gesellschaftliches Leben. Es gibt kaum ein Diskussionspanel zu unserem Thema, das sie verpasst. Und sie liebt die Wissenschaft. Wenn Sie also mal einen Vortrag über Maxwells Gleichungen oder die Relativitätstheorie hören wollen …« Sie zwinkert mir zu und ich muss lachen.

Wenn ich länger hier wäre, würde es sich gewiss lohnen, derartige Beziehungen aufzubauen, aber nachdem ich in wenigen Monaten so oder so das Land verlasse – auch wenn ich noch nicht genau weiß, wie –, werde ich einen solchen Aufwand sicher nicht betreiben.

»Warten Sie bitte einen Moment.« Sie verschwindet noch einmal im Haus und steht kurz darauf wieder vor mir. »Hier.« Sie will mir offensichtlich etwas reichen und ich strecke meine Hand aus.

Verblüfft sehe ich sie an, als ich die Goldmünze entdecke, die sie hineingelegt hat. Ein ganzer Sovereign, ein Pfund.

»Gönnen Sie sich ein Hansom Cab für den Rückweg, Sie sehen wirklich müde aus.«

»D… danke. Vielen, vielen Dank.« Meistens bekomme ich gar kein Trinkgeld, und ein ganzes Pfund Trinkgeld, das ist unvorstellbar. Zu gerne würde ich mit einer eleganten Handbewegung diese Art Fiaker für mich heranwinken und mich darin gemütlich nach Hause schunkeln lassen. Aber leider habe ich fast mein ganzes Geld für das Archiv ausgegeben, und die kleine Göre hat einen so großen Schaden angerichtet, dass ich ihn nie würde abzahlen können. Und deswegen laufe ich die fünf Meilen zu Fuß und fahre auch nicht nach Hause, sondern zur Arbeit.

Oder sollte ich mich dort vielleicht besser gar nicht mehr blicken lassen?

Kapitel 12

Madge

Die letzten Stunden waren fürchterlich. Schließlich habe ich keine Möglichkeit, mit Julianna zu sprechen, außer sie nachts bei Prince's aufzusuchen. Zum Glück sind Henry und Helen heute bei einem intellektuellen Lesekreis, der oft bis tief in die Nacht geht. Ich habe sie gebeten, bei meinen Eltern vorzutäuschen, dass ich mitkomme, und sie haben sich bereit erklärt, mich nicht zu verraten. Und nun warte ich schon seit über einer Stunde auf Julianna und Prince's liegt noch immer mit schlafenden Fenstern vor mir. Wie spät beginnt sie eigentlich mit ihrer Arbeit? Was, wenn sie gar nicht mehr kommt? Sie weiß ja nicht, dass ich einen Plan entwickelt habe. Vielleicht keinen perfekten Plan, ganz gewiss keinen risikolosen, aber es könnte funktionieren.

Es darf nur nichts schiefgehen.

Im ersten Schritt habe ich heute alles zum Pfandleiher gebracht, was ich besaß, das irgendwie von Wert war. Ich muss zugeben, dass es nicht leicht war. Übrig waren ohnehin nur noch Sachen, die eine gewisse Bedeutung für mich hatten. Alles andere hatte ich zu einem früheren Zeitpunkt schon versetzt. Jetzt gab es nur noch den Nerzmantel meiner Großmutter – den ich zwar nie trug, der mich aber an sie erinnerte.

Sie war es gewesen, die damals anregte, dass ich eislaufe. Und sie war die Einzige gewesen, die nach meiner Blamage zu mir hielt. Dann war da noch mein schönstes Abendkleid, wo ich zweimal überlegen musste, schließlich kann ich am ehesten Benedicts Aufmerksamkeit erregen, wenn ich besonders hübsch aussehe, ich beschloss aber, es dennoch zu verpfänden. Das Wichtigste war nun erst mal, Julianna zu retten. Deswegen wanderte auch meine innig geliebte Erstausgabe von *Frankenstein* mit Signatur von Mary Shelley über die Ladentheke – was schon ein wenig mein Herz bluten ließ. Aber alles nicht so sehr wie das Memorabilien-Album, das Granny mir zu meinem zehnten Geburtstag geschenkt hatte. Ich musste mich zwingen, nicht die Augen zusammenzupressen wie bei einem fürchterlichen Unfall, als der Pfandleiher es wohlwollend von allen Seiten betrachtete. Der weiche Ledereinband mit echter Goldprägung, die handgeschöpften Seiten und die handkolorierten Zeichnungen der Trennblätter. Auch die Sammelkarten an sich hatten einen Wert, immerhin sammelte ich, seit ich fünf war, und einige der Karten hatten einen Seltenheitswert. Ein vielleicht letzter Blick auf vierzehn verschiedene Ulrich Salchows mit dem freundlichen Lächeln, als er die Seite erreichte.

»Da war aber jemand ein großer Bewunderer«, brummte der Verkäufer in meine Richtung und ich nickte stumm, da meine Stimme zu belegt war.

Ich setze mich auf einen Stein und zähle immer wieder das Bündel Scheine, das ich nun mit mir herumtrage. Die Summen für die einzelnen Gegenstände haben mich überrascht. Mein wunderschönes Album samt Inhalt hat nur fünfzig Pfund gebracht, der Nerzmantel hingegen hundert.

Das Kleid nur zwanzig. Immerhin hat die signierte Erstausgabe von *Frankenstein* weitere fünfzig Pfund gebracht. Zweihundertzwanzig Pfund insgesamt, ganz gleich, wie oft ich es zähle. Das klingt nicht so schlecht, andererseits beginnen die Preise für Perserteppiche allein erst bei dreihundert Pfund. Aber es soll den Besitzer der Eisbahn vorerst ruhigstellen. Bis wir auch den Rest beisammen haben.

Ich höre schlurfende Schritte in der Ferne und springe auf. Im fahlen Licht der Straßenlaterne zeichnet sich eine kleine Gestalt ab. »Julianna?«, frage ich hoffnungsvoll.

»Was machst du denn hier?« Julianna wirkt völlig erschöpft, hat dunkle Ringe unter den Augen und hebt beim Gehen kaum die Füße, dabei sind ihre Bewegungen sonst stets so energiegeladen.

»Ich hab gesehen, was geschehen ist. Im Ankleideraum. Ich …« Rasch zurre ich die Scheine wieder aus meinem Retikül. »Ich habe das hier besorgt und …«

Julianna schnappt nach Luft und ich hebe rasch beschwichtigend die Hände. »Versteh mich nicht falsch, dieses Geld wird nicht reichen. Aber wir werden es schaffen.«

Unwirsch geht sie weiter und zieht einen großen Schlüssel aus ihrer Tasche. »Wie soll das gehen, Madge? Ich weiß ja nicht einmal, wie ich die zehn Pfund für meine Rückreise zusammenkriegen soll.«

Ich folge ihr in die Eishalle, wo sie den Lichtschalter betätigt, es flimmert dreimal und dann erstrahlt der Skating Rink in seiner vollen Pracht.

»Ganz einfach«, sage ich mit Blick auf das Plakat der Weltmeisterschaft in Sankt Petersburg. »Du bringst mir diesen neuartigen Stil bei, ich werde nach Sankt Petersburg fahren und siegen. In diesem Jahr hat ein Mäzen ein Preisgeld für alle Gewinner ausgeschrieben. Wohl damit noch mehr Eisläufer und Eisläuferinnen die weite Reise antreten und es ein echter weltweiter Wettkampf wird. Rate, wie viel es zu gewinnen gibt.«

»Keine Ahnung.« Müde lässt Julianna sich auf den nächstbesten Stuhl gleiten.

»Dreihundert Pfund.«

Sie pfeift anerkennend.

»Das sollte reichen, um den Ankleideraum wieder repräsentabel zu machen.« Ich schnalle meine Kufen um und drehe eine Pirouette. »Und wir können überlegen, wie wir an noch mehr Geld kommen können. Für eine Wohltätigkeitsveranstaltung wird es wohl nicht reichen, aber vielleicht können wir Spenden sammeln. Und wenn ich dir abends beim Glätten des Eises helfe, geht es schneller, nicht wahr? Dann könntest du mir noch mehr aus der Wiener Schule beibringen. Dann kann nichts schiefgehen. Oder?«

Vermutlich ist mein Vorhaben völlig absurd, wird mir nun klar. In meinem Kopf hat sich alles so schön zusammengefügt und es war mir plausibel und machbar erschienen. Aber nun, da ich es laut ausgesprochen habe … Es ist absurd.

Ich kann nicht einfach davon ausgehen, einen neuen Stil zu lernen und dann tatsächlich Weltmeisterin zu werden. Ich habe ja nicht einmal einen Partner.

Doch Julianna hat die Hand an das Kinn gelegt und scheint abzuwägen. »Talent hast du ja, das ist offensichtlich. Und der neue Stil hat schon einmal vor großem Publikum überzeugt. Wir könnten es versuchen. Wenn ich es richtig sehe, ist das die beste Chance, die wir haben.«

Ich klatsche euphorisch in die Hände. »Großartig. Wir machen es.« An die Konsequenzen, was geschehen würde, wenn mein Plan nicht aufgeht, will ich lieber nicht denken. Meine Eltern würden toben, wenn ich ihnen offenbarte, dass ich das Land verlassen will. Allerdings wären sie auch außer sich, wenn sie erführen, dass ich das Ankleidezimmer zerstört habe.

»Zuallererst müssen wir die da loswerden.« Sie deutet auf meine Kufen. »Du brauchst stattdessen Schlittschuhe, wo die Kufen fest mit den Schuhen verankert sind. Und wir brauchen einen Plan.« Dann sieht sie mich beschwörend an. »Und noch eins. Es darf keiner wissen, dass du im neuen Stil fahren wirst, also keine Zurschaustellung auf öffentlichen Gewässern. Unsere einzige Chance auf einen Sieg ist es, wenn nur du und dein Partner den neuen Stil beherrschen, weil uns so wenig Zeit bleibt. Apropos – wo willst du auf die Schnelle einen Partner herbekommen?«

Kapitel 13
Madge

»Ach wie herrlich, das ist eine großartige Idee!«, sagt Helen am nächsten Morgen in der Kutsche, anstatt entsetzt aufzuschreien, wie sie es in meinen Träumen getan hat. Julianna hat sich zum Schluss noch mal bei mir bedankt, dass ich die Schuld auf mich genommen habe und für die Summe aufkommen will. Aber das ist für mich selbstverständlich, schließlich habe ich für den ganzen Schlamassel gesorgt. Und sie würde ja ihren Beitrag leisten, indem sie uns im neuen Stil trainiert.

»Es stört euch wirklich nicht, wenn ich ebenfalls antrete?«, hake ich vorsichtshalber dennoch nach.

»Aus rein logischer Sicht warst du schon immer die beste Wahl«, sagt Henry und streicht über seine beigefarbene Hose. »Helen und ich machen nur mit, weil Vater sich in den Kopf gesetzt hat, dass wir dort gewinnen müssen. Aber sosehr ich mich auch bemühe …« Er schüttelt den Kopf. »Vielleicht merkt man es, wenn man nicht vollkommen mit dem Herzen dabei ist?«

»Aber nach Vaters letztem Besuch im Charing Cross …«, ergänzt Helen und verzieht schmerzhaft das Gesicht. »Oh mein Gott, das war so fürchter… fürchter… fürchterlich.« Sie schüttelt sich.

Ich weiß, was sie meint. Fünf Wochen war Vater zuletzt im Charing Cross Hospital. Wir meiden den Ausdruck *Krankenhaus*, sprechen meist nur vom Charing Cross, was die absurde Auswirkung hat, dass Charing Cross mir fast wie ein gotteslästerlicher Fluch vorkommt. Er hat wie immer darauf bestanden, dass wir weiterhin unserem Alltag nachgehen, wollte nicht, dass wir ihn in seinem desolaten Zustand sehen und ihn besuchen, und dennoch war sein schwaches Herz auch bei uns überall zu spüren. Wenn ich den Zucker in den Tee gab, dachte ich an seine zitternden Hände, durch deren Haut sich nur allzu gut die Adern abzeichneten. Wenn ich mich anzog, dachte ich an die dünnen Baumwollnachthemden, die man im Krankenhaus trug, und das Essen wollte nicht schmecken, weil ich wusste, dass er es auch nicht genießen konnte. Wir alle litten mit, als sein Arzt ihn abermals für mehrere Wochen ins Krankenhaus beorderte. Vor allem, da es nichts gab, was wir tun konnten. Mein zweitältester Bruder Jacob hat seinetwegen sogar Arzt werden wollen, aber Vater wollte nicht, dass er tagtäglich von Leid umgeben ist. Sein Herz ist einfach zu gut, es ist unfair, dass gerade das nun immer wieder streikt.

Auf jeden Fall macht seine gebrechliche Gesundheit es einem schwer, ihm einen Wunsch abzuschlagen. Sein Blick ist immer so voller Hoffnung, und ganz gleich, wie sehr man den Gedanken verdrängt, hängt stets wie ein tonloses Wispern im Raum: ›*Wer weiß, wie lange er noch durchhält?*‹ Niemand will die Person sein, die ihm seinen vielleicht letzten Wunsch abgeschlagen hat.

»Ich muss ihn noch irgendwie überzeugen, dass er mich mitfahren lässt«, überlege ich laut. Nur eines meiner zehntausend Probleme. Aber vielleicht ein lösbares?

»Im Grunde müsste er nur einmal zuschauen«, sagt Henry, ohne den Blick vom Kutschenfenster abzuwenden. »Dann würde er sofort sehen, dass du um Längen besser bist. Und was … was die Geschichte von damals betrifft … Wenn du wirklich noch einmal mit jemandem durchbrennen wollen würdest, könntest du es jederzeit tun, wenn er dich nicht zeit deines Lebens einsperren will. Dazu musst du nicht nach Russland fahren.«

Mir brennen die Ohren. In der Regel spricht keiner aus der Familie mein großes Vergehen von damals an, nur Henry fehlt das Taktgefühl für derlei Feinheiten. In seiner rein sachlichen und irgendwie mathematischen Denkweise sieht er kein Problem, es zu sagen, wie es ist. Es ist geschehen, und auch wenn es ein wohlgehütetes Geheimnis ist, wissen meine älteren Geschwister Bescheid.

Mein Problem ist, dass ich keine halben Sachen mache. Wenn ich etwas tue, dann tue ich es ganz. Ich kann nicht nur ein Bonbon essen – wenn ich angefangen habe, esse ich das gesamte Glas leer. Ich weiß, dass das nicht gut ist, aber in dem Moment kann ich nicht klar denken. Zum Glück gibt es dagegen ein einfaches Mittel: Ich fange gar nicht erst an. Aber ich kann ja nicht den ganzen Tag herumsitzen. Und so kam es, dass ich schon in jungen Jahren unermüdlich Ballett getanzt habe, und nun verbringe ich jede freie Minute auf der Eisbahn. Bis ich die beste Läuferin in ganz London bin.

Leider ist es auch so mit der Liebe. Ich kann nicht jemanden *ein bisschen* lieben. Oder *ein wenig* zugeneigt sein. Das gibt es bei mir schlichtweg nicht. Wenn ich jemanden liebe, dann mit Haut und Haaren. Ich möchte sofort dieses »in guten wie in schlechten Zeiten« und auch das »bis dass der Tod euch scheidet«. Ich weiß, dass nicht alle so überbordend sind wie ich, deswegen halte ich mich permanent unter streng beherrschter Selbstkontrolle.

Nur hin und wieder flackert meine Leidenschaft doch auf.

Und dieses überbordende Temperament war es vermutlich auch, das mich dazu gebracht hat, mit sechzehn durchzubrennen. Sam und ich hatten uns auf dem Thronjubiläum von Königin Victoria kennengelernt. Es war das Hauptereignis des Jahrzehnts und in der gesamten Stadt wurde gefeiert. Jung neben Alt, Reich neben Arm.

Die Straßen quollen über vor ausgelassenen Menschen. Fahnen und Wimpel flatterten im Wind, vor allem aber musste man eine lange Zeit warten. Und während alle sich die Hälse reckten, lehnte er in seiner adretten Uniform gegen eine graue Häuserwand und schnitzte. Seelenruhig stand er da, auf das Miniaturkunstwerk in seiner Hand konzentriert, kaute auf einem Holzspan, der wie eine Zigarette aus seinem Mundwinkel heraushing, und scherte sich keinen Deut um unsere Königin.

Ich habe ihn einfach angesprochen. »Hast du keine Angst, die Königin zu verpassen?«, fragte ich amüsiert. An jedem anderen Tag ein Fauxpas erster Güte, aber am Jubiläum der Königin war alles erlaubt.

Er sah nur kurz auf und ließ das Messer wieder über das Holz gleiten, das die Umrisse einer Eule hatte. »Ich versteh den ganzen Trubel nicht. Sie hat sechzig Jahre lang ihre Arbeit getan – wie Millionen andere auch. Wo sind deren Paraden?«

»Aber sie ist die Königin! Wenn wir heute einen Blick auf sie erhaschen, können wir noch unseren Kindern davon berichten.«

Er lachte leise. »Ich habe alle sieben Weltmeere bereist. Glaub mir, meinen Kindern kann ich viel spannendere Geschichten erzählen.«

Ich forderte ihn auf, mir während der Wartezeit eine Kostprobe zu geben, und kurze Zeit später habe ich selbst die exotischen Blumen gerochen und unbekannte Gewürze auf der Zunge geschmeckt. Er verstand es, in seinem kornischen Singsang und den lang gezogenen Vokalen, mit einfachen Worten die bereits durchlebten Dinge wieder zum Leben zu erwecken, und ich hatte das fürchterliche Gefühl, dass mein eintöniges Leben so aufregend wie die Wiederentdeckung einer drei Wochen alten Zeitung war.

Ich hörte ihm zu, selbst als die Aufregung größer und die Rufe lauter wurden und die Königin endlich an uns vorüberfuhr.

Doch ich hatte längst nur noch Augen für ihn.

Dieser Mensch war anders als alle anderen, die ich kannte.

Seine geschnitzte Eule war mittlerweile fertig und starrte mich fein gefiedert aus treuen Augen an. Er reichte sie mir.

»Wann können wir uns wiedersehen?«, fragte ich flüsternd und seine Augenbrauen zuckten kaum merklich in die Höhe.

»Mein Schiff heißt *Clarantine*. Wir liegen noch ein paar Wochen vor Anker, bis die gesamte Ladung angekommen ist.«

Aus den Wochen wurden zwei Monate, und als der Tag der Abreise gekommen war, zerriss es mich fast.

Erst nach vier Monaten kehrte er zurück. Vier Monate, in denen ich jeden Tag gelitten habe. Wir schwelgten in wunderschönen Wochen, und als es diesmal wieder losgehen sollte, war unser Entschluss gefasst. Ich würde mitkommen. Und im nächsten sicheren Hafen würden wir heiraten.

Heute kann ich nur noch den Kopf darüber schütteln, welch waghalsiges Risiko ich eingegangen bin. Doch damals war ich wild entschlossen.

Diese verfluchte Leidenschaft.

Zum Glück hatten wir mehr Glück als Verstand, und nachdem der Hafen von London in sicherer Entfernung lag, hat Sam mich wie abgesprochen aus der Kiste befreit und woanders versteckt. Nach drei Tagen wurde ich an Bord entdeckt, habe den Zorn der Seemänner auf mich gezogen, aber zum Umkehren war es zu spät.

Eine Woche strahlte ich jeden Tag wie die Sonne. Unser wunderbarer Plan war aufgegangen, ich lachte einem aufregenden Leben an Sams Seite entgegen. Auf alles war ich eingestellt, nur nicht auf das, was dann geschah.

Als wir endlich ankamen, war die Liebe weniger rosig als gedacht. So ist das, wenn man seit drei Tagen nichts gegessen hat. Kaum einer wollte uns Arbeit geben, mir sowieso nicht, und er hatte nie etwas anderes als die Seefahrt gelernt.

Jeden Tag stritten wir uns.

Bis er meinte, dass es besser sei, wenn ich gehen würde. Er wollte wieder frei sein. Das hätte mich schockieren sollen – aber wenn ich ehrlich bin, wollte auch ich es.

Und eines habe ich mir geschworen: Ich würde von nun an das Gegenteil meiner selbst sein. Anstatt impulsiv und abenteuerlustig, würde ich zurückgenommen und brav sein – das sollte mein Schlüssel zum Glück sein. Es wird uns Frauen immer wieder gepredigt, dass dem so ist. Lange habe ich es nicht geglaubt, aber wo man sonst landet, habe ich ja mit eigenen Augen gesehen.

Zudem habe ich es Vater hoch und heilig versprochen. Er

traut mir nicht ganz, aber genauso fest entschlossen, wie ich damals war, als ich durchgebrannt bin, bin ich es nun, ihm keine Schande mehr zu machen.

Heute ist mir das unglaublich peinlich – aber damals konnte ich nicht anders. Kein Wunder, dass mein Vater mich seitdem an der kurzen Leine hält, das habe ich verdient. Das heikle Unterfangen war gewiss auch nicht gut für sein Herz. Ich schäme mich, dass ich ihm das zugemutet habe, und ich werde ihm ewig dankbar sein, dass er mich nicht im hohen Bogen rausgeschmissen hat.

Auch meiner Mutter bin ich dankbar, sie hat während meiner Abwesenheit alle glauben lassen, ich besuchte Verwandte im Ausland. Nur ihr ist es geschuldet, dass kein waschechter Skandal daraus geworden ist.

Was allerdings niemand je erfahren darf: Ich war die treibende Kraft hinter unserer Flucht. Ich habe es nicht mehr ausgehalten, ihn lediglich in gestohlenen Momenten alle drei oder vier Tage zu sehen. Ich habe ihn überredet, dass er mich mit auf sein Schiff nimmt, als es wieder in See stechen sollte. Er wollte zunächst nicht. Aber ich kann sehr überzeugend sein. Zumindest solange es nicht um meinen Vater geht.

Seit ich wieder da bin, passt er auf wie ein Luchs.

»Ich weiß nicht«, überlege ich nun laut. »Vater hat sogar Mister Babington etwas gezahlt, damit er ein besonderes Auge auf mich hat. Der lässt mich doch niemals nach Russland fahren, wo ich völlig aus seiner Reichweite bin. Zudem habe ich noch nicht einmal einen Tanzpartner«, werfe ich mein nächstes Problem in den Raum.

Jetzt ist es Helen, die lächelt. »Ach, komm schon, wir trainieren tagtäglich mit einer Gruppe adretter junger Männer, die ebenfalls zur Weltmeisterschaft fahren werden. Es sollte ja wohl ein Leichtes für die Herren sein, in einer zweiten Disziplin anzutreten. Frag sie einfach.«

›Frag sie einfach.‹ Das hat Helen so ganz selbstverständlich gesagt. Ist es aber nicht. Den ganzen Vormittag drücke ich mich davor. Erst als Mister Babington um zwölf Uhr zu seiner obligatorischen Zigarre verschwindet, kurz bevor sich die Halle mit den regulären Besuchern füllt, zwinge ich mich dazu, den Schritt zu tun. Obwohl mein Respekt vor Benedict immens ist. Klammheimlich hatte ich gehofft, dass er mich noch einmal um Hilfe bittet, aber nach meiner kläglichen Hilfestellung beim letzten Mal sieht er vermutlich keinen Sinn darin. Schade. So hätte ich ihn unter vier Augen fragen können.

Wenn er mit mir auftreten würde, würde ich sogleich zwei Fliegen mit einer Klappe schlagen. Ich hätte einen der besten Eisläufer des Klubs an meiner Seite – und würde unglaublich viel Zeit mit ihm verbringen. Dann müsste ich gar nicht mehr herausfinden, was es mit diesem ominösen Salon am 23. Dezember auf sich hat.

Der Zeiger der riesigen Uhr in der Halle rückt unbarmherzig vor und Helen schiebt mich mit Nachdruck in Richtung der Männer. »Jeder Einzelne sollte dir vor Dankbarkeit die Füße küssen, wenn er mit dir auftreten darf«, befindet sie. »Insbesondere Benedict.« Es ist lieb, dass sie das sagt, aber sie ist ja auch meine Schwester.

Ich komme bei der Männergruppe an, doch sie beachten mich nicht, also räuspere ich mich.

Keine Reaktion. Henry redet weiter mit Wallace, der kleine Mick ist am anderen Ende der Bahn, Edgar ist wie immer überall und Vikram ist mit Rufus im Gespräch. Nur Josiah, ein älterer Herr mit Glatze, schaut mich in seiner ruhigen Art an, sagt aber nichts.

»Oh, hoher Besuch!« Edgar steht plötzlich neben mir und die Aufmerksamkeit sämtlicher Anwesenden ist mir nun sicher. »Wolltest du was von uns?«

»Ja, ich …«

»Ich hoffe«, fällt er mir ins Wort, »du möchtest uns keine Ratschläge bezüglich unserer Haarfrisuren geben, denn da muss ich leider passen.« Wallace, der Amerikaner mit den zurückgekämmten grau melierten Haaren, lacht lautstark und ich verdrehe die Augen.

»Nein, ich habe mir überlegt, ebenfalls bei der Weltmeisterschaft anzutreten«, beeile ich mich zu sagen, um die Sache hinter mich zu bringen.

Die Männer haben einen Kreis um mich gebildet und sehen mich nun aufmerksam an. Neben Wallace und Josiah steht Rufus, ein neureicher Erbe, mit seinem wilden Lockenkopf und seinem unrasierten Bart. An seiner Seite ist Edgar, dessen kitschige Stickereien neben Vikrams durchgehend schwarzem Anzug noch stärker hervorstechen. Mick, der fast einen Kopf kleiner ist, grinst abenteuerlustig, sagt aber, wie eigentlich fast immer, nichts. Und natürlich *er*. Der, den ich eigentlich will. Benedicts Blick hat etwas Unergründliches.

Ich hole tief Luft. »Deswegen wollte ich euch fragen, ob einer von euch Lust hätte, mit mir anzutreten?«

Sofort schnellt Edgars Arm nach oben. »Ich, ich, ich!«, ruft er im äffigen Ton und wippt dabei auf seinen Kufen. »Bitte nimm mich! Ich bin großartig.«

Ich ignoriere ihn und wende mich resigniert an die anderen Männer. »Jemand außer Edgar? Jemand, der es ernst meint? Denn mir ist es verdammt ernst, ich will die Weltmeisterschaft gewinnen.«

Edgar lacht, aber ich beachte ihn noch immer nicht. Die Männer stehen unschlüssig da. Ich wage es kaum, in Benedicts Richtung zu schauen, riskiere nur ein kurzes Blinzeln und kann nichts in seiner Mimik erkennen.

Nichts passiert, und ich bereue meinen Wagemut bereits.

»Wäre das dann in diesem merkwürdigen Stil, den du hier manchmal gefahren bist?«, hakt Vikram nach.

»Ja, dieser neue Stil bietet sehr viele Möglichkeiten. Ich denke, dass man dadurch seine Chancen vergrößern könnte.«

Schweigen.

Keiner spricht es aus, aber ich spüre, dass die jungen Männer anders denken. Sie wollen vermutlich lieber auf das Altbewährte setzen, sich nicht zum Affen machen.

Nicht einmal Edgar sagt etwas, er wirkt nachdenklich und ich gerate immer mehr ins Schlingern. Wie kann ich die Situation retten? Nur zu gerne möchte ich gelassen abwinken und sagen, dass es ja auch nicht so wichtig sei und ich es dann eben alleine mache. Aber es ist wichtig. Und ich bin auf sie angewiesen.

Ein fürchterliches Gefühl.

Die Stille ist kaum noch auszuhalten, als schließlich Rufus vortritt. Der schlechteste unter den Eisläufern, er ist noch nicht lange dabei.

»Jo, es wäre mir eine Ehre.« Er verbeugt sich tief vor mir,

weiß nicht, dass es in diesem Rahmen etwas zu viel des Guten ist.

Ich fange Henrys mitleidigen Blick auf und weiß nicht, was ich tun soll. Ich bin froh, dass sich überhaupt jemand gemeldet hat, aber letztlich wird es mit Rufus kaum gehen. Wenn es schon nicht Benedict ist, würde ich Wallace oder Vikram bevorzugen. Mick ist zwar ein Goldstück, aber da er einen Kopf kleiner ist als ich, würden wir kein gutes Paar abgeben. Vielleicht kann ich doch noch einen von den anderen bewegen?

»Danke, Rufus. Aber denkst du, du kommst mit dem neuen Stil zurecht? Übrigens, in der Einzeldisziplin könnt ihr ja weiterhin so fahren wie gewohnt, nur mit mir, wäre es … etwas … *experimentell.*«

Großartig, Madge, du solltest Verkäuferin werden. Hättest du es noch weniger verlockend klingen lassen können?

»Oh, ich liebe Experimente«, ruft Edgar höhnisch, während mir einfällt, wie ich es hätte verkaufen sollen: dass es eine gute Gelegenheit wäre, sich von der Masse abzuheben, und man seine Gewinnchancen quasi verdoppeln würde, wenn man im alten und im neuen Stil anträte, und man sich diese Möglichkeit nicht entgehen lassen sollte. Hoffnungsvoll blicke ich noch einmal in die Runde. Vielleicht erkennt ja doch jemand die Möglichkeit, ohne dass ich es buchstabiere?

Aber da ist noch immer Ablehnung in den Blicken – bis ich wieder bei Rufus angelangt bin.

»Klingt … verlockend«, sagt er und ich nicke verlegen. Was bleibt mir anderes übrig?

Edgar klatscht mehrmals in die Hände und saust schon wieder los. »Dann wäre das ja geklärt«, ruft er etwas missmutig, da wir so viel Zeit vertrödelt haben.

Ich fühle mich richtiggehend kläglich. Jetzt habe ich zwar einen Partner und ich bin Rufus wirklich dankbar, finde ihn in seiner eigenwilligen Art sogar irgendwie entzückend. Seine Familie ist erst vor wenigen Jahren durch ein überraschendes Erbe zu Geld gekommen, zuvor hatten sie als Farmer auf dem Land gelebt, und zwischendurch blitzt immer wieder sein altes Leben nach außen. Das stört mich nicht, dieser ganze Standesdünkel ist mir ohnehin zuwider – nicht umsonst bin ich einst mit einem einfachen Matrosen durchgebrannt. Nein, mir bereitet etwas anderes Sorge.

Mit Rufus sehe ich kaum eine Möglichkeit, in drei Monaten eine ernst zu nehmende Teilnehmerin der Weltmeisterschaft zu werden.

Kapitel 14

Madge

Etwas Gutes hat Rufus' unkonventionelle Art: Als ich ihm offenbart habe, dass wir fortan am späten Abend trainieren werden, hat er es weder abwegig gefunden noch protestiert. Zu Hause habe ich erzählt, fortan abends Freiwilligenarbeit in einem Krankenhaus zu leisten – ein Vorhaben, von dem ich wusste, dass es mir keiner abschlagen würde. Nur wegen meines Partners war ich in Sorge gewesen, aber Rufus hat schlicht »Jo, geht klar« geantwortet und ist davongetrottet. Ja, er ist getrottet. Sogar an seinen Bewegungen sieht man seine Herkunft. Benedict und die anderen bewegen sich gezielt und präzise, man merkt, dass sie von klein auf mit einem gewissen Selbstbewusstsein durchs Leben gegangen sind, weil sie wissen, dass sie bedeutend sind. Bei Rufus schreit hingegen jede Bewegung: *›Ich bin unbedeutend, bitte beachten Sie mich nicht weiter.‹*

Julianna wirft mir einen tadelnden Blick zu, nachdem sie die grundlegenden Bewegungen der Wiener Schule erklärt hat und Rufus nun mit leicht durchgedrückten Knien und balancierenden Armbewegungen erste Runden auf der nun leeren Eisfläche drehen lässt. Nebeneinander verfolgen wir seine Bemühungen. »Hui«, sagt Julianna, mehr nicht, auch wenn ich spüre, dass ihr etwas Sarkastisches auf der Zunge liegt wie: *›Jemand weniger Begabten konntest du nicht finden?‹*

Ich beiße die Zähne zusammen. Mir ist bewusst, wie problematisch das ist. Erst mache ich große Versprechungen, uns mit dem Geld der Weltmeisterschaft aus der Bredouille zu holen, und im nächsten Moment drehe ich mit Rufus unsere Chancen auf den Nullpunkt.

»Er ist immerhin wirklich nett«, stammle ich.

Zur Bestätigung nickt sie, ohne den Blick von ihm zu wenden, und er winkt uns vom anderen Ende der Bahn zu. »Kann sich schon sehen lassen, was?«, ruft er herüber mit schon wieder durchgestreckten Beinen, wie sie im englischen Stil üblich sind.

»Für den Anfang nicht schlecht!« Julianna schafft es, dabei nicht rot zu werden. Dann wendet sie sich jedoch an mich. »Wie dringend müssen wir das Geld alleine aufbringen? Was genau machen deine Eltern mit dir, wenn du das Geld nicht zusammenkriegst?«

Ich schlucke.

Da sind immer wieder die mahnenden Worte meines Vaters im Kopf, die er schwach, aber bestimmt ausgesprochen hat, als ich, drei Monate nachdem ich durchgebrannt war, reumütig wie ein getretener Hund zurückgekehrt bin.

›Das ist deine letzte Chance.‹

Rufus stolpert wie ein aus dem Tritt gekommenes Kutschpferd.

»Sehr dringend«, antworte ich Julianna. Auch wenn Mister Tyndall sich mit dem Pfandgeld als Anzahlung zufriedengegeben hat, fehlen noch immer hundert Pfund. Das hat Mister Tyndall mir gesagt. Und meine Eltern würden mich sicherlich rauswerfen, wenn sie herausfänden, was geschehen ist. Ich muss das Geld also unauffällig zusammenbekommen. Eine andere Möglichkeit als die Weltmeisterschaft gibt es für mich nicht.

»Dann machen wir uns besser an die Arbeit.« Julianna geht auf die Eisfläche zu, bleibt dann aber stehen. »Und vorsichtshalber sollten wir bald Spenden sammeln. Oder was auch immer uns sonst noch Geld bringen könnte. Hast du übermorgen am Vormittag Zeit?«

»Am Vormittag?«, frage ich fast schon bestürzt. »Das geht leider nicht, da muss ich meinen Geschwistern helfen.«

»Kommen sie nicht ein einziges Mal ohne dich aus?«

Vermutlich würden sie das. Es ist sogar einer der Vormittage, wo Nolan das Training machen sollte – falls er nicht wieder absagt. Aber ich darf über dieser ganzen Misere Benedict nicht vergessen. Ich muss zwar irgendwie an das Geld kommen, aber gleichzeitig rinnt mir die Zeit durch die Finger. An den Vormittagen muss ich weiterhin versuchen, Benedict näherzukommen. Vielleicht kann ich heute auch Rufus ausquetschen, überlege ich nun. Die jungen Männer reden ja recht viel untereinander, vielleicht weiß Rufus, welcher ominöse große Salon am 23. Dezember ist?

Ich folge Julianna auf die Eisfläche.

»Nun gut, wir haben viel vor uns«, sagt sie. »Das Wichtigste sind nicht etwa die Figuren oder die Drehungen, die werden wir später noch üben. Das Wichtigste ist die Eleganz in den Bewegungen. Das hat mein Trainer aus Wien mir geschrieben.« Elfengleich hebt sie einen Arm und macht eine formvollendete Drehung auf dem Eis. Wenn Julianna an der Weltmeisterschaft teilnehmen würde, wäre ich vermutlich ohne jede Chance. »Gleichzeitig müssen die Bewegungen aber vollkommen im Einklang mit der Musik sein und ihr beide müsst als Einheit auftreten. Es muss so wirken, als wäre ein einziges Wesen auf dem Eis und nicht zwei verschiedene Menschen. Daran werden wir als Erstes arbeiten. Gleitet gemeinsam harmonisch über das Eis und versucht, eure eigenen Bewegungen denen des Partners anzupassen.«

Leicht verlegen fahren wir los, keine gute Gelegenheit, um so ganz nebenbei nach dem Salon zu fragen. Ich bin selbst früher als Paar gefahren, bevor ich Helen und Henry geholfen habe, und es fiel mir eigentlich nicht schwer, die Bewegungen meines Gegenübers zu spiegeln. Doch wenn ich langsamer werde, da ich merke, dass Rufus etwas langsamer fährt, wird er noch langsamer. Wir sind zwei gegenüberliegende Spiegel, die sich immer wieder ihr eigenes Bild zurückwerfen, wo es abermals gespiegelt wird – nur dass das für unseren Eislauf zur Folge hat, zu langsam zu werden und fast stehen zu bleiben. Dann korrigieren wir das und werden ziemlich ruckelig wieder schneller.

»Paarlauf hat auch viel mit gegenseitigem Vertrauen zu tun«, ruft Julianna zu uns herüber. »Rufus, vertrau einfach darauf, dass Madge deinem Tempo folgen wird, und fahr, wie du sonst auch fahren würdest.«

Jetzt geht es etwas besser. Allerdings liegt über Rufus' zusammengepressten Lippen ein glänzender Schweißfilm und er wirkt sehr angestrengt.

»Sehr gut, entspannt euch beim Laufen. Es ist noch keine Prüfung«, dirigiert Julianna laut von der Mitte. »Und Rufus, denk an das Gummiband, das dich vom obersten Punkt deiner Wirbelsäule nach oben zieht.«

»Hast du schon den *Rosenkavalier* von Strauss angehört? Ich war letzten Monat in seinem Konzert, es war fantastisch«, pirsche ich mich vor, sobald unser Lauf etwas besser funktioniert.

»Hmmm«, presst er hervor und vergisst, dass er seine Hände in der Wiener Schule nicht mehr eng an seinem Körper halten muss.

»Balancierende Hände, Rufus. Und denk an das Gummiband.«

Seine Haltung wird auf der Stelle wieder besser, aber seine Beine kommen aus dem Takt.

»Jetzt überlege ich gerade, welchen weiteren gesellschaftlichen Aktivitäten ich in diesem Winter noch nachgehen könnte«, nehme ich den Gesprächsfaden wieder auf. »Es soll da diesen Salon am 23. Dezember geben …«

»Mag sein.«

»Du hast also nicht davon gehört?«

Fast wäre er gestolpert, nur gerade eben kann er sich auffangen und entschuldigt sich vielmals.

Ich will ihn nicht bedrängen, aber wenn ich jetzt nicht beim Thema bleibe, würde es nur noch merkwürdiger werden, wenn ich ein andermal darauf zurückkomme.

Ich räuspere mich, werfe ihm einen kurzen Blick zu. Er scheint die Zähne aufeinanderzupressen, sein Kiefer wirkt angespannt. Würde er empört davonrennen, wenn ich nun wieder davon anfange?

›Benedict! – Weltmeisterschaft! – Benedict! – Weltmeisterschaft! – Benedict! – Weltmeisterschaft!‹, keifen sich meine inneren Ziele gegenseitig an.

So schnell wird Rufus doch gewiss nicht aufgeben?

Noch einmal räuspere ich mich. »Also wegen des Salons …«

Rufus hebt die Hand. »Ich bitte um Entschuldigung, verehrte Madge, aber ich fürchte, ich kann beim Eislaufen nicht plaudern.«

»Natürlich«, sage ich sofort beschämt.

»Zumindest nicht, wenn ich einmal so erstklassig wie du fahren möchte«, setzt er mit einem Lächeln hinzu, das mir gar nicht gefällt. Es ist ein Lächeln, das ich zuvor nur einmal gesehen habe. Bei Sam Nattleton, dem besagten Matrosen. Und zwar, als er sich in mich verliebt hat.

»Was war nun vorhin dein Begehr?«, fragt Rufus am Ende des Trainings, während er mit einem Taschentuch seine hohe Stirn abtupft, und ich muss über seine Wortwahl lächeln. Er versucht oft, seine sehr umgangssprachliche Redeweise auszugleichen, und gerät dann ins Überförmliche.

»Ich wollte nur wissen, ob du etwas von diesem Salon am 23. Dezember gehört hast.«

Er zieht seine Stirn kraus. »Nee, davon hat bisher noch kein Schwein was gesagt, äh, Verzeihung. Vielmals. Ich meine, dass mir bisher keiner etwas verlautbaren hat lassen. Was ist es denn für ein Salon?«

Rasch winke ich ab und fluche innerlich. Warum kennt niemand diesen Salon, wenn es bei Edgars und Benedicts Unterhaltung doch so klang, als würden zahlreiche Gäste erwartet werden? »Nicht so wichtig.«

»Wenn ich Sie aber mal zu einem Konzert oder einer musikalischen Soiree begleiten dürfte, wäre mir das eine Ehre.« Er verbeugt sich wieder zu tief vor mir und ich spüre eine gleißende Hitze in mir aufsteigen.

Oh nein. Oh nein. Oh nein.

Dass Julianna hinter ihm vielsagend grinst, hilft auch nicht. Ich will ihn nicht verletzen, gleichzeitig weiß ich, dass ich mich nie in ihn verlieben könnte. In meinem Herzen, meinen Gedanken und meinem gesamten Leben ist ausschließlich Platz für Benedict.

»Ich … äh … bedaure. In der kommenden Zeit will ich mich vollkommen auf das Eislaufen fokussieren und nicht so vielen Veranstaltungen beiwohnen.«

»Aber wollten Sie nicht zu diesem Salon?«

»Ja, das ist eine Ausnahme. Abgesehen davon werde ich nirgendwo hingehen.«

›*Nein!!!!!*‹, kreischt in mir etwas. Du wolltest doch auf sämtlichen sozialen Zusammenkünften nach Benedict suchen! Wenn Rufus dich nun auf einem Ball sieht, verliert ihr beide das Gesicht und ganz gewiss wird er dann nicht mehr mit dir zur Weltmeisterschaft fahren.

»Verstehe«, murmelt Rufus langsam und lässt sich mit hängenden Schultern zum Ende der Eisbahn gleiten. Er wirkt dabei so niedergeschlagen, dass ich ihn am liebsten in den Arm genommen und um Verzeihung gebeten hätte. »Ich bewundere Ihr Engagement für das Eislaufen, Madge«, sagt er dann aber, als er die Fläche verlässt.

»Wie gesagt«, ich befeuchte meine Lippen, »ich will wirklich gewinnen. Dafür muss man auch Opfer bringen.«

»Und Sie denken tatsächlich, dass es mit mir gelingen könnte?«

»Wir werden es in jedem Fall versuchen.«

Er nickt mir glücklich zu und trottet davon. Fast hätte ich gerufen: ›*Das Gummiband, Rufus!*‹, aber er hat schließlich Feierabend.

Ich spüre durch einen Windzug, dass Julianna neben mir zum Stehen gekommen ist – ich habe ihr ja versprochen, ihr fortan immer beim Glätten der Eisfläche zu helfen. Gemeinsam sehen wir Rufus nach.

»Das ist also Rufus«, sagt sie.

»Das ist Rufus«, bestätige ich. »Denkst du, wir haben eine Chance?«

Sie nimmt sich Zeit für die Antwort. »Es wird schwer. Vielleicht wenn die Konkurrenz ziemlich schlecht ist …«

Fast hätte ich aufgelacht. Meinte sie die Konkurrenz aus Russland, wo die Weltmeisterschaft stattfinden würde und das Eislaufen eine viel längere Tradition hat? Die technisch versierten Skandinavier? Oder die Österreicher, wo man ja ganz offensichtlich schon länger im neuen Stil fährt?

»So oder so haben wir noch etwas Zeit. Es wird nicht einfach, aber wir werden alles geben.« Wir greifen uns jeweils einen Glätter und machen uns an die Arbeit. »Einen großen Vorteil haben wir ja.«

»Und der wäre?«

»Du. Dass du so viel Erfahrung im Ballett hast, ist großartig. Vorhin im Einzeltraining war ich tief beeindruckt. Dein Können hat mich sehr an meinen damaligen Trainer erinnert.«

»Diesen Jackson Haines?«

»Ja, genau. Der war ja auch Balletttänzer«, sagt sie enthusiastisch. »Schade, dass du nicht mit ihm antreten kannst.«

Ich seufze und tauche den Glätter wieder in das Wasser. Mit einem richtigen Partner wäre tatsächlich alles einfacher. Ob ich nicht vielleicht doch Benedict noch mal fragen könnte? Ich sehe ihn mit seinen kraftvollen Bewegungen an mir vorbeigleiten, er fährt so schnell, dass das volle Haar nach hinten geweht wird, und streckt dann die Hand nach mir aus …

»Egal, Madge, reden wir von etwas anderem. Was ich mich nämlich schon die ganze Zeit frage: Sag mir bitte, wie du eine Einladung für den exklusivsten Salon des Landes bekommen hast.«

»Wie bitte?«

»Der Salon am 23. Dezember, du hast doch davon gesprochen …«

Ich schnelle hoch und fahre sofort auf Julianna zu, würde sie am liebsten gegen die Bande pressen. »Du weißt, welcher Salon am 23. Dezember ist?«, frage ich mit sich überschlagender Stimme.

»Äh … ja.« Sie hebt abwehrend die Hände, und erst jetzt bemerke ich, wie nah ich ihr gekommen bin. »Und ich frage mich, was du dort zu suchen hast.«

»Wieso?«

»Nun ja … Es ist immerhin der Salon von Constance Chevalier, einer der bedeutendsten Suffragistinnen des Landes … Und du …«

Der Glätter fällt mir aus der Hand. Das hohe, polternde Geräusch fühlt sich an wie ein Schlag ins Gesicht. »Der Salon am 23. Dezember ist ein Salon der Suffragetten?«, versichere ich mich kraftlos.

Und Julianna, sie nickt.

Kapitel 15

Julianna

An der U-Bahn-Station Knightsbridge trete ich aus dem Waggon heraus und winke Madge zu, die wie verabredet am Bahnsteig steht und wartet, dass sie zusteigen kann. Sie wirkt diesmal deutlich gelassener, gar nicht mehr wie ein Mensch, der fehl am Platz ist. Heute begleitet sie mich ins Palladium, sie hat darauf bestanden, um sich für das Training, das ich den beiden nun schon seit einer Woche gegeben habe, erkenntlich zu zeigen.

Das Palladium ist das Lokal im Hintergrund des Fotos mit meiner Mutter, das ich nach sieben Tagen der Suche endlich in einer kleinen Ankündigung, in der *der fliegende Eisengel* erwähnt wird, gefunden habe. Es ist ein Lokal, das ich noch nicht kenne und bisher nicht mit dem Eislaufen in Verbindung gebracht habe. Der Archivar hat mir gesagt, dass die große Bühne mit den gerafften Vorhängen aussieht wie das Palladium Theatre. Und er wusste zu berichten, dass dort im tiefsten Winter manchmal eine provisorische Eislauffläche für Vorstellungen eingerichtet wird. Vielleicht war er sein Geld doch wert.

Madge ist allerdings fest überzeugt, dass eine Dame ein solches Etablissement nicht alleine betreten sollte. Da half auch der Hinweis, dass ich keine Dame bin, nicht. Und so fallen wir gemeinsam auf zwei leere Plätze im Waggon.

Den ganzen Tag schon bin ich aufgeregt, dass es heute endlich mit meiner Suche vorangehen könnte. Das sollte es besser auch, denn eigentlich hätte schon längst ein Brief von Leo eintrudeln sollen. Ist er aber nicht. Nur Nikolett hat meine Zeilen wie immer umgehend mit einem langen und ausführlichen Brief beantwortet und unter anderem berichtet, wie sehr mich alle bei ihren Übungen auf dem Mondscheinsee vermissen.

Madge seufzt leise und ich werfe ihr einen vorsichtigen Seitenblick zu. Der Kopf ist zur Brust gesunken, ihre sonst so lebhaften Augen wirken fahl, im Grunde ist ihr gesamter Körper so temperamentvoll wie ein Mehlsack. »Ist es wegen Rufus oder wegen dieses Salons, zu dem du unbedingt hinwolltest?«

Den Schock, dass der große Salon von einer Suffragistin ausgerichtet wird, hat sie auch nach einer Woche noch nicht verwunden.

Madge atmet ein weiteres Mal tief ein und aus. »Beides.«

»Vielleicht wird es doch noch besser, immerhin ist Rufus bemüht. Er steht ja ganz am Anfang, und wenn wir es irgendwie schaffen, mehr Rhythmusgefühl in ihn hineinzubekommen, ist schon viel gewonnen«, versuche ich, sie aufzumuntern, obwohl ich ebenfalls Zweifel habe. Ich will nichts verschreien, immerhin habe ich selbst schon einmal an einem angesehenen Wettkampf teilgenommen, und uns ist es geglückt, unter Jacksons Anleitung innerhalb kürzester Zeit einen gänzlich neuen Stil zu lernen. Am besten wäre es eigentlich, wenn wir noch mehr Zeit zum Trainieren hätten, aber ich brauche die Tage auch für meine Arbeit und meine Suche.

»Und was den Salon betrifft … Wenn du wirklich willst, könntest du ja vielleicht noch eine Einladung ergattern. Wir müssen nur irgendwie Bekanntschaft mit dieser Constance Chevalier machen.«

»*Nur?* Das ist alles andere als einfach, Julianna, das hast du mir höchstpersönlich berichtet. Und selbst wenn wir es schaffen sollten, du weißt sehr gut, dass ich nicht die Meinung der Suffragetten …«

Ich werfe ihr einen vernichtenden Blick zu, da sie wie immer die herablassende Form mit der Verniedlichung am Ende benutzt, was unser Vorhaben kleinredet.

Sie berichtigt sich schnell. »… äh … dass ich nicht die Ansichten der *Suffragistinnen* teile. Ich frage mich ohnehin, was Benedict dort will. Bisher dachte ich, er wäre eher traditionell gesinnt, aber offenbar habe ich ihn vollkommen falsch eingeschätzt. Wie auch immer, wir werden sowieso keine Einladung bekommen.«

Meine Gedanken rauschen im Gleichklang mit der U-Bahn. »Also wenn du dermaßen dringend dort hinmusst …«, sage ich schließlich, »… es muss ja keiner wissen, dass du eine andere Meinung hast. Was denkst du, wie oft ich als Dienstmädchen eine andere Meinung als meine Dienstherren hatte? Es ist aber möglich, einfach zu lächeln und zu nicken, obwohl man tief im Inneren anders denkt – selbst wenn ich das in diesem Fall nicht gutheißen kann, aber lassen wir das Thema lieber.« Madge und ich sind über die Gleichberechtigung der Frauen zu oft aneinandergeraten, daher haben wir beschlossen, das Thema außen vor zu lassen. Wir sind uns sozusagen einig, dass wir uns in diesem Punkt *nicht* einig werden. »Aber verrätst du mir jetzt endlich, warum du so wahnsinnig dringend zu diesem Salon willst?«

Madge schiebt eine Haarsträhne in ihren riesigen Pompadour und sieht sich im Waggon um, der um diese Zeit noch recht leer ist. »Du findest es wahrscheinlich ziemlich absurd. Lachhaft nahezu.«

»Was es auch ist, ich verspreche, nicht zu lachen.«

Und dann erzählt sie mir alles von Benedict, der offenbar der großartigste und charmanteste und bestaussehende Mensch des Skating Rinks, wenn nicht von ganz England ist. Ein klein wenig muss ich doch lachen, aber nicht, um mich über Madge lustig zu machen, sondern weil sie denkt, dass es töricht ist, für die Liebe so viel auf sich zu nehmen. Ich kann jedoch dagegenhalten, was ich alles unternommen habe, um einen jungen Mann wiederzufinden – immerhin habe ich sogar versucht, in die Zeitung zu kommen, und ich habe eine Stelle bei einem fürchterlichen Menschen angenommen, da er eine Verbindung zu der Fabrik hatte, in der ich Leo vermutete.

Ich kann ihr Verhalten also sehr gut nachvollziehen und finde es auch nicht absurd, schließlich verbringt man entweder sein restliches Leben mit dem Menschen, den man liebt, oder mit jemandem, den man im besten Fall in Ordnung findet. Oder man bleibt alleine. Das sind vergleichsweise düstere Aussichten, warum also nicht alles versuchen, um glücklich zu werden?

Und dann habe ich eine Eingebung. Unser großes Symposium, das Crystal Feminist Forum. Zu solch einer Veranstaltung wird Constance Chevalier mit Sicherheit kommen, wenn sie so eine wichtige Größe in der Frauenrechtsbewegung ist. Es wäre die Gelegenheit, dass sie auf Madge aufmerksam wird, sie müsste nur eine Rede halten. Da Dorothy zu den Organisatorinnen gehört, ließe sich das sicherlich einrichten.

Sofort berichte ich Madge meine Überlegungen – doch sie wirkt alles andere als begeistert. »Bist du von allen guten Geistern verlassen? Ich teile eure Überzeugungen doch gar nicht, wie soll ich dann eine flammende Rede halten, wenn ich dabei innerlich den Kopf schüttle? Und was, wenn Rückfragen aufkommen? Ich wäre die reinste Kuh auf dem Eis.«

»Na, dann sorgen wir eben dafür, dass die Kuh Schlittschuhe bekommt!«, rufe ich begeistert und springe auf, da sich in mir die Skizze eines genialen Plans abzeichnet, was mir allerdings befremdete Blicke und die Aufmerksamkeit des gesamten Waggons einbringt. Madge zieht mich mit Nachdruck auf meinen Platz zurück.

»Wie soll das gehen?«, flüstert sie, damit die Passagiere ihre Zeitungen und die abwesenden Blicke wieder aufnehmen.

»Also.« Noch immer innerlich glühend, drehe ich mich zu ihr. »Ich besorge dir alle Zeitungen und Artikel, die man als Suffragistin kennen muss. Und wir werden künftig ja ohnehin sehr viel Zeit miteinander verbringen: Die werden wir nicht nur für das Training und das Spendensammeln nutzen, wir werden ab sofort auch Parolen üben. Wir wiederholen die gedanklichen Ansätze der Frauenrechtlerinnen so oft, bis du sie im Schlaf aufsagen kannst. Jedes Mal, wenn ich Rufus an das Gummiband erinnere, werde ich dir zurufen: *›Rise up, women‹* – und nur wir beide wissen, dass damit nicht die Haltung gemeint ist, sondern das Erheben aller Frauen für die gleichen

Rechte und die gleiche Bezahlung«, sage ich im verschwörerischen Ton und bin nun so euphorisch von dieser Idee und der gleichzeitigen Aussicht, mehr über meine Mutter zu erfahren, dass es sich anfühlt, als würde ein Feuer in mir lodern.

Mit wenig Energie reckt Madge die geballte Faust in die Luft. *»No Taxation without Representation«,* ruft sie kläglich. *»Keine Steuern, solange wir keine Rechte haben.«* Ich ignoriere ihre mangelnde Begeisterung und löse meine Anstecknadel in den Farben der Suffragistinnen vom Mantel und will sie an ihrem Kragen festmachen.

»Lass uns am besten gleich ein Zeichen setzen!« Doch sie wehrt meine Bewegung ab und ist so niedergeschlagen wie zu Beginn.

»Deine Bemühungen in allen Ehren, Julianna, ich weiß es wirklich zu schätzen. Aber es geht einfach nicht.« Sie schlägt die Augen nieder.

Ich verstehe sie nicht. Ist es so schlimm, sich für Frauenrechte einzusetzen? Wenn ich an unsere Ziele denke, fühlt sich alles daran richtig an, wie kann es für sie so vollkommen anders sein? »Wie gesagt, du müsstest nur so tun …«

»Ich weiß. Vielleicht würde ich es unter anderen Umständen machen. Nur leider habe ich mir vor einigen Jahren etwas Schlimmes zuschulden kommen lassen. Meine Eltern sind sehr moralisch und leben nach der inneren Überzeugung, dass die Gesellschaft nur funktioniert, wenn jeder seine Rolle befolgt und auf die Bedürfnisse der anderen Rücksicht nimmt. Wenn sie nun herausfinden, dass ich vermeintlich die Suffragett… äh … die Suffragistinnen unterstütze, würden sie mich nach diesem weiteren Vergehen ohne Umschweife aus dem Haus werfen.«

»Das sagen sie doch sicher nur. Das würden sie ihrer Tochter doch nicht wirklich antun?«

»Leider ja.«

»Wie kannst du dir so sicher sein?«

Sie schlägt die Augen nieder. »Weil sie bei meiner größten Schwester ebenfalls nicht gezögert haben.«

Den Rest der Fahrt erzählt Madge mir ganz genau, wie es dazu kam, dass sie mit einem Matrosen durchbrannte. Und auch, dass ihre Schwester des Hauses verwiesen wurde, da sie sich auf eine Liebschaft mit einem Chauffeur eingelassen hatte. Ich zerbreche mir den Kopf, will Madge so gerne helfen, aber die Situation wirkt tatsächlich ausweglos. Schließlich erreichen wir unsere Zielstation, und ich gebe Madge ein Zeichen, dass wir aussteigen müssen.

Als wir aus dem unterirdischen Tunnel wieder aufsteigen, umhüllt uns das trubelige Stadtleben. Rhythmisches Hufgeklapper in der Ferne, und gerade fährt an uns ein Automobil vorbei, das man hier viel öfter sieht als in Wien. Unter der Gaslaterne an der Ecke ruft ein Junge die neuesten Schlagzeilen der Tageszeitungen aus, und ich hätte eigentlich gerne eine gekauft, spare aber lieber, selbst diesen einen Penny.

Es ist in den letzten Tagen deutlich kälter geworden – sicherlich hat Leo jetzt alle Hände mit der Natureisfläche zu tun. Ob er sich deswegen nicht meldet? Eine Frau in einem unglaublich dicken Pelzmantel geht an uns vorbei, mein eigener wärmt nicht mehr genug, aber damit muss ich leben. Wir passieren eine Litfaßsäule und wie von selbst lesen meine Augen die Überschriften der zahlreichen Plakate. Ich bleibe stehen und atme scharf ein.

»Was hast du?«, fragt Madge.

Ich deute auf ein gigantisches Plakat mit einem kunstvollen Rahmen, der es wie ein edles Gemälde wirken lässt. In Blutrot prangt dort die Überschrift: UNSICHTBARE WELTEN: DAS POTENZIAL DER RÖNTGENSTRAHLUNG ERFORSCHEN. Und etwas kleiner darunter in Schwarz in einer anderen Schriftart: *Vortrag von Wilhelm Conrad Röntgen auf Einladung der Royal Society.*

»Die alte Dame, bei der ich von Constance Chevalier gehört habe, sagte, dass diese gerne wissenschaftliche Vorträge besucht.«

»Wirklich?« Endlich kehrt Leben in Madges Augen zurück und ihr Körper gewinnt an Spannung. »Dann müssen wir dorthin. Röntgen wird sogar für den Nobelpreis in Erwägung gezogen, habe ich gelesen, der ist also ziemlich wichtig. Wenn sie sich für Wissenschaft interessiert, ist sie bestimmt dort!« Dann stutzt sie. »Oder würde das bedeuten, dass sie dann nicht dort ist, da sie einen solchen Vortrag längst besucht hat?« Sie legt den Kopf zur Seite und scheint die Antwort in den Wolken zu suchen. »Ganz egal, wie es ist, wir werden es herausfinden.« Sie geht los und ihre Schritte werden immer länger. »Jetzt lass uns erst einmal in Erfahrung bringen, was der frühere Brotherr deiner Mutter über sie weiß.«

»Der fliegende Eisengel, ja, ja, ich erinnere mich. Was für eine Frau! Die hat einen ganzen Winter hier gearbeitet. Muss aber über zehn Jahre her sein«, sagt der Wirt des Palladiums wenig später mit einer samtweichen Stimme und einer Zigarette im Mundwinkel, während er die Theke abwischt. Den Rauch, die

Seifenlauge und selbst das Bier, das tief im Holz der Dielen und Tischplatten eingezogen ist, all das scheine ich plötzlich überdeutlich wahrzunehmen. Madge drückt meine Hand.

»Sie erinnern sich?« Meine Stimme steigt wie eine Seifenblase in die Luft, immer höher hinauf. »Was wissen Sie über Angelina? Wo hat sie gewohnt, wo ist sie jetzt? Hat sie eine Adresse hinterlassen?«

Er hört auf zu schrubben, wirft den Schwamm mit solch einer Vehemenz in die Schüssel zurück, dass es spritzt, und reibt dann seine Hände an einer fleckigen Schürze ab. »Wer will das wissen?« Aus seinen hellen Augen mustert er uns mit dem Argwohn eines Menschen, der zu oft enttäuscht wurde.

Ich tausche mit Madge einen Blick aus, denke aber, dass es am besten ist, mit offenen Karten zu spielen. »Ich. Ich habe Grund zur Annahme, dass sie meine Mutter ist.«

»Angelina?« Sein Lachen verklebt den Raum und die Fröhlichkeit verändert sein Gesicht vollkommen, macht ihn zu einem ganz neuen Menschen. »Die und Kinder? Das würde mich sehr wundern.« Er greift nach einem Lappen und beginnt die klatschnasse Theke trocken zu wischen.

Madge drängt sich an mir vorbei, denn seine vernichtenden Worte halten mich fest gefangen. »Das lassen Sie mal schön unsere Sorge sein«, übernimmt Madge kurzerhand das Wort. Es ist gut, dass sie mitgekommen ist. »Haben Sie irgendwelche Informationen über die Eistänzerin?«

Er wirft den grauen Lappen auf den Tisch neben uns und ein muffiger Geruch steigt mir in die Nase, am liebsten hätte ich Abstand genommen. »Schon möglich.« Eine überraschend makellose Zahnreihe zeigt sich in seinem verschwitzten und unrasierten Gesicht.

Trotz des Ekelgeruchs trete ich näher. »Ja? Was haben Sie für uns? Bitte, alles könnte weiterhelfen. Woran erinnern Sie sich?«

»Nicht so schnell, nicht so schnell«, surrt er mit seiner Honigstimme, lehnt sich gegen die Theke und mustert erst mich und dann Madge so intensiv, dass ich mir ein Schutzschild wünsche. »Alles hat natürlich einen gewissen Preis …«

Offenbar kann Madge sich bei diesen Worten nicht mehr zurückhalten. Sie ist viel impulsiver, als ich anfangs geglaubt habe, das blitzt nun zwischendurch immer wieder durch. Ihr Rock bauscht sich auf beim Gehen und sie baut sich vor ihm auf. »Was glauben Sie eigentlich, wer Sie sind? Diese junge Dame ist extra aus Wien angereist. Sie ist in einem Waisenhaus aufgewachsen und hat ihre Eltern noch nie gesehen. Sie weiß nicht, wer ihre Mutter ist! Wenn Sie auch nur einen Funken Anstand in sich haben, werden Sie uns sagen, was Sie wissen, ohne Geld dafür zu verlangen, denn das haben wir ohnehin nicht. Wir sind schließlich nur Frauen.«

Zur Unterstreichung ihrer Argumente hat sie jedes Mal auf mich gedeutet, und während ich mich so groß wie möglich gemacht habe, ist er kleiner und kleiner geworden. Abwartend sehen wir ihn an, als in die Stille hinein eine Schwingtür hinter der Theke aufgeht und ein Jüngling mit wirren Haaren hereinspaziert.

Der Wirt fährt ihn an. Eine breite Kerbe in der Oberlippe gibt dem Halbwüchsigen ein markantes Aussehen, und sein verschrecktes Zusammenzucken auf die barsche Meldung des Wirts zeigt, dass dieser den Jungen sonst nicht nur mit Worten zurechtweist.

»Verzieh dich, Will!«, beendet der Wirt seine Schimpftirade

und dieser Will verschwindet so rasch, wie er gekommen ist.

Der Lokalbesitzer spaziert nun langsam durch den Gastraum. »Nun, kommen wir auf euer Anliegen zurück. Ich bin gerne bereit, euch zu geben, was ihr sucht. Und ihr mögt zwar kein Geld haben, dafür habt ihr jedoch etwas anderes zu bieten.«

»Was …?«, setzt Madge mit verschränkten Armen an, doch sein Grinsen ist so vielsagend, dass sie zunächst verstummt. »Wir verkaufen unsere Körper nicht.«

»Aber, aber, wer wird denn gleich von so etwas reden. Alles, was ich von euch will, ist, dass ihr euch ein bisschen bewegt. Dort drüben, auf der Bühne. Ein paar bewundernde Blicke ernten, das kann doch nicht so schlimm sein.«

»Wir sollen auf der Bühne tanzen?«, fragt Madge fassungslos.

»Ganz genau.«

Bevor sie etwas erwidern kann, trete ich vor. »Wir tanzen da drüben und dann sagen Sie uns alles, was Sie über Angelina wissen?«, versichere ich mich.

Er grinst selbstgefällig. »Ganz genau.«

»Julianna, untersteh dich, wir können doch nicht … Ich werde niemals diese Bühne betreten!«

Ich strecke ihm die Hand entgegen. »Geben Sie mir Ihr Ehrenwort?«

Er schüttelt meine Hand und ich muss noch einmal an den muffigen Lappen denken, verscheuche den Gedanken aber rasch wieder.

»Abgemacht.«

»Julianna, wie stellst du dir das vor? Also ich kann beim

besten Willen nicht. Wenn das herauskommt, kann ich mich in ganz London zeit meines Lebens nicht mehr blicken lassen …«

Aber ich marschiere seelenruhig an ihr vorbei zur Bühne. Ich bin mir ziemlich sicher, dass er gemeint hat, wir sollen tanzen, wenn der Laden voll ist, aber das hat er nicht zum Teil unserer Abmachung gemacht. Schließlich erreiche ich die Bühne und beginne zu tanzen.

Oder so ähnlich.

Immerhin hat er auch nicht gesagt, *wie* wir tanzen sollen. Ich hüpfe und springe, schüttle mich zwischendurch, als hätte ich einen heftigen Malariaanfall, und winke Madge zu mir herauf.

Zögernd folgt sie mir. Erst ist sie noch etwas verhalten, aber schließlich stimmt sie ein, und wir beide tanzen auf die törichteste und kindlichste Art, die wir uns vorstellen können. Zum Schluss haken wir uns unter und laufen im Kreis.

Nach einer angemessenen Weile springe ich von der Bühne herunter. »Bitte sehr, da hatten Sie Ihren Tanz. Nun sagen Sie uns alles, was Sie über meine Mutter wissen.«

Er schnaubt lediglich. »Wenn ihr glaubt, dass ihr mich zum Narren halten könnt, habt ihr euch gehörig vertan!«

Nun verschwindet er durch die Schwingtür. Ich starre sie an, bis sie wieder vollkommen ruhig daliegt.

»Lass uns gehen«, sage ich zu Madge. Sie hakt sich bei mir unter und gemeinsam saugen wir die frische Stadtluft ein, sobald wir den Laden verlassen haben.

»Du hast doch nicht wirklich geglaubt, dass er uns nach dem Tanz etwas gibt, oder?«

Ich schüttle den Kopf. »Lügen erkenne ich sofort. Eines der Dinge, die man im Waisenhaus sehr schnell lernt. *›Nächs-*

tes Mal wirst gewiss du ausgesucht, Julianna, du bist so ein liebes Mädchen.‹ Er wusste nichts. Deswegen wollte ich wenigstens die Gelegenheit nutzen, um ihm eine Art Lektion zu erteilen.«

Madge nickt langsam. »Es war lustig. Aber es tut mir sehr leid, dass du wieder nichts herausfinden konntest. Hast du es eigentlich mal mit einer Zeitungsannonce versucht?«

»Wartet! He, ihr zwei, wartet!«

Wir haben die U-Bahn-Station fast erreicht und ich drehe mich vorsichtshalber um, da ist so eine Vehemenz in der Stimme, obwohl ich mich nicht angesprochen fühle. Ich kenne hier schließlich niemanden. Doch die Person rennt direkt auf uns zu. Und nun erkenne ich sie als den Jüngling mit den wirren Haaren aus dem Palladium.

»Ihr wolltet etwas über Angelina wissen?«, fragt er außer Atem.

Kapitel 16

Madge

Im ersten Moment stutze ich, als ich aus der Kutsche sehe, wie der Juwelier einen Mistelzweig über die goldglänzenden Uhren und Ketten in seiner Auslage hängt. So früh beginnt er mit der Weihnachtsdekoration?

Nun entdecke ich überall Tannengrün und Stechpalmenzweige, und mir wird klar, dass der Dezember bereits gekommen ist. Seit ich sogar zweimal am Tag trainiere, vergeht die Zeit wie im Flug. Schon in dreiundzwanzig Tagen ist der Salon der Chevalier, und ich habe keine Chance teilzunehmen, denn dieser Vortrag über Röntgenstrahlen kostet ein Heidengeld, habe ich herausgefunden. Julianna meint, ich solle Benedict einfach so ansprechen, aber wenn Mister Babington das bemerkt und es meinem Vater meldet, lässt er mich nie wieder zum Eislaufen kommen.

Aber vielleicht in einem unbemerkten Augenblick? Zumindest, um Julianna zu berichten, dass ich es versucht habe? Ich bin es ihr schuldig, sie bemüht sich so sehr. Dabei hat sie genügend eigene Sorgen. Der Jüngling vom Palladium hat ihre Mutter zwar in den höchsten Tönen gelobt, denn sie war offenbar sehr nett zu ihm gewesen, als er noch klein war, jedoch konnte er uns nur mit dem Hinweis helfen, dass sie während der Sommermonate unter einem anderen Bühnennamen arbeitete.

Ansonsten wusste er nichts über sie.

Die Kutsche bleibt kurz stehen und biegt dann ab. Das hoheitsvolle Gebäude von Prince's kommt in mein Sichtfeld, doch statt der wirbeligen Freude spannt mein Körper sich nun an, als fürchte er einen Sturz. Rufus strengt sich noch immer sehr an, trotzdem schreiten wir nicht mit den notwendigen Siebenmeilenstiefeln voran, sondern unsere Fortschritte haben eher die Größe eines Fingerhuts. In keinem meiner Belange komme ich weiter, weder im Hinblick auf das Geld und noch viel weniger in Sachen Benedict.

Vermutlich hat Julianna sich deswegen für heute Abend etwas Besonderes überlegt. Wenn es um diabolische Pläne geht, hat sie ein erschreckend großes Talent. Fast so groß wie ich. Sie hat Rufus gebeten, einen der Männer zu unserem Training dazuzubitten – und dabei ganz am Rande erwähnt, dass Benedict ein ganz passabler Läufer sei. »Benny? Der ist wahrlich großartig. Bei dem haben sogar die Stürze eine gewisse Eleganz.«

Julianna hat gelächelt. »Perfekt. So etwas brauchen wir. Dann können wir zur Anschauung vorwegfahren und ihr macht einfach alles nach.« Später hat sie mir zugeflüstert, dass sie natürlich so viel wie möglich mit Rufus üben würde, während ich mit Benedict fahre. Ich bin so aufgeregt, dass ich letzte Nacht kaum schlafen konnte. Hoffentlich glückt Rufus' Einladung.

Doch als ich gerade mit Henry und Helen bei Prince's ankomme, bietet sich uns ein ungewohntes Bild. Nolan, unser Trainer, und auch Benedict, Rufus, Wallace, Josiah und die anderen stehen *vor* dem Gebäude und sprechen mit Mister Babington. Wie immer trägt er seine blaue Aufseherkappe, ich glaube, er trägt sie sogar, wenn er ganz alleine ist. Davon abgesehen ist jedoch nichts wie immer. In ungewohnt großen Gesten unterstreicht er seine Worte und sein Hals und seine Wangen haben rote Flecken.

»Was ist geschehen?«, fragt Henry in seiner sachlichen Art, kaum dass wir aus der Kutsche gestiegen sind.

Bevor Mister Babington antworten kann, klappert die nächste Kutsche neben uns auf den Hof. Edgar springt mit wehendem Kutschermantel heraus und wirft der Person hinter den Vorhängen der Kabine eine Kusshand zu, bevor die Kutsche wendet und klappernd davonfährt. Es gibt wahrlich nichts an Edgar, das nicht übertrieben wäre. Solch eine öffentliche Zurschaustellung der Zuneigung gehört sich einfach nicht, doch wie immer kümmert ihn das gar nicht.

»Was wird denn das?«, ruft er fröhlich zu uns herüber. »Machen wir heute ein gepflegtes Stehbankett, anstatt zu trainieren? Gefällt mir!«

»Ich bin untröstlich, Mister Syers, das Eis, es ist heute leider nicht betretbar. Eine zweifingerdicke Wasserschicht steht darauf, eines der Kühlsysteme ist ausgefallen. Ich habe es bereits repariert, aber das Eis wird frühestens heute Abend wieder fest genug sein, um darauf zu fahren.«

Ich werfe Rufus einen aufforderungsvollen Blick zu. Das war das perfekte Stichwort, um die abendliche Unterstützung unseres Trainings anzusprechen.

Rufus' Augen sind wie von einem Schleier überzogen, und als er meinen Blick bemerkt, lächelt er mich lediglich an. Glücklich.

Ich mache eine minimale Kopfbewegung, was jedoch nur feine Runzeln auf seiner Stirn zum Vorschein bringt. Er schweigt weiterhin.

»Och, es könnte doch recht amüsant sein, wenn es in den Kurven etwas spritzig wird …«, scherzt Edgar derweil und Nolan schnaubt abfällig.

»Ich bitte Sie! Fahren auf nassem Eis kann ich unter gar keinen Umständen zulassen.« Mister Babington hebt den Zeigefinger. »Das ist mit den Sicherheitsbestimmungen nicht vereinbar und gerade Sie als Trainer …«

»Keine Sorge, es war nur ein Scherz. Na schön«, Edgar klatscht in die behandschuhten Hände und sieht fragend in die Runde. »Was machen wir dann mit dem angebrochenen Tag?«

Nolan nimmt sofort seinen Spazierstock wieder auf. »Wenn man nicht fahren kann, gehen wir nach Hause, das steht doch außer Frage. Oder in den Pub.« Er wendet sich zum Gehen und mein Herz sinkt. Das war es also mit der Gelegenheit, Benedict um Hilfe zu bitten.

Doch dann ruft Edgar Nolan hinterher: »Irgendetwas gibt es immer zu lernen. Haltung und Position, Schrittfolgen, Übergänge, ja sogar die Etikette kann man theoretisch besprechen, um die Präsentation auf dem Eis zu verbessern.«

Nolan bleibt stehen, was sofort neue Hoffnung in mir weckt. Aber er dreht sich nicht um, blickt lediglich über seine Schulter, während er antwortet: »Fürs Herumsitzen werde ich aber nicht bezahlt.«

Ein betretenes Schweigen entsteht. Als Nolans Kunden dürfen wir uns so etwas eigentlich nicht gefallen lassen, aber ein öffentlicher Protest würde die Situation nur verschlimmern. Ich überlege gerade, welches wichtige Vorhaben ich ins Spiel bringen könnte, das wir ohnehin für heute geplant hätten, um die Situation zu retten – als Edgar sich an uns wendet. »Setzt euch doch gerne bei uns dazu. Die Technik und die Pflichtfiguren überschneiden sich schließlich teilweise bei Paar- und Einzelläufern.«

Jetzt strahle ich Edgar mindestens so glücklich an wie Rufus mich vorhin. Vielleicht ist er nicht ganz so schlimm, wie ich immer gedacht habe. Denn ein solches Beisammensitzen bietet natürlich die einmalige Gelegenheit, ganz nah bei Benedict zu sein.

Ich glaube, ich habe noch nicht wieder aufgehört zu lächeln. Es hat geklappt! Ich sitze im Cafébereich von Prince's sogar direkt neben Benedict und fühle mich durch seine Nähe so lebendig, als würde ich im frischen Frühlingswind stehen.

Gleich zu Beginn hat Edgar meinen Schlittschuh hochgehoben und gesagt, dass er mich schon die ganze Zeit nach dieser Konstruktion fragen wollte, und ich habe vor allen Zuhörern mein Wissen zu dieser amerikanischen Erfindung berichtet, die ich nach Juliannas Anraten bei einem Schuster habe anfertigen lassen. Stolz erklärte ich, wie viel besser der Halt in den Schlittschuhen sei. Dadurch würden ganz andere Figuren möglich. Benedict beugte sich im Anschluss daran ganz dicht zu mir und flüsterte, dass das eine überaus interessante Entdeckung sei. Leider konnte ich keine geistreiche Antwort geben, sondern lediglich lächeln. Seine Präsenz ist so stark, dass jedes Mal die Wörter aus meinem Kopf gelöscht werden.

Ich glaube, danach haben wir über Kufenstellungen gefachsimpelt und wie die Übergänge zwischen den Figuren am besten gelingen, aber ich konnte, seit Benedict mir seine Aufmerksamkeit geschenkt hat, nicht mehr gut zuhören.

Die ganze Zeit bin ich mir nur allzu bewusst, dass er da ist. Benedict. Wie immer sagt meine innere Stimme seinen Namen nicht einfach nur, sie wispert ihn sehnsuchtsvoll.

Benedict.

Er ist wirklich direkt neben mir.

Der bauschige Ärmel meines Kleides berührt seinen Arm. Vielleicht sollte ich meinen Ärmel heute Nacht als Kopfkissen benutzen? Immer wieder drücke ich meine Hände gegen den Rock, um sie unauffällig abzutrocknen, oder ich zupfe mein Kleid zurecht. Am besten ist es, wenn er etwas sagt. Dann kann ich ihn unverhohlen ansehen. An den Übergängen seiner Koteletten zum Gesicht werden die stoppeligen Barthaare kürzer, weiß ich nun. Nur zu gerne würde ich sie berühren. Da ist eine haarfeine Narbe an seinem Hals, woher die wohl stammt? Spürt man sie, wenn man mit den Fingerspitzen darüberfährt? Und da ist eine Fluse am Kragen, die sein makelloses Aussehen durchbricht, aber natürlich darf ich sie nicht wegzupfen. Nichts von dem, was ich mir vorstelle, kann ich. Ich will mich auf seinen Schoß setzen, mit den Händen durch seine Haare fahren, seine Haut riechen und mit den Lippen unzählige kleine Küsse …

Ein kleiner Pikser in meine Seite reißt mich aus den Gedanken. Helen, links neben mir, versucht, mit den Augen irgendetwas zu sagen. Alle sehen mich an. Ich werde rot. Man konnte mir die Gedanken doch nicht etwa ansehen? Oder – noch schlimmer – habe ich sie etwa laut ausgesprochen?

»Madge?« Die Betonung in Edgars Stimme zeigt, dass er das nicht zum ersten Mal sagt.

»Ja?«

»Dann leg mal los.«

»Womit?«

»Na, die Pirouette. Du hast doch gerade zugestimmt, noch einmal Stück für Stück die wichtigsten Punkte mit uns durchzugehen, schließlich bist du unsere Ballettexpertin.« Er lächelt mich so charmant an, dass ich zum ersten Mal verstehe, warum ihm so viele Frauen auf den Leim gehen. Aber ich bin natürlich gegen diesen Charme immun, der so künstlich ist wie das Eis, auf dem wir fahren. Insbesondere mit solch einem Mann wie Benedict direkt an meiner Seite.

»Gewiss«, antworte ich und schenke Benedict ein besonders schönes Lächeln, bevor ich mit meinen Erklärungen beginne.

Die Männer nicken einsichtig, Vikram macht Notizen in einem kleinen Heft und ich wachse drei Zentimeter, als Benedict noch einige Nachfragen stellt, in denen er mich sogar duzt.

»Wenn das Eis wieder fest ist, kann ich es dir auch gerne noch einmal zeigen«, biete ich tollkühn an. Eigentlich ziemt sich solch ein offensives Vorgehen als Frau nicht, aber durch seine Nachfragen ist es gerade noch gerechtfertigt.

Ob er sie deswegen gestellt hat?

Sein Lächeln kitzelt durch meinen gesamten Körper. »Sehr gerne«, sagt er mit seiner seidigen Stimme.

Als Nächstes gibt Edgar Ratschläge, wie man selbst unter Schmerzen einen erhabenen Gesichtsausdruck behält, und beantwortet jegliche Fragen, die aufkommen.

»Sehr schön«, sagt Vikram zum Schluss und steckt seinen Bleistift neben das Notizbüchlein in die Brusttasche. »Wir sollten uns öfter auf diese Weise gegenseitig unterstützen, ich finde es sehr hilfreich, sich all die wichtigen Dinge noch einmal gedanklich zu vergegenwärtigen.«

Beipflichtendes Gemurmel kommt auf, doch ich kann nur daran denken, dass das wieder ein perfektes Stichwort wäre, um für das abendliche Training um Hilfe zu bitten, und beschwöre Rufus mit meinem Blick.

Er bemerkt nichts, daher stupse ich ihn mit meinem Fuß unter dem Tisch leicht an. Überrascht blickt er auf, und ich deute, so gut es geht, mit meinem Kopf in die Runde.

Er kratzt sich am Nacken.

Ich lasse meine aufgerichtete Hand wie eine Kufe in Schlangenlinien durch die Luft fahren, woraufhin eine steile Falte zwischen seinen Brauen erscheint. Bevor er erkennt, worauf ich hinauswill, ergreift Benedict das Wort und schließt damit das Zeitfenster des passenden Moments. »Das wäre in der Tat schön, aber woher sollen wir die Zeit neben dem Training noch nehmen?«

»Hast du … hast du denn momentan so viel zu tun?«, schaffe ich es nachzuhaken, obwohl ich kaum atmen kann.

»Ja.« Er schenkt mir einen so langen Blick, dass ich mich frage, ob er mir etwas damit sagen will. »Meine Grand Tour steht demnächst an. Da gibt es noch viel vorzubereiten.«

»Eine Grand Tour, wie schön«, tiriliere ich, da die Worte so schmerzhaft sind, dass ich sie ohne Übertreibung nicht über die Lippen bekomme. »Aber die eine oder andere Vergnügung wirst du dir doch noch erlauben? Schließlich ist Weihnachtszeit.«

»Nun ja, da ist der Weihnachtssalon der Chevalier, aber davon abgesehen …« Er zuckt die Schultern. Und während ich mich einerseits freue, nun die Bestätigung zu haben, dass es der Salon ist, ärgere ich mich, dass ich der Einladung noch immer kein Stück näher bin. Kurz überlege ich, einfach zu fragen, ob er mich als Begleitung mitnimmt, ich könnte ja thematisches Interesse vorgaukeln, aber letztlich ist auch das zu heikel. Er könnte denken, dass das thematische Interesse allein seiner Person gilt.

Was natürlich stimmt.

Aber ich würde lieber als Pellkartoffel kostümiert über das Eis laufen, als das öffentlich einzugestehen.

»He, Madge, sagtest du nicht, dass du dort ebenfalls hingehst?«, trötet Rufus in dem Moment durch die Halle und mein Lächeln gefriert. Ich habe ganz vergessen, dass ich Rufus diesen Bären aufgebunden habe, als ich versucht habe, mehr über den Salon herauszufinden. Wenn ich mich nicht vollkommen blamieren will, bleibt mir nur eine Möglichkeit.

»Ganz richtig«, stimme ich nickend zu und ignoriere die entgeisterten Blicke meiner Geschwister. Ich werde es ihnen später erklären.

»Ach, welch überaus angenehmer Zufall«, sagt Benedict und lässt sein sanftes Lächeln für mich aufblühen.

Ich angle gerade nach einer ebenso charmanten Antwort, als Rufus von der gegenüberliegenden Seite des Tisches schon wieder dazwischenfährt. »Schade, dass du dich ansonsten vollkommen auf das Training konzentrieren willst und keinerlei gesellschaftlichen Verpflichtungen nachkommen möchtest.«

»Nun ja«, sage ich so ruhig wie möglich, obwohl ich schreien könnte, dass er Benedicts und meine halbwegs private Unterhaltung erneut unterbrochen hat und Benedict damit die Möglichkeit nimmt, mich zu einem Konzert- oder Theaterbesuch einzuladen. »Zumindest kleinere Unternehmungen sind jederzeit möglich«, versuche ich, die Situation zu retten, und hätte dabei am liebsten direkt zu Benedict gesehen, aber auch das wäre viel zu offensiv gewesen.

Vielleicht hätte ich es besser doch tun sollen.

»Dann könnten wir also spazieren gehen?« Rufus wirkt so freudig wie eine Sonnenblume, trotzdem möchte ich ihn an beiden Schultern packen und schütteln. Und dabei rufen: *›Lies endlich einen Benimmratgeber!‹* Er darf mich doch so etwas nicht vor den Augen aller fragen, es nimmt mir die Möglichkeit, abzulehnen, denn das würde öffentlich seine Ehre verletzen. Ich könnte ihm ebenso gut ins Gesicht treten.

»Selbstverständlich«, muss ich daher freundlich antworten und darf mir meine inneren Qualen nicht anmerken lassen. »Ich müsste allerdings zunächst meinen Terminkalender konsultieren. Und es geht natürlich nur, wenn das Wetter mitspielt.« Damit habe ich ihm gerade durch die Blume zu verstehen gegeben, dass mir nach einem gemeinsamen Spaziergang wenig der Sinn steht, aber er wirkt so begeistert wie ein Jack-Russell-Terrier.

»Hervorragend! Bring deinen Kalender doch heute Abend mit, dann können wir beim Training direkt einen Termin vereinbaren.«

Verflucht, denke ich, während ich mir ein Lächeln abringe und Helen unter dem Tisch meine Hand drückt.

Aber immerhin hat er durch seine Wortwahl eine neue Überleitung geschaffen. Wenn ich nach diesem Tag auch den

Abend mit Benedict verbringen könnte, würde ich sogar mit Rufus spazieren gehen. Meinetwegen durch den gesamten Hyde Park.

»Apropos heute Abend …«, setze ich an und schreie die restlichen Worte gedanklich in Rufus' Richtung.

»Ach ja.« Er setzt sich auf, als müsse er eine Ansprache halten. »Wir wollten fragen, ob einer von euch uns an einem Abend unterstützen könnte? Hättest du vielleicht Zeit, Benny?«

Benedict überlegt, wirkt zu meinem Frohlocken nicht abgeneigt. Doch bevor er etwas sagen kann, ergreift Edgar das Wort. »Ich übernehme das gerne«, sagt er und ich bin schon wieder geneigt zu schreien. Oder Edgar zu knebeln.

»Benny sagte ja schon, dass er momentan sehr eingebunden ist«, fährt er fort und ich verstehe die Welt nicht mehr.

Warum?

Warum will Edgar uns auf einmal helfen, und das, wo alles auf solch einem guten Weg war? Edgar ist zwar Trainer, aber Benedict wäre natürlich viel besser geeignet. Gewiss würde ich mit ihm nur so über das Eis fliegen. Und wenn er dann bemerkt, wie gut wir harmonieren … Vielleicht würde er dann mit mir bei der Weltmeisterschaft antreten. Zumindest habe ich mir das ausgemalt, seit Julianna den Plan ausgeheckt hat.

Erbost sehe ich in Edgars Richtung – und erkenne es in seinen Augen. Er hat es mit Absicht getan. Er weiß, dass Benedict mir gefällt, und deswegen will er uns voneinander fernhalten. Am liebsten würde ich ihn auf die noch immer nasse Eisfläche stoßen, auf dass er dort auf ewig festfrieren würde.

»Das ist wahr«, meldet Benedict sich nun obendrein entschuldigend zu Wort. »Ich werde diesen Monat sogar beim Training etwas kürzertreten und nicht mehr ganz so häufig hier sein.«

Ich falle innerlich kraftlos schluchzend auf die Knie und nicke äußerlich gesittet. Ganz so, als wäre nichts dabei und sein Satz nicht etwa das Ende meiner Welt.

»Aber ich freue mich, dass wir uns beim Weihnachtssalon sehen.« Das sagt er direkt an mich gerichtet. Seine Stimme ist wieder seidig, sein Lächeln Kaschmir. Es ist die größte Interessenbekundung, die ich je von ihm bekommen habe.

Und plötzlich weiß ich mit absoluter Sicherheit eines: Ich muss zu diesem verdammten Salon der Suffragetten. Koste es, was es wolle.

Kapitel 17

Madge

»Ich lenke ein, sag mir alles, was ich wissen muss …«, rufe ich schon von Weitem statt einer Begrüßung zu Julianna, unterbreche mich dann aber selbst. »Was … was ist denn mit dir passiert?«

Ich kann kaum glauben, was ich da sehe. Statt ihres ausgeblichenen einfachen Kleides trägt Julianna ein hocheleganteres tiefrotes Kleid aus glänzendem Stoff, mit Spitze am Saum, Volants und Perlmuttknöpfen. Sie sieht aus wie eine höhere Tochter. »Hast du mir etwas verschwiegen und bist in Wirklichkeit steinreich?«

Sie lacht. »Leider nicht. Dieses Kleid hat mir eine liebe Freundin geschenkt und ich ziehe es nur zu besonderen Gelegenheiten an.«

Das verblüfft mich nur noch mehr. »Aber … wir wollen doch heute Spenden sammeln. Ist das etwa eine besondere Gelegenheit? Wäre es nicht besser, wenn du deine einfachen Kleider trägst, damit die Leute …« Ich verstumme. So, wie ich es in meinem Kopf bereits formuliert habe, kann ich es nicht sagen.

»… damit die Leute Mitleid haben, weil ich so bedürftig aussehe?«

Zum Glück zwinkert Julianna mir zu, sie nimmt es mir nicht übel, dass ich genau das andeuten wollte.

»Glaub mir, die Leute haben kein Mitleid«, sagt sie. »Für die gehobene Schicht ist es nun mal normal, dass einige vom Leben reich bedacht wurden und andere bettelarm sind. Es ist die bestehende Gesellschaftsordnung und ich habe schlicht und einfach Pech gehabt. Und meiner Erfahrung nach unterstützen sie eher jemanden, der ihrer Schicht entstammt. Wenn ich in meinen heruntergekommenen Kleidern für Prince's sammle, glaubt mir doch kein Mensch, dass das Geld auch wirklich dorthin fließt. Deswegen tue ich so, als würde ich zu ihnen gehören.«

Sie streckt die Schultern nach hinten und wirft mir einen sehr gekonnten herablassenden Blick zu, der mich schmunzeln lässt.

»Aber was wolltest du vorhin eigentlich sagen? Wegen was lenkst du ein?«

»Ich«, feierlich senke ich die Stimme, »werde es nun doch versuchen. Ich *muss* einfach zu diesem feministischen Salon, auch wenn ich nichts davon halte.« Allein durch die Vorstellung muss ich mich innerlich leicht schütteln, doch es gibt nun mal keinen anderen Weg, wenn ich Benedicts Herz erobern will. »Also«, sage ich ergeben, »bring mir alles bei, was ich wissen muss. Vielleicht kann ich dann tatsächlich auf diesem Symposium eine Rede halten. Glaubst du, es klappt wirklich, dass Dorothy das arrangiert?«

Julianna quietscht vergnügt und wirkt für einen Moment sogar, als wolle sie mir um den Hals fallen. »Das sollte keinerlei Schwierigkeiten bereiten. Und ich verspreche dir, dich zur überzeugendsten Suffragistin zu machen, die man sich vorstellen kann!« Ihre Augen leuchten und ihr Eifer ist nahezu spürbar.

Frohen Mutes mit dem neuen Ziel vor Augen stromern wir mit unseren Sammelbüchsen die Oxford Street entlang. Wie immer ist die Stadt gut besucht. Feine Herrschaften flanieren in bester Kleidung an den Geschäften entlang, aber es gibt auch den einen oder anderen Arbeiter, der zwischen den schlendernden Menschen hindurchhetzt.

Jedes einzelne Geschäft präsentiert verführerische Waren in den Auslagen, und auf der Straße warten geduldig mehrere Kutschen, bis ihre Besitzer samt den mit Hutschachteln und Boxen bepackten Hausangestellten zurückkehren. Jonglierende und musizierende Straßenkünstler versuchen, den einen oder anderen Penny zu ergattern, in der Ferne dudelt die Melodie eines Leierkastenspielers, vom Verkaufsstand mit den heißen Maronen duftet es herüber und in regelmäßigen Abständen halten Bedürftige die Hand auf. So viele Möglichkeiten, wie man sein Geld loswerden kann, aber natürlich entscheiden sich die meisten für die edlen Geschäfte mit ihren flimmernden Auslagen.

Aber zwischendurch stoppt immer wieder ein feiner Herr oder eine Dame und lässt es in unserer Dose klimpern. *»Renovierung des Prince's Skating Rink«* habe ich mit schlechtem Gewissen auf ein Schild geschrieben.

Hin und wieder müssen wir ein paar erklärende Worte abgeben, die meisten fragen aber nicht einmal, wofür sie ihr Geld geben. Zwischendurch bringt Julianna mir einige Parolen und Grundsätze der Frauenrechtsbewegung bei, und ich versuche, sie zu memorieren.

Ich präge mir gerade ein, dass Frauen ohne Wahlrecht keinen Einfluss auf die Gesetze und somit auch keinerlei Mitsprachemöglichkeit hinsichtlich Eigentum, Ehe oder Kindererziehung haben – als Julianna mich am Ärmel zupft. Eine Person mit flatterndem Kutschermantel und zotteligem Van-Dyck-Bart tritt aus dem Geschäft – und nimmt uns leider nur allzu deutlich wahr. Natürlich ist Edgar an der Seite einer höchsteleganten Dame, er spricht kurz mit ihr und kommt dann auf uns zu.

»Oh nein«, murmle ich und verberge rasch das selbst geschriebene Schild hinter dem Rücken. Er weiß schließlich, dass der Skating Rink nicht offiziell renoviert wird.

Julianna kennt er nun auch vom Training am gestrigen Abend. Er wirkte recht interessiert am neuen Stil, aber nach seinem fiesen Verhalten bei unserer Besprechung bin ich ihm, so gut es ging, aus dem Weg gegangen. Er ist daher hauptsächlich mit Julianna gefahren, während sie versucht hat, Rufus zu erklären, wie er diesen Rhythmus und die Leichtigkeit in seine Bewegungen bekommt.

»Madge. Julianna.« Er hebt übertrieben seinen Hut. »Ihr sammelt für einen guten Zweck, wie löblich von euch. Darf ich euch unterstützen?« Er tastet seine Taschen nach dem Portemonnaie ab und ich stehe wie gefesselt da, weil ich meine Hand nicht hinter dem Rücken hervorholen kann. Allerdings kann ich nicht dauerhaft so ungelenk stehen bleiben.

Natürlich ist das Portemonnaie, das Edgar nun hervorzieht, ebenfalls silbrig bestickt. »Wofür genau sammelt ihr denn eigentlich?«, fragt er, während er den Inhalt durchstöbert.

»Wir … äh …«, stammle ich und schicke einen flehenden Blick an Julianna. Aber sie sieht mich nur ratlos an. Normalerweise freuen wir uns über jede Spende und die kann auch von bekannten Menschen kommen. Aber wenn Edgar erfährt, dass wir für Prince's sammeln, wird er stutzig werden.

Als ich nicht antworte, wendet er sich mit fragendem Blick an Julianna, die nun ebenfalls ins Stottern gerät, da sie gemerkt hat, dass ich nicht mit der Sprache herausrücken will. »Wir sammeln für … äh … für …«

»Ach, es sind nur ein paar allgemeine wohltätige Zwecke«, sage ich nun kurzerhand.

»Allgemeine wohltätige Zwecke?« Seine linke Augenbraue zieht nach oben.

»Ja, genau. Du weißt schon … Für eine gute Tat eben.«

Krankenhäuser? Kinderheime? Kriegsopfer? Es gäbe so viele Möglichkeiten, aber ich kann Edgar unmöglich vorgaukeln, dass wir für Bedürftige sammeln, und das Geld dann für die Eishalle nehmen. Eine so dreiste Lüge bringe ich nicht über die Lippen. Die Wahrheit soll er aber auch nicht erfahren. Sein Bild von mir ist bereits schlimm genug.

»Ihr sammelt für gute Zwecke – aber ihr wisst nicht, wofür genau? Es sind einfach … *gesammelte wohltätige Zwecke*?« Er nimmt etwas Abstand und verschränkt die Arme. Dadurch fällt ihm wohl auf, dass meine Hand noch immer hinter dem Rücken verborgen ist.

»Was habt ihr denn auf das Plakat geschrieben? *›Tun Sie heute IRGENDETWAS Gutes?‹*« Lachend versucht er nun, es hinter meinem Rücken hervorzuangeln.

Ich mache eine geschickte Drehung, um dem zu entgehen.

»Weißt du«, sage ich aus der Not heraus, »eigentlich haben wir auch schon genug beisammen.« Ich lasse es ordentlich in der Dose rasseln. Im selben Moment wird mir bewusst, dass das nicht gut ist, denn das zeigt ja, dass da noch Luft drin ist. »Wir brauchen dein Geld nicht. Du kannst ruhig weiterfahren.«

Er verharrt. Jeglicher Schalk, der ihm sonst stets ins Gesicht geschrieben ist, verschwindet urplötzlich. Er wirkt dadurch völlig fremd und ich fühle mich in meiner Haut noch unwohler. Erst jetzt, mit etwas Abstand, wird mir bewusst, wie harsch meine Worte rübergekommen sein müssen. *›Wir wollen dein Geld nicht‹,* habe ich im Grunde genommen gesagt. Und das, wo für gute Zwecke meist nie genug Geld zusammenkommt. Das war gemein, dabei wollte ich doch nur, dass er aufhört, Fragen zu stellen.

»Mir ist es wirklich ein Rätsel, warum du mich dermaßen hasst.« Er wirkt ernstlich verletzt, stopft die Fünf-Pfund-Note in Juliannas Dose und geht mit entschiedenen Schritten zur wartenden Kutsche, bevor ich zu einer Erklärung ansetzen kann.

Kann er sich das tatsächlich nicht denken?

Es ist eigentlich mehr als offensichtlich. Er hat mich schließlich auf dem Tiefpunkt meines Lebens gesehen. Damals, als ich ungewaschen und verlottert nach meinem fünfmonatigen *Abenteuer* im Hafen von London wieder angekommen bin. Entehrt und voller Demut. Nachdem aus dem romantisierten Traum schon die wenig pittoreske Realität geworden war.

Edgar, der mich schon damals vom Eislaufen kannte, hat mich auf der Straße, die ich entlanggewankt bin, aufgegabelt und auf meine Bitte zu meiner Großmutter gebracht. Tränenüberströmt hat er mich gesehen, was man einem Mädchen ja vielleicht noch zugestehen mag – nicht aber die Läuse, die verdreckte Kleidung, und ich will mir gar nicht ausmalen, wie ich gerochen habe. Vermutlich nicht viel besser als die Seemänner, deren Geruch mich anfangs noch angewidert, den ich nach drei Tagen aber bereits nicht mehr wahrgenommen hatte. Das Schlimme war aber, dass, ganz gleich, welche Geschichte zur Vertuschung meines Verschwindens meine Familie in Umlauf gebracht hatte, er nun mit absoluter Sicherheit wusste, dass sie nicht wahr war. So verlottert kehrte man nicht von einem Verwandtenbesuch heim.

Er war somit Zeuge meines unmoralischen Verhaltens geworden.

»Aber das ist ja … das ist ja *Madge!* Was um alles in der Welt ist mit dir geschehen?«, hat er damals gefragt. Seine Stimme war voller Sorge, er hat mir sein gutes Taschentuch für eine erste Reinigung gegeben und ich habe nur mit Schluchzern geantwortet. Schließlich hat er keine weiteren Fragen gestellt, als er erkannt hat, dass ich nicht reden konnte. Er wollte nur wissen, wo er mich hinbringen sollte, und ich habe ihm Grannys Adresse genannt.

Seitdem ist Edgar trotz seiner unbedarften Art unwiderruflich mit dem blamabelsten Tiefpunkt meines Lebens verbunden. Allein der Gedanke daran lässt das Gefühl der Blamage wieder gleißend hell auflodern und mir wird unangenehm heiß.

Ich wünschte, er hätte mich nicht aufgelesen.

Er hat zwar nie wieder ein Wort darüber verloren und in der Gesellschaft glaubt man die Geschichte des mehrmonatigen Verwandtenbesuchs in Baden-Baden immer noch, dennoch ist er mein Damoklesschwert. Er weiß, dass ich durchgebrannt bin. Er weiß, dass mir der größte Makel anhaftet, den eine junge Frau haben kann: Ich bin entehrt.

Ich hasse mich selbst dafür. Kann von Glück sagen, dass es ohne Konsequenzen geblieben ist.

Ich hasse alles, was mit damals zu tun hat, aber ihn ganz besonders. Er kann jederzeit über meinen Triumph und die Niederlage in meinem Leben entscheiden.

Anfangs, als ich auf Wunsch von Helen und Henry nach einem Jahr zum Eislaufen zurückgekehrt bin, verging kein einziger Tag, ohne dass mir die Ohren gebrannt haben. Das kompromittierende Wissen, das er über mich hat, hüllte uns ein wie eine unsichtbare, aber doch fühlbare Nebelwolke. Und durch seine Art und seine Scherze verhöhnt er mich jedes Mal.

Ich hasse es, dass wir in derselben Eishalle trainieren. Jeden Tag erinnert er mich an all das, was ich doch nur zu gerne vergessen würde.

»Ziviler Ungehorsam ist ein geeignetes Mittel, um die Aufmerksamkeit auf die Ungerechtigkeit zu lenken, die den Frauen widerfährt?«, fragt Julianna vorsichtig und ich muss trotz meiner Niedergeschlagenheit lächeln. Sie möchte mich auf andere Gedanken bringen, aber auch hier kommen mir so langsam Zweifel.

»Ich weiß nicht, Julianna … Der Vortrag ist schon in fünf Tagen. Wie soll ich in so kurzer Zeit überzeugend als Suffragette rüberkommen?«

Ihr tadelnder Blick sagt alles und ich verbessere mich rasch. »Als Suffragistin. Das gelingt doch niemals.«

Julianna lächelt geheimnisvoll. »Zum Glück kenne ich mich aus mit knappen Zeitplänen. Lass mich nur machen. Ich werde zum nächsten Training meine Freundinnen mitbringen und dann kannst du während des Eislauftrainings gleichzeitig unsere Gesinnung besser kennenlernen. Im Gegenzug musst du mir nur eines versprechen.«

»Und das wäre?«

»Rede. Endlich. Mit deinem Vater.«

Ich schlucke. Es hat schon seine Gründe, warum ich ihn noch immer nicht um Erlaubnis für meinen Antritt bei der Weltmeisterschaft gebeten habe. Ich fürchte seine Antwort zu sehr.

Aber Julianna hat recht, wenn ich die Anmeldefrist nicht verpassen möchte, muss ich es endlich hinter mich bringen. Nervosität zieht in Spiralen durch meinen Körper. Ich denke an das Geld, auf das sowohl Julianna als auch ich angewiesen sind. Letztlich muss ich es tun, denn wenn ich ihn nicht endlich um Erlaubnis bitte, wird er vom zerstörten Ankleideraum erfahren. Selbst wenn er mich deswegen nicht aus dem Haus schmeißt, da ich mein Versprechen gebrochen habe, würde er mich unter den Umständen gewiss nicht mehr zu Prince's lassen.

Und dann würde ich Benedict nie wiedersehen.

Kapitel 18

Madge

Unschlüssig stromere ich schon seit einer halben Stunde durch das Haus. Ich muss mit Vater reden, finde aber den Anfang nicht. Vorsichtig öffne ich die Tür zum Arbeitszimmer und der Geruch von Leder und Papier umfängt mich. Leider ist er nicht hier, er muss nach unten gegangen sein.

Ich trete dennoch in den angenehm kühlen Raum. Ich gebe dem Globus auf der Anrichte einen kräftigen Schwung und beobachte, wie Land und Meer sich miteinander vermischen, lasse meine Gedanken das Gleiche tun.

»Schatz, wir machen uns auf den Weg zum Viktualiengeschäft«, höre ich meine Mutter rufen und sofort bin ich wie gebannt. Wenn Mutter mit den Kleinen das Haus verlässt, habe ich endlich die Möglichkeit, mit Vater zu sprechen. Ein besserer Zeitpunkt wird nicht kommen. Sobald sie zurück sind, wird es wieder keine ruhige Minute geben.

Noch einmal atme ich tief ein. Will mir sagen, dass ich nichts zu verlieren habe. Aber das stimmt nicht. Von diesem Gespräch hängt mein restliches Leben ab. Mit mäusekleinen Schritten gehe ich die Treppe hinunter. Vater sitzt unten im Wohnzimmer, tief eingesunken in seinem Sessel, obwohl er ein Fliegengewicht sein muss, und liest die Zeitung. Als er mich kommen sieht, legt er sie sofort beiseite. Das liebe ich an ihm. Fünfzehn Kinder, eine zeitraubende Krankheit und ein anstrengender Beruf. Und doch nimmt er sich Zeit.

»Was gibt es, meine Liebe? Du wirkst bedrückt.«

Ich setze mich neben ihn, auf die Lehne des breiten Sessels. »Es gibt da etwas, das ich gerne mit dir besprechen würde«, presse ich hervor und mein Herz schlägt so laut, dass ich kaum meine eigenen Worte höre.

Er richtet sich auf und kann den sorgenvollen Zug um seinen Mund kaum verbergen. Wenn es um mich geht, lauern die Sorgen stets in Reichweite. »Also? Ich bin ganz Ohr.« Jetzt nimmt er auch noch seine Lesebrille ab und legt sie auf den runden Tisch neben dem Ohrensessel.

»Ich … ich habe mich gefragt, ob ich vielleicht auch bei der Weltmeisterschaft antreten dürfte … Bei der Eislaufmeisterschaft in Sankt Petersburg«, füge ich überflüssigerweise hinzu, als er nicht sofort antwortet.

»Madge.« Gequält zieht er meinen Rufnamen in die Länge. »Du kennst meine Einstellung zu diesem Thema.«

»Bitte. Ich … ich habe schon geübt. Erinnerst du dich an diesen gänzlich neuen Stil, von dem ich neulich kurz erzählt habe? Er nennt sich Wiener Schule und er ist sehr vielversprechender als der althergebrachte Stil.«

Vater grummelt leise etwas vor sich hin.

»Sie ist wirklich gut.« Henry war so still im angrenzenden Salon, dass ich ihn gar nicht wahrgenommen habe. Jetzt kommt er zu uns herüber, hakt die Hände in den Bund seiner beigefarbenen Hose. »Besser, als Helen und ich es je sein werden.« Mit seinen hellen Augen fixiert er Vater und dieser wirkt langsam nicht mehr völlig abgeschreckt.

Ich spüre, dass er ins Grübeln gerät.

»Und ich könnte mir vorstellen, dass die Läufer aus den anderen Ländern ebenfalls in diesem neuen Stil antreten«, setzt Henry hinzu. »Wenn das so sein sollte, wären Helen und ich ohne jede Chance.«

»Könnt … könnt ihr denn nicht noch diesen neuartigen Stil erlernen, wenn er so erfolgversprechend ist? Madge so weit außer Landes zu wissen – dabei hätte ich kein gutes Gefühl.«

Entschieden schüttelt Henry den Kopf. »Der neue Stil verbindet Balletttanz mit dem Eislaufen. Du weißt, wie begabt Madge im Ballett ist und wie früh sie damit angefangen hat. Und du kannst nun wirklich nicht verlangen, dass ich in so kurzer Zeit das Balletttanzen erlerne …«

Vater kratzt sich am Hals, schlägt die Beine übereinander und wechselt kurz danach die Reihenfolge der Überlagerung. »Ich weiß nicht, ich weiß nicht. Balletttanz auf dem Eis? Das klingt für mich eher lachhaft als erfolgversprechend.«

Alles in mir schnürt sich zusammen, obwohl ich gleichzeitig losschreien möchte, um ihn zu berichtigen. Nur durch die jahrelange Übung gelingt es mir, mein überschäumendes Temperament zurückzukämpfen, und ich konzentriere mich auf das Atmen.

»Aber du hättest nichts zu verlieren, Vater«, sagt Henry sachlich und setzt sich auf einen Stuhl. »Wenn Helen und ich im traditionellen Stil antreten und Madge mit einem Partner im neuen Stil, dann hätten wir sogar eine doppelte Chance auf den Gewinn.«

Er überlegt noch immer, und die feste Mauer, die er gebaut hat, beginnt zu bröckeln, erkenne ich voller Hoffnung.

»Die Gewinnaussichten wären doppelt so hoch«, wiederholt Henry mit sanfter Stimme, die mühelos durch die feinen Ritzen der Mauer fließt.

»Zudem müsstet ihr die beiden dann nicht begleiten, Mutter und du, das würde ich dann übernehmen«, schieße ich hinterher. »So eine weite Reise ist deiner Gesundheit doch nicht zuträglich und Mutter sollte sich in der Schwangerschaft lieber schonen, meinst du nicht auch?«

»Nun gut«, sagt er nachdenklich, und ich kann mich nur schwer zurückhalten, um nicht auf der Stelle jubelnd durchs Haus zu laufen. »Lass mich heute beim Training doch mal zuschauen. Wenn ihr mich überzeugt, darfst du fahren.«

In meinem Kopf flackert und grummelt es leise, wie bei einem herannahenden Gewitter.

»Du willst zuschauen?«, frage ich nach und klinge dabei viel zu alarmiert als siegessicher. »Leider haben wir das Training ab sofort auf die Abendstunden verlegt. Ich musste sogar meine wohltätige Arbeit im Krankenhaus dafür absagen.«

»Na, umso besser.« Er erhebt sich. »Dann verpasse ich keine Arbeitszeit. Die Krankheit hat schon genügend Zeit weggefressen. Wann geht es los?« Er steckt seine Lesebrille in die Brusttasche und sieht mich aufforderungsvoll an.

»H… h… heute?«

»Ja. Ab morgen muss ich für ein paar Tage auf Geschäftsreise nach Birmingham. Ich schaue mir eine neue Fabrik dort an, vielleicht werde ich in diesem Bereich expandieren.«

»Ja, äh … also heute? Heute passt es aber ehrlich gesagt nicht.« Mittlerweile blitzt und donnert es lautstark in meinem Kopf. Ich kann nur daran denken, dass Julianna heute ihre

Suffragettenfreundinnen mit zum Training bringen will, damit sie mir helfen, die wichtigen Parolen und gedanklichen Ansätze in meinen Kopf zu bekommen. Es ist schlimm genug, dass Vater die Suffragetten noch mehr verabscheut als ich und alles auf der Stelle absagen wird, wenn er erkennt, welche politischen Ziele meine Trainerin verfolgt. Aber noch desaströser ist, dass bereits in drei Tagen das Symposium ist und ich diese Übungszeit dringend brauche, wenn ich als überzeugende Frauenrechtlerin vor einer gigantischen Menschenmenge sprechen soll.

»Warum nicht?«

»Weil …« In meinem Kopf schlägt der Blitz nun ein und löst einen ganzen Waldbrand aus. Meine logischen Gedanken und Worte zerfallen sekundenschnell zu Asche. »Weil …«

»Madge!?« Vater wirkt alarmiert. »Du hast doch nicht etwa neue Geheimnisse vor mir?«

»Nein. Nein, um Gottes willen, nein. Ich … ich hätte eigentlich nur gerne mit Rufus noch etwas geübt. Deswegen … Wenn du jetzt mitkommst … Ich will einfach nicht, dass du einen falschen Eindruck bekommst. Wir stehen ja noch ganz am Anfang.«

Vater lacht leise und macht sich auf den Weg ins Foyer. »Meine liebe Tochter, du vergisst wohl, dass ich Bauunternehmer bin? Ich weiß, wie ein Haus im Rohbau aussieht und dass es noch dauert, bis es in seiner gesamten Pracht erstrahlen wird. Ich denke also, ich besitze ausreichend Vorstellungsvermögen, um eure Künste dennoch einschätzen zu können. Wollen wir dann los?«

Ich nicke gequält. Das hat er so logisch argumentiert, dass mir beim besten Willen kein Gegenargument mehr einfällt.

Jetzt kann ich nur noch beten, dass die Suffragetten heute doch keine Zeit haben.

Oder dass man sie zumindest nicht als Suffragetten erkennt.

Kapitel 19

Julianna

»Julianna, schau mal, wen ich mitgebracht habe«, ruft Madge vom Eingang der Eishalle und ich ändere sofort meine Laufbahn in ihre Richtung. Ein hochgewachsener, schlanker Mann mit grau melierten Haaren, Vollbart und perfekt sitzendem Anzug ist an ihrer Seite.

»Das ist mein Vater«, sagt Madge mit bedeutungsschwerer Stimme, ihre Augen sprechen Bände – allerdings so hastig, dass ich die Botschaften nicht direkt entschlüsseln kann. Ich erkenne nur, dass irgendetwas sie zutiefst zu beunruhigen scheint.

Ziemlich verunsichert begrüße ich ihren Vater und bin heilfroh, dass er nicht so ein hohes Tier wie Nikoletts Vater ist. Er wirkt viel nahbarer und mit seiner durchscheinenden Haut fast ein wenig beschützenswert.

»Er ist gekommen, um beim Training zuzusehen. Wenn wir ihn überzeugen, darf ich mit nach Sankt Petersburg.« Da sollte Aufregung in ihrer Stimme sein, doch stattdessen ist da nur Angst. »Da trifft es sich doch besonders gut, dass wir heute das Spezialtraining haben.«

»Spez…« Ihr Blick lässt mich verstummen, bevor ich die Rückfrage stelle. Ich grabe und grabe, aber ich kann mich nicht entsinnen, wann wir abgemacht haben, heute ein Spezialtraining abzuhalten. Andererseits habe ich heute Morgen auf dem Fischmarkt ausgeholfen und bin bereits seit drei Uhr wach. »Das … Spezialtraining … Ja, genau. Das haben wir heute«, wiederhole ich unbestimmt und versuche zu erkennen, worauf sie hinauswill.

»Wann kommen denn die beiden anderen Trainerinnen?«

Ich bin noch am Puzzeln, als hinter uns ein gut gelauntes »Hallöchen miteinander!« ertönt. Lavinia hebt die Hand und lässt die Finger tanzen, während ihre Schwester Tabitha eher ein Grunzen als Begrüßung abgibt. Madges Augen flattern derweil zu meiner Suffragistinnen-Anstecknadel, die gut sichtbar an meinem Mantel haftet, der über dem ersten Stuhl am Rande liegt.

So langsam verstehe ich.

Wenn Madge eingefleischte Antisuffragistin ist, ist zu vermuten, dass diese Anschauung bereits im Elternhaus entstanden ist. Und wenn Madge schon so überzeugt ist, ist ihr Vater es wahrscheinlich noch mehr und er würde einen Umgang mit Suffragistinnen gewiss nicht ohne Weiteres hinnehmen. Für ihn sind wir bestimmt nichts anderes als radikale Querulantinnen, die die Gesellschaftsordnung stören. Aber wenn Madge nicht zumindest versuchen kann, das Geld bei der Weltmeisterschaft zu gewinnen, haben wir ein gigantisches Problem. Rasch löse ich Leos grauen Schal von meinem Hals und werfe ihn so über meinen Mantel, dass man die Anstecknadel nicht sieht.

Im selben Moment hallt die tiefe Stimme von Madges Vater durch den Raum. »Was ist das denn?«, zischt er. Sein Blick ist fest auf die Brosche an Lavinias breitem Kragen gerichtet, die Augenbrauen so weit zusammengezogen, dass sie nahezu eine durchgehende Linie bilden. Lavinias Brosche ist, wie meine Nadel, in den Farben Violett, Weiß und Grün gehalten, wir zeigen unsere politische Gesinnung oft und gern, schämen uns nicht dafür, obwohl man nicht selten rotzige Kommentare dafür an den Kopf geworfen bekommt.

Nur jetzt könnte Madge dies zum Verhängnis werden.

»Das hier?«, fragt Lavinia amüsiert und setzt zu einer Erklärung an – es würde mich nicht wundern, wenn sie die Symbolik der einzelnen Farben lang und breit aufzählt, doch ich falle ihr hastig ins Wort.

»Wie es aussieht, ist es jedenfalls nicht einfach nur eine Brosche in deinen herzallerliebsten Farben. Das habe ich dir schon auf dem Markt, wo wir sie gekauft haben, gesagt.«

Lavinias Blick zuckt nur kurz zu mir. »Hast du das? Ich erinnere mich gar nicht.«

»Ja, das habe ich. Die hatten einiges in dieser Farbkombination, das hat mich stutzig gemacht. Aber du hast ja immer wieder von diesem wundervollen Fliederviolett geschwärmt und wolltest nicht auf mich hören.« Nun wende ich mich an Madges Vater. »Also, lieber Mister Cave, bitte klären Sie uns doch auf. Bedeuten diese Farben denn irgendetwas oder wie dürfen wir Ihre Reaktion darauf deuten?«, frage ich scheinheilig und so unschuldig, wie ich kann.

Und ja, manchmal kommt es einem auch zugute, dass wir nicht nur als das schwache, sondern auch als das minderbemittelte Geschlecht gesehen werden.

Zumindest entfaltet er jetzt seine verschränkten Hände und nutzt sie zum Gestikulieren. »Ja, also, na, das sind natürlich die Farben dieser Suffragetten! Und mit denen wollen wir nichts zu tun haben.« Beschützend legt er einen Arm um Madge.

Schlechte Schauspielerin, die ich bin, schlage ich vermutlich viel zu übertrieben meine Hand vor den Mund und Lavinia stimmt geistesgegenwärtig sofort ein und ruft so überrascht wie entsetzt: »Was!? Du liebe Güte, ich hatte ja keine Ahnung!« Vermutlich rettet Tabitha uns mit ihrer nüchternen Art, da sie so gut wie gar nicht reagiert, sondern uns einfach nur anschaut, als seien wir von allen guten Geistern verlassen.

Hektisch nestelnd löst Lavinia die Brosche und wirft sie zu Boden wie einen fetten Käfer. »Wenn ich das gewusst hätte!«, empört sie sich. »Damit will ich natürlich auch nichts zu tun haben.«

Ich wünschte, sie würde es dabei belassen, aber sie scheint sich in ihrer Rolle wohlzufühlen und ruft immer weiter. »Aber rein gar nichts! Das ist mir ja so unangenehm, dass ich die ganze Zeit mit diesem Ding herumgelaufen bin …« Sie wirkt, als würde sie darauf treten wollen wie auf ein lästiges Insekt, entscheidet sich aber im letzten Moment dagegen. Vermutlich, als ihr bewusst wird, dass man das nicht mehr rückgängig machen könnte.

»Nun ist das Missverständnis ja Gott sei Dank aufgeklärt«, sage ich und werfe einen dankbaren Blick zu Mister Cave. Dann wende ich mich beschwörend an die beiden. »Und danke noch mal, dass ihr uns heute beim Eislauftraining unterstützt.«

»Beim Eislauftraining?«, fragt nun Tabitha überrascht und wirkt gar nicht mehr nüchtern und ruhig.

Ein nervöses Lachen entfleucht mir, und Madge wirkt, als

würde sie sich verstecken wollen. »Ja, natürlich. Was denn sonst?«

»Na, ich dachte, wir machen heute …«

»… das Spezialtraining, ganz richtig«, schneide ich ihr das Wort ab. »Mister Cave, wenn Sie bitte da vorne Platz nehmen wollen? Madge, auf das Eis, und ihr beide kommt mit mir.«

Sobald Mister Cave außer Hörweite ist, raune ich den beiden zu: »Spielt einfach mit. Madges Vater darf nichts von unserer politischen Gesinnung erfahren.«

»Julianna, ich kann nicht einmal eislaufen«, beschwert sich Tabitha und ich unterdrücke ein Fluchen. Mein Blick fällt auf das Grammofon. »Egal, kennst du dich mit Technik aus? Dann könntest du das Grammofon bedienen. Man muss doch ständig daran kurbeln und die Platte wenden. Zwischendurch könntest du den Takt klatschen, vielleicht kriegen wir so etwas Rhythmusgefühl in Rufus. Lavinia, hast du dein Notizbuch dabei?«

Sie nickt und beginnt sofort in ihrer Tasche zu wühlen.

»Dann wirst du alle Tipps und Ratschläge mitschreiben, sodass Rufus auch zu Hause üben kann.«

»Eine Frage«, grummelt Tabitha, als Madge auf ihren Schlittschuhen zu uns an die Bande gefahren kommt. »Wie sollen wir Madge in die Denkweise einer Suffragistin einführen, wenn wir nicht darüber sprechen dürfen? Wir können ja nicht ewig hier in der Mitte der Eisfläche stehen bleiben, was vielleicht noch als Lagebesprechung durchgehen würde.«

»Im Grunde ist es ganz einfach«, flüstert Lavinia und sieht über die Schulter, wohl um sicherzugehen, dass Mister Cave außer Hörweite ist, und sieht dann zu Madge. »Die Welt ist ein Kuchen. Nach derzeitigem Stand gibt es zwei Geschlechter.

Wir wollen unsere Hälfte des Kuchens.« Sie kehrt die Hände nach außen und kichert.

»Aber warum?«, schießt Madge sofort leise zurück, während sie auf ihren Schlittschuhen vor- und zurückgleitet. »Die Welt funktioniert einwandfrei, wie sie ist. Und wir haben als Frauen auch Vorteile. Wir müssen nicht in den Krieg ziehen, keine schwere Arbeit verrichten …«

»… und kämpfen dafür an der heimischen Front, und wenn wir doch arbeiten, kriegen wir nur einen Bruchteil des Lohns dafür«, schaltet Tabitha sich ein.

Madge stemmt die Hände in die Hüften. »Aber damit das gerechter wird, müssen Frauen nicht wählen. Wir können diesen Wunsch an unsere Brüder, Väter und Ehemänner herantragen.« Nervös sehe ich zu Madges Vater, der seelenruhig in einem Prospekt liest. Er muss annehmen, dass wir zunächst das Training durchsprechen, solange Rufus noch nicht da ist.

»Na, dass die Männer sich für uns einsetzen, hat in der Vergangenheit ja ganz hervorragend geklappt. Oder denkst du, das Problem besteht erst seit gestern?«, zischt Tabitha verächtlich.

»Vielleicht wissen zu wenige Frauen um dieses Problem, da sie sich nicht politisch informieren, und deswegen wurde der Wunsch bisher nicht an die Männer weitergegeben?«

Tabitha schüttelt den Kopf. »Tut mir leid, Julianna, ich wollte dir in deinem sogenannten Notfall gerne helfen, aber das hier ist aussichtslos.« Sie gestikuliert in Madges Richtung. »Sie will unsere Sichtweise ja gar nicht lernen.«

»Nein, ich bitte euch, gebt noch nicht auf. Madge wird von nun an nicht mehr dagegen argumentieren, sondern ernsthaft versuchen, unsere Sichtweise zu verstehen. Nicht wahr, Madge?«

Sie nickt betreten.

»Ich weiß nicht. Sie ist offensichtlich gegen uns. Das hat doch keinen Sinn.«

»Das mag momentan so aussehen, aber sie muss dennoch ganz dringend auf dem Symposium reden.«

Tabitha sieht noch immer zweifelnd aus.

»Sie macht zum Zeichen ihres guten Willens bestimmt auch bei unserer nächsten Aktion mit, oder, Madge?«

Madge nickt. Zunächst zögerlich, dann aber immer heftiger.

Tabitha legt den Kopf schief und schiebt den Mund hin und her.

»Bitte. Letztendlich geht es hier auch um die Liebe …« Ich weiß, dass das ein wichtiges Thema für Tabitha ist, daher bringe ich es ein.

Leider taucht genau in diesem Moment Rufus auf. »Jo, was ist hier denn los?«, ruft er zu uns herüber.

»Das klappt niemals«, murmelt Tabitha leise, bezieht aber ihren Platz hinter dem Grammofon.

Rasch erkläre ich Rufus das Spezialtraining. Er gerät ins Stottern, als er Madges Vater kennenlernt. Hoffentlich vermutet er nicht, dass es ihr Versuch ist, ihn ihrer Familie vorzustellen, damit der nächste Schritt gemacht werden kann.

Zum Glück beginnt er dann ohne weitere Fragen mit dem Einfahren und Tabitha legt die erste Platte auf, zieht die Feder auf und legt den Tonarm auf. Ich bin noch nicht sicher, welches Stück am besten zu Rufus passt, deswegen probieren wir verschiedene aus. Vielleicht gibt es eins, wo sein fehlendes

Taktgefühl nicht allzu sehr auffällt? Lavinia sitzt derweil in der ersten Zuschauerreihe und schreibt mit.

Zunächst lasse ich jeden für sich laufen. Wann immer Madge an Tabitha vorbeikommt, raunt diese ihr zu:

»Die Stimme einer Frau zählt genauso viel wie die eines Mannes.«

»Die Bildungsanstalten unserer Städte sollten den Töchtern ebenso offenstehen wie den Söhnen.«

Oder: *»Keine Doppelstandards mehr! Wir fordern moralische Gleichheit zwischen Männern und Frauen!«*

Ich kann sehen, wie Madge die Parolen während der gesamten Runde leise vor sich hin murmelt. Auf dass sie sich dort für immer in ihrem Kopf einnisten! Und vielleicht … vielleicht wird sie all das ja irgendwann gar nicht mehr so absurd finden, wie es momentan der Fall ist.

Lavinia auf der anderen Seite klärt sie derweil im Flüsterton über wichtige Persönlichkeiten der Bewegung, wie Millicent Fawcett, Mary Leigh und Emmeline Pankhurst, auf, wann immer Rufus eine Übung alleine absolviert. Sie zählt ihre Erfolge auf, die Madge nun statt ihres Argwohns den Frauen gegenüber abspeichern muss.

»Du, äh … Madge?«, höre ich nun Rufus schüchtern sagen, als diese gerade *»Frauen sind weder moralisch noch intellektuell den Männern unterlegen und sollten daher auch so behandelt werden«* vor sich hin flüstert.

»Hmm?« Fast wäre sie gegen die Bande gefahren, kann aber gerade noch ausweichen.

»Hast du jetzt mal deinen Terminkalender konsultiert? … Wann hast du Zeit für einen Spaziergang?«

Madge wirkt abermals gequält. Doch dann scheint sie eine Idee zu haben. »Da müsstest du zunächst meinen Vater um

Erlaubnis bitten. Er ist recht streng, musst du wissen«, fügt sie mit gesenkter Stimme hinzu. Aber irgendetwas sagt mir, dass ihr das in diesem Fall ganz gut zupasskommt.

»Aber natürlich.«

Er verabschiedet sich höflich mit einer unglaublich tiefen Verbeugung und fährt sogleich auf Mister Cave zu, bei dem man die Abneigung selbst aus der Entfernung sehen kann. Madge sieht mich triumphierend an, während sie beim Fahren ihre Arme dehnt.

Unauffällig lasse ich mich in die Hörweite der beiden Männer gleiten.

»Ach, Sie sind der Erbe des Crofton-Anwesens?«, fragt Mister Cave gerade, und sein frisch entflammtes Interesse zeigt, dass das etwas ziemlich Gutes sein muss. »Aber mit Sicherheit können Sie Madge zu einem Winterspaziergang abholen. Ich denke, wenn Sie als Eislaufpaar noch besser zusammenwachsen wollen, ist es essenziell, dass Sie sich so gut wie möglich kennenlernen.« Nun wendet er sich an seine Tochter. »Du hast meine Erlaubnis, Madge. Für die Weltmeisterschaft und auch für den Spaziergang mit diesem feinen jungen Herrn.«

»Großartig!«, sagt Madge, wirkt aber ungefähr so begeistert wie eine Sellerieknolle, obwohl diese wahnsinnig große Hürde mit der Erlaubnis ihrer Eltern genommen ist. Ich ahne, warum. Nicht zuletzt durch Nikolett bin ich mit den Gepflogenheiten der höheren Schichten inzwischen bestens vertraut. Ich weiß, dass ein öffentlicher gemeinsamer Spaziergang bei den feinen Leuten schon stark in Richtung einer baldigen Verlobung gedeutet werden kann. Und das ist so ziemlich das Allerletzte, was Madge für ihre dezenten Eroberungsversuche von Benedict gebrauchen kann.

Kapitel 20

Madge

»Du liebe Güte«, murmelt Julianna völlig perplex, nachdem wir den Crystal Palace betreten haben. Sie legt den Kopf in den Nacken und sieht sich in alle Richtungen um. »So etwas Beeindruckendes habe ich ja noch nie gesehen. Und ich bin immerhin in Wien aufgewachsen …«

Ich kann sie gut verstehen. Zwar kenne ich den Crystal Palace von der Weltausstellung, aber auch für mich hat seine Pracht noch immer etwas Ehrfurchtgebietendes. Die Decke, ganz aus Glas, ist bogenförmig und so hoch, dass selbst ein gigantischer Baum darunter Platz findet. Neben mir plätschert Wasser in einer meterhohen Glasfontäne, und wir stehen auf einem roten, samtweichen Teppich, der sich wie Moos unter den Schuhen anfühlt.

Richtig genießen kann ich es dennoch nicht. Die ganze Zeit sehe ich mich mit einem Klumpen im Magen um, als wäre ich eine Diebin kurz vor dem Beutezug. Hoffentlich kenne ich hier niemanden. Wir sind zwar ganz in Lewisham, wo der Kristallpalast nach der Weltausstellung wieder aufgebaut wurde, sicher sein kann ich dennoch nicht. Auf diesem Symposium werden Frauenrechtlerinnen mit den Verfechterinnen des traditionellen Systems diskutieren, daher kann ich es nicht vollkommen ausschließen. Zudem plagt mich die Sorge um meinen Vortrag. Ich wünschte, ich könnte sagen, dass ich bestens auf das Symposium vorbereitet wäre, aber ich fühle mich eher, als würde ich nach dreimaligem Eislauftraining bei der Weltmeisterschaft antreten wollen.

»Bist du bereit?«, fragt Julianna mich zuversichtlich.

Ich nicke entgegen meinen eigentlichen Gefühlen. Um mich zu beruhigen, rufe ich mir ins Gedächtnis, was ich in den letzten Tagen alles getan habe. In jeder freien Minute habe ich die Schriften der Frauenrechtlerinnen gelesen und kenne ihre Ansichten genauestens. Zudem habe ich das Eislaufen zum Aufhänger meiner Rede gemacht. Im Grunde gehe ich auf das ein, was ich damals beim Haarefärben mit Dorothy diskutiert habe. Dass Politik so viele Bereiche betrifft und es nicht gerecht ist, dass ich nicht in einer Einzeldisziplin bei der Weltmeisterschaft antreten darf. Immerhin ist das etwas, womit ich mich identifizieren kann, ich muss in diesem Bereich nicht lügen.

»Oh, das habe ich in der Aufregung ganz vergessen …« Wie konnte mir das nur passieren, nachdem ich mich gestern den ganzen Tag auf Juliannas Reaktion gefreut hatte? Sie hat mir so sehr mit Benedict und dem Eislaufen geholfen und nun kann ich mich endlich ein wenig revanchieren. Ich öffne den Knopf des hinteren Fachs meiner Tasche und ziehe vorsichtig das Papier hervor. Strahlend überreiche ich ihr den Ausschnitt, den ich gestern aus der *Illustrated London News* ausgeschnitten habe.

Und warte.

Mir gerunzelter Stirn überfliegt Julianna die Zeilen, vermutlich liest sie erst das Fettgedruckte.

Dann schnappt sie nach Luft.

»Special Guest: Angelina, der fliegende Eisengel?«, fragt sie mit sich überschlagender Stimme und legt eine Hand auf ihr Herz. »Meine Mutter kommt wieder nach London?«

Sie liest alles erneut und fällt mir im nächsten Moment um den Hals. Eigentlich müsste ich sie von mir lösen, man zeigt in der Öffentlichkeit nicht so viele Emotionen, aber diesen besonderen Augenblick will ich für Julianna nicht zerstören, daher lasse ich sie gewähren und teile die Freude mit ihr.

»Wie … wie hast du das gefunden?«, fragt sie schließlich mit dünner Stimme und in ihren Augen glänzen Tränen.

Ich hebe die Schultern. »Ich habe ja in letzter Zeit besonders gut die Zeitungen studiert, um über die laufenden Debatten informiert zu sein. Und plötzlich bin ich über die Anzeige der großen Eislaufgala des Glaciariums gestoßen. Ich dachte, ich könnte meinen Augen nicht trauen, als ich den Namen entdeckt habe. Am liebsten wäre ich sofort zu dir gekommen, aber ich weiß ja nicht einmal, wo genau du wohnst, und ohne Ausrede komme ich ohnehin nicht aus dem Haus. Daher habe ich, als kleines Dankeschön sozusagen, das hier besorgt.« Ich ziehe die beiden Eintrittskarten für die Eislaufgala hervor und schwenke sie vor Juliannas Nase. Zum Glück konnte ich Vater einreden, dass Helen und ich zu Studienzwecken dringend auf diese Gala müssten. Und meine Schwester hat gerne auf ihre Karte verzichtet.

Andächtig nimmt Julianna die Karte entgegen und liest jedes einzelne Wort darauf. »Danke«, flüstert sie, und ich kann in ihren Augen sehen, wie viel ihr das bedeutet.

Doch plötzlich verändert sich ihre Haltung, sie erstarrt nahezu. »Das da vorne muss Constance Chevalier sein«, raunt sie mir zu und ich folge ihrem Blick zu einer Frau mit pompöser Hochsteckfrisur, die von silbrig weißen Strähnen durchzogen ist, sodass sie wie die Maserung von Marmor aussieht. Die Dame ist von einer ganzen Traube aus Menschen umringt und trägt ein elegantes Lavallière-Collier mit einem Aquamarin um den Hals. Sie wirkt blitzgescheit, aber auch gütig.

»Also, was du schon alles für die Suffragistinnen getan hast, Madge, das ist beeindruckend!«, sagt Julianna sehr laut, als Madame Chevalier mit ihrem Pulk an uns vorüberkommt.

»Bist du des Wahnsinns?«, zische ich Julianna an, sobald Madame außer Hörweite ist.

Julianna kichert, sie ist seit der Neuigkeit um ihre Mutter völlig aufgedreht. »Wieso? Ich habe nichts Konkretes benannt, also ist es nicht gelogen. Und was nicht ist, kann ja noch werden. Du hast schließlich versprochen, bei unserer nächsten Aktion dabei zu sein.«

Ich seufze bei der Erinnerung an mein waghalsiges Versprechen. »Ja, das habe ich«, räume ich ein. Aber klammheimlich hoffe ich, dass es doch nicht so weit kommt. Zumindest nicht zu einer zu risikobehafteten Aktion. Vielleicht kann ich ja Flugblätter verteilen. Darin habe ich immerhin Erfahrung.

Aber nun leert sich das Foyer zusehends und ich muss mich zunächst einem ganz anderen Problem stellen: meinem feurigen Vortrag als überzeugte Frauenrechtlerin, obwohl ich mit dem Status quo zufrieden bin und mir die Machenschaften der Suffragetten zuwider sind. *Suffragistinnen*, korrigiere ich mich rasch in Gedanken. Das darf mir beim Vortrag ja nicht passieren.

Julianna steht schon an der kunstvoll geschnitzten und vielfach verschnörkelten Tür. »Kommst du?« Sie hat ein leichtes

Lächeln um die Mundwinkel und sieht mich erwartungsvoll an.

Ich bin nun die Einzige, die noch nicht im Vortragssaal ist, und die Kälte des mächtigen Gebäudes streicht über meine nackten Arme, die Wangen, den Hals und Nacken. Da ist auch ein Hauch von Bedrohung, so als könne das kolossale Glasgebäude jeden Moment in all seiner Pracht auf mich niederprasseln. Oder ist es mein immer wackeliger werdendes Konstrukt aus Lügen?

So viel könnte passieren. Und dennoch gehe ich hinein – obwohl mir bewusst ist, dass es eigentlich nicht gut gehen kann.

Ich hätte es nicht zu träumen gewagt, aber der Vortrag läuft unerwartet gut. Aus mir spricht die echte Empörung, dass ich – als nicht weniger talentierte Eisläuferin als meine männlichen Kollegen – nicht an der Weltmeisterschaft teilnehmen darf.

Nur an der Seite eines Mannes ist es mir gestattet.

Was aber, wenn dieser Mann weniger Talent oder Übung hat als ich? Sollte ich dann tatsächlich ausschließlich anhand unserer Gesamtleistung bewertet werden?

Das beipflichtende Gemurmel während meiner gesamten Argumentation tut wahrlich gut, muss ich zugeben.

Ich ende mit: »Wir sind eigenständige Personen. Nicht mehr wert und nicht weniger. Wenn die Männer bei der Weltmeisterschaft in der Einzeldisziplin antreten, möchte ich das auch können. Deswegen fordere ich: Gleiches Recht für alle!«

Lauter Applaus aus der linken Hälfte des Saals, wo vermehrt die Frauenrechtlerinnen sitzen, zieht durch die Halle und die Moderatorin des Symposiums bedankt sich vielfach bei mir für meinen Beitrag. Vielleicht sollte ich mich eines Tages tatsächlich für eine Damendisziplin einsetzen?

Ein Arm in der dritten Reihe schnellt nach oben, als der Applaus gerade abgeebbt ist.

»Sie haben eine Frage?«, wendet sich die Moderatorin an eine junge Dame mit blauem Kleid und auffälliger Kamee-Brosche. Ihre braunen Locken und das großflächige Muttermal unter ihrem Auge bringen etwas in mir zum Klingen, aber ich bin wie berauscht von dem Erfolg meines Vortrags, all der Aufmerksamkeit und dem Sprechen vor der riesigen Menge, dass ich nicht klar denken kann.

»Ja, ich hätte in der Tat noch eine Frage an die Rednerin.« Die junge Frau macht eine dramatische Pause und wartet, bis im gesamten Saal kein einziges Rascheln oder Wispern mehr zu hören ist. »Wenn das alles so ist, wie Sie sagen, und Sie sich so sehr für das Frauenrecht einsetzen … Wie kommt es dann, dass ich Sie vor wenigen Wochen noch Flugblätter für einen Antisuffragistinnen-Verein habe verteilen sehen?«

Sofort kommt Unruhe auf.

»Jawohl, diese Pompadourfrisur habe ich sofort wiedererkannt, auch wenn die Farbe irgendwie anders ist«, ruft die junge Frau durch den Saal und deutet mit dem Finger auf mich, als könnten noch weitere Zweifel bestehen, wen sie meint. »Sagten Sie damals nicht sogar, Sie seien die zweite Vorsitzende Ihres Vereins?«

Jede redet mit ihrer Nachbarin, einige rufen sogar zu mir auf die Bühne. Ich gerate ins Schlingern, wie auf der

Eisbahn, wenn ich mit dem falschen Fuß wieder aufgekommen bin.

Meine schlimmste Befürchtung ist eingetreten.

Man hat mich entlarvt.

»Ja«, ich ziehe das Wort in die Länge, um meine Gedanken zu ordnen. »Ich mag eine Antisuffragistin gewesen sein. Das macht meine Argumentation jedoch nicht weniger gewichtig – eher im Gegenteil. Ich wurde überzeugt, dass diese Denkweise antiquiert ist und Frauen sehr wohl etwas von Politik verstehen und in diesen Belangen mitreden sollten.«

Es wird wieder etwas lauter im Raum und ich muss meine Stimme erheben.

»Weil es nicht mehr zeitgemäß ist. Gewiss, in manchen Belangen mögen die Männer für uns mitreden können. Beispielsweise, wenn es um die Vermeidung weiterer Kriege geht, worin ja viele Menschen übereingekommen sind. Aber Politik betrifft alle Bereiche. Würden Männer sich dafür einsetzen, dass auch Frauen einen Beruf erlernen, wenn es unter Umständen für sie selbst Nachteile bringen könnte? Würden Männer im gleichen Maße dafür kämpfen, dass auch Frauen an der Weltmeisterschaft teilnehmen dürfen? Sie haben dieses Recht ja bereits, und selbst wenn einige die Ungerechtigkeit erkennen, dass uns Frauen dieses Privileg vorenthalten ist und wir allemal als Paar antreten können, fehlt ihnen das Feuer, das beispielsweise in mir brennt, wenn ich an diese Ungerechtigkeit denke.« Zur Unterstreichung lege ich eine Hand auf meine Brust, ignoriere das dumpfe Vibrieren darunter. »Und aus diesem Grunde«, ich hebe wie eine Lehrerin den Zeigefinger, »betrifft Politik uns alle.«

Ich merke, dass die Menge mir langsam wieder wohlgesonnen ist, bewege mich mit mehr Leichtigkeit und fahre selbstbewusster fort: »Wir dürfen uns die Zügel nicht aus der Hand nehmen lassen!« Erster Applaus setzt ein. »Deswegen habe ich meine Meinung geändert«, fahre ich fort und der Applaus wird lauter. »Deswegen unterstütze ich fortan die Suffragetten«, rufe ich über die Menge hinweg – und halte mitten in meiner Geste inne.

Urplötzlich ist es hier so kalt wie bei Prince's. Trotz der dreihundert Zuhörerinnen.

Und keine von ihnen macht mehr einen Laut.

Alle starren mich an.

Die angespannte Atmosphäre im Raum macht mir klar, welchen Fauxpas ich begangen habe. *Suffragetten.* Ich habe in aller Öffentlichkeit den herabwürdigenden Namen benutzt, der meine flammende Verteidigungsrede mit einem Schlag zunichtemacht.

Die Moderatorin räuspert sich und wechselt von der linken Gesäßhälfte auf die rechte und wieder zurück. »Die … äh … Suffra… Suffra*getten*?« Sie fasst das Wort nur mit spitzen Fingern an, kann die Herablassung in ihrer Stimme nicht verstecken, obwohl sie eigentlich neutral sein sollte. »Ihrer Sprache nach klingen Sie aber nicht, als würden Sie die Suffra*gistinnen* unterstützen.«

»Doch!«, protestiere ich so wortgewandt wie ein Kleinkind.

»Man sollte aber meinen, dass Sie zumindest die angemessene Bezeichnung verwenden, die die Suffragistinnen für sich gewählt haben.«

»Das …« Ich ringe um Worte, wünschte, ich könnte mein Korsett etwas lösen, in dem ich kaum noch atmen kann. Wie sollte ich das noch zum Guten kehren? Gibt es überhaupt eine Möglichkeit, meine Blamage abzuwenden? Es lief so gut und nun habe ich mir durch ein einziges Wort alles kaputt gemacht.

Und mir läuft die Zeit davon.

Ich spüre, dass alle Leute im Publikum mich ansehen. Die wohlgesonnenen und die, die mich nun verachten, da ich offenbar erneut die Seiten gewechselt habe.

Ich erinnere mich an Juliannas Worte. Wenn einem im Eiskunstlauf ein Fehler unterläuft und man einen falschen Schritt macht, tut man so, als sei es Teil der Vorführung. Als sei es genau so, ja haargenau so von Anfang an geplant gewesen. Es ist alles eine Frage des Selbstvertrauens, man muss es nur überzeugt rüberbringen und spontane Richtungswechsel und ungeplante Figuren in Kauf nehmen.

Ich lege beide Hände auf das Sprecherinnenpult, lehne mich möglichst gelassen nach vorne und atme tief ein. »Ich sehe den Begriff *Suffragette* nicht als etwas Negatives«, beharre ich dann steif und fest.

Ein Raunen geht durch den Raum.

»Nicht?«, fragt die Moderatorin, nachdem sie hilflos zu einer Person hinter der Bühne geblickt hat. Sie ist wohl so perplex, dass sie ihre Nachfrage nicht näher ausführen kann.

»Ganz richtig. *Suffragette* ist nicht zwangsläufig eine Herabwürdigung. Man muss es etymologisch betrachten«, beharre ich, löse mich nun vom Pult und beginne, mich wie eine Dozentin vor der Masse zu bewegen. »Im Grunde leitet sich sowohl *Suffragistin* als auch *Suffragette* vom lateinischen ›suffragium‹ ab, was ›Stimmrecht‹ bedeutet.«

Zum ersten Mal in meinem Leben danke ich meinen Eltern dafür, dass sie darauf bestanden haben, ihre Kinder in der Lingua franca der europäischen Gelehrten zu unterrichten.

»Ob bei dem Ursprungswort nun eine Verniedlichungs- oder eine Verweiblichungsform angehängt wird oder nicht, macht für mich keinen Unterschied. Es geht in beiden Fällen um das Stimmrecht für Frauen. Da die Tageszeitungen und Hetzer jedoch nicht von diesem vermeintlich herabwürdigenden Namen für uns ablassen wollen, frage ich: Warum nehmen wir ihnen nicht den Wind aus den Segeln, indem wir uns selbst so bezeichnen? Er ist in der Gesellschaft schon so verbreitet, dass er ohnehin nicht mehr wegzubekommen ist. Also lasst uns damit arbeiten: Wir sind *Suffragetten.* Und wir sind stolz darauf!«

Ich halte die Luft an und starre in die regungslose Masse. Keine Reaktion.

Doch dann ein Geräusch.

Es ist das Aneinanderklatschen zweier Hände, das ich zunächst nicht einordnen konnte, da es von einer einzelnen Person ausgeht. Nach und nach stimmen andere ein und schließlich erfüllt der Applaus den ganzen Raum.

Eine Person erhebt sich und mir stockt der Atem, als ich eine turmhohe schwarz-weiße Frisur erkenne. Es ist Constance Chevalier.

Kapitel 21

Julianna

»Warte mal ab, vielleicht ergibt sich ja doch noch etwas wegen des Salons«, versuche ich Madge aufzumuntern. Ich bin schon den gesamten Tag erfüllt von der Vorfreude, dass ich heute wahrhaftig meine Mutter kennenlernen könnte, und möchte ihr so gerne etwas von meiner guten Stimmung abgeben.

»Was soll sich denn ergeben? Der Salon ist bereits kommenden Sonntag. Das wird nichts mehr mit der Einladung. Ich werde Benedict noch ein paarmal beim Eislaufen sehen, bei der Weltmeisterschaft mache ich mich mit Rufus zur Lachnummer, und dann fährt Benedict davon und muss mich nicht mal vergessen, ihm ist schließlich nie wirklich bewusst geworden, dass es mich je gegeben hat.«

Nach dem Vortrag im Crystal Palace hat Constance Chevalier Madge zwar tatsächlich angesprochen und ihre Idee gelobt, dass wir uns den Begriff der Suffragetten künftig einfach zunutze machen könnten. Danach haben sie sich nur noch über Kleinigkeiten unterhalten und Constance Chevalier hat leider keine Einladung zu ihrem begehrten Salon ausgesprochen. Aber da ich ohne Madge heute nicht auf der Eislaufgala sein könnte, möchte ich ihr nun ebenfalls helfen.

»Keine Sorge. Ich habe mir etwas überlegt.«

»Aha«, sagt Madge mit wenig Begeisterung.

Aber die wird schon noch kommen.

»Du hast ja versprochen, eine Aktion der Suffragistinnen … äh … der Suffragetten zu unterstützen.«

»Leider ja.« Ihre Begeisterung hält sich noch immer in Grenzen.

»Und ich habe mir etwas ziemlich Raffiniertes überlegt«, kündige ich mysteriös an und weiß gar nicht, wohin mit all meiner Energie aus Vorfreude und Aufregung, und wünsche mir meine Schlittschuhe herbei, da ich innerlich schäume wie Bier.

»Und zwar?«, fragt Madge so ganz und gar nicht schäumend, eher wie ein schales Glas Wasser.

»Wir. Werden. Die Außenmauern des Burlington House mit unseren Parolen verschönern!« In meinem momentanen Zustand wäre ich am liebsten hochgesprungen oder hätte in die Hände geklatscht, um die Energie loszuwerden.

»Das Burlington House?« Madges Schritte werden langsamer. »Dort sitzt doch die Royal Society.«

»Ganz richtig!«, trällere ich und lasse grinsend meine Fingerkuppen aneinandertänzeln. »Deswegen planen wir unsere Aktion auch nächsten Dienstag.«

»Dienstag? Aber das ist doch … der Tag des Röntgen-Vortrags …«

»Hervorragend, oder?« Meine Wangen schmerzen bereits vom Grinsen, aber ich bekomme es kaum aus dem Gesicht. Endlich hat Madge begriffen, wie ausgeklügelt mein Plan ist. »Du hast beim Symposium bereits einen bleibenden Eindruck hinterlassen, und wenn Constance Chevalier dann deinen mutigen Einsatz nach dem Röntgen-Vortrag mitbekommt … Dann muss es klappen mit der Einladung!«

Nun klatsche ich doch in die Hände. Und mache eine Drehung auf dem Fußballen. Ich spüre dadurch zwar das Loch in meiner Schuhsohle, aber davon abgesehen läuft momentan alles wie am Schnürchen. Madge hat einen bleibenden Eindruck als Suffragette hinterlassen und ich werde heute Abend meine echte Mutter sehen. Ich könnte den ganzen Tag tanzen. Selbst den Schmerz über Leos letzten Brief, der endlich eingetroffen, aber wirklich kurz ist, kann ich darüber vergessen.

»Ich weiß nicht, ich weiß nicht«, sagt Madge jedoch nachdenklich. »Ich kann doch nicht bei so einem … Vandalismus mitmachen. Wenn das herauskommt, verstößt meine Familie mich sofort.«

Ich verstehe ihre Sorgen. Ein Leben als Suffragette, die auffallen will, um einer Salonnière ins Auge zu fallen, und das Dasein als brave Tochter, die um nichts in der Welt auffallen darf, schließen sich eigentlich gegenseitig aus.

»Also bisher sind wir noch nie erwischt worden. Aber es gibt natürlich keine Garantie. Ich fürchte, du musst dich entscheiden, was dir wichtiger ist. Willst du diesen Salon besuchen oder willst du Sicherheit?«

Wir erreichen das Glaciarium, in dem sich die spektakulärsten Eisläuferinnen und Eisläufer des Landes ganz eindeutig gegen die Sicherheit entschieden haben. Sie riskieren alles, um das Leben zu leben, das ihnen vorschwebt.

Aber Madge ist es vermutlich zu riskant. Mit einem gequälten Ausdruck schüttelt sie den Kopf. »Ich kann einfach nicht. Ich will Benedict, aber auf der anderen Seite habe ich es Vater versprochen.«

Ich nicke verständnisvoll. Als Tochter aus gutem Hause wäre es für sie kaum möglich, sich ohne familiären Rückhalt durchzuschlagen. Auch dafür demonstrieren wir Suffragetten ja, damit es jeder erlaubt ist, einen Beruf auszuüben, denn nur dann kann man auf eigenen Beinen stehen und ist von niemandem abhängig.

Aber es ist nicht der richtige Zeitpunkt, Madge daran zu erinnern.

»Wollen wir reingehen?«, frage ich mit Blick auf die lange Schlange, die sich vor dem Gebäude gebildet hat.

Ich rechne es Madge hoch an, dass sie mich trotz allem anlächelt und sich bei mir unterhakt. »Ja. Lass uns deine Mutter aufspüren«, sagt sie feierlich. »Du hast sie lange genug gesucht.«

Ich muss zugeben, dass ich im ersten Moment überrascht bin. Angelina, der fliegende Eisengel, ist mit Sicherheit keine Japanerin. Ja, sie kommt nicht einmal aus Asien. Ich muss mich vertan haben. Nach allem, was ich auf dem Foto des Zeitungsartikels erkennen konnte, dachte ich immer, dass meine Mutter die Japanerin war und mein Vater westlicher Abstammung. Letztlich war das Bild aber sehr unscharf. Vielleicht ist es umgekehrt?

Und noch etwas muss ich gestehen: Obwohl sie sehr begabt scheint, ist sie nicht ganz das überfliegende Talent, das ich mir nach all den Geschichten vorgestellt habe. Aber es ist mir gleichgültig. Ich bin von jeder ihrer Darbietungen begeistert und kann gleichzeitig das Ende kaum abwarten, denn dann werden wir um ein Autogramm bitten und uns unter diesem Vorwand zu ihrer Garderobe durchfragen.

Zum Ende der Vorstellung glühe ich, als hätte ich selbst die Kunststücke auf dem Eis vollführt. An einer Stelle ist sie sogar auf dem Eis Rad gefahren! Davon muss ich unbedingt Leo berichten, denke ich beim Schlussapplaus. Ein kleiner Stich in meinem Herzen, als die Frage aufkommt, ob ihn das überhaupt interessiert? Vielleicht will er nichts mehr von mir wissen und versucht, mich durch immer kürzere Briefe in immer längeren Abständen abzuwimmeln?

Nikolett meint, dass das sicherlich nicht der Fall ist und einige Menschen einfach nicht so gerne Briefe schreiben. Zudem hat Leo auch viel zu tun. Aber sollte ich es ihm nicht wert sein, dass er sich die Zeit nimmt? Ich knapse mir die Schreibzeit schließlich auch vom Schlaf ab.

Als meine Hände an den Innenflächen beginnen zu jucken vom ganzen Klatschen und sich erste Menschen erheben, um die Eishalle zu verlassen, beschleunigt sich mein Herzschlag.

Nun werde ich ihr bald gegenüberstehen.

»Da vorne ist der Bühneneingang«, sagt Madge und deutet auf eine weiße Tür in der entgegengesetzten Richtung des Hauptausgangs.

Leider hat sich auch hier eine Menschentraube gebildet, und wir müssen ziemlich lange warten, bis alle weg sind.

»Tut mir leid, wir schließen für heute. Bitte benutzen Sie den Hauptausgang«, sagt dann der Mann mit dem dicken Vollbart und plustert sich vor uns auf.

»Wir müssen unbedingt zu Angelina. Es ist sehr wichtig.«

»Was gibt es denn so Wichtiges?«, brummt er zurück.

Ich kann ihm jetzt nicht die ganze Geschichte von Wien und meiner Reise und meiner Vermutung erzählen, zudem ist das alles sehr privat und ich will es nicht einem Wildfremden auftischen. »Ich … ich bin die größte Bewunderin des Eisengels«, sage ich stattdessen. »Ich warte quasi schon mein ganzes Leben darauf, sie zu treffen.«

Madge nickt heftig. »Sie hat ein ganzes Sammelalbum voll von ihr.«

Der Bärtige zieht die Augenbrauen zusammen. »Wenn du so eine große Verehrerin bist, dann hättest du sie ja schon vor Jahren aufsuchen können, als sie noch regelmäßig hier aufgetreten ist.«

»Ja. Das …« In Windeseile gehe ich alles durch. Wenn ich behaupte, dass ich sie früher öfter gesehen habe, würde die Dringlichkeit verschwinden. Wenn ich behaupte, dass wir uns kennen, dann könnte er nachfragen und erfahren, dass sie noch nie von mir gehört hat. »… das ging leider nicht.«

»Bei keiner ihrer Vorstellungen? Sie ist damals doch jedes Wochenende, manchmal sogar unter der Woche irgendwo gewesen.«

»Ich wollte ja auch, aber …« Vermutlich ist es besser, wenn ich ihm nicht auf die Nase binde, dass ich einfache Arbeiterin bin. »… aber ich war außer Landes.«

»Und wie hast du dann von ihr gehört?«

»Oh, der fliegende Eisengel ist natürlich weit über die Grenzen bekannt.«

»Aber das war vor ihrer Tournee. Du glaubst wohl, du kannst mich zum Narren halten. Nee, nee.« Er verschränkt die Arme. »Ab nach Hause mit euch, die Tänzer haben für heute Feierabend.«

»Bitte! Es wäre sehr wichtig. Ich muss ganz kurz mit ihr reden.«

Er fixiert mich so stark, dass mir ein Schauer über den Rücken läuft. »Nein. Und das sage ich nicht noch einmal.«

Ich werfe einen Blick zu Madge und sie sieht traurig zum Ausgang. Wir werden den Mann nicht überzeugen können. Mit unglaublich schweren Gliedern wende ich mich ab, versuche, mich zu erinnern, dass noch nicht alles verloren sein muss. Solange meine Mutter in der Stadt ist, könnten wir sie finden. Vielleicht warten wir am Bühnenausgang vor dem Gebäude oder vielleicht hat sie noch einen Auftritt.

Wir sind auf dem Weg zum Ausgang, der um die runde Eisfläche herumführt, doch bevor ich weiß, wie mir geschieht, zieht Madge mich auf die Eisfläche. Durch die Beleuchtung und die vielen Menschen ist diese auf der Oberfläche leicht nass und dadurch sehr glitschig. Madge kichert, ich weiß, dass sie mich aufmuntern will, und ein klein wenig gelingt es ihr auch. Eislaufen macht mich einfach immer glücklich.

Ich strecke meinen Arm und wie geplant vollführt sie eine ihrer vorzüglichen Pirouetten. Danach machen wir – so gut es geht – das Partnerprogramm, das sie mit Rufus im neuen Stil tanzt. Mit leichterem Herzen und lachend kommen wir auf der gegenüberliegenden Seite beim Hauptausgang an.

»Das war ziemlich beeindruckend«, sagt eine sanfte Stimme, als wir wieder den festen Boden berühren, der mir wie immer viel zu stockend vorkommt, wenn ich vom Eis komme.

Noch mehr stocke ich allerdings innerlich.

Ich komme völlig zum Stillstand, weiß weder vor noch zurück. Denn vor mir steht Angelina, der fliegende Eisengel.

Meine Mutter.

Kapitel 22

Julianna

Ich war Madge unendlich dankbar, die kurzerhand das Reden übernommen hat, während ich versuchte, Angelina nicht allzu sehr anzustarren. Doch es war das erste Mal, dass ich sie aus der Nähe gesehen habe, und ich musste jeden Leberfleck und jede Handbewegung mit mir selbst vergleichen, auch wenn mein eigenes Abbild in dem Moment vollkommen unscharf in meiner Erinnerung war.

Da wir Frauen uns natürlich nicht wie die Männer zu später Stunde auf ein Bier im Pub zusammensetzen konnten, hat Madge für den Folgetag ein Treffen im Tea Room von Harrods vorgeschlagen. Es war das Erstbeste, das ihr eingefallen ist, hat sie mir später gesagt – was vermutlich besser war als die Speisung durch die Wohlfahrt in Whitechapel, was das Erstbeste war, das mir eingefallen ist. Aber eigentlich können wir uns so einen High Tea natürlich gar nicht leisten. Nicht einmal mit dem Geld, das Madge ihren Eltern abermals aus den Rippen geleiert hat.

Angelina hat federleicht gelächelt und mit den zarten Schultern gezuckt. »Warum nicht? All die Bewunderer ertrage ich ja nur schwerlich, aber nach allem, was ich gerade gesehen habe, wäre es eher ein Treffen unter Kolleginnen, nicht wahr?« Wieder dieser Federstrich eines Lächelns zum Abschied – und dann sind wir in unterschiedliche Richtungen davongegangen. Ich bin allerdings nach zwei Metern stehen geblieben und habe ihr hinterhergesehen, bis sie um die Ecke verschwunden ist. Ich hatte sie mir vollkommen anders vorgestellt.

Und vor Harrods warten wir nun. Lassen Menschen und Kutschen an uns vorüberziehen, als wäre nichts.

»Also pünktlich ist sie nicht gerade.« Leicht verstimmt sehe ich erneut zur großen Uhr am gegenüberliegenden Gebäude und taste nach der kleinen Bronzefigur in meiner Tasche. Sollte meine Mutter Schwierigkeiten haben, sich an mich zu erinnern, ist sie mein einziger Trumpf.

»Muss wohl in der Familie liegen«, antwortet Madge spitz, lächelt dabei aber.

»Sie muss schon arg jung gewesen sein, oder?«, stelle ich nun die Frage, die mir seit gestern nicht aus dem Kopf geht, denn Angelina sah aus, als wäre sie höchstens zehn Jahre älter als ich.

»Vermutlich sieht sie jünger aus, als sie ist. Und es wäre ja auch eine logische Erklärung für …«

»Dafür, dass sie mich in einem fremden Land in einem Waisenhaus zurückgelassen hat?«, frage ich und kann einen bitteren Unterton nicht verhindern.

»Dafür, dass sie gezwungen war, dich gegen ihren Willen abzugeben, weil sie selbst noch ein halbes Kind war.«

Wir kommen nicht dazu, weiter darüber zu sprechen, denn nun kommt Angelina mit ihrem zarten Lächeln auf uns zu. Sie hat grüne Augen, die leicht ins Gelbliche gehen, eine makellose, sandfarbene Haut und ist durch ihre ebenmäßigen Züge eine fesselnde Schönheit, die etwas Betörendes hat.

»Wollen wir dann?«, fragt Madge, nachdem wir uns reichlich beklommen begrüßt haben, und leitet den Weg zum Tea Room des edlen Kaufhauses.

Ich muss aufhören, mir solch gut situierte Freundinnen zu suchen, denke ich, als ich das Buntglasfenster an der Decke des Raums, die blumigen Ornamente an den Säulen, den edlen Parkettfußboden und den gesamten barocken Prunk sehe. Es sieht zwar wunderschön aus, jedoch weiß ich, dass wir uns die kleinen Pasteten, das Shortbread, diese herrlichen Scones mit Clotted Cream und nicht einmal die Sandwiches leisten können. Eilig gehe ich an der Vitrine in der Mitte des Raumes vorbei, wo all diese Köstlichkeiten auf spiegelnden Silberplatten präsentiert werden, und ignoriere den verführerischen Duft. Hoffentlich bestellt Angelina nicht zu viel, überlege ich noch, als wir uns setzen. Doch sie tut es uns gleich und bleibt bei Tee mit viel Milch und Zucker.

Wir reden über das Eislaufen, den neuen Stil und Angelinas Tournee, aber ich kriege nur schwer die Worte über die Lippen. Die ganze Zeit muss ich daran denken, dass ich hier vermutlich mit meiner Mutter an einem Tisch sitze, und fahre mit meinen unauffälligen Beobachtungen fort. Streiche ich meine Haare ebenso aus dem Gesicht? Werden meine Sätze auch immer schneller, wenn ich aufgeregt bin? Ist das überhaupt etwas, das man erbt, oder hätte ich so eine Eigenheit übernommen, wenn ich bei ihr aufgewachsen wäre? Madge lobt meine Eislaufkünste so sehr, dass Angelina sagt, ich müsse unbedingt mit auf die Tournee kommen, da sie immer talentierte Eisläuferinnen suchen würden.

Und dann, als auch der letzte Tropfen Tee aus der bauchigen Kanne geflossen ist, stellt Angelina ihre Tasse zurück auf den Teller, setzt sich aufrecht hin, streicht ihren Rock zurecht und räuspert sich. »Also«, sagt sie und sieht uns abwechselnd an. »Erfahre ich nun, warum ihr mich so dringend sprechen wolltet? So schön es hier auch ist … ihr wolltet mich doch gewiss nicht nur auf eine Tasse Tee einladen?«

Unsicher schaue ich zu Madge, deren Augen zu Angelina zucken. Sie hat mir einen Großteil der Unterhaltung abgenommen. Das hier muss ich nun alleine schaffen.

Ich räuspere mich ebenfalls.

»Wir … ähh«, unsichtbar knete ich meine Finger unter dem Tisch. »Ich …« Herrje, warum habe ich mir nicht zuvor ganz genau die Worte zurechtgelegt?

»Ich habe Grund zu der Annahme, dass Sie … dass du meine Mutter bist.«

Sie sagt nichts. Starrt mich einfach nur an.

Dann beginnt sie zu lachen.

Madge und ich tauschen Blicke aus. Was hat das zu bedeuten?

»Entschuldigt, bitte«, sagt sie schließlich japsend. »Die Vorstellung ist einfach nur …«, erneut beginnt sie zu lachen, »… die Vorstellung ist zu komisch.«

Ich sage nichts und sie wird nun wieder ernst.

»*Ich* soll deine Mutter sein?«, hakt sie nach.

»Ich habe Grund zu der Annahme«, bestätige ich.

Sie merkt offenbar, wie verletzt ich bin, greift über den Tisch und tätschelt meine Hand. »Darf ich fragen, wie alt du bist?«

»Zwanzig.«

Sie nickt, presst die Lippen zusammen. »Und ich bin achtundzwanzig.«

Ich schlucke. Spüre wie durch Watte Madges Hand auf meinem Rücken. Das war's. Sie kann unmöglich mit acht Jahren ein Kind geboren haben. Ich habe sie wieder nicht gefunden, bin der ganzen Zeit einer falschen Fährte nachgejagt. Habe umsonst meine Beziehung zu Leo aufs Spiel gesetzt.

Meine Augen brennen, und ich bin dankbar, dass Angelina wieder das Wort ergreift.

»Darf ich fragen, was dich zu der Annahme verleitet hat?«

Hilflos zucke ich die Schultern, komme mir mittlerweile reichlich töricht vor, wenn ich zugeben muss, aufgrund welcher Informationen ich all die Strapazen auf mich genommen habe. Ich wollte es einfach so sehr. Nichts über meine Wurzeln zu wissen, hat mich nicht nur verrückt, sondern auch schwächer gemacht. Ich hatte das Gefühl, dass ich den Dingen nicht richtig standhalten konnte, solange ich nicht weiß, wer ich wirklich bin und wo meine Vorfahren herkommen, mit welcher Kultur ich neben der österreichischen verbunden bin. Es war, als würde mein halbes Ich stets von einer Art Nebel umhüllt sein. Und das konnte ich nicht länger ertragen.

»Ich wusste von einem Artikel aus einer Akte im Waisenhaus, dass meine Mutter eine Eistänzerin ist. Ein guter Freund, der sehr viel gereist ist, konnte mich schließlich darauf aufmerksam machen, dass es hier in London eine Tänzerin gibt, die mir sehr ähnlich sieht.« Freudlos lache ich auf. »Angelina, der fliegende Eisengel.« So lange hat dieser Name nun alles für mich bedeutet – nun muss ich mich wieder davon lösen. Sämtliche Gefühle entfernen, sodass er irgendwann wieder ein ganz normaler Begriff wird. Und kein Name, bei dem mein Herz sofort schneller schlägt und meine Aufmerksamkeit geschärft ist.

Langsam sehe ich aus meiner zusammengesunkenen Position zu ihr hoch, bereit, mir anzuhören, wie unendlich dumm ich gehandelt habe, doch zu meiner Überraschung knetet sie unruhig den Ansatz ihres Halses. Ihr Gesicht ist eine Nuance dunkler und sie sieht sich im gesamten Saal um. Verschweigt sie mir etwas? Ist sie doch älter, als sie behauptet? Will sie einfach nicht meine Mutter sein?

Mit dem Stuhl rutscht sie nun näher an den Tisch und beugt sich zu uns.

»Na gut«, sagt sie und benetzt ihre Lippen. Sie sieht erst über die rechte Schulter, dann über die linke. »Das darf eigentlich keiner erfahren, aber ich kann es kaum ertragen, wie betrübt du bist. Und wenn ich bedenke, was du alles auf dich genommen hast …«, wispert sie hastig und schaut sich wieder um.

»Was ist es denn?«, fragt Madge atemlos. »Von uns wird keiner etwas erfahren.«

Angelina nickt mehrmals so, als würde sie sich selbst Mut zusprechen, und ich kralle mich unter dem Tisch in die gestärkte Tischdecke, da ich sonst wohl meine Fingernägel bis aufs Blut in die Handballen gedrückt hätte.

»Also.« Sie faltet die Hände wie zum Gebet und knetet sie unruhig. »In Wirklichkeit … bin ich nicht die *echte* Angelina.«

»Nein?« Meine Stimme hat kaum mehr Farbe und mehr bringe ich nicht heraus.

»Aber wer bist du dann? Und wo ist Angelina?«, fragt Madge ungehalten.

»Ich habe den Künstlernamen von der echten Angelina übernommen. Aber das muss unter uns bleiben, sonst bucht mich niemand mehr. Solch einen einzigartig guten Ruf wie den, den sie sich aufgebaut hat, das schafft man so schnell nicht.«

»Aber warum hat sie ihren Namen abgegeben? Und wo ist sie nun?«

Jetzt, wo das große Geheimnis raus ist, wird die unechte Angelina wieder ruhiger und das zarte Lächeln ist zurück. »Es wurde ihr zu anstrengend. Sie ist nicht mehr die Jüngste, musst du wissen. Im Ausland ist ihr zwar der Ruf vorausgeeilt, aber wie sie wirklich aussieht, das wusste niemand. Und nun ist sie selbst in London nur noch eine blasse Erinnerung.«

Das ist sie in der Tat. Alle, die ich befragt habe, konnten sich nur noch wenig an den Eisengel erinnern.

»Und … und wo finden wir sie?« Ich bete zu Gott, dass ich nicht abermals das unwissende Schulterzucken bekomme, das ich in den letzten Monaten auf diese Frage zu oft zur Antwort erhalten habe.

»Sie leitet nun eine Schule, außerhalb von London. Eine Eislaufschule natürlich. Sie nennt sich *Schule am See.*«

Schule am See.

Ich lasse mir den Namen auf der Zunge zergehen und muss lächeln. Es klingt schön. Eislaufen zu unterrichten, würde auch mir Freude bereiten.

Und ich habe ein neues Ziel. Ich muss diese Schule finden.

Kapitel 23

Madge

»Und Madge, dann sehen wir uns also kommenden Sonntag?«, hat Benedict ganz nebenbei gefragt, als wir am gestrigen Abend Prince's verlassen haben. Vielleicht ist das der Grund, warum ich jetzt in schwarzen Kleidern mitten im Blumenbeet zwischen kahlen Haselnusssträuchern und einer immergrünen Eibe hocke.

Vermutlich sogar.

Immer wieder habe ich abgewogen, ob ich es tatsächlich wagen soll, bei dieser tollkühnen Aktion der Suffragetten mitzumachen. Wir werden ein historisches Herrenhaus samt dem opulenten Eingangsbereich beschmieren.

Sachbeschädigung ist das, vielleicht sogar Vandalismus.

Ist es das wirklich wert? Oder gehe ich langsam zu weit?

Doch dann ist da wieder Benedicts langsam aufblühendes Lächeln und sofort spüre ich überall in mir das wehmütige Ziehen. Ich möchte bei ihm sein. Am liebsten täglich. Über das Eislaufen, aber auch die neuesten Nachrichten in der Zeitung und den Klatsch in der Nachbarschaft mit ihm sprechen. Ich möchte mein Leben mit ihm teilen – doch die Aussicht, dass es vermutlich nicht so kommen wird, drückt mich mit aller Macht nieder.

Ich muss verhindern, dass er sang- und klanglos das Land verlässt, ohne dass wir einander ordentlich kennenlernen konnten. Daher gibt es nur diesen Weg. Ich muss diese Einladung ergattern, koste es, was es wolle!

»Wann legen wir endlich los?«, frage ich Julianna im Flüsterton und sie zieht die Augenbrauen hoch. »Du kannst es ja gar nicht erwarten. Aber nur die Ruhe, sobald wir alle vollzählig sind, schwärmen wir aus. Die Aktion muss schnell über die Bühne gehen, niemand darf Gelegenheit haben, die Polizei zu verständigen. Zudem müssen wir es zeitlich ganz genau so abstimmen, dass wir in den letzten Zügen sind, wenn die Besucher des Röntgen-Vortrags nach draußen strömen. Sie sollen unsere Aktion noch gerade eben mitbekommen, uns aber nicht davon abhalten können.«

Ich nicke beklommen, als ich einen weiteren Schatten hinter ein Gebüsch huschen sehe. Kurz darauf gibt Dorothy, die mit Mabel hinter einer Parkbank hockt, das Zeichen zum Aufbruch.

Ich atme tief ein. Nun würde ich als Antisuffragette tatsächlich eine der gefährlichsten Aktionen der Suffragetten unterstützen. Leicht geduckt und mit schwitzenden Händen husche ich den anderen hinterher. Sind wir nicht viel zu laut? Es kommt mir so vor, auch wenn der Straßenlärm jenseits der Mauer des Vorgartens viel besser zu vernehmen ist, als dort wo wir uns befinden.

Man merkt die Routine der anderen Frauen in den ebenso dunklen Kleidern. Ohne zu zögern, tauchen sie ihre Pinsel in die Behälter mit der schwarzen oder weißen Farbe. Tabitha und Lavinia haben Schablonen dabei, andere schreiben händisch die Parolen oder ziehen einfach nur lange Striche über die Außenmauer und die Balustrade, die den Eingangsbereich des eleganten Herrenhauses abgrenzt.

Plötzlich überkommen mich neue, dafür aber viel mächtigere Zweifel.

Soll ich es wirklich tun?

Obwohl ich die Forderungen der Frauenrechtlerinnen in einigen Bereichen mittlerweile besser nachvollziehen kann, weiß ich nicht, ob es der richtige Weg ist, die prächtigen Gebäude zu beschmieren. Wir zerstören dadurch historisches Gut! Andererseits haben die friedlichen Proteste jahrelang keine Wirkung gezeigt. Ist es wahrhaftig an der Zeit, nach drastischeren Mitteln zu greifen?

»Deeds, Not Words«, sagten sie immer. *»Taten statt Worte.«*

Unschlüssig sehe ich zu Julianna hinüber, die enthusiastisch ihren Pinsel in die schwarze Farbe taucht und einer griechischen Göttin auf einem Sockel ein schwarzes Kleid malt. Wenn ich das hier unterstützen will, muss ich mich beeilen.

Der strenge Geruch steigt mir in die Nase, als ich den Pinsel in die Farbe tunke. Den ersten Buchstaben schreibe ich mit zitternden Händen an die Mauer, die das Grundstück von der Straße abgrenzt. Nach und nach wird es leichter. Schließlich prangt ein krakeliges *»Votes for Women«* auf den Steinen. Keine Zeit, innezuhalten, ich tunke den Pinsel wieder ein und mache weiter. So schnell, dass ich in einen Strudel gerate und mein Körper sich fast von allein bewegt. Briefkasten, Balustrade, Gehwegplatten – die armen Blumen lasse ich aus, aber der Blumenkübel wird ebenfalls mit schwarzen Striemen verziert.

Tief in meiner neuen Welt versunken, bemerke ich nicht, dass bereits erste Menschen aus dem Gebäude geströmt sind. Erst als die Rufe lauter werden, sehe ich mich um. Einige beschimpfen uns, andere klatschen Beifall oder feuern uns an. Rasch lasse ich meinen Blick über die Menge gleiten. Wo ist Constance Chevalier? Da sind unzählige Menschen im besten Sonntagsstaat, geschmückte Federhüte und Zylinder, sodass ich kaum einzelne Personen ausmachen kann.

»Verdammt, die Polizei!«, ruft plötzlich eine Frauenstimme und nun höre ich in der Ferne die dumpfe Glocke der Polizeikutsche. Alles in mir bleibt ruckartig stehen. Die Polizei? Um Himmels willen, das wäre verheerend!

Was sollen wir tun? Ich kann keinen klaren Gedanken mehr fassen, da sind zu viele auf einmal und sie vermischen sich wie in einem Kaleidoskop.

Einen Atemzug später ist Julianna an meiner Seite und zieht mich mit sich. »Schnell, wir müssen hier weg!«

Fliehen. Ach ja.

Ich stolpere neben Julianna her, kriege kaum Luft, da ich wohl auch das Atmen vergessen habe. Zum Glück haben nun auch wir den Ausgang des Anwesens erreicht.

Zwei kräftige Männer mit Hut und eine Frau mit riesigen Keulenärmeln verstellen uns allerdings den Weg.

»Lassen Sie uns sofort durch!«, schimpft Julianna.

Der größere verschränkt die Arme und mir fallen seine extrem langen Fingernägel vor dem mitternachtsblauen Stoff auf. »Nichts da. Ihr bleibt schön hier, bis die Polizisten eintreffen.«

»Lassen Sie die Damen durch«, hört man nun Protestrufe von hinten. Einige stimmen jedoch wieder dagegen.

»Das sind keine Damen«, zischt die Frau mit den gestreiften Keulenärmeln und sieht uns an, als wären wir mit Schimmel bewachsen.

»Entschuldigen Sie bitte«, sagt in diesem Moment eine vertraute Stimme hinter mir. Ich kann sie für den Moment nicht einordnen. »Die Besucher des Vortrags würden nun gerne das Gelände verlassen, wenn Sie also bitte zur Seite treten würden?«

Verblüfft sehe ich auf den kunstvoll bestickten Kragen, der nun neben mir auftaucht. Was hat Edgar hier zu suchen? Ich wusste nicht, dass er sich für Wissenschaft interessiert. Allerdings erfreuen sich die Vorträge momentan allgemein großer Beliebtheit.

»Sie können uns nicht alle hier gefangen halten.« Edgar deutet in die Freiheit und sieht einen Wegversperrer nach dem anderen aufforderungsvoll an.

Die Masse hinter ihm wird lauter. Auch diejenigen, die unsere Aktion nicht gutheißen, haben vermutlich keine Lust mehr, hier draußen in der Kälte zu verharren, während zu Hause das Kaminfeuer und ein Becher voll mit heißem *Wassail* warten.

»Na schön«, grummelt der hochgewachsene Mann und ich atme innerlich auf. Noch können wir es schaffen, auch wenn die Glocke nun schon viel zu nah klingt. Doch plötzlich packt der Große mich an den Schultern und reißt mich nach hinten, drückt meinen Rücken an seinen harten Oberkörper. »Aber niemand kann mich abhalten, die Übeltäterin festzuhalten und persönlich der Polizei zu übergeben.«

Ich schreie auf und ein großes Stimmgewirr von allen Seiten brandet auf.

Ich sehe Edgar gestikulieren und auf den Großen einreden, während ich versuche, mich gegen seinen festen Griff zu wehren. Julianna hat den günstigen Moment genutzt, nach draußen zu entwischen, der Kompagnon des Großen ist ihr hinterhergeeilt, aber sie ist flink wie eine Maus.

Die Glocke der Polizeikutsche verklingt. Für einen Atemzug bin ich erleichtert, unterbreche meinen Kampf gegen den großen Mann. Doch dann erkenne ich, warum die Glocke nicht mehr läutet.

Sie sind angekommen.

Ich sehe das Gefährt auf der Straße, die ersten Bobbys springen bereits herunter. Die silbernen Knöpfe ihrer Uniform und die Metallspitze auf ihrem Helm glänzen im Licht der flackernden Straßenlaterne. Panisch sehe ich mich nach einem Fluchtweg um, doch selbst wenn ich dem festen Griff meines Widersachers entgehen könnte, die Menschenansammlung, die sich auf der Straße und hier im Eingangsbereich des Anwesens gebildet hat, ist einfach zu groß.

Und dann entdecke ich mittendrin Julianna. Warum ist sie noch hier? Verzweifelt sieht sie mich zwischen den herausströmenden Menschen vom Bürgersteig aus an, sie will mir helfen, weiß aber nicht, wie. Ich will sie fortfuchteln, kann aber meinen Arm nicht bewegen. Mit einer Kopfbewegung bedeute ich ihr davonzurennen.

Die ersten drei Polizisten kommen im Laufschritt auf das Gelände, die Menschenmasse hat von selbst eine Gasse für sie gebildet. Ihre Schlagstöcke, die im ledernen Gürtel stecken, wippen im Takt.

Mein Herz rast, die Kehle brennt und alles Schlucken hilft nicht.

Zu allem Überfluss ist Julianna immer noch da. Sie fleht noch einmal mit den Augen, doch ich deute nun vehement mit dem Kinn in die Ferne. Sie kann nichts mehr für mich tun.

Kapitel 24
Madge

Ich sitze im Verhörraum der Polizeiwache. Allein der Satz klingt völlig absurd in meinen Gedanken.

Ich. In einem Verhörraum!?

Hier gibt es kein einziges Bild an der Wand, der Boden ist ganz ohne Teppich und es riecht abgestanden. Die Tische in der Mitte sind gradlinig und schnörkellos, die ungepolsterten Stühle schon nach dieser ersten halben Stunde viel zu hart. Die Hälfte meiner Haarfrisur hängt seit dem Gerangel herunter, mein Pompadour ist zerstört, aber ich habe es nicht korrigiert. Es erscheint mir sinnlos.

Ich habe vorhin meine Personalien angeben müssen.

Wie konnte es so weit kommen, frage ich mich immer wieder. Ich bin überzeugte Antisuffragette, befürworte die derzeitige Gesellschaftsordnung, und trotzdem werde ich hier von zwei Polizisten finster begutachtet und soll ein Dutzend Fragen beantworten. Sie gehen davon aus, dass ich – oder die Gruppe um mich herum – auch für die Schmierereien am Kensington Palace verantwortlich ist. Nun wollen sie wissen, wer meine Verbündeten sind und was wir darüber hinaus geplant haben. Aber natürlich verrate ich Julianna und die anderen nicht.

Ich kann ohnehin an nichts anderes denken als daran, dass alles vorbei ist. Wenn mein Vater mich hier abholt, darf ich vermutlich nie wieder mein Zimmer verlassen. Oder sie werfen mich gänzlich raus und ich darf es nie wieder betreten.

Eine ganz ähnliche Situation hatte ich vor drei Jahren bereits, nachdem Granny mich wieder vorzeigbar gemacht hatte und der Gang zu meinen Eltern nicht mehr aufzuschieben war. Mit aller Macht wollte ich es hinauszögern und wusste gleichzeitig, dass es nicht geht. Ach, würde der Moment doch nie kommen, hatte ich immer wieder gedacht, oder läge er bereits lange in der Vergangenheit, dann wäre alles besser. Ich wünschte mir ein kleines Rädchen, mit dem ich an der echten Zeit drehen könnte, so wie am kleinen goldenen Knopf von Grannys Taschenuhr. Dann hätte ich alles ungeschehen gemacht, wäre niemals auf dieses Schiff gestiegen. Oder hätte die Zeit weit vorgedreht, sodass mein Vergehen nur noch eine verschwommene Erinnerung wäre, von der man selbst nicht mehr so genau sagen konnte, was genau gewesen und wie das alles gekommen war. Vielleicht könnte man auch ein wenig darüber lachen. Doch selbst heute, drei Jahre später, erinnere ich mich noch in strahlenden Farben und mit klaren Kanten an jede Kleinigkeit. Ich weiß ganz genau, wie es zu all dem gekommen ist. Es war schlicht und einfach meine eigene Dummheit gewesen. Ich war töricht. Ich hatte mir geschworen, dass es nie wieder geschieht. Ich wollte mich nicht mehr von meinen Emotionen leiten lassen – und nun ist es doch wieder passiert.

Allein deswegen glaube ich, dass Frauen nicht wählen sollten, wir lassen uns zu sehr von unseren Gefühlen lenken. Wie könnte man sonst diese Szene meines Lebens erklären?

Auf dem Schreibtisch vor mir liegt ein von uns beschmierter Briefkasten, zinnoberrote Farbe lugt unter den schwarzen Striemen hervor. Daneben ein geschwärzter Blumenkübel aus Ton und sogar einen vergoldeten Türgriff haben sie abmontiert und alles eins nach dem anderen mit dem riesigen Fotoapparat als Beweismittel festgehalten.

»Also, Miss Cave«, sagt der Polizist mit dem Stoppelbart. Er sieht viel zu jung aus, um hier zu arbeiten. »Nennen Sie uns einfach die Namen der Mittäterinnen und ich kann Ihnen versichern, dass es bei der Urteilsfindung Berücksichtigung finden wird.«

Ich atme aus. Ich bin so unendlich müde. Seit wir die warme Polizeiwache erreicht haben, hat mich jegliche Kraft verlassen. Alles, was ich vor mir sehen kann, sind Vaters enttäuschte Augen. Und meine zerplatzten Träume. Das war's. Das wird er mir niemals verzeihen. Kein Benedict und auch keine Weltmeisterschaft.

»Ich kenne die anderen nicht«, sage ich zum wiederholten Male.

»Ach ja?«, fragt der ältere Polizist und steht auf, geht einmal um den Tisch mit den Beweismitteln herum und stützt sich dann mit seinen schwieligen Händen darauf, um mir von oben herab in die Augen zu sehen. »Und wie ist es dann zu der Tat gekommen? Sie wollen doch nicht etwa behaupten, dass Sie sich spontan zu diesem Vandalismus entschlossen haben?«

Ich fische nach einer halbwegs plausiblen Ausrede, als die Tür aufschwingt und Edgar mit wehendem Mantel hereinstürmt, gefolgt von einem Polizisten mit fleckiger Glatze.

»Wie hoch ist die Kaution? Ich zahle sie«, sagt Edgar und stemmt die Hände in die Hüften.

»Ich habe ihm gesagt, dass er hier nicht einfach so hereingehen darf«, jammert der kahlköpfige Polizist.

»Kaution? So weit sind wir noch gar nicht. Vielleicht wird es gar keine Kaution geben. Die Bevölkerung ist nach wie vor entrüstet über diese Schmach mit dem Kensington Palace. Wenn wir jetzt die Gelegenheit haben, die Täterinnen zur Rechenschaft zu ziehen, werden wir das auch tun.«

»Zuallererst«, Edgar macht eine Wendung auf der Hacke, fast wie beim Eislaufen, und beginnt im Raum auf und ab zu laufen, »ist nicht die *gesamte* Bevölkerung entrüstet, nicht wenige haben die Aktion begrüßt. Und dann frage ich mich: Woher wollen Sie wissen, dass diese junge Dame beim Kensington Palace ebenfalls aktiv war?«

Stoppelbart sieht fragend zu seinem älteren Kollegen. »Die Schriftzüge und die Farbe legen die Vermutung nahe.«

»Die Farbe? Die schlichte schwarze und weiße Farbe?«

Der Ältere zuckt die Schultern. »Der gesamte Ablauf weist Ähnlichkeiten auf.«

»Oh ja, eine Reihe von Frauen, die zu später Stunde für ihre Rechte einstehen. Wenn das der Maßstab ist, könnte diese junge Dame für Aktionen überall auf der Welt verantwortlich gemacht werden. Ich versichere Ihnen allerdings, dass dem nicht so ist.«

Der Alte schnaubt. »Na, das müssen Sie uns erst einmal beweisen.«

»Nun ja. Die rechtmäßige Forderung unserer weiblichen Mitbürger hat die Wände des Kensington Palace ja sicherlich gut einen Monat verziert, nicht wahr?« Die beiden Polizisten tauschen einen Blick aus und der ältere nickt dann knapp.

»Erst dann haben ausreichend kleine Helferlein mit ihren

Drahtbürsten die Wände oft genug abgeschrubbt, um die Farbe wieder wegzubekommen«, führt Edgar seine Ausführungen fort und ich frage mich, worauf er hinauswill. »Und in diesem Fall …« Er gestikuliert zu den Beweismitteln, die eins neben dem anderen anklagend auf dem Tisch liegen, und leckt kurz über seinen Zeigefinger, den er dann seelenruhig über den blechernen Briefkasten gleiten lässt. Zum Erstaunen aller erscheint eine zinnoberrote Linie unter der schwarzen Farbe.

Triumphierend hält er uns die nun schwarz gefärbte Fingerkuppe entgegen. »Abwaschbar«, erklärt er. »Diese Farbe ist abwaschbar.« Theatralisch zieht er das Taschentuch aus seiner Brusttasche und reibt die Farbe vom Finger. »Somit war es definitiv eine andere Gruppe als zuvor beim Kensington Palace. Und der Tatbestand der Sachbeschädigung dürfte damit«, er kehrt die Hände nach außen, »im wahrsten Sinne des Wortes vom Tisch gewaschen sein.«

Kapitel 25

Madge

»Oh, mein Gott. Oh, mein Gott«, stammle ich, kaum dass wir draußen sind. »Das hätte wirklich schiefgehen können. Ich habe mich schon in einer der Zellen im hinteren Bereich der Wache sitzen sehen. Das war Rettung in letzter Sekunde.«

Noch immer bin ich ganz außer Atem, denn das Blut rauscht viel zu schnell durch meinen Körper. »Was …? Wie …?« Unzählige Fragen will ich Edgar gleichzeitig stellen, doch er zieht mich von der Wache weg in eine der Nebenstraßen hinein, deren Enge sofort alle Geräusche dämpft. Ich sehe eine Ratte gerade noch über das nasse Kopfsteinpflaster weghuschen. Hier sind nur noch vereinzelte Fenster erleuchtet, die Vorhänge fast überall zugezogen. Ein perfekter Ort für Geheimnisse.

Und Edgar bedeutet mir jetzt, zu sprechen.

»Woher wusstest du das mit der Farbe?«, frage ich zuerst.

»Julianna.« Schmunzelnd beginnt er seinen Mantel zuzuknöpfen. »Sie hat mir sozusagen aufgelauert, nachdem die Polizei wieder weg war, und hat mich gebeten, dir zu helfen, da sie selbst ja nicht kommen konnte. Offenbar hatte sie aber für den Ernstfall Vorsorge getroffen. Anscheinend wartet da jemand in Wien auf sie, weswegen sie unter gar keinen Umständen ins Gefängnis kommen darf. Bei den Suffragistinnen greift die Polizei ja gerne zu drastischen Mitteln, um ein Exempel zu statuieren, deswegen wollte sie kein allzu großes Risiko eingehen. Trotzdem wollte sie ein Zeichen für die Frauenrechte setzen. Deswegen hat sie sich für diesen Mittelweg entschieden und diese abwaschbare Kalkfarbe für die Parolen besorgt.« Er hat nun alle Knöpfe geschlossen und wirft mir einen kurzen Blick zu. »Gleichzeitig schien es sie unglaublich zu quälen, dass das Statement durch die abwaschbare Farbe nicht mehr ganz so groß ist. Auf der anderen Seite ist es besser als gar nichts.«

Kopfschüttelnd muss ich lächeln. Julianna. Mal wieder. Sie hatte alles bedacht.

Langsam gehen wir weiter die Gasse entlang, deren Wände das Geräusch unserer Absätze zurückwerfen.

»Komm, ich organisiere uns eine Kutsche, ich bring dich nach Hause.« Er reckt den Kopf und sieht in beide Richtungen.

Unvermittelt spüre ich die Dezemberkälte überdeutlich. Das alles erinnert mich viel zu sehr an die Situation vor drei Jahren.

Zunächst war es damals so schön gewesen, als ich meinen Eltern nach all den Wochen wieder gegenüberstand. Als die Sorge in ihren Augen von der Erleichterung abgelöst wurde, meine Mutter mich bebend in die Arme schloss und Vater die Tränen wegblinzelte.

Doch nach und nach, ganz allmählich, kam der Zorn.

Und dann eine neue Art der Angst. Eine, die mit Zorn vermischt war, es war keine Angst mehr um mein Wohlbefinden, sondern die Sorge um das, wie meine Tat in der Gesellschaft aufgenommen werden würde.

Falls die Wahrheit ans Licht kam.

Die Verachtung, mit der meine gesamte Familie behandelt werden würde, nachdem sich mein schändliches Verhalten herumgesprochen hätte. Ein Aufstieg in die obere Gesellschaft? Ab diesem Zeitpunkt unmöglich.

Ich hatte einen gigantischen Schandfleck nicht nur auf mich, sondern auf die gesamte Familie gezeichnet, wurde mir in dem Moment klar.

Ich war unglaublich egoistisch gewesen. Wenn ich niemals zurückgekehrt wäre, hätte es keinerlei Schwierigkeiten gegeben. Doch nun? Nun war mein Vergehen offensichtlich – und ich war bei meiner schambehafteten Rückkehr gesehen worden.

»Weißt du eigentlich, was du uns und deinen Geschwistern damit angetan hast? Ich will dich hier nie wieder sehen«, zischte Mutter, nachdem sie die ganze Wahrheit erfahren hatte.

Ich bemerkte, dass jegliche Wärme aus ihrer Stimme verschwunden war.

Vater war es, der sie beruhigte, nachdem er eine Weile vor sich hin sinniert hatte. »Wir werden einen Weg finden. Keiner von uns darf je wieder ein Wort darüber verlieren. Es weiß doch sonst niemand davon?«

»N… nein«, stotterte ich aus der Not heraus. »Niemand.« Dabei dachte ich mit brennenden Ohren an Edgar und verfluchte ein weiteres Mal, dass ich ihm unterwegs begegnet war. Doch ich hatte das Gefühl, dass ein weiterer negativer Punkt auf meiner Liste das Zünglein an der Waage sein konnte, der darüber entschied, ob ich von meiner Familie verstoßen werden würde wie meine älteste Schwester oder wieder zu Helen und Danielle ins Zimmer ziehen durfte.

»Gut. Dann werden wir bei der Geschichte bleiben, dass du in Baden-Baden warst«, überlegte Vater laut und zwirbelte seinen Bart. »Und du, Madge, schwörst du hoch und heilig, dass du dir niemals wieder etwas zuschulden kommen lassen wirst?«

Ich nickte mit zitternden Knien.

»Und damit meine ich *nichts*«, seine Augen sahen bis auf meine Seele. »Keine langen Blicke, kein unerklärlich langes Verschwinden auf Bällen, keine zu häufigen Tänze. Du wirst eine Vorzeigetochter erster Güte sein.«

»Das werde ich«, murmelte ich mit einem Felsen auf der Brust.

»Eine einzige negative Rückmeldung und wir müssen uns von dir distanzieren, das verstehst du doch?«

Ich habe nichts mehr sagen können, nur ein kurzes Nicken war mir möglich.

Und nun komme ich gerade von der Polizeiwache.

Und wieder war Edgar in unmittelbarer Nähe meines Vergehens. Ich sollte ihm dankbar sein, aber auf einmal bin ich nur noch wütend, dass er schon wieder den edlen Ritter spielen kann. Und um meiner Familie zu zeigen, dass ich nicht auf seine Hilfe angewiesen bin, gehe ich auf Abstand.

»Danke, aber ab hier schaffe ich es alleine.« Ich drehe mich um, um davonzugehen, doch er ruft meinen Namen.

»Sei nicht töricht. Es ist spät und wir sind mitten in London. Warum darf ich dich nicht einmal nach Hause begleiten?«

»Weil ich keinen Aufpasser brauche. Ich komme alleine bestens zurecht.«

Edgar hebt die Hände und lässt sie dann wieder gegen die Seite fallen. »Ich habe nie Gegenteiliges behauptet. Aber lass mich ein Gentleman und dir in dieser Lage behilflich sein. Es ist schließlich nicht ungefährlich hier.«

»Wie du sehr gut weißt, habe ich mich schon in sehr viel schwierigeren Lagen alleine durchgeschlagen.«

»Nein, Madge, das weiß ich nicht. Ich weiß nichts über dich. Ich weiß rein gar nichts über dich. Schließlich meidest du jeglichen Kontakt zu mir, obwohl wir uns nahezu täglich in der Eishalle sehen. Du schaffst es ja nicht mal, eine normale Unterhaltung mit mir zu führen.«

»Und das findest du so verwunderlich? Nach allem, was war?« Die Worte rollen aus mir heraus und ich werde viel zu laut, aber das ist mir egal.

»Was war denn?« Edgars Hände ballen sich zu Fäusten und die Nasenflügel blähen sich auf. »Ich habe dich zu deiner Großmutter gebracht, als du ganz offensichtlich Hilfe gebraucht hast. Das hätte jeder für einen Bekannten getan. Warum hasst du mich dafür?«

»Das fragst du noch? Vielleicht weil du mich in einem Zustand gesehen hast, den keiner je zu Gesicht bekommen sollte? Weil du meine größte Schwäche kennst? Weil du mich jederzeit zu Fall bringen könntest? Es ist nicht angenehm, jeden Tag einem Menschen, der solch eine Macht über dich hat, gegenüberzutreten.«

»Aber ich …« Er schüttelt den Kopf und fährt sich mit gespreizten Fingern durch die Haare. »Aber ich hätte dieses Wissen über dich doch niemals ausgenutzt! Für wen hältst du mich eigentlich? Wir machen alle mal Dummheiten, ich finde eher diese Gesellschaft fragwürdig, bei der nur ein kleiner

Fehler über den Rest des Lebens entscheidet. Dein Geheimnis ist bei mir sicher. Warum hätte ich all die Jahre sonst geschwiegen?«

Ich stocke. Das ist in der Tat eine gute Frage. Wenn er mich verraten wollen würde, hätte er das wohl schon längst getan. Aber das ändert nichts daran, dass er auf mich herabsieht und sich ständig auf meine Kosten amüsiert. Und nun habe ich zudem ordentlich nachgelegt.

»Und jetzt … jetzt hast du mich schon wieder in einer misslichen Lage gesehen.« Meine Kehle wird heiß und meine Unterlippe beginnt zu zittern. Ich bleibe stehen, ich muss dringend an etwas anderes denken und gebe vor, ein Taschentuch aus meinem Retikül zu holen. In Wirklichkeit will ich nicht vor Edgar weinen. Er hat mich bereits als zitterndes Rehkitz gesehen und das soll sich niemals wiederholen. »Und das alles nur, weil ich zu diesem vermaledeiten Salon dieser vermaledeiten Constance Chevalier wollte«, plappere ich gedankenlos weiter, während ich krame, damit keine peinliche Stille entsteht.

Etwas lässt mich innehalten.

Sein Blick, er liegt auf mir und hat eine Gänsehautintensität. Tiefe Rillen erscheinen auf seiner Stirn. Er sieht aus, als hätte ich soeben gesagt, ich wolle auf einem gestreiften Kamel Handstand machen.

»Das alles …«, er deutet in Richtung des Burlington House, wo unsere Aktion stattgefunden hat, »… das alles hast du veranstaltet, um am Salon von Constance Chevalier teilzunehmen?«

Mit hängenden Schultern nicke ich. Mittlerweile kommt es mir ja selbst überaus töricht vor. Aber irgendwie ist eins zum anderen gekommen und aus der Ferne hat es einst wie ein recht guter Plan gewirkt. Schließlich hatte ich auch keine andere Möglichkeit und einen Versuch ist es wert gewesen. Wenn ich allerdings geahnt hätte, dass ich durch die Aktion auf der Polizeiwache ende, hätte ich natürlich eine andere Entscheidung getroffen.

Schnaubend schüttelt Edgar den Kopf.

»Was ist los? Du hast doch gerade selbst gesagt, dass wir alle schon mal Dummheiten gemacht haben.«

»Darum geht es nicht. Ich finde es viel schlimmer, dass du lieber an einer gefährlichen Aktion teilnimmst, als einfach mich um Hilfe zu bitten.«

»Wieso sollte ich dich um Hilfe bitten? Was hättest du denn ausrichten können?«

»Zum Beispiel hätte ich ganz einfach meine Mutter bitten können, dich einzuladen. Ein Gefallen, den sie mir sicherlich mit Vorliebe getan hätte, nachdem ich sie auf sämtliche wissenschaftliche Vorträge begleite.«

Ich starre ihn an.

Das darf alles nicht wahr sein. Constance Chevalier ist seine Mutter? Auf einmal fällt es mir wie Schuppen von den Augen. Er ist es doch gewesen, der Benedict überhaupt gefragt hat, ob er zum Salon kommen würde. Und er war ebenfalls auf dem Vortrag über die Röntgenstrahlen, vermutlich hat er seine Mutter begleitet.

Nur eines passt nicht.

»*Du* bist Constance Chevaliers Sohn? Aber du heißt Syers …«, sage ich perplex, denn ich kann es noch immer nicht fassen.

Er zuckt die Schultern. »Das würdest du sehr gut verstehen,

wenn du vielleicht hin und wieder mal ein Wort mit mir ausgetauscht hättest.«

Ich lache verlegen und nun hält er mir seine Hand entgegen. »Waffenstillstand?«

Bereitwillig schüttle ich sie. »Waffenstillstand.«

Eine Weile laufen wir Seite an Seite durch das nächtliche London. Die Lichter der Häuser werden an der Themse lang gezogen und flackern über das Wasser.

Schließlich fasse ich mir ein Herz, um das zu fragen, was mir nicht mehr aus dem Kopf geht, seit er seine Verbindung erwähnt hat.

»Würdest du denn … Würdest du … Würdest du mir denn unter Umständen tatsächlich eine Einladung zu diesem Salon organisieren können?«

Edgar bleibt stehen. Er sieht die dunkle Allee neben dem Flussufer entlang und scheint einen Moment zu überlegen, wofür ich ihn erwürgen könnte. Erst tut er so großspurig, als müsste ich nur mit dem kleinen Finger wackeln und schon hätte ich die Einladung in den Händen, und nun muss er darüber ausgiebig nachdenken? Es zeigt wieder, dass er doch darauf aus ist, mich zu beschämen und …

»Unter einer Bedingung«, platzt er in meine Gedanken und mustert mich.

Ich lege den Kopf schräg und sehe ihn fragend an. Was mochte jetzt kommen?

»Tanz mit mir.«

Fast hätte ich mich verschluckt. »W… wie bitte?«, frage ich völlig entgeistert. Habe ich das richtig verstanden? »Auf welchem Ball soll ich mit dir tanzen? Ich habe in nächster Zeit gar nichts geplant …«

Er lacht leise auf und schüttelt den Kopf. »Ich meine nicht auf einem Ball. Ich meine auf dem Eis. Bei der Weltmeisterschaft.«

Kapitel 26

Madge

»Wir haben es also tatsächlich geschafft«, sagt Julianna und sieht zum eleganten Londoner Stadthaus hinauf, vor dem wir stehen. Drei steinerne Stufen führen zu einer massiven Holztür, die von einem Türklopfer aus poliertem Messing geziert wird. Die schlanken Fenster links und rechts davon werden von geschwungenen Fenstergittern geschützt. Hinter Julianna ragt ein Erkerfenster heraus und weit über uns ein Balkon mit schmiedeeisernem Geländer.

»In der Tat, ich kann es auch kaum glauben.« Ich wage nicht daran zu denken, was ich alles auf mich genommen habe, um diese Einladung zu bekommen, was letztlich so einfach gewesen wäre. Edgar hat sogar dafür gesorgt, dass auch Julianna kommen darf, wofür ich ihm ewig dankbar sein werde.

Dennoch stehe ich reichlich neben mir. Heute in diesem Rahmen Benedict gegenüberzutreten, macht mich nervöser, als der Königin gegenüberzutreten.

Ich wollte es so sehr, aber jetzt in diesem Moment will ich es gar nicht mehr.

»Es wird schon glücken«, versichert mir Julianna, die mein Unbehagen bemerkt haben muss. »Du siehst wirklich hübsch aus in deinem neuen Kleid, die Frisur sitzt dank Dorothy tadellos, du und dieser Benny teilt dieselben Vorlieben und du hast eine zauberhafte und zugleich kämpferische Persönlichkeit. Wenn ihm das nicht zusagt, hat er dich nicht verdient.«

Eine Kutsche hält vor uns, und ohne darauf zu warten, dass ihr die Tür geöffnet wird, steigt eine ältere Dame mit vergrämtem Gesicht aus. Sobald sie Julianna entdeckt, wird sie zu einem anderen Menschen, sie wirkt plötzlich fröhlich.

»Na, das ist ja eine Überraschung! Hattest du mir nicht die Einladung zum Weihnachtssalon überbracht? Und du hast es tatsächlich ebenfalls geschafft, wie ist das nur möglich?«

»Äh …« Julianna lacht leise. »Das ist eine lange Geschichte.«

»Nun gut. Wollen wir uns hineinwagen? Ich bin ja so aufgeregt«, singt die Dame und betätigt entschieden den Klopfer.

Kurz darauf werden wir eingelassen. Im Hintergrund spielt angenehme Klaviermusik und die Wärme der zahlreichen Kaminfeuer, die sicherlich in jedem Raum prasseln, hüllt uns ein. Das Hausmädchen nimmt unsere Mäntel entgegen und schafft es, ihre Überraschung zu verbergen, da Julianna unter ihrem einfachen und vielfach gestopften Mantel das pompöse rote Kleid trägt.

»Ah, da sind ja meine ganz besonderen Ehrengäste.« Edgar hat uns sofort entdeckt und kommt in einem Anzug auf uns zu, der reicher bestickt ist denn je. »Wie schön, dass ihr es einrichten konntet«, sagt er mit einem Augenzwinkern.

Natürlich kann er nicht einfach darüber hinweggehen, dass ich ihn förmlich um die Einladung angefleht habe, und muss mich auf diese Weise verhöhnen. Ich kralle mich am Stoff meines Kleides fest, um meine Wut darüber unter Kontrolle zu bekommen.

»Darf ich euch herumführen?«

»Sehr gerne«, antwortet Julianna für uns und wirft mir einen mahnenden Blick zu. Wenn ich künftig mit Edgar tanzen will, muss ich meine Gefühle in den Griff kriegen. Wenn er mich weiterhin so leicht provozieren kann, werden so viele Funken zwischen uns sprühen, dass regelmäßig das ganze Kunsteis wegschmilzt.

Edgar führt uns in einen weitläufigen Salon und sofort lasse ich mit klopfendem Herzen meinen Blick auf der Suche nach Benedict herumschweifen. Hauptsächlich ist der Raum voller Frauen in eleganten Kleidern, die in Gruppen in angeregte Gespräche vertieft zu sein scheinen. Nur vereinzelt entdecke ich Männer in Anzügen. Wo ist er?

Ich habe extra meine Lektüre feministischer Artikel noch verstärkt, um mich bei den Konversationen nicht zu blamieren – und möglicherweise extra bei ihm ein besonders gutes Bild abzugeben.

Plötzlich ist da ein leichter Druck an meinem Arm und Julianna nickt zu Edgar. Er muss etwas gefragt haben.

»Hast du schon mit Rufus geredet?«, wiederholt Edgar seine Frage. Julianna wird indes von der Frau, die wir eingangs getroffen haben, zu sich geholt, wohl um sie ihren Freundinnen vorzustellen.

»Noch nicht«, antworte ich knapp und suche mit den Augen weiter nach Benedict.

»Aber du wirst es noch? Du stehst doch zu deinem Wort, Madge?«

Er kann keine hohe Meinung von mir haben, wenn er wirklich denkt, dass ich mein Versprechen zurückziehe, sobald ich das bekommen habe, was ich wollte. »Natürlich werde ich Wort halten. Es … es ist nur nicht so leicht, Rufus zu sagen, dass wir doch nicht gemeinsam antreten werden, nachdem wir schon den gesamten Monat trainiert haben.« Und er insgeheim in mich verliebt ist, ergänze ich in Gedanken, aber das braucht Edgar nicht zu wissen. Aber natürlich macht es das ganze Unterfangen noch einmal schwerer. Ich habe Rufus zwar nie Grund zur Hoffnung gegeben, dennoch ist es keine schöne Aussicht, die Gefühle von jemandem zu verletzen.

»Nach Weihnachten bin ich mit ihm zum Spazieren verabredet. Da werde ich es ihm beichten.« Edgar taxiert mich skeptisch und ich schiebe ein »Versprochen!« hinterher. Er scheint mir gar nichts zuzutrauen.

»Na gut. Komm, ich stelle dich einigen Leuten vor.« Schon vorher ist mir aufgefallen, wie gut Edgar in diese Gesellschaft integriert ist. Ständig winken ihm Menschen zu und grüßen ihn von Weitem.

»Zwingt deine Mutter dich, bei alldem hier mitzumachen?«, erkundige ich mich neugierig – und kriege einen abschätzigen Blick als Antwort.

»Ob du es glaubst oder nicht«, sagt er, während er durch eine offene Flügeltür in ein geräumiges Wohnzimmer schreitet, »man kann auch als Mann die Suffragistinnen unterstützen. Oder die Suffragetten, wie man jetzt wohl neuerdings sagt.« Sein Grinsen ist ein weiterer verhöhnender Seitenhieb. Er weiß, dass ich auf der Veranstaltung war, und er weiß auch, dass ich in Wahrheit Antisuffragette bin. Vermutlich kann er sich denken, dass ich aus der Not eine Tugend machen musste.

Sehnsuchtsvoll sehe ich mich zwischen all den Menschen weiter nach Benedict um, sein Lächeln hat stets etwas Wertschätzendes und ist nie gemein. Doch auch hier kann ich ihn nicht entdecken. Was, wenn er gar nicht kommt? Was, wenn alles umsonst war?

»Ich habe mit Constance viel diskutiert, sie hat mir bereits als Heranwachsender John Stuart Mill und Immanuel Kant zu lesen gegeben und mich auf diese Weise früh im kritischen Denken geschult. Hast du *Die Kritik der reinen Vernunft* gelesen?«

Ich schüttle den Kopf und er erklärt: »Es ist sehr spannend und behandelt Fragen zur menschlichen Erkenntnis und Vernunft.«

»Und durch diese Erkenntnisse hast du erkannt, dass Frauen ungerecht behandelt werden?«, frage ich mit hochgezogenen Brauen und linse dabei unauffällig in das Foyer. Aber auch dort kann ich keinen Benedict entdecken. Diese Ungewissheit macht mich ganz rasend. Wenn ich ihn nicht bald finde, vergesse ich womöglich noch alle Argumente, die ich mir zuletzt zurechtgelegt habe, um Benedict zu beeindrucken.

»Im Grunde genommen, schon«, sagt Edgar und führt mich auf den Balkon, den ich zuvor bereits von unten gesehen habe. Kühler Nachtwind umfängt uns, doch der Blick über das nächtliche London ist atemberaubend schön. Zum ersten Mal heute nehme ich Edgar richtig wahr, hier draußen muss ich Benedict nicht suchen.

Leicht belustigt sieht er mich an. »Also wenn du mich fragst, sollten alle Menschen gleich behandelt werden – ganz egal, welches Geschlecht man hat, wo man herkommt oder wie viel man verdient. Es gibt keinerlei logische Begründung für eine herrschende Gesellschaftsschicht.«

»Das ist eine interessante Erkenntnis für jemanden, der in diesem …« Ich lehne mich mit dem Rücken an das schmiedeeiserne Geländer und sehe durch die unterteilten Scheiben ins Innere des Hauses, wo der Kronleuchter im Licht der Kerzenflammen glitzert und die dicken orientalischen Teppiche auf dem Boden die Schritte dämpfen. »… für jemanden, der in diesem Prunk aufgewachsen ist.«

Edgar lehnt sich ebenfalls ans Geländer. »Ja, es geht uns sehr gut. Es hätte aber auch ganz anders kommen können, zumindest für mich.«

»Wie meinst du das?«

»Constance ist nicht meine leibliche Mutter. Sie hat mich lediglich in ihre Obhut genommen, nachdem meine Eltern verunglückt waren. Um ein Haar wäre ich im Waisenhaus aufgewachsen und müsste ebenfalls ums Überleben kämpfen. Ich habe ihr alles zu verdanken, daher erweise ich ihr gerne den einen oder anderen Gefallen und begleite sie zu den wissenschaftlichen Vorträgen oder ihre Mitstreiterinnen auf Veranstaltungen, wann auch immer sie eine männliche Begleitung benötigen.«

Jetzt verstehe ich, warum man ihn so oft mit anderen Frauen angetroffen hat. Es waren alles Personen aus dem Schaffenskreis seiner Mutter, die trotz ihrer politischen Gesinnung in unserer Gesellschaft auf männliche Begleitung angewiesen sind, wenn sie ein Restaurant, ein sportliches Ereignis oder einen Klub aufsuchen wollen.

»Das ist sehr nett von dir«, sage ich und er sieht mich so überrascht an, als hätte ich nie zuvor etwas Freundliches zu ihm gesagt. Als er die Gänsehaut auf meinen Armen bemerkt, schlägt er vor, wieder reinzugehen.

»Ein Raum fehlt noch«, erklärt er und angelt für mich ein Glas Champagner von einem Tablett, das fleißige Dienstboten durch die Räume tragen. Dann führt er mich durch eine zweite Flügeltür zurück ins Foyer und von dort in einen roten Salon, wo nicht nur die samtenen Vorhänge und Polster, sondern auch jegliche Vasen, Kandelaber und sogar die Blumen und Buchrücken rot sind.

Schlagartig bleibe ich stehen. Zwischen all den karfunkelroten Dingen habe ich *ihn* entdeckt. Benedict. Mein Gesicht wird vermutlich noch röter als die Tapete und ich kann dankbar für mein blaues Kleid sein, sonst würde ich vermutlich mit dem Rot des Salons verschmelzen wie ein Chamäleon.

Benedict sitzt überraschenderweise an einem gigantischen Flügel, der ausnahmsweise nicht rot ist, und entlockt ihm pfirsichweiche Töne. Sein Körper schwingt kaum merklich mit, ein dezentes Lächeln liegt auf seinen Lippen, und ihm ist anzusehen, dass er seine Tätigkeit genießt.

»Wusstest du, dass Benedict nicht nur ein sehr guter Eisläufer, sondern auch ein begnadeter Pianist ist?«, fragt Edgar und die bunten Muster auf seinem Kragen beginnen sich schlangenartig zu bewegen.

Oder ist es der Schwindel?

Oder der Schock?

Denn eines wird mir schlagartig klar.

Wenn Benedict hier ist, um Musik zu machen, muss er nicht zwangsläufig die Frauenrechtlerinnen unterstützen. Wahrscheinlicher ist, dass er seinem Freund einen Gefallen erweist, da bei einem derartigen Salon exquisite Musik erwartet wird. Folglich lag ich mit meiner Ursprungsvermutung vermutlich richtig und er ist ebenso traditionell eingestellt wie seine Familie.

In diesem Fall sollte er besser nicht mitbekommen, was ich in den vergangenen Wochen veranstaltet habe. Am besten sollte ich gehen. Wenn er hier spielt, kann ich ihn ohnehin nicht in eine längere Unterhaltung verwickeln, wie ich geplant habe. Jetzt geht es um Schadensbegrenzung. Fahrig blicke ich über die Schulter. Wo ist Julianna?

Wir müssen hier weg.

Sofort.

»Komm, da vorne ist meine Mutter«, sagt Edgar, und ich folge seinem Blick zu Constance Chevalier, die nicht weit entfernt vom Flügel steht. Ihre Marmorhaare trägt sie heute in einem French Twist und das auffällige Lavallière-Collier mit dem blauen Stein hängt wieder um ihren Hals.

Unter gar keinen Umständen kann ich da jetzt rübergehen. Bisher konnte ich behaupten, mehr oder weniger gezwungenermaßen hier gelandet zu sein, ganz wie Benedict selbst. Doch wenn er sieht, dass ich Constance Chevalier persönlich kenne, oder sogar einige Gesprächsfetzen aufschnappt, ist alles verloren.

»I… ich … äh … ich möchte sie lieber nicht stören«, stammle ich und klammere mich an mein Glas.

»Wir müssen ja nicht lange bleiben. Aber begrüßen solltest du die Gastgeberin schon, oder? Ich dachte, du möchtest sie unbedingt näher kennenlernen, oder warum wolltest du so dringend hierher?«

»Ja, natürlich will ich sie begrüßen«, stimme ich zu, denn die Höflichkeit lässt nichts anderes zu. »Aber das mache ich später. Jetzt … jetzt bin ich erst einmal fürchterlich durstig.«

Edgar sieht auf das halb volle Glas in meiner Hand. Verflucht!

»Ich … brauche etwas Stärkeres. Du weißt ja, normalerweise müssen wir Frauen uns beim Alkoholkonsum stets zurückhalten, alles andere schickt sich nicht. Aber hier …« Ich nicke in den Salon, wo Frauen nicht nur stark alkoholische Getränke in der Hand halten, sondern teilweise sogar rauchen – was in der Öffentlichkeit sonst nie gestattet ist.

»Ich mache dir nachher den stärksten Brandy, den du dir vorstellen kannst. Aber lass uns zunächst Hallo sagen. Mutter konnte kaum glauben, dass wir uns kennen.«

Er tritt entschieden in den Salon und mir bleibt nichts anderes übrig, als ihm zu folgen. Zu meinem Entsetzen und meiner Verwunderung entdeckt Benedict mich zwischen all den Menschen sofort und schenkt mir ein Lächeln, das warm, aber schmerzhaft durch meinen gesamten Körper streicht.

»Constance, du erinnerst dich an Madge?«, fragt Edgar, sobald wir die imposante Frau erreicht haben, und ich spüre seine Hand federleicht auf meiner Taille, was mir etwas unangenehm ist, da Benedict daraus falsche Schlüsse ziehen könnte. Mit Absicht positioniere ich mich so weit von Benedict entfernt, wie es nur möglich ist, damit er uns nicht hören kann.

»Aber natürlich!« Ihre Wangen werden schmal beim ü, das sie in die Länge zieht, und danach erscheint ein herzliches Lächeln in ihrem Gesicht, das ihre Augen noch heller macht. Sie wendet sich der Gruppe zu, mit der sie geredet hat. »Das ist die junge Frau, von der ich euch erzählt habe, die diesen kongenialen Coup vorgeschlagen hat, uns einfach selbst *Suffragetten* zu nennen.«

Sie spricht so laut, dass Benedict es unweigerlich hören kann, er sieht überrascht zu mir herüber, während die anerkennenden Blicke der anderen Umherstehenden sich scharf in mein Gewissen kerben. Du liebe Güte, Benedict muss nun denken, dass ich eine der größten Fürsprecherinnen der Suffragetten bin. Herrje, wie hatte ich mich nur in einen derartigen Schlamassel reiten können?

»Ach das … das war im Grunde gar nicht meine Idee«, stammle ich und mein Gesicht hat sicherlich wieder die Farbe des Salons angenommen. »Eine Freundin hatte diesen Einfall. Ich habe nur nachgeplappert, was sie gesagt hat.« Ich hoffe, dass ich durch diese Lüge das Etikett der überzeugten Frauenrechtlerin wieder loswerde.

Doch Constance Chevalier redet schon aufgeregt weiter. »Dann richten Sie Ihrer Freundin unseren besten Dank für diese hervorragende Anregung aus. Was ich aber mit Sicherheit sagen kann, denn ich habe es mit eigenen Augen gesehen …«, sie legt einen Arm um mich und schüttelt mich leicht, als müsse sie prüfen, dass ich keine Fata Morgana bin. »… neulich hat sie unsere Parolen an das Gebäude der Royal Society geschrieben – und wurde dafür sogar festgenommen.« Ehrfurchtsvolle Ohhs und Ahhs gehen durch die Gruppe. »Wir bräuchten mehr von diesen entschlossenen jungen Frauen, dann würden unsere Forderungen sicherlich schneller Gehör finden.«

»Nun ja«, beschwichtige ich schnell. »Ganz so war es nun ja wirklich nicht.«

»Ach, Sie meinen, weil die Polizei sich selbst damit ein Schnippchen geschlagen hat, da ihnen nicht bewusst war, dass es sich um abwaschbare Farbe handelte?«

Alle lachen vergnügt und ich würde am liebsten den Kopf unter meinen Händen verbergen.

»Um ehrlich zu sein …« Fast wäre es aus mir herausgeplatzt, dass ich keine Suffragette bin, aber Constance, Edgar und die anderen Gäste sehen mich so gespannt und erwartungsfroh an, dass ich es nicht über die Lippen bringe.

»Was wollten Sie sagen?«, erkundigt sich eine Dame im grünen Satinkleid, das perfekt auf ihre Augen abgestimmt ist.

»Um ehrlich zu sein, bin ich noch nicht ganz sicher, ob der zivile Ungehorsam der richtige Weg ist«, antworte ich wahrheitsgetreu, um die Situation zu retten. Wenn ich jetzt meine wahre Gesinnung gebeichtet hätte, hätte ich mich komplett lächerlich gemacht. Nun verlieren wir uns stattdessen in einer konstruktiven Debatte darüber, welche Mittel angebracht sind, um gewisse Rechte einzufordern. Julianna kommt ebenfalls hinzu, die Runde wird immer größer und bald ist jede erdenkliche Sitzmöglichkeit in Beschlag genommen.

Entgegen meiner Vermutung unterstützen hier nicht alle die radikalen Methoden. Trotz des gemeinsamen Ziels gehen die Meinungen weit auseinander, wenn es darum geht, mit welchen Mitteln man seine Forderungen durchsetzen sollte. Die Diskussion eröffnet viele interessante Blickwinkel, die ich früher nicht bedacht habe. Ich merke kaum, wie schnell die Zeit vergeht, und erst als es im Salon noch röter ist, da er sich merklich geleert hat, wird mir bewusst, wie spät es geworden ist. Zum Glück glauben meine Eltern, dass ich heute bei meiner zweitältesten Schwester, die gerade Nachwuchs bekommen hat, übernachten werde.

Plötzlich ist da nur noch ein kleiner Kreis an Menschen in der hinteren Ecke und die jähe Stille macht mir bewusst, dass Benedict aufgehört hat zu spielen. Er steht neben dem Flügel, massiert einen Finger nach dem anderen, die perfekte Gelegenheit, um zu ihm hinüberzugehen. Was ich jetzt auch tue.

Ich schlendere.

Ganz gemächlich.

Als sei das keine große Sache. Und als würde mein Herz nicht lauter durch London schallen als Big Ben.

»Du hast sehr schön gespielt«, sage ich aufrichtig.

»Danke. Es hat Spaß gemacht, mein letzter richtiger Auftritt vor meiner Grand Tour.«

Die Grand Tour. Der Name klingt mittlerweile wie ein Schimpfwort für mich. »Es …« Vielleicht ist es doch nicht so gut, dass Edgar mir wie versprochen einen Brandy in Höhe der Tower Bridge gebracht hat, denn nun sage ich etwas, das viel zu gewagt ist. »Es ist sehr schade, dass du uns schon so bald verlässt.«

Er sieht mich an. Lange.

Sehr lange.

Oder fließt die Zeit langsamer, da jedes Härchen auf mir gespannt auf eine Antwort lauert und ich den Atem angehalten habe?

Ganz allmählich kriecht dieses besondere Lächeln in Benedicts Gesicht. Erst ganz verhalten, dann sukzessive stärker.

»Es ist ja nicht für immer«, sagt er so sanft, dass ich das Gefühl habe, übers Eis zu gleiten. »Ich …« Er bricht ab. Ganz so, als müsste er mir etwas Bedeutendes sagen, was ihm nicht leicht über die Lippen geht. Ein Geständnis.

»Ja?« Ich lausche so gebannt, dass ich sogar durch die Fenster das Hufgeklapper einer einsamen Kutsche draußen höre.

»Ich wusste gar nicht, dass du auch so eine entschiedene Suffragette bist.«

»Aber das bin ich gar nicht«, rufe ich sofort atemlos. Endlich kann ich es richtigstellen.

»Nicht?«

»Nein, ich … bin da nur irgendwie hineingeschlittert. Aber eigentlich verachte ich die Suffragetten.«

Ein Windhauch in meinem Nacken und Benedicts Kopfbewegung sorgen dafür, dass ich herumschwenke. Im letzten Moment sehe ich Edgar davonstürmen. Er muss mich gehört haben.

Und offenbar war ihm nicht bewusst, dass ich eine ganz andere politische Gesinnung habe.

Kapitel 27

Julianna

Es ist alles wieder gut. Besser sogar, es ist perfekt. Leos letzter Brief war so lang wie seine ersten nach meinem Aufbruch und voller Beteuerungen, wie sehr er mich vermisse, bei gleichzeitigem Versichern, dass ich mir ruhig Zeit nehmen solle, um meine Mutter kennenzulernen, nun, da ich sie endlich gefunden hätte.

Ich kann selbst kaum glauben, dass ich ihr schon bald gegenüberstehen werde. Die Weihnachtstage, die ich abwarten musste, haben sich wie Honigfäden gezogen. Nun ist endlich der 27. Dezember herangekrochen, und ich kann die kleine Reise antreten, die vonnöten ist, um die Schule am See zu erreichen. Sie liegt in Epping, nördlich von London. Auf der Landkarte sieht es gar nicht so weit aus, aber da die U-Bahnen natürlich nicht so weit hinausfahren und wir auch ein Stück zu Fuß zurücklegen müssen, wird die Anreise vermutlich einige Stunden in Anspruch nehmen.

Zuerst fahren Madge und ich mit der District Line zum Bahnhof in der Liverpool Street. Es wäre großartig, wenn wir einfach bis zum dortigen Bahnhof durchfahren könnten, aber jede Subway gehört zu einem anderen Unternehmen, daher liegen die Bahnhöfe meist in einiger Entfernung und wir müssen für ein winziges Stück noch einmal umsteigen.

Ich bin froh, als wir endlich im Zug sitzen, auch wenn die Holzbänke sich hart ins Gesäß bohren, während der Zug über die Schienen rumpelt und nach jedem dritten Augenblinzeln anhält. Für Madge scheint das alles ein Abenteuer zu sein. Interessiert sieht sie sich in unserem Waggon um, wo Sitzbänke und Kofferablagen nur mehr ein Skelett sind, während die erste und zweite Klasse Abteile haben und mit üppigen Polstern ausgestattet sind. Die erste Klasse hat sogar Teppich und Vorhänge, und ich finde es jedes Mal wieder absurd, dass die Menschen dieser Schicht sogar dreißigmal komfortabler reisen, als ich wohne.

Madges Blick huscht zu einem Arbeiter mit Schiebermütze, der uns gegenübersitzt. Beziehungsweise liegt. Seine Beine sind weit von sich gestreckt, der Kopf nach hinten gekippt und er schnarcht. In der Hand noch der leer gegessene Henkelmann und eine feine Spur Speichel rinnt aus seinem Mundwinkel.

»Schichtdienst?«, flüstert sie mir so leise zu, dass nur ich es hören kann, und ich bestätige ihre Vermutung. Einige Arbeit macht einen so müde, dass man immer und überall schlafen kann, das habe ich auch schon erlebt.

Unsere Fahrt ist alles andere als angenehm, trotzdem kribbeln meine Hände vor Vorfreude, während ich die kleine Bronzefigur hin- und herdrehe. Madge fällt in ihrem eleganten Kleid auf wie ein Paradiesvogel, aber ich bin froh, sie an meiner Seite zu haben. Am liebsten hätte ich all meine Freunde dabeigehabt: Leo natürlich und Nikolett, Mimi, Fanny und selbst der Piefke sollten hier sein und Max müsste freudig mit seinem klirrenden Halsband um uns herumspringen. All dies gebührte meinem ganz besonderen Tag.

»Denkst du, Edgar möchte nun doch nicht mehr mit dir antreten?«, frage ich Madge, nachdem sie erzählt hat, was bei dem Weihnachtssalon vorgefallen ist.

»Ich bin mir nicht sicher, er wirkte wirklich zornig. Na ja, immerhin muss ich Rufus dann morgen nicht mehr beichten, dass ich doch nicht mit ihm antrete. Davor hat es mir bereits gegraut.«

»Das sagst du so leichtfertig?« Fast hätte ich aufgelacht. Ich wollte es vorher nie direkt sagen, aber nachdem Rufus sich auch nach all den Übungsstunden noch nicht wesentlich verbessert hat, sehe ich rot für den Plan, das Geld auf der Weltmeisterschaft wieder reinzuholen.

»Mit Edgar hättest du eine echte Chance. Er ist wirklich gut«, gebe ich zu bedenken. Das ist mir schon aufgefallen, als er zum Training dabei war, ich habe es nur nicht gewagt, es anzusprechen, da ich weiß, dass Madge lieber Pfützen in Whitechapel leer trinken würde, als mit Edgar anzutreten. Doch nun, da das Arrangement gemacht wurde, sollte sie es sich nicht ganz so leicht entgehen lassen.

»Hach, dieses blöde Geld! Wenn das nicht wäre, könnte ich einfach alles so weiterlaufen lassen wie bisher. Der Auftritt mit Rufus wird natürlich etwas unangenehm, auf dem Niveau, auf dem wir uns befinden, aber darum geht es ja auch nicht.«

Ich setze mich so ruckartig auf, dass der schlafende Mann gegenüber zusammenzuckt und einen lauten Schnarcher von sich gibt. Ich senke meine Stimme, aber meine völlige Irritation kommt dennoch durch. »Worum geht es denn, wenn nicht ums Gewinnen?«

»Nun ja«, Madge wirkt nicht weniger irritiert als ich. »Wenn das Geld nicht wäre, würde ich nur zur Weltmeisterschaft wollen, um Benedict näherzukommen.«

»Wie bitte?« Meine Stimme quiekt so laut, dass der erschöpfte Schichtarbeiter aus dem Schlaf aufschreckt und mehrmals blinzelt. Mit einem schlechten Gewissen senke ich meine Stimme wieder. »Du trainierst so hart und willst es gar nicht für dich, sondern für diesen … diesen Kerl?«

Madge verschränkt die Arme. »Er ist nicht einfach nur ein Kerl. Er ist alles für mich. Und die Weltmeisterschaft ist nun mal meine allerletzte Gelegenheit, in seinem Gedächtnis zu bleiben.«

»Aber wenn du schon antrittst, warum dann nicht auch ein Zeichen setzen? Du könntest denen da draußen beweisen, dass auch Frauen gut eislaufen können.«

»Du vergisst wohl, dass ich keine echte Suffragette bin.«

»Und du vergisst wohl, dass man nicht sein gesamtes Leben nach Männern ausrichten sollte.«

Eine Weile starren wir beide stur geradeaus, lauschen dem Rattern des Zuges und den gedämpften Gesprächen um uns herum. Ich mag Madge wirklich gerne, aber diese traditionelle Einstellung würde ich am liebsten aus ihrem Kopf herausreißen und mehrfach zu Boden stampfen.

Warum sieht sie es nicht?

Generell verstehe ich diese gesamten Gepflogenheiten der gehobenen Schicht nicht. Nikolett aus Wien hat mir erklärt, dass die Männer den Frauen stets ihren Respekt zollen müssen. Deswegen erheben sie sich, wenn Frauen den Raum betreten, sammeln ihnen Sachen vom Boden auf und geleiten sie beim Spazierengehen. Aber wo ist diese Ehrerbietung beim Sport? Warum gibt es bei der Weltmeisterschaft kein galantes »Bitte nach Ihnen«? Dort dürfen Frauen nicht antreten.

Und nun kann Madge immerhin in der Paardisziplin teilnehmen und sieht es ausschließlich als Gelegenheit, um in Benedicts Nähe zu sein.

Vorsichtig werfe ich ihr einen Seitenblick zu.

Ihre Lippen sind zusammengepresst und vor dem zusammenfließenden Grün der vorüberziehenden Landschaft wirkt sie blass. Vielleicht, weil wir bereits um vier Uhr aufgestanden sind. Sie hat heute eine weitere Ausrede erfunden, um mich zu begleiten. Ständig lügt sie für mich, glättet nahezu jeden Abend mit mir das Eis und hilft mir sogar, das Geld für das Umkleidezimmer wieder zusammenzubekommen.

»Es tut mir leid«, murmle ich leise.

Sie betrachtet mich einen Moment und zieht mich in eine spontane Umarmung. »Mir auch«, wispert sie. »Lass uns an deinem großen Tag nicht streiten.«

»Aber versprichst du mir, noch einmal mit Edgar zu reden?«

Sie atmet tief ein, nickt dann aber tapfer. »Das muss ich ohnehin, wenn wir wegen der kaputten Sachen nicht ins Gefängnis kommen wollen. Mir ist bewusst, dass es mit Rufus nicht gelingen wird.«

Der Zug wird langsamer und ruckelt mehrmals, bevor er zum Halten kommt. Während ich zuvor alle Bahnhofsschilder vergebens gelesen habe, die mir in der schnörkellosen Schrift ihren Namen entgegenschrien, wirken die großen schwarzen Buchstaben, die an einem Schild auf zwei Pfosten neben dem Bahnhofsgebäude prangen, diesmal irgendwie festlich. Epping, verkünden sie stolz und machen mich gleich noch nervöser.

»Wir sind da«, sage ich überflüssigerweise, Madge hat genauso gebannt wie ich an jedem Bahnhof der letzten Viertelstunde die Namen studiert und geflucht, wenn der Zug so ungünstig zum Halten gekommen ist, dass man das Schild nicht lesen konnte.

Gemeinsam mit einer Handvoll Menschen steigen wir aus und ich sehe mich neugierig um, hier ist es ganz anders als im trubeligen London. Neben dem schlichten Bahnhofsgebäude, dessen Dach weit über den Bahnsteig reicht, gibt es nur fünf, sechs weitere Häuser, die in großen Abständen auf der anderen Seite des Gleises stehen.

Den Rest des Weges werden wir zu Fuß zurücklegen müssen. Madge hat die Adresse der Schule am See nachgeschlagen, und wir haben gesehen, dass sie sicherlich gute fünf Meilen vom Bahnhof hier in Epping entfernt liegt, am Rande eines großen Waldes. Sie zieht die Landkarte ihres Vaters, der viel auf Reisen ist, aus ihrer Henkeltasche und gemeinsam orientieren wir uns und schlagen dann die kleine Straße in Richtung des Waldes ein.

Wir laufen zügig, während uns winzige Schneeflocken, kaum größer als Stecknadelköpfe, umschwirren. So gelangen wir schneller an unser Ziel und ich friere in meinem zu dünnen Mantel nicht zu sehr. Madge hat sich schon oft entschuldigt, dass sie mir keinen Mantel aus ihrer Familie geben kann, aber bei all ihren Geschwistern werden die Kleidungsstücke natürlich jeweils an die nächstkleinere Person weitergegeben.

Die Strickjacke, die sie mir vor Kurzem aufgeschwatzt hat, hilft jedoch auch ein wenig.

Zwischendurch machen wir kurze Sprints, um die Beine zu trainieren, laufen auf Zehenspitzen für die Kräftigung der Waden und sogar die ein oder andere Kniebeuge bauen wir ein. Jackson hat mir erzählt, dass er das stets auf seinen Reisen macht, wenn er nicht aufs Eis kann, und ich finde die Idee hervorragend, auch solche Zeiten für das Training zu nutzen. Nur kommen uns gerade zwei Spaziergänger in feinster Sonntagsmontur mit poliertem Spazierstock und glänzendem Zylinder entgegen, die wir in unserem Eifer nicht bemerkt haben, da die Straßen ansonsten menschenleer sind.

Madge hakt sich kichernd bei mir unter, sobald sie außer Hörweite sind. »Herrje, wir müssen ein ziemlich ulkiges Bild abgegeben haben, wie wir erst auf Zehenspitzen spaziert sind und dann für die Kniebeugen haltgemacht haben.«

»Solange sie unsere Katzensprünge nicht mitbekommen haben, ist alles gut«, antworte ich lachend.

Und Madge schlägt die Hand vor den Mund. »Oh nein, du meinst, sie konnten uns schon so lange sehen?«

Ich antworte nicht.

Bleibe stattdessen stehen, deute stumm auf das einfache Schild mit der Beschriftung *»Schule am See«*, das wir in der Ausgelassenheit fast übersehen hätten.

Ich taste nach Madge, spüre den Druck ihrer Hand. »Da ist es«, hauche ich und spüre mein Herz in doppelter Geschwindigkeit in meiner Brust schlagen. Würde ich in Kürze nun wahrhaftig meiner Mutter gegenüberstehen?

Mit wackeligen Beinen folgen wir einem Weg aus Steinen, der uns auf ein kleines Haus zuführt. Madge nickt mir aufmunternd zu und ich klopfe mit leicht zitternder Hand an die dunkelgrüne Tür.

Wir warten.

Nichts.

Als zehn weitere Atemzüge einzig mein Herzschlag zu hören ist und es im Haus still bleibt, klopfe ich abermals, diesmal lauter.

Wieder öffnet uns keiner.

So schnell werde ich aber nicht aufgeben. Wir folgen einem schmalen Pfad, der um das Haus herumführt. Hier stehen hohe Bäume, dazwischen ein alter Schuppen, neben dem sich das Feuerholz stapelt. Sonst nichts. Ich lasse die Schultern sinken.

Madge hingegen hat ihre Stirn gekräuselt und läuft drei Schritte am Schuppen vorbei. Sie wirkt ein wenig wie Max, wenn er Witterung aufgenommen hat, es fehlt nur noch, dass sie ihre Ohren in verschiedene Richtungen spitzt.

»Was hast du?«, frage ich belustigt und sie hebt einen Finger, lehnt sich näher zu den hohen Bäumen.

Und dann höre ich es auch.

Stimmen. Aus der Ferne dringen eindeutig Stimmen zu uns. Begeistert sehen wir uns an und folgen dem kaum sichtbaren Pfad durch die Bäume, der wegen des gefrorenen Waldbodens überraschend hart ist und leise unter unserem Gewicht ächzt.

Wenig später glitzert der vertraute Anblick einer Eisfläche in der Sonne. Ein riesiger See tut sich vor uns auf, mit einer bewachsenen kleinen Rundinsel in der Mitte. Drei Fahrer gleiten über das Eis, kreisen im traditionellen englischen Stil um eine Person in der Mitte. Es ist eine zierliche Frau, die die Anweisungen gibt, sehe ich, als wir näher kommen. Als sie sich zu uns herumdreht, fühlt es sich an, als wäre ich mit voller Wucht auf den Rücken gefallen. Ich kann nicht mehr atmen.

Es ist ganz anders als damals, als ich die falsche Angelina zum ersten Mal gesehen habe und mich zwingen musste, sie mir als Mutter vorzustellen.

Bei dieser Angelina weiß ich es sofort.

Sie ist es.

Ich spüre es einfach.

An meinem Herzschlag, der aus dem Takt gerät.

An der Art, wie sie mich ansieht.

In der Luft zwischen uns, in der nichts als Gewissheit liegt.

Sie ist ebenso zierlich wie ich, und ihre Gesichtszüge und die Haare legen die Vermutung nahe, dass sie japanischer Abstammung ist. Ich meine sogar, in ihren Bewegungen eine gewisse Ähnlichkeit zu entdecken – allerdings sehe ich meine Bewegungen selten von außen.

Doch als sie nun mit einem entschlossenen Schwung zu uns herüberfährt und schon von Weitem ruft: »Was habt ihr hier zu suchen?«, muss ich fast grinsen. Ganz ähnlich habe ich auf Nikolett reagiert, als sie am kleinen See in Wien zum ersten Mal zu uns gestoßen ist. Niemals hätte ich vermutet, dass meine eigene Mutter auf einem See in der Nähe von London Unterricht gibt, während ich auf einem See in Wien trainiert habe.

Sie kommt immer näher und ich sauge jede ihrer Bewegungen und Regungen in mich auf. So viel habe ich von ihr verpasst, nun will ich ihr Bild nie wieder vergessen.

»Was ihr hier zu suchen habt, habe ich gefragt«, wiederholt sie. »Ich nehme keine weiteren Schülerinnen auf.«

Madges Blick macht mir klar, dass es Zeit für eine Antwort ist.

»Äh, nein. Wir sind aus einem ganz anderen Grund hier.«

»Und der wäre?«

»Das … ist eine etwas längere Geschichte. Könnten wir das vielleicht irgendwo in Ruhe besprechen?«

Ich merke, wie ihre Miene sich verschließt.

»Nach dem Training«, schiebe ich daher rasch hinterher. Wenn wir uns wirklich so ähnlich sind, wie ich vermute, steht das Eislaufen bei ihr stets an erster Stelle.

Und sie kann ja nicht ahnen, dass ich ihre Tochter bin.

»Wir werden heute bis zum Einbruch der Dunkelheit auf dem Eis sein.«

Verflucht. Wir haben gut vier Stunden für die Anreise benötigt und Madge muss um sechs zu Hause sein. Momentan wird es gegen vier Uhr dunkel, das wäre also viel zu spät.

»Und wann machen Sie Pause?«, frage ich hoffnungsvoll.

»Gar nicht«, blafft sie mich an. Aber dann lenkt sie doch ein. »Um die Mittagszeit eine Stunde, aber da erledige ich Papierkram. Gewiss habe ich da keine Zeit für religiöse Missionarinnen. Geld zum Spenden habe ich auch keines übrig, ich habe in den letzten Tagen keine entlaufenen Hunde oder Katzen gesehen und beim nächsten Gemeinschaftsfest des Dorfes möchte ich wieder nicht teilnehmen.«

Unsicher sehe ich zu Madge, die wohl auch nicht weiß, wie sie mit der Situation umgehen soll. Unzählige Male habe ich mir das Aufeinandertreffen mit meiner Mutter ausgemalt. So ist es nie abgelaufen.

Irgendwie ist sie immer eine sehr herzliche, wohlwollende Person gewesen.

Ich brauche ja auch ein wenig, um mit Fremden warm zu werden, und wer in jungen Jahren gezwungen war, sein Kind an ein Waisenhaus zu geben, hatte gewiss kein leichtes Leben.

All das rufe ich mir in Erinnerung.

Trotzdem wird es hinter meinen Augen heiß. Ausgerechnet jetzt!

Ich weine so gut wie nie, aber jetzt, wo ich mich von meiner besten Seite zeigen möchte, kehrt sich die weiche Seite von mir, die ich sonst so gut verborgen halte, nach außen?

»Das … das ist es alles nicht, warum wir hier sind«, sage ich, um einen neutralen Tonfall bemüht.

»Was dann? Wie gesagt, ich habe nicht viel Zeit.«

»Nun ja, es ist wirklich kein Thema, das man hier quasi zwischen Tür und Angel …«, ich sehe mich hilflos um, als mir bewusst wird, dass dieser Vergleich hier draußen nicht gut funktioniert. »… oder eher gesagt, zwischen Schilf und Gras …«, stammle ich und komme mir reichlich dämlich vor, da der neue Vergleich ebenfalls hinkt und völlig unnötig ist, aber so habe ich das alles nicht geplant. »Es ist einfach nichts, was man auf die Schnelle besprechen könnte«, sage ich schließlich und Madge nickt bekräftigend.

»Zu schade«, sagt meine Mutter mit einem falschen Lächeln und spricht nun überdeutlich und so langsam, als seien wir außerordentlich schwer von Begriff. »Wie gesagt, habe ich schlicht und einfach keine Zeit.« Und mit den Worten stößt sie sich auf ihren Kufen ab. Fährt davon.

»Warte!«, rufe ich in Panik hinterher. Vielleicht ist es die Alarmiertheit in meiner Stimme, die sie tatsächlich innehalten lässt. Sie kommt zurück, sieht mit hochgezogenen Augenbrauen von mir zu Madge und wieder zurück.

»Du bist meine Mutter«, falle ich nun mit der Tür ins Haus. Zur Hölle mit der sanften Hinführung zum Thema, um sie nicht zu überrumpeln. Bevor sie wieder weg wäre, muss sie es wissen. Alles Weitere kann danach ausdiskutiert werden, an seinen rechten Platz fallen.

Sie schüttelt sich leicht. »Wie … w… wie bitte?«

»Du bist meine Mutter«, wiederhole ich sanft. »Ich bin aus dem Waisenhaus in Wien, wo du mich abgegeben hast. Mein ganzes Leben habe ich nach dir gesucht. Alles, was ich wusste, war, dass du eine berühmte Eisläuferin bist, weil ich einen Zeitungsartikel von dir gesehen habe, aber ich wusste nicht, wo ich mit der Suche anfangen sollte – bis ein Freund mir gesagt hat, dass er dich in London gesehen hat. Seit einem Jahr durchkämme ich nun schon die Stadt auf der Suche, bis der neue Eisengel uns von dieser Schule berichtet hat.« Kurz sehe ich zu Madge, die lächelt.

Meine Mutter starrt mich ungläubig an, also plappere ich weiter. Sie soll so viel wie möglich von mir wissen, soll mich liebenswert finden.

»Ich selbst fahre übrigens auch.«

»Und das verdammt gut, die Beste, die ich je gesehen habe!«, bekräftigt Madge. »Julianna hat in Wien einen gänzlich neuen Stil gelernt. Sie trainiert mich und meinen Partner für die Weltmeisterschaft nächstes Jahr in Sankt Petersburg.«

Madge legt einen Arm um mich und es fühlt sich an, als würde mein Herz ein gutes Stück größer werden, da sie es so hinstellt, als wäre ich eine begnadete Eisläuferin. Ich bin ihr so dankbar, dass sie mir hilft, die Gunst meiner Mutter zu erwerben.

Doch die schüttelt nun langsam den Kopf, wird immer schneller dabei. »Ich bin nicht deine Mutter«, sagt sie kühl, was absurd ist, denn ihre Worte fühlen sich an, als würde das Eis unter meinen Füßen wegbrechen.

Mit bebenden Fingern ziehe ich die Bronzefigur aus meiner Tasche. »Die hast du damals mit mir abgegeben. Ich glaube, sie stammt aus einer Spieluhr.« Es ist üblich, dass die Mütter ihren Kindern etwas beilegen, um sie später zu sich holen zu können. Wenn die Zeiten wieder besser sind.

Angelina starrt die Figur an. Ganze zehn Sekunden bleibt es still.

»Ich bin nicht deine Mutter«, wiederholt sie dann dennoch.

»Doch!«, wiederhole ich kraftlos, denn ich bin ganz sicher. Sie mag die Bronzefigur vergessen haben, aber sie ist die Frau aus dem Zeitungsausschnitt. Die Frau, der ich in meinen Träumen und Gedanken all mein Leid geklagt habe. Die Frau, die ganz sicher nur wegen widrigster Umstände nicht bei mir sein konnte.

»Nein.« Sie verzieht ihr Gesicht, als sei das vollkommen abwegig. »Ich werde ja wohl noch wissen, ob ich ein Kind zur Welt gebracht habe.«

»A… aber …« Meine Worte versinken wie Wasser im Schnee, als ich sie genau mustere und endlich begreife.

Ich will nicht verstehen, dabei ist es so offensichtlich.

Ich habe nicht nur meine Mutter gefunden, ich habe nun auch die Antwort. Die Antwort auf die immerwährende Frage, die mich über die Jahre begleitet hat wie das Ticken der Zeit: *›Warum hat meine Mutter mich zurückgelassen?‹*

Und die Antwort ist die fürchterlichste aller Versionen, die ich mir über die Jahre ausgemalt habe.

Meine Mutter hat mich zurückgelassen, weil sie mich nicht will.

Damals nicht als hilflosen Säugling. Als Kleinkind nicht. Als Halbwüchsige nicht.

Und auch heute nicht. Sie will mich einfach nicht.

Kapitel 28

Madge

Julianna weinen zu sehen, war eines der fürchterlichsten Dinge, die ich je ertragen musste. In den Wochen seit unserem Kennenlernen musste sie sich oft durchschlagen, ohne zu wissen, wie sie das Geld für die nächste Mahlzeit zusammenbekommen soll, unseriöse Angebote ausschlagen, und am Tag des Röntgen-Vortrags sind wir vor der Polizei geflohen. Nichts konnte sie aus der Fassung bringen, sie hat immer einen kühlen Kopf bewahrt. Doch auf der Rückfahrt von der Schule am See liefen ihr stille Tränen über die Wangen. Ohne viel Aufhebens, aber so beharrlich wie bei schmelzenden Eiszapfen in der Sonne. Und ich habe einfach nur danebengesessen. Mir blieb nichts, als meine Hand auf ihre leicht bebende Schulter zu legen und sie ohne Worte wissen zu lassen, dass ich für sie da war.

Was hätte ich sagen sollen?

›*Kopf hoch, das wird schon wieder*‹?

Nachdem ihre Mutter sie verleugnet hat? Nachdem Julianna ihr kostbarstes und nahezu einziges Gut, die abgegriffene Bronzefigur, vor den See in den Schnee gelegt hat und wir wortlos gegangen sind? Ich weiß selbst, dass es Ereignisse im Leben gibt, wo kein einziger Satz und keine Berührung den

Schmerz lindern können. Wie gerne hätte ich ihr eine Zauberformel ins Ohr geflüstert, die ihren Schmerz hätte verschwinden lassen. Damit alles wieder gut wäre. Oder zumindest wie vorher?

Was ist leichter: Nicht zu wissen, wo die Mutter ist, oder zu wissen, wo sie sich aufhält, sie einen allerdings nicht will? Die Ungewissheit oder die schmerzhafte Wahrheit? Beides sind gleichermaßen entsetzliche Vorstellungen, und mir blieb nichts, als an ihrer Seite dem Rattern des Zuges zu lauschen und zu beobachten, wie die Lichter draußen sich häuften, als wir uns London näherten.

Schließlich hat Julianna mit beiden Händen die Tränen aus dem Gesicht gewischt und mich streng angesehen. »Du regelst das mit Edgar?«

Ich konnte kaum glauben, dass sie selbst in solch einer schweren Stunde an die Weltmeisterschaft dachte. Andererseits ist sie natürlich auf das Geld für ihre Rückreise angewiesen.

Und nun gibt es nichts mehr, was sie hier in London noch hält.

Allein ihretwegen schon muss ich auf der Weltmeisterschaft alles geben. Das rufe ich mir jetzt ins Gedächtnis, während unsere Eislaufgruppe den Hyde Park durchquert. In der Ferne quaken Enten, alle anderen Geräusche scheinen gedämpft zu sein, wie immer, wenn eine Schneeschicht Bäume, Rasen und Bänke überzieht. Wir wollen zur Serpentine, dem künstlich angelegten See am südlichen Ende des Parks, laufen. Prince's ist heute wegen Wartungsarbeiten geschlossen und wir alle wollen den Tag nutzen, um auf dem großen See ein Langstreckentraining zu absolvieren. Zum

Glück war es die letzten Wochen kalt genug, sodass er gefroren ist.

Edgar läuft mit zügigen Schritten voran, während die anderen jungen Männer sehr viel länger brauchen. Immer wieder klauben sie frischen Schnee von Bänken und Pfeilern, um sich damit zu bewerfen.

Edgar beteiligt sich nicht daran. Ja, Edgar, der keine Blödelei auslässt, hält sich tatsächlich zurück. Das kann nur eines bedeuten: Ich bin in ernsthaften Schwierigkeiten. Seit dem Weihnachtssalon haben wir nicht miteinander gesprochen. Am besten bringe ich es so schnell wie möglich hinter mich, ich muss ihn überzeugen, trotz allem mit mir anzutreten. Ich werfe Henry und Helen, die Bescheid wissen, einen entschuldigenden Blick zu und schließe mit großen Schritten zu Edgar auf.

»Hattest du schöne Weihnachtstage?«, beginne ich das Gespräch, dankbar für das einfache Konversationsthema, das das große Fest stets bietet.

»Hmmm«, antwortet er nichtssagend. Kein flapsiger Spruch oder zumindest die Andeutung von etwas Lustigem. Und auch keine Gegenfrage.

»Danke auch noch einmal. Für deine Einladung. Zum Salon.« Am liebsten hätte ich mich gedrückt, aber ich weiß, dass ich das schmerzhafte Thema anschneiden muss.

Er sieht mich nicht an. Seite an Seite schreiten wir durch den weiß gezauberten Hyde Park, die Schneeschicht knirscht unter unseren Schuhen, in der Ferne hört man Rufus und die anderen grölen, die die Wege mittlerweile verlassen haben und über die schneebedeckte Rasenfläche hetzen.

»Gern geschehen. Für jemanden, der alles für diese Einladung opfert, schleuse ich doch sehr gerne eine Antisuffragette in den bedeutendsten Salon der Suffragistinnen ein, den obendrein zufällig meine Mutter organisiert hat.«

»I… ich …«, beginne ich, halte aber inne. Ich weiß nicht, was ich sagen soll. Schon wieder. Aber wenn er es so formuliert, klingt es wirklich, als sei ich ein erbärmlicher Mensch. »Es tut mir leid, dass ich dich in einem falschen Glauben über meine Gesinnung gelassen habe.«

Er schüttelt den Kopf. »Ich verstehe es nur nicht. Wie kannst du die Unterdrückung der Frau gutheißen?«

»Was heißt hier Unterdrückung? Wir werden doch nicht unterdrückt, wir haben nur andere Rechte. Aber wir haben ja auch andere Aufgaben, von daher passt es für mich. Es funktioniert doch, wie es ist. Meine Mutter zum Beispiel hat sich an der Seite meines Vaters nie unterdrückt gefühlt.«

Wir passieren nun den Speakers' Corner und wie um mich zu verhöhnen, dröhnen die Worte einer Suffragette, die dort auf einem kleinen Podest steht, zu uns herüber. *»… fordern unser gutes Recht auf die Stimme! Für alle Frauen sollte …«* Es ist Dorothy, erkenne ich, als wir näher kommen. Das rote Haar ist perfekt hochgesteckt und sie lässt ein violett-weiß-grünes Tuch im Wind wehen. Sie lächelt mir zu, als wir vorübergehen. Ich erwidere es, sehe dann aber beschämt zu Boden, komme mir vor wie eine Verräterin.

Edgar hat die Szene irritiert beobachtet, zieht seine Stirn kraus und nimmt zornig den Faden unserer Unterhaltung wieder auf. »Und du findest es kein bisschen fragwürdig, dass das Wohlbefinden einer Frau davon abhängt, den richtigen Mann an ihrer Seite zu haben, wenn wir dein Beispiel aufgreifen? Was ist mit den Frauen, die nie heiraten?«

»Ich gebe zu, dass es einige Bereiche gibt, die verbesserungswürdig sind. Aber dazu braucht man nicht gleich das Wahlrecht, das könnte man auch anders erreichen«, fauche ich schwer atmend zurück.

Wir bleiben stehen. Ich sehe den Zorn in seinen Augen und jeder einzelnen seiner kleinen Bewegungen. Er will noch etwas sagen, scheint innere Schmerzen zu erleiden, ballt die Hände zu Fäusten, beißt die Zähne zusammen und bleibt dann doch stumm.

Mir geht es ähnlich.

Er macht mich so unglaublich wütend! Was glaubt er, wer er ist, um mich zu verurteilen? Viele andere Frauen, ja die Mehrheit sogar, heißen die derzeitige Gesellschaftsordnung gut. Warum behandelt er mich wie eine Schwerverbrecherin, nur weil ich ebenfalls möchte, dass es so bleibt, wie es ist? Es ist so heuchlerisch, dass er mich verurteilt, immerhin ist er als Mann von alledem nicht einmal betroffen.

Instinktiv weiß ich, dass es mit uns auf dem Eis ohnehin nicht klappen würde. Er mag tausendmal besser sein als Rufus, aber unsere gegenseitige Abneigung ist so groß, dass man sie vermutlich in jedem einzelnen unserer Schritte sehen würde. Vielleicht ist es doch nicht so schlimm, dass er nun nicht mehr mit mir antreten will – auch wenn Julianna toben wird. Aber darüber sprechen müssen wir noch, immerhin habe ich ihm mein Wort gegeben.

»Ich nehme an, du willst nun nicht mehr mit mir antreten in Sankt Petersburg?«, schleudere ich ihm entgegen, nur um es endlich aus der Welt zu haben und Julianna nicht anlügen zu müssen.

Seine Augenbrauen ziehen sich zusammen, und er wirkt,

als wäre es eine völlig absurde Frage. Für ihn ist es vermutlich selbstverständlich, dass wir nicht mehr zusammen antreten. Hitzige Wut wallt vom Bauch bis in meine Fingerspitzen, weil er es als lächerlich dastehen lässt, dass ich es dennoch anspreche. Aber nachdem wir es zuvor abgemacht haben, müssen wir doch zumindest noch einmal ein Wort darüber verlieren! Das ist nur erwachsen. Man kann es doch nicht so sang- und klanglos im Sande verlaufen lassen. Wie damals, nachdem er mich aufgegabelt hatte. Darüber haben wir auch nie wieder gesprochen und es hat stets wie eine unsichtbare Wand zwischen uns gestanden.

»Natürlich will ich noch mit dir antreten«, sagt er dann jedoch und tritt einen Schritt nach hinten, mustert mich von dort irritiert.

Jetzt bin ich verblüfft.

Wieso verhält er sich, als sei es selbstverständlich, dass wir weiterhin gemeinsam antreten? Dass wir uns nicht mögen, wäre noch untertrieben. Wir können kaum eine Unterhaltung führen, ohne uns gegenseitig an die Gurgel zu wollen. Und das ist noch nicht alles, was uns trennt. »Äh … Verträgt sich das denn mit deiner politischen Gesinnung?«, frage ich ihn zu erstaunt, um weiterhin wütend zu sein.

Er zuckt die Schultern.

»Du … willst dennoch mit mir tanzen?«, stelle ich klar, denn ich bin wirklich nicht sicher, ob hier vielleicht ein gigantisches Missverständnis vorliegt.

»Natürlich.« Die anderen haben uns inzwischen weit zurückgelassen, sie sind nur noch als kleine Streifen in der Ferne zu sehen, wo sie bereits auf dem See ihre Runden drehen. Edgar setzt sich nun langsam wieder in Bewegung.

»Aber du bist deswegen so sauer auf mich. Warum tanzt du dann mit mir?«

»Ich will gewinnen«, erklärt er. »Als ich gesehen habe, wie du in diesem neuen Stil fährst …« Er schüttelt den Kopf und nimmt sich Zeit, die Worte zu finden. »Das war herausragend! Ich habe nie etwas Vergleichbares gesehen.«

Ich muss wieder stehen bleiben, um darüber nachzudenken.

Er tut es mir gleich und fixiert mich aus seinen hellgrünen Augen.

»Und man kann für die Gleichberechtigung sein und trotzdem sportlichen Ehrgeiz zeigen und gewinnen wollen«, erklärt er kurzerhand und geht schließlich ebenfalls davon.

Ich bin froh, wenig später die vertrauten Kufen unter meinen Füßen und die wohlige Kälte des Eises zu spüren. Das Eislaufen hat immer eine beruhigende Wirkung auf mich, nicht nur wegen der Kälte, auch weil es meine volle Konzentration erfordert und ich die Welt um mich herum vergesse, wenn ich meine Figuren fahre. Nur hier draußen darf ich nicht zu viel des neuen Stils zeigen, nicht dass jemand so kurz vor der Weltmeisterschaft Teile unserer Choreografie stiehlt, das wäre eine Katastrophe. Daher gebe ich mich nach dem Training von Helen und Henry ganz der Geschwindigkeit hin. Auf dem See kann man aufgrund der Größe so richtig, richtig schnell werden, und mit dem frischen Wind im Gesicht, der meine Haare zurückdrückt, und dem Rauschen in den Ohren kann ich tatsächlich für eine Weile die Sorgen zurücklassen.

Doch kaum ziehe ich die Schlittschuhe aus, spuken sämtliche Kalamitäten und Nöte wieder durch meinen Kopf. Die Sorge um das Geld, das ich so dringend gewinnen muss. Kann es gelingen, wenn ich meinen Partner am liebsten nicht einmal berühren würde? Und wie soll ich es morgen Rufus beibringen? Es kommt mir vor, als würde ich planen, sein Herz herauszureißen und darauf herumzutrampeln. Und dann ist da auch noch Julianna – wie kann ich ihr Leid nur lindern? Nicht zu vergessen mein Kummer wegen Benedicts baldiger Abreise.

Wir machen uns auf den Rückweg, und wie so oft fliegt mein Blick zu ihm, der einige Meter vor mir läuft, daher kann ich gefahrlos beobachten, wie die Wellen seiner seidigen Haare bei jedem Schritt gegen den breiten Mantelkragen wippen.

»Du hast das alles für ihn gemacht, oder?«

Ich zucke zusammen, wo kommt Edgar plötzlich her? Ich hatte ihn beinahe vergessen. Seit wir auf dem Eis sind, haben wir eine Art stummen Waffenstillstand.

Sein Blick flackert nun ebenfalls zu Benedicts hochgewachsener Statur. »Für Benedict, nicht wahr? Ich habe noch viel darüber nachgedacht und es ist die einzige logische Erklärung.«

Ich nestle an meinem großen Handmuff, um Edgar nicht in die Augen zu sehen, spüre die Hitze von beiden Ohren bis unter meinen Pompadour kriechen. Die Wahrheit ist überaus unangenehm, ich streite sie jedoch nicht ab. Es zu leugnen hat ohnehin keinen Sinn. Außerdem kennt Edgar ein viel dunkleres Geheimnis von mir.

»Möglicherweise«, murmle ich und lockere das Tuch um meinen Hals.

»Aber wozu der Aufwand, Madge?« Edgar seufzt lauthals

und verständnislos, lässt den Kopf tief in den Nacken fallen, krallt sich scheinbar in die Luft und betrachtet die hauchdünnen Wolken, die hoch über uns den Himmel entlangziehen. Dann schnappt sein Kopf wieder nach vorne. »Ihr seht euch doch fast jeden Tag auf der Eisbahn …«

»Aber da kann ich doch nicht in Ruhe mit ihm sprechen! Unter den Augen des Aufsehers und wenn jeder auf sein Training konzentriert ist, geht das einfach nicht. Ich wollte ihn gerne in einem informelleren Rahmen treffen, wo man sich gepflegt unterhalten kann.«

Er schüttelt ungläubig den Kopf.

Gewiss, Edgar hat immer Mittel und Wege gefunden, um mit uns zu reden und herumzualbern, aber Benedict ist nun mal anders. Er ist kein Draufgänger, der auf dem Tisch tanzt, sobald der Aufseher die Halle verlässt. Er ist höflich und legt großen Wert auf Manieren, das schätze ich sehr.

»Ist dir eigentlich jemals in den Sinn gekommen …«

Neugierig sehe ich ihn an. Was soll mir in den Sinn gekommen sein? Dann zieht sich alles in mir zusammen, als ich erahne, in welche Richtung seine Frage weisen könnte.

Dass Benedict mir womöglich einfach nicht zugetan ist.

Natürlich, Tausende Male habe ich darüber nachgedacht, dass es so sein könnte. Es ist mein schlimmster Albtraum, hoffentlich ist es nicht das, was er sagen will. Ängstlich beobachte ich ihn, doch er führt die Frage nicht zu Ende.

»Wie auch immer. Aber wenn es dir wirklich so wichtig ist …« Bevor ich weiß, was er vorhat, wendet er sich an Benedict. »He, Benny, soll es diese Woche eigentlich noch weiteren Schnee geben?«, ruft er seinem Freund zu, sodass dieser sich umdreht und zu uns herüberkommt.

›*Siehst du, so einfach ist das!*‹, bedeutet mir Edgars Blick, bevor Benedict uns erreicht hat, während ich dafür sorgen muss, meine Atmung zu kontrollieren und meine Haltung unauffällig zu verbessern. Am liebsten würde ich auch den Sitz meiner Haare abtasten, aber das wäre zu auffällig und könnte eingebildet wirken.

»Gut möglich, dass es noch mal schneit«, sagt Benedict, als er uns fast erreicht hat. »In meinem Almanach stand, dass Schnee in der dritten und vierten Dezemberwoche sehr wahrscheinlich ist. Wir sollen uns auf eisige Nächte und frostige Morgen gefasst machen.« Er reibt sich die Hände und sein sanftes Lächeln zieht in größer werdenden Kreisen durch mich hindurch.

Ich liebe es, wie belesen er ist. Natürlich hat er daran gedacht, sich im Almanach zu informieren, während wir anderen nur in den Tag hineinleben.

Ein plötzlicher Knuff in meine Seite lässt mich zusammenfahren und ich gerate ins Stolpern. Edgar! Was in drei Teufels Namen denkt er sich? Zum Glück ist Benedicts stabilisierende Hand sofort neben mir und er bewahrt mich galant vor dem Fallen.

Vermutlich hat Edgar mich nur dezent darauf aufmerksam machen wollen, dass ich etwas sagen sollte, und nicht damit gerechnet, dass er mich vollkommen aus dem Tritt bringt, wird mir nun klar. Ich werfe ihm dennoch einen strafenden Blick zu, er weiß schließlich, dass ich einen guten Eindruck machen muss.

Doch er grinst nur triumphierend. Er tut, als sei gar nichts geschehen, und nickt nun kaum merkbar zu Benedict.

Stimmt. Ich sollte wirklich etwas sagen.

»Vielen, vielen Dank«, wispere ich in meiner ungewohnt schüchternen Art, in die ich Benedict gegenüber jedes Mal verfalle, solange ich nicht Unmengen von Brandy in mir habe. Mir wird klar, dass ich noch mehr sagen muss, um die Unterhaltung am Laufen zu halten. Am besten etwas Schlaues. Leider habe ich in letzter Zeit nur Informationen zum Frauenrecht gelesen und auch generell fällt mir in diesem Moment nichts Wissenswertes ein. Nun gut, dann sage ich vielleicht etwas Charmantes. Aber was, wenn dadurch meine Verzückung zu sehr durchscheint? Wenn ich sein so langsam aufblühendes Lächeln erwähne, das irgendwann dennoch die Stärke der Sonne erreicht, könnte ihn das irritieren. Oder die sanften Wellen seiner Haare, die so weich aussehen, dass ich jedes Mal meine Fingerspitzen darübergleiten lassen möchte. Oder diese unglaublichen Augen … nein … nein … nein, das Charmante unterlasse ich besser, ich würde nur klingen wie in einem kitschigen Heftroman.

Aber das Knirschen unserer Schritte wird mittlerweile nur allzu deutlich, betont die Stille. Ich sollte wirklich etwas sagen, der Ausgang des Parks ist nicht mehr weit und ab dort wird jeder seinen eigenen Weg fortsetzen. Nur was, was, was könnte ich sagen?

Irgendwas! Mittlerweile ist mir jeglicher Kommentar recht, solange ich nur etwas sage.

Wie mache ich es denn sonst? Wenn ich mit Julianna, Edgar oder meinen Geschwistern rede – woher nehme ich dann die Worte? Ich rede einfach drauflos, ohne darüber nachzudenken, wird mir klar.

Das werde ich nun auch machen.

»Wie …«, setze ich an, aber es kommt nichts weiter. »Wie«,

stammle ich erneut, spüre Benedicts und Edgars Blicke auf meiner Haut. »Wie … äh …«

Herrje. Mein Kopf ist leer. Mir fällt partout nichts ein. Rein gar nichts. Aber ich muss etwas sagen, jetzt sofort! Worte, kommt! Worte, Worte, Worte!

Wo seid ihr?

Auch ohne das Nachdenken wollen sie offensichtlich nicht heraus. Ich rette mich mit einem ziemlich künstlich klingenden Husten, um in Ruhe zu überlegen. Jedoch geht beides zusammen nur sehr leidlich.

»Was wollten Sie sagen, Miss Cave?«, erkundigt sich Benedict formvollendet, kaum dass ich meinen Hustenanfall beendet habe, nachdem ich ihn nicht noch länger hinauszögern konnte.

»Wie …« Hektisch sehe ich mich um, während ich äußerlich um Ruhe bemüht bin. Mein Mantel ist viel zu warm, warum nur habe ich ihn angezogen? Ich will ihn von mir streifen und in den Schnee werfen – und mich selbst hinterher.

Irgendetwas muss ich nun sagen.

»Wie wunderhübsch …« Ja, das ist gut. Schöne Dinge in der Umgebung zu bemerken ist immer ein gutes Gesprächsthema. Das Problem ist nur, dass wir gerade an einer großflächigen, verschneiten Rasenfläche vorübergehen, und hier ist … nichts. Nur der platt getretene Schnee auf den geschwungenen Wegen, den kann ich nun wirklich nicht lobend erwähnt haben und eine eintönige Schneefläche ebenso wenig.

Nun ist die Stille nicht länger auszuhalten.

»Wie wunderhübsch ist doch …« Hektisch sehe ich mich um. Wer hat die gesamte Atemluft verbraucht? Ich muss etwas finden! Was, was, was?

»… diese Parkbank.«

Es ist raus.

Eine törichte Bemerkung und die darauf folgende Stille verstärkt meine Beschämung, auch wenn es nur zwei Wimpernschläge dauert, bis Benedict mir beipflichtet. Zwangsläufig betrachten wir die einfache Holzbank, die wir nun passieren, von hässlichen Schneeschlieren überzogen, da sie des Schnees beraubt wurde. Daneben ein Abfalleimer, der immerhin noch mit Schnee überzogen ist, doch die gelben Flecken um ihn herum betonen, dass es hier alles andere als bemerkenswert schön ist.

»Schau mal, Benny«, ruft Rufus in diesem Moment von weiter hinten und Benedict entschuldigt sich höflich bei uns, bevor er auf ihn zugeht. Ich nehme mir fest vor, mich in irgendeiner Weise mal bei Rufus erkenntlich zu zeigen. Jetzt hat er mich schon zum zweiten Mal aus einer mehr als unangenehmen Situation gerettet.

Ich werfe einen vorsichtigen Blick zu Edgar.

Ein Fehler.

Edgar grinst nicht nur, sein Gesicht mit dem Van-Dyck-Bart ist kurz vorm Zerplatzen. Im nächsten Moment bricht das Gelächter aus ihm heraus. »Sehr charmant«, sagt er feixend, sobald er wieder zu Atem gekommen ist.

Ich funkle ihn böse an.

Das amüsiert ihn nur noch mehr und er schüttelt lachend den Kopf. »Nein, es ist mir wirklich ein Rätsel, warum er nicht mit dir redet. Ich meine, du hast ja gesprudelt wie ein Wasserfall … Und dann diese wunderschöne Parkbank mit der Hundepisse …« Jetzt krümmt er sich vor Lachen und muss sogar die Tränen aus seinen Augen reiben.

Ich hasse ihn.

Wirklich!

Und weil ich nicht anders kann, klaube ich den federleichten Schnee von der nächsten dick befallenen Parkbank. Er schmilzt ein wenig in meinen hitzigen Händen. Und für einen winzigen Moment kommt die alte impulsive Madge in mir durch, und ich pfeife auf Konventionen und damenhaftes Verhalten und reibe ihm die ganze Ladung in sein Gesicht.

Kapitel 29

Madge

Wenn man in Kensington wohnt, wäre ein Spaziergang in den Kensington Gardens, im nahe gelegenen Hyde Park oder vielleicht im St. James Park beim Buckingham Palace naheliegend.

Deswegen habe ich mich für die Kew Gardens entschieden. Die Royal Botanical Gardens liegen weit außerhalb, eine Dreiviertelstunde mit der Kutsche entfernt, und sind bei all ihrer Schönheit von uns recht ungünstig zu erreichen. Das ist gut, sehr gut sogar. Niemand darf mich bei meinem Spaziergang mit Rufus zu Gesicht bekommen, sonst flüstert es morgen durch die gesamte Stadt, dass eine Verlobung der fünftältesten Cave-Tochter mit dem Neureichen, aber recht ungehobelten Rufus Crofton ansteht.

Das gilt es zu vermeiden. Möglichst sanft natürlich, denn ich mag Rufus und er hat mich gerade gestern erst wieder einmal gerettet. Bisher drücke ich mich aber vor dem heiklen Thema, und wir betreiben oberflächliche Konversation über den Verlauf der jeweiligen Weihnachtsfeste, während wir die weiß bestäubten Wege entlanggehen, die interessant geformten Bäume und Pflanzen betrachten und immer wieder eines der herrschaftlichen Gewächshäuser betreten.

Helen folgt uns auf Schritt und Tritt als Anstandsdame, wie unser Vater es angeordnet hat. Normalerweise würde sie sich so weit zurückfallen lassen, dass wir zwar noch in Sichtweite wären, sie unsere Gespräche jedoch nicht hören könnte. Ich habe sie aber gebeten, dicht bei mir zu bleiben. Es soll sich eher anfühlen wie ein Spaziergang unter Freunden als wie ein Rendezvous.

Mit einer zu tiefen Verbeugung öffnet Rufus jetzt die Tür des größten Gewächshauses für uns, Helen zwinkert mir zu, als sie hinter mir eintritt. Vorsichtig schließt Rufus die Tür und die warme Moosluft umhüllt uns. Rufus wendet sich zu meiner Überraschung direkt an meine Schwester. »Helen, es gäbe da etwas, das ich gerne mit Madge besprechen würde …«

Unsicher sieht sie zu mir.

»Es gibt nichts, was ich nicht mit meiner Schwester teilen würde«, werfe ich rasch ein. Herrje, bevor er mir seine Gefühle gesteht, muss ich ihm sagen, dass ich ab sofort mit Edgar tanzen muss. Aber damit die ganze Unterhaltung nicht zu privat wird, brauche ich Helen an meiner Seite.

»Mir wäre es aber lieber, wenn wir diese Angelegenheit unter vier Augen besprechen könnten.«

Er sieht mich so nervös an, dass ich seine Bitte nicht ausschlagen kann. Ich will ihn nicht noch unnötig quälen, werde dann eben gleich sofort mit der Wahrheit herausrücken, früher oder später muss es ohnehin gesagt werden. Kaum merklich nicke ich Helen zu und sie bietet an, dass wir vorausgehen und sie sich im Hintergrund hält.

»Es gibt da etwas, das ich dich schon lange fragen wollte, Madge«, sagt Rufus, nachdem er sich durch einen Blick über seine Schulter versichert hat, dass Helen außer Hörweite ist.

Zu meinem Grauen zieht Rufus jetzt ein kleines Päckchen mit einer riesigen grünen Schleife aus seiner Manteltasche hervor. Oh nein. Warum muss er so verdammt nett sein? Das macht meine Absage nur so viel schwerer.

»Das ist gut«, werfe ich rasch ein, plötzlich bemüht, meine Neuigkeiten so schnell wie möglich loszuwerden. Ach, hätte ich es ihm doch nur schon längst gesagt! »Ich habe auch etwas mit dir zu besprechen.«

»Ja?« Er wirkt überrascht. »Ich weiß, es gehört sich nicht, aber darf ich mein Anliegen zuerst vorbringen? Schon seit Wochen lege ich mir die Worte dafür zurecht und ich muss sie nun einfach loswerden.« Eindringlich sieht er mich an.

Ich kann seine innere Unruhe spüren, weiß, dass die Wahrheit ebenso in ihm pulsiert und herausgelassen werden will. Es fällt mir schwer, aber ich muss seine Bitte ausschlagen, denn wenn ich ihm jetzt sage, dass ich auf der Weltmeisterschaft nicht mit ihm tanzen werde, muss er den Hinweis verstehen. Wenn er in den letzten Jahren auch nur ein bisschen über die dezenten Hinweise der gehobenen Gesellschaft gelernt hat, wird er wissen, dass dies zugleich bedeutet, dass ich seine Gefühle nicht erwidere.

»Ich …«, setze ich an, breche aber ab, da hinter mir plötzlich lautes Stampfen zu hören ist. Ich beachte es nicht weiter, will meinen Satz fortführen, als ein lautes Räuspern hinzukommt. Flüchtig sehe ich zu Helen, die gestikuliert, aber ich habe jetzt keine Zeit, besonders schöne Pflanzen zu betrachten, wenn ich gerade im Begriff bin, möglichst sanft ein Herz zu zerschmettern.

»Bitte verzeih, Rufus«, ich lege meine Hand auf seinen Unterarm, um meine Worte erträglicher zu machen, »aber bevor du etwas sagst, muss ich dringend etwas loswerden.«

»N… na gut«, stottert er und sieht mir so eindringlich in die Augen, als könne er dort mein Anliegen ablesen. Helen hinter uns wackelt nun wie verrückt mit den Blättern einer Bananenpflanze und erschwert mir das Abwägen der richtigen Worte.

»Es ist so …«, setze ich an, als eine charismatische Stimme uns unterbricht. »Ach, da seid ihr ja«, höre ich.

Mein rasender Herzschlag und die Anspannung sind schon da, bevor ich erkenne, wer da plötzlich vor uns steht. Wie zwei heimlich Liebende sind Rufus und ich auseinandergefahren und starren den unerwarteten Besucher an.

»Benny, was machst du denn hier?«, fragt Rufus, während ich noch weiter starre. Erst zu Benedict und dann kurz zu Helen, die mir ohne Worte sagt, dass sie genau darauf hinauswollte, als sie sich wie ein Elefant im Porzellanladen benommen hat.

»Du hast ja gesagt, dass du heute hier bist, Rufus. Heute Morgen habe ich kurz entschlossen überlegt, dass ich mich anschließen könnte. Ich verbringe schließlich bereits die ganzen letzten Wochen damit, mir die Sehenswürdigkeiten von London anzusehen«, erklärt Benedict. »Ihr wisst ja, wie das ist. Auf Reisen besichtigt man jede noch so bedeutungslose Statue und in der Heimatstadt kennt man nicht einmal die größten Sehenswürdigkeiten.«

Ich nicke ganz verzückt von seiner klugen und witzigen Beobachtung, die mir auch schon aufgefallen ist, bleibe aber gleichzeitig voller Schrecken und Sorge, wie er Rufus und meinen Spaziergang deuten könnte. Was mochte Rufus ihm nur davon erzählt haben?

»Letzte Woche war ich außerdem schon im Tower und im Victoria and Albert Museum und zu Neujahr werde ich den Empfang inklusive Konzert der Philharmonischen Gesellschaft besuchen«, fährt Benedict fort.

»Da hast du dir ja ganz schön viel vorgenommen«, sage ich und bin unglaublich stolz, diese Worte relativ normal über die Lippen gebracht zu haben.

»Aber verzeiht. Mir war nicht bewusst, dass du in Begleitung sein wirst, Rufus.« Höflich, wie er ist, erkundigt er sich nicht freiheraus, was uns hierherführt. Dennoch schwebt durch seinen Blick unhörbar die Frage in der Luft, ob dies ein heimliches Rendezvous ist.

Ich weiß nicht, ob ich mich freuen oder schreien soll. Es ist gut, wenn ihm das Sorge bereitet, denn das würde erstmalig auf ein Interesse seinerseits deuten, andererseits darf er unter gar keinen Umständen den falschen Eindruck bekommen.

»Nun ja, wir haben hier ein …«, ergreift Rufus das Wort.

Doch ich schalte mich ein, bevor er den Satz zu Ende bringen kann. »… ein Treffen. Ein schlichtes Treffen. Unter Freunden. Fast schon geschäftlich«, füge ich an, da nichts unromantischer ist als geschäftliche Verabredungen.

»Geschäftlich?«, hakt Benedict dann aber verwirrt nach und auch Rufus sieht mich verdattert an.

»Nun ja …«, winde ich mich. »Da wir auch über die Weltmeisterschaft reden. Das ist ja nichts Freundschaftliches, sondern eben eher … geschäftsmäßig.«

»Aber wir haben doch gar nicht über die Weltmeisterschaft

geredet«, sagt Rufus im selben Moment, in dem Benedict sagt: »Aber du trittst doch jetzt mit Edgar an.«

»Was?« Rufus' ohnehin schon laute Stimme wird vom Glas der Wände verstärkt und hallt in meinen Ohren nach.

»Oh mein Gott!« Benedict schlägt die Hand vor den Mund, er wirkt ehrlich erschüttert. »Das wolltest du mit ihm hier und heute besprechen, nicht wahr? Ich … ich bin untröstlich. Bitte verzeih mir, Madge.« Er legt eine Hand an meinen Oberarm, und obwohl gerade eine Katastrophe über uns hereingebrochen ist, muss ich mich zwingen, noch etwas anderes wahrzunehmen als seine Berührung. Der moosige Geruch, die unwirkliche Luft, das stetige Tropfen im Hintergrund und das Surren der Ventilatoren, all das ist verschwunden. Ich spüre nur noch Benedicts Hand.

Und schließlich auch die Augen aller, die mich anstarren.

Zerknirscht sehe ich zu Rufus, er wirkt vollkommen verwirrt.

»Ich denke, ich ziehe mich besser zurück«, sagt Benedict kleinlaut. »Habt …« Er möchte uns noch floskelhaft einen angenehmen Aufenthalt wünschen, ihm fällt aber selbst auf, dass das nicht mehr angemessen ist, und er winkt unbeholfen ab. »Wir sehen uns bei Prince's.« Er hebt seinen Zylinder, dann ist er verschwunden.

Helen hat sich wieder dezent zurückgezogen und ich atme tief die abgestandene Luft ein. »Es tut mir wirklich leid, Rufus. Das ist es, was ich dir die ganze Zeit sagen wollte. Ich wollte nicht, dass du es auf diese Art erfährst …«

Er setzt sich langsam wieder in Bewegung und Seite an Seite setzen wir unseren Weg durch die schmalen Wege im Gewächshaus fort, müssen uns immer wieder unter üppigen

Pflanzen hinwegducken. Lange Zeit sagt er nichts, fragt nicht einmal nach dem Grund des Partnerwechsels, und ich stelle mir vor, wie er innerlich gegen den Schmerz kämpft.

Schließlich haben wir das Ende des Gewächshauses erreicht. Er bleibt stehen und ich tue es ihm gleich. Noch immer ist das kleine Geschenk mit der übergroßen Schleife in seiner Hand, er sieht es unschlüssig an und in mir zieht sich alles zusammen.

Sicherlich hat er jetzt begriffen. Das liebevoll ausgesuchte Geschenk ist dadurch unangemessen und er weiß nicht, was er damit tun soll.

»Darf … darf ich dich jetzt noch fragen, was ich die ganze Zeit fragen wollte?«

Oh nein. Normalerweise stört es mich ja wenig, dass Rufus die Gepflogenheiten noch nicht so gut kennt. Aber dass er noch immer nicht verstanden hat, dass mein Herz für ihn nicht empfänglich ist, ist nun mehr als … ungünstig.

»Denkst du …«, ich räuspere mich, »… denkst du denn, dass das so eine gute Idee ist?«, frage ich ihn höflich, um noch einmal zu signalisieren, dass ich keine Zukunft für uns sehe.

»Ich weiß es nicht«, sagt er freiheraus. Ich mag seine offene und unbefangene Art, doch in diesem Moment verfluche ich sie. »Ich musste so viel Mut für den heutigen Tag zusammennehmen. Wenn ich es jetzt nicht frage, schaffe ich es nie, und ich halte diese Ungewissheit nicht länger aus.«

Ich presse die Lippen zusammen.

»Manchmal kann Ungewissheit aber auch besser sein«, erwidere ich schließlich und gebe ihm damit noch einmal zu verstehen, dass ich dieses Thema nicht vertiefen will.

Er nickt kaum merklich. »Ich weiß. Aber ich kann an nichts anderes mehr denken. Schon gleich morgens fängt es an und begleitet mich bis zum Schlafengehen. Ich habe keine Freude mehr am Essen, denn alles schmeckt gleich, und meistens habe ich nicht einmal mehr Appetit. Meine Freunde beschweren sich, dass man kaum noch Gespräche mit mir führen kann, im Museum quittiere ich jedes Bild nur mit einem ›Aha‹ und ich kann nicht einmal mehr Musik genießen. Die Melodien lösen zu viele Gefühle in mir aus und dafür habe ich keinen Platz mehr.« Er zuckt die Schultern. »Ich bin ja schon … voll.«

Voller Gefühl. Ich schlucke, denn ich weiß ganz genau, wie er sich fühlt.

»K… kennst du das?«

Ich schüttle den Kopf. Ich darf über meine Gefühle nicht offen sprechen, und wenn ich es bestätigte, könnte er meinen, ich würde seine Gefühle teilen.

Er seufzt und schlägt die Augen nieder. »Schade.« Er hebt das Geschenk etwas höher, betrachtet es, als habe er es nie zuvor gesehen, und holt noch einmal tief Luft. »Seit ein paar Wochen bin ich nicht mehr ich selbst. Deswegen muss ich dich einfach fragen, liebe Madge …«

Ich schließe die Augen, wie bei einem Kutschunfall, den man kommen sieht und nicht mehr abwenden kann.

»Musst du das wirklich?«, versuche ich es ein letztes Mal. Es könnte uns so viel Leid ersparen.

Doch er versteht nicht. »Ja, es muss raus. Jetzt oder nie.« Noch einmal sammelt er sich, räuspert sich. Und dann kommen die Worte, deren Fluss ich nicht mehr verhindern kann. »Seit nunmehr sechs Wochen trainieren wir zusammen, liebe

Madge. Das war für mich eine unglaublich faszinierende Zeit, die mir viel Vergnügen bereitet hat.«

Ich nicke kläglich. Möchte am liebsten abwinken, ihn bitten, es dabei zu belassen, und ihn freundschaftlich untergehakt nach draußen ziehen. Aber er hat sich die Worte haargenau zurechtgelegt, es klingt ein wenig wie ein rezitiertes Weihnachtsgedicht, und ich nehme an, dass er es auswendig gelernt hat.

»Und über das nahezu tägliche Zusammensein – ich weiß selber nicht, wie es so weit kommen konnte, aber es ließ sich nicht verhindern – habe ich gemerkt, dass ich ein Gefühl der tiefsten Zuneigung entwickelt habe.«

Also gut. Jetzt ist es raus. So, wie ich es befürchtet habe. »Rufus, ich …« Ich will meine Hand auf seine legen.

Doch er hebt die Hände. »Nein, nein, nein. Jetzt lass mich das bitte zu Ende führen: Und weil du mir zu solch einer lieben Freundin geworden bist, wollte ich dich fragen, ob du mir behilflich sein könntest, damit ich um deine Freundin Julianna werben kann.«

Ich starre ihn ungläubig an. »Julianna?«

»Ja.« Er blickt versonnen in die Ferne. »Sie … sie ist so … feurig. Wenn sie über das Eis saust, kann man nicht anders, als gebannt zuzusehen, nicht wahr? Und ich liebe ihre direkte Art, sie verschleiert nicht alles fünfmal in Rüschen, sondern sagt klipp und klar, was sie will und was sie denkt. Das gefällt mir wirklich gut. Und dazu ist sie so wunderschön.« Er bekommt einen unglaublich zärtlichen Ausdruck, der ins Entschuldigende wechselt. »Ehrlich gesagt zwinge ich mich oft, nur dich anzusehen, sonst würde ich während des gesamten Trainings Julianna anstarren. Es fällt mir ohnehin schon schwer, mich in ihrer Anwesenheit zu konzentrieren. Und ich wollte für sie alles besonders gut machen, habe aber das Gefühl, dass ich mich anstelle wie der letzte Tölpel. Denkst du, ich sollte dennoch einen Versuch wagen?«

Kapitel 30

Julianna

Heute Abend ist es so weit. Edgar und Madge werden erstmalig zusammen die Kür fahren, die wir ausgetüftelt haben. Ich muss zugeben, dass ich etwas nervös bin, denn wenn es mit den beiden nicht klappt, sitze ich hier in London fest. Mit meinen Aushilfsjobs wird es mir nie gelingen, die Rückfahrkarte samt Fährüberfahrt zusammenzubekommen.

Um Leo möglichst bald wiederzusehen, würde ich sogar meinen gesamten Stolz über Bord werfen und Nikolett noch einmal um Geld bitten. Offenbar hat sie sich jedoch mit ihren Eltern überworfen, daher kann ich sie nicht fragen, sie selbst besitzt ja nichts. Und Leo hat für die Eisbahn mittlerweile so hohe Kredite aufgenommen, dass die Bank ihm nichts mehr gibt. Das hat er mir nicht direkt gesagt, aber ich bin mir fast sicher, dass dem so ist. Er erzählt nie von eigenen Erlebnissen außerhalb seiner Eisbahn und ist sogar aus seinem geliebten Hochrad-Klub ausgestiegen. Wenn er sich nicht einmal mehr die kleine Gebühr für seinen Klub leisten kann, ist jeder Grund zur Sorge gegeben. Und dass ich seine Probleme nur zwischen den Zeilen herauslesen kann, sorgt mich nur noch mehr. Wenn er denkt, dass er es mir nicht sagen kann, muss es wirklich schlimm sein.

Und somit hängt alles an Madge und Edgar.

Wenn sie siegen, hat sie mir zugesichert, wird sie mir das Geld geben, das nach der Auszahlung des Eisbahnbesitzers übrig bleibt – als Bezahlung der Trainingsstunden, hat sie gesagt und war ganz zerknirscht darüber, dass sie es mir nicht mit Sicherheit zusagen konnte. Dabei sind die Erfolgsaussichten der beiden für sich genommen gut. Ich habe schon viele Eiskunstläufer beobachtet, aber Madge hat mit ihrer perfekten Körperbeherrschung durch ihr jahrelanges Balletttraining nicht nur eine beeindruckende Beweglichkeit, sondern gleichzeitig eine faszinierende Grazie. Man kann gar nicht anders, als sie anzusehen.

Und Edgar ist ebenfalls eine Wucht. Als Trainer sind seine Figuren technisch perfekt. Er weiß seine kraftvollen und präzise gelenkten Figuren auch in einer scheinbar mühelosen Leichtigkeit flüssig miteinander zu verbinden. Was aber noch wichtiger ist, ist seine Präsenz. Er gehört zu den Menschen, nach denen man sich umdreht, wenn sie den Raum betreten. Und das kann für eine solche Darbietung auf der Weltmeisterschaft nur von Vorteil sein.

Die zwei zusammen … sie könnten die Welt erobern.

Nur leider reagieren sie aufeinander wie Feuer auf Wasser. Mich würde es, ehrlich gesagt, nicht wundern, wenn es leise zischt, sobald sie sich berühren.

»Was grinst du denn so vor dich hin?« Madge kommt mit eiligen Schritten in die Eishalle, die Doppeltür hinter ihr schwingt noch. Sie beäugt mich skeptisch und auch ein wenig erleichtert. Vermutlich hat sie geglaubt, dass ich nach dem Desaster mit meiner Mutter nie wieder lächeln könnte.

Der Schmerz über den Verlust ist in der Tat nicht nur überwältigend, sondern auch allgegenwärtig. Schon morgens vor dem Aufschlagen der Lider ist er da und begleitet mich bis in die Träume. All das, was ich mir ausgemalt habe und nun doch nicht sein soll … das Weiterleben ohne Wurzeln. Der Gedanke daran könnte mich zermürben, daher verbanne ich ihn tief in einen schlecht erreichbaren Winkel meines Herzens. Ich habe keine Zeit zum Trübsalblasen, es nützt ohnehin nichts, sage ich mir. Ich werde nicht mehr an sie denken, mich stattdessen auf das Hier und Jetzt konzentrieren. Wenn ich zu Leo zurückwill, müssen Madge und Edgar ohnehin diese vermaledeite Weltmeisterschaft gewinnen, und dafür werde ich alles geben, was ich kann.

Madge sieht mich noch immer erwartungsvoll an.

»Ich musste nur an etwas Lustiges denken«, sage ich schnell und wechsle das Thema. »Hast du Rufus erfolgreich den Laufpass gegeben? Hat er es sehr schwergenommen?«

»Ach …« Madge wirkt mit einem Mal etwas seltsam, wendet sich ab, um ihren gigantischen Fellmuff über den Kopf zu ziehen, und knüpft umständlich langsam den Mantel auf. »Das ist ebenfalls eine lustige Geschichte. Wie es sich herausgestellt hat, ist er gar nicht in mich verliebt.«

»Nein?« Ich gleite näher an sie heran und verschränke meine Arme. Das will so gar nicht in meinen Kopf. »Er ist nicht in dich verliebt? Ich hätte schwören können … Ich meine, alles hat darauf hingedeutet …«

»Das liegt vermutlich daran, dass er in der Tat verliebt ist, deswegen hat er sich immer so ungeschickt angestellt. Nur ist er eben nicht in mich verliebt.« Madge versieht ihre Schlittschuhe mit einer Schleife und kommt zu mir aufs Eis – und grinst dabei von einem Ohr zum anderen.

»In wen denn? Etwa in Helen?«

»Nein, er hat eine … sagen wir mal recht eigenwillige Wahl getroffen.« Lachend fährt sie einen gemächlichen Kreis um mich herum. Und langsam schwant mir Böses.

»Du meinst doch nicht etwa …«

»Doch.« Madge dehnt das linke Bein, dann das rechte und fährt schließlich eine perfekte Pirouette. »*Du* bist die Dame seines Herzens. Er wollte wissen, wo und wie er dir seine Aufwartung machen kann, und hat mich gebeten, ihm zu helfen, dein Herz zu erobern.« Madge kichert bescheuert und ich starre sie ungläubig an.

»Und … und was hast du gesagt?«, frage ich sie.

»Na, was wohl? Dass das ein schier unmögliches Unterfangen wird, da du ein Herz aus Eis besitzt.« Sie nimmt Reißaus und umrundet die gesamte Eisfläche in einem Wahnsinnstempo. Ich sollte sie verfolgen, bin aber wie gelähmt vor Schock.

Rufus hat sich tatsächlich in mich verliebt?

Madge wird wieder ernst, als sie vor mir zum Stehen kommt. »Keine Sorge. Ich habe ihm natürlich schonend beigebracht, dass in Wien ein hinreißender Verlobter auf dich wartet. Da ich die Entscheidung aber nicht vorwegnehmen wollte, habe ich versprochen, Erkundigungen bei dir einzuholen, wie es um dein Herz bestellt ist. Also?«

»Äh …«, stammle ich hilflos, denn das ist wirklich das Allerletzte, womit ich gerechnet hätte. »Mein Herz fühlt sich sehr geehrt, bleibt aber in Wien.«

»Werde ich ihm ausrichten.« Sie zieht die Nase kraus. »Vermutlich noch etwas umschreibend und beschönigend, wenn das für dich in Ordnung ist. Ach ja, das habe ich noch gar nicht erwähnt: Du glaubst ja nicht, wer ebenfalls in Kew aufgetaucht ist!«

»Wer?«

»Benedict. Mitten im großen Gewächshaus, ausgerechnet in dem Moment, als ich Rufus die Wahrheit beichten wollte, stand er plötzlich neben mir.«

»Und – warst du in deiner Unterhaltung diesmal eloquenter?«, fragt eine tiefe Stimme hinter uns. Edgar muss auf Samtpfoten in die Eishalle gekommen sein und sieht nun vom Rand der Eisfläche mit hochgezogenen Augenbrauen zu uns herüber.

Madges Haltung versteift sich umgehend und ich denke mit Wehmut an unsere schöne Kür, bei der es vor allem auf die elegante Ausführung ankommt, wie mein Wiener Trainer Jackson es mir erklärt hat.

»Oder hast du irgendwelche Pflastersteine des Weges oder Mistkäfer als besonders schön gelobt?«, fragt er grinsend, während er seinen Kutschermantel auszieht.

Madge stemmt die Hände in die Hüften und schnaubt, statt eine Antwort zu geben.

»Er weiß Bescheid?«, frage ich sie überrascht.

»Natürlich weiß ich Bescheid«, schaltet Edgar sich wieder ein. »Ich habe ihr sogar schon geholfen.«

»Meinst du den Schubser im Hyde Park, der mich fast zu Fall gebracht hat?«, ruft Madge erbost hinüber. »In der Tat, das war wirklich überaus hilfreich.«

»Ach komm, du kannst froh sein, dass du mich hast. Wie weit bist du denn bisher schon gekommen? Du hast deinen wunderschönen schwarzen Haaren die modische Farbe einer Straßenpfütze verpasst, beim Theorietraining an seiner Seite kaum ein Wort herausbekommen – in der Regel scheinen Gespräche mit ihm nur zu funktionieren, wenn du starken Schnaps getrunken hast. Und die Krönung all dessen: Du wurdest festgenommen, als du ihm zuliebe Suffragette gespielt hast. Ganz großartig, Madge! Aber merkwürdig, warum wirkt es so, als hätte unser guter alter Benny noch immer keinen blassen Schimmer von deiner Existenz?«

Madge fährt mit einem freudlosen Lacher zur Seite.

»Ich übernehme das jetzt, würde ich sagen. Lasst mal den Profi ran«, beendet Edgar seinen Vortrag.

Madge gleitet plötzlich rückwärts. »Danke, das schaffe ich schon alleine.«

Edgar lacht auf. »Das hat man ja gesehen, wie gut das klappt. Aber bitte, ich muss dir nicht helfen, du hast ja genügend Zeit.« Er hält inne, als würde er sich just in diesem Moment an etwas erinnern. »Ach nein, da war ja was. Bennys Grand Tour. Aber kein Problem, ich mische mich da nicht weiter ein, du hast ja mehr als einmal deutlich gemacht, was du von meiner Hilfe hältst.«

Edgar macht sich nicht die Mühe, seinen Unmut zu verbergen, und setzt sich auf den Rand der Eisfläche, zieht mit geübten Griffen die Stiefel aus und schlüpft in seine Schlittschuhe, von denen ich wohlwollend zur Kenntnis nehme, dass er sie ebenfalls hat anfertigen lassen.

Mir ist nicht wohl, was die Spannung zwischen den beiden betrifft. Edgar hat eigentlich ein recht nettes Angebot gemacht, und Madge benimmt sich, als hätte er vorgeschlagen, seine Stiefel zum Mittag zu kochen. Andererseits klang sein Vorschlag ziemlich gönnerhaft und Madge ist mindestens so stolz wie ich. Zudem hat sie angedeutet, dass früher irgendetwas zwischen ihnen vorgefallen ist, weswegen sie am liebsten nichts mehr mit ihm zu tun haben wolle.

Edgar steht auf und läuft drei schnelle Runden. Sofort bin ich abermals von seiner Eleganz und den kräftigen Bewegungen beeindruckt. Er ist wirklich kein Vergleich zu Rufus. Schließlich kommt er vor mir zum Stehen und salutiert. »Melde mich gehorsamst zu Diensten. Wie machen wir es heute?«

Unschlüssig sehe ich zwischen den beiden hin und her. Madge schmollt noch immer ein wenig, vermutlich weil Edgars Aussage einen wahren Kern hat, und ich traue mich nicht, die beiden aufeinander loszulassen.

»Ich würde vorschlagen, dass Madge und ich zunächst die Kür zeigen, die wir für die Weltmeisterschaft erarbeitet haben. Ich übernehme den männlichen Part. Darf ich bitten?« Ich lächle Madge an und halte ihr meine Hand entgegen, sie nimmt sie grinsend und wir beginnen den vertrauten Lauf. Schon oft habe ich für Rufus getanzt, um ihm zu demonstrieren, worauf wir hinauswollen.

Wir beginnen mit unserem sanften Einlauf auf die Eisfläche, gleiten dabei Hand in Hand über die Flächen und lassen dabei unsere Arme federleicht durch die Luft gleiten. Als Nächstes setzen wir eine Reihe von Walzerschritten, von denen ich mit absoluter Sicherheit weiß, dass sie ein Publikum zu begeistern vermögen.

Die ganze Zeit sind unsere Bewegungen perfekt aufeinander abgestimmt, wir machen alles vollkommen synchron. Madge hat bei den Figuren zudem oft einen gehobenen Arm und weiche Handgelenke, die sie dank des Ballettunterrichts so anmutig zu führen vermag. Danach macht sie eine ganze Reihe von Arabesken, bei denen sie abwechselnd das Gleichgewicht auf einem Bein halten muss, während das andere mit gebeugtem Fuß elegant nach hinten ausgestreckt ist. Ich laufe indes nur rückwärts vor ihr her und mache präsentierende Gesten.

Danach kommt der Teil, in dem wir uns in entgegengesetzte Richtungen bewegen und wieder zueinanderfinden, dann ein erster Höhepunkt der Kür: Madge vollführt eine *Attitude*. Bei dieser Ballettposition hebt sie ihr Bein und biegt es, als sei sie eine Skulptur. Mit den kunstvollen Handgesten wirkt sie wie ein elegant dahingleitender Schwan, während ich sie umrunde. Schließlich hole ich sie wieder ab. Gemeinsam nehmen wir Geschwindigkeit auf und sie vollführt eine ihrer brillanten Pirouetten.

Als krönenden Höhepunkt haben wir eine besondere Schwierigkeit eingeplant, eine Sequenz von Spiegeldrehungen. Ein rascher Blick über meine Schulter zeigt mir, dass Madge auf der gegenüberliegenden Position bereit ist. Stumm zähle ich bis drei und schon drehen wir uns um die eigene Achse, spiegeln dabei haargenau die Bewegungen der anderen. Eigentlich hatten wir den Teil wieder rausgenommen, da er zu schwer für Rufus war. Aber Edgar sollte er keine Probleme bereiten, sofern die beiden sich irgendwie aufeinander abstimmen können. Mittlerweile bin ich außer Atem und dankbar, dass wir dem Ende der Kür entgegengleiten. Madge nimmt eine atemberaubende Abschlusspose aus dem Ballett ein, während ich in einer schützenden Geste ihr im Notfall Halt geben könnte, was der Pose noch mehr Dramatik verleiht.

Edgar klatscht heftig. »Fantastisch, meine Damen! Braucht ihr mich überhaupt?«, fragt er, kurz auflachend. »Das war alles schon so gut abgestimmt und technisch perfekt ausgeführt … Es ist ein Jammer, dass ihr zwei nicht zusammen antreten könnt.«

Ich freue mich über sein Lob und auch Madge strahlt, doch ihr Lächeln verschwindet sofort wieder, als ich sie wenig später auffordere, mit Edgar die Anfangsposition einzunehmen. Bei der Weltmeisterschaft werden sie vom Rand aus beginnen, daher üben wir auch das. Von dem Moment an, wo sie gemeinsam das Eis berühren, müssen sie eine Einheit ergeben.

Doch momentan stehen sie neben den eleganten Sitzmöbeln des Skating Rinks und sprechen wenig elegant miteinander. Von der Mitte der Eisfläche aus kann ich nicht genau hören, was sie sagen, und ich weiß auch nicht, wie sie es geschafft haben, innerhalb von dreißig Sekunden Streit anzufangen, aber kleine Zisch- und Keiflaute dringen zu mir herüber. Sie können sich außerdem nicht einigen, wie sie die Hände halten, ändern immer wieder und immer schneller den Griff, bis sie sich in einem regelrechten Händegerangel verlieren. Ich seufze, denn sie wirken wie die reinsten Zankhähne und kein bisschen wie eine Tochter aus gutem Hause und ein erfahrener Trainer, und erst recht nicht wie ein professionelles Eislaufpaar.

Da war es ja mit Rufus besser.

Ich räuspere mich lautstark und immerhin hört das Geschimpfe auf. Sie sehen mich an. Aber die Art, wie sie immer wieder rucken, zeigt mir, dass der Kampf versteckt hinter dem Rücken doch noch weitergeht.

»Wir starten mit dem Einlauf auf die Fläche. Mach einfach so weit mit, wie du dich erinnerst, Edgar, damit ich mir einen ersten Eindruck verschaffen kann.«

Er nickt eifrig und etwas lässt ihn zeitgleich zusammenzucken. Wahrscheinlich hat Madge ihn gezwickt. Ich unterdrücke einen Seufzer und fahre zum Grammofon, um zumindest die Musik die Kür der Streithähne schönmalen zu lassen. Ich wollte ja selbst, dass Madge mit Edgar tanzt, doch irgendwie haben wir uns dadurch vom Regen in die Traufe manövriert, befürchte ich nun. Die unmittelbare Angst, dass mich der Partnerwechsel das Wiedersehen mit Leo kosten könnte, schnürt mir die Luft ab.

Missmutig drehe ich mich zu den Streithammeln und gebe ihnen das Zeichen für den Start. Zeitgleich treffen ihre Kufen auf das Eis.

Das war schon mal gut. Nicht sehr schwer, doch schon dieser simple erste Schritt ist Rufus oft missglückt.

Ich bemerke, dass Edgars kraftvolle Bewegungen ein guter Kontrast zu Madges seidiger Anmut sind und sich die beiden vollkommen synchron und präzise zur Musik bewegen.

Auch das ist gut. Das ist sehr gut. An fast allem kann man arbeiten, aber wenn sie sich nicht aufeinander abstimmen könnten, wäre es kaum zu schaffen.

Mit angehaltenem Atem beobachte ich, wie der Teil mit den Arabesken wirkt. Der männliche Part ist hier zwar nicht herausfordernd, dennoch ist Edgar auf sich allein gestellt und seine Bewegungen müssen Madges ergänzen. Doch zu meiner Überraschung umrundet Edgar Madge nicht nur schlicht, wie ich es getan habe. Während sie auf einem Bein die Balance hält, geht er während des Fahrens tief in die Knie. Es lenkt den Fokus noch stärker auf Madge und zeigt zugleich Edgars Körperbeherrschung. Ich schnappe nach Luft, als er synchron mit Madge in die Grundposition zurückkommt.

Scheinbar mühelos finden sie zueinander, nehmen mehr Geschwindigkeit auf, als ich es mit Madge je gewagt hätte.

Sie vertraut ihm. Er mag ihr zuwider sein, dennoch ist nicht abzustreiten, dass er ein großartiger Eiskunstläufer ist, der sie im Notfall halten würde. Deswegen wagt sie mit ihm, schneller über das Eis zu rasen als je zuvor. Madges Wangen sind gerötet, und ich weiß, dass es ihr Freude bereitet. Auch sie muss spüren, dass es wirklich gut werden könnte.

Alles in mir kribbelt, denn ich weiß, dass hier etwas Großartiges entsteht, wenn es mit den beiden so weitergeht. Jede einzelne ihrer Bewegungen ist präzise und kontrolliert. Die Körper sind perfekt aufeinander ausgerichtet und jede Figur mit der Musik im Einklang. Ein Japsen erinnert mich daran, dass ich atmen muss. Ich lasse es geschehen, obwohl ich nichts anderes will, als den beiden zuzusehen. Durch kein Blinzeln oder andere lästige Dinge möchte ich auch nur einen Bruchteil ihrer betörenden Schau verpassen.

Fast zerreißt es mir das Herz, als sie sich wie geplant in entgegengesetzte Richtungen bewegen, und ich atme auf, als sie wieder vereint sind. Madge vollführt mit erhobenem Bein den elegant dahingleitenden Schwan und Edgar umrundet sie zwar wie geplant, doch er baut währenddessen interessante Drehungen ein, sodass die Szene wie ein atemberaubendes Kunstwerk wirkt, fast als würden sie eine Geschichte erzählen.

Das Ganze ist so ergreifend, dass meine Kehle heiß wird, und ich fiebere dem krönenden Abschluss entgegen, während ich ihn gleichzeitig nicht sehen will. Er könnte alles kaputtmachen, wenn sie nun aus dem Takt geraten, denn die Spiegeldrehungen sind das Schwierigste.

Schon sind sie auf den gegenüberliegenden Positionen, nicht ganz auf gleicher Höhe, aber so was ist schnell behoben. Der Anfang gelingt zeitgleich und sie drehen sich um die eigene Achse. Doch dann kommt der Patzer.

Ich kneife die Augen zusammen.

Vorsichtig blinzle ich, reiße schließlich die Augen wieder ganz auf. Edgar macht es zwar etwas anders als Madge, aber nun verstehe ich. Während Madge in die tiefe Pirouette geht, macht er eine hohe und umgekehrt. Zusammen wirken sie dadurch wie ein präzise abgestimmtes Uhrwerk, wo das eine Rädchen das andere zum Laufen bringt.

Es ist schier überwältigend.

Viel zu früh kommt die Schlusspose näher. Ich möchte den beiden die ganze Nacht zusehen, mein gesamtes Leben.

Statt meiner schützenden Geste, wo die Hand Madge nicht berührt, kommt Edgar direkt hinter ihr zum Stehen, legt seine Hand sanft in ihren Rücken und sie lehnen sich gleichzeitig mit dem letzten Takt der Musik dramatisch nach hinten. Als wenn sie zusammengehören würden. Und für diese Kür ist es das perfekte Ende, sie haben es zusammen gemeistert, wie eine Einheit, und es ist mehr als stimmig, dass sie in diesen vereinten Positionen die quälenden fünf Sekunden der Stille überbrücken – bis bei der Weltmeisterschaft der tosende Applaus ausbricht, der jetzt von meinem kläglich wirkenden Händeklatschen symbolisiert wird, nachdem ich mich wieder gefasst habe.

Edgar und Madge atmen heftig. Vorsichtig und mit einem fassungslosen Ausdruck in den Augen sieht sie ihn an.

»Das war unglaublich«, sage ich mit ungewohnt dünner Stimme. »Braucht ihr mich überhaupt?«, greife ich Edgars

Worte auf, um die fast greifbare Spannung in der Luft zu lösen.

Hier und heute Abend ist etwas Magisches geschehen, das hat jeder gespürt, aber keiner weiß so recht, wie er damit umgehen soll. Ich weiß es zumindest nicht. »Das war ja schon ziemlich perfekt.«

Edgars Arme klatschen nach unten und er fährt eine Drehung. »Wusste ich's doch«, sagt er triumphierend. Doch da ist noch immer dieses Leuchten in den Augen, das zeigt, dass auch er nicht mit so etwas gerechnet hat.

Wir alle zucken zusammen, als ein lautes Pochen am Fenster ertönt. Es ist dasselbe Fenster, an dem Madge damals gestanden hat. Der weiße Rahmen zeichnet sich überdeutlich vor der Dunkelheit ab und feine weiße Flocken fallen im beständigen samtweichen Rhythmus dagegen. Ich tausche einen verwirrten Blick mit Madge aus, niemand weiß, dass wir hier sind, und lasse mich langsam darauf zugleiten.

Kaum dass ich das Gesicht auf der anderen Seite des Glases erkenne, erstarre ich. Hat mein Herz eben noch triumphiert, sinkt es nun vor Unsicherheit in den Keller. Auf der anderen Seite steht die Person, die ich hier am wenigsten erwartet hätte. Meine Mutter.

Kapitel 31

Madge

Das reguläre Training am Vormittag ist noch nicht einmal zur Hälfte vorbei und ich bin bereits der Verzweiflung nahe. Dabei gelingen die Pflichtfiguren der Zwillinge ausgezeichnet. Sie sind gut vorangekommen in den vergangenen Wochen, und wenn es nur die beiden sowie Edgar und mich als Teilnehmer gäbe, würde die Entscheidung um den ersten Preis wohl darauf hinauslaufen, ob die Preisrichter dem neuen oder dem alten Eislaufstil den Vorzug gäben. Julianna ist fest überzeugt, dass der neue Stil die Welt erobern wird, daher können wir nur hoffen, dass er in Russland und den anderen teilnehmenden Ländern noch nicht allzu verbreitet ist. Ansonsten wäre die Konkurrenz gigantisch, ganz gleich, wie überraschend vielversprechend das Training mit Edgar war.

Das ist aber nicht der Grund meiner Verzweiflung. Wie so oft ist es Benedict. Heute ist er endlich wieder beim Training, gleitet formvollendet über das Eis, kein Wunder, dass er neben Ulrich Salchow als einer der Favoriten gehandelt wird. Nur würdigt er mich mal wieder keines Blickes. Aber das muss keine Ablehnung sein, rufe ich mir in Erinnerung. Er könnte genauso gut vollkommen auf sein Training konzentriert sein, jetzt, wo er wegen der Reisevorbereitungen nicht mehr täglich üben kann. Und natürlich ist er ein Gentleman. Es wäre unschicklich, einer Frau zu viel Beachtung zu schenken, es könnte sie gar in Verruf bringen.

Zudem kann er nicht ahnen, dass Helen heute Morgen – unter theatralischem Protest – um fünf Uhr mit mir aufgestanden ist, um meine Haare mit dem Brenneisen zu locken. Anschließend hat sie die Locken so streng hochgesteckt, dass es an der Kopfhaut schmerzt. Ich trage zudem ein neues Kleid, das furchtbar eng geschnürt ist, blank polierte Schlittschuhe und ein herzliches Lächeln. Immer wieder suche ich die Nähe der jungen Männer bei meinen kleinen Eislaufeinheiten, die ich einlege, um warm zu bleiben.

Aber Benedict sieht mich nicht.

Ohne seine Aufmerksamkeit fühle ich mich so klein und unbedeutend wie eine Schneeflocke. Ob ich doch auch diese Belladonna-Augentropfen hätte nehmen sollen? Allerdings habe ich darüber einen kritischen Artikel gelesen und seit der Episode mit meinen Haaren bin ich lieber vorsichtig. Der Aufseher lässt seine Uhr zuklappen, erhebt sich ungelenk aus seiner Kanzel und watschelt in Richtung des Salons, um seine Raucherpause einzulegen. Jetzt oder nie! Ich nehme all meinen Mut zusammen, gleite zu den Männern hinüber.

»Benedict?«, frage ich und merke im selben Moment, dass es zu leise war.

Der kleine Mick sieht mich freundlich an. Benedict spricht, abgewandt von mir, mit den anderen weiter über seine anstehende Reise. Ich räuspere mich, so laut es geht. Natürlich müsste ich seinen Namen wiederholen, doch gleichzeitig fürchte ich, dass er mich abermals nicht hören würde, was außerordentlich blamabel wäre.

Schwungvoll kommt Edgar neben der Männergruppe zum Stehen. »Wie können wir dir weiterhelfen, Madge?«, fragt er laut und nun blicken alle Männer, einschließlich Benedict, in meine Richtung. Mir wird heiß.

»Ich, äh … ich … ich wollte Benedict nur fragen, ob seine tiefe Pirouette jetzt gelingt?«

Überrascht mustert er mich. »Ja«, sagt er dann zögerlich. »Ja, gewiss. Danke der Nachfrage.«

Und schon wendet er sich wieder ab. Ich spüre, wie ich in mich zusammensacke, und korrigiere rasch meine Haltung, nicke den anderen Männern zu und gleite langsam davon.

Natürlich ist keine drei Sekunden später Edgar an meiner Seite. Fast stöhne ich auf, ich fühle mich bereits miserabel und kann seinen Spott nicht gebrauchen. »Hast du von Julianna gehört?«, erkundigt er sich dann aber nur.

»Nicht viel.« Ich brenne selbst darauf zu erfahren, wie der Abend für sie weitergegangen ist, aber sie hat uns gestern signalisiert zu gehen, nachdem sie erkannt hatte, wer da am Fenster stand.

»Sie wird ihre Mutter wohl heute treffen, deswegen war sie nicht sicher, ob sie es pünktlich zum Training schafft«, fasse ich für Edgar zusammen. »Du könntest also später kommen, wenn du magst.«

Der Gedanke, mit Edgar alleine zu sein, beunruhigt mich, doch er schüttelt ohnehin den Kopf. »Wir kriegen die Zeit schon rum. Du könntest sie für ein spezielles Edgar-Konversationstraining nutzen, denn wenn wir ehrlich sind, war das eben mit Benedict mal wieder eine recht … erbärmliche Vorstellung.«

Ich verdrehe die Augen.

»Verdammt, der Aufseher kehrt zurück«, flüstert Edgar mir dann zu. »Lass uns schnell so tun, als würde ich dir eine Pirouette erklären.«

Pflichtschuldig breite ich meine Arme aus, da wir wirklich eine Erklärung brauchen, wenn wir in trauter Zweisamkeit miteinander sprechen. »Du erklärst *mir* eine Pirouette?«, zische ich ihm aber gleichzeitig zwischen zusammengepressten Backenzähnen zu, denn wir beide wissen, dass gerade Pirouetten meine Spezialität sind.

Edgar nickt zu Mister Babington. »Er wird keinen Verdacht schöpfen. Euer Trainer hat es ja mal wieder nicht geschafft und Babington weiß sicherlich nicht, welch eine Koryphäe du auf diesem Gebiet bist.«

Eine warme Freude über sein Kompliment beginnt sich in mir auszubreiten, als er hinzusetzt: »… was man allerdings von anderen Lebensbereichen nicht behaupten kann.«

Er gibt mir an den Armen Schwung und gegen meinen Willen drehe ich mich um die eigene Achse. Wütend sehe ich ihn an, sobald sich meine Geschwindigkeit wieder verringert. Meine Felle in Sachen Benedict schwimmen buchstäblich davon und er macht sich lustig. »Es kann ja nicht jeder in einem riesigen Haus aufgewachsen sein, das gefüllt ist mit Angehörigen des anderen Geschlechts, sodass man jederzeit mühelos Konversation mit jedermann und jederfrau führen kann.«

»Hmmm …« Er scheint darüber nachzudenken und ich triumphiere. »Wie viele Geschwister hast du noch einmal genau?« Er hat den Kopf schief gelegt, und ich hasse die Belustigung, die seine Mundwinkel umspielt.

Mein Nacken kribbelt, der Aufseher sieht herüber und

rasch hebe ich ein Bein und balanciere mich aus. Edgar umrundet mich und tut so, als würde er mir etwas erklären.

»Ach, komm schon, Madge«, sagt er dann aber überraschend ernst, als er wieder vor mir steht. »Warum willst du mich dir partout nicht helfen lassen?«

Er wirkt sogar etwas verletzt und alles zieht sich in mir zusammen. Ich flüchte mich in die Drehung einer neuen Pirouette, nur um ihn nicht ansehen zu müssen.

Spreche erst, als ich wieder zum Stillstand gekommen bin. »Ich kann einfach nicht.«

Seine Augen studieren jeden Winkel meines Gesichts. Er scheint die Antwort dort nicht zu entdecken. »Warum?«, fragt er leise.

»I… i… ich … ich stehe bereits so tief in deiner Schuld. Unmöglich kann ich erneut deine Hilfe aus deinem Mitleid heraus annehmen.«

Das ist die Wahrheit und nun ist sie draußen. Tapfer halte ich seinem Blick stand und versuche, die unguten Gefühle, die meine Ehrlichkeit hochgespült hat, hinunterzuschlucken.

Wir sehen uns direkt an, und nur, weil ich weiß, dass wir hier nicht unbescholten einfach nur stehen und starren können, hebe ich die Arme und strecke sie weit von mir.

Edgar nimmt den Hinweis auf, auch er scheint sich der permanenten Kontrollblicke des Aufsehers bewusst zu sein. Er gleitet zu meiner Seite – und ein wohliger Sonnenstrahl zieht von den linken Fingerspitzen, wo seine Haut auf meine trifft, als er vermeintlich die Haltung meiner Hände korrigiert, hinüber zu den rechten Fingerspitzen. Er wiederholt das Gleiche mit meinem rechten Arm und wieder spüre ich seine Berührung vom Arm bis in die Brust ziehen. Es muss die Anspannung sein. Schließlich hat er mich gestern Abend lange und oft berührt und nichts dergleichen ist geschehen. Ja, es ist dieses bisschen Wärme seiner Haut an einem ansonsten unangenehm kalten Morgen, der voll eisiger Ablehnung ist.

»Aber es wäre kein Mitleid.« Jetzt steht er wieder vor mir. Umfasst meine Schultern, als würde er sie auf die korrekte gleiche Höhe bringen, und nutzt die Nähe, um direkt in meine Augen zu sehen.

»Nicht?«, frage ich verwirrt.

Belustigt schüttelt er den Kopf. »Natürlich nicht.«

Noch immer verdattert, sehe ich ihn an. Kann nichts sagen.

»Weißt du, Madge, die anderen sehen es vielleicht nicht und ich gebe es nicht gerne zu, aber für mich bist du eine der begabtesten Eisläuferinnen Englands. Und jetzt, wo du diesen neuen Stil für dich entdeckt hast … Er ist … herausragend! Atemberaubend. Er könnte zu einem Unterfangen von historischer Bedeutung heranwachsen. Ich bin der festen Überzeugung, dass schon in wenigen Jahren niemand mehr den englischen Stil erlernen möchte. Dann wäre ich ein Trainer ohne Schüler!«

Nachdenklich sehe ich ihn an, zugegebenermaßen habe ich bisher nicht darüber nachgedacht, was geschehen würde, wenn die Wiener Schule noch weiter um sich greift, auch wenn das ebenso Juliannas Vorhersage war.

»Deswegen bin ich *dir* zu Dank verpflichtet. Danke, dass ihr mich in diesen neuen Stil einweist. Danke, dass du mit mir tanzt! Und nur daher rührt mein Ansuchen: Bitte, bitte, bitte gib mir diese Gelegenheit, damit *ich* mich erkenntlich zeigen kann. Ich weiß noch nicht, wie ich es machen werde, aber wenn Benedict dein Auserwählter ist, werde ich alles in meiner Macht Stehende tun, damit ihr euch näherkommt.«

»Ah, da sind ja meine Eisläufer!« Die Zeitung raschelt, als Vater sie beiseitelegt. Mit ausgebreiteten Armen kommt er im Wohnzimmer auf uns zu, wo uns die heimelige Wärme des Kaminfeuers umhüllt. Es duftet nach heißem Apfel und Zimt, offenbar hat meine Mutter zur Feier des Tages *Winter Pimm's* gemacht. Neben den Bechern entdecke ich zudem frische Scones und mir läuft das Wasser im Mund zusammen. Da Vater nach einem Schwächeanfall direkt am ersten Weihnachtstag ins Krankenhaus musste, hat er all die Leckereien verpasst, das soll er jetzt wohl nachholen.

»Du bist wieder da?«, fragt Helen begeistert und wir fallen ihm der Reihe nach um den Hals. Zu meiner Erleichterung stelle ich fest, dass er momentan sehr lebhaft und ausgeglichen wirkt.

»Kommt, setzt euch einen Moment zu mir und berichtet, wie es mit dem Training vorangeht. Eure Geschwister haben mir bereits erzählt, was es Neues gibt, jetzt seid ihr dran.«

Ich lasse Henry und Helen den Vortritt, denn ich muss mir genau überlegen, was ich sage. Gedankenverloren löse ich eine der Schildpattspangen aus meinem Haar und streiche über die glänzend weiche Oberfläche. Sie waren einst der Inbegriff meiner Anpassung, denn vorher habe ich die losen Strähnen lieber fliegen lassen. Ich bin genau die Vorzeigetochter geworden, die Vater sich immer gewünscht hat. Als

Zeichen meines Respekts. Ich weiß es sehr zu schätzen, dass er mich trotz meines egoistischen Verhaltens nicht verstoßen hat. Und diese Wertschätzung will ich ihm beweisen. Durch meine makellose Kleidung. Meine perfekt sitzenden Frisuren. Keinen einzigen Trainingstermin habe ich verpasst und mein Engagement bei den Antisuffragetten hat mich zu ihrer stellvertretenden Vorsitzenden gemacht.

Und nun zerbröckelt langsam alles.

Trotz meiner Bemühungen scheint das alte Ich durch.

Durch das Färben habe ich meine perfekten Frisuren zerstört.

Durch meine Ausflüge nach Whitechapel und dergleichen fehlt mir die Zeit für das tägliche Aufbürsten und Dämpfen meiner Kleider. Ich habe sie auch schon lange nicht mehr mit duftendem Puder bestäubt.

Ich habe zwar keinen einzigen Trainingstermin verpasst, doch anstatt meine Geschwister zu trainieren, trainiere ich selbst.

Und statt die traditionellen Ansichten der Gesellschaft zu verteidigen, bringe ich mein Wissen und meine Ideen nun bei den Suffragetten ein.

Die Frage ist nur: Bin ich nur noch ein Schatten meiner selbst oder bin ich dabei, mein eigentliches Ich zu finden?

Ich weiß es nicht. Ich weiß nur, dass ich unbedingt bei dieser Weltmeisterschaft antreten muss.

Aber wie soll ich meinem Vater den Partnerwechsel erklären? Er hält große Stücke auf Rufus – oder zumindest auf das Vermögen seiner Familie. Edgars Familie hingegen … Die Chevaliers sind zwar wohlhabend, aber ihre politische Gesinnung wäre ihm ein Dorn im Auge. Das darf er unter keinen Umständen erfahren, sonst kann ich die Weltmeisterschaft vergessen. Unsere Teilnahme soll ja vor allem helfen, unseren guten Ruf zu stützen. Wenn wir dafür mit den Revolutionären in einen Topf gesteckt werden, wäre das ganze Unterfangen in seinen Augen schädlich.

Immerhin ist mir mittlerweile etwas wohler zumute, wenn ich an Edgar denke. Nun, da er verdeutlicht hat, dass er es nicht so sieht, als müsse ich ihm auf ewig dankbar sein, und er versprochen hat, mir mit Benedict zu helfen, fühle ich mich sehr viel leichter. Er kann immerhin mit seinen Beziehungen und seiner Nähe zu Benedict wahrhaftig etwas ausrichten und lenken. Schon kurze Zeit nach meiner Einwilligung hat er der gesamten Gruppe vorgeschlagen, zur Neujahrsgala der Philharmoniker zu gehen. Alle haben begeistert zugestimmt, und so habe ich nun auch die perfekte Ausrede, um endlich einen gesellschaftlichen Abend an Benedicts Seite zu verbringen. Perfekte Voraussetzungen, um ein näheres Kennenlernen zu arrangieren. Wenn es gut läuft, bittet Benedict danach vielleicht darum, einen Höflichkeitsbesuch bei uns abstatten zu dürfen.

»Und wie geht das Training bei dir mit diesem patenten jungen Mann voran?«, reißt Vater mich aus meinen Gedanken. Die Zwillinge haben nun wohl alle Neuigkeiten von sich erzählt. Helen wirft mir einen nervösen Blick zu, als sie sich erhebt, und bedeutet Henry, mit ihr zu kommen.

»Ja«, sage ich gedehnt, sobald wir alleine sind. »Also, was das betrifft … es hat eine winzig kleine Änderung gegeben.«

Sofort ziehen sich seine Augenbrauen zusammen. »Ach ja?«

»Keine Sorge, es sind gute Neuigkeiten«, beschwichtige ich ihn. Endlich habe ich eine Idee, wie ich meinen Partnerwechsel als das Beste hinstellen kann, was passieren konnte. »Stell dir vor, der Trainer der Herren hat sich bereit erklärt, mit mir anzutreten. Edgar Morris Wood Syers.« Im Stillen danke ich dem Herrgott, dass Edgar nicht den Namen seiner Adoptivmutter angenommen hat. So klingt es recht unverfänglich.

Doch Vater wirkt nicht überzeugt. Er scheint es im Kopf abzuwägen, zumindest wiegt er ihn langsam hin und her. »Und was ist mit diesem stattlichen jungen Mann? Der war doch sehr tüchtig … Nein, Madge, das gefällt mir ganz und gar nicht. Du kannst nicht immer solch ein flatterhaftes Wesen sein und dich dahin wenden, wohin dein erster Gedanke dich trägt. Wir wissen beide, dass das nicht gut endet.«

Ich spüre die Hitze bis in die Ohrläppchen, als er mich so streng ansieht und meinen großen Fehler ins Spiel bringt.

»A… a… aber …«, stottere ich. »Mit ihm verdoppeln sich meine Chancen auf den Gewinn, wenn sie sich nicht sogar verdreifachen.«

»Schön und gut, aber du hast diesem jungen Mann, diesem Rufus, ein Versprechen gegeben, und hier gilt es, Wort zu halten. Das macht edle Menschen aus. Verlässlichkeit und Integrität. Nichts anderes möchte ich von außen über die Mitglieder meiner Familie hören.«

Ich schlucke. Wenn er die Moral einbringt, ist es immer besonders schwer, dagegen zu argumentieren. Wie schon so oft wünschte ich, ich wäre ein ebenso edelmütiger Mensch wie er. Er führt ein sittliches Leben, und ihm würde nicht im Traum einfallen, gegen derartige Prinzipien zu verstoßen.

Allerdings geht es auch nicht nur um mich. Edgar habe ich ebenfalls ein Versprechen gegeben und Julianna auch. »Rufus ist aber einverstanden. Und sagtest du nicht selbst, dass ein Weltmeistertitel unserem Ruf viel Gutes tun würde?«

Das hat er tatsächlich gesagt, nur auf einmal wirkt es so, als sähe er das Eislaufen allein als Gelegenheit, eine gute Partie zu machen. Ich merke, dass noch mehr Worte aus mir herausplatzen wollen, und das sehr laut. Ich zwinge mich, ruhig zu atmen, denn mein altes Temperament wird hier nicht helfen.

»Schon«, sagt er ruhig und nimmt einen Schluck seines Winter Pimm's, der mittlerweile gewiss kalt geworden ist. »Aber wie heißt es so schön? Lieber den Spatz in der Hand als die Taube auf dem Dach. Und ich habe gesehen, wie dieser Rufus dich angehimmelt hat … Etwas Besseres kann uns nicht geschehen. Die Weltmeisterschaft hingegen, die ist mehr als ungewiss. Wir könnten die Kosten sparen und hätten ein noch besseres Ergebnis!«

Ich will schreien und toben. Immer hat er das Eislaufen befürwortet und nun will er mich plötzlich verheiraten, anstatt meine Ziele zu unterstützen? Das macht mich so wütend, dass ich am liebsten die Tapeten von den Wänden ziehen und die edlen Stoffe der Schmuckkissen aufreißen und die Füllwatte im ganzen Zimmer verteilen will. Ja, ich will Stühle umschmeißen und den Tisch zum Fenster rauswerfen. Den Buckingham Palace bis nach Paris schleudern, so zornig bin ich. Die Aktionen der Suffragetten würden wie Kinderstreiche wirken, wenn ich meiner Wut freien Lauf lassen könnte.

Plötzlich wird mir etwas bewusst.

Ich will gewinnen.

Das will ich mehr als alles andere. Zu Beginn hatte ich vor

allem Interesse an der Weltmeisterschaft, weil ich dann an Benedicts Seite nach Russland reisen könnte. Und weil wir dringend das Geld benötigen.

Aber mittlerweile ist da mehr.

Mit dem regelmäßigen Training ist der Ehrgeiz gekommen. Ich will wissen, ob ich mit meinem Partner die Preisrichter überzeugen könnte. Ob ich wirklich so eine gute Eiskunstläuferin bin, wie Edgar behauptet. Und dazu benötige ich ihn an meiner Seite. Mit Rufus brauche ich es gar nicht erst zu versuchen.

Für drei Herzschläge schließe ich die Augen, dränge all die Gefühle zurück.

»Ich war mit Rufus spazieren in Kew, während du im Krankenhaus warst. Wie es aussieht, hat er keinerlei Interesse an meiner Person. Es muss falsch rübergekommen sein.«

»Was?«, empört er sich. »Also das kann ich mir nun beim besten Willen nicht vorstellen. Er könnte froh sein, eine Frau wie dich an seiner Seite zu haben.«

Herrje, wie soll ich nun hier wieder rauskommen? »Das denkst du als mein Vater vielleicht. Aber Rufus ist bei der Damenwelt sehr beliebt.«

Vater runzelt die Stirn. »Dieser kleine, eher dralle Bursche, der spricht wie ein Bauer?«

»Ja …«, sage ich um Worte ringend und komme immer mehr ins Schwitzen. »Es mag zunächst absonderlich klingen, aber er hat das gewisse Etwas an sich …« Ich wedle mit der Hand durch die Luft, als gäbe es da etwas, das ich nicht zu fassen bekomme.

Vater schaut immer noch mehr als skeptisch aus. Dabei finde ich es gar nicht vollkommen abwegig. Rufus mag nicht unbedingt das Bild von einem Manne sein, aber menschlich ist er durchaus ein großer Gewinn.

Vater sieht zweifelnd zu Henry, der gerade wieder hereingekommen ist und zum Glück sofort heftig nickt. »Absolut! Helen redet auch ständig von ihm.«

Damit werden wir Vater überzeugen, das sehe ich sofort. Vermutlich schmiedet er auf der Stelle Pläne, wie er Helen und Rufus verbandeln könnte – und in diesem Moment tritt auch Helen völlig unverhofft in den Raum.

»Von wem rede ich ständig?«, fragt sie gut gelaunt und greift sich einen Apfel aus der Obstschale und beißt hinein.

»Von Rufus«, sagen Henry und ich wie aus einem Munde, und ich schicke Stoßgebete in den Himmel, dass Helen sich nicht auf der Stelle an ihrem Apfel verschluckt.

»Oh ja …«, beginnt sie zunächst zögerlich, und nachdem sie zu Henry gesehen hat, werden ihre Worte kräftiger. »Rufus ist einfach wunderbar«, sagt sie und legt in einer großen Geste ihre freie Hand aufs Herz. »Er ist so … so … so …« Sie ringt und ringt um Worte, deswegen schalte ich mich schnell ein.

»Ich sag's ja. Man kann es nicht in Worte fassen. Er hat einfach das gewisse Etwas.«

Vater sieht mich scharf an, sucht jeden Winkel meines Gesichts nach einer Lüge ab.

Aber da ist nichts.

Schließlich grummelt er leise.

Und dann kommen die erlösenden Worte. »Nun gut. Dann tanz mit diesem Edgar.«

Kapitel 32

Madge

Nach dem Vormittagstraining führt Edgar mich in den St. James Park. Heute wollen wir sein *Konversationstraining* absolvieren, damit ich endlich mit Benedict reden kann, ohne vorher einen Schnaps in Höhe der Tower Bridge zu trinken. Schließlich ist der Neujahrsempfang schon übermorgen.

»Schön, dass ihr alle bereit seid, Madge und mir zu helfen.« Wir stehen auf dem vom geschmolzenen Schnee durchweichten Gras vor einer ganzen Reihe vorwiegend junger Männer in Anzügen. »Die junge Dame hier hat ein Problem damit, Unterhaltungen mit einem gewissen jungen Mann zu führen, und das werden wir heute üben«, erklärt er. »Hat jeder von euch, wie besprochen, eins der gängigen Konversationsthemen vorbereitet?«

Die Männer nicken oder rufen beipflichtend.

»Und darauf soll ich nun eingehen, damit ich schon vorher weiß, was ich zu welchem Thema sagen könnte?«, erkundige ich mich mit gerunzelter Stirn.

»Nicht ganz. Ich würde dich bitten, möglichst ungewöhnliche Antworten zu geben.«

»Wieso denn das?«

»Männer mögen Frauen, die offen ihre Meinung sagen.

Menschen, die sich kein Blatt vor den Mund nehmen. Aufgeweckte Geister, die nie um eine Antwort verlegen sind.«

Ich lache auf. »Du meinst wohl, dass du das magst.«

»Nein, jeder mag das. Oder, meine Herren?«

Tatsächlich nickt ein jeder von ihnen. »Zumindest sind das die Damen, die einem zuerst ins Auge fallen«, sagt einer.

»… und die, die später im Gedächtnis bleiben«, setzt ein anderer mit einer ovalen Brille hinzu.

»Genau«, sagt Edgar triumphierend. »Deswegen hat jeder meiner Freunde eines der gebräuchlichsten Konversationsthemen vorbereitet. Du weißt schon … Kunst und Musik, die Königin, neue Technologien, die Großartigkeit unseres Landes, das übliche Palaver eben. Aber …«, er hebt den Zeigefinger und sieht mich streng an, »… du wirst im stetigen Wechsel mit ihnen spazieren und so oft mit witzigen oder verblüffenden Antworten glänzen, wie es dir nur möglich ist. Dabei kommt es zunächst nicht auf die Qualität deiner Antworten an, Hauptsache, du sagst etwas Unerwartetes, es muss nicht ungemein geistreich sein.«

»Du meinst, so wie du es für gewöhnlich machst?«, frage ich unschuldig und seine Freunde lachen.

»Gar nicht schlecht für den Anfang, Miss Cave.« Mit einem Schmunzeln klopft er mir auf die Schulter. Dann ordnet er an, dass sich die Männer jeweils in hundert Meter Entfernung voneinander aufstellen, und dirigiert den ersten, der einen schnieken Spazierstock dabeihat, zu mir.

»Guten Tag, Miss Cave, es freut mich, Ihre Bekanntschaft zu machen«, sagt er und bietet mir seinen Arm an. Ich bette meine Hand darauf und erwidere die freundliche Begrüßung. Dann steigt er direkt ins Gespräch ein.

»Ich hoffe sehr, dass unsere Kricket-Mannschaft Australien im kommenden Jahr besiegen wird, sie hätte es sich wahrlich verdient. Interessieren Sie sich ebenfalls für Kricket, Miss Cave?«

Ich muss kurz überlegen. Normalerweise würde man jetzt erwarten, dass ich begeistert zustimme, ganz gleich, was ich von diesem Sport halte. Also entscheide ich mich für etwas anderes. »Gewiss. Ich drehe ja immer nur auf dem Eis meine Runden. Aber Männer in pyjamaartigen Flanellhosen, die zwischen zwei Punkten hin- und herlaufen und mit einem platt gedrückten Nudelholz auf einen Ball einschlagen? Ich kann mir wahrlich nichts Aufregenderes vorstellen.«

Er sieht mich überrascht an und lacht freiheraus. »So kann man es auch sehen«, sagt er.

Wir erreichen an einem blätterlosen Busch den nächsten jungen Mann und nach etwas Vorgeplänkel kommt der auf sein Thema zu sprechen. »Thomas Hardy fängt das Wesen des ländlichen Lebens wirklich treffend ein.«

Auch hier wäre eine Einstimmung auf das Lob mehr als angebracht und ich mag Hardys Bücher ebenfalls. Aber darum geht es hier nicht. »Fürwahr«, sage ich stattdessen. »Wir wollen aber nicht hoffen, dass er künftig den ländlichen Geruch ebenso treffend einfängt.«

Ein Grauhörnchen huscht davon, als er mich mit einem leichten Lachen an den nächsten Gesprächspartner übergibt, dem ich ebenfalls auf sein Lob von Strauss' neuestem Konzert eine ungewöhnliche Antwort entgegenhalte.

Zu meiner eigenen Überraschung läuft die lockere Konversation völlig problemlos. In der Regel bereitet es mir keine Schwierigkeiten, eine flapsige Antwort aus dem Hut zu zaubern – bis der Letzte mit den Gamaschen an den Beinen, die seine Hosen vor dem mittlerweile schmutzigen Schnee schützen sollen, auf das Frauenwahlrecht zu sprechen kommt. »Die Suffragettenbewegung zieht nun ja immer größere Kreise. Wie ist es mit Ihnen, Miss Cave? Denken Sie, dass Frauen das Wahlrecht bekommen sollten?«

Zuvor ist mir stets etwas eingefallen. Aber diesem Mann mit dem leicht schütteren Haar kann ich keine Antwort geben. Denn um die erwartbare Antwort umzudrehen, müsste ich wissen, welche Antwort die richtige wäre.

Ich kann es ehrlich nicht sagen.

Eine Hälfte in mir schreit Ja, die andere Nein.

Den Wechsel wagen oder doch lieber alles so lassen, wie es ist, schließlich ist es ja nicht vollkommen schlecht. Was, wenn sich das Frauenwahlrecht als Schritt ins Verderben entpuppt? Schließlich kann ich nicht von allen Frauen mit Sicherheit sagen, dass sie eine verantwortungsvolle Wahl treffen würden. Was, wenn einige sich beeinflussen ließen und sich die problematischen Wahlergebnisse dadurch verdoppelten?

»Madge, wir müssen leider Schluss machen für heute«, beendet Edgar, der nun auf mich zukommt, mein Gedankenkarussell. »Ich begleite meine Mutter gleich ins Theater.« Er nickt zum Rand des Parks, wo eine schwarze Kutsche mit rotem Polster steht und Constance Chevalier gerade aussteigt. Sie winkt uns aus der Ferne zu. »Aber wie ich gehört habe, lief es ja schon sehr gut. Die allermeisten meiner Freunde haben mir berichtet, dass du an sich keinerlei Probleme mit ausgefallenen Antworten hast. Warum also bei Benedict?«, fragt er, während wir auf Madame Chevalier zugehen, nachdem wir uns von Edgars Freunden verabschiedet haben.

»Ach, ich weiß es auch nicht so genau. Irgendwie fühle mich in seiner Nähe so befangen. Und ich glaube, dass ich bei ihm immer versucht bin, etwas besonders Kluges oder Einfallsreiches zu sagen. Schließlich ist er selbst so belesen, da kann ich nicht einfach das Erstbeste, was mir in den Sinn kommt, hinausposaunen.«

»Also, wenn du mich fragst: Sei einfach du selbst, dann wird er früher oder später anbeißen. Dürfen wir dich in der Kutsche ein Stück mitnehmen?«

Ich nehme dankend an. Es ist nicht weit bis nach Hause, aber es war ein langer Nachmittag und es wird guttun, ein wenig zu sitzen.

Constance Chevalier begrüßt mich herzlich, und ich bin im Begriff, in die Kutsche zu steigen, als eine zornige Stimme mich innehalten lässt. »Florence Madeline Cave!«

Umgehend breitet sich eine Gänsehaut aus. Nicht viele Menschen benutzen meinen vollständigen Namen. Ich lasse meinen Fuß zurück zum Boden gleiten und drehe mich vorsichtig um.

Vater steht wutschnaubend vor mir. Ich habe zwar erwähnt, dass ich nach dem Training für eine strategische Besprechung hier sein würde, hätte aber nie damit gerechnet, dass er herkommt.

»Vater, was machst du denn hier? … Darf ich dir Edgar vorstellen, meinen neuen Eiskunstlaufpartner, von dem ich dir erzählt habe?«

»Das«, er deutet mit dem blanken Finger auf Edgar, »soll dein neuer Partner sein?« Sein Blick wandert zu Constance, die mit einem milden Lächeln in der Kutsche sitzt. »Was hat er mit der Chevalier zu schaffen?«

Ich will ihm eine Lüge auftischen, doch ein nicht minder wütender Edgar sagt freiheraus: »Das ist meine Mutter. Bitte behandeln Sie sie mit dem ihr gebührenden Respekt.«

Vater zerrt mich ohne ein weiteres Wort von der Kutsche fort. Panisch sehe ich zu Edgar zurück, als ich davonstolpere und Vater mir zuzischt: »Mit ihm wirst du unter gar keinen Umständen antreten. Eine Antisuffragette mit dem Sohn der führenden Suffragette? Was hast du dir nur gedacht?«

Kapitel 33

Julianna

Keine Eltern zu haben, ist wie ein fehlendes Spiegelbild. Man weiß, dass naturgegeben etwas da sein sollte, man blickt immer wieder hinein, und doch bleibt das Bild … leer. So ist es zeit meines Lebens gewesen. Ist es da überraschend, dass ich mehr als nervös bin, dass sich heute all das ändern könnte? Ich kann noch immer nicht glauben, dass meine Mutter doch noch zu mir gekommen ist. Obwohl ich ihr mehrere Sekunden in die Augen gesehen habe, hat es gedauert, bis ich verstanden habe, wer da überhaupt vor mir stand. Rasch habe ich Madge und Edgar gebeten zu gehen, es war schwer genug, mit all den Gefühlen zurechtzukommen, da konnte ich keine Zuschauer gebrauchen.

Aber Angelina wollte mir nicht direkt sagen, warum sie gekommen ist. Sie hat um ein Gespräch in aller Ruhe gebeten und zeigt mir dafür heute ihren Lieblingsort.

Diesmal muss ich meine Vorfreude nicht in Schach halten. Ihr Verhalten in der vergangenen Woche hat mich dermaßen verletzt, weswegen ich mir fest vorgenommen habe, ihr nur mit äußerster Vorsicht zu begegnen. Ich werde mein Herz fest verschlossen halten. Wer weiß, was sie mir sagen will? Womöglich hat sie noch einmal den Künstlernamen gewechselt oder sie will ihr Gewissen erleichtern und mir möglichst schonend erklären, warum sie nichts mit mir zu tun haben möchte?

Deswegen spüre ich gar keine Vorfreude mehr, schließlich habe ich mich gerade erst nach meinem Zusammenbruch mühevoll wieder hochgerappelt.

Was wohl ihr liebster Ort sein mag, frage ich mich, während ich in der Metropolitan Line beobachte, wie die Grautöne an den Fenstern vorüberziehen. Vielleicht ein besonders schöner Park oder ein Museum?

Als ich wenig später in Aldgate aussteige und die Treppe erklommen habe, traue ich daher meinen Augen kaum. »Ein Markt?«, frage ich ungläubig, nachdem sie mich in Empfang genommen hat.

»Nicht *irgendein* Markt«, beschwichtigt meine Mutter und deutet die Straße hinunter, »es ist der Petticoat-Lane-Markt!«

Sie führt mich zu den ersten Ständen unter den bunten Schirmen und Markisen und schon bald sind wir von der trubeligen Atmosphäre umschlossen. Es riecht nach Curry, Pfeffer und Süßem. Geschirr klappert, irgendwo entlockt jemand einem Zupfinstrument eine für mich völlig unbekannte, sehr fröhliche Melodie.

Überall sind Menschen, und je tiefer wir in die Gasse hineingehen, umso dichter werden die Stimmen in den unterschiedlichsten Sprachen und vermischen sich. Kein Mensch sieht hier wie der andere aus. Natürlich gibt es Männer in diesen lustigen karierten Schottenröcken. Aber es gibt auch Frauen, die bunte Seidenschals um den Hals und über den Kopf gelegt haben, Männer mit einer Art besticktem Hemd, das bis zu den Knien reicht und weit vom Körper absteht.

Andere wiederum tragen eng anliegende Kleider aus glänzenden Stoffen mit weitem Kragen. Wunderschöne Seidenmäntel in leuchtenden Farben streifen lange schwarze Mäntel der Männer mit Kippa. Wenn man über die Köpfe sieht, stößt man auf Mützen, Zylinder, Turbane, Haare … ein bunter Mischmasch aus allem. Noch viel mehr als sonst in den Straßen von London und ich liebe es.

Hier kann man nicht auffallen.

An den Ständen scheinen dennoch viele Angelina zu kennen, sie muss immer wieder jemandem zuwinken, Grüße erwidern und kleine Köstlichkeiten probieren, zu denen sie mich dann heranwinkt. So ungewöhnlich ich die Wahl des Ortes finde, so froh bin ich darüber. Er gibt uns etwas zu tun und doch können wir uns ganz zaghaft kennenlernen. Sehen, was die andere gerne mag und wie sie das Gesicht verzieht, wenn etwas nicht geschmeckt hat.

Schließlich zieht Angelina mich in einen Pub-Eingang. »Zeit für ein richtiges Essen«, sagt sie.

»Ich …«, setze ich an, weiß aber nicht, wie ich erklären soll, dass ich mein Geld nicht für Kinkerlitzchen wie Essen ausgeben kann, wenn ich jemals das Geld für meine Rückfahrkarte zusammenhaben will.

Doch sie winkt ab. »Ich übernehme das.«

Ohne mir Zeit für Protest zu lassen, steuert sie bereits einen leeren Tisch am Fenster an, und mir bleibt nichts, als ihr zu folgen.

Eine Weile schweigen wir, nachdem wir das Essen bestellt haben. Im Pub gibt es nichts mehr zu entdecken, hier sind nur speckige Tische, Stühle, die regelmäßig so laut über den Boden schaben, dass es im Zahnfleisch schmerzt, und jede

Menge Rücken. Rücken in karierten Hemden, dicken Jacken und grob gestrickten Pullovern.

Schließlich legt sie die abgegriffene Bronzefigur vor mich hin. »Die hast du bei mir vergessen.«

Ich hebe die Schultern und lasse sie wieder fallen. »Die Figur hat mich stets daran erinnert, dass ich irgendwo da draußen eine Mutter habe, die sich mir verbunden fühlt. Wenn dem doch nicht so ist, brauche ich die Figur nicht länger.«

Herausfordernd sehe ich sie an, sie nimmt sie nicht zurück. Unsere Würstchen mit Kartoffelbrei kommen und wir essen.

»Es tut mir leid«, sagt sie schlicht, als wir beide das Besteck zur Seite gelegt haben.

»Was genau?«

»Dass ich dich wieder weggeschickt habe, obwohl du den weiten Weg gekommen bist und so lange nach mir gesucht hast. Ich …« Sie schiebt die Gabel etwas höher, legt sie ordentlich neben das Messer. »Es war in dem Moment alles zu viel. Wir trainieren momentan jeden Tag von früh bis spät, ich hätte nie mit dir gerechnet und ich … ich wusste einfach nicht, wie ich damit umgehen soll.« Den letzten Satz hat sie geflüstert und jetzt blickt sie endlich auf, sieht mir zaghaft in die Augen.

»H… heißt das …«, frage ich vorsichtig, denn so richtig zugegeben hat sie es immer noch nicht. Sie atmet tief ein, presst die Lippen zusammen, aber schließlich nickt sie.

»Ja«, sagt sie kaum hörbar. »Ich … ich bin deine Mutter.«

Zu meiner Überraschung lache ich leise auf. Gleichzeitig werden meine Augen heiß, und ich spüre, dass mit dem nächsten Wimpernschlag eine Träne kommen wird. Ich schlage die Hand vor den Mund, blinzle heftiger, damit die

Tränen wieder verschwinden, und sehe sie an, als wäre es das erste Mal. Und irgendwie ist es das auch.

Ein Lächeln kommt, verschwindet wieder, da ich es nicht glauben kann, und kommt dann ganz zaghaft zurück, um zu bleiben.

In diesem Moment wird mir etwas klar. Ganz langsam zeichnet sich diesmal ein Bild im Spiegel ab, wenn ich nun hineinblicke. Es ist noch sehr verschwommen, kaum erkennbar, denn ich kann meine Mutter noch nicht richtig einschätzen. Aber der Spiegel bleibt nicht länger leer.

Ich bin nicht mehr allein auf der Welt.

Kapitel 34

Madge

Man sollte meinen, dass der Zorn meines Vaters dazu geführt hätte, dass er mir alles verbietet. Allerdings würde er um nichts in der Welt verhindern, dass seine Kinder den Neujahrsempfang der Philharmonischen Gesellschaft verpassen, wenn sie dazu geladen sind. Nicht einmal, wenn er selbst zurück ins Krankenhaus muss. Daher trete ich jetzt neben Henry und Helen in die Great Egyptian Hall des Mansion House, wo der Empfang inklusive Konzert, Dinner und Ball stattfindet.

Es ist ein beeindruckender Raum mit Kreuzrippengewölbe, die schmalen Säulen tragen an ihrer Spitze goldene Ornamente und das gigantische Bogenfenster ist mit buntem Glas ausgestattet. Ich kann nur beim besten Willen nichts Ägyptisches entdecken, daher wundere ich mich über den Namen – aber nur bis ich Benedict in der Menge entdecke. Seine halblangen Haare wippen beim Gehen und in seinem Frack und mit der weißen Fliege sieht er so gut aus, dass ich mich wundere, dass ihm nicht jeder hinterhersieht. Ich für meinen Teil kann kaum die Augen von ihm wenden. Durch geschicktes Manövrieren gelingt es mir sogar, direkt neben ihm einen Platz zu ergattern.

Er lächelt mir zu, sobald wir uns gesetzt haben und uns für das anderthalbstündige Konzert zurechtruckeln. Mein Lächeln verlässt daraufhin meine Lippen nicht mehr. Ich sehe zwar wie alle anderen auf den Dirigenten und das Orchester, doch gefühlt tanzt mein Körper über Wolken, ist so wendig und leicht wie beim Eislaufen und lässt sich von der Musik in großen und kleinen Wogen durch den gesamten Konzertsaal kreisen. Es ist so schön an seiner Seite, fühlt sich so richtig an. Vergessen sind die Sorgen um die Weltmeisterschaft und dass ich Vaters Verbot auch noch Edgar beichten muss. Rasch verbanne ich den Gedanken aus meinem Kopf, will lieber diese wunderschönen Momente genießen.

Nach dem Konzert wendet Benedict sich mir direkt zu und ich komme abermals in den Genuss seines so sanften Lächelns. »Was für ein wundervolles Konzert«, sagt er mit glänzenden Augen und alles in mir beginnt zu kribbeln. Seine Worte geben mir die Gelegenheit, mein neu erprobtes Konversationsvermögen zum Einsatz zu bringen, und ich sage: »Wahrlich himmlisch!«

Nun gut. Zugegebenermaßen sind mir die unkonventionellen und überraschenden Antworten hier bisher noch nicht geglückt, aber das Beste an diesem Neujahrsempfang ist, dass er erst begonnen hat. Nach dem Konzert schließen sich das Dinner und danach der Ball an, da werden sich gewiss noch vielerlei Gelegenheiten für gute Antworten ergeben. Leider habe ich weniger Glück, nachdem wir den *Long Parlour* mit seiner endlos langen Tafel mit drei Kronleuchtern darüber betreten. Hier soll ein Sechs-Gänge-Menü serviert werden, und es gelingt mir diesmal nicht, unauffällig einen Platz an Benedicts Seite zu bekommen.

Ausgerechnet Ada Thompson sitzt mit ihrem schlichten Chignon, der die Aufmerksamkeit auf ihre elegante Tiara mit den rosafarbenen Diamanten lenkt, in ihrer glänzenden Vollkommenheit neben ihm. Ich trage wie fast immer bloß meinen Pompadour und habe es nur auf einen Platz schräg gegenüber geschafft, zwischen Henry und Edgar. Letzterer hat mir bereits einen strafenden Blick zugeworfen. Ich weiß selbst, dass ich noch nicht viel erreicht habe, aber noch ist schließlich nichts verloren. Auch wenn sich das Essen sehr zieht, wie ich nach dem vierten Gang – Perlhuhnbrust gefüllt mit Pilzen und Kräutern an Weißweinsoße und gemischtem Gemüse – feststelle.

»Haben Sie vom neuesten Feldzug der Suffragetten gehört?«, fragt eine Frau mit gesteckten Wellen drei Plätze links von mir, so hoch zirpend wie eine Grille, in die Runde.

Edgars Antwort kommt natürlich auf dem Fuß. »Aber gewiss doch. Ein gelungener Coup, nicht wahr?«, sagt er, ohne beim Schneiden des Fleischs innezuhalten.

»Gelungen?«, zirpt die Grille jetzt so hoch, dass es fast in den Ohren wehtut. »Es war die reinste Unverschämtheit! Die Suffragetten werden immer dreister und haben mittlerweile wohl jegliches Anstandsgefühl verloren.«

Ein Anflug von Wehmut erfasst mich, weil ich keinen blassen Schimmer habe, wovon sie spricht. Was haben sich die Suffragetten nun wieder ausgedacht? Zum Glück erkundigt sich Rufus, der neben Benedict sitzt, höflich danach.

Die Grille schnaubt. »Die Suffragetten«, sie spuckt das Wort förmlich von sich, »haben es doch tatsächlich gewagt, die Weihnachtsrede der Tories zu unterbrechen. Auf der eigenen Weihnachtsfeier der Konservativen Partei!«

»Meines Wissens haben sie bis zum Ende gewartet«, wirft Edgar ungerührt ein, ohne vom Teller hochzuschauen, und isst weiter.

»So oder so. Sie müssen sich das so vorstellen: Die Tories haben ihre Weihnachtsfeier in einem dieser exquisiten Luxushotels. Alles nur vom Feinsten.« Sie legt Daumen und Zeigefinger zusammen und formt ein O. »Die wichtigsten Menschen der Stadt sind geladen. Neben den Politikern natürlich Adlige, hochrangige Militärs und Geschäftsleute.« Bedeutungsvoll sieht sie in die Runde, wohl um sich zu versichern, dass auch wirklich alle zuhören.

In der Tat kann ich es kaum abwarten zu erfahren, was geschehen ist. Merkwürdigerweise spüre ich in mir trotz meiner bürgerlichen Einstellung, dass ich auch für Dorothy, Tabitha und ihre Freunde mitfiebere. Sie alle haben mir schon so lieb geholfen.

»Natürlich hat unser Premierminister die Errungenschaften der Tories gelobt. Aber es ging auch um ernste Themen wie die wirtschaftliche Lage des Landes, den Burenkrieg und was dies für unser Land bedeuten könnte. Den Erwartungen entsprechend schließt Lord Salisbury die Festrede mit einem Ausblick auf das nächste Jahr, und gerade als er allen ein besinnliches Fest wünscht, schießt doch tatsächlich hinter ihm auf der Empore eine rothaarige Frau in die Höhe!«

Wieder sammelt sie jede Menge Blicke ein, bevor sie weiterspricht.

»Breitbeinig wie ein Mann steht sie da und legt dann wie die Königin ihre Hände auf das Geländer, an das sie nun herantritt, sodass sie den gesamten Raum überblicken kann. Lord Salisbury musste von unten auf der Bühne zu ihr aufblicken!

Es war wirklich alles solch ein Affront … ›Ich glaube, Sie haben ein sehr wichtiges Thema vergessen in Ihrer Rede, Lord Salisbury‹, sagt die Rothaarige dann mit fester Stimme.« Die Grille atmet heftig ein und aus. Sie ist so im Erzählen gefangen, dass sie das Atmen wohl vergessen hat.

»Der arme Premier hat natürlich in keinster Weise mit so etwas gerechnet, blickt einen Parteigenossen nach dem anderen an, vermutlich um sich zu versichern, ob es Teil des Programms ist oder nicht. War es nicht, wie sich dann herausstellen sollte, denn das Weibsbild nutzte seine Konfusion, um den üblichen Nonsens über das Wahlrecht durch den gesamten Raum zu posaunen und zu jammern, wie ungerecht das alles sei.«

»Hat sie denn niemand aufgehalten?«, fragt Benedict nun nach, es ist genau das, was ich ebenfalls überlegt habe.

»Doch, das ist es ja. Sie werden nicht glauben, was dann passiert ist!« Wieder hängen wir an ihren Lippen. Mittlerweile isst, mit Ausnahme von Edgar, niemand mehr, der in ihrer Hörweite sitzt.

»Was denn?«, fragt der kleine Mick atemlos von weiter hinten.

»Also. Die elegante Frau – stellen Sie sich vor, sie sah ganz normal aus! Ach was sage ich denn, sie war offen gestanden bildschön. Ihre roten Haare waren zu einer überaus aparten und sehr modernen Frisur hochgesteckt. Sie wirkte wie eine echte Dame gehobenen Standes. Und dann so etwas!«

Edgar lacht auf, wirkt dabei aber gar nicht amüsiert. »Was glauben Sie denn? Dass jede Suffragette Haare auf den Zähnen und Warzen im Gesicht hat, so wie es in den Karikaturen dargestellt wird?«

»Nun lass sie doch weiterreden«, fährt Wallace von der gegenüberliegenden Seite des Tisches dazwischen und erntet beipflichtendes Gemurmel.

»Nun ja«, sagt die Grille zufrieden. »Also jene *hübsche* Dame wird von zwei Tories ergriffen und abgeführt. Sie schreit ihre Forderungen indes weiter heraus, verstummt erst, als man ihr den Mund zuhält. Und just in diesem Moment …«, sie macht eine Kunstpause, in der sie jeden ihrer Zuhörer kurz ansieht. »… just in diesem Moment schnellt von der anderen Seite der Empore eine andere junge Frau, vermutlich indischer Abstammung, hoch und führt die Rede nahtlos weiter.«

»Nein!«, kommt es kollektiv vom Tisch herüber. Die meisten sagen es fassungslos, aber ich bin ziemlich angetan, muss ich mir eingestehen, und habe es eher amüsiert ausgerufen. Welch eine geniale Idee!

»Und genau das Gleiche passiert, als die zweite junge Frau weggetragen wird«, sie nickt jeden von uns an, damit wir es ihr glauben.

»Gibt es ja nicht!«, murmelt ein Herr von weiter hinten fassungslos.

»Doch so war das. Sie haben den Tories das gesamte Weihnachtsdinner verdorben. Die machen sich wahrlich über nichts Gedanken.«

Fast hätte ich aufgelacht. Wenn die Frau das glaubt, hat sie nichts verstanden, aber ich werde einen Teufel tun und jetzt in dieser Runde mit Erklärungen beginnen.

»Warum hat denn dazu nichts in den Zeitungen gestanden?«, wundert sich der Sitznachbar der Erzählerin. Der fünfte Gang wird aufgetragen, findet allerdings kaum Beachtung, obwohl es köstlich aussehende pochierte Birnen sind. Doch auch ich kann jetzt nicht essen.

»Oh, das haben die Tories verhindert«, weiß die Grille zu berichten. »Dann hätten die Suffragetten nur das bekommen, was sie ohnehin gewollt haben. Aufmerksamkeit. Deswegen wurde es nicht gedruckt.«

»Aber Sie kleine Rebellin tragen die Geschichte dennoch weiter?« Edgar, der sich als Einziger sofort über die Birnen hergemacht hat, deutet mit dem Löffel in der Hand auf die Erzählerin. »Gefällt mir.«

Ich unterdrücke ein Lachen und er trennt seelenruhig mit dem Löffel ein weiteres Stück Birne ab, tut so, als merke er gar nicht, in welche Bedrängnis er die Rednerin gebracht hat.

»Ich … äh … also nein.« Ihre Haut am Hals zeigt rote Flecken und sie verschränkt fahrig die Arme. »Das Gespräch ist doch irgendwie darauf gekommen.«

»Ach so.« Edgar isst unumwunden weiter und verzichtet auf eine Erinnerung, dass sie selbst die Sprache darauf gebracht hat.

Natürlich werden jetzt am gesamten Tisch die Rechte und die Stellung der Frau diskutiert.

»Aber kommen die Talente einer Frau nicht am besten im häuslichen Umfeld zur Geltung? Einen reibungslos laufenden Haushalt organisieren, das ist auch eine Kunst«, höre ich Benedict gerade sagen, als auch ich ein Stück Birne in meinen Mund befördere. Ich ziehe den Löffel nur ganz langsam und allmählich wieder heraus, damit ich besser nachdenken kann. Natürlich ist es eine Herausforderung, den Haushalt zu organisieren, aber sollten daher ausschließlich Frauen allein darauf beschränkt sein? Und wie steht Benedict dann überhaupt dazu, dass ich eislaufe?

»Also ich finde, jede Frau kann vielfältige Talente haben«, wirft Edgar ein. Ich sinke zusammen, denn das erinnert mich daran, Edgar noch zu beichten, dass Vater mir den Antritt bei der Weltmeisterschaft verbietet. »Und was macht man eigentlich«, fragt Edgar dann, »wenn der Mann große Lust hätte, den Haushalt zu organisieren? Warum sollte das nicht gehen?«

Alle Tischnachbarn um uns lachen. Ich bin mir allerdings nicht sicher, ob Edgar es tatsächlich als Scherz gemeint hat, aber die Vorstellung ist so abwegig in diesen Kreisen, dass keiner es ernst nehmen kann.

»Nun ja«, kontert Benedict, »es ist doch eigentlich sehr einfach: Damit die Dinge funktionieren, muss jeder seinen vorgesehenen Platz einnehmen. Der einer Frau ist an der Seite des Mannes, wo sie ihn in Anmut und Bescheidenheit unterstützt. Allein dadurch leistet sie auf ihre Weise einen nicht minder ehrenvollen Beitrag zu unserer Gesellschaft.«

Ich nehme einen großen Schluck Weißwein. Ganz plötzlich schmeckt er weniger delikat und ich kaue unnötig lange auf dem nächsten Stück Birne. Im Grunde denke ich wie Benedict und doch kommen mir Zweifel. Warum sollte eine Frau eigentlich nur die ewige Unterstützerin sein? Das wäre ja, als wenn er eine Kür auf dem Eis laufen würde und ich würde nur als schmückendes Beiwerk nebenherlaufen und präsentierende Gesten in seine Richtung machen. Ähnlich wie wir es mit Rufus zu Beginn gemacht haben, da uns die Zeit fehlte, um ihm alles beizubringen. Aber meine Kür mit Edgar, wo wir uns gegenseitig ergänzen und jeder einen Teil der Arbeit übernimmt, ist so viel besser!

»Ist alles in Ordnung?«, fragt Henry neben mir und ich nicke ihm rasch zu und horche noch einmal in mich hinein. Zugegebenermaßen gefallen mit Benedicts politische Ansichten bezüglich der Frauenrechte nicht so sehr, letztlich bin ich selbst aber vor wenigen Wochen noch überzeugte Antisuffragette gewesen. Mittlerweile sehe ich einige Dinge anders, aber das hat mehrere gedankliche Anstöße gebraucht. Ich bin mir daher sicher, dass auch er umdenken würde, wenn man die Dinge in Ruhe mit ihm diskutieren könnte. Das wären natürlich Themen für später. Zunächst muss er auf mich aufmerksam werden, und das geht am besten, wenn endlich der Ball eröffnet wird.

Eine Stunde später sind wir im luftigen Old Ballroom des Mansion House, dessen Stuckarbeiten entzückende Musikinstrumente zeigen. Meine Tanzkarte füllt sich rasch, was bei so vielen männlichen Bekannten vom Eislaufen allerdings keine Kunst ist, denn hier gebietet es die Höflichkeit, dass wir miteinander tanzen. Aus diesem Grunde hat Benedict sich ebenfalls eingetragen.

Deswegen oder vielleicht doch, um Interesse zu signalisieren?

Das weiß man natürlich nicht. Aber bei Helen hat er sich ebenso eingetragen. Allerdings gebietet auch das die Höflichkeit.

»Und, wie läuft die *Operation Mondkalb*?«

Ich wirble herum und stehe vor Edgar. Natürlich hat er gesehen, dass ich Benedict aus der Ferne beobachte. Dieser trägt sich soeben auf Adas Tanzkarte ein. Schon wieder. Ich brodle, denn bei mir hat er sich nur für einen Tanz eingetragen.

Jetzt erst wird mir klar, was Edgar gesagt hat. *»Operation Mondkalb?«,* hake ich nach.

»Na Benny. Ich kann hier ja schlecht lauthals seinen Namen verkünden, daher habe ich dem Unternehmen einen Decknamen gegeben. Wie beim Militär, nur eben lustiger.«

Ich runzle die Stirn. »Und warum *Mondkalb*?«

»Findest du nicht, dass dieser leicht verklärte Blick von ihm an ein Mondkalb erinnert?«

»Überhaupt nicht!« Empört puste ich mir eine fischotterbraune Haarsträhne aus dem Gesicht. »Es ist ein wunderschönes Dahinsinnen, während er seinen gewiss auserlesenen Gedanken nachhängt.«

Edgar zuckt die Schultern. »Wie du meinst. Aber komm, dann lass uns zu den anderen hinübergehen, damit auch du ein Teil dieser äußerst auserlesenen Gedanken wirst.«

Wie es sich bei derartigen sozialen Anlässen ziemt, geleitet Edgar mich zu den anderen hinüber. Die meisten der Eisläufer haben sich zusammengefunden und sind mit den anderen Ballgästen in leichte Konversationen vertieft. Benedict scheint gerade mit Rufus, Helen und einer anderen Dame in eine Unterhaltung über Astrologie verwickelt zu sein.

»Und jetzt sorg dafür, dass das neue Jahr für ihn im Zeichen der Madge Cave steht«, flüstert Edgar mir zu, bevor er sich entfernt.

Zunächst fühle ich mich etwas hilflos, als er weg ist, doch schon bald finde ich in meine Form vom Park zurück und schieße so viele ungewöhnliche Antworten heraus, wie mir nur in den Sinn kommen. Wenn ich Benedict schon vor dem

Tanz die Augen für mich öffnen lassen kann, könnte man den Tanz bereits nutzen, um persönlichere Gespräche zu führen.

»Ich habe in einer Zeitschrift gelesen, dass die S-Form-Korsetts dieses Jahr in Mode kommen sollen, was hältst du davon, Madge?«, fragt Rufus mich in dem Moment, als Benedict seine Unterhaltung beendet hat und sich zu unserem Kreis herübergesellt hat.

Das ist meine Gelegenheit. Der Eröffnungstanz würde schon bald erfolgen, und dann wären alle viel zu sehr mit Tanzen beschäftigt, um Konversation zu betreiben. Jetzt muss ich etwas sagen, das Benedict im Gedächtnis bleiben wird.

»Ich bin mir noch nicht sicher, was das Korsett in S-Form betrifft. Um ehrlich zu sein, warte ich eher auf die T-Form.«

Verdutzte Gesichter von allen Seiten.

Ich strecke die Arme seitlich von mir weg, sodass ich ein menschliches T bilde, und lasse die Unterarme lose herabbaumeln. »Dann kann ich mich endlich hängen lassen wie ein Kartoffelsack«, erkläre ich trocken.

Die umstehenden Gäste lachen. »Oder das B«, fahre ich weiter fort. »Dann darf ich mir endlich den Bauch vollschlagen.« Demonstrierend strecke ich nun auch den Bauch aus, als sei ich schwanger, und die Leute lachen noch viel mehr. »Wann kommt endlich das in Mode?«, frage ich in die prustende Menge und nehme mit geröteten Wangen wieder meine normale Haltung ein. Rufus' Gelächter schallt durch den ganzen Raum. Edgar grinst auch und zwinkert mir kaum merklich zu, vorsichtig linse ich zu Benedict und auch er lächelt. Zwar nur sehr leicht, aber er ist ja auch eher zurückhaltend, was Gefühle betrifft.

In jedem Fall kam meine außergewöhnliche Antwort noch gerade rechtzeitig, denn nun beginnt der Eröffnungstanz.

Der Tanz mit Benedict, den ich den ganzen Abend herbeigesehnt habe, ist himmlisch. Endlich darf ich ihn ansehen, ohne negative Konsequenzen fürchten zu müssen. Schade, dass es eine Quadrille ist und kein Walzer, denn so erfordert es die Formation, dass wir uns immer wieder trennen. Aber die Etappen, die wir zusammen verbringen, wärmen mich wie ein Kaminfeuer. Endlich kann ich entspannen, fühle mich, als sei ich angekommen. Benedicts Lächeln ist zudem besonders warm. Ich kann mir nicht ganz sicher sein, aber ich glaube, er will mir dadurch eine stumme Botschaft senden.

Dann sieht er sich im Ballsaal mit den hohen Decken und den hölzernen Schnitzereien unter der Balustrade um. »Wie viele Geschichten dieser Raum wohl bereits erlebt hat? Das Haus wurde ja schon 1758 fertiggestellt.«

Ich weiß, ich sollte jetzt wieder etwas Lustiges sagen, aber er zieht mich dermaßen in seinen Bann, dass ich einfach nur lächle und antworte: »Wollen wir hoffen, dass es hauptsächlich gute Geschichten sind.«

Lange mustert er mich, während wir wie von selbst unsere Tanzbewegungen ausführen. Schließlich sagt er: »Das hoffe ich auch, Florence Madeline Cave«, ohne den Blick von mir zu lösen. Ich höre plötzlich die Musik und die Stimmen nur noch gedämpft und zwinge mich zu atmen. Er hat mich bei meinem vollen Namen genannt! Und er hofft ebenfalls auf eine gute Geschichte! Gehen die Pferde jetzt völlig mit mir durch oder ist es tatsächlich so zu verstehen, wie sich das gerade anfühlt? In mir drinnen herrscht nämlich gerade solch ein Feuerwerk, als würde der Königinnengeburtstag mit ihrem Jubiläum auf einen Tag fallen.

Ich bin so zittrig und im Begriff, mich selbst aufzulösen, dass ich kaum den Knicks zum Ende schaffe.

Gut, dass der nächste Tanz eine ausgelassene Polka ist. Edgar, mein Partner für diesen Tanz, taucht wie ein Wirbelwind an meiner Seite auf. Er schneidet Grimassen, wenn wir uns aufeinander zubewegen, und macht jede Tanzbewegung ähnlich übertrieben wie ein Clown und bringt mich zum Lachen. Ich bin so ausgelassen, dass ich am liebsten mitmachen würde, aber Vater ist schon zornig genug, da sollte ich mich besser nicht zum Gespräch des Abends machen.

Trotzdem trete ich leichtfüßig und innerlich sprühend in den kühleren Salon, um mich ein wenig von den zahlreichen Tänzen zu erholen. Ursprünglich war es mal ein Innenhof, im Nachhinein wurde aber doch noch eine Decke eingezogen, von der auch hier ein prächtiger Kronleuchter hängt. Der leuchtend rote Teppich hebt sich von den weißen und sonnengelben Wänden und Säulen in diesem Empfangsbereich gut ab. Abrupt bleibe ich stehen, als ich halb verborgen hinter einer Säule Benedict entdecke.

Das ist die Gelegenheit, auf die ich gewartet habe.

Hier könnten wir unsere Unterhaltung fortsetzen. Er könnte mir genauer erklären, wie er das mit den guten Geschichten meinte und … mitten in der Bewegung halte ich inne.

Er ist nicht alleine.

Rosafarbene Diamanten funkeln auf der Tiara – und ihr Lächeln nicht weniger. Als wäre das nicht schlimm genug, sehe ich jetzt, dass Benedict zwischen zwei Zeigefingern eine Karte hält, die er Ava nun überreicht. Seine Karte sagt so viel mehr in diesem Moment, als Worte es je könnten. Es bedeutet, dass er Interesse hat, das er gerne vertiefen möchte. Während ich schlucke, nimmt sie die Karte mit einem Lächeln an. Was sage ich, es ist nicht einfach nur ein Lächeln, eher ein Strahlen, das alles übertönt.

Es ist genau das Lächeln, das ich ihm geschenkt hätte. Und die Gewissheit, dass sie seine Gefühle erwidert, raubt mir die letzte Kraft. Mir wird schwindelig und in meinen Ohren beginnt ein leises Surren, das lauter zu werden scheint.

Ich muss hier raus.

Sofort.

Ohne weiter nachzudenken, stürme ich davon. Erst als ich schwer atmend dreißig Meter vor dem Gebäude stehe, umhüllt von den durchscheinenden Wölkchen meines Atems und Londons eisiger Kälte, wird mir klar, dass ich nicht einmal meinen Mantel mitgenommen habe. Meine Torheit ist nicht zu überbieten!

In dem Moment schmiegt sich etwas kuschelig Weiches schwer über meine Schultern. Ich richte mich keuchend auf und erkenne, dass jemand soeben meinen Mantel daraufgelegt hat.

Edgar. Er muss mir gefolgt sein.

»Komm!«, sagt er und geht los.

Ich gehe drei zögerliche Schritte, bevor ich wieder stehen bleibe. »Wohin?« Es ist fast Mitternacht. Wohin sollten wir mitten in der Nacht gehen?

»Wir müssen dich auf andere Gedanken bringen. Also komm!«

Ich stolpere ihm hinterher, und er winkt eine Kutsche heran, die vor derartigen Bällen stets bereitstehen.

Während der Fahrt schweigen wir, und ich lausche dem rhythmischen Geklapper der Hufe, während ich die Tränen zurückkämpfe. Zum Glück haben wir nach sehr kurzer Zeit das Ziel bereits erreicht. Edgar hilft mir aus der Kutsche und bietet mir seinen Arm an.

»Wenn ich könnte, hätte ich dich zum Eislaufen gebracht, aber die Seen sind ja schon wieder aufgetaut und ich glaube, in der Neujahrsnacht ist nicht einmal Julianna bei Prince's. Aber das hier ist ebenfalls wundervoll, wie ich finde.«

Er deutet in einer präsentierenden Geste zur Tower Bridge, die sich stoisch und scheinbar unverwundbar vor der Dunkelheit abzeichnet. Jeder Turm mit seinen vier Spitzen ragt stolz in die Luft. Man erkennt die Farben zu dieser Uhrzeit nicht, aber ihre Imposanz ist unverändert. Ich verstehe, was Edgar meint, wenn er sagt, dass er stets hierherkommt, um sich besser zu fühlen. Allerdings erinnert mich das geschichtsträchtige Bauwerk an Benedicts Worte.

›Wie viele Geschichten hast du bereits miterlebt?‹ Und ich muss schon wieder blinzeln und schlucken.

»Nicht gut?«, fragt Edgar besorgt. »No worries, das macht gar nichts. Ich habe noch viele andere Punkte auf dem Programm.« Er legt einen Arm um mich, um mich zu wenden, sodass wir die Tower Bridge hinter uns lassen, und er führt mich langsam flussaufwärts. »Wir könnten die Nacht zum Tag machen. Aber ich fürchte, dann bekäme ich ein Problem mit deinem Herrn Vater. Apropos – hat er eigentlich noch etwas gesagt? Zu unserem Antritt bei der Weltmeisterschaft, meine ich?«

Ich senke den Kopf. Tiefschwarz und mit einem leisen Gluckern gleitet die Themse neben uns dahin, strahlt in ihrem beständigen Fluss eine gewisse Ruhe aus, während lang gezogene Lichter der Straßenlaternen und Häuser auf ihr wabern.

»Er will leider nicht, dass wir zusammen antreten«, sage ich freiheraus, habe keine Kraft mehr, beschönigende Worte zu finden. Es fühlt sich an, als hätte ich an diesem Abend alles gegeben, was ich zu geben hatte.

Edgar schweigt eine Weile, wir gehen stumm die Promenade entlang. »Und … und was willst du?«

Sofort sehe ich ihn an. »Ich will unbedingt antreten!« Ist ihm das denn nicht bewusst? Ein bisschen Kraft ist zurückgekehrt. »Noch habe ich Hoffnung, dass wir ihn womöglich überzeugen können. Vielleicht, wenn wir ihm zeigen, wie wir zusammen fahren?«

Er nickt langsam. »Wir sind schon ziemlich gut zusammen.«

Ich bleibe stehen und muss ein wenig lächeln. »Wer hätte das gedacht?«

Edgar grinst. »Also mir war das natürlich immer schon klar.« Mit großen Schritten geht er nun weiter den Fluss entlang, sodass ich kaum mithalten kann. »Aber logisch, mit so einem großartigen Tänzer und Eisläufer an deiner Seite … da muss man einfach gut sein. Jeder ist dann gut.«

»Du eingebildeter Gockel«, rufe ich ihm hinterher, hole ihn schließlich ein und boxe gegen seine Schulter. »Wer hat denn gerade erst versichert, dass er *mir* dankbar sein muss?«

»Ach«, er winkt ab, meint es aber nicht ernst. »Das war nur Geplapper. Jeder weiß doch, dass es vor allem auf den männlichen Part ankommt. Du hast sie doch gehört beim Essen …«

»Das stimmt allerdings«, werde ich nun nachdenklich. Was Benedict da gesagt hat, hat mir tatsächlich nicht gefallen. Ob Edgar darauf hinauswollte? Vielleicht, um mich aufzumuntern?

Ich komme nicht dazu, nachzufragen, denn plötzlich bleibt er wieder stehen und sieht mich aufrichtig an, während hinter ihm das Wasser gegen die Kaimauer schwappt. »Jetzt mal im Ernst. Wir sind ein ziemlich gutes Team, nicht wahr?«

»Beim Eislaufen schon.«

»Ach, unsere Polka war auch nicht schlecht. Ich habe genau gemerkt, dass du es mir gleichtun wolltest.«

Innerlich seufze ich. Im Ballsaal war ich nach Benedicts Aufmerksamkeit so aufgedreht. Nun muss ich davon ausgehen, dass ich all das falsch interpretiert habe.

»Diese übertriebenen Bewegungen hätte ich mir niemals erlauben können. Leider gelten für uns Frauen ja andere Regeln als für die Männer.«

»Und es gibt da so eine abgedrehte Gruppe, die sich dafür einsetzt, dass es nicht länger so bleibt. Da würdest du eigentlich ziemlich gut reinpassen.«

Würde ich das?

Langsam gehen wir weiter an der Promenade den Fluss entlang, auf die die Straßenlaternen in regelmäßigen Abständen ihre langen Schatten werfen.

Auf der einen Seite kann ich mir vorstellen, ein Leben an der Seite eines lieben Ehemanns zu führen, so wie es meine Mutter tut. Mein Leben lang habe ich es mir so vorgestellt. Nur wenn ich jetzt höre, dass eine Frau nur schmückendes

Beiwerk in allen Belangen sein sollte, drehen sich mir doch die Fußnägel hoch.

Edgar deutet auf eine Seitenstraße und wir verlassen die Themse. Ich staune, als sich wenig später die massive Kuppel von Saint Paul's vor uns in der Dunkelheit abzeichnet. Wieder einmal zögert Edgar nicht. »Komm!«, bedeutet er mir und greift nach meiner Hand, da hier ohnehin keine Menschenseele ist. Er steuert eine Tür an und im nächsten Moment sind wir in einem engen Treppengewinde. Sehr lange sehen wir nichts anderes als Stufen, Stufen und noch einmal Stufen. Plötzlich öffnet Edgar eine Tür und wir betreten eine weitläufige Galerie, die von einem schmiedeeisernen Geländer abgegrenzt wird. Wir müssen uns direkt unter der Kuppel befinden, erkenne ich anhand der Wölbung der Decke.

»Du setzt dich hierhin und wartest.« Edgar drückt mich auf die steinerne Bank, die in die Wand eingearbeitet ist, und läuft los.

»Was hast du vor?«, rufe ich ihm hinterher.

»Leg einfach dein Ohr an die Wand und warte!«, ordnet er an.

Und weil ich nicht weiß, was ich sonst machen soll, tue ich genau das. Ich lausche gespannt. Was soll das werden? Ich spüre die Kälte der Wand an meinem Ohrläppchen. Bis auf ein ganz leises Rauschen ist es still. Vollkommen still. Ich warte und warte, spüre den harten Stein unter meinen Gesäßknochen und will gerade nach Edgar rufen, als seine Stimme da ist. Er selbst ist es nicht, aber sein Flüstern streicht über meine Haut, es ist so allgegenwärtig, dass es den gesamten Raum erfüllt.

»Früher oder später wird das Glück dich finden«, haucht

er mir von der gegenüberliegenden Seite der Galerie ins Ohr und klingt dabei so nah, dass ich hastig in alle Richtungen neben mich greife. Aber da ist nichts, nur Leere.

»Wie hast du das gemacht?«, frage ich Edgar noch immer ganz perplex über diese Sache, die sich wie Zauberei anfühlte, als er mich eine weitere kleine Wendeltreppe hochzieht.

Er lacht trotz der Anstrengung und erklärt mir, dass er auf einem der wissenschaftlichen Vorträge mit seiner Mutter erfahren hat, dass es mit der Akustik des Raums zu tun hat, die dieses Phänomen möglich macht. »Wegen der glatten gekrümmten Wände werden sogenannte Schallwellen entlang dieser Wände weitergetragen, sodass es klingt, als würde die flüsternde Person direkt neben dir stehen. Nicht umsonst nennt man diese Etage der Kirche *Flüstergalerie.*«

Jetzt öffnet Edgar eine Tür, und im nächsten Moment zerrt der Wind an meinen Haaren und dem Mantel, sodass ich ihn oben zuhalten muss. Ich folge Edgar auf die Golden Gallery und sauge die frische Luft tief in mich ein.

Hoch über uns leuchten die Sterne und vor uns liegt uns die Stadt zu Füßen – zumindest fühlt es sich so an. So viele erleuchtete Fenster und wir so weit oben, dass man gar nicht anders kann, als sich glücklich und erhaben zu fühlen. Seite an Seite genießen wir den Ausblick. Wechseln immer mal wieder die Himmelsrichtung und vergleichen. Wie ist es, wenn die Themse sich durch das Lichtermeer schlängelt? Wo ist Big Ben? Wo vermuten wir unsere Häuser und wo Prince's Skating Rink?

»Woher …?«, frage ich verwirrt, als es nichts Neues mehr zu entdecken gibt.

Edgar lächelt verschmitzt. »Glaubst du, du bist die Einzige, die schon mal unglücklich verliebt war?«

Wir lassen den Anblick des nächtlichen London noch einmal auf uns wirken und machen uns schließlich an den Abstieg. Der Ball würde bald vorüber sein und ich muss Henry und Helen rechtzeitig abpassen.

»Also …«, sage ich, als wir wieder unten sind. Ich weiß nicht recht, wie ich mich bei Edgar bedanken soll, ohne dass es kitschig klingt.

»Also«, wiederholt er, und ich merke an seinem Tonfall, dass etwas Humorvolles folgen würde, als sein Gesicht sich plötzlich verdunkelt. Neugierig drehe ich mich um, will sehen, was er sieht, aber er lässt es nicht zu, dreht mich rasch wieder zu sich zurück.

»Komm, ich bringe dich jetzt zurück zum Ball.« Er macht einen Schritt in Richtung des Ausgangs und versucht, mich ebenfalls dorthin zu drängen, aber meine Neugierde ist geweckt. Schlimmer als in Whitechapel wird es schon nicht werden.

Ich sollte mich irren.

So sehr.

Denn dort hinten entdecke ich jemanden, den ich hier um diese Zeit am allerwenigsten vermutet hätte. Vater musste doch heute Morgen zurück ins Krankenhaus. Und nun ist er hier, mitten in der Nacht. Und legt gerade seinen Arm um eine Frau. Um eine Frau, die ich nie zuvor in meinem Leben gesehen habe.

Kapitel 35

Julianna

Ich sehe sofort die Anspannung in Madges gesamtem Körper beim Training. Ihre Lippen sind fest aufeinandergepresst und sie ist ungewöhnlich still, zieht nicht einmal Edgar auf. Irgendetwas muss vorgefallen sein. Vielleicht will sie nicht darüber sprechen, weil meine Mutter heute beim Training dabei ist? Ich hoffe, sie nimmt es mir nicht übel, aber Angelina sagte, dass sie so viel Zeit wie möglich mit mir verbringen möchte, deswegen hat sie mich tagsüber bei den Botengängen begleitet, und mir erschien es selbstverständlich, dass sie auch beim Training heute Abend dabei ist. Schließlich ist sie eine Koryphäe auf ihrem Gebiet und ebenfalls Trainerin, womöglich hat sie noch den einen oder anderen Tipp zur Verbesserung für uns.

Trotz der leichten Verkrampfung in Armen und Beinen wirkt das Zusammenspiel von Madge und Edgar so mühelos und harmonisch wie ein wohlkomponiertes Lied. Ihre Bewegungen sind so aufeinander abgestimmt, dass man ihnen für die Kür vermutlich sogar die Augen verbinden könnte, und obwohl sie sich nicht ganz grün sind, wirken sie auf dem Eis, als seien sie vollkommen im Gleichklang.

»Es ist wirklich beeindruckend, wie ihr die Figuren und komplexen Schrittfolgen zu einer ganzen Kür miteinander verbunden habt«, sagt meine Mutter anerkennend, ohne Madge und Edgar aus den Augen zu lassen. Sie steht neben mir in der Mitte der Eisfläche und ich könnte platzen vor Stolz. Immer wieder stellt sie zwischendurch interessierte Fragen zur Wiener Schule und ich gebe mein Wissen aus Österreich nur zu gerne an sie weiter. Ich liebe es, dass wir dieses gemeinsame Interesse haben.

»Aber warum die gebeugten Knie? Wirken die durchgedrückten Knie des englischen Stils nicht eleganter?«, fragt Angelina nun nachdenklich.

»Schau mal, wenn gleich der kleine Sprung kommt«, antworte ich und gemeinsam drehen wir uns, um Madge und Edgar, die mit scheinbarer Leichtigkeit über das Eis fliegen, im Auge behalten zu können. »Die leicht gebeugten Knie ermöglichen eine viel größere Flexibilität und mehr Kraft in den Sprüngen.« Wie auf Kommando springen die beiden ab und machen eine synchrone Drehung in der Luft.

Der Mund meiner Mutter öffnet sich und sie bleibt stehen. »Alle Achtung!« Dann zieht sie die Nase kraus. »Ihr wisst aber schon, dass laut Wettkampfordnung die Kufen das Eis nicht verlassen dürfen?«

»Wirklich? Oje, dann müssen wir uns diesbezüglich noch einmal besprechen. Wir haben den Sprung gerade erst in die Kür eingebaut, um sie noch stärker von der Konkurrenz abzuheben.«

Ich wende meine Aufmerksamkeit wieder meinen Schützlingen zu und bemerke eine winzige Verschiebung in der Synchronität der Schritte. »Madge, du bist eine halbe Sekunde zu spät«, rufe ich rasch zu ihr hinüber und bin jetzt fest überzeugt, dass Madge etwas beschäftigt, denn das passiert sonst nie.

Meine Mutter hilft mir, durch winzige Veränderungen in der Schrittfolge einige Übergänge noch fließender zu gestalten, und gibt Ratschläge, wie die Landung nach den Sprüngen weicher werden könnte.

»Gut, gehen wir alles noch einmal von Anfang an durch«, sage ich zum Schluss, und Madge und Edgar kehren auf den Ausstiegsbereich neben den Stühlen zurück und laufen ein weiteres Mal die Kür, die selbst mich noch immer zu faszinieren weiß, obwohl ich sie mittlerweile unzählige Male gesehen habe.

Zu meiner Überraschung ertönt am Ende, als Madge und Edgar ihre dramatischen Abschlusspositionen einnehmen, Applaus. Sofort drehe ich mich zum Eingangsbereich, und mir entfährt ein kleiner Quietscher, als ich sehe, wer dort steht. »Jackson!«, rufe ich begeistert und fahre auf den Mann mit dem breiten Lächeln und der unverkennbaren flauschigen Biberpelzmütze zu.

Jackson schließt mich fest in seine Arme, die sich so vertraut anfühlen, dass ich einmal mehr merke, wie sehr ich – trotz allem, was ich hier habe – meine Freunde aus Wien vermisse.

Danach deutet Jackson mit dem Kinn in Edgars und Madges Richtung, die neugierig zu uns herübersehen, und tut so, als würde er direkt wieder gehen. »Goldmedaille«, sagt er abwinkend mit seinem gewinnenden Lächeln im breitesten amerikanischen Akzent. »Es gibt nichts, was ich für euch noch tun könnte. Warum hast du mir so verzweifelt geschrieben und es als Desaster ohnegleichen geschildert?«

Ich lache auf, hatte mein Wehklagen aus der Zeit, als Madge noch mit Rufus getanzt hat, ganz vergessen. Damals habe ich Jackson in Schweden angeschrieben in der Hoffnung, dass er irgendwelche Tipps hätte, wie man jemandem besonders schnell den neuen Stil beibringen könnte. Es ist schon eine Ironie des Schicksals, dass wir mittlerweile dieses nahezu perfekte Eislaufpaar und nun gleich drei Trainer hier im Skating Rink haben.

»Das ist eine lange Geschichte«, erkläre ich atemlos und winke den anderen, damit sie herüberkommen. »Inzwischen ist es nicht mehr ganz so aussichtslos, wie du gesehen hast.« Nervös streiche ich mir die Haare aus dem Gesicht. »Du … du bist doch nicht etwa nur deswegen nach London gekommen?«

Er schüttelt den Kopf. »Ich …«, er macht eine kleine Drehung, »… habe hier einen Auftritt. Seit Wien hat sich einiges verändert und nun wollen immer mehr Menschen den neuen Stil. Ich denke, eure Darbietung bei der Weltmeisterschaft kommt genau zum richtigen Zeitpunkt.« Sein Blick wandert zu Angelina und er lächelt. »Und wie ich sehe, habt ihr euch gefunden?«

»Ganz richtig«, sage ich und bin umgehend wieder voller Euphorie, wie immer, wenn ich daran denke, dass ich nun eine Mutter habe. Es fühlt sich noch so ungewohnt an, nicht mehr Julianna, das Waisenkind, zu sein. Jetzt bin ich Julianna, die Tochter von Angelina, dem fliegenden Eisengel. Es passt so viel besser. Und es macht mich unglaublich stolz, dass ich denselben Berufsweg wie sie eingeschlagen habe. Aber noch stolzer machen mich die Worte, die ich nun erstmalig über die Lippen bringe: »Darf ich euch offiziell vorstellen? Jackson, das ist meine Mutter.«

Kapitel 36

Madge

»Na, was ist es diesmal?«, fragt Henry mich bei Prince's und fährt sich gähnend durch die Haare, nachdem ich ihn und Helen nach dem Training wieder einmal gebeten habe, mir für unsere Eltern eine Ausrede zu verschaffen.

»Edgar und ich müssen noch etwas besorgen. Für die Weltmeisterschaft«, lüge ich mit schlechtem Gewissen, denn die Wahrheit ist zu giftig. Zumindest, wenn ich mit meiner Vermutung richtigliege.

»Na dann … Was macht man lieber, als seine größten Konkurrenten für die Weltmeisterschaft zu unterstützen?«, fragt er scherzend, bringt mich damit aber dennoch in Erklärungsnöte und somit ins Stammeln. »I… i… Ich …«

Er legt die Hand an meine Schulter. »Ohne dein Training wären wir ohnehin nie so weit gekommen. Und du weißt, dass ich sowieso nie wirklich teilnehmen wollte. Wozu auch bei solch einem durchschnittlichen Talent? Wenn es einen Wettbewerb für junge Wissenschaftler gäbe, hätte ich vielleicht bessere Karten. Aber so … Ich mache es nur Vater zuliebe, wie du weißt.«

Helen kommt fertig umgezogen dazu und hat den letzten Satz offenbar aufgeschnappt, denn sie pflichtet ihm bei. »Vater macht es einem so schwer, ihm etwas abzuschlagen. Hoffentlich geht es ihm bald wieder besser.«

Normalerweise hätte ihre Traurigkeit mich mit in die Tiefe gezogen, momentan macht mich das alles jedoch eher wütend. Obwohl ich nicht einmal weiß, ob es stimmt. Aber genau das werden Edgar und ich heute herausfinden. Normalerweise hätte ich Julianna um Unterstützung gebeten, ich will allerdings keine einzige weitere Sekunde von der spärlichen Zeit abknapsen, die sie mit ihrer Mutter hat. Angelina hat Julianna als Säugling wohl nur aus der größten Not heraus abgegeben, ganz so, wie Julianna es immer gehofft hat. Und nun wird sie nur noch wenige Tage in der Stadt sein, bis sie zu ihrer Schule am See zurückkehren muss. Die zwei sind so süß zusammen, lächeln sich immer überglücklich an, Angelina noch etwas verlegen, aber sie müssen sich wohl beide noch in ihre Rollen einfinden.

»Aber wenn ihr in die Einkaufsstraße geht, dann könnten Henry und ich doch mitkommen? Ich bräuchte dringend neue Handschuhe, die Nähte meiner jetzigen lösen sich bereits und der linke hat ein daumengroßes Loch.« Helen schlägt die behandschuhten Hände zusammen, als könne das den maroden Nähten helfen und sie wieder ganz werden lassen.

»Oh, das … das geht leider nicht«, sage ich und ringe um eine Ausrede. *›Ich muss herausfinden, ob unser Vater in Wirklichkeit eine fremde Frau trifft, während er vorgibt, im Krankenhaus zu sein‹*, denkt mein Kopf den Satz weiter.

»Warum denn nicht? Hast du jetzt etwa auch noch vor deinen Lieblingsgeschwistern Heimlichtuereien?«, fragt Helen und blickt mich aus großen Augen an.

»Nein. Natürlich nicht. Aber … du willst dir doch nicht deine Überraschung verderben?«

»Eine Überraschung?« Sie wächst drei Zentimeter und wirkt wie ein fünfjähriges Kind an seinem Geburtstag. »Dabei war doch gerade erst Weihnachten …«

»Ja, schon, aber da gibt es noch etwas, das ich dir zu dem Zeitpunkt nicht besorgen konnte«, sage ich vage und fluche innerlich, denn nun muss ich irgendeine Überraschung auftreiben, damit meine Ausrede nicht auffliegt.

»Na dann«, sagt Helen strahlend und hakt sich bei Henry unter. »Wir gehen. Habt einen schönen Nachmittag und komm nicht zu spät zum Twelfth Night Cake!«

Herrje, auch das noch! Über die ganze Aufregung ist mir komplett entfallen, dass heute der 5. Januar ist, Epiphany Eve. Heute Nacht wird der vorletzte der zwölf Tage nach Weihnachten gefeiert, denn morgen findet die Weihnachtszeit ihr Ende. Mutter wird heute den ganzen Tag dafür sorgen, dass das Feuer im Kamin nicht ausgeht, denn das bringt Pech, und wir alle haben an jedem der zwölf Weihnachtstage mindestens einen Mince Pie gegessen. In den fruchtigen Twelfth Night Cake wird eine Bohne eingebacken, und wer sie findet, ist König oder Königin für den Abend. Es ist eine schöne Feier – nach der mir heute so gar nicht zumute ist.

»Wollen wir los?«, fragt Edgar und holt mich mit seiner Frage aus der Gedankenwelt zurück in den Eispalast. Er bietet mir schelmisch seinen Arm an und wir verlassen gemeinsam die Eislauffläche. Mein Nacken prickelt, als wir die Doppelschwingtür erreichen, und so schaue ich zurück, bevor wir die Halle verlassen und das Foyer betreten.

Benedict sieht uns hinterher.

Natürlich kann ich nicht anders, als zu lächeln, und hebe zum Abschied kurz die Hand. Er erwidert meinen Gruß und ich schwebe wie auf Wolken aus dem Skating Rink. Vielleicht hatte der Tanz mit ihm ja doch etwas zu bedeuten und die Übergabe seiner Karte an Ada war ganz anderer Natur? Womöglich hatte Adas Familie einen Auftrag für ihn oder sie konnten ihm Hinweise für das Bereisen eines bestimmten Landes geben?

Draußen steigen Edgar und ich in die Kutsche seiner Mutter. Unterwegs besorge ich eine Kleinigkeit für meine Schwester und dann bringt sie uns in die Little Trinity Lane. Das ist die unscheinbare Gasse in der Nähe von Saint Paul's, an der das kleine Haus liegt, in dem wir Vater mit der Frau nach unserer Verfolgung haben verschwinden sehen. Heute will ich herausfinden, was das zu bedeuten hatte.

Ich habe mir meinen breitkrempigen Hut ins Gesicht gezogen und wir laufen immer wieder die Straße auf und ab, versuchen, einen Blick ins Innere des Hauses zu erhaschen, bis am Ende der Little Trinity Lane ein alter Mann erscheint. Er ist tief auf seinen Gehstock gebeugt, die Bewegung scheint ihm schwerzufallen, dennoch hebt er drohend die Hand, als wir näher kommen. »Was haben Sie hier zu suchen?«, fragt er und wir verzichten auf eine Antwort, schlagen stattdessen die entgegengesetzte Richtung ein.

Edgar deutet auf eine Baustelle schräg gegenüber dem Haus der geheimnisvollen Frau. Ein hölzernes Gerüst, überzogen von einer feinen Schneeschicht, steht vor der Fassade des dreistöckigen Gebäudes, mehrere untätige Seile von Flaschenzügen baumeln daran herunter und ein mit Steinen beladener Karren wartet darauf, dass nach den Feiertagen die Arbeit wieder aufgenommen wird.

Dicht aneinandergedrängt verbergen wir uns hinter dem Karren, beobachten das Haus wie Einbrecher, die einen Coup planen, selbst wenn das in dieser etwas ärmeren Gegend eher ungewöhnlich wäre.

»Du zitterst ja«, sagt Edgar nach einer Weile besorgt. Er muss das Beben unter meinem Mantel bemerkt haben. Obwohl ich stetig von einem Fuß auf den anderen wechsle, ist die Kälte durch die Schuhe hoch in meine Glieder gekrochen. »Möchtest du lieber nach Hause gehen?«

Entschieden schüttle ich den Kopf. »Ich muss wissen, was es mit dieser Frau auf sich hat.«

Edgar sieht sich in alle Richtungen um, steigt kurzerhand durch eine Aussparung in der Mauer des Hauses hinein und hält mir seine Hand entgegen. »Komm!«

»Ich soll in ein Haus einbrechen?« Es steht zwar leer, dennoch ist das bestimmt nicht erlaubt.

»… fragt die Frau, die ich einst von der Polizeiwache abholen musste …«

»Dafür hatte ich gute Gründe.«

»Und die hast du heute nicht? Na los, es nimmt doch niemand Schaden, und als Eisklötze schlittern wir vielleicht bestens über die Eisfläche, aber gewinnen werden wir die Weltmeisterschaft nicht, wenn wir uns hier eine fiese Erkältung einfangen.«

Er hat recht. Also klettere ich schließlich ebenfalls durch das Fensterloch.

Es riecht hier drin nach nassem Stein und loser Mörtel knirscht unter meinen Stiefeln, aber immerhin haben wir durch das Fenster im angrenzenden Raum, das zudem durch das Gerüst gut verdeckt ist, eine perfekte Sicht auf das Haus.

Doch es tut sich einfach nichts.

»Und was, wenn er gar nicht mehr dort ist? Vielleicht gibt es eine Hintertür«, sagt Edgar nach gut einer Stunde. Die Dunkelheit hat sich mittlerweile über die Stadt gelegt. Im Haus sind flackernd die Lichter angegangen. Hin und wieder sieht man Schatten umherhuschen, doch leider kann man nicht ins Innere des Hauses sehen.

»Aber wo soll er sonst sein? Im Krankenhaus wusste man nichts von ihm.«

»Dann müssen wir uns noch näher heranwagen. Wir müssen durch die Fenster gucken, ich glaube nicht, dass sie das Haus heute noch verlassen. Vermutlich feiern sie die Twelfth Night zu Hause, trinken gemütlich Wassail und singen Lieder, während wir uns hier draußen die Hacken abfrieren.«

Meine Gedanken wirbeln wie Schneeflocken umher. Was sollen wir tun? Unmöglich kann ich dort durch die Fenster sehen. Andererseits scheint das Abwarten wahrlich zwecklos zu sein und ich muss dem Geheimnis auf die Schliche kommen, sonst finde ich keine Ruhe.

»Nun gut«, willige ich zähneknirschend ein und wir klettern aus dem Haus.

Danach huschen wir wie zwei Katzen über die Straße und verbergen uns hinter einem Busch, sodass man uns im Vorgarten von der Straße aus nicht sehen kann.

»Oh nein, die Fenster sind viel zu hoch«, stelle ich entmutigt fest.

Edgar zieht die Stirn kraus und verschafft sich einen Überblick. »Dann wird es jetzt wohl Zeit für *Operation Schwanensee*«, befindet er schließlich.

»Du und deine Operationen. Was soll das schon wieder sein?«

»Na, ich hebe dich hoch wie im *Schwanensee*-Ballett und du spähst durch das Fenster.«

Mit schrägem Blick sehe ich ihn an. Das kann doch nicht sein Ernst sein. Unter gar keinen Umständen kann er mich hier in der Öffentlichkeit auf diese Weise berühren.

»Was denn? Fällt dir eine bessere Lösung ein?« Er blickt abermals von Fenster zu Fenster, vor denen jeweils rein gar nichts zu finden ist, auf das man steigen könnte. »Und wer ist denn ohnehin die reinste Primaballerina? Außerdem bin ich dein Tanzpartner, warum also nicht?«

Ganz langsam atme ich ein und spähe dabei erneut in der Dunkelheit umher, ob es nicht doch irgendwo etwas gibt. Vergebens. Andererseits hat die uns umhüllende Dunkelheit den Vorteil, dass kaum einer unser viel zu inniges Beisammensein sehen kann.

Letztlich bleibt mir keine Wahl.

»Na schön«, sage ich widerwillig, weiß aber, dass das die einzige Lösung ist. Zumindest solange ich nicht bereit bin aufzugeben.

Wir gehen zum Fenster hinüber und nach kurzem Hin und Her einigen wir uns darauf, dass er hinter mir stehen bleibt, damit ich mich dann mit einer Hand am schmalen Fenstersims festhalten kann, sobald ich oben bin. Aus den Augenwinkeln sehe ich, wie Edgar hinter mir einen breiteren Stand einnimmt. »Bereit?«, fragt er dann und reibt sich die Hände.

»Bereit«, bestätige ich und spanne meine Muskeln an.

Er tritt so nah an mich heran, dass sein Kutschermantel meinen Mantel berührt und sein warmer Atem über meinen Nacken haucht. Für einen Moment schweben seine Hände über meinen Hüften. Dann legt er sie auf den Stoff und ich fühle einen festen Druck. Ohne weiter zu zögern, zählt er bis drei, und schon verlassen meine Stiefel den weichen Rasen. Ich unterdrücke einen Schrei und taste hastig nach dem Fensterbrett, um Edgar zu entlasten.

»Ist es so in Ordnung?«, fragt er mit gepresster Stimme, und ich versichere ihm flüsternd, dass alles gut ist.

»Und bei dir?«, frage ich zurück.

»Bestens«, sagt er außer Atem. »He, da kommt mir eine Idee. Warum integrieren wir das nicht in unsere Kür? Wird ein ziemlicher Hingucker.«

Selbst in dieser Situation muss ich leise lachen, aber dann konzentriere ich mich auf die Szene hinter dem Fenster. Die Scheiben sind an den Ecken von Eisblumen überwuchert und leicht beschlagen, dennoch lässt sich etwas erkennen.

Da sind ein Kamin und ein festlich geschmückter Tannenbaum mit Äpfeln und Strohsternen. Anrichte und Sofa wirken einfacher als das elegante Mobiliar im Haus meiner Eltern, aber sehr gemütlich. In einem grünen Sessel entdecke ich tatsächlich diese Frau mit dem feinen Fuchsgesicht, mit der ich Vater neulich gesehen habe. Sie hat ein breites Glas in der Hand und blättert in einer Zeitung. Ich zucke zusammen, als ich bemerke, dass noch eine Person im Raum ist.

»Da ist mein Vater«, raune ich Edgar zu. »Er setzt sich gerade auf die Armlehne des Sessels, in dem diese Frau sitzt.«

»Kannst du erkennen, ob sie eine Liebschaft haben?«, fragt er angestrengt und ich versuche, die Szene zu analysieren.

»Nun ja, also sie sind nicht in einer heftigen Umarmung verschlungen oder so.« Andererseits wirkt er sehr vertraut mit ihr. Ich schnappe nach Luft, als sich etwas verändert, und Edgar jault schmerzerfüllt auf. Aus dem Schrecken heraus muss ich ihn getreten haben.

Bevor ich weiß, was passiert, verliere ich den Halt und im nächsten Moment spüre ich am Knie den Schnee, der durch meinen Rock sickert, und ansonsten weiches Fleisch.

»Was war das?«, hört man Vaters leicht heisere Stimme aus dem Inneren des Hauses. Hastig krabble ich von Edgar herunter.

Kaum habe ich das getan, greift Edgar nach meiner Hand und reißt mich nach oben. »Weg hier!«, zischt er, und wir rennen und stolpern, so schnell uns unsere Füße tragen, wenig elegant davon.

Erst drei Straßen weiter bleiben wir schwer atmend stehen. Die weißen Wölkchen kommen so rasch, dass sie uns umringen, und die frische Luft ist so kalt, dass sie im Hals schmerzt.

»Was hast du gesehen?«, fragt Edgar nun und jeglicher Schalk ist aus seinen Augen verschwunden.

Ich schlucke, versuche, meine Gedanken zu entwirren, und kann es selbst noch kaum fassen. »Da … da war ein Junge«, stammle ich und habe wieder das Bild vor Augen. Er kam ins Zimmer gerannt, glitt auf die Knie und umarmte die Beine der beiden. Vater hat gelacht und ihm übers Haar gestrichen.

So wie er es früher bei uns getan hat.

Und wenn ich es richtig gesehen habe, war da noch ein

Kind, ein etwas älteres Mädchen mit einer blauen Schleife um den Hals, nur etwas jünger als Helen und Henry.

»Der Junge … er … er könnte mein Bruder sein.« Das ist es, was mich am meisten beunruhigt. Zu jedem Kind hätte Vater freundlich sein können. Aber dieser Junge und auch das Mädchen hätten sich mit ihren pechschwarzen Haaren und der geraden Nase nahtlos in die Reihe meiner Geschwister einreihen können – ohne dass jemand stutzig geworden wäre.

»Aber das würde ja bedeuten …«, überlegt Edgar laut, wagt es aber nicht, den fürchterlichen Gedanken zu Ende zu bringen.

Also muss ich es tun.

Ich sehe der eisigen Wahrheit ins Auge. »Vater hat nicht nur eine Geliebte mitten in London. Er hat ein zweites Leben hier.«

Kapitel 37

Madge

Fünf Tage war Vater nicht zu Hause. Jetzt ist er wieder da, sitzt mit übereinandergeschlagenen Beinen im ledernen Ohrensessel unseres Wohnzimmers und raucht Pfeife. Sonnt sich im Mitleid meiner Geschwister wegen der langen *Krankheit*, genießt die Freude, dass er wieder da ist, und empfängt Komplimente zu seinem frischen Teint. Ich hingegen kann ihn kaum ansehen, meide seinen Blick, denn selbst der sanfte Klang seiner Stimme und der würzige Geruch seiner Pfeife lassen es in meinem Bauch zornig grummeln. Es ist eine Erleichterung, als die große Standuhr achtmal schlägt und ich zum Training aufbrechen kann.

Das Foyer unseres Hauses umfängt mich mit seiner kalten Luft und ich schlüpfe rasch in meinen Mantel und ziehe den warmen Fellmuff über den Kopf. Doch als ich gerade meinen Schal umlege, höre ich, wie sich die Tür öffnet.

Vater ist ins Foyer getreten. Tiefe Falten zeigen sich auf seiner Stirn. »Was hast du vor?«, fragt er mit offensichtlicher Verärgerung, da ich mich seit Wochen zu genau dieser Zeit fertig mache, um zu Prince's zu fahren.

Fast hätte ich geschnaubt. Seine Frage ist so dreist, er benimmt sich, als würde ich etwas Liederliches tun, dabei ist sein ganzes Leben eine Farce. Wir sollen stets auf den Ruf der Familie achten und ich habe mich wirklich gevierteilt, um eine gute Tochter zu sein – wie oft habe ich wider meine Natur gehandelt? Und was macht er? So ziemlich das Beschämendste, was man sich für eine Familie vorstellen kann.

Unumwunden trete ich daher vor den Spiegel und zupfe meinen Schal zurecht, ohne ihn eines Blickes zu würdigen. »Ich gehe trainieren.«

Er kommt drei Schritte näher und neigt irritiert den Kopf. »Mit wem? Doch nicht etwa mit diesem … diesem Rebellen.«

»Falls du damit Edgar meinst, ja, er ist nach wie vor mein Partner. Und ich werde mit ihm antreten, ganz gleich, was du sagst.«

»Untersteh dich. Das habe ich dir untersagt.«

Ich zucke die Schultern und greife nach meiner Tasche, wende ihm den Rücken zu.

»Madge!«, sagt er im drohenden Tonfall, doch ich gehe ungeachtet dessen zur Tür.

Er wiederholt meinen Namen, deutlich lauter diesmal. Ich greife zum Türknauf, er stürmt zu mir und zieht mich von der Tür weg, baut sich vor mir auf.

»Du hast es versprochen damals«, schimpft er laut. »Kein Aus-der-Reihe-Fallen mehr! Du hast hoch und heilig beteuert, dich zu benehmen. Dennoch erkenne ich dich in letzter Zeit kaum wieder. Du vernachlässigst deinen Klub, widersetzt dich meinen Worten und fraternisierst mit den Gegnern! Was ist denn nur los mit dir?«

Die heimelige Szene aus dem Wohnzimmer in der Little Trinity Lane rauscht in meinen Erinnerungen wieder hoch und schürt umgehend meine Wut, die Zärtlichkeit, die er gegenüber seiner Zweitfamilie gezeigt hat. Auf die Frage, wie er das bewerkstelligt hat, fällt mir nur eine Antwort ein. Lügen. All die Tage, wo sechzehn Menschen hier im Haus um seine Gesundheit gebangt haben, da er wieder einmal ins Krankenhaus musste, hat er aller Wahrscheinlichkeit nach im trauten Kreise seiner Zweitfamilie verbracht. Jetzt verstehe ich auch, warum er uns stets untersagt hat, ihn zu besuchen. Von wegen, er wolle uns den kummervollen Anblick ersparen.

Es würde mich nicht wundern, wenn er bei der anderen Frau all die schönen Feste ein zweites Mal gefeiert hätte, und endlich wird mir klar, warum er oft direkt nach dem Festtag zurück ins Krankenhaus musste.

Und dafür hasse ich ihn.

Während wir in größter Sorge um ihn gelebt haben, hat er sich schöne Stunden gemacht. Endlich verstehe ich auch, warum das Geld ewig knapp ist, obwohl er als Bauunternehmer nicht wenig verdient. Warum es so wichtig ist, dass wir eine gute Partie machen, denn er wird kaum mehrere Frauen dauerhaft unterstützen können. Er gibt sich stets selbstlos und sozial – dabei ist er der selbstsüchtigste Mensch, dem ich je begegnet bin.

Aber ich werde seine Mittel nun gegen ihn verwenden. Stets konnte er mir mit Rauswurf drohen – jetzt kehre ich den Spieß um.

»Muss ich dich in dein Zimmer sperren oder kommst du eigenmächtig wieder zu Sinnen?«, fragt er zornig und zerrt an meinem Arm.

Ganz ruhig fixiere ich ihn. »Little Trinity Lane 51.«

Auf der Stelle lässt er los, sein Mund klappt auf, aber es

kommen zunächst keine Worte. »Was … woher …«, stottert er dann.

Ich lasse seine Frage unbeantwortet. »Wenn du nicht willst, dass dein kleines Geheimnis herauskommt, lässt du mich besser gewähren.« Entschlossen drehe ich den Knauf der Tür.

Ich werde diese verdammte Weltmeisterschaft gewinnen. Und dann werde ich auf eigenen Füßen stehen und möchte mit dieser Person nichts mehr zu tun haben.

Kapitel 38

Julianna

Ich kann noch immer kaum glauben, was Madge mir erzählt hat. Es ist schon absurd – jetzt habe ich meine Mutter nach so langer Zeit endlich gefunden und sie hat ihren Vater gleichzeitig zum Teil verloren. Zum Glück scheint ihr das Eislaufen eine gute Ablenkung zu bieten. Sie wirkt entschlossener denn je, als sie mit Edgar übers Eis saust.

Seit Jackson da ist, nehme ich mich zurück, er ist ein so viel besserer Trainer als ich, und nun stimmt auch der letzte Übergang einwandfrei. Beschwingt sehe ich zu meiner Mutter hinüber, die im eleganten Sitzbereich an der Bande lehnt und eifrig die Figuren mitschreibt. Sie sagt, dass sie am besten Rückmeldung geben kann, wenn sie alles verschriftlicht hat und im Anschluss noch mal Stück für Stück durchgegangen ist. Ich bin ihr sehr dankbar, dass sie ihre Kenntnisse und ihr Wissen auch noch einbringen will, denn ich weiß wirklich nicht, was man an dieser Kür noch verbessern könnte, aber sie hat nicht umsonst diesen Ruf als Eisengel, der auch Jahre später noch durch die Luft geistert. Sie muss ein ganz besonderes Gespür nicht nur für das Eislaufen, sondern auch für die entsprechende Darbietung haben.

»Yee-ha!«, tönt es nun von Jackson durch die ganze Halle,

als Madge und Edgar ihre Abschlussposition einnehmen. »Das war *bloody brilliant*!«, sagt er mit seinem breiten Grinsen, und Madge – obwohl sie mittlerweile schon einiges gewohnt ist – fällt wegen der vulgären Sprache fast aus ihrer Position. Ich muss lachen, denn Jackson verwendet hier in London mit Vorliebe die britischen Ausdrücke wie *splendid* und *brilliant*, die in Amerika offenbar weniger oder in anderen Zusammenhängen genutzt werden. Er spricht dann auch betont britisch, lässt sich aber hin und wieder eine kreative Kombination nicht nehmen.

Ob vulgär oder nicht, ich muss ihm absolut zustimmen. Madge und Edgar sind hoch konzentriert gefahren, haben sämtliche Verbesserungsvorschläge von Angelina und Jackson berücksichtigt, und durch all die Probleme der letzten Zeit scheint eine neue Nähe und Vertrautheit zwischen Madge und Edgar entstanden zu sein, sodass die Kür nun noch einnehmender wirkt.

»Großartig«, sagt Edgar nun. »Wenn alles so weit passt, können wir ja noch ein kleines Experiment wagen.«

Ich gleite langsam auf ihn zu. »Was hast du vor?«

Auch Madge sieht ihn neugierig an.

»Nun ja, ich hatte neulich zufällig eine Idee. Vieles vom neuen Stil kommt ja aus dem Ballett. Und im Ballett gibt es ja auch Hebefiguren …«

»Oh, mein Gott!«, ruft Jackson sofort. »Das wäre sicherlich *splendid*!«

Ich hingegen bin weniger überzeugt, auch wenn ich mir ebenfalls vorstellen könnte, dass es sehr gut aussehen würde. »Sollten wir wirklich jetzt noch die Kür ändern? Und wäre es nicht viel zu gefährlich?«

»Wir müssen ja nichts direkt ändern«, wirft Edgar ein. »Ich würde es nur gerne ausprobieren. Was denkst du, Madge? Machst du uns den *sterbenden Schwan*?«

Madge hat uns die ganze Zeit in langsamen Schlangenlinien umrundet. Irgendwie hätte ich vermutet, dass sie ablehnt. Bei aller Begeisterung für den neuen Stil ist sie ja generell eher traditionell eingestellt. Doch zu meiner Überraschung lächelt sie leicht und sieht zu Edgar. »Na, wenn du mich mit diesen Spaghetti-Armen hochheben kannst, können wir es gerne versuchen. Ansonsten wird der sterbende Schwan dich ganz schnell unter sich begraben.«

Mir wird sofort leichter ums Herz, denn das fehlende Gefoppe mit Edgar hat mir bereits Sorge bereitet.

»Sollen wir es wirklich wagen?«, frage ich in die Runde. »Sind wir da nicht wieder an einer Stelle, wo es zu viel des Guten wäre? Wo zu viele neue Dinge zusammenkämen?«

»Papperlapapp!« Jackson gestikuliert zu Madge und Edgar. »Wenn man auch nur ein bisschen vom Eiskunstlauf versteht, ist offensichtlich, dass eine Kür mit einer Hebefigur die ganz hohe Schule ist.«

»Das haben wir von unserer Kür damals auch gedacht«, erinnere ich Jackson. Als wir erstmalig in Wien im neuen Stil auftraten, waren wir ebenso überzeugt gewesen, aber die neue Art, zu laufen, kam nicht überall gut an.

Dann wende ich mich an meine Mutter. »Und sagtest du nicht, dass in der Wettkampfordnung steht, dass die Kufen das Eis nicht verlassen dürfen?«

»Das ist richtig«, gibt Angelina zurück. »Aber wenn es wirklich überzeugend ist, könnte die Regel ohne Berücksichtigung bleiben. Das war vor dem ersten Axel genauso.«

Fragend sehe ich zu Edgar und Madge. »Wollt ihr es also versuchen?«

Die beiden tauschen einen langen Blick aus. »Ich würde sagen, wer nicht wagt, der nicht gewinnt«, sagt Edgar dann schließlich, und wir überlegen gemeinsam, welchen Sprung aus dem Ballett man auf das Eis am ehesten übertragen solle.

Madge schlägt nun vor, dass Edgar sie von hinten hochhebt und sie einen schnellen Spagat in der Luft andeutet. Im nächsten Moment steht Edgar bereits hinter ihr. Beide sammeln sich und passen ihre Atmung an. Leise zählt er an und auf drei legen sich seine Hände um ihre Hüften. Er reißt Madge in die Luft, und ich kann gar nicht genau sagen, was als Nächstes passiert.

Ich höre Schreie.

Und knackendes Eis.

Sehe Jacksons schmerzverzerrtes Gesicht und Angelinas weit aufgerissene Augen, sie hat beide Hände vor den Mund geschlagen. Sofort gleite ich auf Madge und Edgar zu, die verheddert auf der Eisfläche liegen. Madges Wange muss gelähmt vor Kälte sein, sie liegt direkt auf der kalten Fläche.

»Geht es euch gut?«, frage ich, während die beiden sich ächzend entheddern.

Madge wälzt sich auf den Hintern, bleibt auf dem Eis sitzen und reibt ihren Oberarm. Ihr ganzes Kleid ist von nassen Flecken übersät, es scheint jedoch nur geschmolzenes Eis zu sein. Edgar schüttelt fluchend seine Hand aus. »Bei genauerer Überlegung … vielleicht lassen wir das mit der Hebefigur«, verkündet er.

»Immer schön, wenn man auf den Boden der Tatsachen

zurückgeholt wird«, stichelt Madge und Edgar äfft sie wortlos nach, klatscht dann aber in die Hände.

»Ich würde sagen, auf den Schrecken haben wir uns einen Drink verdient. Darf ich euch auf einen Winter Pimm's einladen?« Edgar lächelt in die Runde.

»Oh ja, den kann ich wirklich gebrauchen!«, sagt Madge zu meiner Verwunderung und lässt sich zum Rand der Eisfläche gleiten, um sich umzuziehen. Jackson und Edgar sind schon vorausgegangen und ich wende mich an Angelina, die auf dem äußersten Platz neben ihrer großen Tasche sitzt und ihre Notizen studiert.

»Edgar lädt auf einen Drink ein. Wollen wir auch noch mitgehen?«, frage ich sie.

Langsam macht sie ihren Rücken wieder gerade und streicht mit der flachen Hand mehrmals darüber. »Nein. Ich werde jetzt nach Hause fahren.«

»Du willst schon ins Lodging House?«, frage ich verwundert.

Sie steht auf und schüttelt den Kopf. »Ich werde zurück zu meiner Schule am See fahren.« Mit einem Schnappen lässt sie das Notizbuch zuschnellen. »Ich habe jetzt alles, was ich brauche.« Sie lässt das Büchlein vor meinen Augen hin und her wackeln und packt es dann in die Tasche.

Mir wird mulmig zumute. So wie wenn man im März noch auf den Seen eisläuft und man nicht sicher sein kann, ob man jeden Moment einbrechen wird.

»Wie … wie meinst du das?«

»Eure Kür, der neue Stil. Vielen Dank für diese Einblicke. Immer gut, wenn man weiß, was die Konkurrenz macht. Ich denke, mit dem neuen Stil seid ihr auf einer heißen Fährte.

Es wird für meine Schützlinge nicht leicht, aber ich denke, die verbleibenden sechs Wochen sollten genügen, damit auch wir es schaffen.«

Schlagartig ist mein Hals trocken, er zieht sich zusammen, doch ich kann nicht schlucken. Das waren zu viele Dinge, um sie auf einmal zu verarbeiten. Konkurrenz? Ihre Schützlinge? Auch schaffen?

»Du wirst ebenfalls bei der Weltmeisterschaft antreten?«

Ein kehliges Lachen entfährt ihr. »Ich doch nicht. Aber meine beiden besten Schüler natürlich.«

›Wir trainieren momentan jeden Tag von früh bis spät‹, klingen plötzlich ihre erklärenden Worte in meinen Ohren. Das hat sie mir zu Beginn gesagt. Warum habe ich nie in Erwägung gezogen, dass es auch bei ihrer Schule um die Weltmeisterschaft geht? Vielleicht weil sie selbst stets in populären Vorführungen aufgetreten ist und keine Profilaufbahn angestrebt hat?

Und aus noch einem anderen Grund.

»Aber … aber du bist meine Mutter«, flüstere ich, da ich meiner Stimme nicht trauen kann. Ich weiß nicht, wie man sich eine Mutter vorstellen soll und was man von ihr erwarten kann. Sie würde einen aber doch sicherlich nicht so niederträchtig behandeln? Nicht, nachdem man sich so gut verstanden hat?

»Ach, Julianna.« Fast schon belustigt schultert sie ihre Tasche und sieht mich mitleidig an. »Ich habe noch nie einen Menschen getroffen, der so von einer naiven Hoffnung zerfressen war wie du.«

»Soll …«, mehrmals muss ich blinzeln, während ich sie anstarre, »… soll das bedeuten …«

»Ganz genau. Ich bin mit Sicherheit *nicht* deine Mutter.«

Kapitel 39

Madge

Wenn die Enthüllung von Angelina irgendetwas gebracht hat, dann nur, dass Edgar und ich noch härter und verbissener trainieren. Ein Monat ist vergangen, seit ich Julianna wie ein verlassenes Rehkitz neben der Eisfläche vorgefunden habe. Sie hat gezittert. »Wie konnte ich nur so töricht sein?«, hat sie immer wieder gemurmelt. Statt auf unseren Triumph anzustoßen, haben wir an jenem Abend einen Schlachtplan entwickelt, und der besteht darin, eben noch mehr zu trainieren. Nur dann können wir auch gewinnen, wenn ein weiteres Paar im neuen Stil antritt.

»Hervorragend«, sagt Julianna, als die letzten Töne der Platte verklingen und wir uns langsam aus der Position lösen. »Das muss euch …«, sie niest so sehr, dass es sie schüttelt, spricht gleich danach aber weiter, »… erst einmal jemand nachmachen. Nie und nimmer schafft sie das in sechs Wochen«, sagt Julianna, aber ihre Stimme ist nicht vollkommen fest.

Ich bin ebenfalls unsicher. Der neue Stil war unser großer Trumpf im Ärmel. Wir wissen jedoch alle, dass Angelina eine Legende ist. Sie verleiht ihren Bewegungen eine gewisse Grazie wie sonst kaum jemand. Die Ratschläge, die sie uns gegeben hat, waren zwar spärlich, jedoch gleichzeitig Gold wert. Sie versteht es, mit minimalen Änderungen ein ganz anderes Ergebnis zu erzielen. Es ist gut möglich, dass sie über Methoden verfügt, die ihre Schüler zu Höchstleistungen antreiben.

Obendrein muss es für die Preisrichter nun aussehen, als wären wir die Nachahmer, falls Angelinas Paar zuerst antreten darf.

»Wir werden unser Bestes geben. Etwas anderes bleibt uns ohnehin nicht übrig«, sagt Edgar, selbst er wirkt resigniert. Das ungute Gefühl sitzt uns allen im Nacken. »Und jetzt nach Hause mit dir, Julianna, du gehörst ins Bett. Madge und ich übernehmen das hier, nicht wahr?« Fragend sieht er mich an und ich stimme sofort zu. Ich habe Julianna mit ihrer fiesen Erkältung bereits zu Beginn des Trainings wegschicken wollen, aber davon wollte sie nichts hören.

»Absolut«, sage ich schnell, da Julianna sofort protestieren will. Sie fühlt sich schuldig, da sie nicht gemerkt hat, was Angelina eigentlich im Sinn hatte, aber wie hätte sie das ahnen sollen? »Und bevor du widersprechen kannst, denk bitte daran: Krank im Bett wird es dir noch weniger gefallen. Also ruh dich besser aus, bevor die Erkältung dich richtig umhaut.«

Unter inständigem Protestgemurmel verschwindet Julianna schließlich, und Edgar und ich greifen uns Schaber und Bürste und beginnen mit dem Glätten der Eisfläche. Jeder übernimmt eine Seite und wir arbeiten uns aufeinander zu. Unweigerlich entsteht dabei jedes Mal ein kleiner Wettbewerb, und die Person, die weniger der Fläche geschafft hat, darf sich einiges anhören. Heute ist Edgar derjenige und ich bin froh über die vereinzelten unbeschwerten Augenblicke in dem ansonsten momentan nicht so leichten Leben. Es ist nicht nur die mögliche Niederlage bei der Weltmeisterschaft, obwohl wir das Geld so dringend benötigen. Auch mit Benedict geht nichts weiter. Und auch wenn das Wissen über meinen Vater mir neue Freiheiten verschafft hat, käme einem die Stimmung auf einem Friedhof im Vergleich zu der zwischen uns wie ein bunter Kindergeburtstag vor.

Einträchtig laufe ich neben Edgar durch die verschneiten Straßen nach Hause. In regelmäßigen Abständen bringen die flackernden Straßenlaternen den Neuschnee zum Glitzern, und es riecht so wunderbar frisch, wie es nur in einer gerade erst eingeschneiten Stadt möglich ist. Wir sind dazu übergegangen, den Weg zu Fuß zurückzulegen, da Edgar den Kutschern nicht zu viel zumuten will und uns in dieser heißen Phase vor dem Wettbewerb ohnehin jegliches Konditionstraining guttut.

»So richtig geht es mit der *Operation Mondkalb* ja leider nicht voran«, gibt nun auch Edgar zu bedenken.

»Ich weiß«, sage ich seufzend. Mittlerweile bin ich mit meinem Latein am Ende. Nicht zuletzt durch Edgar sind in den vergangenen Wochen immer wieder kleine Unterhaltungen mit Benedict entstanden, die ich gemeistert habe, obwohl mein Herz lauter als Big Ben geschlagen hat. Auch von Ada habe ich nichts mehr gehört oder gesehen, und Edgars vorsichtige Nachforschungen auf diesem Gebiet haben keine Ergebnisse gebracht, was ich positiv deute.

Aber über die gängigen Höflichkeiten hinaus ist nichts weiter entstanden.

»Ich frage mich, ob er vielleicht bewusst vor seiner großen

Reise sein Herz festhält? Vielleicht will er momentan einfach niemanden näher kennenlernen?«

Nachdenklich massiert Edgar sein Kinn. »Gut möglich. Und … das wirst du jetzt nicht gerne hören, aber da wir in gut zwei Wochen nach Sankt Petersburg aufbrechen, müssen wir langsam die schwereren Geschütze auffahren, fürchte ich.«

Im Schatten der Straßenlaterne bleibe ich stehen. Edgar stellt sich direkt vor mich und sieht mir ernst in die Augen.

»Was meinst du damit?«, frage ich.

»Nun ja, sämtliche dezente Hinweise und Stupser haben nicht geholfen. Wenn du wirklich wissen willst, woran du bist … musst du deutlicher werden.«

»Nein. Das darf ich als Frau doch nicht.«

Er kehrt die Hände nach außen. »Du weißt, dass es da draußen jede Menge Frauen gibt, die dafür kämpfen, dass sie die gleichen Rechte bekommen wie die Männer. Warum also nicht auch in Liebesdingen?« Ich will protestieren, aber er bedeutet mir mit den Händen, ihn weitersprechen zu lassen. »Letztlich kommt es in diesem Fall aber auch nicht darauf an. Es gibt nur diese zwei Möglichkeiten. Entweder du wagst es oder du wirst es vermutlich nie erfahren.«

»Was … was denkst du denn, wie er zu mir steht?«

»Das ist schwer zu sagen. Zumal ich nicht lange zögern würde, wenn mir eine Frau wie du auch nur das kleinste Zeichen geben würde.« Sein Lachen klingt merkwürdig in der sonst so stillen Nacht. »Aber er ist nicht ich. Vielleicht ist er der perfekte Gentleman, vielleicht hält er sein Herz fest, vielleicht hat er kein Interesse. Ich weiß es nicht, ehrlich nicht. Sonst hätte ich es dich längst wissen lassen. Was ich weiß, ist, dass du auf der Weltmeisterschaft kaum eine ungestörte Minute mit ihm haben wirst, und wenn du dich ihm anvertrauen willst, solltest du es vorher tun.«

Ich beiße mir fest auf die Unterlippe, um besser nachdenken zu können. An sich ist es unmöglich. So absurd, dass ich gar nicht länger darüber nachdenken müsste. Eine Frau, die ihre Liebe offenbart? Niemals.

Andererseits weiß ich, dass Edgar recht hat. Schon bald wird es keine Gelegenheit mehr geben, mit Benedict zu sprechen. Und wenn er abreist, ohne dass wir über unsere Gefühle geredet haben, würde ich es auf ewig bereuen, wenn auch nur die geringste Chance besteht, dass er so fühlt wie ich.

Vielleicht würde es sich lohnen, mutig zu sein?

Zögerlich sehe ich Edgar an. »Aber ich kann doch nicht …«

»Natürlich kannst du. Nenne mir einen Grund, warum nicht.«

»So etwas machen Frauen nicht«, wende ich ein.

»Die Zeiten ändern sich.«

»Mein Vater.«

»Kann dir längst nichts mehr vorschreiben, das hast du selbst gesagt.«

Ich sehe zu Boden. Grabe eine feine Linie mit der Spitze meines Stiefels in den Schnee. Und schließlich flüstere ich den größten und beängstigendsten Grund von allen.

»Benedict … Benedict könnte Nein sagen.«

Edgar nickt bedächtig. »Aber immerhin weißt du dann, woran du bist.«

Ich greife seine Nickbewegung auf, und wir setzen uns langsam wieder in Bewegung, gehen extra langsam, damit wir nicht zu schnell an unserem Stadthaus sind.

»Und was soll ich machen? Es gibt keinerlei soziale Regeln dafür, wenn die Situation andersherum ist. Soll ich ihm etwa Blumen schicken? Einen Brief schreiben?«

Edgar bleibt wieder stehen. »Sag ihm einfach, was in dir vorgeht.«

Ich lache auf und verstelle meine Stimme. »›Ach hallo, Benedict, übrigens: Ich bin bis über beide Ohren in dich verliebt!‹ Das wird ihn ja gar nicht überrumpeln oder so.«

Schmunzelnd schüttelt Edgar den Kopf. »Sag ihm, dass du gar nicht anders kannst, als zu lächeln, sobald du ihn siehst. Dass in deinem Bauch warme Schneeflocken tanzen, solange er in deiner Nähe ist. Dass du jeden Morgen gleich nach dem Aufwachen durchgehst, welcher Tag ist, um zu wissen, ob ihr euch beim Training sehen werdet. Dass du fiktive Unterhaltungen mit ihm führst, wenn er nicht da ist, und er dich selbst dann zum Lachen bringt. Und dass …«, er räuspert sich, »… er einfach der außergewöhnlichste und wunderbarste Mann ist, den du je kennengelernt hast, und deswegen kein anderer je eine Chance haben wird.«

Überrascht sehe ich ihn an. Vier Atemzüge vergehen, bevor ich sprechen kann. Edgar kennt mich mittlerweile erstaunlich gut. »W… woher weißt du das alles?«

Er hebt die linke Schulter. »Bauchgefühl. Und jetzt du.«

»Ich soll dir eine Liebeserklärung machen?«

»Wenn du das möchtest.« Er lacht laut und ungelenk. »Ich dachte, du möchtest vielleicht üben, was du Benny sagen könntest?«

»Einverstanden.« Ich verlagere mein Gewicht von links nach rechts, während ich nach Worten suche.

»Ich …« Ich breche ab. Das geht so nicht. Es fühlt sich

noch nicht richtig an. Kurz entschlossen greife ich nach Edgars Händen, sie sind so warm, dass ich es selbst durch die Handschuhe spüre. Mit einem Mal wird mir bewusst, dass wir uns so nah sind, dass wir uns küssen könnten. Meine Augen gehen wie von selbst zu seinen Lippen, die inmitten des Barts zart und weich wirken. Aber Moment mal, was denke ich denn da eigentlich? Schnell konzentriere ich mich wieder auf Benny und das, was ich eigentlich will.

»Ich … ich liebe dieses langsam aufblühende Lächeln in deinem Gesicht. Deine rücksichtsvolle Art anderen gegenüber, die du selbst in den Momenten der größten Anspannung nicht verlierst. Wenn du da bist, fühlt es sich an, als würde ich übers Eis gleiten, auch wenn da gar kein Eis ist. Ich liebe es, dass du dich stets vollkommen korrekt verhältst, auch wenn es mich manchmal in den Wahnsinn treibt …«, jetzt muss ich leise lachen, fange mich aber rasch wieder, »… und wenn ich mein Leben an deiner Seite verbringen könnte, würdest du mich zur glücklichsten Frau auf Erden machen.«

Den letzten Teil kann ich kaum mehr als hauchen, da die Vorstellung eines Lebens an Benedicts Seite so ergreifend ist. Ich weiß nicht, was meine Worte in Edgar auslösen, denn er schließt seine Augen, kaum dass ich die Worte gesprochen Angespannt warte ich auf eine Reaktion.

Erst nach zehn Sekunden öffnet er sie wieder und da ist ein unbekannter Ausdruck in seinem Gesicht.

»Das … das hast du alles zu ihm gesagt, oder?«

Wie meint er das? Das war doch der Sinn der Übung. Er dachte doch nicht etwa …

»Edgar …«, entfährt es mir verwirrt.

Er winkt ab und lacht wieder laut. »Wollte nur sichergehen. Komm, es ist spät, ich bring dich nach Hause.« Sein Lächeln reicht von einem Ohr zum anderen – und doch habe ich ihn nie trauriger gesehen.

Kapitel 40

Madge

Wie ein Vogel saust Edgar beim Vormittagstraining auf mich zu, drückt mir einen Zettel in die Hand und ist im nächsten Moment schon wieder woanders. Ich drücke das Papier so fest, dass es winzig klein in meiner Hand wird, und wage es erst nach drei Runden, einen unauffälligen Blick darauf zu werfen. Nach einem Blick über die Schulter falte ich es verstohlen auseinander.

»Wir müssen reden. Komm nach dem Training in meine Kutsche.«

Rasch lasse ich den Streifen in meinem Muff verschwinden. Er will doch hoffentlich keinen Rückzieher machen? Ich bin etwas nervös, nachdem es gestern Abend diesen … diesen *Moment* zwischen uns gegeben hat. Während des gesamten restlichen Trainings kann ich mich kaum konzentrieren und werfe Henry und Helen nur hin und wieder Verbesserungen zu, sehe heute aber nur die einzelnen Schritte und nicht ihre gesamte Kür.

Ich bin erleichtert und angespannt zugleich, als ich drei Stunden später Edgar gegenüber in der Kutsche sitze.

»Du wolltest etwas mit mir besprechen?«, frage ich unsicher und setze mich neu auf dem roten Lederpolster zurecht.

»Ganz richtig. Aber dazu muss ich dir etwas zeigen. Hast du Zeit?«

Ich habe für den Tag nichts weiter geplant, aber mich packt umgehend die Neugier. »Was hast du denn vor?«

»Das erfährst du, wenn wir da sind«, sagt er geheimnisvoll. Zum Glück verhält Edgar sich während der gesamten Fahrt ganz normal. Er scherzt und lacht, sodass ich mir mittlerweile nicht mehr sicher bin, ob ich mir das gestern Abend alles nur eingebildet habe.

»Verrätst du mir jetzt deinen diabolischen Plan?«, frage ich, als die Kutsche schließlich zum Halten kommt.

»Wer sagt, dass der Plan diabolisch ist?« Edgar hilft mir beim Ausstieg, und ich erkenne, dass wir in den eleganten gläsernen Portikus des Royal Opera House in Covent Garden gefahren sind. Der gigantische gläserne Überbau schirmt den Schneeregen draußen ab, sodass wir ohne Eile aussteigen können.

»Nun ja, der Plan kommt immerhin von dir …«

»Das bedeutet allemal, dass er kongenial ist.«

Ich verdrehe die Augen. »Dann hab doch bitte die Ehre und weihe mich endlich in diesen kongenialen Plan ein«, sage ich und sehe mich neugierig um. *La Bohème*, *Faust* und *Carmen* werden auf Plakaten groß angekündigt und der weiche Teppich unter meinen Füßen dämpft die Geräusche. Hat er vor, mit mir ins Theater zu gehen? Allerdings mag ich das Theater offen gestanden nicht. Es kommt mir alles so übertrieben und gekünstelt vor. Und manchmal frage ich mich, ob wir nicht selbst alle irgendwie nur eine Rolle spielen. Der geschäftige Unternehmer. Die warmherzige Wohltäterin. Die kommunikationsfreudige Gesellschafterin. Vielleicht ist es mir aber auch nur zuwider, da es mir bewusst macht, dass ich selbst lange nur eine Rolle gespielt habe: das brave Töchterchen.

Ein Portier in schwarz-goldener Uniform steht neben einer Tür, die von zwei kugeligen Pflanzen umsäumt ist, und hält sie uns weit auf. Wir danken ihm und treten ins Foyer.

»Dazu muss ich ein wenig ausholen«, sagt Edgar, während er zielstrebig den eleganten Eingangsbereich durchquert und auf eine unscheinbare Tür zusteuert. Weit öffnet er sie für mich und redet erst weiter, nachdem er sie hinter mir geschlossen hat.

Wir befinden uns jetzt in einem Treppenhaus aus weißem Marmor. »Fakt ist, dass dank Angelina ein weiteres Pärchen eine vermutlich sehr ähnliche Kür laufen wird wie wir.«

»Das ist nichts Neues«, werfe ich grummelig ein, aber er beachtet mich nicht weiter, sondern öffnet, nachdem wir die erste Treppe erklommen haben, eine Tür, die uns in einen langen Flur führt, von dem zahlreiche Räume links und rechts abzugehen scheinen.

»Die Problematik, wie wir wissen, ist folgende: Sobald Angelinas Eisläuferpärchen uns technisch auch nur hauchdünn überlegen ist oder falls sie zuerst antreten dürfen, werden sie vermutlich gewinnen. Das Paar, das zuerst die neue Technik zeigt, wird die Preisrichter aller Wahrscheinlichkeit nach begeistern. Das zweite Pärchen wird hingegen Irritation auslösen, wenn sich die Kür zu sehr gleicht. Und dafür könnte Angelina sorgen, da sie unsere Kür kennt. Zu allem Unglück wird man bei der Reihenfolge der Paare alphabetisch nach dem Namen des Trainers vorgehen, und da hat Angelina natürlich gute Karten. Julianna heißt Winter mit Nachnamen, und selbst wenn wir vielleicht Jackson Haines als Trainer angeben, hilft uns das nicht.«

Ich versuche, gleichzeitig zu ergründen, wo genau im Gebäude wir sind und was wir hier wollen, und Edgar zu antworten. »Das klingt alles wenig vielversprechend, ist aber ja nicht neu. Was hast du vor? Falls du mir auch die letzte Hoffnung auf einen Sieg rauben willst, bist du auf einem guten Weg.«

»Entschuldige, das war nicht meine Absicht.« Edgar scheint die Türen zu zählen und läuft in großen Schritten unbeirrt weiter, während er spricht. »Vielmehr wollte ich dich anspornen, noch mehr zu geben.«

»Noch mehr?«, frage ich atemlos. »Was soll ich denn noch geben? Ich trainiere zweimal täglich, glätte danach bis tief in die Nacht das Eis und habe mich dem Willen meiner Familie widersetzt, um mit dir anzutreten. Ich habe dem Eislaufen bereits alles gegeben, was ich zu bieten habe.«

»Nicht ganz.« Entschieden öffnet er die nächste Tür und tritt ein. Der Raum hat einen hellen Parkettboden, schwere Brokatvorhänge und an der linken Wand einen durchgängigen Spiegel. Ansonsten ist er nahezu leer. Es muss einer der Übungsräume des Theaters sein.

Fragend sehe ich Edgar an.

»Lass es uns noch einmal mit dem Sprung wagen!«

»Edgar …«, setze ich an, denn das haben wir bereits alles versucht. »Denkst du wirklich, es ist schlau, unsere Kür durch ein halsbrecherisches Element zu ergänzen, von dem wir nicht einmal wissen, ob es überhaupt erlaubt sein wird? Das ist viel zu riskant. Was, wenn einer von uns fällt und sich eine Verletzung zuzieht? Dann war alles vergebens.«

»Ich weiß.« Edgar presst die Lippen zusammen. So ernst habe ich ihn noch nie erlebt und das macht mir Angst. Langsam kommt er auf mich zu und sieht mir fest in die Augen. »Aber gleichzeitig bin ich sicher, dass es unsere einzige Chance ist.«

Ich will wieder gehen, denn ich möchte nicht, dass Edgar sich meinetwegen Risiken aussetzt. Er soll nicht alles aufs Spiel setzen, nur weil ich unbedingt gewinnen muss. Letztes Mal sind wir mit dem Schrecken davongekommen, aber ich würde es mir nie verzeihen, wenn Edgar nicht mehr in der Einzeldisziplin antreten könnte, da ich ihn bei einer Hebefigur zu Fall gebracht habe.

Doch Edgar lässt nicht locker. »Ich habe mich schlaugemacht, wir sind es letztes Mal einfach falsch angegangen. Wir müssen zunächst *ohne* Schlittschuhe die Hebefigur hinbekommen. Schauen, wie wir das Gewicht verteilen, damit wir problemlos die Balance halten.«

»Das mag ja alles sein, Edgar, aber die Weltmeisterschaft ist in zwei Wochen. Das ist zu knapp! Lass uns lieber das verfeinern, was wir bereits haben.«

Er schüttelt den Kopf. »Das wird nicht reichen. Wir brauchen etwas Gewagtes, das sich vorher noch niemand getraut hat. Und denk daran, wie rasch wir beim anderen Teil der Kür eingespielt waren! Du kannst zudem bereits Ballett, eigentlich muss nur ich es lernen.«

»Und wie willst du das in so kurzer Zeit schaffen?«

»Ich bitte dich, wenn die Balletttänzer das mit ihren dünnen Fitzelärmchen hinbekommen, werde ich das ja wohl auch schaffen.«

Eine tiefe Stimme von hinten unterbricht uns. »Das will ich aber überhört haben, Herr Syers!«

Gleichzeitig drehen wir uns zur Tür, durch die gerade Jackson hereinkommt. Seine Präsenz erfüllt sofort den Raum.

»Wann warst du nur zuletzt im Ballett, Edgar? Wir Balletttänzer heben die Damen teilweise bis zu zwanzigmal pro Choreografie. Dazu braucht man mehr als kräftige Beine – unsere Arme und auch der Rumpf sind unglaublich stark. Ich glaube, ich muss mir noch einmal scharf überlegen, ob ich dich wirklich in die Mysterien und Geheimnisse der Balletttänzer einweihe«, sagt Jackson und verschränkt gespielt entrüstet die Arme und reckt die Nase in die Luft.

»Ihn hast du also auch schon an Bord geholt?«, frage ich mit hochgezogenen Augenbrauen.

Edgar grinst. »Er ist der beste Balletttänzer, den ich kenne.«

Mit Sicherheit ist er zudem der einzige Balletttänzer, den Edgar kennt, aber wenn uns jemand helfen kann, dann ist das in der Tat Jackson. Immerhin ist er nicht nur ein begnadeter Eisläufer, sondern obendrein Profi-Balletttänzer. Und es war schließlich seine Idee, die fließenden Bewegungen des Balletts mit denen des Eislaufs zu verbinden.

»Seine Argumente waren sehr überzeugend.« Jackson lässt eine Tasche neben der Tür fallen. »Zudem hasse ich es wirklich, was Angelina unserer Julianna angetan hat. Und ich fühle mich schuldig, da ich es war, der Julianna auf die Idee gebracht hat, Angelina könnte ihre Mutter sein. Deswegen werde ich alles tun, was in meiner Macht steht, um zu verhindern, dass Angelinas Paar gewinnt. Und etwas, das euch deutlich von den Konkurrenten *abhebt* – im wahrsten Sinne des Wortes –, ist der beste Weg.«

Ich seufze. Wenn auch Jackson denkt, dass es ohne Hebefigur nicht geht, muss ich mich wohl meinem Schicksal fügen.

»Also, was darf es denn sein?«, fragt er, nachdem wir uns warm gemacht haben. Er kommt auf mich zu und dreht mich sanft zum Spiegel, sodass wir uns beide sehen. Fest umfasst er meine Taille, zählt bis drei und ich springe, so hoch ich kann. Er hebt mich scheinbar mühelos hoch über seinen Kopf. Es ist ganz anders als die Wackelpartie mit Edgar in der Little Trinity Lane. Probeweise strecke ich mich zum Spagat, der Stoff meiner Röcke umfließt meine Beine, aber es gelingt.

Langsam dreht er sich und mich im Kreis, schafft es dabei sogar noch zu reden. »Derartige sogenannte Deckenlifts sind natürlich besonders spektakulär.« Langsam und geführt lässt er mich wieder herunter. »Sie benötigen allerdings sehr viel Übung. Ich würde daher vorschlagen, dass ihr bei einem einfacheren geraden *Frontlift* bleibt.«

Er umfasst meine Hüfte abermals, ich springe auf drei und schwebe im nächsten Moment vor seiner Brust. Es klappt wieder auf Anhieb und vollkommen mühelos, meine Bedenken waren offenbar völlig umsonst.

Doch dann holen Jacksons Worte mich auf den Boden der Tatsachen zurück. »Sobald ich meine Hände auch nur minimal verschiebe, kann alles aus dem Gleichgewicht geraten.« Er justiert seine Hände anders und sofort schwindet die Stabilität. »Genauso ist es bei dir, Madge«, erklärt er. »Sobald du deinen Schwerpunkt falsch verlagerst, wird Edgar dich nicht mehr halten können. Es ist wie bei den Pirouetten. Auch bei den Hebefiguren musst du immer wissen, wo dein Schwerpunkt ist und was passiert, wenn du ihn verschiebst. Deine Pirouetten sind *splendid*, das habe ich gesehen. Du weißt genau, wie das Eis reagieren wird, wenn du den Druck erhöhst oder verringerst. Im Grunde genommen ist es mit den Hebefiguren genauso, nur dass Edgar sozusagen die stabilisierende Eisfläche ist. Du musst in jeder Situation wissen, wie er sich verhalten wird. Sodass du entsprechend darauf reagieren kannst.« Behutsam setzt er mich wieder ab. »Nur so verhindert ihr die fatalen Stürze.«

»Wie soll das gehen? Auf dem Eis trainiere ich seit Jahren. Bis zur Weltmeisterschaft sind es nur zwei Wochen und Edgar …«, ich deute zu ihm, der mit verschränkten Armen am Spiegel lehnt, »… ist ein lebendiges Wesen. Das bedeutet, er ist ein klitzekleines bisschen schlechter in seinem Verhalten zu berechnen als eine feste Eisfläche.«

»Dazu gibt es einen kleinen Trick, den wir im Ballett anwenden.« Er geht zu seiner Tasche und kehrt mit einem schwarzen Tuch zurück. Ich habe keine Ahnung, was er damit vorhat, als er hinter mich tritt und die Binde um meine Augen legt. »Du musst ihm wortwörtlich blind vertrauen.«

Kapitel 41

Madge

Eine Woche lang haben wir täglich vier Stunden im kleinen Probenraum der Royal Opera, den Edgar über seine Kontakte für uns angemietet hat, trainiert. Auf festem Grund und Boden beherrschen wir die Hebefigur inzwischen beide sogar tatsächlich mit verbundenen Augen. Edgar weiß genau, wie er greifen muss, damit er mich gut heben kann, ich weiß, wohin ich mein Gewicht verlagern muss, damit es für ihn so einfach wie möglich ist, und wir beide wissen, wie wir rasch Korrekturen vornehmen müssen, wenn die Figur zu wackelig wird.

Trotzdem stockt mir der Atem, als Edgar zum Ende des Vormittagstrainings zu mir herüberfährt und seine Frage stellt. »Was denkst du, sollen wir jetzt die Hebefigur auf dem Eis wagen?«

»Jetzt?« Meine Stimme klingt ungewöhnlich hoch und mir wird heiß. Ich wusste, dass die Frage kommen würde, in dieser Situation habe ich allerdings wirklich nicht damit gerechnet. Normalerweise halten wir schließlich unser gemeinsames Training strikt vom Vormittagstraining getrennt.

»Warum nicht? Jackson reist morgen ab, und ich denke, auf dem Boden gibt es nichts, was wir noch üben könnten. Und es hat all die letzten Male auf Anhieb geklappt.«

»Aber sollen wir nicht lieber bis heute Abend damit warten, wenn wir unter uns sind?«

»Na ja«, sagt er lang gezogen. »Julianna muss ja nicht zwangsläufig erfahren, dass wir diesen Plan B entwickelt haben, dachte ich mir. Und wenn wir jetzt schon merken, dass wir es absolut nicht hinbekommen, können wir die Hebefigur dann einfach weglassen.«

Nachdenklich gleite ich zum Ausstiegsbereich. Edgar hat recht. Bisher haben wir Julianna nichts von unseren Trockenübungen erzählt. Sie macht sich ohnehin schon solche Vorwürfe, und wenn sie hört, dass wir es noch einmal mit der Hebefigur versucht haben, die beim ersten Mal in der reinsten Katastrophe geendet ist, wird ihr bewusst werden, wie verzweifelt wir sind.

Das würde ihre Selbstvorwürfe nur verstärken.

Solange wir es hier, ohne sie, klammheimlich ausprobieren, sind wir aus dem Schneider. Falls es klappt, ist sie erleichtert, dass wir doch noch eine reelle Chance haben, und wenn nicht, muss sie es nie erfahren. Mittlerweile stehen Edgar und ich alleine auf der Eisfläche, die anderen kleiden sich um oder sind bereits auf dem Weg nach Hause. Auch der Aufseher ist nirgends zu sehen.

Und wir brauchen nur fünf Minuten.

Ich atme tief ein. Denke nicht mehr daran, wie ich beim ersten Versuch über das Eis gepoltert bin, und ignoriere das Ziehen, das ich unwillkürlich in meinen Knien spüre.

Mit einem warmen Lächeln hält Edgar mir seine Hand entgegen und ich ergreife sie bebend. Erstmalig bin ich bereits vor der Kür nass geschwitzt. »Oh, warte noch kurz«, sagt er und saust zum Grammofon, wo er unsere Musik auflegt.

Noch immer fühlen sich meine Glieder wie betäubt an, doch sobald ich mit Edgar im Rücken am Rand der Eisfläche stehe, kehrt die Konzentration und dadurch auch die Ruhe zurück.

Zeitgleich treten wir auf das Eis und laufen mühelos die ersten zwei Drittel unserer Kür. Dann, auf der Fahrt nach unseren Zwillingspirouetten, ist es so weit. Anstatt alles gedanklich durchzugehen, blende ich die einzelnen Schritte aus und verlasse mich auf meinen Körper. Mache hier in der kalten Luft dasselbe wie in der wohligen Wärme des Probenraums im Theater. Stoße mich mit den Schlittschuhen mit aller Macht vom Eis ab und vertraue auch ohne Augenbinde blind auf Edgars Kraft. Ich schwebe vor ihm, strecke meine Beine zum Spagat und drei Herzschläge später lande ich sicher wieder auf dem Eis. Prickelnde Freude erfasst mich, aber es bleibt keine Zeit zum Nachdenken.

Die Kür geht weiter, und als wir schließlich unsere Endpositionen einnehmen, atme ich so schwer, dass sich meine Brust heftig hebt und senkt. Als der letzte Ton verklungen ist, suche ich sofort Edgars Blick. In seinem Gesicht steht ebenfalls ein glückliches Lächeln. »Yee-ha!«, sagt er leise in Gedenken an Jackson und ich muss lachen. So sehr, dass die Tränen fließen und ich mich krümme. Das Glück und auch die Erleichterung sind so überwältigend.

Wir haben es tatsächlich geschafft!

Eine ganze Hebefigur auf Schlittschuhen.

Ohne zu fallen.

Als ich wieder ruhiger werde und mich langsam aufrichte, stutze ich. Urplötzlich wird mir bewusst, dass wir nicht alleine sind. Ich habe damit gerechnet, dass Henry und Helen nach dem Umziehen dazukommen und im Sitzbereich warten. Doch nun sehe ich, dass nicht nur die beiden anwesend sind. Die gesamte Eisfläche ist umringt. Offenbar waren die anderen Eisläufer noch nicht gegangen oder jemand hat sie zurückgeholt? Zumindest sind alle da. Allen voran Benedict, aber auch Wallace, Rufus, Vikram, Mick und Josiah. Aber auch Mister Babington, der Aufseher, unser Trainer Luis Nolan und sogar Mister Tyndall, der Besitzer der Eisbahn, stehen zu meinem Entsetzen da. Muss er ausgerechnet jetzt und heute hier auftauchen?

Das Schlimme ist, sie alle starren uns entgeistert an.

Keiner sagt ein Wort.

Unsicher sehe ich zu Edgar, der ein Schulterzucken andeutet.

»Warum sagt ihr nichts?«, frage ich freiheraus.

Sie starren noch immer.

»Na los, sagt schon was! Mit der Kür wollen wir schließlich bei der Weltmeisterschaft antreten.«

Die Anwesenden werden unruhig, doch ergreift keiner das Wort.

Aus den Augenwinkeln nehme ich schließlich eine Bewegung wahr. Ich schwenke herum. Da ist Rufus, der langsam nickt. »Jo«, sagt er.

»Was soll das heißen?«, hake ich nach.

»Ich muss zugeben, dass Edgar das minimal besser hinbekommt als ich.« Er hält Daumen und Zeigefinger erbsenweit auseinander.

Schallendes Gelächter verbreitet sich im Raum und schließlich sind überall Stimmen. Die anderen kommen zu uns auf das Eis, obwohl sie keine Schlittschuhe mehr tragen. Sie wollen wissen, wie wir das gemacht haben. Einige gratulieren so überschwänglich, als hätten wir bereits gewonnen. Sogar Luis Nolan gibt zu, dass der neue Stil unter Umständen gar nicht so schlecht ist. Mein Herz geht auf, als Benedict einwirft, dass er und die anderen jungen Männer froh sein können, dass Edgar und ich in einer anderen Disziplin antreten. Doch das beste Geschenk ist, als Mister Tyndall mich abfängt und mir zu verstehen gibt, dass er ein Auge zudrückt, was die Schulden wegen des Ankleidezimmers betrifft, wenn wir dafür sorgen, dass das Weltmeisterpaar vom Prince's Skating Rink kommt.

Das Glück über das Gelingen und dieser leuchtende Streifen am Horizont, dass wir unter Umständen unsere Schulden loswerden, schwingt noch den gesamten restlichen Tag in mir. Während des Fünfuhrtees, beim Lesen der Zeitung, als ich kaum ein Wort verstehe, und selbst beim Stopfen der Socken, einer Arbeit, die mir sonst gar nicht lieb ist.

Und dann nähert sich der große Zeiger der ewig pendelnden Standuhr endlich der Acht und ich kann mich auf den Weg machen.

Als hätten wir es abgesprochen, ist Edgar ebenfalls zu früh da. Mit großen Schritten steuert er auf den Haupteingang von Prince's zu und sein langer Kutschermantel schlägt dabei dynamisch hin und her.

»Kann es da etwa jemand kaum abwarten, Julianna die neue Figur zu zeigen?«, rufe ich ihm freudestrahlend zu.

Edgar lacht und wartet, bis ich zu ihm aufgeschlossen habe. »Julianna wird ganz schön Augen machen.«

Schwungvoll öffnet er die Tür, für die er als Trainer einen Schlüssel hat, betätigt den Lichtschalter und nach dreimaligem Flackern erstrahlt das Foyer in seiner ganzen Pracht. Durch die Schwingtür gelangen wir in die Eishalle, die uns sofort mit dem vertrauten Geruch metallischer Kälte umfängt. Vor Aufregung kommt es mir noch frischer vor. Heute ist anscheinend alles intensiver.

»Vor allem kann ich es nicht abwarten, die Hebefigur noch einmal auf dem Eis auszuprobieren«, antwortet er, als wir auf die weiße Fläche zugehen. »Es war … fantastisch. Fast so, als würde ich dich für drei Sekunden beim Fliegen unterstützen.« So hat es sich auch für mich angefühlt.

Schon während ich Fellmuff und Jacke ausziehe, hat Edgar seine Schlittschuhe angezogen und tritt auf das Eis. Er reckt und streckt sich und läuft zwei Bahnen auf einem Bein wie ein Storch. Die Aufwärmübung, die hilft, das Gleichgewicht zu halten, hat Jackson uns gezeigt. Ich schnüre meine Schuhe und lausche dem rhythmischen Kratzen seiner Kufen, das wie eine liebliche Melodie in meinen Ohren klingt. Dann trete auch ich auf die Eisfläche, und Edgar setzt zu einer schnellen Runde an, um die Muskeln aufzuwärmen. Er gleitet an mir vorbei, wirbelt dabei meine Haare auf, und hinter meinen Ohren spüre ich den Luftzug seiner Bewegung. Ich nehme meinerseits Geschwindigkeit auf – als ein grausames Geräusch die Stille zerreißt und mir gleich darauf den Atem stocken lässt.

Das abscheuliche Knirschen fährt mir tief ins Zahnfleisch und hallt unheilvoll in meinen Ohren wider. Angsterfüllt sehe ich zu Edgar. Er ist am anderen Ende der Eisbahn, von wo das Geräusch gekommen ist. Eigentlich müsste es schnell gehen, doch wie im Schneckentempo sehe ich ihn durch die Luft wirbeln. Ich schreie. Mein Herz rast. Übelkeit steigt in mir auf und ich zittere am ganzen Körper.

Dennoch kann ich nichts tun.

Bin dazu verurteilt, bei dem zuzusehen, was meine schlimmste Befürchtung war.

Machtlos schlage ich die Hände vor Nase und Mund, presse fest die Zähne zusammen, als Edgar mit einem brutalen Krachen auf das Eis schlägt. Ich spüre die Vibration der Eisfläche bis in meine Füße – und das Grauen der Bedeutung bis in mein Herz. Edgars eben noch gelöster Körper verkrampft sofort. Sein Gesicht schreit vor Schmerz und er zieht das Schienbein zu sich heran.

»Zur Hölle, was war das?«, flucht er lautstark und ich löse mich endlich aus der Starre, fahre eilig zu ihm hin.

Er hebt abwehrend die Hand. »Vorsicht, hier …«, er sieht sich mit seinem schmerzverzerrten Gesicht um, das gar nicht mehr nach Edgar aussieht, »… hier ist irgendetwas.«

Ich werde langsamer, suche die Eisfläche ab, kann aber nichts entdecken.

Aber warum sollte ein erfahrener Läufer wie er auf freier Fläche wie aus dem Nichts stürzen?

Kapitel 42

Julianna

Schon von Weitem sehe ich das Licht bei Prince's. Madge und Edgar konnten es wohl gar nicht mehr abwarten. Vermutlich trainieren sie doppelt so hart, da dank Angelina die Konkurrenz nun noch härter ist. Und wenn ihr Paar vor Edgar und Madge antritt, wirken wir wie billige Nachahmer. Über einen Monat ist ihre Enthüllung her, doch der Schmerz darüber wirkt noch immer frisch, so tief hat er sich in mein Herz gebohrt. Aber es nutzt alles nichts, wir müssen weitermachen. Letztlich machen Madge und Edgar genau das Richtige.

Doch nachdem ich die Schwingtür passiert habe, ist es merkwürdig still. Die beiden sind nicht im Sitzbereich, und da sind auch keine Stimmen oder das vertraute Kratzgeräusch von Kufen.

Schließlich sehe ich Madge, ihr Blick ist nach unten gerichtet, und als ich noch näher an die Bande herankomme, entdecke ich Edgar auf dem Eis sitzend.

Meine Tasche gleitet sofort zu Boden und mein Herz setzt einen Schlag aus. »Was ist geschehen?«, frage ich atemlos. »Edgar, geht es dir gut?« Ich eile über den schmalen Weg vor dem Sitzbereich zu den beiden hinüber. Madge hält ihm eine Hand entgegen. Edgar sortiert vorsichtig seine Beine und allein die Tatsache, dass er sich von ihr beim Aufstehen helfen lässt, zeigt, dass es ernst ist.

»Geht schon«, sagt er mit gepresster Stimme zu mir. »Ist sicherlich nur gezerrt.«

Ich habe ein ungutes Gefühl. Irgendwas macht mich skeptisch, ich kann aber nicht genau benennen, was es ist. Ich habe Edgar bisher so gut wie nie fallen sehen, er hat eine unglaubliche Körperbeherrschung, und wenn es doch passiert, ist er normalerweise sofort wieder auf den Beinen. »Wie … wie ist das denn passiert?«

»Ich weiß es auch nicht so genau«, sagt Edgar stockend und mit rauer Stimme. Er stützt sich dabei kräftig auf Madge ab. Sie legt einen Arm um ihn, um ihm mehr Halt zu geben. Kleine fiese Gedanken drängen in meinen Kopf, stellen Fragen, was sein würde und wie es weitergehen solle, wenn Madge nun nicht mehr antreten könnte, aber ich halte sie zurück. Hauptsache, Edgar geht es gut. Was mit der Weltmeisterschaft ist, ist nebensächlich, sage ich mir. Und weiß sofort, dass es nicht stimmt. Von dieser Weltmeisterschaft hängt alles ab.

Aber für den Moment soll nur Edgar zählen. Behutsam bringt er seine Kufe zurück aufs Eis, die er zuvor angewinkelt wie eine Spitzentänzerin gehalten hat. Ich sehe, wie sein Gewicht Madges Schultern verlässt, als er es zurück auf seinen Fuß verlagert. »Ah!«, stöhnt er sofort voller Pein auf, noch bevor er das Bein vollständig belastet hat, und saugt die Luft durch die Backenzähne ein. »Himmel, Arsch und Zwirn«, stößt er schwer atmend aus. Sein derber Fluch zeigt, wie groß seine Schmerzen sein müssen. »Das geht noch nicht.« Er lehnt sich wieder auf Madge und ich sehe feine Schweißperlen auf seiner Stirn.

»Komm, ich bringe dich zum Sitzbereich. Du musst dich dringend hinsetzen«, sagt sie und stützt ihn von links, während er sich mit der rechten Hand an der Bande festhält. Dank der Kufen muss sie ihn mehr oder weniger nur bis zum Ausstiegsbereich schieben.

Dann beginnt der schwierige Teil. Gemeinsam schaffen wir es in elender Langsamkeit bei unterdrückten Schmerzenslauten, die einem durch Mark und Bein gehen, ihn auf einen Sessel der ersten Sitzgruppe zu bugsieren. Edgar streckt mithilfe beider Hände vorsichtig das Bein von sich und für eine gefühlte Ewigkeit starren wir alle darauf.

Ich weiß, dass es gebrochen ist.

Und ich fühle, dass die anderen es auch wissen.

Verräterische Tränen brennen in meinen Augen. Ich ertrage den Anblick nicht länger und lasse meinen Blick durch die Halle schweifen. Eigentlich will ich meinen Augen nur eine Pause gönnen, doch dann entdecke ich etwas.

»Das glaube ich ja nicht«, murmle ich und steuere einen Punkt an der Bande an, unweit von Edgars Unfallort. Das kann nicht sein. Das gehört nicht hierher, in keiner Weise.

Mir wird eiskalt. Ich würde alles dafür geben, mich jetzt in Luft auflösen zu können, denn das kann nur eines bedeuten.

Es ist alles meine Schuld.

Mit zittrigen Fingern nehme ich die kleine Bronzefigur von der Brüstung. Mein Gesicht ist vermutlich nicht weniger schmerzverzerrt als das von Edgar, denn dass die Figur wieder hier ist, macht unmissverständlich klar, was geschehen ist.

»Ist das etwa …?«, fragt Madge. Es klingt, als wäre sie hinter Glas, aber vermutlich sind es nur meine Gedanken.

Wie betäubt nicke ich.

»Wovon zum Teufel redet ihr?«, fragt Edgar gepresst.

»Das ist die Bronzefigur, die ich meiner vermeintlichen Mutter gegeben habe.« Mein Herz pocht wie wild und das ungute Gefühl wächst zu einer quälenden Befürchtung heran. Kann es wirklich sein? Am liebsten würde ich nicht weiter darüber nachdenken, gleichzeitig weiß ich, dass ich der Sache auf den Grund gehen muss.

»Dann war Angelina also hier?«, fragt Edgar und sieht sich um. »Aber wie …« Er verstummt. Hat sich offenbar seine Frage selbst beantwortet, denn er deutet auf etwas, das hinter mir ist.

Ich drehe mich um und sehe nun auch, dass das letzte Fenster ganz rechts nur angelehnt ist. Der weinrote Vorhang wiegt sich daneben im Luftzug sachte nach links und rechts.

Deswegen ist es also noch kälter als sonst.

»Offenbar hat der Aufseher vergessen, es zu schließen«, überlege ich laut. »Seltsam, das ist doch sonst nicht seine Art, so übergenau, wie er immer ist.«

Madge und Edgar tauschen einen Blick aus, den ich nicht deuten kann, aber darüber kann ich jetzt nicht auch noch nachdenken.

Ich muss nachsehen, ob meine dunkle Vorahnung zur bitteren Wahrheit wird. Eigentlich will ich es nicht wissen, will lieber davonstürmen und als blinde Passagierin nach Wien zurückkehren, um den beiden nie wieder in die Augen sehen zu müssen. Denn wenn sich mein Gefühl bestätigt, habe ich ihnen etwas Unverzeihliches angetan.

Aber so viel Feigheit haben die beiden nicht verdient. Ich bin es ihnen schuldig, zumindest die Wahrheit herauszufinden.

Ich zwinge mich, auf die Bande zuzutreten. Mein Schritt wird viel zu klein. Ich sehe die hölzerne Absperrung an, als sei sie ein Wolf, der jeden Moment auf mich losstürzen könnte. Dabei trennt sie mich lediglich von der schmerzhaften Gewissheit.

»Julianna, was hast du vor?«, fragt Madge, als ich meine Hände auf die obere Kante lege. Ich beachte sie nicht, muss jetzt weitermachen, bevor mich der Mut verlässt und ich abbreche.

Auf der anderen Seite schreite ich langsam die Eisfläche ab. Lege meinen Kopf schräg, um größere Unebenheiten oder kleinere Hindernisse zu erkennen.

Hat sie hier etwas deponiert?

Einen kleinen Ast oder ein paar Steine?

Immer wieder gehe ich in kleinen Kreisen, mir schwirrt bereits der Kopf und die Schläfen drücken, da ich meine Augen so anstrenge, um zwischen all den Kratzern im Eis etwas zu erkennen.

Doch meine Sorge scheint unbegründet zu sein, stelle ich erleichtert fest, nachdem ich die Unfallstelle großflächig abgeschritten habe. Womöglich wollte Angelina mir einfach nur die Figur zurückgeben? Vielleicht war ihr schlechtes Gewissen so groß, dass sie mein einziges Andenken nicht länger bei sich haben wollte? Und sie hat sich nicht getraut, mir noch einmal unter die Augen zu treten, wusste aber, dass ich sie hier zu dieser Stunde auf jeden Fall finde?

Ja, so muss es gewesen sein.

Mir wird leichter ums Herz. Was mit Edgar geschehen ist, ist schrecklich, aber ich hätte es mir nie verziehen, wenn es allein aus meiner Schuld heraus geschehen wäre.

Ich will den beiden etwas zurufen, als ich unter meinem Schuh einen ungewohnten Widerstand spüre.

Nein.

Umgehend sinke ich auf die Knie. Sie werden erst eisig kalt und schließlich nass, sobald das geschmolzene Eis sich hindurchgekämpft hat. Ungeachtet dessen lasse ich meine Hände über das Eis wandern. Da war doch etwas! Warum kann ich es nicht sehen?

Es dauert eine Weile, bis ich es entdecke zwischen all den gelösten Eisklumpen, aber schließlich stoßen meine Fingerspitzen auf kleine Würfel. Vorsichtig hebe ich einen hoch. Es sind Glassplitter. Genauso glatt und durchsichtig wie das Eis.

Immer wieder tasten meine Finger über die eisige Fläche und schließlich habe ich eine ganze Handvoll zusammen.

Ich schlucke.

Offenbar hatte auch Angelina Sorge, was die Reihenfolge bei der Weltmeisterschaft betrifft, und wollte sichergehen, dass ihr das nicht zum Verhängnis wird. Und nun muss ich Madge und Edgar irgendwie beibringen, dass es allein meine Schuld ist, dass sie nicht antreten können.

Kapitel 43

Madge

Um überhaupt irgendwie weitermachen zu können, habe ich sämtliche Gefühle verbannt. Die guten wie die schlechten. Am liebsten würde ich auch jegliche Tätigkeiten aus meinem Leben verbannen und mich zu Hause verkriechen, allerdings ertrage ich die Stimmung dort nur schwerlich. Und meine ewig kreisenden Gedanken noch weniger.

Also mache ich das, was ich immer mache. Eislaufen. Nur fühlt sich selbst das nicht mehr an wie früher. Das Drumherum wirkt natürlich wie sonst auch. Die schweren Vorhänge hängen stoisch vor ihren Fenstern, Mister Babington sitzt auf seiner Kanzel und linst immer wieder zur Uhr, und die Gruppe der Männer macht ihre Übungen auf der anderen Hälfte der Eisbahn. Nur ist es merkwürdig still ohne Edgar. Niemand, der wie ein Schmetterling umherflattert, und es gibt nahezu keine Berührungspunkte unserer Gruppen. Fühle ich mich deswegen so leer?

Verstohlen sehe ich zu Benedict hinüber, der gerade einen formvollendeten Achter läuft. Es sind unsere letzten Tage. Nächste Woche wird er nach Sankt Petersburg aufbrechen. Ohne mich. Es gibt für mich keinen Grund mehr, mitzufahren, zumal wir mal wieder sparen müssen.

Jegliche Hoffnung auf einen Sieg liegt nun bei Henry und Helen.

»Verflixt«, murmelt Henry in diesem Moment, als er abermals aus dem Tritt gerät.

Helen stemmt die Hände in die Hüften. »Jetzt reiß dich doch endlich mal zusammen!«

»Und was war mit deiner Kehrtwende vorhin?«, keift er zurück. »Die hast du auch verpasst.«

Luis Nolan hebt beschwichtigend die Hände. »Jetzt alle mal tief durchatmen.« Mit seinen Worten kommt der Alkoholdunst zu mir herüber und ich entferne mich einen Meter. »Ich verstehe nicht, was mit euch ist, ihr wart schon so gut! Wo ist das alles hin?«

»Glaubst du, es hilft, wenn du ihnen jetzt auch noch Vorwürfe machst?«, mische ich mich ein. Wie kann er nur so wenig Feingefühl haben und nicht verstehen, dass so kurz vor der Weltmeisterschaft die Nerven blank liegen?

»Deine ewigen Predigten, dass ich mehr Eleganz ausstrahlen soll, sind aber auch nicht hilfreich«, fährt Helen nun mich an und ich antworte nicht weniger erbost, schließlich verwende ich seit Monaten meine Zeit darauf, den beiden zu helfen, und Jackson hat mehrfach betont, dass das ein wichtiger Punkt für die Preisrichter sein wird.

Im nächsten Moment scheint jeder jeden anzuschreien und ich wende mich schließlich ab. »Dann könnt ihr offenbar gut auf mich verzichten.«

Hoch erhobenen Hauptes gleite ich davon und laufe drei Runden für mich. An der Stelle, wo Edgar gestürzt ist, wird mir noch jedes Mal mulmig zumute. Ich sehe zu Helen und Henry hinüber, die gerade mit Luis an einer Figur feilen.

Auch die jungen Männer sind alle mit letzten Verbesserungen ihrer Technik beschäftigt. Sie helfen sich gegenseitig, nun, da Edgar nicht mehr da ist.

Langsam lasse ich mich ausgleiten und lausche tief in mich hinein.

Da ist ein merkwürdiges Gefühl, das ich nicht einordnen kann. Wieder sehe ich mich um. Alles hier ist so vertraut. Und doch fehlt etwas, ich fühle mich richtig … unvollständig. Ja, das ist es. Unvollständig. Was soll ich als Nächstes tun, nun, da ich kein Ziel mehr habe?

Während ich sonst nie weiß, was ich als Erstes erledigen sollte, da ich meine gesellschaftlichen und töchterlichen Pflichten zwischen meine Trainingsstunden quetschen muss, erstreckt sich der heutige Tag in einer gähnenden Leere vor mir. Ein vollkommen leeres weißes Feld wie eine Eiswüste.

Das Einzige, was da ist, ist Schuld. Trauer. Und Enttäuschung.

Schuld, weil ich Julianna nun ganz sicher nicht mehr finanziell unter die Arme greifen kann, obwohl sie uns so lange trainiert hat. Und Trauer, da Edgar und ich nun nicht mehr antreten können. Enttäuschung, weil ich alles gegeben habe, doch es soll wohl nicht sein.

Da ich auch hier nichts mehr zu tun habe, lasse ich mich zum Rand der Eisfläche gleiten und ziehe mich um.

»Madge«, ruft Henry zu mir herüber, sobald er mich die Schwingtür ansteuern sieht. »Warte doch auf uns. Wir kommen mit.«

Ich winke ab. Vorsichtig linse ich zu Benedict. Macht es ihm etwas aus, dass ich aufbreche? Er schenkt mir ein kleines Lächeln. Ich nicke ihm zu. Und gehe. Normalerweise kehren

Henry, Helen und ich gemeinsam in der Kutsche zurück, aber ich bin den Weg nun schon so oft mit Edgar zu Fuß gelaufen, dass es mir auch jetzt nichts ausmacht.

Es ist so eisig, dass ich dankbar bin, als die dunkelgrüne Tür unseres Stadthauses in Sichtweite kommt.

Sobald ich im Warmen bin, entspannen sich meine Muskeln und ich sehne mich nach einem guten Buch am Kamin. Ich ziehe meinen Muff über den Kopf und halte mitten in der Bewegung inne. Es klingt, als würde jemand weinen. Nicht einfach nur weinen, sondern heftig schluchzen. Eilig lege ich den Muff beiseite und stürze noch in meinem Wintermantel ins Wohnzimmer.

Meine Mutter sitzt auf dem Sofa, ganz allein. Ihre glasigen Augen sind rot unterlaufen, die Nase läuft und sie klammert sich an ein zerknülltes Taschentuch.

»Mutter?« Ich haste zu ihr. Setze mich neben sie und lege einen Arm um sie. »Was ist geschehen? Ist jemand verletzt?«

Sie presst die Augen zusammen und schüttelt den Kopf. Trotzdem fließen die Tränen unaufhaltsam. Sie schluchzt und vergräbt ihr Gesicht in den Händen. Immer wieder streiche ich ihr über den Rücken und murmle beruhigende Worte. Ich will ihr sagen, dass alles wieder gut werden wird.

Nur leider bin ich mir selbst nicht sicher, ob dem so ist.

»Dein Vater«, japst sie schließlich, als sie sich von einer Welle erholt hat. »Er …« Wieder schüttelt sie den Kopf und verliert sich in Tränen. »Er hat …«, sie schluckt, »… eine andere Frau.«

Ich höre nicht auf, über ihren Rücken zu streichen, als eine neuerliche Tränenflut sie durchschüttelt.

Und erst jetzt wird mir klar, was das alles für sie bedeutet. Sie hat ihr ganzes Leben nach ihm ausgerichtet, und nun erfährt sie, dass er eine andere hat. Was am meisten schmerzt, ist der Verrat. Er ist nicht der Mann, für den wir alle ihn gehalten haben. Nicht mit den Lügen, die er uns erzählt hat. Es ist, als hätten wir ihn nie richtig gekannt.

Und vor allem aber hat sie ihn geliebt. Fünfzehn Kinder hat meine Mutter ihm geschenkt, ein weiteres ist unterwegs.

Meine Nase zieht sich zu, und ich spüre die Tränen der Verzweiflung, die nun auch in mir aufsteigen.

Mit einem Schlag sehe ich klar.

Die Erkenntnis überrollt mich wie eine Lawine.

Das, was so viele versucht haben mir zu erklären, ich aber nie richtig wahrhaben wollte.

Da ist Edgar mit krauser Stirn im schneeweißen Hyde Park, der mich skeptisch fragt: *»Und du findest es kein bisschen fragwürdig, dass das Wohlbefinden einer Frau davon abhängt, den richtigen Mann an ihrer Seite zu haben?«*

Und Juliannas störrisches *»Aber es ist nicht gerecht!«*.

Und auch Dorothy mit einer Tinktur in der Hand, die mit ihrer rauchigen Stimme einwendet: *»Wir Frauen müssen doch auch eigenständig handeln können.«*

Ich schließe die Augen, wünschte, ich könnte dadurch auch alle weiteren Erkenntnisse ausblenden.

Falls Vater uns für diese andere Frau endgültig verlässt, bleibt uns … nichts. Wir haben kein Haus, kein Geld, haben zwar gelernt, einen Haushalt zu führen – was uns ohne Anstellung allerdings nicht weiterhilft.

Jetzt verstehe ich die Problematik erst richtig, die damit einhergeht, wenn man vollkommen abhängig von einem Mann ist. Ich habe sie nicht gesehen, weil ich nur vom besten Fall ausgegangen bin. Dem, wo der Mann einem wohlgesonnen ist, weil es für mich stets so gewesen ist. Aber jetzt?

Jetzt bekommen wir die Konsequenzen selbst zu spüren und ich fühle es mit jeder Faser viel zu stark: Es ist nicht gerecht, dass einem als Frau nichts bleibt, wenn der Mann sich abwendet.

Gleichzeitig bin ich vollkommen machtlos. Das Einzige, was ich kann, ist eislaufen. Ich schlucke gegen die Hitze in meinem Hals an.

Es ist nicht fair, dass Frauen allein nicht antreten dürfen, denn es wäre nie wichtiger für mich gewesen, an der Weltmeisterschaft teilzunehmen. Schließlich ist das die einzige Möglichkeit für mich, an Geld zu kommen, damit wir in der Stadt überleben können.

Kapitel 44

Madge

Die ganze Nacht wälze ich mich von einer Seite auf die andere. Das Haus kommt mir totenstill vor, vielleicht weil uns allen der Schock über Vaters Machenschaften in den Knochen sitzt und die Gedanken gelähmt hat. Da ist nur das ewige Ticken der edlen Tischuhr, das mit jeder Sekunde lauter zu werden scheint.

Wieder einmal ziehen die Bilder des Nachmittags an mir vorüber. Aus der Verzweiflung heraus habe ich den guten Brandy, der von Weihnachten übrig geblieben ist, aus der Vitrine geholt und Mutter zweimal daraus eingeschenkt. Von ihr weiß ich, dass sie über einen Bekannten vom Doppelleben meines Vaters erfahren hat. Die Gerüchteküche ist also bereits in vollem Gange. Sie hat Vater darauf angesprochen und er hat sofort alles zugegeben. Natürlich war sie zornig und enttäuscht. Das Schlimmste sollte aber erst noch kommen: Er hat ihr offenbart, fortan bei seiner anderen Frau in der Little Trinity Lane leben zu wollen.

Zum Abend hin, als alle meine Geschwister, die noch hier wohnen, wieder zurück waren, war es an mir, ihnen die Neuigkeit zu verkünden. Ich habe ja schon einige schwere Wahrheiten über die Lippen bringen müssen – dennoch war das mit Abstand die fürchterlichste Neuigkeit, die ich je überbringen musste. Meine Mutter saß noch auf demselben Platz auf dem Sofa, das Taschentuch nur noch ein kleiner runder Klumpen, und die Brandyflasche war mittlerweile so leer wie ihr Gesichtsausdruck.

Keiner von uns wusste, wie er damit umgehen sollte. Jeder versuchte es auf seine Weise. Meine älteren Brüder verließen das Haus, Henry beugte sich über eines seiner Bücher, Helen verschwand in unser Zimmer. Ich versuchte, Danielle durch eine schöne Geschichte abzulenken, musste beim Vorlesen allerdings bei den behaglich-fröhlichen Stellen immer wieder mit den Tränen kämpfen. So würde unser Leben nie wieder sein.

Nun schlafen alle und ich ziehe immer wieder die schwere Daunendecke zurecht. Starre die dunkelgrauen Schemen von Kommode, Stuhl und Schminktisch in unserem Zimmer an. Vermutlich bin ich die einzige Person auf der Welt, die noch wach ist. Sämtliche Sorgen, die kleinen und vor allem die großen, haben sich zu einem einzigen Gedanken zusammengetan.

Alles ist verloren.

Alles ist verloren.

Alles ist verloren.

Und je länger dieser Gedanke durch meinen Kopf zieht, desto wahrer wird er. Unsere Familie ist verloren. Die Weltmeisterschaft ist verloren. Möglicherweise verlieren wir unser Haus. Und auch Benedict ist verloren. Das Leben, so, wie wir es jetzt kennen, ist unter uns weggebrochen wie eine zu dünne Eisfläche. Bisher haben wir immer versucht, in die Oberschicht aufzusteigen, künftig droht uns ein radikaler Abstieg.

Wir können froh sein, wenn es uns irgendwie gelingt, überhaupt in der Mittelschicht zu bleiben, und wir nicht gänzlich abrutschen.

Mir bleibt nichts. Und es gibt auch nichts, was ich daran ändern könnte. Diese Ohnmacht ist am schlimmsten. Ich möchte etwas tun, ich möchte kämpfen! Eine Platzierung bei der Weltmeisterschaft wäre ein Segen, was Ansehen und finanzielle Mittel betrifft, aber ich kann nicht. Ich kann die Regularien nicht ändern. Und ich kann auch Vater nicht dazu zwingen, die andere Frau zu verlassen. Am allerwenigsten kann ich Benedict zum Bleiben bewegen.

Ich stutze.

Noch einmal kommen mir Edgars Worte in den Sinn. *›Sag ihm einfach, was in dir vorgeht.‹* Über kaum etwas in meinem Leben habe ich Macht. Aber was die Sache mit Benedict betrifft, kann ich womöglich doch etwas versuchen. Was habe ich schon zu verlieren? Nachdem Vater uns gewiss bereits zum Stadtgespräch gemacht hat, muss ich nicht mehr auf unseren guten Ruf achten. Und wenn Benedict mich nicht will, ist er ohnehin erst einmal fort.

Der Gedanke dringt wie ein Eissplitter in mein Herz, aber auch diese Möglichkeit muss ich natürlich bedenken. Entschlossen richte ich mich auf und greife nach meinem Morgenmantel. Ich schlüpfe hinein und auch in meine Pantoffeln, nehme meinen besten Füllfederhalter und setze mich im Schein der kleinen Lampe an den Schminktisch, hole mein bestes Briefpapier hervor. Ich schaffe es nicht, es ihm zu sagen – aber ich werde Benedict schreiben. All das, was in mir vorgeht und was mich bewegt. So wie Edgar es vorgeschlagen hat. Und dann werde ich endlich wissen, woran ich bin.

Kapitel 45

Madge

Auf dem Weg nach oben zur Golden Gallery, der Aussichtsplattform von Saint Paul's Cathedral, zähle ich japsend die Stufen. Viel zu schnell erklimme ich sie, um meinem Kopf etwas anderes zu tun zu geben, als fortwährend die alles entscheidende Frage zu stellen. Seit drei Tagen surrt sie kribbelig von den Füßen bis in den Kopf und zurück.

›Wird er kommen?‹

In einem ellenlangen Brief habe ich Benedict mein Herz ausgeschüttet. Ich habe ihm gesagt, wie sehr ich seine Nähe genieße, wie oft ich an ihn denke, und ihm den Wirbelsturm meiner Gefühle offenbart, den er jedes Mal in mir auslöst. Zum Schluss habe ich ihn gebeten, mich auf der Golden Gallery um zwei Uhr nachmittags zu treffen. Die Aussichtsplattform der imposantesten Kirche Londons, die Edgar mir gezeigt hat, ist schließlich der schönste Ort hier, den ich kenne.

Es ist erst ein Uhr, als ich keuchend die erste Zwischenebene der Kirche erreiche und mich auf den Oberschenkeln abstütze, um zu verschnaufen. 172 Stufen, vermeldet mein Kopf. Ich habe es zu Hause nicht mehr ausgehalten. Mutter weint den ganzen Tag, es ist schwer, sie zu überzeugen, das Bett zu verlassen, und meine Geschwister und ich betreuen sie schichtweise. Ich würde so gerne noch mehr Last von Mutters Schultern nehmen, doch als Frau und ohne die Möglichkeit, bei der Weltmeisterschaft anzutreten, bin ich weiterhin machtlos.

Ich öffne die Zwischentür und mache mich an den nächsten Aufstieg. Wehmütig lächle ich, als ich nach 257 Stufen die Whispering Gallery passiere. *›Früher oder später wird das Glück dich finden‹*, hat Edgar mir hier versichert. Ob er recht behalten würde? Bisher schien sich das Glück eher in der Großstadt verlaufen zu haben und sich zu scheuen, nach dem Weg zu fragen. Aber vielleicht sollte es nicht immer so bleiben?

Das würde sich heute zeigen.

»Drei… hundert… sechsundsiebzig«, keuche ich mit rasselndem Atem, als ich die windige Stone Gallery betrete.

Ich drehe trotz der Kälte eine Runde auf der Plattform, um meinen Atem zu beruhigen. Der Ausblick ist heute ganz anders als das nächtliche London vor anderthalb Monaten, das mir jetzt Ewigkeiten entfernt scheint. Ein dichter, fast greifbarer Nebel liegt über der Stadt und die Spitzen der Häuser und Kirchen ragen daraus hervor. Dennoch bin ich entzückt, weil Häuser und Kutschen wie kleinstes Spielzeug wirken. Ich sehe die beiden goldenen Spitzen des Vorbaus von Saint Paul's und auch die gemächlich dahinfließende Themse, die heute in ihrem Schwarzgrün etwas Mystisches hat.

Ich verlasse die Plattform und erklimme die restlichen 152 Stufen. Eisige Luft umweht mich und zieht an meinem Pompadour, sobald ich auf die Golden Gallery hinaustrete. Von hier wirken die Kirchturmspitzen, Menschen und Gefährte noch kleiner. Fast als könnte ich sie zwischen Daumen und Zeigefinger problemlos in die Luft heben. Immer wieder gehe ich im Kreis, verdränge die Übelkeit, die vor lauter Anspannung in mir aufgestiegen ist, nun, da ich nichts Sinnvolles mehr zu tun habe.

Was, wenn er nicht kommt?

Ich schiebe den Gedanken beiseite, zähle stattdessen die Kirchturmspitzen und versuche, bekannte Punkte in meiner geliebten Stadt zu finden, die mir momentan so beeindruckend schön zu Füßen liegt. Doch als die Kirchturmglocke ankündigt, dass es Viertel vor zwei ist, beschleunigt sich unwillkürlich mein Herzschlag. Ich zwinge mich, langsam zu atmen, um mich zu beruhigen.

Dann eile ich zu einer Stelle schräg gegenüber der Tür, die ich zuvor auserkoren habe. Wenn Benedict heraustritt, soll er mich möglichst schnell finden. Ich zupfe Mantel und Haare zurecht, obwohl der Wind meine Bemühungen sogleich zunichtemacht, und lächle vorsichtshalber schon einmal. Der Wind streicht eisig über mein Zahnfleisch und meine Wangen wirken steif, aber ich halte durch. Versuchshalber lege ich meine linke Hand auf das goldene Geländer, nehme sie dann aber wieder herunter, ich will schließlich nicht wirken wie eine drapierte Puppe.

Ohne Bewegung wird es kälter und kälter. Ich wechsle immer wieder von einem Fuß auf den anderen, behalte dabei die Tür genau im Auge, damit ich nicht wirke, als müsste ich das Klosett aufsuchen, wenn er kommt.

Die Uhr schlägt schließlich zwei, es ist so weit.

Mittlerweile kenne ich jede Rille im Holz und jedes Astloch der Tür. Sie bleibt geschlossen. Starrt mich ebenso an wie ich sie. Benedicts Fortbleiben drückt mein Herz zusammen, aber ich rufe mir ins Gedächtnis, dass der Londoner Verkehr stets ein wahres Desaster ist. Das sagen alle. Insbesondere seit es immer mehr Automobile gibt, sind die Straßen noch schneller verstopft, und nicht selten müssen viel zu hoch beladene Fuhrwerke neu bepackt werden, nachdem sie umgekippt sind. Natürlich kann er sich verspäten. Und dann muss er obendrein auch noch all die Treppenstufen bezwingen. Eine Stunde werde ich warten, das habe ich mir fest vorgenommen.

Plötzlich ist da ein Geräusch hinter der Tür, im Wind kaum zu hören, aber es ist meinen geschärften Sinnen nicht entgangen. Sofort richte ich mich auf und lächle, als die Tür sich langsam öffnet. Das Blut rauscht in Höchstgeschwindigkeit durch meine Adern und es fällt mir schwer stillzuhalten.

Da, jetzt tritt jemand heraus.

Meine Schultern sinken, es ist nur ein Besucherpaar, das auf die Plattform kommt, und nicht Benedict. Verdutzt sehen sie mich an, und ich blicke rasch zur Seite und tue so, als hätte ich soeben lediglich einen amüsanten Gedanken gehabt und zufällig in ihre Richtung geschaut. Auch diese Besucher verschwinden nach einer Runde auf der Galerie, wie alle anderen vor ihnen – nicht ohne ein weiteres Mal in meine Richtung zu sehen. Ich war vor ihnen hier und bleibe noch. Trotz des eisigen Windes.

Die Glocke ertönt ein weiteres Mal. Viertel nach zwei. Mein Herz sinkt. Ich kann hier nicht mehr stehen, setze den eintönigen Weg um die von einer goldenen Kugel gekrönte Spitze fort. Immer wieder. Bald habe ich jeden Baum und jeden noch so kleinen Kirchturm entdeckt. Innerlich beginne ich Lieder zu singen, um die Zeit totzuschlagen. Erst Weihnachtslieder, dann Kirchenlieder. Ich ignoriere die Glockenschläge, will gar nicht mehr wissen, wie spät es ist. Ich werde einfach so lange warten, bis ich es nicht mehr aushalte. Die Kälte ist außerordentlich – meine Hoffnung aber auch.

Schließlich bin ich sogar schon bei den Kinderliedern angekommen und draußen legt sich der erste Grauschleier der Dämmerung über die Stadt. Die Besucher sind immer rarer geworden, und als sich die Tür nun abermals öffnet, sehe ich fast teilnahmslos hin.

Er wird es wieder nicht sein.

Merkwürdigerweise tritt niemand auf die Plattform heraus. Ein wenig dauert es manchmal, da die Männer für die Frauen die Tür öffnen und sie dann zuerst hindurchgehen lassen. Doch diesmal taucht keine junge Dame im Pelz, ihren Hut umklammernd, in der Abendluft auf. Dennoch steht die Tür weiterhin sperrangelweit offen. Neugierig trete ich näher.

Sollte doch noch Hoffnung bestehen?

Ich höre es klopfen, trete mit gerunzelter Stirn noch näher, und schließlich kommt eine sehr vertraute Gestalt auf mich zu.

Mit dem Rücken die Tür aufhaltend und auf einem Bein zwischen zwei hölzernen Gehhilfen hinkend, versucht Edgar auf die Plattform zu treten, allerdings hat sich der Türknauf in seinem weinroten Anzug verfangen. Rasch gehe ich zu ihm und befreie ihn aus dem Klammergriff der Tür, die ich zu hassen gelernt habe.

»Was machst du denn hier?«, frage ich ihn verwundert. Seine Haare werden in alle Richtungen gezerrt, er trägt weder Hut noch Mantel und sein Gesicht ist schweißüberströmt.

»Ich muss dringend mit dir sprechen. Helen sagte mir, dass du hierher wolltest. Eigentlich vor«, er rechnet kurz nach, »fast drei Stunden. Ich hätte schwören können, dass du schon wieder weg bist. Nachdem ich unten aber vergebens eine halbe Stunde auf dich gewartet habe, wollte ich es zumindest versuchen.«

Ungläubig mustere ich ihn und bleibe mit den Augen an seinen Gehhilfen hängen. »Und dann bist du mit denen da die 528 Treppenstufen hochgekommen?« Er sieht erst zum linken, dann zum rechten Oberarm und zuckt schließlich die Schultern. »Ich habe doch jetzt diese enormen Balletttänzer-Arme …«

Trotz aller Niedergeschlagenheit muss ich leise auflachen. Jackson hat Edgar nicht verziehen, dass er sich über Balletttänzer lustig gemacht hat, und ihn während unserer Proben konstant damit aufgezogen.

»Und wo ist dein Mantel?«, frage ich nun verwundert.

»Den musste ich auf halbem Wege zurücklassen. Es wurde dann doch etwas warm.«

»Das wäre einem Balletttänzer sicherlich nicht passiert«, ärgere ich ihn, obwohl ich kaum glauben kann, welche Mühe er meinetwegen auf sich genommen hat.

»Mag sein. Aber was hast du eigentlich hier zu suchen, wenn ich fragen darf?«

Umgehend spüre ich die Hitze in mir aufsteigen. Edgar hat zwar selbst angeregt, dass ich Benedict alles gestehe, dennoch ist es eine Blamage, hier zu stehen. Alleine. Um nichts in der Welt soll er das erfahren. »I… ich wollte die wundervolle Aussicht hier gerne auch einmal bei Tage genießen.«

»Und dafür suchst du dir den diesigsten Tag des Jahres aus?«

Nun zucke ich mit den Schultern. »Wenn man die Dinge immer wieder aufschiebt, erledigt man sie mitunter nie.«

»Schon möglich. Aber was machst du drei Stunden hier oben?«

Abermals lasse ich meinen Blick über die inzwischen wohlbekannten Dächer gleiten, die nun in der Dämmerung liegen. Vereinzelte Fenster erstrahlen bereits im Licht. »London ist eine faszinierende Stadt. Es gibt eben viel zu entdecken.«

Er legt seinen Kopf schief. »Ach komm, du musst die Aussicht inzwischen besser auswendig kennen als das Vaterunser! Außerdem ist es eisig.« Er schüttelt sich leicht und seine Gehhilfen wackeln. Ich nehme es als Gelegenheit, der Situation zu entfliehen und das Thema zu wechseln.

»Richtig. Deswegen wollte ich auch gerade gehen.« Ich halte ihm die Tür auf und beobachte, wie er umständlich hindurchklettert. Der Abstieg dauert Ewigkeiten und das schlechte Gewissen, dass er all das meinetwegen auf sich genommen hat, übermannt mich.

»Weswegen wolltest du mich eigentlich so dringend sprechen?«, frage ich in der Whispering Gallery, während ich seinen Mantel und Hut von der steinernen Bank sammle.

Er klopft auf eine ausgebeulte Ledertasche, die er gerade um seine Schulter hängt. Sie ist an den Ecken ganz abgestoßen und von Kratzern übersät. Wenn ich es nicht wüsste, würde ich nie glauben, wie wohlhabend Edgar aufgewachsen ist.

»Ich würde es dir ja zuflüstern, aber wir haben viel zu tun«, sagt er.

»Was hast du vor?«

»*Wir,* meine Liebe. Wir müssen die Statuten der Weltmeisterschaft durchgehen. Zeile um Zeile. Und das Ding hat gut einhundert Seiten, so ist das bei länderübergreifenden Wettkämpfen.«

»Warum? Wir nehmen doch gar nicht mehr teil.«

Edgar hebt den Zeigefinger. »Man muss immer das Kleingedruckte lesen, das habe ich dir schon bei deiner abenteuerlichen Haarfarbe gesagt. Vielleicht finden wir ein Schlupfloch.«

»Was für ein Schlupfloch denn?«

»Wer weiß. Vielleicht darf man im Krankheitsfall doch noch den Partner wechseln. Oder alleine antreten.«

Ich lege den Kopf schräg. »Das erlauben die niemals.«

»Warum nicht? Im Tennis dürfen Frauen schließlich auch an Weltmeisterschaften teilnehmen …«

Ich überlege. Wenn dem so ist, ist es womöglich einen Versuch wert, schließlich haben wir nichts zu verlieren. »Und wie machen wir es? Gehen wir in einen Pub und ackern alles durch?«

»Wie bitte? Du willst dich mit mir in einem geschlossenen Raum in der Öffentlichkeit sehen lassen?«

»Nun ja«, sage ich abwinkend. Darauf würde es nun beim besten Willen nicht mehr ankommen. »Unser Ruf ist ohnehin ruiniert …«

»Das ist eine schöne Idee, und ich schätze es sehr, dass du mich zu einem privaten Techtelmechtel einlädst …«

Sofort stemme ich die Hände in die Hüften. »Ich habe dich nicht …«, fahre ich mit quiekender Stimme dazwischen.

Doch er spricht einfach grinsend weiter. »… aber ich würde sagen, das schaffen wir nicht alleine. Wir brauchen alle Hilfe, die wir kriegen können, und so viele schlaue Köpfe wie möglich.«

Freudlos lache ich auf. »Und wo sollen wir all die Hilfe dieser brillanten Köpfe auf die Schnelle herkriegen?«

Edgar lässt seine Augenbrauen kurz nach oben wandern. »Wie es der Zufall so will, ist heute wieder ein Salon bei meiner Mutter. Und da du ja schließlich die Obersuffragette schlechthin bist, solltest du in jedem Fall dabei sein. Und dann machen wir dein Thema zum wichtigsten Punkt auf der Agenda.« Aufmunternd lächelt er mich an und seit Stunden spüre ich endlich wieder ein wenig Wärme in meinem Körper. Eines muss ich Edgar lassen. Er mag der frechste und außergewöhnlichste Kauz sein, den ich kenne, aber er hat sich als ein wirklich guter Freund entpuppt. Mit seiner Verletzung ist auch sein großer Traum gestorben. Und dennoch sucht er unermüdlich nach einem Weg, um mir zu helfen.

Kapitel 46

Julianna

In meinem Kopf summt es lauter als in einem Bienenstock, während ich mit den anderen Gästen des Salons von Constance Chevalier um den gigantischen Esstisch sitze. Jede von uns blättert bereits seit Stunden in einem Buch, das so eng bedruckt ist, dass ich permanent die Augen verenge, um besser sehen zu können. Man hört die meiste Zeit kaum etwas als das Rascheln der Seiten beim Umblättern, das Knistern des Kaminfeuers oder das leise Flüstern, wenn das Hausmädchen uns neue Getränke anbietet. Es fühlt sich wahrlich merkwürdig an, bedient zu werden. Die ganze Zeit will ich aufspringen und ihr zur Hand gehen, aber noch viel mehr will ich einen Weg für Madge finden. Ich muss ein Schlupfloch in den Bedingungen entdecken, damit sie dennoch antreten kann.

Vielleicht kann ich dann mein großes Unheil wiedergutmachen.

Hin und wieder überlegt jemand laut, doch eigentlich bieten die Bedingungen wenig Angriffsfläche. Schließlich erheben wir uns resigniert. Dass wir beim Lesen nichts gefunden haben, ist eine stumme Niederlage. Ein unfairer Kampf gegen das geschriebene Wort, das unumstößlich feststeht, überlege ich, während ich in den Mantel schlüpfe. Wenn man gegen festgeschriebene Bedingungen kämpft, kann man nicht flexibel auf die Punkte eingehen oder versuchen zu argumentieren, denn es steht ja bereits alles fest.

Langsam gehe ich zur Tür, um den anderen zu folgen. Ich wünschte, es wäre umgekehrt. Dass nicht wir nach einem Schlupfloch suchen müssten, sondern sie in der Beweispflicht wären.

Ein Schubser von hinten lässt mich nach vorne stolpern.

»Oh, bitte entschuldige«, sagt Madge mit erhobenen Händen, »ich habe nicht damit gerechnet, dass du plötzlich stehen bleibst.«

Ich gehe nicht darauf ein, muss erst meine Gedanken ordnen, zwischen denen irgendwo eine gute Idee schwebt, die aber noch zu flüchtig ist, um sie zu fassen.

»Wir müssen die ganze Sache umdrehen«, überlege ich schon mal laut.

»Hmmm, das klingt ganz lustig, Julianna, aber ich glaube nicht, dass es etwas bringt, wenn Madge auf Händen eisläuft«, sagt Edgar. »Immerhin würden ihr dann die Röcke ins Gesicht schlagen, und bei der Prüderie der Obrigkeit würden alle Preisrichter so rot anlaufen, dass umgehend das gesamte Eis wegschmilzt.«

Ich fuchtele seine Blödeleien weg, die kann ich gerade nicht gebrauchen, weil sich in meinem Kopf eine verdammt gute Idee versteckt.

»Doch nicht so«, zische ich und überlege weiter. Gehe in meinem Mantel langsam auf und ab, um die Gedanken anzuregen.

»Ich soll statt Madge mit Gipsbein und Gehhilfen antreten?

Ehrlich gesagt habe ich auch schon darüber nachgedacht. Mit so kleinen Miniatur-Schlittschuhen für die Krückstöcke. Wenn das jemand hinkriegen würde, dann sicherlich ich«, sagt er zwinkernd, wird daraufhin aber ernst. »Jetzt aber mal ohne Flachs. Im Grunde wäre es eine grandiose Idee, wenn es eine gesonderte Weltmeisterschaft nur für Menschen mit Beeinträchtigung geben würde. Ich fürchte allerdings, dass die da draußen noch nicht so weit sind.«

Noch immer meinen Gedanken nachhängend, nicke ich. Erst im vergangenen Jahr mit Jackson habe ich gelernt, dass man der Gesellschaft nicht zu viele Neuerungen zumuten darf. Aber auch das meinte ich nicht.

»Wir haben die ganze Zeit nach einer Formulierung gesucht, in der steht, unter welchen Bedingungen Frauen teilnehmen dürfen.«

Madge und Edgar nicken, Constance Chevalier sieht mich aufmerksam an.

»Oder eine, wo steht, was außerhalb des Paarlaufs möglich ist.«

»Ganz genau, Julianna«, wirft Edgar ein. »Schön, dass du die Aufgabenstellung auch verstanden hast, nun, da alle nach Hause gegangen sind.«

Ich gehe nicht auf ihn ein, darf diesen Gedanken nicht verlieren, den ich endlich zu fassen bekommen habe. »Aber müssen wir das überhaupt? Warum sind wir in der Beweispflicht?«, frage ich meine drei Zuhörer und selbst Edgar sieht mich nun ernst an.

Mit dem Finger an der Lippe gehe ich vor ihnen auf und ab. »Überall wird von *Sportlern* und *Teilnehmern* geredet. Aber … wenn ich es richtig sehe …«, jetzt huscht ein Lächeln in mein Gesicht, denn ich spüre, dass wirklich etwas daran sein könnte, »… wird nirgendwo gesagt, dass die Teilnehmer zwangsläufig männlich sein müssen.«

Kapitel 47

Madge

Mit einem flauen Gefühl im Magen wegen des riskanten Plans, den wir ausgeheckt haben, sitze ich fünf Tage später im Nord-Express und wechsle alle zwei Minuten die Sitzposition. Ich halte das nicht aus! Der Luxuszug bringt uns pfeilschnell in nur drei Tagen von Paris über Lüttich, Aachen, Köln und Königsberg bis nach Sankt Petersburg.

Und ich bin inzwischen fest überzeugt, einen gigantischen Fehler zu begehen.

Es ist fast wie damals, als ich durchgebrannt bin und mich die erste Ahnung beschlichen hat, dass die Idee unter Umständen keine gute war.

»Oh weh, ich hoffe so sehr, dass mir der Achter übermorgen besser gelingt als in der letzten Probe«, sagt Wallace stöhnend und lehnt sich tief in die Polster des Salonwagens, wo unsere Gruppe zwei Vierersitze in Beschlag genommen hat.

Man könnte entzückt sein über den hier herrschenden Komfort, den ich nach all meinen U-Bahn-Fahrten nicht erwartet hätte. Wir sitzen auf samtig weich bezogenen Bänken in Königsblau an den Tischen, auf denen jeweils eine vergoldete Lampe heimeliges Licht spendet. Die breiten Fenster werden von Vorhängen im passenden Blau geziert und in regelmäßigen Abständen finden sich goldene Haltegriffe zwischen den Bänken.

Doch leider schwebt zwischen all dem Luxus und meiner Anspannung obendrein eine unbehagliche Atmosphäre, denn natürlich ist auch Benedict und somit all das Unausgesprochene zwischen uns im Waggon. Er hat mir zwar schon mehrere verstohlene Blicke zugeworfen, den Brief jedoch mit keinem Wort erwähnt. Wann immer es geht, meide ich seine Nähe, was trotz aller Geräumigkeit in diesem Zug allerdings schwierig ist.

»Du hast leicht reden«, wirft Mick ein. »Dein Achter war doch immer ganz passabel. Mein Axel hingegen …«, er stützt seinen Kopf in die Hände. »Dieser Sprung wird mir zum Verhängnis werden. Nur bleibt mir keine andere Wahl, als ihn zu machen, nachdem Axel Paulsen ihn bei der letzten Weltmeisterschaft eingeführt hat.«

Josiah seufzt. »Er gilt nicht umsonst als der schwierigste Sprung.«

Ich halte es nicht länger aus. Wenn sie nur wüssten, wie gut sie es haben! Sie müssen lediglich befürchten, dass ein oder vielleicht zwei Figuren nicht gelingen. Ich hingegen muss mit einer Person reisen, der ich all meine Gefühle offenbart habe, und obendrein muss ich mir nicht nur um das Gelingen meiner Kür Sorgen machen, sondern zudem befürchten, dass ich mich bestenfalls vollkommen lächerlich mache und schlimmstenfalls aus der International Skating Union geworfen werde.

»Entschuldigt mich bitte«, sage ich zu Henry und Helen, Letztere verdreht die Augen, da ich schon wieder meinen Platz verlasse, Henry hebt kaum den Kopf aus seinem Buch und murmelt etwas Zustimmendes.

Im Gang vor den Schlafabteilen muss ich mich fest an die Wand pressen, um einen breit gebauten Schaffner in blaubrauner Uniform durchzulassen. Kaum hat sich die Tür des Salonwagens hinter ihm geschlossen, öffne ich das Fenster des Nord-Express und halte meine Nase in den eisigen, aber erfrischenden Wind. Es tut gut nach der stickigen Luft und beklemmenden Atmosphäre im Salonwagen.

Wieder einmal wünschte ich mir, dass Edgar dabei sein könnte. Mit seiner leichtlebigen Art würde er sicherlich einen Weg finden, die Atmosphäre zu lockern, und die lange Reise würde gewiss um einiges schneller gehen. Trotzdem war es richtig, ihm die Reise auszureden. Als Trainer ist es wirklich wichtig, dass das Bein schnell und gut verheilt. Eine anstrengende Reise auf Gehhilfen wäre da nicht förderlich.

Ich versuche auszumachen, wo wir inzwischen sind, aber an den vergangenen Stationen sind wir so schnell vorbeigerauscht, dass sich die Buchstaben der Bahnhofsschilder miteinander vermischt haben. Momentan breitet sich eine malerische Landschaft aus verschneiten Wiesen, Bäumen und vereinzelten Bauernhäusern vor mir aus, und ich kann nicht erkennen, ob es noch Preußen oder schon Russland ist. Das ewige Ruckeln nehme ich mittlerweile kaum noch wahr, bin ohnehin nicht sicher, ob es der Zug oder meine unruhigen Gedanken wegen unseres riskanten Plans sind.

»Das macht doch keinen Unterschied«, habe ich vor fünf Tagen im Foyer von Constance Chevalier gesagt, aber Edgar ist auf Julianna zugerannt beziehungsweise zugehumpelt und hat sie in die Luft gehoben. Ohne sein gebrochenes Bein hätte er sie wohl auch mit seinen kräftigen Balletttänzer-Armen mehrfach im Kreis gewirbelt, zumindest hat er so begeistert gewirkt. »Das ist die Lösung!«, hat er gerufen, während ich mich skeptisch gefragt habe, ob es wirklich so leicht sein sollte. Zu viert sind wir in Constances Esszimmer zurückgekehrt, haben uns noch mal die inzwischen reichlich zerlesenen Statuten der Weltmeisterschaft vorgeknöpft und sind die relevanten Passagen abermals durchgegangen.

Julianna sollte recht behalten.

Überall war von *»Teilnehmern«* und *»Sportlern«* die Rede. Und nirgendwo stand, welchem Geschlecht sie angehören sollten.

»Aber … aber … es ist doch schon immer so gewesen, dass derartige Wettbewerbe den Männern vorbehalten sind«, habe ich gestammelt, da ich wusste, dass mindestens die halbe Welt es so sehen würde. Constance hat daraufhin mit Schwung die Wettkampfordnung geschlossen und ist aufgestanden. »Dann ist es erst recht an der Zeit, dass sich das ändert. Sie sind selbst schuld, wenn sie in der Wettkampfordnung lediglich von *›Sportlern‹* sprechen.«

Sportlerin bin ich, das ließ sich nicht abstreiten.

Und wenn ich in der Einzeldisziplin mit den Männern antreten würde, wäre ich in jedem Fall vor Angelinas Läufern an der Reihe, da der Paarwettbewerb erst einen Tag später stattfindet.

Es wäre unsere Rettung.

Keiner könnte mir dann vorwerfen, dass ich die Kür kopiert hätte – wenn sie mich denn antreten ließen.

Noch am selben Abend sind wir zu Prince's gefahren und haben ausprobiert, ob sich die gemeinsame Kür in ein Einzelprogramm abwandeln lässt. Mit einigen Änderungen war es durchaus möglich. Natürlich gibt es keine Hebefigur mehr, und meiner Meinung nach fehlt es an Brisanz, da durch das

Zusammenspiel von Edgar und mir eine reizvolle Dynamik entstanden ist, die auch eine Geschichte erzählt hat. Dennoch ist es eine gute Kür, auch alleine.

Trotzdem habe ich Angst.

Die Preisrichter werden alles andere als begeistert sein, wenn sie herausfinden, dass M. Cave, der nun alleine antritt, eine Frau ist. Keiner weiß, was wir geplant haben. Alle denken, ich würde lediglich Henry und Helen begleiten, da ihr Trainer verhindert ist. Sogar ihnen habe ich es nicht gesagt. Meine Sorge ist so groß, dass schon der geringste Einwand einer mir nahestehenden Person mich umstimmen könnte. Immer wieder gehe ich mögliche Reaktionen der Preisrichter durch, überlege mir Antworten dafür und werde dadurch noch fahriger. Ich schließe die Augen, atme tief ein und genieße, wie der kalte Wind meine Stirn kühlt.

Plötzlich dringen die Stimmen des Salonwagens lauter zu mir heran, dann sind sie wieder durch die Tür gedämpft. Dennoch stellen sich die Härchen auf meinen Armen auf, und noch bevor er spricht, weiß ich, dass er da ist. Benedict.

Vorsichtig lächelt er mich an, schweigt aber. Warum sagt er nichts zu dem Brief? Soll es jetzt immer so zwischen uns sein? Ich habe so viel gewagt, mehr kann ich wirklich nicht geben. Und er schafft es nicht einmal, mir zu sagen, dass es ihm leidtut, dass er nicht so fühlt, oder irgendeine Reaktion zu zeigen?

»Machst du dich fertig, Madge?«, fragt er in seiner melodischen Stimme. »Wir erreichen gleich Eydtkuhnen.«

»Eydtkuhnen?«, hake ich verwirrt nach. Von diesem Ort habe ich noch nie gehört. »Wir wollen doch nach Sankt Petersburg.«

Er lächelt mich milde an, als wäre ich ein Kind, das eine törichte Frage gestellt hat. »Auch wenn unsere Zugfahrt danach offiziell noch weitergeht, müssen wir in Eydtkuhnen umsteigen. Hinter der russischen Grenze besteht ein anderes Schienennetz, sie nutzen dort eine Breitspurbahn«, erklärt er und kommt drei Schritte näher.

»Ach so«, nuschle ich hilflos. Ich verstehe nicht, was er mir sagen will, und weiß daher nicht, wie ich mich verhalten soll.

»Hier in Europa haben wir eine Spurweite von 1435 Millimetern«, redet er weiter. »Wir sprechen daher von der Normalspur. In Russland fährt hingegen überwiegend eine Breitspurbahn mit einer Spurweite von 1520 bis 1524 Millimetern, das sind fünf Fuß. Nur eine Strecke von Sankt Petersburg nach Moskau haben sie auch in der Normalspur gebaut, es aber später bereut. Es ist ein ähnliches Tohuwabohu wie bei unserer Subway, da so viele Firmen mit eigenen Ansichten und Plänen mitmischen.«

»Verstehe«, sage ich und bin noch verwirrter. Unter Umständen mögen seine Ausführungen interessant sein, denn beim U-Bahn-Bau in London fällt immer stärker auf, dass man hier viel geplanter hätte vorgehen sollen. Teilweise sind unterirdische Bahnhöfe keine zwanzig Meter voneinander entfernt entstanden, aber es gibt keine Verbindung. Um den Wirrwarr perfekt zu machen, produziert jede Firma auch nur Subway-Pläne ihrer eigenen Linien. Es kann daher immer sein, dass es eine weitere Linie ganz in der Nähe gibt, sie aber auf der Karte nicht ersichtlich ist, da die andere Linie zu einer anderen Firma gehört, die wiederum eigene Subway-Pläne ihrer Linien hat.

Sonst finde ich derartige Erklärungen von Benedict stets

bewundernswert – heute missfallen sie mir. Liegt es daran, dass er mich abgewiesen hat? Vielleicht versucht mein Herz, ihn kleinzureden, damit der Verlust nicht mehr so niederschmetternd ist.

»Dann werde ich besser rasch meine Sachen packen«, sage ich und bin dankbar, einen Grund zu haben, dem engen Gang zu entkommen.

Wenig später steigt einer nach dem anderen aus dem Nord-Express und im Gänsemarsch stapfen wir über den Bahnhof, wechseln für das letzte Stück des Weges in die russische Breitspurbahn, die für mich genau gleich aussieht.

Endlich kommen wir in Sankt Petersburg an. Es riecht nach heißen Maronen, Schmieröl und Rauch. Der Boden scheint unter meinen Füßen zu stocken, als ich auf den Bahnsteig trete, nun, da wir nicht mehr permanent über die Schienen gleiten. Überall sehe ich Menschen, viele tragen dicke Pelze, und immer wieder sehe ich die lustigen Mützen mit den breiten Klappen über den Ohren, wie auch Jackson eine hatte. Der Schaffner in der rot-braunen Uniform mit den goldenen Knöpfen bedeutet den abfahrenden Gästen, uns Raum zum Aussteigen zu lassen, und wir kämpfen uns durch den Bahnhof.

Zu meiner Faszination werden wir draußen mit einem Pferdeschlitten zum Grand Hotel Europe gebracht, das sich in warmen Cremetönen über eine ganze Straßenecke ausbreitet. Ich lächle noch, als wir die Lobby betreten, da die Glöckchen am Schlitten so hell klangen, dass ich mir vorgekommen bin wie in einem Wintermärchen.

Ein Portier hält uns freundlich allen die Tür auf, und wir betreten ein atemberaubendes Foyer mit tausend Lichtern und Buntglasfenstern, das abgetrennt von marmornen Bogen in eine Bar übergeht. Während wir warten, dass die Gepäckträger die Koffer und Kisten hinterherbringen, begrüßen die Männer, die schon einmal teilgenommen haben, alte Bekannte aus den vergangenen Jahren.

In diesem Moment sehe ich ihn.

Mit Handschlag begrüßt er einen grauhaarigen Mann mit einem fehlenden Bein.

Ulrich Salchow.

Ach, du liebe Güte!

Wenn ich bei der Einzeldisziplin der Männer dabei bin, werde ich auch gegen ihn antreten müssen. Wie habe ich das vergessen können?

Auf einmal fühle ich mich ganz klein. Und anmaßend. Ich bin doch nur eine Frau. Wie konnte ich nur je auf die Idee kommen, bei der Weltmeisterschaft gegen den Besten der Besten anzutreten?

Kapitel 48

Madge

Es ist noch ganz dunkel, als ich am Tag des Wettkampfs aufwache. Noch nicht einmal halb fünf zeigt die Tischuhr, nachdem ich Licht gemacht habe. Trotzdem stehe ich auf und eile sofort zum Fenster, da ich weiß, dass ich nicht mehr einschlafen werde. Kein Schnee oder Regen, Gott sei Dank. Der Wettbewerb wird im Freien abgehalten und gerade bei den Pflichtfiguren kann jeder Windhauch oder eine kleine Unebenheit im Eis zum Verhängnis werden. Ich setze mich an den Frisiertisch und lasse meinen Blick durchs Zimmer wandern. Das Arabeskenmuster der Tapete in Altrosa schimmert im Licht der Lampe. Über dem breiten Bett hängt ein großflächiges Bild im goldenen Rahmen. Links und rechts auf den Nachttischen stehen beigefarbene Lampen mit goldenen Füßen. Selbst die schwere Tagesdecke wirkt mit dem eingestickten Toile-de-Jouy-Muster sündhaft teuer.

Ich versuche, all das tief in mich aufzunehmen, denn vielleicht ist es das letzte Mal, dass ich einen derartigen Luxus erlebe. Schon bald wird Vater ausziehen, und sollte ich es nicht schaffen, den Weg in eine Profilaufbahn einzuschlagen, wird uns ein sehr bescheidenes Leben bevorstehen. Unsere Zukunft ist dann vom Wohlwollen unserer Verwandten abhängig, die uns aufnehmen müssten. Wieder einmal wäre ich auf die Gunst anderer angewiesen, dabei wollte ich dieses Gefühl nie wieder spüren.

Ich erhebe mich und ziehe Stück für Stück die Kleidung an, die ich gestern sorgfältig herausgelegt habe. Zum langen Rock meine beste Satinbluse, eine schlichte Perlenkette und Lederhandschuhe. Auch meine Mitstreiter haben ihre besten Kleider an, bemerke ich später auf dem Weg zum Pferdeschlitten.

Obwohl die Sonne scheint, ist es eisig und ich ziehe dankbar die vorbereiteten Felle auf meinen Schoß und lege eines um meine Schultern. Aus den Augenwinkeln sehe ich, dass auch Benedict sich die Hände trotz Handschuhen reibt und sich mit Fellen eindeckt. Ein Mister Bobrov vom Veranstaltungskomitee begrüßt uns.

»Die Yusupov Gardens, wo die Weltmeisterschaft stattfinden wird, sind nicht weit von hier«, erklärt er mit rollendem R auf Englisch. »Damit Sie aber auch ein wenig von unserer schönen Stadt zu sehen bekommen, werden wir einen kleinen Umweg zum Veranstaltungsort fahren.«

In einer Fünferreihe aus Pferdeschlitten geht es los, und er deutet nach gut zwei Minuten auf ein gigantisches gelbes Museum, das im frühen Sonnenlicht leuchtet, und der Portikus mit den gut zehn Säulen gibt dem Museum etwas sehr Erhabenes. Dennoch ist es kein Vergleich zur Eremitage, die kurz danach in all ihrer majestätischen Pracht auftaucht. Bis zu uns höre ich das Staunen aus den anderen Schlitten, als der sogenannte Winterpalast an uns vorüberzuziehen scheint. Er ist in einem blassen Grün gestrichen.

Die zahlreichen Fenster sind weiß umrahmt und jeweils von goldenen Reliefs gekrönt, die im Sonnenlicht glitzern. Der breite Eingang mit den Bogen über den Türen und die wehende Fahne darüber geben dem Gebäude ein königliches Aussehen.

Weiter geht es ein Stück den Newa-Fluss hinunter, der so schnell fließt, dass er trotz der Eiseskälte noch nicht ganz gefroren ist. Auf der anderen Seite sehen wir die von einem Türmchen gekrönte Kunstkammer und passieren dann einen zugeschneiten Park. Die dortige Isaakskathedrale erinnert mich mit ihrem Kuppeldach an Saint Paul's, nur dass sie statt einer goldenen Kugel auf dem Dach gleich ein gänzlich güldenes Dach hat.

Die Erinnerungen an die Ereignisse der vergangenen Tage versetzen mir einen Stich und ich verdränge sie rasch. Heute habe ich genügend andere Sorgen und kann keine quälenden Gedanken an Benedict gebrauchen. Die fünf männlichen Preisrichter werden mir schon genug abverlangen.

Wir erreichen die Yusupov Gardens, doch das Staunen hört nicht auf. Die Weltmeisterschaft in London im vergangenen Jahr war beeindruckend, aber das hier sind ganz andere Ausmaße. Man merkt, dass das Eislaufen in Russland einen noch höheren Stellenwert hat, und vor allem auch den Reichtum der Stadt. Wir betreten den Park und ich fühle mich wie in einem Wintermärchen. Schade, dass Edgar das entgeht. Sicherlich hätte er gescherzt, aber im Stillen wäre auch er beeindruckt gewesen von den Fackeln, die in regelmäßigen Abständen flackern und die Eiskristalle zum Leuchten bringen. Dazwischen bewegen sich festliche Flaggen und bunte Stoffstreifen im sanften Wind.

»Das ist ja kaum zu glauben«, murmelt selbst Henry, als wir über die verschlungenen Wege spazieren, auf denen Kieselsteine gestreut wurden, damit niemand ausrutscht, und auf eine beeindruckende Eisskulptur stoßen. Sie zeigt einen Eisläufer in perfekter Haltung. Die Skulptur ist so durchscheinend wie Glas und das Licht der zahlreichen Fackeln spiegelt sich in ihren Ecken und Kanten. Helen streckt die Hand aus, um sie zu berühren, aber Henry stupst sie an und deutet auf ein *»Don't touch«*-Schild. Es sollte nur die erste von vielen Eisfiguren sein, erkennen wir, als wir weiter durch den Park gehen.

Plötzlich ertönt ein Puff, wir zucken zusammen, und im nächsten Moment schneien kleine Flöckchen auf uns herab.

»Was war das?«, fragt Helen irritiert und sieht sich suchend um, denn der Schnee kommt nicht aus den Wolken.

Ich deute auf eine merkwürdige Maschine mit einem gigantischen Trichter. »Es muss da rausgekommen sein.« In der Tat erkennen wir, dass in regelmäßigen Abständen Schnee in die Luft geschossen wird.

Schließlich erreichen wir den zugefrorenen gigantischen See, hinter dem ein weiteres Gebäude mit Portikus eine bemerkenswerte Kulisse bietet. Wir müssen stehen bleiben, um den Eindruck zu verarbeiten.

»Ach du liebes bisschen«, murmelt Helen und greift nach Henrys Arm, um sich festzuhalten. Für eine ganze Weile sagt keiner von uns ein weiteres Wort. Ich versuche, mir so viele Eindrücke und Details wie möglich zu merken, um später meiner Mutter, Julianna und Edgar diese beeindruckende Pracht zumindest im Ansatz schildern zu können.

Ich weiß nicht, wie sie es geschafft haben, aber am Ufer des umfassenden Sees leuchten dann blaue, grüne, rosafarbene und gelbe Lichter.

»Das ist wirklich das Schönste, was ich je zu sehen bekommen habe«, haucht Henry ungewöhnlich emotional, während Helen sich mit der flachen Hand Tränen aus dem Gesicht wischt. »Fast fragt man sich, ob die eigene Kür gut genug ist für solch eine Pracht.«

»Genau das frage ich mich auch«, entfährt es mir. Wenn schon die Kulisse solch eine Pracht ist, was erwarten sie dann von den Läufern? Wieder fühlt es sich wie eine anmaßende und hochmütige Idee an, hier antreten zu wollen. Und dass meine Geschwister noch gar nichts davon wissen, fällt mir wieder ein, als ich ihre überraschten Blicke bemerke.

»Du wirst uns alle ins Verderben ziehen«, hat Helen in ihrer übertriebenen Art gezetert, als ich ihnen alles gebeichtet habe, und auch wenn ich weiß, dass sie generell alles dramatisiert, ist der harte Klumpen in meinem Bauch noch größer geworden. Schließlich hat Henry sie davongezogen, damit ich vor meinem Auftritt Ruhe habe.

Er hat es gut gemeint und Helens Drama wäre meiner Anspannung nicht zuträglich, dennoch fühle ich mich nun inmitten der Hunderten von Menschen mit Frack oder elegantem Kleid, die unter den dicken Pelzmänteln hervorlugen, unendlich allein. Weiter drüben sehe ich Wallace stehen, er nimmt gerade einen ordentlichen Schluck aus einem Flachmann. Das habe ich schon bei vielen beobachtet, vermutlich ist es ihr Weg, mit der enormen Kälte zurechtzukommen. Ich selbst würde mir nur zu gerne auch einen Schluck genehmigen und das gesamte Unterfangen dadurch in meinem Kopf in fluffig leichte Watte packen. Aber ich benötige meinen klaren Kopf mehr als alle anderen.

Und so stehe ich hier auf einem Ausläufer des Sees, wo wir uns warm laufen dürfen, und beobachte die Kür meiner Konkurrenten, die vor mir an der Reihe sind. Es fühlt sich an, wie wenn man bei einem Unfall zusieht. Permanent habe ich die Zähne zusammengebissen, eigentlich möchte ich es nicht sehen und dennoch kann ich den Blick nicht abwenden. Wenn einer fällt, spüre ich die durchdringende Pein und das schneidende Eis, als würde es meine Haut abschaben. Doch die nahezu fehlerfreien Erfolge schmerzen ebenso, machen sie mein Ziel doch nur noch unerreichbarer.

Fast alle zeigen brillante Leistungen. Benedicts Axel-Sprung ist natürlich geglückt und auch Wallaces Sorge um den Achter war umsonst. Mick ist besser als je zuvor im Training, nur der ungarische Kandidat hat Pech und stürzt der Länge nach hin.

Schließlich kommt Ulrich Salchow.

Unwillkürlich halte ich die Luft an.

Schon nach der ersten Minute ist offensichtlich, warum er im vergangenen Jahr die Goldmedaille gewonnen hat. Jeder Schritt sitzt. Er läuft harmonisch, zeigt die schwierigsten Figuren in einer makellosen Technik und wirkt mit seinem freundlichen Lächeln auf den Lippen vollkommen mühelos. Wie die anderen Zuschauer hätte ich ihm noch ewig zusehen können und bin betrübt, als die Musik verklingt und er sich unter tosendem Applaus verneigt.

Wie immer bevor der nächste Läufer angekündigt wird,

kneife ich die Augen zusammen. Doch nun sind nur noch zwei Namen übrig, die aus den großen Lautsprechern tönen könnten. Tatsächlich kratzt nun das *»Als Nächstes bitte Startnummer sieben: M. Cave«* über das Festgelände und mein Herz setzt einen Schlag aus.

Was habe ich mir nur gedacht?

Das alles hier wird niemals gelingen. Gerade als ich glaube, dass die Hysterie mich erfasst, merke ich, dass sämtliche Anspannung meinen Körper verlässt. Plötzlich wird er beherrscht von der ruhigen Gewissheit, dass ich es tun muss. Es gibt kein Zurück! Vielleicht lachen sie mich aus. Vielleicht schicken sie mich nach Hause. Vielleicht jagen sie mich unter Hohn und Argwohn davon. All das ist möglich, aber ich werde es versuchen.

Ich gleite vor die Preisrichter, um sie zu begrüßen, und höre hinter mir das Gemurmel im Publikum lauter werden. Die Männer, die die Bewertungen vergeben, sitzen Seite an Seite an einem langen Tisch, in der Mitte steht ein großes Mikrofon, das von einem eisernen Kreis umgeben ist. Über großzügig verteilte Lautsprecher werden ihre Worte in den gesamten bis zum Bersten gefüllten Park weitergegeben – was bedeutet, dass auch mein möglicher Verriss bis in die letzte Ecke zu hören sein wird.

Ich schlucke und unterdrücke den Drang, meine Hände im Ärmel zu verstecken, denn ich will nicht wie ein schüchternes Schulkind wirken. Kurzerhand gebe ich vor, es sei das Normalste der Welt, hier zu stehen, und sehe einen Preisrichter nach dem anderen höflich lächelnd an.

Ganz rechts sitzen Herr Sanders und Herr Iwaschenzow aus Russland mit ihren dicken Pelzkappen, daneben Herr von

Földváry aus Ungarn. Seine Stirn wölbt sich tief über die Augen, und er hat so buschige Augenbrauen, dass ich mich frage, ob er überhaupt ausreichend sehen kann. An seiner Seite sitzt der bärtige Herr Wendt aus dem Deutschen Reich, der gerade seine Haare unter eine karierte Golfmütze streicht, und neben ihm Herr von Löhr aus Österreich, der einen dicken Schal mehrfach um sich geschlungen hat, sodass von seinem Gesicht nur die Augen zu sehen sind.

Herr Iwaschenzow richtet als Erster das Wort an mich. »Bedaure, das Paarlaufen ist erst morgen nach der Preisverleihung der heutigen Gewinner. Wir warten auf …«, er sieht auf seine Papiere, »… auf einen gewissen M. Cave.«

»Ja.« Ich räuspere mich, da meine Stimme viel zu kratzig ist. »Das … äh … das bin ich. Florence Madeline Cave.«

Stille. Blicke werden ausgetauscht.

»Aber …« Der Preisrichter aus Österreich schiebt seinen Schal nach unten und sieht seine Kollegen rückversichernd an. »Sie sind eine Frau …«

»Das ist mir bewusst.«

Wieder Stille.

Vereinzelte Lacher aus dem Publikum.

Schließlich schießt Herr Sanders mir einen düsteren Blick zu und fällt ein Urteil. »Sie können hier nicht antreten.«

»Warum nicht?«

»Warum nicht?« Fast erhebt er sich von seinem Stuhl. »Ja, weil, weil, weil … das gehört sich einfach nicht.« Er rümpft die Nase und betrachtet mich wie Schimmel.

»Warum sollte es sich nicht gehören? Ist die Weltmeisterschaft etwas Unanständiges?«

»Natürlich nicht«, mischt sich nun Herr Wendt aus dem

Deutschen Reich ein. »Aber das hatten wir ja noch nie. Es … es verstößt gegen die Bedingungen.«

»Wo steht das?«

Wendt runzelt die Stirn. »Was meinen Sie damit?«

»Ich will wissen, wo genau steht, dass Frauen nicht antreten dürfen?«

»Das muss nirgendwo stehen, es ist allgemein bekannt. Niemand käme je auf die Idee …« Er verstummt mitten im Satz, da ihm selbst klar wird, dass ganz offensichtlich doch jemand so anmaßend war, auf die Idee zu kommen. »Irgendwo hier in unseren Bedingungen wird gewiss …« Er zieht das Heft zu sich heran und beginnt zu blättern. Die Russen am anderen Ende des Tisches tun es ihrerseits mit einer zweiten Ausgabe.

Ich fahre ein Stück näher an die Preisrichter heran. »Ich kann Ihnen die Arbeit abnehmen: In allen 157 Punkten ist stets nur von *›Teilnehmern‹* und *›Sportlern‹* die Rede. Nirgendwo wird angemerkt, welchem Geschlecht die Sportler angehören müssen.«

»Mag sein.« Der Österreicher verschränkt die Arme und lehnt sich weit zurück. »Aber sind Sie denn überhaupt Sportler?«

Ich erinnere mich daran, wie schwer es war, mit Edgar, Julianna und den anderen in den Wettbewerbsbedingungen nach einem konkreten Beweis für etwas zu suchen, und drehe die Frage daher rasch um: »Was macht denn einen Sportler aus?«

»Nun ja«, er gestikuliert suchend in die Luft und taxiert mich ganz genau. Da ist der Anklang eines Lächelns um seinen linken Mundwinkel. »Sportler haben eine gewisse Größe …«

Ich schnappe nach Luft. Was für eine Unverschämtheit! Fiebrig suche ich nach einer höflichen Erklärung, dass die Größe doch wirklich rein gar nichts mit der Sportlichkeit zu tun hat, als sich jemand aus den Zuschauerreihen löst und auf die Eisfläche tritt. Es ist Mick, erkenne ich. Der kleine Holländer sagt nichts, sondern kehrt einfach nur die Handflächen nach außen und sieht unschlüssig umher. Ganz so, als wolle er fragen, ob sein Durchgang damit nun nichtig wäre.

Der österreichische Preisrichter winkt ab. »Und … und … und Sportler haben eine gewisse Gelenkigkeit«, ruft er triumphierend und wirft das Ende seines Schals über den Rücken.

Ich hole kurzerhand Schwung, drehe eine Pirouette und dehne zum Schluss mein Bein weit nach hinten. Sofort ertönt begeisterter Applaus.

Der Punkt wäre also ebenfalls abgehakt.

»Und natürlich folgt man einem Trainingsplan mit regelmäßigen Terminen«, gibt Herr Wendt zu bedenken.

»Ich habe in den vergangenen Monaten nahezu jeden Tag mit meinen Kollegen trainiert.«

»Unter einem professionellen Trainer?«, hakt der Preisrichter aus Ungarn mit einer hüstelnden Stimme misstrauisch nach. So langsam fühlt es sich an wie ein Kreuzverhör. Was ist das hier eigentlich, will ich fragen, eine Eiskunstlauf-Weltmeisterschaft oder ein Hexenprozess?

Irgendwie fühlt es sich zumindest an, als könne ich dabei nur verlieren. Trotzdem gebe ich alles.

Ich schicke eine stumme Entschuldigung an Julianna, die wahre Wunder geleistet hat, hier aber sicherlich nicht als Trainerin anerkannt werden würde. »Edgar Syers«, sage ich stattdessen. »Derselbe, der auch meine männlichen Kollegen trainiert hat.« All die Stunden mit Edgar könnte man schließlich ebenso gut als Training bezeichnen.

Unschlüssig sehen sie sich an. Erst ihre Sitznachbarn, dann nach und nach die anderen. Ich erkenne ein minimales Schulterzucken.

Ha! Die Argumente sind ihnen ausgegangen. Zugegebenermaßen fällt es mir schwer, nicht zu offensichtlich zu triumphieren.

»Also. Würden Sie mich als Sportler bezeichnen?«, hake ich unschuldig nach.

Einer nickt nach einer Weile, wenn auch schwerfällig, und der mit den buschigen Augenbrauen, der das Mikrofon vor sich stehen hat, krächzt zögerlich ein heiseres »Ja« hinein.

Wieder tauschen sie Blicke aus. Keiner scheint eine weitere Idee zu haben, wie er meinen Antritt verhindern kann, doch gerade als ich nachfragen will, ob ich mich zur Startposition begeben soll, erscheint unter der dicken Pelzmütze des Preisrichters ganz rechts ein Lächeln auf dem Gesicht, das mich erschaudern lässt.

»Na schön«, beginnt er und zieht das Mikrofon zu sich herüber. »Dann sagen wir also, dass auch Sie gemäß unseren Statuten antreten dürfen. Ich als Preisrichter sehe unter diesen Umständen allerdings noch ein erhebliches Problem.« Er mustert mich dabei ausgiebig, bevor er weiterspricht. »Mit diesem Rock kann ich unmöglich Ihre Beinarbeit beurteilen.« Er schnaubt abfällig. »Deswegen müssen wir Ihnen die Teilnahme versagen. Alles andere wäre nicht gerecht. Ist keine gleichwertige Beurteilung möglich, bedeutet dies: keine Teilnahme. So einfach ist das.«

Im gesamten Park ist es mucksmäuschenstill. Alle warten darauf, was ich als Nächstes tue. Mit gesenktem Kopf die Eisfläche verlassen oder mit einem Schulterzucken, als würde es mich nicht weiter stören? Aber das wäre nicht ehrlich.

»Beim Paarlaufen tragen die Frauen ebensolche Röcke«, argumentiere ich.

»In der Disziplin zählen andere Kriterien. Dort geht es um Synchronität, Harmonie und Eleganz«, wirft Tibor von Földváry spitzfindig ein. Er muss fast schreien, da das Mikrofon noch bei seinem russischen Kollegen steht. »In der Einzeldisziplin hingegen geht es vor allem um Technik. Dazu *müssen* wir die Beinarbeit sehen.«

Mit klopfendem Herzen suche ich nach einer Lösung. Ich bin so weit gekommen, das kann, das darf es noch nicht gewesen sein! Könnte ich den Rock hochraffen? Das Bild der Prostituierten aus Whitechapel, bei der man die Knöchel sehen konnte, steigt in meinem Kopf auf. Ich erinnere mich, wie ich kaum den Blick davon wenden konnte, da ich etwas Derartiges noch nie gesehen hatte.

Und wie ich allein deswegen karminrot angelaufen bin.

Für die Beurteilung meiner Beinarbeit würde das Kürzen auf eine solche Länge noch nicht einmal genügen. Der Rock dürfte allemal bis zu den Knien reichen. Allein die Vorstellung von mir in einem solch vulgären Rock treibt mir abermals die Röte ins Gesicht. Es wäre ein Skandal ohnegleichen. Die Tageszeitungen würden morgen kein anderes Bild drucken und der Ruf meiner Familie wäre endgültig verloren, so sehr, dass man sich kaum davon erholen könnte.

Warum tragen nicht auch Frauen Hosen? Dann gäbe es diese Debatte nicht. Ich erinnere mich an eine Handvoll

Frauen beim Salon der Suffragetten, die aus Protest Hosen anhatten, da auch die Kleidung uns Frauen in unserer Freiheit beschränken würde. Damals habe ich das lächerlich gefunden. Tatsächlich mag ich meine schmale Taille im Korsett und ich liebe hübsche Kleider.

Erst jetzt erkenne ich, dass mehr dahintersteckt. Wenn man Kleider mag, sollte man sie tragen. Aber es ist nicht rechtens, wenn von uns auf der einen Seite erwartet wird, dass wir Kleider tragen, und uns dann aufgrund ebendieser Kleider Dinge verwehrt bleiben.

Dass genau das hier geschieht, macht mich zornig.

Es ist eine Ungerechtigkeit, die so ungeheuer ist, dass ich gar nicht weiß, wo ich mit meinen Argumenten beginnen sollte. Am liebsten würde ich mir den Rock vom Leibe reißen und aus Trotz die gesamte Kür im knielangen Unterhemd laufen.

Mittlerweile bin ich zu allem bereit. Es ist höchste Zeit, dass sich etwas ändert. Meine Furcht vor einer weiteren Blamage ist zwar gigantisch, auf der anderen Seite heißt es jetzt: alles oder nichts. Entweder ich gehe einen verflucht drastischen Schritt, der den Lauf der Geschichte ändern könnte, oder ich fahre unverrichteter Dinge mit dem Nord-Express wieder nach Hause. Dann war alles Training vergebens und alle Hoffnung verloren. Möchte ich das?

Ich könnte hier ein Zeichen für die Rechte der Frauen setzen. Die ganze Zeit wird versucht, uns mit scheinheiligen Argumenten Dinge zu verwehren. *»Ärztin wollen Sie werden? Aber nein, ein zartes Geschöpf wie eine Frau kann doch kein Blut sehen …«* Aber das hier mit dem Rock, das ist immerhin ein Argument, gegen das ich etwas tun kann.

Nur, wäre das nicht zu gewagt?

Gewagt ist noch untertrieben, es wäre sozialer Selbstmord.

Ich denke an all die eifrigen Frauen in meinem Umfeld. Constance, die durch ihre Artikel und Schriften regelmäßig in der Oberschicht den Zorn der Menschen auf sich zieht. Dorothy, Tabitha und die anderen, die sogar eine Haftstrafe riskieren, um die Forderungen der Suffragetten zu verbreiten. Und natürlich auch Julianna, die ihre letzte freie Minute für den Kampf um die Gleichberechtigung opfert, obwohl es nicht einmal ihr Land ist.

Vielleicht ist es an der Zeit, dass auch ich ein Zeichen setze. Auch wenn die Blamage mich persönlich ins Verderben ziehen wird, könnte es ein großer Schritt für die Gleichberechtigung sein.

»Wenn das mit dem Rock alles ist …«, höre ich mich sagen und versuche dabei so unbeschwert wie Edgar zu klingen, »… dann soll dies das geringste Problem sein.« Kurzerhand beuge ich mich hinunter und löse mit einem heftigen Ruck die Quernaht meines Rocks.

Zeitgleich mit dem Reißen des Stoffes geht ein unterdrückter Aufschrei durch das Publikum. Mit einem weiteren Ruck und unter immer lauter werdendem Gemurmel reiße ich die unteren vierzig Zentimeter meines Rocks ab, sodass der Blick auf meine wollenen Strümpfe freiliegt. Im Publikum ist es inzwischen richtig laut geworden und eine elektrisierende Spannung liegt in der Luft.

»Jetzt sollten Sie meine Beinarbeit bestens beurteilen können«, rufe ich, um die Menschen zu übertönen. »Darf ich mit der Kür beginnen?«

Die hilflosen Preisrichter tauschen peinlich berührte Blicke aus und sind sichtlich überfordert mit der Situation. Vermutlich nur, um mich endlich loszuwerden, deutet einer auf die Eisfläche und sagt mit belegter Stimme: »Bitte.«

Ich weiß genau, was sie denken. Sie werden mich jetzt antreten lassen und dann meine Persistenz mit einer schlechten Bewertung abstrafen. Aber das werde ich nicht zulassen. Ich werde alles geben. Jeden noch so kleinen Ratschlag beachten. Präzise Figuren laufen, Eleganz ausstrahlen und ihnen nicht einen einzigen Punkt zur Beanstandung geben.

Ich werde die Kür meines Lebens tanzen.

Ich begebe mich auf Position. Es ist ungewohnt kühl an den Beinen und ich habe schon auf den wenigen Metern gemerkt, dass sich das Laufen anders anfühlt, wenn man dabei nicht mit dem Schienbein gegen den Stoff stößt. Ich kann nur hoffen, dass mir das nicht zum Verhängnis wird.

In der Mitte angekommen, sammle ich mich. Ein Zittern will aufkommen, als ich mir der tausend Augen bewusst werde, die auf mir liegen – und auf meinen Beinen.

›Ach wenn schon, es sind schöne Beine!‹, höre ich Edgars unbeschwerte Stimme in meinem Kopf und muss lächeln. Genau das würde er sagen. Mit einem tiefen Atemzug kämpfe ich die Anspannung zurück und betrachte die abgestoßenen Spitzen meiner Schlittschuhe.

Edgar, Julianna, das ist für euch, denke ich. Und dann gebe ich dem Mann am Grammofon ein Zeichen.

Mit dem nächsten Wimpernschlag wallen die vertrauten Töne durch die Luft und ich nehme die Musik in mich auf.

Bei drei fahre ich los, zeige all die Schritte, die wir so lange und so oft geübt haben.

Auf dem Punkt fahre ich meine Pflichtfiguren. Danach kommt die Kür. Wie bei den Proben führe ich anmutig meine Handgelenke, während ich Geschwindigkeit aufnehme.

Schon erreiche ich die erste schwierige Stelle. Kurzzeitig erfasst mich Panik, als mir urplötzlich mit aller Vehemenz bewusst wird, wo ich bin: Ich bin mit einem anstößig kurzen Rock auf der Weltmeisterschaft und alle starren mich an.

Konzentrier dich, Madge!

Kurzerhand stelle ich mir vor, dass Edgar rückwärts vorweggleitet, während ich meine Arabesken vollführe. Das klappt so gut, dass ich keinen einzigen Blick mehr an das Publikum verschwende. Ich tue so, als würden Edgar und ich ein letztes Training in freier Wildbahn absolvieren. Seine Hand stützt mich, während ich mich für die *Attitudes* wie eine Skulptur biege. Gemeinsam nehmen wir noch mehr Geschwindigkeit auf, und als ich meine Pirouette vollführe, weiß ich in meinem Herzen, dass Edgar wenige Meter entfernt die seinige in umgekehrter Reihenfolge macht. Zusammen fahren wir noch eine Runde, diesmal bin ich es, die rückwärtsfährt. Es folgt ein kleiner Sprung, und während die Musik ihren Höhepunkt erreicht, drehe ich mich um die eigene Achse, was Edgar zwei Armlängen entfernt von mir spiegelt.

Im nächsten Atemzug geht es weiter und wir finden wieder zusammen, laufen noch eine Runde auf dieser märchenhaft beleuchteten Eisfläche in allen Farben, die in ihrer Pracht genau die richtige für unsere gemeinsame Kür ist.

Die Musik wird sanfter, wir müssen uns zur Mitte begeben,

es ist Zeit für die Abschlussposition. Mittlerweile fühlt Edgar sich so präsent an, dass ich achtgeben muss, mich nicht physisch an ihn zu lehnen. Denn dann würde ich fallen. Aber diesen Triumph gönne ich den Preisrichtern nicht.

Mit dem letzten Ton der Musik kommt die Gewissheit. So ist es immer am Ende einer Kür bei mir und der heutige Tag ist in dieser Hinsicht nicht anders. Ein gigantisches Lächeln kriecht in mein Gesicht und eine unbändige Freude leuchtet in mir auf.

Ich weiß, dass es gut war.

Verdammt gut sogar. Alles ist genau so gelungen, wie ich es beabsichtigt hatte. Auch wenn ich nicht damit gerechnet hätte, dass wirklich alles glückt.

Ein ohrenbetäubender Applaus setzt ein, jubilierende Rufe kommen hinzu und ich löse mich schwer atmend aus der eingefrorenen Pose. Ich schlage die Hand vor den Mund, als die Freude mich überwältigt, da die Leute auf den Tribünen sogar aufstehen. Im gesamten Park ist es so laut, wie ich es bei keinem anderen Läufer erlebt habe. Aber vielleicht nehme ich es hier im Rampenlicht auch nur anders wahr.

Am Rand stehen Henry und Helen. Helen hat eine Hand auf ihr Herz gelegt und scheint zu weinen, sie streicht sich immer wieder übers Gesicht. Henry strahlt mich an und klatscht noch heftiger. Unter den Zuschauern entdecke ich meine Kameraden von Prince's. Mick, Wallace und die anderen heben beim Klatschen die Hände höher und strahlen mich ebenfalls an. Natürlich ist da auch Benedict, der anerkennend nickt, als er meinen Blick bemerkt. Aber in mir ist so viel Euphorie, dass nichts Weiteres mehr hineinpasst. Auch die anderen Teilnehmer der Weltmeisterschaft entdecke ich nun am Rand und selbst sie klatschen begeistert. Sogar der große Ulrich Salchow.

Alles in mir scheint zu pulsieren, ich fühle mich so lebendig wie noch nie. Ich wünschte so sehr, ich könnte diesen Augenblick mit Edgar und Julianna teilen, denn der Erfolg gebührt auch ihnen. Es ist offensichtlich, dass die Menschen da draußen auch Frauen im Eiskunstlauf sehen wollen, sogar in anrüchig kurzen Röcken. Wer weiß, vielleicht kommen die eines Tages noch in Mode?

Plötzlich sehe ich eine einzige Person auf den Zuschauerrängen, die nicht klatscht. Mit verschränkten Armen und grimmiger Miene sitzt sie da und lässt mich nicht aus den Augen. Angelina, der fliegende Eisengel. Ich hätte große Lust, ihr mit meinem Schlittschuh einen gehörigen Tritt zu geben für das, was sie Edgar und Julianna angetan hat.

Aber ich belasse es bei einem triumphierenden Lächeln. Die Paare treten ja erst morgen an, und wenn sie mit einer sehr ähnlichen Version der Kür antreten, werden sie sich gehörig lächerlich machen. Und das hat sie verdient.

Kapitel 49

Madge

»Da ist sie!«, höre ich die helle Stimme eines Kindes, als Henry, Helen und ich am nächsten Tag das Wettbewerbsgelände betreten. Auch heute erstrahlt die große Eisfläche wieder in ihren märchenhaften Farben und die Eisskulpturen leuchten mystisch, während winzige Schneeflocken herunterrieseln.

Dank der Feier am Vorabend und weil ich in der Nacht zuvor so wenig Schlaf gefunden hatte, konnte ich gestern Nacht gut schlafen. Dafür sehen Henry und Helen, die heute ihren großen Auftritt haben, reichlich übernächtigt aus. Ihre Anspannung teile ich, denn gleich schlägt auch die Stunde der Wahrheit: die Siegerehrung. Wird meine Leistung reichen, um all das Geld zu gewinnen, das wir so dringend benötigen?

»Bitte, kann ich eine Sammelkarte für mein Memorabilien-Album haben?«, fragt ein kleines Mädchen, das mit einer wippenden Pudelmütze auf mich zugestürmt ist, und hält mir zwei blütenweiße Seiten eines weit aufgeschlagenen Albums entgegen. Ich lächle, aber gleichzeitig schnürt mir ihre Bitte die Kehle zu. Niemals hätte ich gedacht, dass eines Tages Kinder Andenken von mir in ihrem Album sammeln möchten, so wie ich es mit Ulrich Salchow getan habe.

»Oh, ich fürchte«, ich gehe in die Hocke, damit sie nicht zu mir aufsehen muss, »von mir gibt es keine Sammelkarten.«

»Nicht? Oh, wie schade.« Nachdenklich legt sie den Kopf schief. »Schreibst du mir dann deinen Namen ins Buch?«

Ich nehme den Stift entgegen, den sie aus ihrer Tasche kramt. »Wo möchtest du ihn hinhaben?«

»Hier«, sie deutet auf die gesamte linke Seite. »Schreib ganz groß. Über die gesamte Seite!«

Ich muss lachen, fühle mich aber gleichzeitig geehrt, denn Papier ist kostbar, und schreibe so schön und riesig wie möglich mit einem unterdrückten Zittern in der Hand meinen Namen in ihr Album.

»Wenn ich groß bin, möchte ich so sein wie du!«, lässt sie mich wissen. »Und ich will dann auch gegen die Männer gewinnen.«

»Noch wissen wir nicht, wer gewonnen hat«, erinnere ich sie amüsiert.

»Also, wenn du nicht gewonnen hast, haben die wirklich Tomaten auf den Augen.«

Ich streiche ihr dankbar über die Mütze und wünschte, es würde nur darum gehen. Um eine reine Bewertung der Leistung. Aber natürlich geht es bei dieser Weltmeisterschaft um so viel mehr, es geht um Grundsätzliches und darum, wie es mit dem Sport weitergeht.

Deswegen atme ich auf, als wir wenig später am Rand der Eisfläche stehen, Henry und Helen links und rechts von mir, sie drücken meine Hände, als verkündet wird, dass der achte und somit letzte Platz an jemand anderes geht.

Juchu, ich bin nicht die Letzte.

Gebannt warte ich, wer den siebten Platz erreicht hat, als jemand mich von hinten zischend anspricht.

»Wie konntest du das tun?«

Ich drehe mich um und sehe mich Angelina gegenüber. Sie verschränkt die Arme und spricht weiter. »Eine Paarlaufkür in der Einzeldisziplin? Noch dazu die der Männer!?«

Ich lache auf. Beschwert sie sich allen Ernstes deswegen?

Mit nur halbem Ohr bekomme ich mit, dass der sechste Platz an Mick geht, und freue mich für ihn. »Nun ja, du hast mir durch deine fiese Aktion schließlich keine andere Wahl gelassen«, erinnere ich sie. »Edgar hat sich das Bein gebrochen. Herzlichen Glückwunsch, das war sicherlich genau das, was du wolltest.«

»Nein. Meine Absicht war eigentlich, dass keiner von euch mehr antreten kann.«

War das noch zu glauben? Und das wagt sie hier so einfach zuzugeben? »Dann tut es mir sehr leid, dass ich dich enttäuschen musste.«

Einmal mehr hoffe ich auf den Sieg. Gerade brandet Applaus auf, und ich sehe Wallace auf die Eisfläche gleiten, um sich seine Medaille abzuholen.

»Aber warum hat es dir nicht genügt, unsere Kür zu klauen?«

»Ihr wart zu gut. Ich musste auf Nummer sicher gehen.«

Ungläubig schüttle ich den Kopf. »Schämst du dich nicht? Mit solchen Mitteln zu kämpfen, obwohl wir dir nichts getan haben?«

Sie lacht auf. »Ach komm, als wenn ihr feinen Schnösel vom Etepetete-Prince's-Skating-Rink auf den Sieg angewiesen wärt. Aber für mich und meine Schüler geht es ums Überleben! Mit dem Preisgeld und dem Renommee, das mir höhere Preise verschaffen, müsste ich mich künftig nicht mehr fragen, wie ich mir das Brennholz leisten soll. Aber nun? Sie werden uns allemal auslachen, wenn wir die gleiche Kür fahren wie die Gewinnerin des Vortags.«

»Wer sagt denn, dass ich gewinne?«

Sie verdreht die Augen, als wäre das eine törichte Frage.

Aus den Augenwinkeln sehe ich den Teilnehmer aus Russland unter Applaus auf die Eisfläche gleiten. Der vierte Platz ist also ebenfalls vergeben.

Ich werde immer kribbeliger, schließlich bedeutet dies, dass ich unter den ersten drei bin! Ich kann es kaum fassen – dann stutze ich. Vielleicht haben sie eine Möglichkeit gefunden, mich im Nachhinein zu disqualifizieren? Wann würde man so etwas verkünden?

Hastig wende ich mich an Angelina, ich will diese entscheidenden Minuten meines Lebens nicht mit ihr verbringen. »Ob du es glaubst oder nicht, auch andere Menschen sind auf das Geld angewiesen. Aber selbst wenn nicht, würde nichts auf der Welt rechtfertigen, eine Kür auf die niederträchtigste Art und Weise zu stehlen.« Mit diesen Worten wende ich ihr den Rücken zu. Ich höre noch etwas von »… selbst schuld … leichtgläubig …«, aber ich schenke ihr keine Beachtung mehr.

Das hier ist der bedeutsamste Moment meines Lebens.

Den will ich mit Menschen teilen, die mir wichtig sind. Ich greife nach Helens und Henrys Händen, drücke sie, während ich gleichzeitig den russischen Preisrichter, Herrn Sanders, am Mikrofon beschwöre, als Nächstes nicht meinen Namen auszurufen.

›*Nicht ich. Nicht ich. Nicht ich. Nicht ich. Nicht ich. Nicht ich. Nicht ich. Bitte. Bittebittebitte. Wir brauchen das Geld*‹, sage ich ihm in Gedanken, als er sich wieder über das Mikrofon beugt. »Und der dritte Platz, die Bronzemedaille, geht an …«

Hinter meinen geschlossenen Lidern blinzle ich nun doch zu Benedict und Ulrich Salchow, den einzigen verbliebenen Gegnern. Den für mich besten Läufern der Welt. Ulrich Salchow hat den Kopf geneigt, Benedict starrt einen Punkt in ungewisser Ferne an und scheint etwas vor sich hin zu murmeln.

In diesem Moment räuspert Herr Sanders sich, und nach einem statischen Knacken, das durch die Lautsprecher über das gesamte Gelände verteilt wird, ertönt seine Stimme wieder. »… die Bronzemedaille geht an … Benedict Aspley.«

Benedict presst die Augen zusammen, aber nur einen Moment später erscheint ein Lächeln auf seinem Gesicht. Ganz unmittelbar, ohne langsames Aufblühen. Ich fühle mich furchtbar, da seine Niederlage meinen Triumph bedeutet und sich das aufgeregte Prickeln noch stärker ausbreitet. Henry und Helen drücken so fest meine Hände, dass es fast wehtut, und ich verstehe, was sie sagen wollen.

Die letzten zwei. Ich bin auf einem der letzten zwei Plätze!

Aber gewiss würde ich nicht gegen den großen Ulrich Salchow siegen?

Ich sterbe vor Anspannung, nachdem auch Benedict mit seiner Medaille versorgt ist und der Applaus verklungen ist.

Als würde Herr Sanders die Rangfolge nicht in- und auswendig kennen, blickt er noch einmal auf seine Papiere und rückt danach seine Fellmütze zurecht.

»Und der zweite Platz …«

Alle scheinen die Luft anzuhalten. Nicht einmal ein Ast knackt oder die Vögel zwitschern. Die Verkündung des zweiten Gewinners kommt schließlich der Bekanntgabe des Siegers gleich.

»Der zweite Platz, meine Damen und Herren, geht an …« Er hat das A bereits in die Länge gezogen, sieht nun allerdings noch einmal zu den anderen Preisrichtern.

Helen neben mir jault auf, da ich ihre Hand zerquetsche, und ich lockere meinen Griff.

Ich kann nicht mehr atmen und würde mich nicht wundern, wenn ich auf der Stelle in Ohnmacht fiele. Kann er uns bitte endlich aus der Qual erlösen?

»Der zweite Platz geht an … Madeline Florence Cave.«

Nach einer Sekunde brandet der Applaus auf. Erst als Helen mir um den Hals fällt und Henry gleichzeitig auf meine Schulter klopft, wird mir bewusst, was soeben geschehen ist. Ich habe als erste Frau den zweitbesten Platz einer Weltmeisterschaft belegt! Gleich hinter dem großen Ulrich Salchow.

Mit einem gigantischen Strahlen im Gesicht schaffe ich es irgendwie auf die Bühne und erlebe die Gratulation und das Umhängen der Medaille wie durch einen Nebelschleier. Im Publikum brüllt jemand: »Madeline war die Beste!«, erntet Applaus dafür, und ich versuche, den Rufer ausfindig zu machen, schicke ein dankbares Lächeln in seine Richtung.

Wie im Traum bekomme ich mit, dass nun der große Sieg von Ulrich Salchow verkündet wird, und auch er nimmt unter lautem Beifall seine Medaille entgegen. Einst dachte ich, es wäre das Größte, sein Autogramm in meinem Album zu haben, und nun stehe ich bei der Siegerehrung neben ihm.

Noch einmal verbeugen wir uns alle gemeinsam vor den Zuschauern, und als der Applaus verebbt, drehe ich mich zu Ulrich Salchow und er sich zu mir.

»Herzlichen Glückwunsch«, sage ich mit bebender Stimme, da ich kaum glauben kann, dass ich mit ihm spreche. »Du bist wirklich großartig gelaufen.«

»Vielen Dank.« Er lächelt mich warm an. »Aber wenn du mich fragst …« Er greift sich in den Nacken und seine Goldmedaille glänzt im Licht der Sonne auf. »… wenn du mich fragst, gebührt diese hier *dir*.«

Bevor ich weiß, was geschieht, hängt er mir seine Goldmedaille um den Hals, und obwohl einige Zuschauer bereits im Begriff waren zu gehen, brandet nun der längste und lauteste Applaus auf, den ich je in meinem Leben gehört habe.

Ulrich reißt meine Hand in die Luft und zum ersten Mal in meinem Leben steigen mir vor Glück die Tränen in die Augen.

Kapitel 50

Madge

Während Henry und Helen sich zwei Stunden später für ihren Auftritt warm machen, spaziere ich auf dem festgetretenen Schnee durch die Yusupov Gardens, darf immer wieder Autogramme geben und dankbar Glückwünsche entgegennehmen. Viele versichern mir, dass ich für sie die eigentliche Gewinnerin sei.

An einem der zahlreichen Verkaufsstände hole ich mir einen heißen Kakao. Der spanische Verkäufer gibt eine ordentliche Portion Schlagsahne obendrauf und drückt meine Hand weg, als ich ihm das Geld reichen will. »Für die beste Eisläuferin der Welt geht alles aufs Haus«, sagt er zwinkernd.

Ich bedanke mich und wärme meine Hände am Porzellan, während ich die verschlungenen Wege verfolge, die vom Ort des Geschehens fortführen. Nach all dem Trubel benötige ich etwas Ruhe, um meine Gedanken zu ordnen, und schreite langsam durch den verschneiten Rosengarten, als ich schnelle Schritte hinter mir höre. Ein Pärchen folgt dem breiteren Weg zum Ausgang.

»… ich kann nicht glauben, wie man die Dreistigkeit besitzen kann, mehr oder weniger die Kür der Gewinnerin eins zu eins zu kopieren«, echauffiert sich die Dame mit dem breiten Hut.

»Es war ja noch nicht einmal eins zu eins«, entgegnet der Mann an ihrer Seite. »Die schwierigen Stellen haben sie weggelassen …«

Ich sehe ihnen nach, kann den Rest nicht mehr hören. Schön. Ich weiß zwar nicht, wie die Preisrichter reagiert haben, aber bei diesen Zuschauern scheint die Kür von Angelinas Schützlingen in jedem Fall nicht auf Gefallen gestoßen zu sein.

»Madge.«

Ich zucke zusammen und schwenke so rasch herum, dass der Kakao über den Rand der Tasse schwappt.

»Huch«, sage ich, und dann, als ich erkenne, wer jenseits des nun braun gefärbten Schnees steht: »B… Benedict.«

Langsam aufblühend lächelt er mich an. »Ich … ich habe deinen Brief bekommen.«

Ungläubig sehe ich ihn an. Jetzt kommt er auf den Brief zu sprechen? Nach all den Tagen?

»Es … es tut mir leid, wenn du auf Saint Paul's vergebens auf mich gewartet hast. Ich habe den Brief erst einen Tag vor der Abreise erhalten, er war bei der Post für das Personal untergegangen.«

»Und warum hast du dann nichts gesagt? Wir sind immerhin schon einige Tage gemeinsam unterwegs.«

»Das wollte ich.« Er geht einen Schritt auf mich zu. »Aber du machst es einem auch nicht leicht, Madge. Du wirkst immer so … unnahbar. Und mir haben die richtigen Worte gefehlt. Nicht jeder kann so gut mit der Sprache umgehen wie du.«

Ich schlucke. Allzu gut kann es nicht sein, denn momentan bin ich sprachlos.

»Aber jetzt …« Er kommt noch einen Schritt auf mich zu und unsere Mäntel berühren sich beinahe. »Jetzt will ich es wagen. Ich …« Er schiebt eine Haarsträhne hinters Ohr und schenkt mir ein frisches Lächeln.

Was jetzt wohl kommen mag?

»Ich freue mich, dass du mir zugeneigt bist, und kann dir mitteilen, dass ich deine Gefühle teile.«

Er greift nach meinen Händen und das vorsichtige Lächeln ist zu einem Strahlen geworden. Vorsichtshalber lächle auch ich. Und warte. Da ist ein Gefühl in mir, aber es ist merkwürdig, ich kann es nicht richtig einordnen.

Abwartend sieht er mich an, und mir wird klar, dass ich etwas sagen muss. »Das … das ehrt mich sehr«, stammle ich. Schließlich ist es genau das, was ich mir immer gewünscht habe.

Er bietet mir seinen Arm an. »Dann erlaube mir, dass ich dir einen neuen Kakao kaufe. Der Dame meines Herzens soll es an nichts fehlen.«

Ich bin die Dame seines Herzens, wiederhole ich innerlich und versuche, mich zu freuen. So richtig gelingt es mir aber nicht. Gewiss weil es so überraschend kam und auch etwas viel auf einmal ist.

Nachdem ich meinen frischen Kakao getrunken habe, stellen wir uns an den Rand der Eisfläche, um den Paarläufern zuzusehen.

»Meine herzlichsten Glückwünsche übrigens zu deinem großartigen zweiten Platz, Madge.«

»Danke«, antworte ich und versuche mich an einem Scherz,

damit wir nicht mehr so steif dastehen. »Silber passt einfach viel besser zu meinen Fischotterhaaren, deswegen habe ich mir absichtlich nicht so viel Mühe gegeben.«

Spätestens mein amüsierter Gesichtsausdruck hätte ihm zu verstehen geben müssen, dass ich flachse, doch er rückt beunruhigt von mir ab. »Madge, du hast doch keine Fischotterhaare. Und mit Verlaub, es wäre ziemlich gedankenlos, wenn du nicht alles gegeben hast. Als Siegerin hättest du doppelt so viel Preisgeld erhalten und ein ganz anderes Renommee.«

Mir klappt der Mund auf, und ich weiß gar nicht, was ich zuerst sagen soll.

»Gräme dich nicht, du kannst nichts dafür, dass Männer besser ausgerüstet sind, was den Verstand betrifft. Ich habe gelesen, dass wir ein größeres Gehirn haben«, versucht er mich zu trösten. »Frauen brillieren dafür in anderen Bereichen.«

Sollte ich ihm nun meinen Spaß erklären? Oder doch lieber darauf hinweisen, dass auch Frauen nicht auf den Kopf gefallen sind?

Doch eigentlich will ich ihm das gar nicht erklären müssen. Für solch vielschichtige Themen bleibt letztlich später noch immer Zeit, überlege ich.

»Wie meinst du das mit dem Preisgeld?«, frage ich stattdessen, und als er mir erklärt, dass auch der zweite Sieger der Einzeldisziplin eine ordentliche Summe erhält, falle ich ihm kurzerhand um den Hals.

»Das ist ja großartig!«, rufe ich unendlich erleichtert, denn die Last meiner Sorgen wog schwer. Nun kann ich zumindest meine Schulden bezahlen und Julianna das geben, was ihr zusteht.

Benedict drückt mich sanft von sich weg. »Madge …«, raunt er mir verlegen zu. »Du bist manchmal so übersprudelnd wie Champagner. In der Öffentlichkeit wäre es mir allerdings ganz lieb, wenn wir uns zurückhielten, was die Zurschaustellung von Gefühlen betrifft, und die Grenzen wahren.«

Sofort klappe ich meine Arme ein, er hat recht. Wo sind nur meine Manieren geblieben? Ich weiß doch, dass die Wahrung der Etikette in der Oberschicht noch wichtiger ist als bei uns. Die ungezwungenen letzten Wochen mit Edgar, der es trotz seiner gehobenen Herkunft mit den Manieren nicht so genau nimmt, und Julianna, für die als Arbeiterin andere Regeln gelten, haben mich offenbar die korrekten gesellschaftlichen Umgangsformen vergessen lassen.

»Ach, ich dachte nur, von der Zweitplatzierten zum Drittplatzierten der Weltmeisterschaft würde man ausnahmsweise eine Umarmung dulden …«, versuche ich, die Situation durch einen weiteren Scherz zu retten.

Benedicts Ausdruck verdüstert sich. »Ich schätze es nicht, wenn du mir unter die Nase reibst, dass du besser warst als ich.«

»Oh nein, Benedict, das war nicht meine Absicht«, erkläre ich mich schnell und will eine Hand auf seine Schulter legen, aber vielleicht ist auch das zu viel Zurschaustellung. Ich lasse die Hand wieder sinken und ziehe den Kopf ein. Das war wirklich unbedacht von mir. Vielleicht sollte ich das mit den Scherzen lassen, ich bin nicht allzu gut darin.

Zum Glück fahren in diesem Moment Henry und Helen auf die Eisfläche und wir sind fortan mit Klatschen beschäftigt.

»Sie sieht gut aus«, sagt Benedict mit Blick auf Helen und ich kann ihm nur zustimmen. Ihr dunkelroter Rock passt perfekt zu ihren Haaren, die sie in einer eleganten Hochsteckfrisur trägt, und auch Henry macht in seinem hellen Frack eine gute Figur.

Benedicts hohe Wertschätzung der Etikette lässt eine Frage in mir aufkommen, während wir die zwei bei den Pflichtfiguren beobachten. »Stört es dich eigentlich, dass ich meinen Rock so drastisch verkürzen musste?« Immerhin war das entgegen jeglichem Anstand – auch wenn das Publikum daran keinen Anstoß zu nehmen schien. Vielleicht sahen sie es durch die bühnenähnliche Vorführung wie im Theater, wo ebenfalls andere Regeln für Umgangsformen und Sitte gelten?

»Nun ja«, sagt Benedict, ohne die Augen von Henry und Helen zu wenden, die gerade die anspruchsvollen Achter fahren. »Es war schon ziemlich unangenehm, aber ich werde damit zurechtkommen.« Er nestelt an seinem Kragen. »Irgendwie. Es wird ja gewiss nicht wieder vorkommen, nicht wahr?«

Nervös lache ich auf. Das hängt schließlich von der International Skating Union ab und wie es mit den Wettbewerben weitergeht. Sollten sie es zur Bedingung machen, dass die Beine sichtbar sind, würde ich nicht zögern, mir einen entsprechenden Rock anfertigen zu lassen. Ich flüchte mich also in ein vages »Das werden wir sehen«.

Benedict bedenkt mich mit einem zärtlichen Blick, nachdem wir Helens und Henrys gelungene Kür ausgiebig beklatscht haben. Ich wünschte, er würde den Arm um mich legen, aber ein wohlwollender Blick ist vermutlich alles, was hier in der Öffentlichkeit möglich ist. »Ich bin froh, dass es morgen endlich wieder nach Hause geht. Es ist wahrlich eisig hier.« Er lächelt mich an. »Und dann werde ich umgehend deinen Vater aufsuchen, um seinen Segen einzuholen.«

Ich nicke mechanisch, doch ein wenig fühlt es sich an, als würde mein Magen Pirouetten drehen wollen.

Benedict stutzt – ob er es bemerkt hat?

»Stimmt etwas nicht?«

»Doch, doch. Es ist nur …« Wie um alles in der Welt sollte ich ihm beibringen, dass Vater gar nicht mehr bei uns wohnt und Mutter sich spätestens zum Mittagessen großzügig den Sherry einschenkt? Würde er mich auch dann noch mögen? Oder wäre das ein Skandal zu viel zu verzeihen? Für den Moment schaffe ich es nicht, ihm davon zu erzählen, und setze ein Lächeln auf. »Das können wir besser ein andermal besprechen. Was … was ist eigentlich mit deiner Grand Tour?«

»Genau deswegen ist mir eine baldige Verbindung ja so wichtig. Wenn ich auf Reisen bin, möchte ich sicher sein, dass jemand zu Hause auf mich wartet.«

Ich schlucke.

Irgendwie habe ich mir das alles ganz anders vorgestellt. Fühlt es sich wirklich so an, wenn man am Ziel seiner Träume ist?

Kapitel 51

Madge

Am Abend kommen wir am nächsten Tag auf dem St Pancras Bahnhof in der Barlow Trainshed, wie die Haupthalle genannt wird, an. Von Mick und Wallace haben wir uns bereits in Köln tränenreich verabschiedet. Ich kann mir kaum vorstellen, sie künftig nicht mehr täglich zu sehen. Mick wird von Köln aus in die Niederlande weiterreisen, und Wallace hat vor, den gesamten Kontinent zu erkunden, bevor er nach Amerika zurückkehrt.

Schon während der Einfahrt schiebe ich mich aus dem Fenster. Stählerne Bogen halten einen gigantischen Himmel aus Glas über uns und es ist angenehm warm. In der opulenten Halle ist es trubelig wie immer. Menschen eilen zu den Gleisen, winken ungeduldig die Kofferträger heran oder ziehen selbst monströse Überseekoffer hinter sich her und bereuen vermutlich, gleich alle sieben Paar Lederschuhe eingepackt zu haben.

Kurzum, es ist unglaublich voll.

Trotzdem sehe ich ihn sofort.

Er ist wie ein Stein inmitten fließenden Gewässers.

Steht am Bahnsteig, den Zug fest im Blick, und hebt die Hand, als er mich im Fenster entdeckt.

In mir entzündet sich ein ganzes Feuerwerk, ich kann es nicht abwarten, Edgar alles zu erzählen. Als Benedict, Henry, Helen und ich ausgestiegen sind und den Bahnsteig entlanggehen, bemerke ich, dass es nicht nur Edgar ist, der zu unserer Begrüßung gekommen ist. Natürlich wartet Julianna ebenso auf uns, aber auch alle anderen von Prince's entdecke ich nun. Rufus, Mister Babington, Josiah, ja sogar Mister Tyndall und unser Trainer Luis Nolan sind gekommen. Sie halten ein riesiges Banner in der Hand. *»London begrüßt seine Champions!«*, lese ich wie im Rausch. Daneben steht ein ganzes Orchester mit riesigem Horn, das nun zu spielen beginnt. Ich schlage die Hand vor den Mund und versuche, einen glücklichen Blick mit Benedict zu tauschen, aber er sieht nicht in meine Richtung.

Für die letzten Meter gibt es für mich kein Halten mehr. Ich lasse meinen Koffer stehen und renne auf Edgar und Julianna zu. Er schließt mich fest in die Arme und hebt mich hoch, während Julianna daneben wie ein Flummi jubilierend in die Luft springt. Die anderen klatschen Applaus oder werfen Konfetti auf uns.

Wir alle reiben uns die Tränen aus dem Gesicht, als Edgar mich wieder herunterlässt und eine aufgerollte Zeitung aus seiner Manteltasche zieht. Mit einer Hand schüttelt er sie auf, und ich muss meine Hände vor Mund und Nase legen, um nicht zu schnell zu atmen. Auf der Titelseite bin ich!

In meinem enorm kurzen Rock.

»Ärgere dich nicht wegen der Silbermedaille«, sagt Edgar und tätschelt meine Schulter. »Die passt viel besser zu deinen Fischotterhaaren.«

Ich lache auf. Helen, die uns mit den anderen mittlerweile auch erreicht hat, erklärt derweil, dass Ulrich Salchow mir sogar seine Goldmedaille geschenkt hat. Tatsächlich hat er darauf bestanden, dass ich sie mitnehme. Er wolle nichts zu Hause haben, was er nicht ehrlich verdient hätte. Seiner Meinung nach wollte die International Skating Union eine Blamage vermeiden und nicht jemanden gewinnen lassen, den sie zunächst nicht antreten lassen wollten. Ich weiß nicht, ob dem wirklich so ist, aber er war dermaßen entschieden in seiner Meinung, dass ich seinem Wunsch gefolgt bin und die Medaille in meiner Handtasche habe.

»Oh weh, das mit dem Rock war so peinlich«, sage ich nun in die Runde und vergrabe den Kopf in meinen Händen.

»Überhaupt nicht«, protestiert Edgar. »Das war ein sehr kühner und brillanter Schachzug. Ich bewundere deinen Mut, es ist dir sicherlich nicht leichtgefallen.«

Dankbar lächle ich ihn an, er hat genau erkannt, wie es für mich war.

»Das ist sensationell, Madge!«, sprudelt Julianna aufgeregt. »Ein besseres und größeres Zeichen für die Frauenbewegung hättest du nicht setzen können. Tabitha, Lavinia, Mabel und die anderen sind ganz aus dem Häuschen. Und Dorothy lässt fragen, ob du Interesse hättest, die zweite Vorsitzende der Suffragetten zu werden. Sie wird bald heiraten und könnte ein wenig Entlastung gebrauchen …«

Juliannas Euphorie stürzt mich in ein Wechselbad der Gefühle. Ich würde Dorothy liebend gerne helfen, aber Benedict würde es gewiss nicht gutheißen. »Nun ja, ich …«, fragend sehe ich in seine Richtung.

Er tritt neben mich und legt einen Arm um mich. »Das kommt gar nicht infrage. Meine angehende Ehefrau wird sich von dieser … von dieser Vereinigung schön fernhalten. Unsere Familie will mit diesen revolutionären Tendenzen nichts zu tun haben.«

Ich schlucke. Genau das sind auch Vaters Worte gewesen.

»Dann …« Edgar sieht zwischen uns hin und her. »Dann seid ihr zwei jetzt also …«

Ich nicke beklommen. Irgendwie fühlt es sich ganz und gar nicht gut an. Tatsächlich ist es mir sogar irgendwie unangenehm, zuzugeben, dass Benedict und ich zusammengefunden haben.

»Gratuliere, das freut mich für euch«, sagt Edgar mit nach oben gezogenen Mundwinkeln und blickt dann auf seine Taschenuhr. »Entschuldigt mich bitte, ich habe noch einen Termin. Ich bin ohnehin nur gekommen, um Madge das zu übergeben.« Er dreht sich nach hinten und händigt mir dann ein Blumenbouquet in der Größe eines Wagenrads aus. »Ich bin stolz auf dich«, flüstert er mit direktem Blick in meine Augen.

Dann wendet er sich ab und ich sehe ihn zwischen den Anreisenden und Abreisenden, den Glücklichen und den Unglücklichen davonhumpeln.

Unschlüssig sehe ich zu Benedict. Er lächelt mich an, ich lächle ihn an. Und warte. Da müsste doch jetzt endlich dieses gleißende Feuer aus unbändiger Freude kommen. So eines, wie ich es vorhin bei der Einfahrt gespürt habe. Schließlich wollte ich immer nur ihn.

Doch stattdessen ist da weiterhin … nichts. Ich bin am Ziel meiner Träume, ich habe alles, was ich wollte, und doch freue ich mich nicht.

Da ist nur ein ungewisses, kaum definierbares Gefühl. Ich

muss tief in mich hineinhorchen, um zu erkennen, was es ist. Doch noch immer bekomme ich es nicht zu fassen, es ist wie Nebel.

»Warum …«, frage ich Benedict zögerlich. »Warum möchtest du eigentlich mit mir zusammen sein?« Schließlich habe ich mich ihm vollkommen in meinem Brief offenbart. Von ihm habe ich jedoch noch keine großen Worte gehört. Nichts in der Richtung, was Edgar damals im Schein der Straßenlaterne zu mir gesagt hat.

»Nun ja«, Benedict lüftet seinen Hut und streicht die Locken darunter zurecht, bevor er ihn zurücksetzt. »Also, du mit dem Beinahegewinn der Weltmeisterschaft … und ich bin ja Dritter geworden … Das ist eine vernünftige und logische Wahl. Vielleicht können wir künftig auch zusammen antreten.«

Eine *vernünftige Wahl*? Mir müssen die Gesichtszüge entglitten sein, denn nun schiebt er hinterher: »Und … und du bist ja auch überaus charmant. U… u… und die reinste Augenweide.«

Langsam nicke ich, während ich mir all das durch den Kopf gehen lasse.

Ich will keine *logische Wahl* sein.

Und auch der Rest klang irgendwie … auswendig gelernt. Als würde er mir etwas sagen, von dem er glaubt, dass ich es zu hören wünsche.

Noch einmal horche ich in mich hinein – und jetzt weiß ich endlich, was es ist. Dieses Gefühl, das mir auf der Zunge lag und das ich nicht benennen konnte.

Schmerz.

Es ist Schmerz.

Benedict sollte der Schlüssel zum Glück sein und doch löst er nichts anderes als Schmerz in mir aus. Nicht nur jetzt, wo er mir nicht erzählt hat, dass er mich liebt, sondern mich als vernünftige Wahl sieht. Auch schon vorher. Als er mir gesagt hat, dass der kurze, aber notwendige Rock blamabel sei. Oder dass Frauen über nicht so viel Verstand wie Männer verfügten. Und als er mir verboten hat, meine Gefühle zu zeigen.

Das alles will ich nicht.

Ich will jemanden, der die Madge mag, wie sie ist.

Mit all ihren Makeln und Fehlern.

Und jetzt – viel zu spät – spüre ich, was ich eigentlich will. Was ich brauche, um genau die Madge zu sein, die ich im natürlichen Zustand bin, ohne mich zu verstellen. Eine, die keine Konversationen einüben muss, um mit ihm reden zu können. Und eine, die so viel übersprudeln darf, wie es ihr beliebt.

Jemanden, mit dem jeder Schritt auf dem Eis einfach magisch ist.

Es ist so offensichtlich, dass ich nicht begreife, warum ich es nicht gesehen habe. Er hat das hervorgekitzelt, was ich wirklich bin. Eine leidenschaftliche Frau voller Gefühl.

Eine Frau, die für die Gleichberechtigung kämpft, auch wenn ihr alle anderen Männer in ihrem Leben sagen, dass es die nicht braucht. Diese Gleichberechtigung ist mehr als überfällig.

Ich sehe zu Julianna, die nicht weit entfernt steht, wo die anderen gerade Helens und Henrys Erzählungen lauschen, wie sie den dritten Platz ergattern konnten.

»Du hast es gewusst, oder?«

Sie zuckt mit einem Anflug von Verlegenheit die Schultern. »Gewusst habe ich gar nichts. Ich habe nur gespürt, dass die Luft sich verändert hat, sobald ihr zusammen getanzt habt …«

»Wovon redet ihr?«, mischt Benedict sich ein, und zum ersten Mal, als ich ihn ansehe, ist er nicht mehr hübsch und unerreichbar für mich. Nichts hat sich an seinem Äußeren geändert, neutral betrachtet ist er gewiss noch immer anziehend, und dennoch wirkt er auf mich plötzlich fast schon abstoßend.

»Entschuldigt mich«, hasple ich schnell, drücke Benedict das Blumenbouquet in die Hand und stürze davon. Nach draußen. Ich darf ihn nicht verpassen, hoffentlich ist er noch nicht abgefahren.

Die Schultern, die ich anremple, kann ich gar nicht mehr zählen, und einige unflätige Rufe tönen hinter mir her, als ich mich schnell wie der Wind nach draußen kämpfe.

Im Freien umfängt mich die kalte Luft, aber es ist nichts im Vergleich zu Sankt Petersburg, und man spürt sogar schon den herannahenden März, der mit einer kaum wahrnehmbaren Süße in der Luft hängt. Hastig sehe ich mich zwischen wartenden Kutschen und tuckernden Automobilen um. Wie war er wohl hergekommen?

Gerade will ich die Treppe zur Subway hinunterstürzen, als ich jemanden mit wehendem Kutschermantel den Bürgersteig in Richtung King's Cross entlanghumpeln sehe.

»Edgar!«, kreische ich, so laut ich kann, damit er stehen bleibt.

»Was willst du?«, fragt er unwirsch, als ich ihn atemlos erreicht habe. Er steht direkt unter einer Straßenlaterne, und die Szene erinnert an jene, in der wir geübt haben, was ich Benedict sagen könnte.

Mein Atem geht noch heftig, dennoch ergreife ich das Wort. »Uns Frauen wird mitunter ein verminderter Verstand vorgeworfen, wovon ich mich nachdrücklich distanzieren möchte. Aber eine Sache gibt es da doch, in der ich mich reichlich dämlich angestellt habe.«

»Und die wäre?« So langsam kehrt Leben in ihn zurück, stelle ich erleichtert fest.

»Ich bin einem Hirngespinst nachgejagt. Ich hatte ein gewisses Bild von Benedict und in das habe ich mich verliebt. Selbst als es erste Anzeichen gab, dass er vielleicht doch nicht ganz so großartig ist, wie ich ihn gezeichnet habe, bin ich nicht davon abgerückt. Ich wollte es nicht sehen. Dabei muss man eigentlich gar nicht auf den Menschen schauen, sondern auf die Gefühle, die der Mensch in einem auslöst. In seiner Gegenwart habe ich mich eigentlich immer klein, unbedeutend und nicht ganz richtig gefühlt. Wie fehlerhafte Ware, die man umtauschen müsste.«

»Madge …«, setzt er an, aber ich bin noch nicht fertig.

»Auf der anderen Seite gibt es aber auch jemanden, an dessen Seite ich mich unbeschwert und richtig, ach was sage ich denn, an dessen Seite ich mich schlichtweg großartig und lebendig fühle. Er bringt mich zum Lachen, zum Nachdenken und zum Vollbringen wahrer Wunder auf dem Eis. Nie habe ich bei ihm das Gefühl, falsch oder ungenügend zu sein, nicht einmal, wenn ich auf der Polizeiwache sitze oder abgewrackt von einer wirklich törichten Dummheit nach Hause zurückkehre.« Mit jedem Wort gehe ich näher auf ihn zu, bis wir uns direkt gegenüberstehen. »Bei ihm kann ich sein, wer ich will. Und das möchte ich nicht mehr missen.« Ich schnappe nach Luft und rede dann etwas ruhiger weiter. »Mittlerweile habe ich erkannt, dass es das höchste Gut ist, so jemanden an seiner Seite zu haben. Die Frage ist nur, möchte er das auch?«

Ich lege all meine Hoffnung und Sehnsucht in meinen Blick, als ich ihm fest in die Augen sehe. Höre das Klappern der Hufe, das Hupen der Autos und das Gezische der einfahrenden Züge, als ich mit wild klopfendem Herzen auf seine Antwort warte.

Ewigkeiten scheinen zu vergehen, bis er endlich das Wort ergreift. Sollte ich mich etwa abermals so furchtbar verschätzt haben? Bisher hatte ich das Gefühl, dass er die Liebeserklärung unter der Straßenlaterne damals vielleicht ernst gemeint hat, aber ich könnte auch falschliegen.

»Damit …« Erstmalig zittert seine Stimme und er räuspert sich. »Damit hast du mich gemeint, oder?«, fragt er mit einem kleinen Lacher.

Ich schlage gegen seine Brust. »Natürlich habe ich damit dich gemeint, du Trottel.«

Er hebt die Schultern. »Kann ja auch sein, dass du meine Dienste benötigst, um erneut auf Männerjagd zu gehen, und wieder eine wunderschöne Liebeserklärung an mir ausprobieren wolltest.«

Lachend schüttle ich den Kopf, werde dann aber ernst. »Nein. Die war einzig und allein für dich. Es gibt keinen anderen Mann, mit dem ich lieber zusammen sein würde.«

Er taxiert mich ganz genau, als könne er es nicht glauben. Ich spüre ein leichtes Kribbeln in den Fingerspitzen, das sich verstärkt, als er näher kommt. Zärtlich schiebt er eine Strähne meines Fischotterhaares hinter meine Ohren und seine Berührung kitzelt durch meinen gesamten Körper.

Als er noch näher kommt, stockt mir der Atem. Ich bemerke seinen wunderbaren Duft nach Leder und Muskat und wünschte, ich könnte auch seine Lippen spüren. Aber das geht hier in der Öffentlichkeit natürlich nicht, das wäre viel zu … Bevor ich den Gedanken fertig gedacht habe, hat er auch den letzten Abstand überwunden. Da sind seine warmen und wunderbar weichen Lippen, die meine zärtlich berühren und mit jeder Bewegung eine wohlige Freude vom Kopf über den Rumpf in die Arme und Beine schicken. Ein Gefühl, auf das ich vorher vergebens gewartet habe. Bald zirkuliert das Glücksgefühl bis in meine Zehenspitzen, und obwohl ich weiß, dass wir das hier nicht sollten und nicht dürfen, kann ich nicht aufhören, ihn zu küssen.

Vielleicht machen die ankommenden Leute einen großen Bogen um uns, immerhin höre ich keine entsetzten »Ts«-Laute, aber vielleicht nehme ich auch einfach nichts anderes als Edgar und diesen wunderbaren Kuss wahr, von dem ich nicht möchte, dass er je endet.

Meine Lippen sind sicherlich ganz rot, als wir uns schließlich doch lösen und uns glücklich anlächeln. Er bietet mir seinen Arm an. »Darf ich Sie nach Hause geleiten, wertes Fräulein?«

»Aber gewiss doch«, sage ich und lege meine Hand auf seine, was sich so gut und richtig anfühlt wie damals auf dem Eis.

»Unter uns gesagt, waren deine Tipps ziemlich blödsinnig«, stichle ich schelmisch, als wir uns auf den Weg zurück in die Bahnhofshalle machen, um meinen Koffer zu holen. »Du hättest dir auch denken können, dass Benedict keine Frauen mag, die unkonventionelle Antworten geben.«

Edgar grinst geheimnisvoll. »Wer sagt, dass ich das nicht habe?«

Abrupt bleibe ich stehen. »Du …! Sei froh, dass du noch immer humpelst, sonst könntest du was erleben.«

Langsam gehen wir weiter. »Dann hattest du also die ganze Zeit schon das Gefühl, dass wir …«, frage ich dann zaghaft.

»Nicht von Anfang an. Zugegebenermaßen habe ich dich anfangs ganz anders eingeschätzt. Aber je besser ich dich kennengelernt habe, desto mehr mochte ich dich. Und dann unser Eislaufen … Puh …« Er schüttelt die Hand und tut, als hätte er sich verbrannt. »Wie konntest du das nicht merken, Madge?«

Ich muss lachen. »Ich weiß auch nicht. Man sagt doch Paarläufern oft nach, dass sie wie ein Liebespaar wirken, aber es muss nicht zwangsläufig so sein. Sag du mir lieber, warum du nichts gesagt hast.«

Vor dem Torbogen des roten Backsteingebäudes bleiben wir stehen. »Ich war mir ziemlich sicher, dass du es selbst erkennen wirst. Alles andere hätte ohnehin nicht funktioniert, so störrisch, wie du bist.«

»Wie konntest du dir da so sicher sein?«, frage ich.

Edgar grinst und zieht mich an sich. »Na komm schon, ich hab's dir doch gesagt: Ich bin großartig.«

Epilog
Julianna

Einen Monat später treffen wir uns für meinen Abschied am Hyde Park Corner, wo es besonders viele Kutschstationen gibt. Zuvor hatte ich sämtliche Coaching Inns, also die Herbergen, die speziell für Reisende mit Kutschen da sind, abgeklappert, um eine zu finden, die mich bis nach Dover mitnehmen könnte. Madges Reise mit dem Nord-Express klang fantastisch, doch obwohl sie mich großzügig entlohnt hat, wähle ich die günstigste Art, zu reisen, und das ist noch immer per Kutsche – auch wenn mich das Wochen kosten wird und ich mich immer wieder herumfragen muss, um nach Wien zu gelangen.

Mabel, Nelly, Tabitha und Lavinia, Dorothy, Madge und Edgar, alle sind gekommen und ich schließe sie der Reihe nach in eine feste Umarmung. Bedanke mich, dass sie mich hier so gut aufgenommen haben, sodass London für immer einen Platz in meinem Herzen haben wird.

Vor Madge und Edgar bleibe ich noch einmal stehen. Die zwei wirken so vertraut, als wären sie bereits seit Ewigkeiten zusammen und nicht erst seit vier Wochen. Netterweise hat Edgar zunächst die Miete für das Stadthaus übernommen, auch wenn Madge das gar nicht recht ist. Sie treibt all ihre

Schwestern an, damit sie beruflich auf eigenen Beinen stehen können, Helen will wohl sogar die Universität besuchen. Und Madges Mutter ist mittlerweile auf Kur im Seebad Brighton, um sich zu erholen und etwas Abstand zu gewinnen.

»Wie war es gestern?« Dorothy und Madge hatten einen hochoffiziellen Termin bei der International Skating Union, um zu beantragen, dass Frauen künftig ganz regulär bei der Weltmeisterschaft antreten dürfen. Madge seufzt. »Du weißt ja, wie es ist … sie müssen sich zunächst beratschlagen. Einige sahen nicht abgeneigt aus, aber das besagt natürlich noch nichts.«

»Schade. Ich hätte dich nur zu gerne bei der Weltmeisterschaft in Wien gesehen.« Der Abschied von Madge drückt schwer auf mein Herz – schließlich wird er aller Wahrscheinlichkeit nach für immer sein. Eine derartige Reise werde ich mir nie wieder leisten können.

»Na ja …«, grinsend zieht Madge Edgar zu sich heran, »als Paar werden wir allemal antreten.«

»Ach ja? Dann pass besser auf, dass ich meinen Leo nicht dazu bekomme, ebenfalls mit mir zu laufen, dann habt ihr nicht die geringste Chance!«, sage ich zwinkernd. Aber eigentlich ist mir kaum nach Scherzen zumute, denn die Wahrheit ist, dass ich seit über einem Monat nichts mehr von Leo gehört habe. Nicht einmal, nachdem ich meine Rückkehr angekündigt hatte. Bisher habe ich mit niemandem darüber geredet, denn das hätte es für mich nur noch realer gemacht. Und vielleicht ist ja auch schlichtweg nur ein Brief verloren gegangen?

Madge seufzt und sieht mich todtraurig an. »Ich werde dich unendlich vermissen.«

Keck sehe ich sie an. »So eine fürchterlich radikale Suffragette wie mich doch nicht!«

Madge schlägt die Hände vors Gesicht. »Habe ich das wirklich vor nicht einmal einem halben Jahr gesagt?«

»Das und noch einiges anderes … Aber lassen wir das. Hauptsache, du bist noch auf den Pfad der Tugend gekommen.«

Sie lacht auf. »Wohl eher auf den der Untugend. Aber immerhin geht es voran. Das ist besser, als in einer Fantasiewelt zu leben.«

»Miss, in zehn Minuten geht es los«, ruft der breite Kutscher von seinem Bock in meine Richtung und alles in mir schnürt sich zusammen. Ich will diese wunderbaren Menschen nicht verlassen – warum kann ich sie nicht alle in meinen Koffer packen und mitnehmen? Gleichzeitig habe ich Angst vor dem Wiedersehen mit Leo, auch wenn ich ihn so fürchterlich vermisst habe.

Madge beginnt hastig in ihrer Tasche zu kramen und zieht schließlich ein Kästchen hervor. »Ich …«, beginnt sie mit bebender Stimme. »I… ich weiß nicht, ob du die noch haben willst.«

Zu meiner Überraschung legt sie die abgebrochene Bronzefigur in meine Hand. Sie muss sie aus dem Skating Rink mitgenommen haben.

»Vielleicht findest du deine Mutter ja eines Tages noch. Und nur für den Fall, dass du ein anderes Andenken willst, habe ich dir das hier anfertigen lassen.« Sie überreicht mir eine Schachtel und ich hebe neugierig den Deckel und schlage das Seidenpapier zurück. Eine durchsichtige Figur liegt darin. Eine Eisläuferin. Die beim Tanzen eingefroren zu sein scheint.

»Madge, das ist ja …«, sage ich ungläubig und wende die Figur in alle Richtungen. »Das bin ja ich!«

Sie nickt begeistert. »Ich habe dich, so gut es ging, gemalt und der Künstlerin genaue Anweisungen gegeben.«

»Es ist traumhaft schön. Vielen, vielen Dank!« Abermals schließe ich sie fest in die Arme. »Ich bin so froh, dass wir uns kennengelernt haben«, flüstere ich ihr zu, und nur wegen der nagenden Zeit schaffen wir es, uns zu lösen.

Noch einmal stürmen die anderen Suffragetten auf mich zu und umarmen mich alle auf einmal.

»Du kämpfst in Wien doch weiter, oder?«, ruft Lavinia mir nach, während ich auf den ersten Tritt der Kutsche steige.

»Na klar. Als Erstes, wenn ich zurück bin, werde ich mir einen Eimer Farbe besorgen und Schloss Schönbrunn noch schöner machen!«, rufe ich zurück.

Alle lachen, und ich nutze den Moment, um mich nach einem letzten Winken in die Kutschkabine zurückzuziehen.

Kaum sitze ich, schiebe ich die Gardine zur Seite. Da stehen sie noch immer, alle meine hiesigen Freunde, winken und verteilen Kusshände.

Sobald die Kutsche sich mit einem Ruck in Bewegung setzt, kommen die Tränen. Ohne sie zu beachten, lasse ich sie warm über mein Gesicht laufen und höre erst auf zu winken, als ich keinen von ihnen mehr erkennen kann.

Dann nehme ich das winzige Päckchen zur Hand, das Edgar mir zugesteckt hat mit dem Hinweis, es erst in der Kutsche zu öffnen. Ich löse das Packpapier und halte ein kleines Bild, gute sechs mal neun Zentimeter, in den Händen. Eine Daguerreotypie, die die Umrisse der Stadt zeigt. Da sind Big Ben, die Tower Bridge und Saint Paul's Cathedral. Mit den

Fingerspitzen streiche ich über die glatte, versilberte Platte. *›Goodbye, meine wunderschöne Stadt‹,* flüstere ich in Gedanken, während noch mehr warme Tränen über meine Wangen laufen.

»Liebeskummer?«, fragt ein älterer Herr, der neben mir sitzt und das Bild in meinen Händen begutachtet.

Ich schüttle den Kopf. Ich hoffe nicht.

Nachwort

Das Wichtigste zuerst: Madges Weg zur Weltmeisterschaft ist fiktiv, ich weiß nicht genau, wie ihr Training und ihr Leben davor ausgesehen haben. Aber es stimmt, dass Madge beim Wettbewerb der Männer angetreten ist, da sie es ungerecht fand, dass es keine Frauendisziplin gab. Dies sollte sich – nicht zuletzt durch ihre Bemühungen – einige Jahre später ändern. Ab 1906 gab es dann auch eine Frauen-Weltmeisterschaft, die allerdings gesondert von der Weltmeisterschaft der Männer stattfand. Raten Sie, wer in den ersten beiden Jahren gewonnen hat: richtig, Madge Syers. Nicht *Cave*, denn mit Edgar war sie damals bereits verheiratet, er war ihr Trainer. Und eigentlich war er es, der ihr den neuen Stil beigebracht hat, nicht umgekehrt.

Einige mögen vielleicht denken, dass es ziemlich dick aufgetragen ist, dass Ulrich Salchow Madge seine Goldmedaille geschenkt hat. Hierzu kann ich sagen: Eine Legende besagt, dass dem tatsächlich so war. Wie es mit Legenden so ist, müssen sie nicht zwangsläufig stimmen, aber ich fand es eine wirklich schöne Geste, die Madge sich auch verdient hat.

Die im Buch erwähnte Weltmeisterschaft fand allerdings in London statt, erst im Folgejahr ging es nach Sankt Petersburg. Da es für die Geschichte spannender war, habe ich sie schon ein Jahr vorher dort antreten lassen.

Es ist aber wahr, dass Madge ihre Röcke auf Wadenlänge gekürzt hat, um ihre Schlittschuhe vollständig zu zeigen. Dies geschah aber nicht ganz so dramatisch am Tag der Weltmeisterschaft, sondern erst später. Nachdem Madge und Edgar das Schlupfloch in den Wettbewerbsbedingungen gefunden hatten, gab es innerhalb der International Skating Union (ISU) nämlich Diskussionen, ob man auch Frauen in die Wettkämpfe aufnehmen sollte oder nicht. Die Entscheider (alles Männer natürlich) stimmten mit sechs zu drei Stimmen dagegen. Unter anderem mit der Begründung, dass man die Schlittschuhe nicht sehen könne. Im Zuge dessen hat Madge dann ihren Rock gekürzt, um dieses Argument zu zerschlagen.

Vielleicht haben Sie sich auch gewundert, warum mehrere Teilnehmer aus einem Land antreten durften? Generell gab es in der Anfangszeit der Weltmeisterschaften noch nicht so klare und strenge Regeln, wie wir sie heute kennen. So war es wohl tatsächlich üblich, dass sich die Teilnehmer in der Wartezeit mit Hochprozentigem wärmten. Auch das Bewusstsein, dass es nicht gerecht ist, wenn die Reihenfolge jedes Mal alphabetisch erfolgt, musste erst noch entwickelt werden. Manchmal gab es auch mehrere Preisrichter desselben Landes und die Teilnahme war oft eher eine Frage der finanziellen und logistischen Ressourcen.

Was aber außerdem stimmt, sind die zahlreichen Geschwister und das Doppelleben des Vaters von Madge. Ich weiß allerdings nicht, wie er es getarnt hat und ob er Madges Mutter tatsächlich verlassen wollte.

Suffragetten und Antisuffragetten

Wenn es sie wirklich gegeben hätte, wären Dorothy und ihre Mitstreiterinnen mit ihren Aktionen absolute Vorstreiterinnen gewesen. Die radikalen Aktionen der Suffragetten begannen eigentlich erst 1903 mit der Gründung der *Women's Social and Political Union (WSPU)*, einer radikalbürgerlichen Frauenbewegung, durch Emmeline Pankhurst. Ihr Ziel war der gewaltlose Widerstand. Damit war gemeint, dass es keine Gewalt gegen Menschen geben sollte, aber die Methoden wurden im Laufe der Jahre immer radikaler.

Am Anfang stand neben den Demonstrationen der zivile Ungehorsam und es wurden öffentliche Gebäude oder Statuen beschmiert und Blumenbeete zerstört und dergleichen. Meines Wissens gehörte der Kensington Palace nicht dazu, das diente nur der Spannung.

Tatsächlich waren Suffragetten aber mit ihrer Bezeichnung als Suffragetten zunächst unzufrieden, machten sich erst im Laufe der Zeit den Namen zunutze, unter dem wir sie bis heute kennen. Die Idee dazu kam nicht von Madge Syers, ich wollte sie nur gerne aufgreifen, da sie mir so gut gefallen hat. Madge war zudem auch keine Antisuffragette, es gab diese Bewegung aber durchaus. Als die Debatte um das Frauenwahlrecht in den späten 1890er-Jahren zunahm, wurde auch die Gegenbewegung stärker, die lieber an der gewohnten

Ordnung festhalten wollte. Eine der bekanntesten Organisationen damals war die *Women's National Anti-Suffrage League* (gegründet im Jahr 1908), die im Buch genannte Organisation ist rein fiktional.

Für Madges Wechsel von den Antisuffragetten zu den Suffragetten gab es einige historische Vorbilder wie etwa Mary Augusta Ward, die einst die *Women's National Anti-Suffrage League* mitgegründet hatte – was mich verwundert, denn sie selbst war eine emanzipierte Frau, sehr engagiert im öffentlichen Leben, und steuerte durch ihre Tätigkeit als Autorin einen wesentlichen Beitrag zum Familieneinkommen bei. Trotzdem sprach auch sie sich – wie zahlreiche Frauen der gehobenen Schicht – deutlich gegen das Frauenwahlrecht aus. Erst später warb sie für das kommunale Stimmrecht und nach dem Ersten Weltkrieg für das Frauenwahlrecht, da die Gesellschaft sich geändert hatte.

Historisches London

Tatsächlich hat es wohl sehr lange gedauert, bis man zu dem übersichtlichen U-Bahn-Plan gekommen ist, den wir heute kennen. Madge und Julianna haben sich ja hin und wieder mal beschwert, wie umständlich es ist. Das liegt daran, dass damals wirklich jeder sein eigenes Süppchen gekocht hat und es keine gemeinsamen Subway-Stationen und -Pläne gab. Im Anhang finden Sie ein Bild dazu.

Saint Paul's Cathedral hätte man eigentlich nur mit vier Pence Eintritt besichtigen können, und die Kirche war damals viel dunkler, als wir sie heute kennen, da sie erst in den 1990er-Jahren im Rahmen eines Restaurierungsprojekts gereinigt wurde. Bis dahin war sie vielen Abgasen ausgesetzt gewesen.

Das erwähnte *Schwanensee*-Ballett wurde im Jahr 1877 aufgeführt. In London fand die Uraufführung jedoch erst 1910 statt.

Das waren die wichtigsten Punkte zum Inhalt. Wenn Sie noch mehr erfahren möchten oder einen Blick hinter die Kulissen wagen wollen, besuchen Sie mich gerne auf meiner Website: www.renarosenthal.de.

Zum Schluss möchte ich mich auch persönlich bei Ihnen bedanken, dass Sie Madge und Julianna auf ihrer aufregenden Reise begleitet haben. Ihr Feedback und Ihre Unterstützung bedeuten mir viel und geben mir die Motivation, weiterhin Geschichten zu erzählen.

In Band drei erwartet Sie eine Rückkehr nach Wien, wo Julianna vor die größte Herausforderung ihres Lebens gestellt wird. Ich freue mich darauf, Sie dort wieder begrüßen zu dürfen, und bin gespannt, wohin uns die Geschichte führen wird.

Herzliche Grüße
Rena Rosenthal

Anhang

Rezepte

Madge und Julianna begegnen in London so manchen regionalen Köstlichkeiten. Hier finden Sie Rezepte zum Nachkochen. Sie eignen sich auch ideal als Geschenkbegleitung, falls Sie den *Eispalast* verschenken möchten.

Butterscotch-Bonbons

Davon hat die kleine Arabella ein ganzes Glas vertilgt. Schaffen Sie es, früher aufzuhören? Finden Sie es heraus.

Zutaten

1 Tasse (ca. 220 g) brauner Zucker
½ Tasse (ca. 115 g) ungesalzene Butter
½ Tasse (ca. 120 ml) Sahne
1 Teelöffel Vanilleextrakt
1 Prise Salz

Zubereitung

In einem mittelgroßen Topf Zucker und Butter bei mittlerer Hitze schmelzen. Dabei ständig umrühren, bis der Zucker vollständig gelöst ist.

Sahne hinzufügen und gut umrühren.

Die Mischung bei mittlerer bis hoher Hitze zum Kochen bringen. Ohne Umrühren etwa 5–7 Minuten köcheln lassen, bis die Mischung dickflüssiger wird. Ein Zuckerthermometer kann hierbei hilfreich sein; die Mischung sollte eine Temperatur von etwa 115–120 °C erreichen.

Vom Herd nehmen, Vanilleextrakt und Salz unterrühren.

Die Butterscotch-Masse in eine mit Pergamentpapier ausgelegte Form gießen und vollständig abkühlen lassen.

Sobald die Masse fest geworden ist, kann sie aus der Form genommen und in Stücke geschnitten werden.

Je nach Geschmack kann man Nüsse oder Schokostückchen hinzufügen.

Winter Pimm's

Eigentlich ist Pimm's in England ein beliebtes Sommergetränk und darf auf keiner Gartenparty und keinem Picknick fehlen. Das Sommergetränk wird oft mit Limonade oder Gingerale gemischt und mit Früchten wie Erdbeeren, Gurken, Orangen und Minze garniert.

Es gibt aber auch den Winter Pimm's – und wie Sie den zubereiten, erfahren Sie hier:

Zutaten

150 ml heißer Apfelsaft
1 Zimtstange
1 Scheibe Orange oder ein paar Nelken
50 ml Pimm's No. 1

Zubereitung

Apfelsaft in einem Topf erhitzen, aber nicht zum Kochen bringen.

Zimtstange und Orangenscheibe oder Nelken hinzufügen und ein paar Minuten ziehen lassen.

Gewürze herausnehmen und den heißen Apfelsaft mit dem Pimm's in einem hitzebeständigen Glas mischen.

Eine Orangenscheibe oder eine Zimtstange eignen sich auch gut als Dekoration.

Scones

Die Scones werden nur am Rande erwähnt, da Julianna und Madge ja unbedingt sparen müssen. Ich wollte das Rezept aber dennoch unbedingt aufnehmen, da ich selbst Scones über alles liebe und es so schade finde, dass es sie in Deutschland nur selten zu kaufen gibt. Aber man kann sich natürlich auch ebenso gut selbst ans Werk machen …

Zutaten

350 g Weizenmehl
¼ TL Salz
1 EL Backpulver
85 g kalte Butter, in kleinen Stücken
3 EL Zucker
175 ml Milch
1 TL Vanilleextrakt
1 Ei (zum Bestreichen)

Zubereitung

Den Ofen auf 220 °C vorheizen und ein Backblech mit Backpapier auslegen.

In einer großen Schüssel Mehl, Salz und Backpulver vermischen.

Die kalte Butter hinzufügen und mit den Fingerspitzen in das Mehl einarbeiten, bis die Mischung wie Brotkrumen aussieht.

Zucker unterrühren.

In einer separaten Schüssel Milch und Vanilleextrakt vermischen.

In der Mitte der trockenen Zutaten eine Mulde formen und die Milchmischung hineingießen und alles zu einem Teig verarbeiten.

Den Teig auf einer leicht bemehlten Oberfläche kurz kneten und dann etwa 2,5 cm dick ausrollen.

Mit einem runden Ausstecher (etwa 5 cm Durchmesser) Scones ausstechen und auf das vorbereitete Backblech legen.

Ei verquirlen und die Oberseite der Scones damit bestreichen.

Im vorgeheizten Ofen etwa 10–12 Minuten backen, bis sie goldbraun sind.

Tipp: Man kann auch Rosinen, getrocknete Cranberrys oder sogar Käse hinzufügen, um verschiedene Scones-Varianten zu kreieren.

Wassail

Wassail ist ein traditioneller britischer Brauch und gleichzeitig ein Getränk.

Der Brauch hat seine Wurzeln im Mittelalter. Damals sind die Menschen von Haus zu Haus gezogen, haben dort Lieder gesungen und wurden im Gegenzug mit Essen und Trinken beschenkt. Es erinnert ein wenig an unsere Sternsinger.

Das Wassail-Getränk ist eine Mischung aus Apfelwein, Gewürzen und manchmal auch anderen alkoholischen Zutaten wie Sherry oder Brandy. In einigen Regionen Englands werden Obstbäume im Rahmen des Wassail rituell *angestoßen*, um eine gute Ernte im kommenden Jahr zu gewährleisten. Ich habe kurz überlegt, auch das einzubringen, aber das hätte thematisch besser in meine Hofgärtnerinnen-Trilogie gepasst.

Zutaten

4–6 Äpfel, entkernt und in dünne Scheiben geschnitten
1–2 Orangen, in Scheiben geschnitten
1 Tasse brauner Zucker
5–6 Gewürznelken
1 Zitrone, in Scheiben geschnitten
1–2 Sternanis
1 Zimtstange
4 Tassen Apfelsaft (oder Apfelwein, wenn Sie möchten)
2 Tassen Wasser
optional: 1 Tasse dunkler Rum oder Brandy

Zubereitung
Legen Sie zunächst die Äpfel und Orangen in eine große Schüssel und bestreuen Sie sie mit dem Zucker. Lassen Sie die Früchte etwa 30 Minuten lang ziehen, damit sie Saft aufnehmen können.

Stecken Sie währenddessen die Gewürznelken in die Orangenscheiben und die Zitrone.

Geben Sie danach die Äpfel, Orangen, Zitrone, Sternanis, Zimtstange, Apfelsaft und Wasser in einen großen Topf und lassen Sie die Mischung auf niedriger Hitze für mindestens 1–2 Stunden köcheln. Je länger, desto besser, um alle Aromen herauszuziehen.

Optional können Sie etwa 15–20 Minuten vor dem Servieren Rum oder Brandy hinzufügen.

Seihen Sie die festen Bestandteile ab und servieren Sie das Wassail heiß in Bechern oder Glühweintassen.

Tipp: Sie können auch einen kleinen Löffel des gezogenen Zuckersafts aus der Schüssel hinzuzufügen, um zusätzliche Süße zu geben.

Julianna und Madge sagen: Cheers!

Die echte Madge Syers

Plakat von John Hassall

VISIT OF THE KING AND QUEEN TO NIAGARA SKATING-RINK.

John Hassall (1868–1948) war ein britischer Illustrator. Er war bekannt für seine lebhaften und farbenfrohen Werke, die oft einen humorvollen und spielerischen Stil hatten. Er arbeitete in verschiedenen Bereichen, darunter Plakatgestaltung, Buchillustration und Werbung. Er hat auch die Weltmeisterschaft in diesem Poster gekonnt zusammengefasst.

Pflichtfiguren

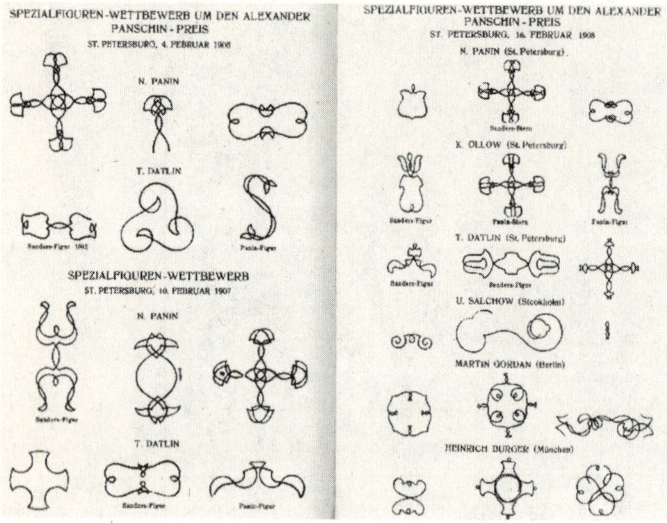

Im Roman wurden öfter Pflichtfiguren erwähnt. Hier ging es darum, mit den Kufen spezielle Muster im Eis zu hinterlassen. Das kann man sich so vorstellen, wie auf dieser Seite abgebildet: https://skateguard1.blogspot.com/2016/04/the-neva-skating-association-special.html

Fig. 7 0.

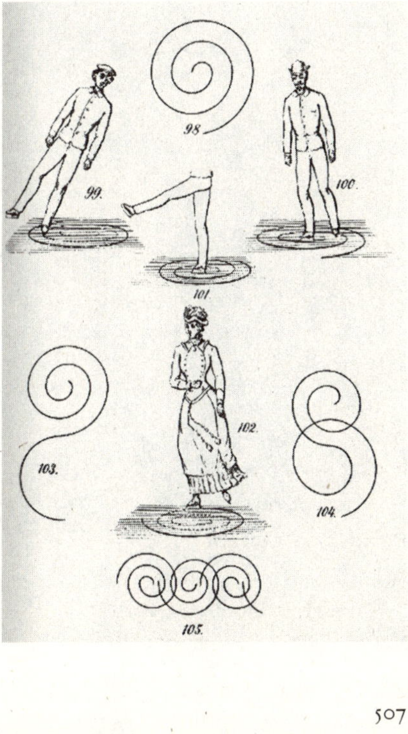
98.
99.
100.
101.
102.
103.
104.
105.

Werbeplakat der Antisuffragetten

Hier eine echte Werbung des Vereins der Antisuffragetten.
Sie stammt ebenfalls von John Hassall.

Die Londoner U-Bahn

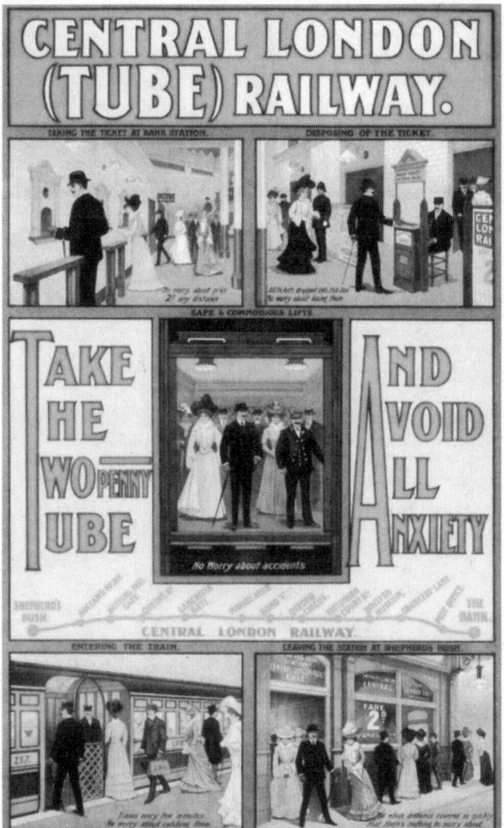

Ein Werbeplakat für die Central London Railway von 1905

Erst 1908 gab es einen ersten gemeinsamen U-Bahn-Fahrplan. Vorher hatte jede Linie eigene Pläne, Preise und Schilder.

Wichtigste verwendete Quellen

Diamantidi, Demeter: *Spuren auf dem Eise: Die Entwicklung des Eislaufes auf der Bahn des Wiener Eislauf-Vereines.* Hansebooks; Nachdruck der Ausgabe von 1892 (9. März 2017)

Dolz, Johann Christian: *Anstandslehre für die Jugend.* Verlag von Johann Ambrosius Barth 1825

Feix, Gustav: *Das Kunstlaufen und der Tanz auf dem Eise.* Saturn Verlag 1935

https://skateguard1.blogspot.com

www.regencyhistory.net/2017/08/st-pauls-cathedral-in-regency-london.html

Prolog

Oldenburg, 1881

Normalerweise waren die gut zehn Kilometer von Rastede nach Oldenburg, die Marleene zu Fuß zurücklegen musste, eine Qual. Doch nicht heute. Nicht an diesem besonderen Tag. Marleene wusste noch genau, wie ihre neue Lehrerin ihre Idee zu Beginn des Jahres angekündigt hatte. Fräulein Willenborg war vor den großen Fenstern auf und ab gelaufen, durch die Marleene so oft sehnsüchtig hinausblickte. Dicke Schneeflocken waren draußen vom Himmel gefallen, und die kahlen Zweige der Buchen waren bereits mit einer Schneeschicht bedeckt gewesen, sodass sie ausgesehen hatten, als wären sie mit Zuckerguss überzogen.

»Im Mai möchte ich gerne etwas mit euch ausprobieren. Eine wundervolle Idee, die ich während meiner Ausbildung in Amerika kennenlernen durfte.«

Sofort waren die Mädchen aus den vier Klassen, die sie gleichzeitig unterrichtete, mucksmäuschenstill gewesen. Selbst die Plaudertaschen, denn alle liebten es, wenn Fräulein Willenborg von ihren Erfahrungen in der Neuen Welt berichtete, wo sie das Lehrerinnenseminar absolviert hatte, während ihre Schwester dort sogar studiert hatte.

»Ich möchte, dass jede von euch etwas mitbringt, das euch am Herzen liegt, und hier vorne den anderen etwas darüber erzählt.

Ein Vortrag von zehn Minuten, und anschließend beantwortet ihr die Fragen eurer Klassenkameraden.«

Sofort waren Gespräche entbrannt, und das Fräulein hatte mit dem Zeigestock mehrmals auf das Pult schlagen müssen, um für Ruhe zu sorgen. Als endlich Pause gewesen war, hatten alle wild durcheinandergeredet und laut überlegt, was sie mitbringen könnten.

Aber nicht Marleene. Sie hatte es sofort gewusst.

Denn es gab nur eines, was sie über alles liebte. Von ihrem Vater hatte sie so viel darüber gelernt, dass sie gewiss stundenlang darüber sprechen könnte.

Und nun war es so weit.

Vom Schnee war schon lange keine Spur mehr, die Frühlingssonne kitzelte ihre Haut, und auf den Wiesen neben den Feldern surrten Fliegen und Bienen eifrig umher.

Während des gesamten Weges ließ sie den Tontopf in ihren Händen nicht aus den Augen. Heute hatte sie nicht das Glück, ein Stück weit auf einem Pferdefuhrwerk mitfahren zu können, trotzdem war ihr die Strecke noch nie so kurz vorgekommen.

Denn was sie so fest umklammert hielt, war ihr ganzer Stolz. Während die übrigen Kinder ihre Teddybären und Haustiere dabeihatten, wollte Marleene ihren ersten selbst gezogenen Fliederbusch zeigen.

Natürlich hatte ihr Vater ihr geholfen. Er arbeitete in der Oldenburger Hofgärtnerei und hatte mit Erlaubnis des Obergärtners einige der Fliederbüsche für sich vermehren dürfen und sie zu Hause eingepflanzt. So hatte er dafür gesorgt, dass ihr ärmliches Heuerhus von wunderhübschen Fliedern umgeben war. Jetzt blühten sie in Weiß, Lila und kräftigem Rosa und dufteten ganz herrlich. Sobald dieser Duft Marleene auf dem Rückweg in der Nase lag, wusste sie, dass sie zu Hause war. Wenn ihr

Vater abends von der Arbeit kam, tanzte er mit ihr durch den Fliedergarten, und sie fühlte sich dabei wie eine Märchenprinzessin. Auch wenn sie sonst nicht viel hatten, war sie zumindest die Fliederprinzessin.

»Du musst schon selbst dafür sorgen, dass du glücklich bist, meene kleene Marleene«, sagte ihr Vater ihr immer wieder und sah ihr dabei fest in die Augen. »Das wird kein anderer tun. Und auch wenn ich kein großes Hoferbe habe, möchte ich doch das Beste aus dem machen, was mir zur Verfügung steht. Daher habe ich den Fliedergarten angelegt. Vielleicht können wir daraus eines Tages eine eigene kleine Gärtnerei aufbauen …«

Dann hatte er ihr gezeigt, wie man einen Zweig so vorbereitete, dass ein neuer Fliederbusch daraus entstand. Das ging nicht ohne Weiteres. Ein Jahr lang musste man allein schon warten, bis er angewachsen war.

Gut, dass sie ihren Flieder bereits vor drei Jahren veredelt hatte. Er war etwas ganz Besonderes, denn die kleinen Blätter seiner Blüten waren nicht einfach nur Weiß oder vielleicht Helllila, nein, sie waren Purpurviolett und von einem strahlend weißen Rand umgeben.

Endlich war Marleene an der Reihe. Voller Stolz zeigte sie ihren Klassenkameradinnen den Flieder und erzählte ihnen alles, was sie darüber wusste. Selbst die Lehrerin, die in Amerika schon so viel gesehen hatte, schien beeindruckt und sprach ein kostbares Lob aus.

»Ich werde auch einen Fliederbusch pflanzen«, rief Marleenes Freundin Annemarie aufgeregt, deren Haare als geflochtene Affenschaukeln über ihren großen Ohren hingen. »Wo bekommt man so einen zweifarbigen her?«

»Das ist gar nicht so einfach. Mein Vater hat gesagt, dieser Flieder wäre eine Sensation. Er ist mehr oder weniger durch Zufall entstanden. Deswegen ist es so wichtig, dass wir ihn vermehren.«

»Und wie geht das?«

»Edelflieder lässt sich nicht aus Samen ziehen. Es ist eine so edle Pflanze, dass sie den Stamm eines robusten Wildflieders braucht, um zu wachsen.«

Ein Raunen ging durch die Klasse.

Ihr Vater hatte ihr geholfen, den dünnen Stamm eines wilden Flieders oben aufzuspalten und den Fliederzweig einzusetzen. Er war erstaunt gewesen, dass in der Gärtnerei keiner seine Begeisterung über den zweifarbigen Flieder geteilt hatte. Der Obergärtner hatte nur mit den Schultern gezuckt und sein Drängen, ihn zu vermehren, mit einem »Jo, dat mogt wie irgendwann« abgetan, da zu der Zeit sehr viel zu tun gewesen war. Aber ihr Vater hatte einen Zweig mit nach Hause nehmen dürfen und ihn Marleene geschenkt.

»Veredelung nennt man das«, erklärte sie abschließend und setzte sich an ihr Pult zurück. Noch immer flüsterten ihre Schulkameraden aufgeregt miteinander.

Einzig Rosalie Goldbach, die Tochter des Hofgärtners, war kein bisschen beeindruckt.

»Das ist doch nichts Besonderes«, sagte sie und warf ihre goldenen Locken, die immer so schön in der Sonne glänzten, nach hinten. »Mein Vater hat jede Menge Fliederbüsche in seiner Gärtnerei, das kann doch jeder«, zischte sie und blickte düster in Marleenes Richtung, deren Herz sich zusammenzog. »Schaut lieber meine Puppe an. Sie kann sogar sprechen!«

Zum Glück stieß ihre Freundin Klara Marleene just in diesem Augenblick den Ellbogen in die Rippen und flüsterte: »Na und? Mein Vater ist Direktor der Glashütte, deswegen behaupte ich noch lange nicht, dass jeder Glasflaschen machen kann.«

Auf dem Rückweg, als sie den Flieder wieder wie ein rohes Ei vor sich hertrug, fühlte Marleene sich so leichtfüßig, als ginge sie auf Wolken.

Doch gerade als sie die Schultern straffte, bekam sie einen kräftigen Schlag in den Rücken, sodass ihr die Luft wegblieb. Sie stolperte, und der Topf fiel zu Boden. Mit einem knirschenden Geräusch zersprang der Ton. Die Erde verteilte sich über den Weg, und der Strauch lag darin wie in einer Lache aus Blut.

Das macht nichts, versuchte Marleene sich zu beruhigen. Irgendwo würde sie gewiss einen neuen Tontopf auftreiben können. Solange den Wurzeln und dem Stamm nichts passiert war, konnte sie das Bäumchen einfach neu einpflanzen. Doch bevor sie sich bücken konnte, hatte sich Rosalie so dicht vor sie gestellt, dass Marleene direkt auf die weiße Bordüre ihres blauen Kleides blickte und die Seife roch, mit der es gewaschen worden war.

»Nur dass du's weißt, meine sprechende Puppe ist viel spannender als dein dummer Strauch. Pflanzen kann jeder haben. Aber meine Puppe ist durch das halbe Kaiserreich gereist und überaus kostbar. Solche Puppen haben nur wenige Menschen.«

»Ich weiß«, flüsterte Marleene, denn sie selbst hatte ihren Eltern jahrelang wegen einer Puppe in den Ohren gelegen, und sie hatten jedes Mal merkwürdig reagiert. Irgendwann hatte sie herausgefunden, wie teuer Puppen waren – selbst wenn sie nicht sprechen konnten. Ihr war klar geworden, dass das viel zu viel Geld für ihre Eltern war. Selbst auf diese Schule durfte sie nur gehen, weil ihr Vater dem Schuldirektor im Krieg das Leben gerettet hatte.

Also hatte sie die zerlumpte, selbst genähte Stoffpuppe, die nicht mal ein Gesicht hatte, an sich gedrückt und nie wieder nach einer neuen Puppe gefragt.

»Trotzdem ist es für mich etwas Besonderes, wenn ich mit

neun Jahren schon mein eigenes Bäumchen gezogen habe.« Das hatte ihr Vater so gesagt. »Und wenn ich das gerne zeigen möchte, ist das meine Sache.«

Marleene bückte sich erneut, doch bevor sie nach dem Flieder greifen konnte, sah sie, wie Rosalies schwarz glänzender Lederschuh sich auf den dünnen Stamm zubewegte. Die Zeit schien sich zu verlangsamen, und Marleene war starr vor Entsetzen. Sie konnte nur zusehen, wie die Stiefelette mit Wucht auf den Strauch niederging. Rosalie trat mehrere Male zu. Und das Knacken und Knirschen hörte sich an, als wären es Marleenes Fingerknochen, die da brachen. Der Schmerz in ihrem Herzen fühlte sich jedenfalls genau gleich an.

Aus kalten braunen Augen lächelte Rosalie sie an und gab dann ein bedeutungsvolles »Das wird dir hoffentlich eine Lehre sein« von sich.

Bestürzt blickte Marleene in die Gruppe von Schülern, die um sie herumstanden. Von der Knabenschule waren Rosalies Brüder, Konstantin und Julius, herübergekommen, vermutlich um ihre Schwester abzuholen. In ihren adretten Matrosenanzügen standen sie da. Schließlich tat Julius, der Jüngere, dessen Haare wild zu Berge standen, einen Schritt auf sie zu, aber sein Bruder mit dem peinlich genauen Seitenscheitel zog ihn zurück.

Marleene blinzelte die aufsteigenden Tränen weg und setzte ein Lächeln auf.

»Danke, dass du das schon einmal vorbereitet hast, Rosalie.« Sie bückte sich und hob die Überreste des Fliederbuschs auf. Er hing nur noch schlaff an der Wurzel, vereinzelte Zweige fielen zu Boden, andere hingen trostlos herunter oder ragten ungelenk zur Seite. »Doch wenn du dir auch nur ein einziges Wort gemerkt hast von dem, was ich heute erzählt habe, dann weißt du, dass man aus jedem einzelnen dieser Zweige einen neuen Fliederbusch machen kann. Versuch das mal mit deiner Puppe, wenn du ihr einen Arm abreißt.«

Ein paar der Schüler kicherten leise.

Rosalie quittierte ihre Worte mit einem eingeschnappten »Pfff!«, verschränkte die Arme und machte so abrupt auf dem Absatz kehrt, dass ihre Locken durch die Luft flogen.

»Ich werde aus diesen Zweigen zwanzig neue Flieder machen«, rief Marleene ihr hinterher, und ihre Mitschüler klatschten begeistert.

Auf dem Rückweg fühlte sie sich jedoch, als wären Kohlenkarren an ihre Beine gebunden. Jeder Schritt war unglaublich anstrengend.

Sie hatte gelogen.

»Ich kann es schaffen. Irgendwie kann ich es schaffen«, sagte sie sich tapfer. Noch am selben Tag könnte sie mehrere Triebe dieses einzigartigen Flieders veredeln. Aber sie war sich nicht sicher, ob es ihr alleine gelingen würde, die Schnitte zu machen. Ihr Vater war schon seit siebzehn Tagen bettlägerig. Keiner wusste, was ihm fehlte. Nicht einmal die Tinktur von Doktor Winkelmann hatte geholfen. Und lange würde der Flieder nicht überleben. Selbst dann nicht, wenn sie ihn zu Hause umgehend ins Wasser stellte.

Mit hängenden Schultern lief sie weiter. Die Traurigkeit füllte jeden Winkel ihres Körpers aus. Sie war kurz vor Rastede, konnte schon die Spitze der St.-Ulrichs-Kirche sehen, als sie jemanden auf sich zurennen sah.

»Marleene, Marleene«, rief er laut, und sie begann ebenfalls zu laufen.

Atemlos kamen sie voreinander zum Stehen.

»Was ist?«

Es war Heini, der Nachbarsjunge. Er sah sie mit weit aufgerissenen Augen an.

»Dein Vater! Du sollst sofort nach Hause kommen.«

Und Marleene drückte ihm ihre Schiefertafel und die Überreste des Fliederbuschs in die Hand und rannte los …

1. Kapitel

Oldenburg, 1891 – 10 Jahre später

Es war nicht ihre Art, in den Sachen der Gäste zu schnüffeln. Marleene achtete die Privatsphäre fremder Menschen, was bei einer Anstellung als Zimmermädchen unabdingbar war. Aber das Firmenzeichen auf dem Papier war ihr allzu vertraut, und so hatte sie innegehalten und den Staubwedel beiseitegelegt, um es genauer zu betrachten.

Sie hatte das Emblem schon länger nicht mehr gesehen, und doch förderte das edel geschwungene H, das mit seinem rechten Fuß das G umrankte, die Erinnerungen sogleich aus einem verborgenen Winkel ihres Kopfes zutage. *Preisliste der Blumenzwiebeln und Pflanzen*, stand in verschnörkelten schwarzen Buchstaben auf dem Deckblatt des dünnen Heftes, das von einer gezeichneten tiefblauen Hyazinthe geziert wurde. *Frühjahr 1891, Hofgärtnerei Goldbach*, Oldenburg. Marleene ließ sanft die Finger darübergleiten.

Sie schlug das Heft auf und las die botanischen Namen, die sogleich Bilder der dazugehörigen Pflanzen in ihr hervorriefen. Da waren Maiglöckchen – Convallaria majalis – aufgeführt, und Marleene sah vor sich, wie die zierlichen Gewächse schüchtern ihre weißen Köpfe in die Höhe reckten und so taten, als wären sie überhaupt nicht giftig. Oder Narcissus pseudonarcissus, die

Narzisse, die mit ihrem leuchtenden Gelb wie eine kleine irdische Sonne wirkte, ganz ähnlich wie die Blüten des Cornus mas, der Kornelkirsche, bevor sich ihre roten Früchte ausbildeten, aus denen man so köstliche Marmelade machen konnte.

Unter dem Heft lag ein niederländisches Gartenmagazin. Allem Anschein nach war dieser Gast aus Holland angereist, um mit der Hofgärtnerei Geschäfte zu machen. Aber natürlich. Die Hofgärtnerei war weithin bekannt für ihre besonders hochwertigen Gewächse, und es war naheliegend, dass auch Menschen aus den Nachbarländern dort einkauften.

Marleene seufzte unwillkürlich, als schmerzhafte Erinnerungen in ihr aufstiegen. Das kalte Blau in den Augen des Chefs der Hofgärtnerei, Alexander Goldbach, als er sie auf ihre Frage hin, ob sie eine Lehre in der Gärtnerei antreten dürfe, ausgelacht hatte …

Sie legte das Heft zurück und griff wieder nach dem Staubwedel. Wie schön musste es sein, mit Pflanzen zu arbeiten, statt den ganzen Tag Zimmer zu putzen. Es war ihr größter Traum gewesen, eine Gärtnerlehre in der Hofgärtnerei zu machen. Wann immer sie von Pflanzen umgeben war, fühlte sie sich ihrem Vater nahe. Und sie liebte die Arbeit an der frischen Luft, das Gefühl der kühlen Erde an ihren Händen, den Duft von Regen und das leuchtende Grün der Gewächse in der Sonne. Wenn sie mit Pflanzen arbeitete, hatte sie das Gefühl, etwas Schönes und Sinnvolles zu tun.

Stattdessen war sie hier drinnen gefangen und schrubbte Tag für Tag Böden und bezog die Betten frisch.

Denn nicht nur bei Herrn Goldbach, sondern auch in jeder anderen Gärtnerei hatte sie eine Absage auf ihr Anstellungsgesuch bekommen. Zum Schluss war sie sogar ein weiteres Mal zur Hofgärtnerei gegangen und hatte den Chef aus ihrer Verzweiflung heraus regelrecht angefleht. Doch er war unerbittlich gewesen. Er hatte sich nicht einmal davon erweichen lassen, dass schon ihr Vater unter seinem Schwiegervater dort gearbeitet hatte.

»Du kannst als Hilfsarbeiterin beim Unkrautjäten und Pikieren helfen«, hatte er gesagt. »Ansonsten sind Frauen für den Beruf des Gärtners ungeeignet.«

Natürlich. Als Frau war sie für niedere Arbeiten gerade gut genug, für die man feine Hände brauchte, wie beim Unkrautjäten und dem Verpflanzen der frischen Setzlinge. Aber Marleene war nicht dumm. Sie wusste, wie wichtig es heutzutage war, eine Lehre zu machen. Zumal sie von ihrem spärlichen Lohn auch die Kosten für die Unterbringung ihrer kranken Mutter zahlen musste. Das war mit dem Lohn einer einfachen Hilfsarbeiterin nicht möglich. Deswegen war sie nun wohl oder übel Zimmermädchen.

Als sich die Tür öffnete, zuckte sie zusammen, obwohl sie nichts Verbotenes getan hatte. Immerhin lag die Preisliste offen da und war mit Sicherheit nicht geheim, man konnte sie schließlich per Brief anfordern. Die Werbeanzeige dafür hatte sie erst neulich in den *Oldenburger Nachrichten* gesehen, die sie im Hotel für die Gäste bereithielten.

Ein Mann in feinem Zwirn, die Haare mit Pomade zurückgekämmt, trat ein. Sein Lächeln wurde so breit, als er sie erblickte, dass sie die Wurzeln seiner Zähne durch das Zahnfleisch schimmern sehen konnte.

»Na, wen haben wir denn da?«, fragte er mit holländischem Akzent.

Marleene stemmte den Wäschekorb, von dem ein unangenehmer Geruch ausging, auf ihre linke Hüfte und eilte zur Tür. »Entschuldigen Sie die Störung. Ich habe Ihr Zimmer in Ordnung gebracht, jetzt ist alles für Sie bereit.«

Sie knickste und wollte sich an dem Mann vorbeischieben, aber er trat im selben Moment einen Schritt auf sie zu, sodass sie nicht durch die Tür schlüpfen konnte. Dann sah er ihr direkt in die Augen.

»Also kann ich das Bett jetzt wieder unordentlich machen?«

Marleenes Herz begann zu klopfen. Ihr gefielen weder seine Worte noch, wie er sie ansah.

»Wie es Ihnen beliebt«, erwiderte sie knapp, schob den Korb auf ihrer Hüfte etwas höher und drängte sich nun entschieden an ihm vorbei. Erst als sie die Tür hinter sich geschlossen hatte und im langen, dunklen Hotelflur stand, atmete sie auf. Schnell entfernte sie sich von dem Zimmer. Die Holzdielen verströmten den Geruch von Bohnerwachs, der sie täglich umgab, ihr Knarren hatte etwas Tröstliches.

Sie hasste solche Gäste. Gerade die besonders Reichen waren oft der Meinung, dass sie das Zimmermädchen gleich mitgebucht hätten. Schon öfter hatte sie sich aus solchen Situationen herauswinden müssen.

Wie zum Schutz zog sie die weiße Haube tiefer ins Gesicht und versuchte, ihre weizenblonden Haare, die sie geflochten und hochgesteckt hatte, darunter zu verbergen. Am Ende des Flures nahm sie die geschwungene Treppe in den nächsten Stock. Dabei stieß sie fast mit Sophie zusammen, die gerade die Treppe herunterrannte.

»Du hast es aber eilig«, sagte Marleene zu dem jungen Mädchen, das mit ihr im Hotel arbeitete.

»Ich soll sofort zu Frau Holthusen kommen, hat Bertha mir gerade ausgerichtet. Mal sehen, was ich jetzt wieder verbrochen habe.« Sophie verdrehte die Augen und eilte weiter.

»Viel Glück«, rief Marleene ihr hinterher. »Und denk an deine Schürze.«